Staread
星 文 文 化

华胥引

唐七 著

四川人民出版社

目 录

|序一| 一部影像化的奇幻历史剧 ············ 1
|序二| 人人都需要一次起死回生 ············ 2
|序三| 她的故事里有着接近电影的画面感 ····· 3

【楔子】

|一| 殉国的公主 ······················ 6
|二| 国破 ·························· 7

【第一卷　浮生尽】

|第一章| ························· 10
|第二章| ························· 24
|第三章| ························· 33
|第四章| ························· 50
|第五章| ························· 59

【第二卷　十三月】

|第一章| ························· 76
|第二章| ························· 85
|第三章| ························· 97

| 第四章 | 114
| 第五章 | 129
| 第六章 | 150

【番外　诀别曲】 171

【第三卷　杯中雪】

| 第一章 | 178
| 第二章 | 192
| 第三章 | 205
| 第四章 | 225
| 第五章 | 251
| 第六章 | 266

【第四卷　一世安】

| 第一章 | 276
| 第二章 | 289
| 第三章 | 298
| 第四章 | 308

| 尾声 | 329

【番外　棋子戏】 333

【番外　长安调】 341

| 后记 | 347

序一

一部影像化的奇幻历史剧

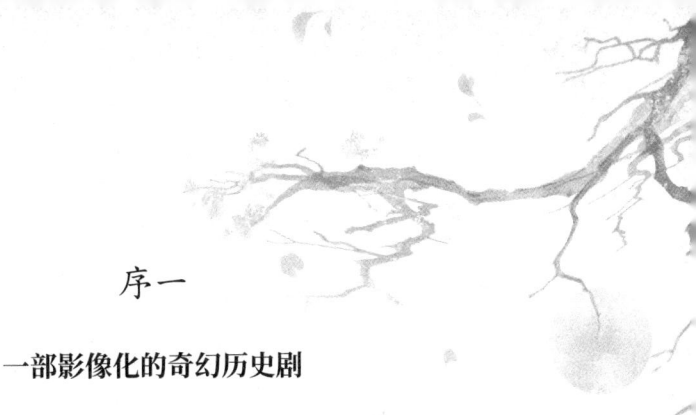

文 / 方文山

　　《列子·黄帝》的记载中,黄帝忧于国家动乱,遂"昼寝而梦,游于华胥氏之国",于梦中见到了自己的理想之国,等醒来便以此治国,河清海晏,天下大治。而后黄帝以梦中所见,谱成一曲,即名《华胥引》。传说若三段齐奏,则颠倒迷离,见众生万象,偿一切所愿——唐七公子此书,此名大概便出典于此。

　　由此可见,唐七公子卓越的想象力之下,所依托的并不是凭空捏造想象,而是极其深厚的古典文学素养,这是现今作者大部分都缺乏,但是于写作上很重要乃至于必需的专业素养。

　　作者在《华胥引》书中之章节段落的引名如"国破""浮生尽""一世安"等,都精练而颇具想象力,几乎都可以成为一个歌名来发挥,由此延展出具备中国古风的歌曲。还有其描景写物之用字遣词如画笔,时而如羊毫软宣,勾写婉约旖旎,哀感顽艳不可方物,时而是狼毫重墨,写家国历史浓墨重彩。一行一段的每一个描绘都极具画面感,再加上角色塑造之传神,勾勒人物性情之逼真,故事情节之环环相扣、引人入胜,让读者几乎觉得自己不是在看一本书,而是在看一场纸面上的电影,使读者在文字阅读行进间,仿佛观看了一幕幕影像化的历史剧。对我来说,《华胥引》是一本会摆放在书桌上、台灯边的小说,会在看完之后一次次地信手翻来,随意展开一页,都是一篇影像化的文字!

序二

人人都需要一次起死回生

文/许常德

　　或许,只有透过死的过程,才能找到生的意义。或许,历史就是需要从时间流逝中,才能找到拥有的价值。在2012末日传说前,唐七公子的《华胥引》给了故事中的女主角一个新生的机会。女主角从死亡开始,在波澜壮阔的历史背景下,牵引出一段一段玄妙的故事,借着一个可以让人梦想成真的秘术,展开了她的冒险!《华胥引》弹起的时候,弹奏者和祈愿者就会一起沉入秘术编织成的梦境中。梦境里误会可以解释,错误可以挽回,想说的话终于能说出来,想要的邂逅可以不必错过,于是皆大欢喜人人幸福,代价是一条命,从此沉溺在那个幸福的梦里。换了是你,你要不要?你有没有什么错误要拿生命去换?没有的话,恭喜你,不犯错,不伤人不伤己。有的话也恭喜你,并不是谁都会拿生命去换犯的错,也不是犯了错的人都想拿生命去换。肯去换,还有救。

　　也或许不要以自身利益的角度,人才会公道地看待世事。

　　这本书,要你经历的就是放下自我,拥抱全新的可能。

序三

她的故事里有着接近电影的画面感

文 / 姚谦

  我很少为人写序，因为我知道我不够资格。在文学创作里，我只不过是一个阅读者和小学生，在我眼里能写出一篇感人的文章和故事都是一个非凡的成就，我羡慕有这样才华与能力的人，我很乐意被他们引导入一篇一篇动人的故事与文章里。如果要我说出读后感，我可以滔滔不绝地说，但是要我写序，那就太为难我了。但是这回有一点不一样，因为计划着退休后开始多写一些文字，而结识了一些出版社，因此有机缘抢先看到唐七公子的新作《华胥引》，因为在别人之前阅读了，所以也忍不住先说说阅读心得。

  之前我从未看过唐七公子的作品，只在一些评论里，看到有人对他有如下的评价：唐七公子文风流畅，写的故事情节跌宕，擅长用幽默的语言述说令人心伤的故事，感动无数痴情男女，被誉为"虐心女王"。现在因为好奇所以看完了《华胥引》，果然名不虚传！在她的故事里有着接近电影的画面感，就算这是一则古老的故事，也有着科幻小说的情节。小说里的角色与情感似古似今地跨越了时空的界限，于是阅读起来更是给人带来天马行空的想象。看完了《华胥引》后，我对唐七公子本人也有了读者角度上的好奇，通过出版社的安排有机会跟她通了电话。电话那头的女子年轻而清脆的声音，跟我预期中一位深沉的作者完全不同。我特别好奇地问她是否看过《盗梦空间》这部电影，她笑着回答说，看过这篇小说的人都这么问过她，她的确看过这部电影，但是在写完这篇小说以后。这点更让我对她的想象力佩服不已。

  我想也只有在笔耕的世界里的人，才能借由一支笔翱翔在这样充满创意的空间，如同哈利·波特骑上了他那把扫帚。我衷心地期待她能继续带着喜欢她文笔的人们，不断地开启超越时空的旅行。

【楔子】

一、殉国的公主

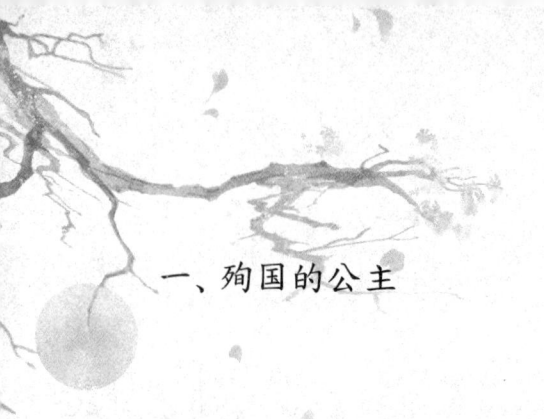

史书上记载寥寥，当年的知情人在这六十七年的世情辗转中早已化为飞灰，这桩悲壮而传奇的旧事便也跟着尘光掩埋殆尽。

茶楼里的说书先生们，但凡上了点年纪，大约都听过六十七年前发生在卫国王都里的一桩旧事。

那桩事原本是个什么模样，如今已没人说得清。但关于此事的每一段评书，不管过程如何，填充故事的因果始终如一。

因果说，卫国国君早些年得罪了陈国，四年后陈国逮着一个机会，由陈世子苏誉挂帅亲征，直杀到卫国王城，一举大败卫国。软弱的卫王室选择臣服，卫最小的公主叶蓁却抵死不从，盛装立在王都城墙上，上斥国主、下斥三军，一番痛斥后对着王宫拜了三拜，飞身跳下百丈城墙以身殉国。

史官写史，将之称为一则传奇，更有后世帝王在史书旁御笔亲批，说卫公主叶蓁显出了卫国最后一点骨气，是烈女子。

六十七年，大晁分分合合、合合分分，当年事隔得太远，百姓们遥想它，已如遥想一段传奇。而叶蓁公主的殉国之举虽感人至深，褪去神圣和风华后，却不如一段风月那样长久令人沉迷。就像在陈卫之战中，最能撩起世人兴致的，始终是她与陈世子苏誉的那段模糊纠葛，尽管谁也不知道那是不是真的。

大晁史书对苏叶二人的牵扯有所着墨，但着墨不多，只记了件小事，说陈世子苏誉在卫国朝堂上受降时，接过卫公呈上的传世玉玺，曾问卫公："听闻贵国文昌公主乃当世第一的才女，琴棋书画无一不精，尤其画得一手好山水，卫公曾拿这枚传世玉玺与她做比，不知本宫今日有没有这个荣幸，能请得文昌公主为本宫画一幅扇面？"文昌公主正是以身殉国的叶蓁的封号，取文德昌盛之意。

史书上记载寥寥，当年的知情人在这六十七年的世情辗转中早已化为飞灰，这桩悲壮而传奇的旧事便也跟着尘光掩埋殆尽。民间虽有传说，也不过捞个影子，且不知真假。而倘若果真要仔细"打点"一番这个故事，却还得倒退回去，从六十七年前那个春天开始说起。

二、国破

苏誉和叶蓁有史可循的第一次相见，是在卫国灭亡的那个下午，中间隔着半截生死，百丈高墙。

六十七年前那个春天，江北大旱，连着半年，不曾蒙老天爷恩宠落下半滴雨。大晁诸侯国之一的卫国，虽建在端河之滨，也不过饱上百姓们一口水，地里靠天吃饭的庄稼尤水可饮，全被渴死。不过两季，大卫国便山河疮痍，饿殍遍地，光景惨淡至极。

卫国国君昏庸了大半辈子，被这趟天灾一激，头一回从脂粉堆里明白过来，赶紧下令各属地大开粮仓，赈济万民。国君虽在一夕之间变做圣明公侯，可长年累下的积弊一时半会儿没法根除，开仓放粮的令旨一道一道传下去，官仓开了，粮食放了，万石的粮食一层一层辗转，到了百姓跟前只剩一口薄粥。百姓们眼巴巴望着官府赏赐的这口粥，不想这口粥果然只得一口，只够见谷玄时不至空着肚皮。

眼看活路断了，百姓们只好就地取材，揭竿而起。出师必得有名，造反的百姓顾不得君民之道，只说，上天久不施雨，乃是因卫公无德，犯了天怒，要平息苍天的怒火，必得将无德的卫公赶下王座。

谣言以八百里加急的速度一路传至王都深处，深宫里的国君被这番大逆不道的言论砸得惴惴然，立时于朝堂上令诸臣子共商平反之策。众臣子深谙为官之道，三言两语耍几段花枪再道声"我主英明"，便算尽了各自的本分。

只有个新接替父辈衣钵的庶吉士做官做得不够火候，老实道："都说雁回山清言宗里的惠一先生有大智慧，若能将先生请出山门，或可有兵不血刃的良策。"清言宗是卫国的国宗，为卫国祈福，护佑卫国的国运，这一代的宗主正是惠一。

大约注定那一年卫国气数将尽，卫公派使者前去国宗相请惠一的那一夜，八十二岁高龄的老宗主咽下了最后一口气，谢世了。惠一辞世前留下个锦囊，锦囊中一张白纸，八个字囫囵了句大白话，说："会盟方已，大祸东来。"卫公捧着锦囊在书房闷了一宿。房外的侍者半夜打瞌睡，蒙眬里听到房中传来呜咽之声。

惠一掐算得很准，刚过九月九，一衣带水的陈国便挑了个名目大举进犯卫国。

名目里说年前诸侯会盟，卫公打猎时弓箭一弯，故意射中陈侯的半片衣角，公然藐视陈侯的君威，羞辱了整个陈国。陈国十万大军携风雨之势而来，一路上几乎没遇到什么阻碍，不到两个月，已经列阵在卫国王城之外。

全天下看这场仗犹如看一场笑话，陈侯手下几个不正经的幕僚甚至背地里设了赌局，赌那昏庸的老卫公还能撑得住几时。陈世子苏誉正巧路过，押了枚白玉扇坠儿，摇着扇子道："至多明日午时罢。"

次日正午，懒洋洋的日头窝在云层后，只露出一圈白光，卫国国都犹如一只半悬在空中的蟋蟀罐子。

午时三刻，白色的降旗果然自城头缓缓升起，自大晃皇帝封赐以来，福泽绵延八十六载的卫国，终于在这一年寿终正寝。老国君亲自将苏誉迎入宫中，朝堂上大大小小的宗亲臣属跪了一屋子，都是些圣贤书读得好的臣子，明白时移事易，良禽该当择木而栖。

午后，日头整个隐入云层，一丝光也见不着，久旱的老天爷仿佛一下子开眼，突然洒了几滴雨。陈世子苏誉身着鹤氅裘，手中一枚十二骨纸扇，翩翩然立在朝堂的王座旁，对着呈上国玺的老国君讨文昌公主扇面的一席话，一字一句，同史书记载殊无二致。

不过，苏誉并未求得叶蓁的墨宝，他在卫国的朝堂上对卫公说出那句话时，叶蓁已踏上王城的高墙。苏誉和叶蓁有史可循的第一次相见，是在卫国灭亡的那个下午，中间隔着半截生死，百丈高墙。

他甚至来不及看清传闻中的叶蓁长了什么模样，尽管他听说她为时已久。听说她落地百天时，卫公夜里做梦梦到个疯疯癫癫的长门僧，长门僧断言她虽身在公侯家，却是个命薄的没福之人，王宫里戾气太重，若在此扶养，定然活不过十六岁。

听说卫公听信了长门僧的话，将她自小托在卫国国宗抚养，为了保她平安，发誓十六岁前绝不见她。还听说两年前卫公大寿，她作了幅《山居图》给父亲祝寿，列席宾客无不赞叹，卫公大喜。

细雨蒙蒙，苏誉站在城楼下摇起折扇，蓦然想起临出征前王妹苏仪的一番话："传闻卫国的文昌公主长得好，学识也好，是个妙人，哥哥此次出征，旗开得胜时何不将那文昌公主也一道迎回家中，做妹妹的嫂子？"城墙上叶蓁曳地的衣袖在风中摇摆，那纤弱的身影突然毫无预兆地踏入虚空，一路急速坠下，像一只白色的大鸟，落地时，白的衣裳，红的血。城楼下的卫国将士痛哭失声。

苏誉看着不远处那摊血，良久，合上扇子淡淡道："以公主之礼，厚葬了罢。"

【第一卷 浮生尽】

她吻一吻他的眼睛,撑着自己坐起来,捧着他的脸:「我会救你的,就算死,我也会救你的。」

第一章

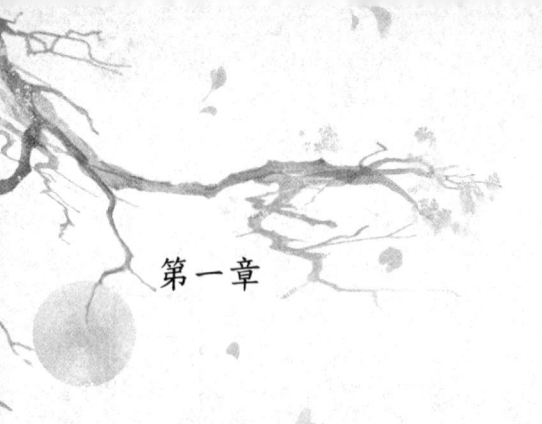

我死在冬月初七这一日，伴随着卫国哀歌："星沉月朗，家在远方，何日梅花落，送我归乡……"

四月，山中春光大好，消失近五个月的君师父终于从山外归来。这意味着，我的前肢和躯干不久就可以拆线了。

五个月来，我一直保持全身缠满纱布的身姿，起初还有兴致晚上飘出去惊吓同门，但不久发现被惊吓过一次的同门们普遍难以再被惊吓一次，而我很难判断哪些同门是已被惊吓过的，哪些没有，这直接导致了此项娱乐的"命中率"越来越低，渐渐便令我失去兴致。

两个月后，我已经有些受不了了。

很多同门以为我是受不了每天缠着纱布去药桶里泡四个时辰，其实不然，泡澡有益身心，只是泡完之后还要裹着湿答答的纱布等待它自然晾干，令人痛苦非常。这种痛苦随着大气温度的降低而呈反比例增长。

后来，我想，所有不世出的英雄们在成为英雄的过程中，总是受到他们师父别出心裁的栽培，君师父必是借此锤炼我的毅力和决心，想通此处，即使户外结冰的寒冬腊月，我也咬牙坚持，且从不轻言放弃，哪怕因此染了伤寒。

坚持了小半年，经过反复感染伤寒，我的抗伤寒能力果然得到大幅提升，和君师父一说，他略一思索，回答："啊……我忘了告诉你澡堂旁边有个火炉可以把你身上的纱布烤烤干了，哈哈哈……"

君师父是君禹教宗主。君禹教得名于君禹山，君禹山在陈国境内。据说开山立教的祖师并不姓君，而是姓王，出身穷苦，父母起名王小二。

后来王小二祖师从高人习武，学成后在君禹山上立教，但总是招不到好徒弟，一打听才知道，别人一听说君禹教宗主叫王小二，纷纷以为这是个客栈伙计培训班，招的徒弟学成以后将输送到全国各地客栈从事服务行业。

王小二祖师迫于无奈，只好请了个附近的教书先生帮他改名，教书先生纵观天下大势，表示慕容、上官、南宫、北堂、东方、西门等大姓均已有教，东郭和南郭这两个姓虽然还没立教,但容易稀释品牌,效果就跟大白鹅麻糖怎么也干不过大白兔麻糖一样,倒不如就地取材,跟着君禹山,就姓君,也可以创造一个复姓,姓君禹。

但考虑创建复姓要去官府备案,手续复杂,不予推荐,还是姓君最好,而且君这个姓一听就很君子,很有气质。王小二一听,心花怒放,从此便改姓君,并听从教书先生建议,将小二两字照古言直译了一下,少双,全名君少双。

王小二化名君少双后,果然招收到大批好弟子,从此将君禹教发扬光大。君师父正是开山祖师君少双的第七代后人。

我从小就认识君师父,那时我还生活在卫国的国宗——清言宗里,我此生的第一任师父——惠一先生也还活得好好的,牙好胃口好,连炒胡豆都咬得动。君师父就带着他儿子住在清言宗外,距雁回山山顶两里处的一间茅草棚中,常来找我师父下棋。

师父带我去山顶看日出时,也会在他的茅棚叨扰一宿。他们家只有一张床,每次我和师父前去叨扰,总是我一个人睡床,他们仨全打地铺。这让我特别喜欢到他们家叨扰,因为此时,我是很不同的。

后来,我将自己这个想法告诉了君玮,君玮就是君师父的儿子。君玮说:"可见你骨子里就该是一位公主,只有公主才喜欢与众不同。"但我不能苟同他这个见解,公主不是喜欢与众不同,而是习惯与众不同,最主要的是没有人敢和公主雷同。而习惯和喜欢之间,实在相差太远,这一点在我多年后临死之前,有很深刻的体会。

君玮其实是一个博古通今的人,他熟知历朝历代每一个皇帝的所有小老婆,甚至包括微服私访时有了一夜情却没来得及娶回去的。

君玮的看法是,家事影响国事,国事就是天下事,而皇帝的家事,基本上都是小老婆们搞出来的事。其实只要皇帝不娶小老婆那就没事,但这对一个皇帝来说实在太残忍,皇帝觉得不能对自己这么残忍,于是选择了对天下人残忍。

君玮的思路是,和谐了皇帝的小老婆们,就是和谐了全天下,此后,他一生都致力于如何和谐皇帝的小老婆。

除了这件一生的事业,君玮还有一个兴趣,那就是写小说。但这个兴趣让君师父很不齿,君师父希望他能成为一个享誉一方的剑客,只要他一写小说,就会没收他的稿纸并罚他抄写剑谱,于是他只好把文学和武学结合在一起,在抄写剑谱的过程中进行小说创作。

你会发现经君玮抄过的剑谱总是大为走形,比如他写:"每日阳时,她用一双素手脱去一层一层繁复的衣衫,将净瓷般的身体裸露在日光下。那是一处极寒的所在,她坐在一张泛着冷光的寒冰床上,冷,很冷,非常冷,她就那么盘腿坐着,面北背南，将气息圆满运行一周。她不知道，十丈远的重重冬蔷薇后，正有一双漆黑的眼睛，一寸一寸地抚摸她的肌肤。"

基本上没人想得到这其实是四句剑谱心法"极寒阳时正，独坐寒冰床，裸体面朝北，气行内周寰"。后来，君玮成了小说写得最好的剑客和剑术最高强的小说家。

我因独自长在清言宗，宗里的规定是男人不得留发，全宗两千来号人，除了我以外全是男人，导致整个清言宗只有我一个人留长头发。

这让我在初具性别意识时，很长时间内都以为女人和男人的最大区别在于女人有头发而男人全是秃头。于是，理所当然，我认为君师父和君玮都是女人，出于同性的惺惺相惜之感，我和他们走得很近。

很自然的是，后来我终于明白他们父子俩都是男人，但那种想法已根深蒂固，导致此生我再也无法用男女交往的心态面对君玮，一直把他当成我的姐妹，故事本该是青梅竹马，却被我扭转成了青梅青梅。

三岁时，我在偶然的机缘下得知自己是卫国公主，但对这件事反应平静。主要是以我的智慧，当时根本不知道公主是什么东西。君玮比我大一岁，知道得多些，他说："所谓公主，其实就是一种特权阶层。"我问："特权是什么？"君玮说："就是你想做的事就可以做，不想做的事就可以不做。"听了他的话，当天中午我没有洗碗，晚上也没有洗衣服，结果被师父罚在祠堂里跪到半夜。

从此以后，我彻底忘记了自己是公主这件事。也就是在同一年，师父看我心智已开，正式着手教我琴棋书画。师父的意思是，人生在世，能有个东西寄托情怀总是好的。

如果我能够样样精通，自然最好，算是把我培养成了大家；如果只通其中一样，那也不错，至少是个专家；如果一窍不通，都知道一点，起码是个杂家。我问师父："万一将来我不仅不通，还要怀疑学习这些东西的意义呢？"师父沉吟道："哲学家，好歹也是个家……"

不知为什么，君玮明明没有拜师父为师，却能跟随我一同学习。师父的官方解释是，学术是没有国界、不分师门的，君玮私下给我的解释是，他爹送了师父十棵千年老人参。

果然，学术是无国界的，国界是可以被收买的。和君玮一起上课，写字画画还能忍受，但弹琴时就很难受。初学琴时，我和君玮一人一张琴，分坐琴室两端对弹。直接后果是，在我还不懂得何为余音绕梁三日不绝的年纪里，首先明白了何为魔音贯耳腐骨蚀魂。

我们彼此觉得对方弹得奇烂无比，令自己非常痛苦，并致力于制造出更加匪夷所思的声音好让对方加倍痛苦，以此报复。在我的印象中，琴是凶器，不是乐器。

这也是为什么我学会了用琴杀人,却始终学不会用琴救人,完全是君玮留给我的心理阴影。而在我学会杀人之后,想要依靠我的琴音得救的人,全部死去了。

我在十岁的时候捡到一只刚睁眼的虎崽,这只老虎跟随了我一生,最大限度地表现出了一头禽兽的忠诚。虽然回想当年,我和君玮捡它的本意不过是为了把它吃掉。那时正遇上君玮他爹被我师父说动,立志做一个动物保护主义者,并身体力行,搞得君玮三月不知肉味,而我在国宗里鲜少吃肉,正是我们俩对肉最向往的时节。

后来之所以没吃成,完全是因为我们觉得还可以把它再养大一点,这样就能既蒸又煮连炖带炒,说不定还有剩。现在想来,能够忍住欲望没有当场宰掉小黄烤烤吃了,这是一件多么不可思议的事情啊。小黄正是这头老虎的名字,后来经过鉴定,发现它所属的虎种相当名贵。我和君玮都很高兴,觉得可以把它卖掉,这样我们就发财了,但苦于找不到门路,只好不了了之。

等到我们有门路的时候,都已成年,最主要的是纷纷变成了有钱人,不用再拿小黄换钱。这让我们十分感叹,人生大抵如此,发财的道路总是艰辛。

命运安排我每次遇上大事时总是孤身一人,并且必然受伤。师父说:"你听过没有,天将降大任于斯人也,必先伤筋动骨……"我能想象上天降到我身上最大的任莫过于等师父死后继承他的衣钵,成为下一任宗主,但后来君玮把宗规偷出来给我看,宗规里明文规定了女人及人妖均不得在国宗内担任要职,从而使我的一个梦想破灭了。

很多人在梦想破灭之后迅速堕入歧途,山下就有个刺客因业绩不好而退隐江湖,改行杀猪,还有个书生在科举落第后改写淫秽小说并兼职画春宫图。但我始终认为做梦和娶妻性质差不多,旧的不去新的不来,并且新的往往比旧的更好,旧梦破碎是因为新梦想即将到来,而这是值得庆贺的事,断然没有理由消沉。

我对君玮表达这个看法,君玮思索一阵,认为有理,下午便去山下安慰刚死了老婆的王木匠,道:"你老婆死了是因为即将有新老婆来嫁给你,新老婆肯定比你旧老婆好,这是件大喜事啊,你表现得高兴点,别这么伤心。"结果被王木匠挥舞着扫把撵了半条街。君玮不能理解,且有些受伤,我安慰他:"世人都习惯在真相面前表露出狰狞的一面,以掩藏内心的羞涩。"

在宗主梦破灭的那个夜晚,我的做法是,日暮时晃出宗门,前去林中打坐打鸽子,转换心情,寻找灵感,建立新的梦想,重树信心。由此也可以看出,我实在要算一个积极向上之人。

除此之外,这种积极还表现在一些私生活上,比如我一直毫不怀疑,倘若日后自己有一个夫君,他又不幸死在前头,我势必会在他断气当夜就收拾行装出门,前去大千世界寻找新的夫君。

而截至那个夜晚，我受君师父感染，习惯性以为自己将来的夫君必然就是君玮，常常看着活蹦乱跳的他无限忧虑，想着：啊呀，我怎么能在面前这个人刚刚断气时就马上出门寻找第二春啊？

好在该想法只持续到我十四岁时、打算重塑梦想的这个仲夏夜。

关于仲夏夜，有一切美好的词汇可以形容，最切实的说法却往往残忍。据说仲夏夜时毒蛇凶猛，宗里已有三名弟子因在此时节外出而死于蛇祸，望各位弟子引以为戒，各自珍重。

我年纪尚小，总相信自己很特别，断不会重蹈那三个倒霉蛋的覆辙，这趟外出便没有携带雄黄，如今想来，当年死于蛇口的那三个师兄必然也以为自己很特别。人人都以为自己特别，在他人眼中却无甚特别，在蛇的眼中就更不特别了。

估计对于毒蛇来说，只有带了雄黄的人才特别。幼时我们总是追求和他人的不同之处，长大却总是追求和他人的共同之处，如果能反过来，岂不正好，至少三位师兄的三条小命说不定能就此保住，哪怕成为植物人。而作为同样不带雄黄的人，显然毒蛇对我是很一视同仁的。

一尾娇小的白唇竹叶青狠狠地在我脚踝上咬了一口，毒液通过血液循环去往身体各处，我摇晃了一会儿，缓缓倾倒，意识模糊之际，终于领悟了上一段落陈述的道理。接着还回忆了一下那幅画了两天的山中古寺图是否已裱好，回忆完之后觉得生无可恋，可以安息，遂安详地闭上眼睛等死，并再也睁不开了。

就在那时，鞋子倾轧过落叶枯枝的微响由远及近，停在我的身边，一双手将我凌空抱起，鼻尖传来清冷梅香，可想象星光璀璨，静夜无声，满山盈谷的，那是二月岭上梅花开。

我醒来时感觉身体内部血液涌动，齐向下腹聚集，手抚上裹肚，阵阵温痛。脚踝处被蛇咬的地方麻木不堪，却贴着一个温软物体，而膝盖弯曲，小腿被某样东西凌空支起，像一根绷紧的皮绳。整体感觉如此古怪，我忍不住要睁开眼睛看看是怎么回事。结果睁眼偏头，却看见要命的场景。环境是山洞一个，石床一张，我躺在这张石床上，而白色月光下，右边小腿正被一个男人紧紧握在手中。

他手指修长莹白，从姿势及触感辨别，脚踝处伤口紧贴的正是他的嘴。我的角度只能看到他的侧面，且这侧面还大部分被头发挡住，令人很有一撩他头发的冲动。他没有发现我醒来，一身玄青衣衫，只静静坐在石床侧沿，唇贴着我的脚踝，宽长的袖摆沿着他抬起的我的小腿一路滑下，低头能瞥见衣袖上繁复的同色花纹。

周围物什全都失色，朦胧不可细看，他漆黑的发丝扫过我的脚背。可想如果不是这样的场景，一位曼妙少女和一位翩翩公子的相遇，该是像书法大家的草书一样行云流水。而很自然的是，我自以为被人轻薄，顺势便给了他一脚。这一脚踢得太用力，引起连锁反应，身体某个难以言说的部位顿时血流如注。

我和他第一次相见，踢了他一脚，结果踢出我的初潮。

他自然没有被踢到，在我右脚猛然发力前已不动声色后退一步，可见他身手了得。而我完全没发现他到底是怎么突然从坐姿变为了站姿，可见他的身手着实了得。我眯着眼睛看他，在洞口照进的白月光中，他身姿高大挺拔，一枚银色面具从鼻梁上方将半张脸齐额遮住，面具之下嘴唇凉薄，下颌弧线美好。

有片刻的寂静。

他擦拭掉唇上残留的血痕，唇角微微上翘："好厉害的丫头，我救了你，你倒恩将仇报。"

但我被身体的大规模出血惊吓，不能说出什么解释的话，张口便哇哇大哭，并且在哭泣的过程中，过度使用小腹运气，导致下身渐渐有血污渗透裙子，一层漫过一层，越染越严重。而最令人不能忍受的是，那天我穿的是一条白裙子。他的视线渐渐集中在我的裙子上，顿了半天，道："癸水？"

我抽泣说："谢谢，我不渴，但我可能是得了败血症，马上就要死了。"

他继续关注了会儿我的裙子，咳了一声："你不会死的，你只是来癸水罢了。"

我大为不解："来癸水是什么？"

他犹豫了一下："这件事本该你母亲告诉你。"

我说："哥哥，我没有母亲，你告诉我。"

很难想象，我会从一个完全不认识的陌生男人身上获得关于癸水的全部知识。但更加难以想象倘若由师父他老人家亲口告诉我"所谓癸水，就是指有规律的、周期性的子宫出血……"时，会是什么模样。连苍天都觉得这太难为一个七十九岁的老人家，不得不假他人之口。

他说他叫慕言。当然这不会是他的真名。假如一个人脸上戴着面具，名字必然也要戴上面具，否则就失去了把脸藏起来的意义。

而我告诉他我叫君富贵，则纯粹是担心这人万一是我那从没见过面的爹的仇人，一旦得知我是我爹的女儿，一怒之下将杀人泄愤。历史上有诸多例子，表明很多公主都曾被他们的老子连累送命，再不济也会被连累得嫁一个和想象出入甚大的丈夫，导致一生婚姻不幸。

就这样，我们在山洞里待了四五天，喝的水是洞外的山泉，吃的东西是山泉里的各种野生鱼类。据说我不能立刻回去，因为毒还没有解完，而慕言表示，救人救到底，送佛送到西，半途而废不是他的风格。

我每天需要吃一种药，然后从手腕入刀割道口子，放半杯血。当我放血的时候，慕言一般坐在床前的石案旁抚琴。琴是七弦琴，蚕丝做的弦，拨出饱满的调子，具有镇痛功能。每次慕言弹琴，我总会想起君玮，还有他那令人一听就简直不愿继续在世上苟活的弹琴水平，进而遗憾不能让他来听听面前这位奏出的仙音，好叫他羞愤自杀，再也不能贻害世人。

五天里，我一直很想把慕言脸上的面具扒掉，看看面具底下的脸到底长什么样，但一想到结果可能是被他砍死，实在不敢轻易造次。这完全是人的好奇心作祟，有时候有些事根本不关你的事，却非要弄一个明白，真是没事找事。

第六天下午，我觉得脚伤已好得差不多，能够直立行走了。慕言撩起我裤脚端详了会儿，道："不用继续放血了，明日一早我便送你回去吧。"

没想到分别来得这样迅捷，关键是还没成功扒开他的面具，我一时不能接受，愣在那里。

他说："不想走？"

我摇头说："没有没有，但是，哥哥，你不和我一起走吗？这个山洞没有太多东西，你也不像是要在此处久居。"

他沉吟说："我不走，我得留在这里。"

我说："可你留在这里做什么呢？你一个人，没有人陪你聊天，也没有人听你弹琴。"

他低头拨琴弦："等人，我怕我走了，我要等的人就找不到我了。"

我顿时陷入一个尴尬境地，再问下去仿佛已涉及他人隐私，不问下去又一时找不到话题。我说："这个……"

他已从石案前站了起来，笑道："说到就到，今天可真是运气。"

我抬头看，高阔的山洞口，不知什么时候，已站了一堆蒙面的黑衣人。在我看向他们的一刹那，这些人纷纷亮出自己的兵器。拔兵器的动作就像他们的服装一样统一，可以看出这是一个有纪律的团队，而难得的是，拔出的兵器也很统一，明晃晃一把把镰刀排得很整齐。

当然，后来我知道这些东西虽然长得像镰刀，其实有一个学名，叫弯刀，一字之差，前者用来割草，后者用来割人头。

我因鲜少下山，没见过世面，被前边一字排开的十几把"镰刀"威慑，情不自禁往后缩了一下。慕言移步将我挡住，身姿翩翩站在我前面，我担心道："你有家伙没有？"

没等他答话，那十几把"镰刀"已经发难。他将我一把推开，纵身一跃，玄青色长袍在黑衣白刃之间辗转，我看得眼花缭乱。

他动作快得离谱，我睫毛都不敢动，也只看得清他偶尔一两个动作，比如从后面握住某个黑衣人的手腕，侧身带着那人转半个圈，手上的"镰刀"就正好割断身后另一个打算砍他一刀的黑衣人的脖子，鲜血飞溅，他还来得及往旁边腾挪几步闪避骤然飞溅的血浆。

不过片刻工夫,在场的十来个黑衣人已被他解决得还剩两三个。最后一个见大势已去,一把"镰刀"直直朝我飞过来。

师父一生最恨聚众斗殴,从没教过我近身格斗,眼见那刀越飞越快,直取我咽喉,我吓得动都不敢动。这真是最糟糕的状况。可以想象一下,如果这时候我被吓得腿软,一下子支撑不住趴在地上,那刀打着旋儿一路向前飞过我的头顶,我就正好躲过一劫。可偏偏受这样的惊吓,腿都软不了,简直是个活靶子。

正当我以为必死无疑时,一片玄青色突然笼罩而下,就像雨过天晴云破,苍穹从高处压下,我的腿终于软在他这一压之下。

慕言将我搂在怀里,腾空用脚轻轻一踢,那"镰刀"又打着旋儿回去了,且更快更急。"哧——"刀入肉的声音在静空中响起,扔"镰刀"的黑衣人不敢置信地低头瞧着肚子外头的刀柄,缓缓跪在地上。善恶终有报,天道好轮回,而这位大哥明显是不敢相信天道居然轮得回得如此有效率。

一片死一般的寂静中,慕言道:"真好奇我那个不成才的弟弟平日是怎么教导你们的,如果我是你,在进洞之初就杀了这个小姑娘,先乱了对方的阵脚,虽然你最后悟过来了,可也晚了。"肚子插着刀的黑衣人还没死透,瞳孔越来越大,哆嗦着道:"你……"

慕言淡淡道:"他以为我什么都不知道?那未免太小看我这个做哥哥的了。"

黑衣人不再说什么,只低下头去,颤颤巍巍伸出手指,看样子是想把"镰刀"拔出来,慕言突然用手捂住我的眼睛,洞里传来一阵难以形容的痛吼,我说:"他在做什么?"

慕言说:"陈国有一个传说,带着兵刃往生的人,来生还得做武人。"

我说:"那他是想做个文人?"

慕言放开手:"也许他只想做一个贩夫走卒。"

此前很多年,我一直坚信,人不能毫无道理地去做某件事,凡事都要问个为什么。比如说当厨房做了我不爱吃的菜,我就跑去问掌勺的师兄为什么。

为什么今天不做炒土豆丝呢,为什么呢为什么呢为什么呢为什么呢,坚持问上一个时辰,一般来说,第二天我们的饭桌上就会出现炒土豆丝。这件事告诉了我们求知欲的重要性,知之才幸福,不知不幸福。从十四岁到十七岁,其间三年,我多次回忆自己为什么会喜欢上慕言,结论是他在和我毫无关系的情况下,七天之内连救了我两次。

君玮认为我的喜欢不纯粹,只是说着玩玩,而真正的喜欢应该没有理由不问原因。可我觉得理由之于喜欢,就像基石之于楼阁,世上从来没有无基石的楼阁,也不应该有毫无道理的喜欢。

我对慕言的感情建立在两条性命上，这就是说，这世上除了我的命，再不该有东西比它更加纯粹强大。君玮无法理解我的逻辑，主要是因为他自身没有逻辑。

滴水之恩涌泉相报，涌泉之恩无以为报，东陆的规矩是，无以为报时我们一般以身相许。如果那时我意识到自己情窦初开，在慕言出手相救时就已默默喜欢上他，一定会把自己许配给他。可那个恰好的时刻，在他的手离开我眼睛时，我心如擂鼓，却不知擂鼓的原因。

我问他："你刚才为什么要救我呢？"

他说："你还是个小姑娘，只要是个男人就不能对你见死不救。"

我说："如果我是个大姑娘呢？"

他转身将我拉进洞，笑道："那就更不能不救了。"

我本来有绝佳的机会，但没有把握住，痛苦的是即使失去这个机会我仍一无所知，只是傻傻地看着他微微勾起的唇角，半晌说："哥哥，我没有什么可以报答你，我送你一幅画好吗？我画画画得还可以，你要我给你画幅画吗？"

洞里光线正好，他微微偏头看我："哦？"

偏头的角度和说话的声调都是那样恰到好处。

我顿时被迷惑，忍不住想在他面前表现一番，四处寻找，可恨洞里没有笔墨。虽可取火堆里的木炭做笔，在草纸上画一幅炭笔画，可前几天为了方便，我把所有草纸均裁成了巴掌大小的纸片，勉强能在上面画个鸡蛋，画人就实属困难。

慕言看我在洞里寻找半天，拿着一叠草纸不知所措，大约明白，不知从哪里取来一根木棍，递给我道："用这个吧，若你真想拿一幅画来报答我，画在地上也是一样的。"

我握着木棍研究了好一会儿，颤颤巍巍下笔，但好比一个绣花的绝世高手，即便再绝世也无法用铁杵在布匹上织出花纹，我遭遇了同样的尴尬。

我本意是想画慕言凌空而起徒手摺倒两个黑衣人的英姿，画完后，他端详半天，道："这画的是什么？像是一只猴子跳起来到桃树上摘桃，又像是一头窈窕的狗熊试图直立起来掏蜂窝……"那时我给慕言留下的印象即是如此，可以将他的英姿与猴子摘桃、狗熊爬树画得如出一辙的自以为很会画画的小姑娘。

如今我已能用棍子在地上画出栩栩如生的人像，却始终没有办法再找到慕言修正他对我的印象。君玮说："也许他觉得你画出一个东西，能够像任何一个东西，这很有才华呢。"

君玮能有此种想法，说明他已有一个剑客的思维，而画画和使剑的不同之处就在于，若使剑，你使出一招，在众人看来可以是任何一招，这就是一招绝世剑术。

而画画，你画出一个东西，在众人看来可以是任何一个东西，这幅画就卖不出去。

我和慕言受命运指使，在一起待了将近七天。第七天夜里，我入睡后，他离开了山洞。我独自一人在洞里等了四天，但他没有再回来。四天后我不得不离开，主要是仲夏时分，尸首不易保存，洞口颠三倒四横着的黑衣人纷纷腐烂，招来很多苍蝇，将人居环境搞得很恶劣。

如果我和他相遇在冬天，在我懵懂不知世事的这个年纪，必然就此等下去，直到我将为什么要等他的理由想通。想通了就更有理由等下去，直到有一天他来，或者他永远不来，但那是另一段故事了。

而事实上，我带着些微惆怅很早离开，离开时我以为自己等他四天只是为了和他正式道个别。显然，这是一个太过纯洁的想法，我早早解放了自己的心灵爱上慕言，却没能同时解放自己的心智认识到自己爱上了慕言，这就是我错过他的原因。

当我走出这个山洞，走出相当一段距离，回头望，才发现它就位于雁回山后山。此后两年，雁回山后山成为我最常去的地方。而在君玮强迫我阅读了他最新创作的一部意识流言情小说后，我终于明白，自己为什么会不时想起慕言，为什么没事就要去后山晃荡几圈，原来我像书中女子一样，春心萌动了。唯一和书中女子不一样之处在于，她在春心萌动前就对自己的情郎了如指掌，而我对慕言萌生爱慕之心，却基本不知道他家住何方，年龄几何，有无房马、房子和马匹是一次性付款还是分期偿还，家中是否还有双亲、双亲和他是分开住还是住一起……

自从知道自己爱上慕言，我就一直在找他，然而，像世上从来没有过这个人，即便动用了我亲生爹妈那边的关系，也找不到他。

我原本想他或许是陈国人，但在这个更换国籍比更换女人还要容易的时代，也许他今日以陈国为家，明日就是我卫国子民了，总之从国籍入手寻找的想法破产，但除国籍之外，已没有任何线索。如今回想我生前的少女时代，最美好的十五六岁，却都在茫茫寻找中碌碌度过，最关键的是这寻找还毫无结果，令人死都无法瞑目。

后山枫树两度被秋霜染红，我活到了十六岁。传说我在十六岁前不能沾染王室中物，否则就要死于非命，由此父王将我托付给清言宗，指望能免我一劫。我能顺利活过十六岁，大家都很高兴，觉得再无后顾之忧，第二天就立刻有使者前来将我接回王宫。

临走时，我和君玮洒泪挥别，将小黄托给他照顾。因小黄需要山林，而卫王宫是个牢笼。此时，不知道为什么要离开君禹教隐居到清言宗附近的君师父已带着君玮认祖归宗，并接手君禹教成为宗主，这就是说，作为君禹教少宗主，君玮已经足够有钱，能独自担负小黄的伙食费了。我和君玮约定，他每个月带小黄来见我一次，路费自理。

父王封我为文昌公主，以此说明我是整个卫王宫里最有文化的公主，但师父时常抱怨，我学了十四年，不过学得他一身才学的五分之一。如此看来，我这样的文化程度能被说成很有文化，说明大家普遍没有文化。

我的上面有三个哥哥十四个姐姐，一直困扰我的难题是，他们每个人分别应该对应父王后宫中的哪位夫人。三个哥哥个个都很有想法，令父王感觉头痛的是，大哥对诗词歌赋很有想法，二哥对女人很有想法，三哥对男人很有想法，总之没有一个人对治国平天下有所想法。

父王每每看着他们都愁眉不展，只有到后宫和诸位夫人嬉戏片刻才能暂时缓解忧虑。我初回王宫，唯一的感觉就是，在这诸侯纷争群雄并起天下大乱的时代，这样一个从骨子里一直腐朽到骨子外的国家居然还能偏安一隅存活至今，实属上天不长眼睛。

假如我不是卫国人，一定会强烈建议当局前来攻打卫国，它实在太好被攻克。

我从前并不相信父王的那个梦和他梦中的长门僧。倘若命运要被虚无的东西左右，这虚无至少要强大得能够具象出来，比如信仰，比如权力，而不是一个梦境。但命中注定我要死于非命，这真是躲都躲不过的一件事。

我死于十七岁那年的严冬。

那一年，卫国大旱，从最北的瀚荷城到最南的隐嵇城，遍野饿殍，民不聊生，国土像一张焦黄的烙饼，横在端河之滨，等待有识之士前来分割。而那一天，陈国十万大军就列于王都之外，黑漆漆的战甲，明晃晃的兵刃，他们来征服卫国，来结束叶家对卫国八十六年的统治。

师父在此前两个月谢世，临死前也没有想出办法来挽救卫国，我是他的嫡传弟子，这就是说，我们的思维都是一脉的思维，他想不出办法，我更想不出办法。

初回王宫时，我认为澄明政局是自己职责所在，花费时日写了一本《谏卫公疏》上呈，发表了对现有政体的个人看法，得到的唯一反馈是，父王摸着我的头对我说，你这个字写得还不错，此后将我幽禁。

只因卫国是大晁版图上一个边缘化国家，王都的政治春风在绵延数百万拓的土地上吹拂了八十六年也没能吹拂到卫国来，即便王都中女人已能做官，卫国的女人却从来不得干政，再加上我们是一个男耕女织的国家，这导致女人一般只有两个功能，织布和生孩子。

在国将不国之时，父王终于打算听一听我的看法，但此时我已没有任何看法，给出的唯一建议是，大家多吃点好吃的东西，等到国破时一起殉国吧，于是我再次被父王幽禁。

他摸着胡子颤抖道："果真是从小在山野里长大，作为一国公主，你就对自己的国家没有一丝一毫感情吗?"

父王一顿训斥后,我的无血无泪之名很快传遍整个宗室王族。哥哥姐姐们无不叹息:"蓁儿你书读得这样多,却不知书中大义,你这般冷血无情,父王错疼了你。"

这真是最令人费解的一件事,本该正经的时候大家通通不正经,结局已经注定,终于可以名正言顺不正经了,大家又通通假装正经,如果能将这假装的正经维持到最后一刻,也算可歌可泣,但大家明显没有做到。而身为王族,他们本该做到。在我的理解里,王族与社稷一体,倘若国破,王族没有理由不殉国。

冬月初七,那日,天空有苍白的阴影。

陈国军队围城三日不到,父王已选择投降,再没有哪个国家能像卫国亡得这样平静。书中那些关于亡国的记载,比如君主自焚、臣属上吊、王子公主潜逃,全然没有遇到。只是女眷们有过暂时的骚乱,因亡国之后,她们便再不能过这样纸醉金迷的生活,但趁乱逃出王宫,除非沦落风尘,否则基本无法生存,况且王宫根本没有乱,一切都井井有条,完全没有逃出去的条件。她们思考再三,最终决定淡定对待。

在内监传来最新消息后,我穿上自己平生最奢侈的一件衣裳。传说这件衣裳以八十一只白鹭羽绒捻出的羽线织成,洁白无瑕,唯一缺点就在于太像丧服,平时很难得有机会穿上身。

午时三刻,城楼上白色的降旗在风中猎猎招摇,天有小雨。

卫国干旱多时,干旱是亡国的引子,亡国之时却有落雨送葬。

我登上城墙,并未遇到阻挡,城中三万将士解甲倒戈,兵器的颜色看上去都要比陈军的暗淡几分。兵刃是士气的延伸,国破家亡,却不能拼死一战,将士们全半死不活,而兵刃全死了。这城墙修得这样高。修建城墙的国主认为,高耸的城墙给人以坚不可摧的印象,高大即是力量。但如此具象的力量,敌不过一句话,敌不过这一代的卫国国主说:"我们投降吧。"

放眼望去,卫国的版图看不到头,地平线上有滚滚乌云袭来,细雨被风吹得飘摇,丝线一样落在脸上,黑压压一片的陈国军队,肃穆列在城楼之下。最后一眼看这脚下的国土,它本该是一片沃野,大卫国的子民在其上安居乐业。

身后踉跄脚步声至,父王嘶声道:"蓁儿,你在做什么?"

一夕间,他的容颜更见苍老。他上了岁数,本就苍老,但保养得宜,此前我们一直假装认可他还很年轻,但此时,已到了假装都假装不下去的地步。

我其实无话可说,但事已至此,说一说也无妨,他被内监搀扶着,摇摇欲坠,我在心里组织了会儿语言,开口道:"父王可还记得清言宗宗主,我的师父惠一先生?"

他缓缓点头。

风吹得衣袍抖动，稍不留神便将声音扯得破碎，不得不提高音量，三军皆是肃穆，我裹紧衣袍，郑重道："师父教导叶蓁王族大义，常训诫王族是社稷的尊严，王族之尊便是社稷之尊，半点践踏不得。可父王在递上降书之时，有否将自己看作社稷的尊严？倘若叶蓁是一国之君，断不会不战而降，令社稷受此大辱。父王自可说此举是令卫国子民免受战祸，可今日陈国列兵于王都之下，自端水之滨至王都，一路上踏的皆是我卫国子民的骸骨，城中三万将士齐齐解甲，又如何对得起为家国而死的卫国子民？今日在此的皆不是我卫国的好男儿，卫国有血性的好男儿俱已先一步赴了黄泉，葬身阴司。叶蓁虽从小长在山野，既然流的是王族的血，便代表社稷的尊严，父王你领着宗室降了陈国，叶蓁却万万不能。倘若叶蓁只是一介平民，今日屈服于陈国的铁蹄之下无话可说，可叶蓁是一国公主……"

　　雷声大作，大雨倾盆，我转身瞧见城楼下，不知何时立了个身着华服的公子，身姿仿佛慕言，一眨眼，又似消失在茫茫雨幕之间。

　　父王急道："你是个公主又怎么，你先下来……"

　　这一场雨真是浇得透彻，若半年前也有这么一场雨，卫国可还会如此神速地亡国？可见冥冥之中自有天意。我抹了把脸上的雨水，抬头望着高高的天幕，一时之间涌起万千感慨，可以用一句话总结：社稷死，叶蓁死，这本该是一个公主的信仰。

　　我从城楼跌落而下，想师父一直忐忑，怕把我培养成一个哲学家，真是怕什么来什么，我终于还是成了一个哲学家，走进自己给自己画的圈，最终以死作结。此生唯一遗憾是不能再见慕言一面。那个夜晚，星光璀璨，他抱起我，衣袖间有淡淡冷梅香。

　　他说："好厉害的丫头，我救了你，你倒恩将仇报。"

　　他说："所谓癸水，就是指有规律的、周期性的子宫出血……"

　　他说："你还是个小姑娘，只要是个男人就不能对你见死不救。"

　　他说："这画的是什么？像是一只猴子跳起来到桃树上摘桃，又像是一头窈窕的狗熊试图直立起来掏蜂窝……"

　　也许他早已忘了我，妻妾成群，孩子都生了几打，不知道有个小姑娘一直在找他，临死前都还惦记着他。

　　风里传来将士们的呜咽之声，和着噼啪的雨滴，我听到戍边的兵士们常唱的一首军歌，深沉的调子，悲凉的大雨里更显悲凉。

　　我躺在地上，睁不开眼睛，感觉生命正在流逝，有脚步声停在身旁，一只手抚上我的脸颊，鼻间似有清冷梅花香，但已很难辨别这到底是不是幻觉，我挣扎开口道："哥……哥。"脸颊上的手颤了一颤。

我不能像一位公主那样长大,却像一位公主那样死去。

我死在冬月初七这一日,伴随着卫国哀歌:"星沉月朗,家在远方,何日梅花落,送我归乡……"

第二章

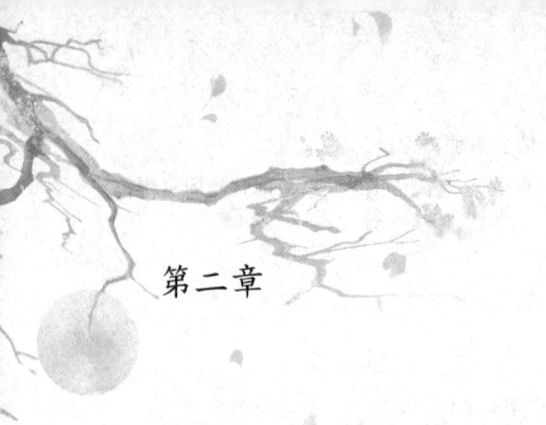

事隔三年，我其实已记不得他的声音，只是那些古琴的调子还会时不时响在耳旁，袅袅娜娜，是我不会唱的歌。

我死后，据说陈世子苏誉下令将我厚葬，入殓出殡皆按照公主礼制。

父王母妃原本第二天就要被押往陈都昊城，因我的葬礼耽搁，推延一日。

出殡之时，宗室王族均被要求前来观瞻，回头须写一篇心得体会，谁都不敢缺席。而王都里残存的百姓们也纷纷自发围观，以至于王宫到王陵的一段路在这一天发生了百年难得一遇的交通堵塞，路两旁的住户想穿过大街到对面吃个面都不可得，大家普遍感到无奈。

当然这些我通通不知道，都是君师父后来告诉我的。他在卫王都被围时得到消息，带着君玮赶来带我离开，却没料到我以死殉国，自陈国千里迢迢来到卫王都，正遇上我出殡。那时我躺在一口乌木棺材里，是个已死之人，棺材后声声唢呐凄凉，阴沉沉的天幕下撒了大把雪白的冥纸。

君师父说："卫国分封八十六载，我是头一回看到一个公主下葬摆出如此盛大的排场。"

但我想，那不是我的排场，那是国殇的排场，而一国之死，怎样的排场它都是受得起的。

君师父是个世外高人，凭他隐居在雁回山这么多年也没被任何野生动物吃掉，我们就可以看出这一点。雁回山是整个大晁公认的野生动物自然保护区，经常会有匪夷所思的动物出没，害人性命。

我自认识君师父以来，只是将他当作一个普通的高人，没有想过他高得可以令断气之人起死回生。这是歪门邪道，违背自然规律，试想你好不容易杀死一个敌人，结果对方居然还可以活过来让你再杀一次，叫你情何以堪。但这件神奇的事归根结底发生在我的身上，只好将它另当别论，因否定它就是否定我自己。

我起死回生的这一日，感觉自己沉睡很久，在一个模糊的冬夜睁眼醒来。

从窗户望出去，月亮挂在枝头，只是一个淡黄色光轮，四周静寂无声，偶尔能听见两声鸟叫。我回忆起自己此前从城墙上跌下，那么高，想这样还能被救活，当今医术实在昌明。君师父坐在对面翻一卷古书，君玮趴在桌子上打盹，灯火如豆，他们都没有注意到我。

抬眼就看到床帐上的白莲花，我说："我还活着？"

有一瞬间的死寂，君师父猛然放下书，落在案上，啪的一声："阿蓁，是你在说话？"君玮被惊醒，抬手揉眼睛。

我张了张嘴，发出一个单音节："嗯。"

君玮保持抬手的姿态，愣愣看着我："阿蓁？"

我无暇理他，因君师父已两步走到近前，伸出手指探了探我的鼻息，又扣住我的脉门细细查看。

良久，他感叹："那鲛珠果然是无上的神物，阿蓁，你痛不痛？"

我摇头："不痛。"

他苦笑一声："伤得这么重也不痛，是我让你回来，可你已经死了，你再也不会痛，我自作主张，你想醒来吗？"

我看着他，缓缓攒出一个笑来，点头道："想的。"

这不是起死回生，叶蓁已经死了。

万事皆有因果，这就是我的因果。

人死后意识游丝渐渐散落，终而灰飞烟灭，这是九州的传说。我从前也不过以为它是传说，直到自己亲自死一次，才晓得传说也有可信的。

下葬三日后，君师父趁夜潜入王陵，将我从棺材里扒出来运回君禹山。那时，残存的精神游丝还盘踞在身体中未能离开，他将教中圣物缝入我残破不堪的身体，那是一颗明亮的鲛珠，用以吸纳精神残片，好叫它永不能离开宿主。基本上，这不过是改变一种死亡状态，除了能动能思考，我和死人已没什么分别。

这个身体将再不能成长，我没有呼吸，没有嗅觉和味觉，不需要靠吃东西活下去，也没有任何疼痛感。在左胸的这个位置，跳动的不是一颗热乎乎的心脏，只是一颗珠子，静静地躺在那儿，有明亮光泽，却像冰块一样冷，令我特别畏寒。但能再次睁开眼睛看看这世间，总是好的。

我再不是什么公主，肩上已没有任何负担。君师父重新给我起了个名字，叫君拂。意思是我这一生，轻若尘埃，一拂即逝。我想，这是一个多么凄惨而寓意深刻的名字啊。

此次殉国，我付出巨大代价，把命赔上也就罢了，关键是颅骨摔破，体内脏器也移位的移位，碎裂的碎裂，大出血的大出血。这就意味着此后这副身体必然弱不禁风，虽已没有任何痛感，但经常吐血也不是件好事，手帕都洗不过来。

君师父用鲛绡修补了我的容颜，被他这么一补，在原来的基础上好看很多，只是颅骨上那道裂痕实在太深，绞绡也没有办法修补，从眉间绕过额头到左耳处，留下一道长长的疤痕。君玮初次看我的脸，久久不能言语，半天，道："太妖孽了，这个样子太妖孽了，从前那个清清淡淡的模样不好吗？"我说："我仔细研究过了，五官还是没怎么变的，就是比从前稍微邪魅狷狂一点儿，没事儿，就当整容失败吧。"

但那道疤痕毕竟是碍眼的，君师父用银箔打了张面具，遮住我的半张脸。本来我提议用人皮面具，这样看起来就更加自然，但考虑到人皮面具透气性能着实太差，最终作罢。

我以为自此以后，便能潇洒度日，其实并非如此，只是当时没想明白，以为人死了便可无忧无虑，但忧虑由神思而来，神思尚在，岂能无忧。君师父花费如此心血让我醒来，自有他的考量。他想要做成一件事，这件事的难度仅次于让君玮跟我生个孩子。

他想要我去陈国，刺杀陈侯。

他将鲛珠缝入我心中，将我的灵魂从虚无之境唤回。鲛珠中封印了密罗术中最神秘的华胥引，这秘术随着珠子植入我的身体。

倘若有人饮下我的血，沾染上体中鲛珠的气息，哪怕只一滴，都能让我立刻看出最适合他的华胥调。奏出这调子，便能为他织一个幻境。这幻境是过去重现，能不能从幻境中出来，端看这个人逃不逃得过自己的心魔。但世人能逃过心魔者，真是少之又少。

君师父想我这样杀掉陈侯。

站在个人角度，即便是陈国灭掉卫国，我对陈侯也并无怨恨，在这个人如草芥命如飞蓬的时代，成王败寇，本是理所当然。但陈侯一条命换我在人间逍遥半世，我认为是很值得的。我要去杀他，不因我曾是卫国公主，只因我还留恋人世。

君师父说："刺陈之事不用着急，华胥引植入你体内不久，运用还不熟练，你且先适应一阵子吧。"

我想这桩事，我还真是不急。

君师父看我神色，大约猜出我心中所想，又补充道："但你也不能一点都不着急，陈侯身体不好，归天也就是近两三年的事了，你还是要抓紧时间，不然不等你去刺杀，他自己就先死了，这样多不好。"

我说："这样挺好呀。"

他看着远山，神色难辨："不好，那样的话，我的复仇就失去意义了。"

我其实很想提醒他，万一陈侯正被病痛折磨得辛苦，急需谁来给他一刀痛快了结,我去刺他搞不好助他一臂之力,这样就更没有意义了。但转念一想,乐于助人嘛,也是帮君师父积德,便忍住什么也没说。

半个月后,君师父带着君玮下山,寻找一种药材,帮我修补身上的伤痕。临走时君玮安慰我:"你变成这个样子,肯定没人愿意娶你,没关系,别人不娶你,我娶你,你千万不要想不开将鲛珠取出,辜负了我和父亲的心血。"

我说:"娶了我你们君家就没后了。"

他疑惑:"怎么会没后了?娶了你我肯定还要再纳几房小妾的嘛,哈哈哈。"

结果被我乱棍打下了山。

转眼五个月,枯树吐出新芽,我挖出埋在中庭老杏树下的一坛梅子酒,君师父就带着君玮回来,后面还跟着小黄。此前小黄误食君师父养来喂毒的小白兔,不小心食物中毒。那只小白兔估计是全大晁最毒的一只小白兔,身上百毒汇集,连君师父都不知道该怎么解,只好将它送到药圣百里越处请他试试,清了大半年才将一身毒素清完。

小黄初见整容后的我,一时认不出,龇牙咧嘴很久,我拿兔子肉给它吃,它也没有表现出高兴,反而将雪白的牙齿龇得更厉害。直到君玮抚摸它的耳朵柔声安抚他:"这是你娘,你不能跟爹爹在一起待得太久了就不认娘了啊,怎么你也是她怀胎十月生出来的娃。"小黄果然就过来亲密地蹭我。

我说:"你才怀胎十月生出了它,你怀胎十月生出了他们全家。"

君玮伸出一只手指颤抖地指着我:"我还好心想娶你来着。"

我说:"你能再生个老虎出来给我玩儿吗?能生出来我就考虑给你娶。"

他愣了半晌,恼羞成怒地对小黄道:"儿子,咬她。"

但小黄更加亲密地蹭了蹭我的手背。

君师父带回的药材果然有奇效,制成膏糊抹遍全身,一天抹三次,五天之后,一身伤痕就消失殆尽。这个结果让我很满意,忍不住抹了一部分到额头上,但那毕竟是骨头里带出来的伤,痕迹依然明显。我看着铜镜里自己的身体,想起八个字:金玉其外,败絮其中。谁能想到如此生机勃勃的一副躯体,内里已然腐朽得不行了呢,倘若将鲛珠取出,不到半刻怕是就要化为灰烬吧。我想象这场景,觉得真是恐怖。

第六天一大早,君师父来看我,后面跟着呵欠连天的小黄。

门前两株桃树俏生生立着,枝头花开正艳,叶间还带着晨起的露珠儿。他把小黄打发去院子里扑蝴蝶,转头问我:"这小半年来,华胥引揣摩得如何了?"

我老实回答:"没有练习对象,没法长进。"

他沉吟半晌,道:"阿蓁,你也知道鲛珠这件法戒器,凭自身之力仅能撑你三年而已。鲛珠靠吸食人的美梦修炼，如今它既附在你的体中，你要活得长久些，只能利用华胥引织出的幻境来吸食人的性命。你是个有善心的好孩子，怕做不来这些，但我千方百计将你救活，绝不想你只活三年。我这么说，你可明白？"

他怕我想不通，但我很早就已想通，我不能只活三年，也不能滥杀无辜随意取人的性命。可这世上有多少人为已逝的人生后悔，华胥引能织出重现过去的幻境，让他们在这幻境里将从前修正，倘若有人沉湎于幻境不愿出来，甘愿献出尘世的性命，那我们双方都求仁得仁。

我说："你可帮我找到什么好差事了？"

君师父含笑点头："不错，近日，你去姜国走一趟罢。"

五日后，我抱着一把七弦琴，和君玮、小黄一同出现在陈国的边境小镇。其实君禹山离姜陈两国国境不远，步行三日即可到达，此次耽搁两日，主要在于我们骑了一匹马。这也没什么不妥，只是时刻要防备小黄将代步的马匹吃掉，着实是件痛苦而浪费时间的事。终于，我们做出一个决定，将马匹烤烤吃了，带着小黄步行。大家饱餐一顿，行动立刻变得迅速。

陈国与姜国交界之处，是一座绵延的山峦，因山中经常挖出玉璧，唤作璧山。我们想既是因为这个原因，为何不叫玉山，问过镇上居民，大家推测可能因为璧字笔画较多，显得有文化。

我们到得正是好时候，倘若冬天，整座璧山都铺上一层厚厚积雪，经常发生雪崩，不是经验丰富的老猎户，根本不能穿过，只能绕道郓河。而现在这般，我们沿着山中小路，一边走一边还能欣赏沿途风景，实在赏心悦目。山间有淙淙溪流，我拿出水囊正欲取水，蓦然停住，君玮蹲在一旁掬水洗脸，洗完用衣袖擦擦，注意到我的动向，奇道："怎么了？"

穿过挡在面前的野蔷薇花丛，我指着前方："这个你得看看，仔细看看，看人家是怎么花前月下的，也好积累点小说素材。"君玮神思一振，顺着我指的方向望去。

那是对浓情蜜爱的年轻男女。男的一身织锦袍，女的一身云罗衫。因隔得太远，看不清面容，单看身姿，一个玉树临风，一个柳枝轻缠。他们背后大片不知名花海，旁边一株老树下，拴着一匹膘肥体壮的骏马。分神去看小黄，它目光炯炯望着骏马，果然已经在流口水，但被君玮将后颈拎住，不得不克制。那男子俯身为女子摘下一朵艳红蔷薇，插在她的发间。女子伸手搂住男子的脊背，两人紧紧贴在一处。

君玮转头来遮我眼睛："看多了容易长针眼。"我一边锁定目光看前面，一边打开他的手："我也学点经验嘛。"他不为所动，不遮住我视线就不能善罢甘休，终于将我激怒，一把将他掀翻。

就在此时前方陡生变故，我心中一紧，君玮转回头目瞪口呆："这么快那男的就被女的压倒了？啊，这女的也太主动了，哎哎哎，怎么才亲上她就翻身跨马走人了？玩情趣也不是这么玩儿的，这多不人道啊。"

我说："情你个头啊情，你没看到那女的从背后刺了男的一刀啊，人家是畏罪潜逃了。"

君玮说："啊？他们刚才不还搂搂抱抱的吗？"

终归是我没事找事，我和君玮本可撒手不管，但那男子倒下去的身影，像一座倾倒的玉山，蓦然令我想起心中的那个人，慕言。自我醒来之后，已很久没想起他，并不是心中情意已经泯灭，只是假使此时重见，也再不能如何了。

从前我执着，因我活着，而此时此刻，我一个已死之人，没有呼吸没有味觉痛感，他不怕我已经难得，遑论其他。相见争如不见。

君玮查看他的伤口，表示匕首刺入虽深，但未切中要害，幸亏我们抢救及时，还能捡回他一条命。我看到他的容貌，浓黑的眉，挺拔的鼻梁，凉薄而血色全失的嘴唇，是难得好看的一张脸。脚下的草地很快就被血浸透，君玮帮他止好血，终于反应过来问我："关键我们为什么要救他呢？"

我说："你看他长得这么好看，也许我们把他治好之后转手卖掉，可以卖到大价钱？"君玮没有理我，转手招呼小黄："儿子，过来帮爹爹驮着他。"小黄将头扭向一边。君玮继续招呼，"到镇上爹爹给你买烧鸡吃。"小黄欢快地跑了过来。

这好看的公子在镇上的医馆里躺了两天才缓缓醒来，除了迷蒙中叫过一声"紫烟"，再没别的言语。我揣摩紫烟是个女人的名字，说不定就是刺他一刀的女人，感叹良久，想古往今来都是这般，英雄难过美人关。

君玮说："这人怎么这样，好歹我们救了他，自醒来到现在，半句感谢也没说。"

我说："长得好看嘛，任性点也可以理解。"

君玮瞪着我："长得好看就可以吃药不给钱啊，长得好看就可以欠人人情不道谢啊？"

我说："嗯。"

君玮捂着胸口气得要倒了。

我们原本设想将这个人救活，拿点报酬，如果他家离得近就顺便把他送回家，再上路离开。但世事总不能如愿，谁能想到如此打扮的一个贵公子，身上却一个子儿也没有。我为难道："把你从壁山搬回来这事儿就算我们日行一善了，可你伤得不轻，用了不少好药材，都是我们垫着，我们此行路远，还带了一头老虎，开销很大，盘缠也不算多，你看……"

我想他要是再没反应我就要去抽他了。

29

但他没给我抽他的机会。

我话还没说完,就被他兀然接过:"路途遥远?"那一双好看的眉微微上挑,唇边竟噙着一丝笑。

我想,他这是伤情伤傻了吗?

他继续道:"既然路途遥远,又是在这崇山峻岭之中,必是艰险异常了。在下不才,碰巧学过几年剑术,姑娘若不嫌弃,这一路便由在下护着姑娘罢,也是报姑娘的救命之恩。"

我说:"可这药钱……"

他取下手上的玉扳指递给我:"把这个扳指当掉,能得二十金铢,不仅药钱,在下一路跟着姑娘的饭钱也有了。"

我接过扳指抬头看他:"你不用保护我,既是二十个金铢,已足够报这救命之恩了。"

他淡淡道:"在下的命还不至于廉价至此。"

我上下端详他一番:"可我们明天就要离开赶路了,你身子撑得住吗?"

他低笑一声:"明日上路吗?无妨。"

君玮不明白为什么这位蓝衣公子一定要跟着我们,想了半天,觉得只能有一个解释,那就是他看上我了。我本来心花怒放了一会儿,但不经意照到镜子,发现自己已然今非昔比。除非他是个重金属发烧友,否则要看上我这张一半都被银箔挡严实的脸实属难能可贵。

君玮听了我的反馈,陷入沉思,道:"不是这样的话,就毫无道理了。"

我开解他:"世间事哪有那么多道理,就好比小蓝,风姿翩翩、一表人才,按道理能招惹多少狂蜂浪蝶,结果你也看到了,喜欢的姑娘毫不留情扎他一刀,要不是遇上我们,就暴尸荒野了。挑姑娘的眼光太不济,把自己搞得半死不活,要真按道理来,就该没这个事儿了。"

君玮想了想,表示赞同,又想了想,问我:"小蓝是谁?"

我说:"不就是前几天救回来那个穿蓝衣服的吗?"说完转身,准备去厨房看药。一抬头看见小蓝,收拾得妥妥帖帖,抄着手正闲闲靠在里间的门框上,冷眼将我们望着。背后说人是非,着实缺乏教养,这等事还被当事人抓个正着,我不知做何感想,半天,干笑了一声。他也配合地笑了一声,眼睛里却殊无笑意,转身进了里间。

君玮凑过来道:"我相信他不是看上你了。"

我回头问他:"你说,有没有可能他其实是看上你?"

小黄正好从房门前过,君玮磨了磨牙齿,指着我叫住小黄:"儿子,咬她。"

十天之后，就到姜国国都岳城。

小蓝说这一路崇山峻岭，必定艰险异常。我们研究一番，觉得他的社会经验应该比我和君玮都丰富，盲目地信任于他，一直等待艰险降临。但行路十天，一路平安，连打劫的山贼都没遇上半个。君玮问我："你说什么时候才能遇上歹徒来袭击我们啊？"我说："不知道，等着吧。"可等待许久，歹徒迟迟不来，等得我们很愤怒。

进入岳城的前一夜，队伍中多了一个女子，说是小蓝的侍女兼护卫，名唤执夙。我们在路旁买烧饼时遇上她。背景是血一般的夕阳，她骑着一匹白色的骏马飞驰而来。

君玮一把将我拉到一旁躲开，她翻身下马，月白的衣袖扫过我面颊。我和君玮还没搞清楚是怎么一回事，她已旁若无人扑通一声跪倒在小蓝面前，眼圈绯红望着他哽咽："公子，执夙终于找到你了。"

执夙长得眉清目秀，额间有一颗天生的红痣。对于她执意跟着我们这件事，小蓝没有说好，也没有说不好。君玮点头倒是点得痛快，因执夙着实是个相貌美好的姑娘，十分容易就触动了他一颗恻隐之心。但在同情执夙的同时，君玮对小蓝很不满，和我咬耳朵道："这人真正风流，连护卫都是女护卫。"但我想，话也不是这么说，离开君禹山时，君师父让君玮好好护着我，就算是我的护卫，照这个逻辑，我岂不是也很风流。

当天晚上，我们宿在一家客栈，睡到半夜，小黄衔着我衣袖将我摇醒，借着月光端详它的神情，似乎是邀请我和它一同月夜散步。我们穿过长廊，一只老虎一个死人，脚步轻得要飘起来。正要走进后院，蓦然听到执夙的声音："那女子并无什么特别，公子为何不愿随执夙回府中？公子可知，你不在的这几日里，二公子那处又有不少动作。执夙深知，紫烟姑娘伤公子甚深，可公子您，您要以大局为重。"

我想，这个八卦我是偷听好呢，还是不偷听好呢。最后道德感战胜好奇心，决定还是不要偷听，但没等我拔腿离开，小蓝已经接下话来，声音低沉，随夜风传至我耳边，有熟悉之感，"你们，"顿了一下，"寻到紫烟了？"

我拖着小黄退至月亮门，正听到执夙说："公子，您对紫烟姑娘情深义重，但她，她是赵国派来的奸细，她一心只想谋刺于您，她……"

声音渐渐消失在我和小黄的身后。

廊檐下，我想起方才的熟悉之感，恍惚觉得又回到三年前那个山洞，慕言他就坐在我对面，莹白的手指弹拨一把蚕丝作弦的古琴，嘴角噙着微微的笑。事隔三年，我其实已记不得他的声音，只是那些古琴的调子还会时不时响在耳旁，袅袅娜娜，是我不会唱的歌。

月亮又大又白，我抬手捂住眼睛，就像他的手指曾经蒙上我双眼。但这双眼睛，如今也是死的了。

这件事真是无可奈何。

第三章

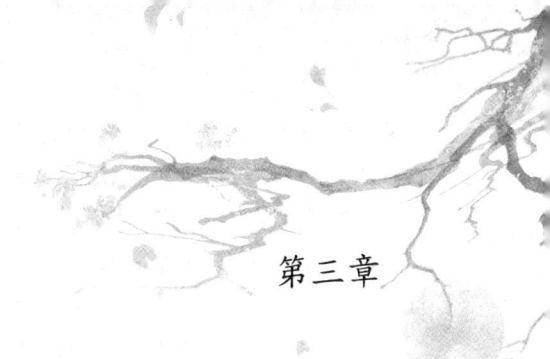

"君拂，爱一个人这样容易，恨一个人也这样容易。"

三日之后，我见到君师父为我安排的主顾，姜国镇远将军沈岸的夫人，沈宋氏宋凝。说主顾也许并不妥当，因终究不知是她从我这里买一个美梦还是我从她那里买一条性命。

这是城外的别院，传说镇远将军沈岸和夫人不睦，宋凝自两年前就搬来别院休养，此后再未回过将军府。两年间，发生许多事情，诸如沈岸纳妾，诸如宋凝染病。总之，宋凝的身体越休养越糟糕，如今，终于休养得快要死掉。

来迎接我们的老仆表示，夫人希望单独见我，让君玮、小蓝、执夙他们三个先去厢房休息。小蓝没什么意见，君玮却对此很不满，我明白他是担心我的安全，不明白的是，我目前这个状态，已经是个死人，到底要如何才能更加不安全。大家讨价还价很久，各让一步，让小黄跟着我。君玮拍拍小黄的头，道："儿子，好好护着你娘亲。"

我也拍拍小黄的头，一抬眼正对上小蓝的目光。他若有所思看着我，极轻地笑了一声，道："君姑娘早去早回。"

老仆领着我穿过两进长廊，穿过大片扶苏花木，边走边介绍，这些花木是从何处运来，拥有如何的奇香，我却完全不能闻到。绕过一片莲塘，踏入莲塘上的水阁，四周皆垂了帷幔挡风，躺在藤床上看书的女子抬起头来。

我看着她仿似从画中拓下来的一张脸，尽管强打了精神，颜色却白而颓败。即使我不拿走她的性命，她也未必活得长久。这并不是说我会看相，着实因为在这个方面，再没有谁比我这个已死之人更有发言权，那是将死之人的面容。

况且，我来这里的目的就是取走她的性命，近期，她即使不能自然死亡，我应该也会弄得她意外身亡。

风吹起帷幔，已是五月的天。将军夫人放下书来，咳了一声，静静看着伏卧在地的小黄，半晌，柔声道："挺温驯的一头虎，未出嫁时，在家乡，我也养过一头小狼崽。"她和我比划："这么大。"手指像兰花一样在虚空中画出一个形状，画完顿了会儿，她摇头笑了笑，笑罢抬头看我，眼角神色不置可否："你就是君拂？君师父口中那位能助我实现心中夙愿的君拂？"

我说："对。"说对这个字时，其实不能反应君拂是谁。这说明我不是个喜新厌旧之人。我做了十七年的叶蓁，对这个名字饱含感情，即使改名很久，也不能随意忘却。

她将手指搭在藤床床沿不经意轻叩几声，沉思的面容渐渐变得红润，能看到颊边深深梨涡，良久，笑道："君拂，我想得到一个梦，你可知我想得到一个什么样的梦？"

我坐在小黄背上，正色看她："我不知道，但你终归是要说给我听的。"想了一下又补充道："可我不是来帮助你，只是来做一笔交易。我不要金山银山，在岳城的这几日，只需你管管饭。我会给你一个梦，你想要什么样的梦，我给你什么样的梦。届时你可自行选择，选择留在梦中，或是离开这个梦。"

她说："哦？"

我点头："若你选择离开这个梦，我一个子儿不要，但若你选择留在梦中……"

她微微弯了眼角："若我选择留在梦中，君姑娘你待怎的？"

我看着她的眼睛："若你选择留在梦中，就把尘世的性命送给我做报酬，你看如何？"

她一双秀致的眉挑了挑，旋即望向水阁上空，好一会儿，突兀地笑了一声："好。"

这一天，我没能如小蓝所愿早去早回，在水阁中待了大半日。因宋凝讲给我一段故事，那是她的心魔，她想要修正这段故事，哪怕只在梦中。当然这纯属自欺欺人，她因不懂得自欺，才渴望一个梦境令自己骗过自己。

四檐的帷幔被挑起来，远处是落日湖光。她就着茶水饮下我几滴血，血液牵引她体内生气聚集，化作跳动的音符，在我眼前排成一列，我一个音符一个音符牢牢记住，这是宋凝的华胥调。

她在湖光里慢慢回忆，而我透过跳动的华胥调，一幕一幕，看到她的过去。她说："君姑娘可曾听说，我虽是姜国将军的妻子，却不是姜国人，七年前，我十七岁，如同你这般大，带着满满的情意嫁来姜国，真是花一样的年纪……"

花一样的年纪里，黎国大将军宋衍的妹妹宋凝在姜黎两国的战场上邂逅沈岸。那时，沈岸沈将军是姜国最年轻的少年将军，有冷峻的眉目，了不得的身手，百战百胜的赫赫威名。

宋凝出身武将世家，自小被当作男儿教养，一柄红缨枪使得出神入化，十四岁就跟着兄长征战四方。

十六七岁的年纪，正是姑娘们拿着绣花针为嫁妆汲汲忙忙的时节，宋凝那一双拿红缨枪的手，却已在战场上取了不少人命。黎国自古男多女少，姑娘总是分外金贵。黎庄公十七年春，凡家有适婚之女的世家大族无不被踏破门槛，但大族之首的大将军府反而门庭寥落，没有哪个贵族敢娶宋凝。

大家都害怕娶了宋凝以后若再敢纳个妾，自己将和妾室双双被宋凝打死。黎庄公欲做一桩好事，将宋凝许给丞相府的二公子。丞相二公子听说此事，吓得当即从马背上摔了下去。

宋凝在战场上得到这消息，在溪边水旁伫立很久。宋衍找到她，皱眉道："你不必担心，那不识好歹的浑小子，兄长定有办法叫他非你不娶。"

她攒出笑来柔声道："哥哥莫气，王都里那些整日泡在温柔乡里斗鸡走狗的纨绔，他们看不上阿凝，就当阿凝看得上他们吗？阿凝要嫁，也是嫁当世的英雄。"

这话原本不过说说而已，表示她基本上并不纠结被丞相二公子嫌弃这等事。但时隔不久，果然遇到命中注定的英雄，就在那 年，那个冬天。英雄骑着黑色的马，执一把八十斤的重剑，姓沈名岸，字泊舟。

那是黎庄公十七年的严冬，大漠冻雪，黎姜两国交界处发现成群的汗血马，两国都想据为己有，互不相让，以此为引子，引发多年宿怨，终酿出一场大战。宋凝早听说沈岸的丰功伟业，少年心性，心中不大服气，一直想找个时机与他一较高低。

终于这一天，大雪纷飞，两军对战在玉琅关前。时机得来不易，一向稳重的宋凝不顾兄长眼色，率先拍马而出，列前祭出自己的名号，沉声叫阵："紫徽枪宋凝前来领教沈岸沈将军的高招。"寒风的劲力带着她破碎嗓音传往敌阵，猎猎招摇的旌旗中，白袍将军跨马缓缓而出，英俊淡漠的一张脸，手中泠泠似水的长剑泛出冰冷白光。

这一场武勇的单挑，宋凝的枪法从未使得如此笨拙，不过五招便被掼下马来，一辈子没有败得这么快，败得这么惨，对方却连眉毛也没挑动一丝，只在长剑不经意拨下她头盔时怔了怔："原是个女子。"

宋凝爱上沈岸，因他打败了她。这也是后来比武招亲不得不流行的原因——世上强大的姑娘越来越多，强大的姑娘们在寻找夫君时基本上都有一颗独孤求败的心。

你想得到她，就先打倒她。你若打倒她，就必须得到她。如果你打倒了她又不愿意得到她，就会演变成一篇虐心文。

总之，紫徽枪被沈岸手中的长剑格开到两丈外。他坐在马上，探身剑一挥勾起静卧于地的长枪，回手一掷便堪堪钉在宋凝身旁，声音没什么起伏："你的枪。"风卷着雪花在大漠里横行无忌，他眼睛里是她身后的三万雄兵，她唇角有隐隐笑意，眼睛里却只有他一个人。

沈岸在宋凝心中成为一座巍峨的高山。黑色的战马，月白的战袍，挥起剑来既快又准，绝不在女子的臂弯中蹉跎人生，她想，这才是她心中的英雄，可惜，是敌国的英雄。

　　但英雄也有落魄的时候，且总有落魄的时候。历代当得上名将二字的俊杰们皆是如此，不是曾经落魄，就是正在落魄的道路上。

　　于是，沈岸遇到宋凝，此后走在了落魄的道路上……其实也不能这么说，这么说不好，显得宋凝太"扫把星"。沈岸大败于苍鹿野这事着实与她无关，军事学家们分析很久，能找到的最可靠的理由是沈岸的星命说他那一天不宜出行。

　　苍鹿野一战，沈岸败在黎国大将军宋衍的手下，所带的五千精兵全军覆没，自己也身中数箭，险些战死。黎明时，宋衍的海东青穿过绿洲戈壁，扑腾着翅膀落在宋凝手中，宋凝从海东青的爪子上取下装着军情的竹筒，手一抖，巴掌大的丝帛掉进泥水，字迹模糊成一道恻恻的阴影。宋凝不相信沈岸战死，因她刚把沈岸定义为心中不败的英雄，不到三天，不败的英雄就被打败，感情上讲，着实让她难以接受。

　　宋凝带上伤药跨马奔出营地。她想，若他没死，无论如何也要将他救活，若他战死，就让她找出他的尸骨将他亲手安葬，他不能成为大漠里无名的枯骨。

　　他是让她动心的第一个人，和黎国王都里那些醉生梦死的纨绔们都不同的一个人，一个真正的男人。其实她怎么知道他是真正的男人，她也没有试过，一切都只是想象。她却在想象中更加爱沈岸。

　　阴沉沉的天，大漠的风像夹着刀子，胯下战马被狂风卷起的碎石击得嘶鸣，宋凝伏在马背上，平沙莽莽间，她用白纱掩住眼睛，护着怀中伤药咬牙逆风而行，手和脸被汹涌而过的风沙擦出一道又一道口子，她将手上的口子放在唇边舔一舔，继续顶风前行。

　　她想，沈岸就在前方等着她。这信念支撑她用最短的时间走过这最长的一段路，其间还避过了兄长率领回营地的大部队。终归只是她一个人这么认为罢了，其实你想，沈岸怎么可能在等她，沈岸甚至记不得她。

　　苍鹿野在前方出现，血污被过往风沙掩藏大半，像这战场已被丢弃多时，只是空气中浓重的血腥味让人明白，它还是一个崭新的修罗场。姜国人的尸首在苍鹿野铺成黑压压一片，下马随便一踩，也能踩到破碎的尸块。

　　宋凝徒手翻开两千多具尸首。这已可看出她和沈岸无缘。倘若有缘，就该第一个便翻到沈岸。但她仍然坚定不移，估计觉得必须翻出他才不虚此行，可能是这种执着的精神终于感动上天，翻到两千七百二十八具时，她抹净面上满是血污的男子的脸，看到英俊的眉眼。她紧紧抱住他，哽咽出声："沈岸。"

　　宋凝没有猜错，英雄们总在该死的时候命不能绝，沈岸还活着。她抱着他，听到他被触动伤口时无意识哼出的一声，心中敲过一把千斤的重锤，泪水顺着脸颊淌下："我就知道，我是应该来的。"彼时他们坐在大堆尸体当中，沈岸基本没有知觉。即便在战场上也是一副微笑表情示人的宋凝，捂着自己的眼睛哭得满脸是泪。

宋凝救下沈岸。她幼时在府中学过医术，只可惜这方面天赋有限，出师时也只能勉强医治轻度伤寒。沈岸的伤是药圣百里越也未必能治好的重症，在硬件设施和软件设施都极度匮乏的情况下，宋凝居然没把沈岸弄死，反而令他渐渐好转，只能说是她的诚意再一次感动了上天……

但沈岸一双眼为风沙所伤，暂时不能复原。他坐在苍鹿野近旁一座雪山的山洞中轻轻摩挲自己的剑，淡淡对宋凝道："请问，相救在下的，是位姑娘还是位公子？"

宋凝始终没让沈岸知道自己是个姑娘还是个公子，黎国大军踏平苍鹿野，灭了沈岸五千精兵，她想沈岸一定很恨黎国人，她怎能让沈岸知道自己是黎国的宋凝。

但天意难测，那一夜，沈岸伤势发作，畏寒至极，不论在洞中生多少火也没用，她瞧着又急又心疼，沉思很久，终于使出古书上记载的一个古老的法子，除下了身上的衣裳，靠近他，和他紧紧抱在一起。

洞中四处都是炭火，烧得洞壁上薄薄一层积雪化成水，顺着洞沿滑下来，滴答，滴答。沈岸清醒过来，猛地推开她，她像树袋熊一样搂着他，他推的力道越大，她贴得越是紧。他无奈开口："姑娘不必为在下毁了一身清白。"

她心中好笑，用手指在他胸口轻飘飘地划："医者仁心罢了，不必介怀。"其实她胸中并无半点仁心，只是想着，这是她喜欢的人，她的英雄，用什么方法救他都是值得的，哪怕是一命换一命呢，何况只是肌肤相亲。沈岸不再尝试推拒，用手轻轻搭住她的肩头："若姑娘不嫌弃，待在下伤好，便登门向姑娘提亲。"宋凝抖了一下，慢慢将头靠在他的胸口。

沈岸自这一夜发寒之后，情势急转直下，终日昏睡。宋凝手中伤药告罄，逼不得已，打算背着沈岸翻过雪山谋市镇就医。这件事着实危险，首先，要考虑雪山天寒，他们有没有在翻山过程中冻死的可能；其次，要考虑雪崩频繁，他们有没有被山坡上的积雪砸死的可能；再次，还要考虑有没有因迷路走不出雪山而饿死的可能。总之，一切都很艰难。但宋凝思前想后，觉得此事值得一试，虽走出山洞那就是找死，但待在山洞也是等死，两边都是死，兴许找死还能找出一线生机。她没有想过丢下沈岸一个人回营地。

三日里不眠不休，她背着沈岸奇迹般穿过雪山，来到雪山背后镇上的医馆时，已是满手满脚的血泡，放下他许久，也不能将腰直起来。

沈岸仍在昏睡。

宋凝近十日未回营地，宋衍早已急得跳脚，派了手下将领四处寻她。她刚到这小镇就看见兄长的下属，自知不能待得长久，将随身一枚玉佩摔做两半，用红丝线穿了其中一半挂在沈岸脖子上，自己留下另一半，以此作为信物。她将沈岸托付给医馆里一对爷孙，留下五个金铢，缓缓道："这是你们姜国的将军，治好他，你们的王定有赏赐。"上了年纪的老大夫一下子跪倒在地，一旁的哑巴孙女扶住他，一只手打着宋凝看不懂的手势。

　　她的手滑过沈岸的睫毛，他脸色苍白，睡得很沉，并不知道她要离开。

　　她说给我听这段故事，她记忆中没有的那些，我却看得到。

　　就在宋凝离开后的第三日，沈岸在雨夜中醒来，他的眼睛经药水洗涤，已然清明。老大夫的哑巴孙女坐在他床边，他仔细端详她，轻笑："原来你是长得这样，这么些天，担心我了？我们现在是在哪里？"

　　哑女一张清秀的脸霎时通红，咬着唇不好意思看他。

　　他看了看四周："是在医馆吗？你坐过来些。"

　　哑女绯红着脸坐得过去些。

　　他微微皱眉："你不会说话吗？"

　　她迟疑点头。

　　他握住她的手："怪不得一直以来都不曾听过你说话，原是不会说。"

　　她微微抬眼看他，又不好意思低下头，却没有将手抽开。

　　黎庄公十八年春，姜国战败，以边境两座城邑请和，与黎国立下城下之盟。盟约订立不久，黎庄公将大将军之妹宋凝收为义女，封敬武公主，遣使前往姜国向姜穆公提亲，意欲促成宋凝和沈岸的婚事，结两国之好。

　　宋凝从前不能让沈岸知道她是谁，因隔着国仇，怕沈岸宁死不受黎国人的恩，不让她相救。其实完全是她想太多，所谓英雄不问出处，就是说英雄受人恩惠时一般不问恩惠来处。

　　但如今她是要嫁去姜国，嫁给心目中的英雄，她记得沈岸说要娶她，不管他爱不爱她，她要让他兑现诺言。这就是男人们普遍讨厌对女人允诺的原因，因为她们的记性实在太好，并且总有办法将这诺言强制执行。宋凝写成一封长信，信中附了当初摔碎的半块玉佩，请提亲的使者私下送给沈岸。

　　直到送亲的队伍启程，宋凝也没收到沈岸的回信。但这件事无伤大雅，顶多是一个不和谐的小插曲，毕竟沈岸答应了黎庄公提出的这桩婚事。宋凝在心中反复推论，觉得第一，沈岸亲口提出的要娶自己；第二，沈岸亲口答应的姜穆公会娶自己，不管是主动还是被动，他都十分配合，此事已然万无一失。

　　没想到终有一失，却是天意。这是个很玄的说法，但不玄似乎不足以说明命运的阴差阳错，就如宋凝，就如我。

  洞房夜里，圆月挂于枝头，浮云铺在天际，喜烛映照出重重花影。宋凝酝酿半天感情，要在沈岸揭开盖头时给他最明艳的笑。她长得本就绝色，黎国王都的纨绔子弟虽然集体不愿讨宋凝做老婆，但对她的美貌基本上众口一词地肯定，这一点其实很不容易，也可侧面反映黎国的纨绔们审美水平普遍很高，并且趋于一致。因是绝色，绝色里漾出的一个笑，就自然倾城。沈岸挑开鸳鸯戏水的红盖头，看见这样倾城的一个笑，愣了愣。

  宋凝微微偏头看着他，笑中溢出流彩的光。他面上没什么表情，是她熟悉的模样。她想，她这一生的幸福都在这里了。家中的老嬷嬷教她在新婚当夜令人怜爱的话语，比如"夫君，我把阿凝交给你，好好地交给你，请一定要珍重啊"什么的。她想着要将这句话说出口，还在酝酿，却听他冷冷道："你可知今夜坐在这喜床边的人，原本该是谁？"

  她不知他说的是什么，抬头道："嗯？"

  他眼中寒意凌然："我听说，是你哥哥向黎公提议，让你我结亲。为什么是我？就因我曾在战场上胜过你一次？宋凝，难道此前你们没有打听过，我已有未婚妻？"

  她喃喃："可你说你要娶我。"

  他冷笑一声："终究我也是为人臣子，主上拿蔆蔆的性命逼我，我焉有不从之理？只是，我不想从你那里得到什么，也烦请你不要从我这里要求什么。"

  她望着他："我没有想从你那里要求什么，我只是……"

  他蓦然打断她的话："那便好。"

  他拂袖踏出新房，喜床前一地破碎月光。她看着他的背影，想绝不该是这样。她唤他的名字："沈岸。"就像在苍鹿野的修罗场，那一刻的时光，她抱着他，声带哽咽，唤得轻而缠绵。但他没有停下脚步。她没有流泪，只是茫然。

  她一生唯哭过一次，那是她在苍鹿野找到他，发现他还活着。她脱下大红的喜服，叠得整整齐齐，规规矩矩躺在床上，眼睁睁看着一对龙凤烛燃尽，窗外月色戚戚然。

  第二日，宋凝前去向老将军夫人请安，听婢女们咬舌头说将军昨夜宿在荷风院，荷风院中安置着柳蔆蔆，蔆蔆姑娘。她想，蔆蔆，又茂盛又有生气，真是个好名字。

  她听说蔆蔆给将军做的衣服，针脚绵密，绣的翠竹栩栩如生。

  她听说蔆蔆给将军煨的芙蓉莲子羹，用荷池里结的第一塘莲子，熬出的汤清香扑鼻。

  她听说蔆蔆虽不会说话，却时时能逗得将军开心。

宋凝对此事的看法其实是这样，柳萋萋原本该是沈岸的妻，自己横插一脚毁了他人姻缘，该行为属于第三者插足，着实不该再有所计较。打从自己嫁过来之后，除了新婚之夜那一面之缘，沈岸再没出现在自己面前，也可看出他着实是个专情之人，令人钦佩。她想她爱沈岸，但事已如此，只得将这种爱变成信仰，因为信仰可以没有委屈，信仰可以没有欲望。

　　她常听到柳萋萋如何如何。

　　她虽已想通，并致力于将自己的爱情往"我爱你，与你无关"这个方向发展，但其实并不想见到柳萋萋这个人。可有些事不是你想如何就能如何，连王城中的皇帝也不能想生一个儿子，他后宫里的妃嫔就立刻善解人意地给他生个儿子。

　　生儿生女还是生个叉烧包，这些事，冥冥中早已注定，包括从没有午后散步这个好习惯的宋凝有一天突然跑去后花园散步。于是那一日莺啼燕啭，花拂柳，柳依岸，于是那一日，她碰到传说中的柳萋萋。

　　故事总有前情，前情是宋凝在花园中拾到一块玉佩，玉佩用金箔镶嵌，拼得如完璧，中间却有一道清晰的裂痕。

　　她拾起来眯了眼睛对着日光端详很久，确定是去年隆冬时节别离沈岸时被自己摔碎的那块。有女子匆匆到她面前，伸出葱段般的手指，一手指着玉佩，一手指着自己。她抬起头来，女子看清她的容颜，一张脸陡然煞白。她想她在哪里见过这女子，微风拂过，拂来一阵淡淡药香，这药香令她陡然想起雪山背后的小医馆。她握着玉佩，微笑看她："你也在这里？沈岸他果然不是个忘恩负义之人，你爷爷呢？"

　　女子哆嗦着嘴唇，转身就要逃开。她微微皱眉，一把拉住她："我很可怕？你怕成这样？"

　　女子拼命挣扎着往后躲，背后突然传来沈岸的声音："萋萋。"

　　萋萋。她一失神，手中的女子就被沈岸抢去，他护着她，像一棵参天大树护着身上攀附的藤蔓，容色温柔，姿态亲昵。抬眼看着她时，却是一脸的冷若冰霜。他责问她："你在干什么？"

　　她答非所问，看着沈岸怀中的女子："萋萋，你就是萋萋？"女子却不敢抬头。

　　沈岸蹙眉，目光停在她手中，一顿，冷冰冰道："那是萋萋的玉佩，你拿着做什么？"

　　她愣了一会儿，惊讶地望着他："萋萋……的？什么是萋萋的？怎么会是萋萋的？"她上前一步，将手中玉佩放到他眼前，"你有没有看过我给你的信？你忘了这是我给你的信物，你忘了在苍鹿野的雪山里，我们……"

　　她还要继续说下去，柳萋萋突然握住沈岸的衣袖拼命摇头。

　　他眼中冷光闪了闪，不耐烦打断她："苍鹿野一战，五千姜国人死在你们黎国箭下，姜黎两国虽已言和，可这一战的大仇，沈岸却没齿难忘。"他冷笑："苍鹿野的雪山里，若不是蓁蓁救我，如今的沈岸，也不过是战场上一缕游魂，还能娶得了你黎国的敬武公主宋凝？"

柳蓁蓁仍在摇头，握着沈岸的手，泪水顺着眼角滑落，濡湿双颊，花了妆容。

宋凝不能置信，嗓音从喉咙里飘出来："怎么会是她救了你，救你的……明明是我。"她以为她说清楚，他就能明白，其实是高估了他的理解力。因世事并不似这样，沟通不是有沟就能通，也许事先被人放了鳄鱼在沟里，就等你涉水而过时对你痛下杀手。

他看她的眼神里满是嘲讽："你在胡说什么？你救了我？宋凝，我可从未听说你懂医术。救我的女子医术高明，不会说话，那是蓁蓁。你以为蓁蓁说不了话，我就能听信你一派胡言？"

她无法向他证明，因她当初救他基本上全靠上天垂怜。而如今，明显上天已经变心，转而垂怜了柳蓁蓁。

她想他没有看到那封信，信其实送到何处她已明白，如今再纠结此事毫无用处，只是心中不甘，哪怕沈岸不爱她，有些事，她总要让他明白，可她说什么都是错，她做过种种努力，沈岸不给她机会，这实在是一个严谨的男人，半点空子都钻不得，着实令人悲愤。

她不再尝试向他解释，他看她的眼神都是冰，他从不肯好好倾听。起初她心中难过，又不能流下泪来，常常抱着被子，一坐天明。在长长的夜里，想起他将手轻轻搭在她肩上，柔声对她说："若姑娘不嫌弃，待在下伤好，便登门向姑娘提亲。"那是唯一美好的回忆。她看来刚强，终归是女子，越是刚强的女子，越是要人珍重，过刚易折即是如此。

只是没有想到，新婚不过三月，沈岸便要纳妾。

纳妾其实无可厚非，大晁风俗即是如此，由皇帝带头，臣民纷纷纳妾，你纳我也纳，不纳不行，纳少了还要被鄙视。因君玮性喜研究皇帝的家务事，做出如下分析，觉得皇帝纳妾主要因皇后身为国母，母仪天下，是天下万民的化身。

试想一下和国母过夫妻生活时，看着她慈祥的脸，立刻心系苍生，办正事时也不能忘怀政事，真是让人放不开，只好纳妾。

但究竟如何，我们也无法知道，也许只是男人色心不死，所以纳妾不止呢？不过沈岸要纳这一房妾，却是为了所谓爱情，而这是唯一让人不能容忍的事情。首先，不能为宋凝容忍。

宋凝将这桩事挡了下来，借的黎庄公的势，黎国的国威。

她坐在水阁之上，一塘的莲叶，一塘的风，塘边有不知名老树，苍翠中漫过晕黄，是熟透的颜彩，就像从画中走出来。沈岸站在她面前，这是新婚后第三次相见，他蹙眉居高临下地看她："你这样处心积虑毁掉我同萋萋的婚事，你到底想要什么？"

她放下手中书卷抬头看他，像回到未出阁前，战场上永远微笑的宋凝，声音沉沉，颊边却攒出动人梨窝："我想要什么？这句话问得妙，我什么也不想要，只是有些东西，柳萋萋她不配得到。"

他冷声答她："你容不下萋萋，可知我又容得下你？"

她颊边酒窝越发深："沈岸，你没有办法不容我，终归我们俩结亲，结的是黎国同姜国的盟约。"

他脸上有隐忍的怒意："新婚当夜我们便有约定，你我本该井水不犯河水。"

她看着自己的手，语声淡淡："其实本也没有什么，只是看着你们这样恩爱，而我一个人嫁来这里，孤孤单单的，很不开心。"

他拂袖冷笑："宋凝，你还记得当初是谁提的这门亲？"

他的背影在拐角处消失不见，半晌，她低头打开手中书卷，风拂过，一滴泪啪一声掉在书页上，墨渍重重化开。她抬起袖子擦了擦眼睛，若无其事另翻了一页。

不久，与姜国隔河相望的夏国国君薨逝，公子庄沂即位。两月后，夏国新侯庄沂以姜国援助夏国叛贼为名，举兵攻姜国。姜穆公一道令旨下来，沈岸领兵迎战。

四月芳菲尽，天上一轮荒寒的月，宋凝在窗前立了半宿，看着月亮沉下天边。她终归还是不能让他在战场上死去，他不是可意的夫君，但半年前她一眼就看中他，他是她心中的英雄。有些人没什么恋爱经验，情怀浪漫，一眼万年，说的就是宋凝。

寅时，她将陪嫁的战甲从箱中翻出，取下胸前的护心镜，拖着曳地长裙，绕过花廊，一路行至沈岸独居的止澜院。院中婢女支支吾吾，半晌，道："将军他，将军他不在房中……"

她容色淡淡："在荷风院？"

婢女垂着头不敢说话。

她将丝帛包好的护心镜交到她手中："既然他不在，这东西，便由你……"

话未完，面前婢女忽抬头惊喜道："将军。"

沈岸踏进院门，天未放亮，院中几个灯笼发出朦胧的光，他的身形被笼在一层晕黄的光影中。她听到他的声音，就响在她身后，僵硬道："你在这里做什么？"

她转身，亭亭立在那儿，从头到脚打量他一番，笑了一声。笑意未达眼睛，只是她一贯表情。

她递给他手中布裹："没什么，听说你要出征了，过来把这个青松石做的护心镜拿给你,这镜子比寻常护心镜坚固许多,前前后后救了我不少次性命,终归我不再上战场,烦请你带着它再到战场上见识见识。"

他微微皱眉,看着她,半响,道:"我听说,这护心镜是你哥哥送你的宝贝。"

她抬起眼睛,眼角微微上挑:"哦,你也听说过?说是宝贝,那也须护得了人的性命,护不了人的性命,便什么也不是。把它借给你,没有让你欠我人情的意思,你说得好,我们本该井水不犯河水,只是终归你我存了这个名分,你若死在战场上,你们沈府这一大家子人让我养着,着实费力,谁的担子就由谁来扛,你说是不是?"

他端详着手中碧色的护心镜,像一片铺展的荷叶。她颔首欲走,他一把拉住她:"你可改嫁。"

她看他握住她袖口的手,视线移上去,到襟边栩栩如生的翠竹。她笑盈盈地:"什么?"

他放开她衣袖:"我若战死,你可改嫁。"

她做出低头沉思的模样,半响,道·"啊,对。"

她抬起头来,颊边酒涡深得艳丽:"那你还是死在战场上不要回来了,永远也不要回来了。"

一旁的婢女吓得一抖,她却笑开,眼中冷冷的。真是女孩的心思你别猜,猜来猜去也猜不明白。

世间有类姑娘,说的每句话都让你想入非非,还有类姑娘,说的每句话都让你非得想想。前面这类姑娘以隔壁花楼里的花魁李仙仙为代表,后面这类姑娘以宋凝为代表。

她走得匆忙,终于能留给他一个背影,端正的、高挑的、亭亭的背影。他握着那绿松石的护心镜,望着她远去的背影,目光沉沉,若有所思。

沈岸离家两月。

八月中,丹桂馥郁,荷风院传来消息,说萋萋姑娘有孕了。老将军和夫人相顾无言。柳萋萋算是沈府的客人,家中女客怀孕,怀的是自己儿子的种,这倒也罢了,居然还是当着儿媳妇的面怀上的,着实让二老不知道该说什么。只是宋凝前去请安时,老夫人隐约提了一句:"让沈家的子孙落在外头终归不是什么体面的事。"宋凝含笑点头:"婆婆说的是。"

月底,城外瞿山上的桂花开得漫山遍野,宋凝望着远山,与陪嫁过来的婢女侍茶淡淡道:"邀着萋萋姑娘,明日一同去瞿山赏桂花罢。"

侍茶将帖子送到荷风院,柳萋萋接了帖子。

第二日,宋凝轻装简行,只带了侍茶。侍茶一只手挽了个点心盒子,另一只手挎了个包袱皮。相对宋凝,柳萋萋隆重许多,坐在一顶四人抬的轿子里,前后还跟了荷风院里两个老嬷嬷外带屋里屋外四个婢女。

宋凝笑道:"赏个桂花罢了,这么多人,白白扫了兴致。"

打头的老嬷嬷幽幽道:"夫人有所不知,将军日前来信,要奴婢们好生照看蘡蘡姑娘,蘡蘡姑娘已是有了身子的人,奴婢们半点怠慢不得。"

宋凝敲着扇子不说话。

侍茶轻笑:"瞧嬷嬷说的,怠慢不得蘡蘡姑娘,便怠慢得我家公主。说句不好听的,在我们黎国,倘若公主站着,底下人就不敢坐着,倘若公主坐着,底下人不得公主恩典,便都得跪着,这到了你们姜国,倒全反过来了,我家公主今日徒步登瞿山,你家姑娘却能坐轿子,你们姜国的礼法是这样定的?"

老嬷嬷扑通一声跪在地上,不住抽自己耳光。

轿帘掀开,柳蘡蘡急步下轿护住老嬷嬷,带药香的一双手打出婉转漂亮的手势,老嬷嬷在一旁战战兢兢解释:"姑娘说她不坐轿了,方才是她不懂事,她跟着夫人,一路服侍夫人。"

瞿山高耸入云,整整一天披荆斩棘的山路岂是一个孕妇可以负荷,回府当夜,便听说柳蘡蘡下身出血不止。第二日一大早,有消息传来,说柳蘡蘡腹中胎儿没保住,流掉了。侍茶担忧道:"倘若将军生气,可如何是好?"宋凝倚在窗前看书,抬手让她换了壶新茶。院中桂花袅娜,桂子清香扑鼻而来。

柳蘡蘡丢了孩子,归根结底是宋凝之故,但这孩子来得名不正言不顺,老将军老夫人即使想怜悯她也无从下手,只能从物质上给予支持,燕窝、人参、雪莲子,什么贵就差人往荷风院里送什么。

只是柳蘡蘡终日以泪洗面,腾不出空闲进食,为避免浪费,只好由侍女及老妈子代劳,造成的直接后果就是,除了柳蘡蘡依然能保持美好身材,整个荷风院在短时间内集体发福,连在院门口做窝的两只麻雀仔儿也未能幸免。这期间,宋凝称病,深居简出,谁也不见。

可终有那么一个人,容不得她不见。那是她命中的魔星。她为他卸下战甲,披上鲜红嫁衣,用了一生的柔情,千里迢迢来嫁给他。可他不要她。

九月中,凯旋之音响彻姜王都,沈岸打了胜仗,班师回朝。

宋凝坐在水阁边喂鱼,想想抬头问侍茶:"他回来了,你说,他会杀了我吗?"

侍茶手中的杯子啪一声落在地上。

宋凝笑出声来:"我身手虽不及他好,倒也不至于轻轻松松就叫他取了我的命,大不了打个两败俱伤,你不必担忧。"

侍茶扑通一声跪在地上:"公主在这里过得不快活,侍茶看得出来,公主很不快活。为什么我们不回黎国?公主,我们回黎国罢。"

宋凝看着莲塘中前仆后继抢吃食的鱼群："这是国婚，你以为想走就走得了吗？"

所有的不可挽回都是从那个夜晚开始。我这样说，是因为我看到事情全貌，看到宋凝的生命由这一晚开始，慢慢走向终结。将她推往死地的，是她的爱情和沈岸的手，他携着风雨之势来，身上还穿着月白的战甲，如同他们初见的模样，可眼中分明有熊熊怒火，犹如死地归来的修罗。

她终归敌不过他，不过两招，他的剑已抵住她喉咙，她用手握住剑刃，剑势一缓，擦过她右手五指，深可见骨的口子，鲜血顺着剑身一路滑下，那一定很疼，可她浑不在意，只是看着自己的手："你是，真的想杀了我？"

他冷声："宋凝，你手里沾的，是我儿子的命。你逼着姜萋同你登瞿山，就没有想过你会杀了他？"

她猛地抬头，眉眼却松开，声音压得柔柔的："那不是我的错，我也没生过孩子，哪里就知道有了身子的人会如此不济，登个山也能把胎登落。你同那孩子无缘，却怪到我头上，沈岸，你这样是不是太没有道理了？"

她说出这些话，并不是心中所想，只是被他激怒。她看着他铁青的脸，觉得好笑，就真的笑出来："沈岸，你知道的，除了我以外，谁也没资格生下沈府的长子嫡孙。"她想，她的爱情约莫快死了，从前她看着沈岸，只望他时时事事顺心，如今她看着他，只想时时事事找他的不顺心。可他不顺心了，她也不见得多么顺心，就像一把双刃剑，伤人又伤己。

她一番戏谑使他更怒，她看到他眼中滔天的怒浪，由此判断他的剑立刻就会穿过手掌刺进她喉咙，但这个判断居然有点失误。沈岸的剑没有再进一分，反而抽离她掌心，带出一串洋洋洒洒的血珠，剑尖逼近她胸膛，一挑，衣襟盘扣被削落。

她的夫君站在她面前，用一把染血的剑挑开她的外衫，眼中的怒浪化作唇边冷笑，嗓音里噙着冻人的嘲讽："宋凝，我从没见过哪个女子，像你这样怨毒。"

迟到九个月的圆房。

她试图挣扎，倘若对方是个文弱书生，她不仅可以挣开还可以打他一顿，但对方是位将军，十八般武艺样样精通且最擅长近身格斗，她毫无办法。

床上的屏风描绘着野鸭寒塘、荒寒的月和冰冷的池水，她冷得打颤，双手紧紧握住沈岸的背，沿着指缝淌下的血水将他麦色的肌肤染得晕红一片，像野地里盛开的红花石蒜。她终于不能再维持那些假装的微笑，泪水顺着脸颊淌下。她的声音响在他耳边，像一只呜咽的小兽。

她从小没有父母，在战场上长大，哥哥无暇照顾她，跌倒了就自己爬起来，实在跌得痛就用小手捂着伤处揉一揉，战场上的宋凝永远微笑，因她懂事，不能让哥哥担忧，久而久之养成这样的性子，连怎么哭都不会。

她一生第一次这样哭出声来，自己都觉得惶恐，因是真正感到了痛，而痛在心中，又不能像小时候一样，用手去揉一揉。她重重喘气，鼻头都发红，再不能像往常一样凛然，也再不能像往常一样刚强。

她才十七岁。那嗓音近乎崩溃了："沈岸，你就这样讨厌我，你就这样讨厌我。沈岸，放开我，求求你放开我。"

但他在她耳边说："你的痛，能比得上我的失子之痛吗？宋凝，你想要什么，我给你什么，只是我们从此两清。你知道两清是什么。"

空气中满是血的味道，我闻不到，但可以看到。

她的指甲深深陷入他脊背，已不能哭出声，喑哑的嗓音荡在半空中，秋叶般苍凉："沈岸，你这样对我，你没有良心。"

宋凝的右手毁在这一夜，那本是拿枪的手，使出七七四十九路紫徽枪法，舞姿一样优美，叫所有人都惊叹。那些刀伤刻在她手上，刻在她心上，毁掉她对沈岸的全部热望。

她醒来，沈岸躺在她身边，英俊淡漠的眉眼，眉心微皱，她想这是她爱过的人，茫茫人海中她一眼就相中他。他的剑就掉在床下，右手已无法使力，她侧身用左手捞起那柄八十斤的黑铁，惊动到他，就在他睁眼的一刹那，她握着剑柄深深钉入他肋骨，他闷哼一声，看到一滴泪自她眼角滑过，留下一道长长的水痕。

从前，她在成千的尸首中翻出他，她背着他翻过雪山找医馆，不眠不休三个昼夜，都是从前了。既是从前，皆不必提了。她偏着头看他，终于有少女的稚气模样，脸上带着泪痕，却弯起嘴角："沈岸，你为什么还要回来，你怎么不死在战场上？"

他握住她持剑的左手，突然狠狠抱住她，剑刃锋利，不可避免刺得更深。他呕出一口血来，在她耳边冷冷道："这就是你想要得到的？你希望我死？"

宋凝和我说起那一夜，事隔多年，淡淡的眉眼中仍晕出痛苦神色，仿佛不能回忆。她不知道我其实已看到那一切，那一定是魔魇般的一夜。虽然我其实还不太明白魔魇究竟是个什么东西，只是在君玮的小说里常看到这个词汇，大约是魔鬼的梦魇什么的简写得来。

这一幕的最后场景，是茫茫夜色中，秋雨淅沥，缠着凋零的月桂，想象应是一院冷香。

沈岸没死成。那一剑固然刺得重，遗憾的是未刺中要害，大夫嘱咐好好将养，不过三月便能痊愈如初。

而两月后，宋凝诊出喜脉。柳萋萋收拾包袱，半夜离开沈府。第二日消息传开，沈岸拖着病体四处寻找，找到后另置别院，将柳萋萋迁出沈府，自己也长年宿在别院，不以沈府为家。

第二年六月，宋凝诞下一个男婴。

沈岸伸手抱起那个孩子，淡淡道："你恨我。"

他看着床帐的方向："我以为你，不愿将他生下来。"

宋凝躺在床帐后，本已十分虚弱，却提起一口气，轻声笑道："为什么不生下他，这是沈府的嫡孙，将来你死了，就是他继承沈府的家业。"

他眼中骤现冷色，将孩子递给一旁的老嬷嬷，拂袖便走。孩子在背后哇哇地哭，他在门口停住，半晌，道："宋凝，天下没有哪个女子，一心盼着丈夫死在战场上。"

她的声音缥缥缈缈，隔着数重纱："哦？"

一晃四年，其间不再赘述，只是黎姜两国再次闹翻，争战不休。针对我要做的生意，这件事并不重要，重要的事情是柳萋萋诞下沈家第二条血脉，是个女儿。这件事在很长一段时间里使整个别院的氛围趋向悲观。

因我站在宋凝这边，不禁想柳萋萋如此焦灼应是生女儿就分不到多少财产所致，但只是个人猜想，也许人家其实是因为沈岸性喜儿却没能为他生出个儿子感到遗憾。

院里的老嬷嬷一再启发柳萋萋，表示在宋凝的眼皮子底下她能顺利生出个女儿就很不错了，启发很久才启发成功，让她明白这个女儿着实来之不易，收拾起一半悲伤，同时，沈岸对女儿的疼爱也适时地弥补了她的另一半悲伤。

我又忍不住想，柳萋萋能如此快速地化悲伤为希望，乃是因私下沈岸已重新分配遗产，采取遗赠手段分配给她可观数额。若君玮在现场看到，一定会批评我没有一颗纯洁之心，想事情太过阴暗，不够灿烂。但我想，若此情此景，我还能纯洁并灿烂，就会成为一个圣母。

宋凝的儿子长得极像她，起名沈洛。

沈洛颊边有浅浅酒涡，两三岁就会背诵诗书上的高深句子。若实在遇到难题，背不出来也不让人提醒，只端坐在那儿，将肥肥的小手捏成个小拳头抵住下巴，用心思考。

假如冬天，穿得太厚，做这动作未免吃力，但他为人固执，有始有终，不轻易换造型，可劲儿用小拳头去够下巴，顾此失彼，前前后后从小凳子上摔下来五六次，摔疼了也不哭，只爬起来自己揉揉，这一点酷似宋凝。

沈洛聪明伶俐，却不容易认出自己的父亲，基本上每次见到沈岸时叫的都是叔叔而不是爹爹。这说明他和沈岸见面的机会着实很少，侧面看出他娘和沈岸见面的机会着实也很少。但作为一个两岁就知道"羸弱"怎么读的智慧儿童，真不知道他是确实认不出沈岸还是只是假装。可这样惹人怜爱的孩子，却不幸夭折。

这个夭折，发生在他四岁的隆冬。

那日，沈岸带着女儿来沈府给老将军老夫人请安，小姑娘躲过仆从，一人在花园玩耍，遇到沈洛。两人不知为什么吵闹起来，拉拉扯扯，一不小心双双掉进荷塘，救上岸时虽无大碍，却因沈洛本就伤寒在身，被冷水一泡伤寒更甚，连发了几夜的高烧，第三日天没亮，闭上一双烧得发红的大眼睛，顷刻便没了。

大约正是这件事，才将宋凝真正地压倒。

我看到冬日暖阳从岳城尽头冉冉升起，沈洛小小的身体躺在宋凝怀中，脸颊保有红润颜彩，依稀是睡着模样。她抱着他坐在花厅的门槛上，竹帘高高地收起来，日光斑驳，投到他们身上。

她将他的小脑袋托起来："儿子，太阳出来了，你不是吵着半个月不见太阳，你的小被子都发霉了吗？今天终于有太阳了，快起来，把你的小被子拿出去晒一晒。"

可他再也不能醒来。眼泪顺着她脸颊淌下，落到他脸上，滑过他紧闭的双眼。就像是他还活着，见到母亲这样伤心，流下泪水。

沈岸随仆从出现在园中，宋凝正提着紫徽枪走出花厅，月白长裙衬着锋利美貌，总是微笑的面庞没有一丝表情，像用血浇出的红莲，盛开在冰天雪地间。这样好看的女子。

紫徽枪奔着沈岸呼啸而去，去势惊起花间寒风，她连他躲避的位置都计算清楚，这一枪下去就了了一切恩怨情仇，只是没算到他端端正正站在那儿，眼睁睁看着枪头刺来，一动也没动。

这一枪无可奈何，只能刺偏。他跄跄两步站稳，握住她持枪的手："阿凝。"

她抬头望他，像从不认识他："为什么我儿子死了，你们却还能活着，你和柳萋萋却还能活着？"

此生，我没有听过比这更凄厉的诘问。

紫徽枪擦过沈岸的袖口，浸出一圈红痕。她看着那微不足道的伤口，想挣脱被他强握住的左手，挣而不脱，终于将郁结在心底的一口血喷出，顷刻，染红他雪白的外袍。他一把抱住她。而她在他怀中滑倒。

宋凝自此大病。

此后一切，便如传闻。

故事在此画下句点。今日的宋凝坐在水阁的藤床上，容色悠远，仿佛把一切都看淡。她用一句话对七年过往进行总结。

"君拂，爱一个人这样容易，恨一个人也这样容易。"

我不是很敢苟同她这个说法，就如我爱慕言。我爱上他，着实是很不容易的一件事，若他没有救我两命，我们只如红尘过客，不要说我主动爱他，就是他主动爱我我都不给他机会。

而我既然爱上他，此生便不能给他时机让他伤害我，让我恨他。当然，这些全建立在我是个活人的基础上。而我此生已死，如今是个死人，这些坚贞的想法，也就只能是些想法，没事儿的时候想想，聊以自慰罢了……

其实，在我看来，所有的悲剧都来自于沈岸太专情，若他不是如此专一的一个男人，完全能达到三人和谐共赢，最后搞得你死我活，真是令人长叹。

临别时，宋凝疲惫道："如今想来，从头到尾，我爱上的怕只是心中一个幻影。"

我颔首表示赞同。

她轻轻道："君拂，你能帮我做出心中这个幻影么，在梦中？"

落日西斜，余晖洒在荷塘上，一池残红。我算算时日，点头道："给你两天时间，你看够不够，把尘世的事了一了？两日后，我们仍约在这水阁之上罢，我来为你织一个好梦。"

第四章

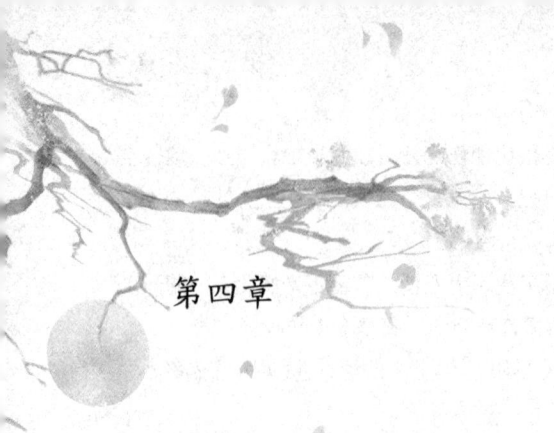

苍鹿野的雪山里，那个沈岸对她说："若姑娘不嫌弃，待在下伤好，便登门向姑娘提亲。"

两日后，大家坐在一起吃早饭。天气晴朗，蚊子稀少。我说起这件事，表示今日要入宋凝梦中，修正一些遗憾，看小蓝是不是可以和我一道。

因来姜国的这一路实在太过顺利，致使他毫无机会施展身手，一颗跃跃欲试之心必然深感遗憾，此次随我入梦，势必发生诸多不可预见之事，总有机会救我于水深火热之中，正可弥补他的缺憾，也实现十六天零三刻钟前他对我许下的诺言。

我说完这一番话，在场三人纷纷掉了筷子，只是小蓝反应较快，竹筷落到一半，覆手轻易捞住，君玮和执夙则不得不请一旁的仆从帮忙重新换一副。

君玮吃惊于我邀请小蓝入宋凝的梦却没有邀请他，而他才是君师父安排一路保护我的剑客。

但我这样选择着实别有苦衷。因君玮虽号称剑客，本质上其实还是个写小说的，常常在打斗途中突发创作灵感，而这时，他往往会自行决定结束打斗，找一个僻静之所进行小说创作，把同伴彻底遗忘在敌阵之中。

这就是为什么小黄身为一头人工养殖的老虎，在某些时刻却能比野生老虎还凶残的原因。它已记不得被灵感突发的君玮多少次默默遗忘在刀丛箭雨中了。由此可见，如果命不是特别大，找君玮保护的风险就特别大，因……灵感是如此不可捉摸，灾难……也如此不可捉摸，有了多余选择，连小黄都不会选择君玮，遑论身手不那么好的我。

我心中虽是如此想法，却不能打击君玮的自尊心，想想对他说："主要是你得留下来保护我的琴啊，你看，要是大家都入了宋凝的梦，谁趁机跑出来毁了我的琴，那该怎么办？"

君玮听后神色一顿，沉思一番，深以为然，转头一句一句嘱咐小蓝："虽然你们去的目的地是阿拂为宋凝编织的幻梦，但在梦中，你和阿拂是真实的，你们受伤便是真正的受伤，死亡也是真正的死亡。万事小心，你死了没什么关系，千万要护住阿拂。"

小蓝没说话,手中竹筷夹起蒸笼里最后一只翡翠水晶虾仁饺,我咽了咽口水。竹筷停在半空,他好看的眉眼扫过来,似笑非笑:"君姑娘喜欢这个?"

我望着他筷中饺子,恋恋不舍地摇了摇头。

竹筷却灵巧地转个方向,转眼饺子置入我面前碟中,碧绿的竹色衬着晶莹的饺子皮,他执筷的姿势是贵族门庭中长年规训出来的优雅严整。

对于这个饺子,我其实并无执念,只是生前爱好,如今见到,忍不住怀念曾经的味道,而因没有味觉,即便此时吃下,也如同嚼蜡,既然如此,无须浪费,就又把它夹到他碟中。

筷子正位于汤碗上空,君玮一声怒吼:"你们在干吗,有没有听到我的话?"

我被吓得一抖,只见饺子迅速坠入汤里,小蓝顺势将我往后一拉。"啪"一声,汤花飞溅。

君玮愤怒地望着我,雪白的外袍上满是菜汤。

小蓝瞧着君玮,一本正经道:"君兄弟说的话,在下都记住了,在下死了没什么关系,千万要护住君姑娘。"

君玮咬牙切齿:"不用护住她了,你现在就把她弄死吧!"

我说:"这样,不好吧……"

小蓝似笑非笑看我一眼,正要表态,静默很久的执凤突然出声:"姑娘竟懂密罗幻术,东陆已多年不曾……"

话未说完,被盛怒的君玮打断:"她家境贫寒,学点幻术聊以赚钱,有什么好大惊小怪的?"

执凤脸上出现古怪神情。

小蓝含笑看我:"家境贫寒?聊以赚钱?"

我看君玮一眼,端详他表情,觉得不好拂逆他给我的设定,点头道:"嗯……"

执凤:"……"

小蓝:"……"

吃过早饭,君玮回房换衣服,执凤不知道去做什么,留我和小蓝在花厅等待。我坐在紫檀木的椅子上冥想,怎样让幻梦中的沈岸爱上宋凝。华胥调织出的幻梦被称为华胥之境,华胥之境只是重现过去,宋凝所说的想象中的沈岸,其实做不出来。

我和小蓝进入宋凝的华胥之境,为的是改变她的过去,让已经发生的痛苦之事不再发生,使她在幻梦中长乐无忧,只是怎能长乐,怎能无忧,若心中还有想望,那便是痛苦之源。

我想,也许我们可以在苍鹿野的那场战争中将宋凝绑架,这样她就不能去救沈岸，沈岸死在那个时候，正死得其所。但这和宋凝的期望天差地别，我又想，要不要干脆赌一赌呢？

正在内心纠结缠斗之时，小蓝打断我的冥想。他端详我的七弦琴，良久，道："方才君姑娘说此琴若毁，会有大麻烦？"

我心不在焉道："嗯。"

他饶有兴味道："怎样的大麻烦？此琴若毁，靠弹奏它而织出的华胥之境便会即刻崩塌吗？"

我愣了一下，不知道为什么他会有如此可怕的想法，摇头道："没有啊，只是此琴若毁，我就得花两个金铢再买一张。"

他看着我，不说话。

我也看着他。

空气一时寂静无声。

半晌，他漂亮的眉眼突然绽出笑容，那笑容好看得刺眼。

他笑着道："君姑娘这样，真像我认识的一个小姑娘。"

我听到这句话，其实心中略为不快了一下。就像我在清言宗生活时，听说山下刘铁匠为了哄老婆开心，夸奖老婆长得像大晁著名女戏子张白枝，结果被老婆操着铁锹追赶了七条街，虽然张白枝倾国倾城，而刘大嫂六尺身长足有两百二十斤。

其实天下女人皆同此心，但求独一无二，不求倾国倾城。我想，如果将来我的夫君说出小蓝今日这番话，我一定要让他跪搓衣板。想完后觉得这个想法真是多余，假如将来我也能有夫君，只能是君玮，而君玮此人跪搓衣板从来不长记性。

辰时末刻，一行四人加一头老虎，一同来到约定的水阁。

宋凝气色比两日前好上许多。高高的髻，绢帛剪裁的花胜牢牢贴住发鬓，银色的额饰间嵌了月牙碧玉。隐约记得在何处见过她如此模样，想了半天，回忆起两日前透过华胥调，我看到新婚那夜，她便是做此打扮，只是那时身着大红喜服，而今日，是一身毫无修饰的素白长裙。

我说："你这样……"

她笑道："总是要收拾得妥帖些，才好去见他。"

我知道她说的他是谁，是她爱上的那个沈岸。黎庄公十七年冻雪的冬天，玉琅关前，那个沈岸五招便将她挑下马来；苍鹿野的雪山里，那个沈岸对她说："若姑娘不嫌弃，待在下伤好，便登门向姑娘提亲。"

宋凝这一生最大的错，就在于只经历了沈岸一个男人，所以失去他仿佛失去一切，到死都不能释然。但假如她同时拥有多个男人，失去他搞不好只是减轻私生活负担。理智及时制止我不能再继续想下去，再想下去这个故事就会演变成一篇女尊文。

宋凝对我说:"君玮,倘若我还祈望和洛儿团聚,会不会太贪心,若他活着,下个月正是他六岁生辰,我不知道若他活着,如今会长成什么模样,但他活着那时候,是极可爱的。"

我将包着七弦琴的布帛打开,低声宽慰她:"我来这里,本就是为实现你的贪心,我会让你们团聚的。我们先出去,你且躺着好好睡一觉,待你睡着,我就来给你织梦。"

宋凝和衣睡下。她的一番话,终于坚定我的信心,我想,我还是要赌一赌的。

荷塘中一池碧色莲叶,几朵刚打苞的莲花点缀其间,仆从在塘边架起琴台。我试了试音,看见君玮捂住耳朵,他不知我今非昔比,琴艺已大有长进。

我从前不爱学琴,因不知弹给谁听。师父上了年纪,每每听我琴音不到一刻钟就要打瞌睡。君玮则是一看我弹琴自己也要拿琴来弹,而每当我看见他的手指拨弄琴弦,就会情不自禁产生把手中瑶琴掼到他脑袋上的暴力想法。

此后,慕言出现,纵然我不知道他的模样,不记得他的声音,但月光下他低头抚琴的身影却从未忘记,还有那些袅袅娜娜、从未听过的调子。记得有一句诗说"欲将心事付瑶琴",我后来那样努力学琴,只因想把自己弹给他听。

亘时二刻,日头扯破云层,耀下一地金光,我弹起宋凝的华胥调。本以为她如此刚强的性子,又戎马三载,持有的华胥调必是金戈铁马般铿锵肃杀,可乐音自丝弦之间汩汩流出,凄楚幽怨得撕心裂肺。

华胥调是人心所化,以命为谱,如此声声血泪的调子,不知宋凝一颗心已百孔千疮到何种程度。再如何强大,她也是个女子,没有死在战场上,却败在爱情里。

拨下最后一个音符,莲塘之上有雾气冉冉升起,模糊的光晕在迷离雾色中若隐若现,是只有鲛珠之主才能看到的景致。

小蓝凝望远处假山,不知在想什么。我从琴案边站起,两步蹿过去,一把握住他的手。他诧异地看我一眼。

我正要解释,君玮已拔高嗓子:"男女授受不亲……"

我说:"男女授受不亲你个头,不拉住他,怎么带他去宋凝梦中?"

小蓝没有出声。

我保持着握住他手的姿势。

因我已不是尘世中人,男女大防对我着实没有意义。但被君玮提醒,也不得不考虑小蓝的想法和他的女护卫执凤的想法。可除了拉着他以外,也没有别的途径可以带他入宋凝的华胥之境。

执凤神色惊讶,嘴巴张到一半紧紧合上,比较而言,小蓝就没有出现任何过激反应,我觉得还是要直接征求他的意见,斟酌道:"我拉一会儿你的手,你不介意吧?"

他平静地抬头看我，挑眉道："若我说介意呢？"

我也平静地看着他："那就只有等我们从宋凝的梦里出来后，你找把剑把自己的手剁了。"

君玮说："如此甚好，真是个烈性男子。"

我说："甚好你个头。"

小蓝微微翘起唇角："说笑了，君姑娘都不介意，我怎么会介意？"

他的这个笑，陡然令我有些恍惚。但此时正办正事，容不得多想不相干的东西。我拉着他纵身一跃，跳进荷塘里雾色中的光晕。如果有不相干的外人经过，一定以为我们手拉手跳水殉情，同时君玮、执凤、小黄在一旁和我们挥手作别，就像殉情时还有一堆亲人送行，真不知道叫外人做何感想。

光晕之后，就是宋凝的华胥之境。所到之处是一座繁华市镇，天上有泛白冬阳。远处可见横亘的雪山，积雪映着碧蓝苍穹，有如连绵乳糖。寒风透过薄薄的纱裙直灌进四肢百骸。

鲛珠性寒，我本就畏寒，被呼呼的风一激，立刻连打几个喷嚏。诸事准备妥当，却忘记现实虽值五月初夏，此时在这华胥之境，正是腊月隆冬。我哆嗦着道："你带钱没有，我们先去成衣店……"话没说完，面前出现两领狐裘大氅。

我不可置信地看向小蓝。

他将红色的那顶放到我怀中，自己穿上一顶白色的，看着我目瞪口呆的模样，道："用早饭时听君姑娘说起沈夫人救沈将军时是个寒冬，便让执凤去准备了两套冬衣，没想到还真用上了。"

我搂着狐裘一边往身上套一边赞扬他："小蓝，你真贴心。"

他立在一旁悠悠打量我，道："一般贴心。"半晌又道："穿反了。"

"……"

穿戴完毕，我同小蓝说起我的想法。我们来的这个时候，大约正是宋凝将沈岸从尸首堆里翻出来，陪他待在苍鹿野一旁的雪山山洞中。

其实一切都因沈岸认错人，虽然不能保证倘若他醒后第一眼所见是宋凝而不是柳萋萋时，会不会像钟情柳萋萋那样钟情宋凝，但，赌一赌嘛。我画了个鱼骨图进行分析，觉得第一要让宋衍派出来找寻宋凝的手下离开镇子，才能使宋凝安心留下陪伴沈岸就医；第二要让沈岸从头到尾都见不到医馆里的哑女柳萋萋，才能从源头上扼杀他们眉眼传情的可能性。

小蓝认为这很好办，把宋凝他哥的手下和柳萋萋一概杀了就万事大吉。提出这个心狠手辣的建议时他脸上一副淡淡表情，仿佛杀个把人就像踩死蚂蚁一样容易。

其实我也觉得这样省事，只是这是鲛珠编织的幻境，鲛珠靠吸食美梦修炼自身固然梦要美好必须人为引导，但在这引导过程中肆意制造血光之灾，却并不利于鲛珠修行。换言之，杀了幻境中的柳萋萋等人，我拿到宋凝的命或许可以使自己再活一年半，但不杀他们，我拿到宋凝的命可以使自己多活三年。所以我觉得，不到万不得已，还是不要大开杀戒为好。

也许在这个幻境中，为了实现对宋凝的承诺，我终归会杀掉一个人，但这是做生意不得不付出的代价，就是所谓的万不得已。

我对小蓝说："我们还是不要选择这么激进的方法，用些温和的方法吧，能在言语之间就解决的问题为什么非要用上兵器呢？这多不文明啊。"

小蓝沉吟道："照你这样行事，不嫌拖沓吗？"

我淡淡道："谁叫我是个心善的好姑娘呢。"

小蓝没有理我，径直上了旁边的酒楼。

我问了下路人，这是小镇上最大的酒楼。

到达二楼，只有靠窗一张桌子还空着，干晷坐下。

我对酒楼的靠窗位置一直心生向往，因在传说中，靠窗位置总是坐着神奇人物。如果是爱情传说，坐的不是皇帝就是王爷，如果是侠客传说，坐的不是盟主就是教主。

这些神奇人物到酒楼用饭基本上只坐窗边，修长手指端起净白酒盏，留给众生一个侧面，在传说中美丽动人。

我前后观望一番，问小蓝："偌大一个酒楼，为什么只有我们这处空着？"

他一边斟茶，一边抬了抬下巴。

我没看懂他的意图，揣摩道："难道真的是传说中的位置只能由传说中的人坐，大家普遍觉得自己不是传说，所以才自动将它留着？哈，大家真是太自觉了。"说完打了个喷嚏。

小蓝腾出手来指了指一旁的窗户："窗户坏了，关不了。"

我不明所以地望着他："啊？"又打了个喷嚏。

他将热气腾腾的茶盏递给我，慢悠悠地说："外面风这么大，要有多余的位置，我也不愿意坐在这个风口上。"

我说："这个……"话到此处，恰到好处地再次打了个喷嚏。

小二很快过来点菜，小蓝温了一壶酒，此外还点了什么菜色我没注意，只是不经意间听到翡翠水晶虾仁饺。我在沉思中分神道："早上也吃的翡翠水晶虾仁饺，还是换个菜吧。"

小蓝道："你不是挺喜欢吃这个吗？"

我说："我无所谓的，关键是看你喜欢什么。"反正我吃什么都是一个味道，那就是没有味道。

小蓝抬头看了我一眼，小二嘴甜，赶紧道："姑娘真是善解人意。"

我赞同地嗯了一声，继续陷入沉思。沉思的问题是如何兵不血刃将宋衍的手下引出镇子，而这首先要在茫茫人海中找出哪些人是宋衍手下。

虽然透过宋凝的华胥调，我隐约看到过他们的身影，但隔得太远，只能辨识出是几个虎背熊腰的彪形大汉。这镇上彪形大汉如此之多，我总不能挨个儿问人家："大哥，是黎国军队出来的吧，有个事儿，你妈妈喊你回家吃饭。"这样效率就太低了。

酒很快上来，小蓝端给我，正欲接过暖手，他却握住酒盅，并不放开，我伸手去拽，他古潭般的眸子幽幽的："我不过与那姑娘指了指路，你怄什么气？"

我愣了半天，莫名其妙："啊？"

他皱起眉来，冷冷地："又装糊涂，我最恨的就是你和我装糊涂。"

我指着自己鼻子："你是和我说话？你说什么姑娘，我……"

他截住我的话头："方才持枪的那位姑娘，紫衣，高个儿。自我夸了两句她手中的兵器，你和我说话就不冷不热的，还不承认自己在怄气，你在怄什么气？"

我没搞懂状况："怄气？我没怄气啊。"

隔壁桌几个汉子突然哈哈一阵笑，起哄道："哪里的醋罐子打翻喽，兄弟，你这相好的是在喝醋呢，谁叫你当着她的面夸别的姑娘，哈哈哈……"

我依然没搞懂状况，但被他们这么一闹，酒楼里大半客人的目光都被吸引过来。

我说："紫衣姑娘，高个儿，还持枪？"

他不理我，径自握住我一双手，方才还冷冷的眉梢眼角突然漾出含蓄的笑，轻轻道："果真吃醋了？"

我不动声色把手抽出来，道："果真没有吃醋。"

小蓝放开我的手，没有强求，因桌旁不知从哪里冒出一堆人马，当着这么多人的面，猜想他着实不好强求。

这堆人马皆着姜国服装，口音却带着从黎国边地催生出来的直爽，一听就知道是乔装改扮。打头的那个朝小蓝抱一抱拳："兄台方才说见着一位高个儿拿枪的紫衣姑娘，还同那姑娘指了路，敢问兄台那紫衣姑娘是要到何处？"

其实自打这堆人马出现，我即刻就参透小蓝的意图。他口中的紫衣姑娘特征明显，只要和她有过一面之缘，就不会认不出那是宋凝。

他杜撰出一个各方面特征都和宋凝无二的姑娘，做这一场戏，只为顺其自然将寻找宋凝的这帮人引开。而我想通这一点，再观察小蓝的表现，就不禁有点目瞪口呆。他此时脸上正出现戒备神情，警惕打量着面前几个人："那紫衣姑娘同你们有什么干系，你们要做什么？"就像他果真遇到一位紫衣姑娘，虽是萍水相逢，却对她欣赏有加，害怕面前这一堆人是她仇家，情不自禁就要维护她。

一堆人马面面相觑，打头的为难道："实不相瞒，兄台遇上的那位紫衣姑娘八成是我们离家出走的小姐，小姐离家出走，少爷十分担心，派了我们兄弟几个出来寻她，我们小姐这一路前往了何处，还望兄台如实相告。"

我心中说告吧告吧，随便瞎指一个地方让他们找去，但小蓝只是露出狐疑神色。

转念一想，立刻明白，他心中肯定也很渴望说出接下来的台词，好将对方引到镇外去，但为了不叫他们怀疑，特地压抑心中所想，使出这一招欲擒故纵，就是为了让他们更加坚信，他下的这个套确实不是一个套，他很真诚。但经验告诉我们，越是真诚的套子其实越能套住人。

对方果然坚信，郑重道："兄弟几个这一趟出来委实只为找寻家中小姐，兄台尽可放心，若那位紫衣姑娘不是小姐，兄弟几个也断不会为难她，若违此誓，天打雷劈。"

小蓝探究地观望打头的表情半天，道："既是如此，若妨碍阁下找人也是一桩罪过……一个对时前，我们在石门山山脚遇到那紫衣姑娘，她同我打听汤山里姓荆的剑客，说要去拜访这位剑客，问起汤山该怎么走。"

短短一句话，表情包涵诸多内容，有说与不说的挣扎，有终于说出的茫然，还有说出来不知道会有什么后果的无奈。演技精湛到如此田地，不入梨园真是可惜。

他刚说完，打头的立刻沉吟道："确然是小姐的作风。"抬头朝我们抱一抱拳，带着一堆人马，风驰电掣般迅速消失在二楼楼梯口。

望着他们远去的背影，小蓝很敬业地以茫然里略带愁闷的表情相送很久，直到透过关不上的窗户发现他们消失在茫茫地平线尽头。我转过头来，看着小蓝恢复平日神情，一派悠闲地执酒壶来自斟了一杯。

我觉得自己有很多话想问，眼前小蓝让我看到不一样的一面，绝不是当初被女人刺伤后在床上一躺就是两天的颓然。其蜕变就像种下一棵葡萄树结果结出一个葡萄柚。

但只是在原有基础上进行综合和提高，没有结出榴梿或者火龙果，即便令人惊诧，也似乎并没什么不妥。

我坐到他对面，假装漫不经心道："石门山、汤山，你对周围地形挺熟嘛。"

小二上了道姜汁鸡条，小蓝边观察姜汁成色边道："七年前苍鹿野之战我略有耳闻，闲时研究了下，顺便了解了点儿周围地形。"

我说："那你又知道宋衍的手下一定在这个酒楼？"

他端起酒杯慢悠悠道："他们此行是办公差，吃住路费都是公家掏银子，正是午饭时间，那必然是来这家全镇最贵的酒楼，你见过哪个出来办公差还帮公家省银子的?"

我一想,还真是如此。

我当卫国公主时,被父王封号文昌,在传说中,成为卫王室最聪明的聪明人。虽然传说中的事多半都不是真事,但在卫王宫中,和众人一比,我对自己的聪明还是有几分自信的。可今日种种,与小蓝一比,立刻相形见绌,难道说明卫国亡国,并不是天灾,一切皆是因王室智力普遍低下?

小蓝说:"你这个表情,在想什么?"

我说:"在想很多传说,其实并不那么离奇,只是被大家众口相传,就显得很离奇。传说基本上不发生在现在,只发生于过去未来,存于虚幻,其实并无意义,一切都是错误估值,但越是错误估值,仿佛价值越大,而实际上价值果然越大,真是令人无法理解。"

小蓝表示没有听懂。

我说:"其实就是……"

他打断我的话,道:"先吃饺子吧,吃完再说。"

于是我们开始吃饺子。

而我吃完饺子,已然忘记方才心中所想。

第五章

那一刹那,似乎雨中飘来清冷梅香,盈满狐裘,盈满衣袖,多半是记忆中难以磨灭的幻觉。

冬风化雨,顷刻滂沱。天地连成一片,远处有朦胧雪山。虽然我和小蓝对冬天为什么会下雷阵雨这件事尚存疑虑,但除了买两把雨伞以外也没有其他解决办法。

半个时辰前我们从对街摊烙饼的人娘口中了解到柳萋萋行踪,得知这个时节她正在雪山中采收可入药的雪莲子。根据烙饼大娘描述,柳萋萋是当世神医柳时义老先生唯一的孙女,性情柔顺,乐于助人,医术高明,长得还好看,唯一缺点只是口不能言。

但我和小蓝均表示没有听说过这位当世神医柳时义,只听过海外有个唱戏的,名字音译过来叫柳时元。

当地人入雪山,只有一条道,大娘指给我们这条道,作为报答,我让小蓝买了十个烙饼当作沿途干粮。但前去雪山的道路着实太过近便,完全没有利用这些干粮的机会,就此扔掉又太过可惜,我跟在小蓝后面边走边啃,妄图以此减少一些肩上负担。

路行至一半,雨势渐小,我问小蓝:"你怎么不问问我找到柳萋萋后,下一步做何打算呢?"

他头也没回,淡淡道:"难道不是先行将她绑了,待到沈氏夫妇离开此地再将她放出来吗?"

我点头道:"刚开始确实是这么想的,但命运这玩意儿实在太剽悍,我还是有所担心,万一终有一日柳萋萋还是碰到沈岸,爱上沈岸,引出一堆比现实还麻烦的麻烦那该怎么办?我这趟生意不就白做了?"

他的声音悠悠飘来:"于是?"

我两步追上他的步伐,和他肩并着肩,道:"其实你想,如果柳萋萋在见到沈岸之前已对他人种下情根,且情深不悔,即便此后终有一日见到沈岸,也断不会再有什么特别感觉,如此,不管沈岸和宋凝结局如何,都算宋凝的梦想圆满了一半,我的生意也做成了一半了。"

他终于停下脚步，转身将油纸伞微微抬高，似笑非笑："所以？"

那一刹那，似乎雨中飘来清冷梅香，盈满狐裘，盈满衣袖，多半是记忆中难以磨灭的幻觉。

因那时也是这样一个雨天，天上的无根水像珠子一样砸下来，我在生命流逝之时看到撑着六十四骨油纸伞的男子向我走来，走在卫国的大雨中，他将伞微微抬高一些，血水模糊我的眼睛，看不清他的容颜。我常想那是临死的幻影，至今也不明白事实是否如我所想。

我郑重道："小蓝，我已想好一个万全之策，保管让柳萋萋对你情根深种，你愿不愿意帮助我？咳，当然这个全看你自愿，你要不愿意那就算了。"

他道："哦，那就算……"

天上细雨夹杂雪花，以一种诗意扑向大地，我说："这是雨夹雪吧，这个天，真是，对了，听说你身手很好？那不用我带着也晓得该怎么走出这华胥之境了？其实走不出去也没什么，这个地方，你看，也挺好的。话说回来，你刚才想说什么来着？"

他看我良久，我坦然地摸出一个饼继续啃着。

半响，他不动声色道："我是想说，这么一件小事，着实算不了什么，君姑娘既已有了万全之策，就照君姑娘的办法来罢。"

我点头道："好。"

他补充道："只是……"

我好奇问他："只是什么？"

他笑道："我倒是无所谓，柳萋萋于我，左右不过一个幻影罢了，只是，即便柳萋萋爱上我，难保他看到沈岸不移情别恋。"

我递给他一面镜子："来，对自己的长相有信心点。"

"……"

进入雪山，雨收风停。我们埋伏在柳萋萋必经的道路上，不多时，果然看到远方出现跟跄人影。我连忙道："照计划行事。"率先跑出雪堆，跑到那人影跟前。待看清她的模样，却不由愣住。女子发丝凌乱，衣衫单薄，背上背了裹着绒袍的高大男子，身姿被压得佝偻，仿佛全靠手中杵着的长枪才勉强挺住没直接趴到雪地上。

我认得她，七年前的宋凝，尽管那绝色的一张脸如今沾满泥雪污痕，丝毫看不出绝色痕迹。在此遇到，其实也是缘分，只是她不是我现在要找的人。我克制满腔惊讶，假装自己只是路人，若无其事同她擦肩而过。

她紧紧握住手中长枪，斜眼能看到发白手指，暗哑难听的声音突然在空旷雪野响起:"姑娘请留步,姑娘可是住在这雪山当中?能否请姑娘告知,该如何才能走出这座雪山,如何寻到医馆,我……丈夫危在旦夕,再在山中耽搁,怕……"

我左顾右盼打断她:"后头有个穿白狐裘的男的,你去问他,我跟这儿不熟。"说完飞快冲到她后面,眨眼就消失在十丈开外。其实并不是不愿帮助她,因着实已经忘记来路,跑得这么快也自有原因,因视线尽头终于出现我要找的人——柳氏萋萋。

就在宋凝说到她丈夫如何如何时,柳萋萋从一条夹道转出,向左拐进另一条夹道,从背影看穿着厚实冬衣,还背着一只采药的背篓。我一边追她一边分神遐想,比起她来,宋凝其实更接近雪山出口,七年前之所以在柳萋萋回到医馆后才背着沈岸找到医馆,多半是临近出口时一不留神迷了路。

眼看离柳萋萋只有几丈远,我琢磨着差不多可以开口,啪一声抽出腰间小匕首,边喊"此山是我开,此树由我栽,要想从此过,留下买路财"边朝弱质芊芊的柳萋萋扑过去。

我本来和小蓝计划此时他就可以英雄救美,在我对柳萋萋将扑未扑之时,忽然从天而降,一掌将我劈到一边去,另一掌扶起吓倒在地的柳萋萋,温柔一笑:"姑娘,没被吓到吧?"这样柳萋萋必然对他刮目相看,因我差不多就是这样爱上慕言的。但我们计算很久,算到开头,算好过程,连结果可能呈现的多元化都一一考虑了,就是没算到这条小道濒临山崖,雪路湿滑,我在奔跑过程中不小心掉下一张烙饼,扑过去时一脚踩中,踩着滑了起码两丈远,咚一声就把柳萋萋利落地推下了山……

我茫然趴在崖边凝望崖下,小蓝不知何时出现,蹲下来陪我一同凝望。但崖下茫茫一片,今日柳萋萋又穿一身飘逸的白裙袄,极易同积雪融为一体。

我急得都快哭出来了:"你怎么不早点出现啊,你看我就这么把柳萋萋给杀了,这生意多划不来啊,她用不着死的呀,可怜她掉下去连吱都没来得及吱一声呀……"

小蓝将我拉起来,轻飘飘道:"不挺好的嘛,现在什么事儿都没了,咱们可以回家睡觉了。"

我急道:"不行,我刚才没听到'啪'的一声,万一柳萋萋被树桠网住了没死成呢?你别拦着我,我得再看看。"说着继续往地上扑。

我没想到小蓝会松手,我本来以为他拼死都要拦着我,但他却松了手,在我最没有防备的时候。其实也不能这么说,这么说容易造成歧义,我只是还没准备好,但他似乎总是快我一步。

没准备好的结果就是劲头使得太大,在神志清醒的状态下也无法重新控制力道,以至于他一放手,我就沿着柳萋萋跌倒的路线直直栽下去。只听他在后面喊了声阿拂,我已经身轻如燕地飘出山崖快速坠落。我想起师父生前同我和君玮讲学,说起十斤的铁球和一斤的铁球在同等高度坠落,结果两球同时触地。

我看着随之跳下来的小蓝，觉得简直令人惆怅，根据铁球定律，他这样怎么可能赶上我，从而拉住我呢？

其实，若体内鲛珠没有摔碎，我就不会死，或者说再死也死不到哪里去，所以从崖上坠下才无半点惶恐。而小蓝这样凡身肉胎，能有此种胆色跳下万丈高崖，真是有精神分裂的人才能做出这种事，这不是自寻死路吗？

想到此处，放鲛珠的地方突然动了两动，一时间陡然惶恐。我张嘴想喊个什么，嗓子却像被狠狠卡住，半点声音也不能出。眼前只有一片茫茫白色，那白色漫进我的眼睛，漫进我的心胸。身体就在此时被稳稳托住。软剑划过冰块，发出一阵刺耳嘶鸣，小蓝右手握住插在冰壁上的剑柄，左手紧紧抱住我，侧脸抵住我的额头。

我们吊在半空中半天没动，半响，他的声音从头上慢悠悠传来："君姑娘好胆色，命悬一线之时，还能镇定如斯，寻常姑娘这时候不都吓得浑身发抖吗？"

我说："我也发抖，只是默默地在内心发着抖。"为了增加可信度，还用双手搂住他的脖子。这真是一个高难度动作，我听到软剑刺啦一声，小蓝蹬住冰壁借力，抱着我鹞子一般往上一腾，其间有三次在冰壁上借力，风声在我耳边吹过，他的衣袖像晴好时天边的浮云。

还没反应过来，我们已重返地面，我被他几腾几挪晃得头晕，蹲在悬崖边上揉脑袋，他却像个没事儿人，伸手将我拉得离悬崖边远些，不知想到什么，抚额道："你也知道这是个幻境，在幻境中误杀一个幻影，却打算一命抵一命地把自己赔进去，不知道该说你傻还是实诚。"

我想这真是天大的误会，但也不好解释，因鲛珠续命之事着实不足为外人道，既然如此，不如就让这个美好的误会继续美好下去。

我仍然蹲着揉脑袋。

他也蹲下来："怎么了？"

我实在不好意思说自己被晃了几下就头犯晕，只好道："没什么，就是被这么一吓，肚子有点饿了。"

他说："还有烙饼？那吃点儿烙饼吧。"

我突然想起一件重要事情，忙拉住他："你是怎么打破铁球定律追到我的啊？"

他抬头："那是什么？"

我说："这个事说来话长，其实就是……"

他打断我："先吃饼吧，吃完再说。"

于是我们开始吃饼。

但吃完后已不记得刚才要说什么。

我们在山中逗留两日，因小蓝觉得时机难得，平时很少来黎姜两国边境溜达，既然来了，至少要熟悉熟悉周边地形，才显得不虚此行。这是军事家的思维。

如果此次是君玮陪同，就会要求我们立刻出山找个客栈宅两天，方便他进行文学创作。这是小说家的思维。我跟着小蓝勘察地形，那些复杂地段无论走多少遍都头晕，他却能毫不含糊地立刻画出地形图。我看着他，觉得世界上没什么东西是他不会的。但只维持半刻就推翻了这个想法，我突然想起他不会生娃。

两日后，晴好天色再度落雨，卡着七年前这一夜沈岸醒来的时辰，我和小蓝撑着伞一路慢悠悠晃到医馆。此行只为看看沈岸醒来时见着宋凝会有什么反应。我其实心中惶惶，不知用职业操守同自己打的这个赌，到底会输还是会赢。他们的缘分隔着国仇家恨，我不知沈岸是否同我一样，国仇和私情分明。

夜阑人静，我轻手轻脚凑到医馆雕花的木窗外，点开细薄窗纸，观察室内景致。小蓝一把将我拉开，拖到僻静处："你这是偷窥吧？"

我挣开他的手："哪里就是偷窥了，你不要把我说得这么龌龊，只是偷偷地窥窥嘛。"

小蓝抄手看着我。

我摸了摸鼻子："你要不要也来偷偷地窥一窥，独窥窥不如众窥窥，一起偷窥吧？"

小蓝无力揉了揉额角："你一个人偷窥吧，小心点，屋里两个人的身手都是首屈一指的，惊动了他们你就倒霉了。"

于是我欢快地跑去偷窥了。

透过点开的窗纸，屋中寒灯如豆，一切皆是过去重现，只是原本的女主角柳萋萋已被我不小心推下山崖，守在沈岸床前的女子换作了宋凝。

她正凝神端详沈岸沉睡的脸庞，那样近，高挺的鼻尖几乎触到他紧闭的唇。我想，要是我就给他亲上去。刚想完，宋凝不愧将门虎女，头一低，果然亲上去了。因是侧面，我视力又着实太好，清楚看到她闭上双眼，睫毛轻颤，细瓷一般的脸庞上泛起一层薄红，而沈岸在此时睁开眼睛。

夜雨淅沥。他抬起手，搂住她的背。她猛地一惊，挣扎着从他身上起来，他却不放开。他仔细地看她，目光扫过她蓬松的黑发，扫过她的眉毛眼睛。良久，苍白英俊的脸庞上浮出莫测笑意，他说："我认得你，宋凝。"

她眼中闪过慌乱神色，却在顷刻间镇定。她微微仰起头，不说话，只是想和他拉开距离，大约是女子的矜持。我明白她，她既希望沈岸知道她是宋凝，又害怕沈岸知道她是宋凝。因宋凝不只是宋凝，还是黎国大将军宋衍的妹妹。

沈岸紧紧扣住她："宋凝，为什么要救我？"声音听不出喜乐。他的模样，全然没有当年初见柳萋萋的宽容温文。

手心都捏出冷汗，果然是我赌输，果然注定他今生无法爱上宋凝，即便在幻境中也如此。

宋凝发了狠要挣开："你别以为我多想救你，我只是被你打败，我不甘心，在我打败你之前，你不能死，我绝不让你死，我只是不甘心。"

我不忍心再看下去，分析沈岸性格，已能推测事情的发展趋势。正想离开和小蓝另行商议，突然灯火一晃。烛光定住时，床上已变成沈岸上宋凝下的姿势。我托住下巴没让它掉下去，看到他将她牢牢抵在床榻之上，完全看不出重伤未愈。他困惑道："那你刚才是在干什么，宋凝？是在用嘴帮我打蚊子吗？"

她脸上绯红一片，登时无言。

他用手拨开她脸上散乱发丝，抚摸她额角鬓发，轻声道："我一直在想，救我的姑娘会是什么模样，原来你是这个模样。为什么从不说话，为什么不告诉我你是玉琅关前的宋凝？"

眼泪从宋凝眼眶滑落，她抱住他哇的一声大哭起来："为什么我要告诉你，你一定不想我救你，你一定讨厌我，连碰都不愿意碰我。你醒了，你醒了就好，我回黎国了，你说你要娶我，就当你开玩笑好了，反正我没有当真过。"

他哭笑不得地看着她，轻轻拍她的背："你以为你救下我，很容易吗？你以为我动一次心，很容易吗？"

她哭得更凶："你说谎，你才见到我，才知道是我。"

他吻她的眼睛，害她哭都哭得不利索："你说得对，我才见到你，才知道是你，我爱上救我的姑娘，却不知道她长得什么模样。"

七年后的宋凝，总像是捏着情绪过日子，本以为是性情使然，今日才明白只是这七年里，她想要撒娇的那个人从不理会她而已。

她也有这样的时刻，会大喜，会大悲，她只给心中的良人看这副模样，这才是天真的、真正的宋凝。

我从窗前离开，小蓝撑着伞立在院中观赏一株花色暗淡的仙客来。这种花本来就不该种在雪山连绵之地，存活下来实属罕见，还能开花，真是天降祥瑞。

我绕过小蓝，绕过篱笆。他不紧不慢踱过来，将伞撑到我头顶："他二人，如何了？"

我咧出一个笑："我赢了。"

雨打在伞顶上，发出悦耳的滴答声。他瞟我一眼："可你看上去不大高兴。"

我说："其实也不是不高兴。只是今夜看到幻境中所发生之事，才明白若七年前没有那桩误会，宋凝和沈岸其实能过得挺好，不会搞到现在这个境地，有些感触而已。这个感觉吧，就类似于你去青楼找姑娘，但姑娘不愿陪你，你一直以为是自己长得太抱歉，搞得姑娘不喜欢你，若干年后突然了解到，原来并不是姑娘不喜欢你，姑娘其实觉得你长得挺俊，挺愿意和你成就一番好事，只可惜你倒霉，姑娘那天来癸水，硬件设施愣是跟不上去。"

他看着我，似笑非笑："君姑娘……"

我打断他的话："你是不是想说我童言无忌，我其实内心挺保守的，如今说话这么不避讳，只因前十七年活得太过小心。如今我孑身一人，自然想说什么就说什么，没理由憋着给自己找不痛快。"

他沉默半响，道："君姑娘今晚似乎，有些反常。"

我看着远方天色，黑漆漆的，问他："小蓝，你说什么是假的，什么又是真的？这幻境之中看似圆满无比，却绕不过现实中的惨烈至极。我觉得，一切只是心中所想罢。若你不认为他是幻影，他便不是幻影，在我为他们编织的这个世界，他们是真的，哭是真的，笑是真的，情是真的，义是真的，反复无常是真的，见异思迁也是真的，人心所化的华胥之境，虽向往美好，本身却是很丑恶的啊，没有一颗坚强的心，无论是现实抑或幻境，都无法得到永远的快乐，而倘若有一颗坚强的心，完全可以在现世好好过活，又何必活在这幻境之中呢。"

这番话看似有条有理，逻辑严密，其实说到后来，回头想想，我完全不知道自己在说什么。

小蓝思考半响，问我："于是你要表达的中心思想是……"

我说："我不想做这桩生意了，宋凝和沈岸终不能走到一起，并非天意为之，若她愿意，其实还可以搏一搏，这样死在这幻梦中，实在太不值得。"

其实我也挣扎过片刻，因做出这样的决定，帮宋凝看透心魔走出幻境，我这一趟就白忙活了，但继续想想，觉得日子还长，有鲛珠顶着，我至少还能活三年，三年，一千多天，来日方长，说不定有更好的生意。

小蓝看我半天不说话，提醒道："你打算，如何？"

我心中已做好决定，抬头道："我在等待一场大战，一场流血漂橹、遍地枯骨的大战。"

他若有所思地看着我，我坦然由他看着，突然想起一件早该和他说的事："对了，今天一直忘了跟你说，你看，我这个衣服，这个地方，我够不着，你看看，就在肩膀上，肩膀这个地方破了个洞，你这么万能，女红也能吧，你能给缝缝吗？"

他扒拉着我的衣服查看一会儿，抬眼淡淡地："万能的我不会女红，不能给缝缝。"

"……"

我同小蓝说我在等待一场大战，并不是开玩笑。我已想到自己该怎么做。华胥之境是一种虚空，华胥调的每一个音符对应虚空的各个时点。鲛珠之主在华胥之境的虚空中奏起华胥调，便能去往其中任何一个时点，置身之处，是所奏曲调最后一个音符对应之处。

曲调永远只能往后弹奏，若去往将来，便再不能回到过去。为此我考虑很久，我将完成最后一件事，好对得住自己的良心，但不知到底是快进到一年之后还是快进到三年之后。我问小蓝："按照你的经验，一对情侣，要爱得难舍难分，留下诸多美好回忆，一般给他们留多少时间来完成这个事儿比较合适呢？"雨停下来，他收起伞，漫不经心道："半年吧。"

第二日，我们在镇上琴馆借到一张瑶琴，琴声动处，万物在剧烈波动的时光中流转急驰。

指尖落下最后一个音符，风渐柔云渐收，枯树长出红叶，赤渡川旁大片芦花随风飘摇，是大半年后，黎庄公十八年初秋，姜夏两国交界之处。

战争已经结束，前方一片空阔之地，正看到姜国军队拔营起寨，准备班师回朝。这正是七年之前，沈宋二人成亲九月，夏国新侯发兵攻打姜国的那一场战争，那时，宋凝送了沈岸一面绿松石的护心镜。

我一个人踱进芦苇荡，拿出袖中备好的人皮面具，取下鼻梁上的银箔，蹲在一个小水潭旁，将面具贴到脸上一寸一寸抹平戴好。君师父是整个大晃做人皮面具做得最好的人，我这一手功夫皆是从他那里学来的，但今日看着水中几可乱真的宋凝面容，我突然有一种感觉，觉得自己已经青出于蓝了……

小蓝的声音慢悠悠飘进芦苇荡："君姑娘，我说，你还活着吗？"

我拨开芦苇，扬手道："在这儿。"

他隔着芦花从头到脚打量我："你打扮得这样，是想做什么？"

我说："去找沈岸，有件事情必须得做，你在这里等我，事成之后，我来找你。"

他看我半天，道："万事小心。"

秋阳和煦，浮云逐风。我用丝巾将脸蒙住，因绝不能让旁人发现宋凝出现在此处。军营营门前的小兵捧着我给的信去找沈岸了。信中临摹的宋凝字迹，约沈岸在赤渡川后开满蜀葵的高地上相会。

他一定会来。

高地上遍布各色各样的蜀葵花，柔软饱满，秋风拂过，荡起一波又一波浪涛。过去十七年，我虽从未来过此地，却听过关于它的种种传说。最有名的一条，说此处自前朝开始便埋葬义士，正是义士的鲜血浇出了满地的蜀葵，拔出它们的根闻一闻，还能闻到死者腐骨的气息。我想，我为沈岸找了个好地方。

身后响起枯叶碎裂的微响，脚步声渐行渐近。我转身笑盈盈看着他，这个宋凝深爱的幻影，深爱了一辈子，到死都无法释怀的幻影。黑色的云靴踏过大片柔软的蜀葵花，他抱住我，紧紧地，声音低沉，响在耳畔，近似叹息："阿凝，我想你。"鼻尖有血的气息，越来越浓郁，我抽出扎进他后心的匕首，轻轻附在他耳边："我也想你。"

黎庄公十八年秋，九月十四。姜国虽打了胜仗，大军还朝，王都却未响起凯旋之音，因将军遇刺身死。良将逝，举国同悲。

将军府敲敲打打，治丧的唢呐在白幡间大放悲声，我同小蓝混迹在奔丧的宾客中，看到高高的灵堂上摆放了灵位香案，琉璃花瓶里插满不知名花束。

白色的烛火下，堂前乌木的棺椁在地上映出苍凉的影子，宋凝靠在棺椁之侧，漆黑的眼睛空茫执着，紧紧盯住棺中人。不时有客人上前劝慰，她一丝反应也无。

小蓝问我："这就是，你为她编织的美梦？"

我不能理解："你觉得这是美梦？这明明就是噩梦好吧？"

我将美好撕碎，让宋凝看清现实。这世上有一种美好能要人命，大多数人首先想到的是女人，但女人何苦为难女人，我说的不是女人，我说的是华胥之境。

我本来想将这个道理解释给小蓝听，但他迅速转移话题："当日你误杀柳萋萋，消沉许久，我还真没想过你能有勇气亲自杀一个人。"

我说："因为我发展了，你要用发展的眼光看问题。"

入夜后，宾客尽散，天上有孤月寒鸦，抉择的时刻已至。偌大的灵堂只剩他们夫妻二人，一个活着，一个死了，阴阳两隔。宋凝苍白的脸紧紧贴住棺椁，声音轻轻的，散在穿堂而过的夜风中，散在白色的烛火中："终于只有我们两个人了。"

她修长的手指抚过乌木棺面，就像闺房私语："我本来想，待你凯旋，要把这个好消息亲自告诉你，他们要写信，都被我拦住了，是我私心想要当面看到你如何地高兴。你不知道，我等这一天等了多久，我要见到你，我有多想见到你。"

厅外老树上做窝的鸟儿突然惊叫一声，厅中烛火晃了一晃，她用手挡住眼睛，平静嗓音哽咽出哭腔："沈岸，我们有孩子了。"但并没有真的哭出来，柔柔软软，荡在灵堂之上，像一句温柔情话。她把这句话说给他听，可他听不见了。

我在她说出这句话时走进灵堂，高高的白幡被夜风吹得扬起，她猛地抬头："沈岸？"

我从白幡后走进烛光，让她看到我的身影。

她秋水般的眼睛映出我红色的衣裙，陡然亮起的颜彩顷刻泯灭，神情黯淡空荡。

穿堂风拂过裙脚，我看着她："我不是沈岸，宋凝，我来带你走出这幻境。"

她脸上出现茫然表情："幻境？"但只是茫然片刻，很快恢复清明："我记得你，在苍鹿野的雪山之中，我见过你，你是……"

我走近她一些，笑道："你第一次见我，可不是在苍鹿野的雪山之中，宋凝，

67

这一切的一切,不过是我为你编织的幻境罢了。"

小蓝不知何时出现在身旁,漫不经心地打量灵堂陈设。

我再走近她一些:"幻境里你的夫君死了,办起这样盛大的丧事,可事实上,在现实的世界里,他活得好好的,他负了你,和另一个女子成亲生子,你用性命同我做了交易,让我为你织一个你们相爱到白头的幻境,你看,在这个我为你编织的幻境里,他果然爱上了你。可一切不过是你的心魔,其实都是假的。"

我说出这一番话,看到她苍白面容一点一点灰败,眼中出现恐惧神色,这不是我熟悉的、七年后的宋凝。她踉跄后退一步,带倒身后琉璃瓶,啪一声,人也随之滑倒,碎裂琉璃划破修长手指。

我说:"宋凝,你不信我吗?"

时间凝滞,我将这一切和盘托出,沈岸的死令她如此心伤,她不会愿意留在这无望的幻境。没有什么比深爱的恋人死去更可怕的了,经历了这样的痛苦,现实里沈岸的不爱再不算什么,宋凝的病是心病,只要让她看开,离开这个梦境,她定能很快康复。

她手忙脚乱将洒落一地的花束捡起来,我要蹲下帮她,被小蓝拉住,而她捡到一半,突然停下动作,只低头看手中大把淡色秋花:"你可知道,一直以来,我都在做一个梦,那样可怕的梦,每次醒来,都恐惧得发抖,原来,我做的这个梦,这一切。"她极慢极慢地抬头:"这一切,都是真的。"

两滴泪从眼角滑落,她问我:"你没有说出来的那些现实,是不是还有……我的孩子。我有个孩子,他叫沈洛,他死在,一场伤寒之中?"

我没有回她,她定定地看着我,模糊泪眼中攒出一个淡淡的笑,她说:"我要留在这里。"我心里一咯噔。

她低头看自己的手指,泪水滑落手心,良久,移开目光,看向堂上沈岸的灵位:"你说这是你为我编织的幻境,都是假的,我在梦中看到的那些,才是真实,可那样的真实,未免太伤了。你说的真实和我所在的幻境,到底哪一个更痛呢?那些真实,我只在梦中看到,也瑟瑟发抖,不能忍受,更不要说亲身经历,倘若如你所说,真有那七年,我是怎么挺过来的呢?我想起这些,便觉得在这幻境之中,沈岸他离开我,也不是那么难以忍受了,我们至少有美好的回忆,我会生下他的孩子,我想,我还是能活下去,是了,我还是能活下去的,他也希望我活下去。可你让我同你回到那所谓的真实,那样不堪的境地,那个世界里的沈岸,连他都不想要我活着,我还活着做什么呢?"

宋凝这一番话,我无言以对。只听到灵堂外夜风愈盛,树叶被刮得沙沙作响。

我想救她,终归救不了她。

她扶着棺椁起来,将手中花束端正插入另一支琉璃瓶,因背对着我,看不见她说话的表情,只听到语声淡淡:"听姑娘说,我是用性命才同姑娘换来这个幻境,在那个真实的世界里,我是不是已经死了?若是那样,烦请姑娘一把火烧了我的遗体吧,然后将我的骨灰……将它带回黎国,交给我的哥哥。"

我张了张嘴,半晌,发出一个音节:"好。"

五日后,我同小蓝离开宋凝的华胥之境,其间再去过一次苍鹿野的雪山,只因上次时间紧,小蓝还有两处地形没能勘察完。无意之中得知柳萋萋果然未被摔死,说摔下去时挂在崖壁一株雪松上,为一个猎户所救,为报救命之恩,柳萋萋以身相许,和猎户成亲了。

连柳萋萋都能有个不错的归宿。

我对小蓝说:"其实不该杀掉沈岸的,只是没想到即使这样,宋凝也不愿离开这个幻境。我想救她而杀掉沈岸,却害苦了她。"

小蓝看我半晌,淡淡道:"这才是一个真正的美梦,沈夫人渴望爱她一生永不背叛的人,沈将军在最爱她的时候死去,她怀着他永不背叛的爱活下去,只要度过这一段伤心时日,就是她所求的一辈子的长乐无忧。若不杀掉沈将军,简直后患无穷,你能保证在这幻境中,他能一辈子不背叛吗?"

我表示惊讶:"你竟然能同我讲这么大一堆道理,你们男人不是都讨厌说这些情情爱爱的事情吗?"

他看我一眼:"有这等事?假如真有这等事,全大晁的青楼都不要想做生意了。"

我一想,觉得这个回答真是一针见血。

我握住小蓝的手要离开这个幻境,他反握住我的手,淡淡道:"幻影就是幻影,这些幻影的事,你不用那么较真。"

他说出这样的话,一双云雁飞过高远天空。

华胥之境一晃半年,尘世不过短短一天。

脱离幻境,一泓暖流猛然涌入胸口置放鲛珠的地方,带得全身血液都热起来。那是鲛珠吸食了宋凝的性命,她死了,在这个寂寥的黄昏,只是谁都不知道。

别院的仆从仍端端正正侍在水阁旁,君玮和小黄则围着琴台打瞌睡,日光懒洋洋洒下来,一切祥和宁静,就像无事发生。执夙看到小蓝,惊喜道:"公子。"惊醒小黄和君玮,一人一虎赶紧上前察看我有没有哪里受伤。就在此时,不远处水阁里突然窜出一簇火苗,顷刻燎起丈高的大火。

君玮一愣:"宋凝还在那里吧?"立刻就要闪身相救,被我拦住。

小蓝低声道:"看来她早已料到最后结局。"

我和君玮讲述一遍事情原委,看着水阁四周垂搭的帷幔在火中扭出匪夷所思的姿态，突然想起幻境之中，她让我一把火烧掉她的遗体。

果然是宋凝，不用我动手，入梦前，她早已将后事安排妥当。隔着半个荷塘，惊惧哭喊连成一片，好几个忠心的奴仆裹着在塘中濡湿的棉被往水阁里冲，都被熊熊大火挡了回来。宋凝做事一向仔细，那水阁之中怕每一寸都被火苗舔透了。她要将自己烧成一团灰，装在秀致的瓷瓶子里，回到阔别七年的黎国。

火势乘风越烧越旺，映出半天的红光，房梁从高处跌进荷塘，被水一浇，浓烟滚滚，撑起水阁的四根柱子轰然倒塌，能看到藤床燃烧的模样，此间安眠的宋凝被掩藏在茫茫火光中。

民间传说里，这样的故事总会在适时处落一场大雨，可水阁之上的这场火直至烧无可烧渐渐熄灭，老天爷也没落一滴雨，仍是晚风微凉，残阳如血。如血的残阳映出荷塘上一片废墟，废墟前跪倒大片的仆从，没有一个人敢去搬宋凝的尸首。

我对小蓝说："走吧，去把她殓了。"

他看我身后一眼，淡淡道："不用我们帮忙，殓她的人来了。"

我好奇回头，看见石子路旁那排老柳树的浓荫下，小蓝口中来为宋凝殓尸的人，将她逼往死地的人。

沈岸，她的夫君。

他穿着雪白的锦袍，襟口衣袖装点暗色纹样，像一领华贵的丧服。这样应景的场合。他一路走到我们面前，白色的锦袍衬着白色的脸，眉眼仍是看惯的冷淡，嗓音却在发抖："她呢，她在哪里？"

我指着前方水塘上的废墟："你是听说她死了，特地来为她收殓尸骨吗？她和我说过，她想要一只大瓶子装骨灰，白底蓝釉的青花瓷瓶，你把瓶子带来没有？"

他张了张口，没说话，转身朝我指的废墟急步而去，却一个跟跄差点摔倒。水阁前跪着的奴仆们慌忙让开一条路。我抱着琴几步跟上去，看见他身子狠狠一晃，跪在废墟之中，夕阳自身后扯出长长的影子。

越过他的肩膀，可以看到地上宋凝的遗骸，今晨我见着她时，她还挽着高高的髻，颊上抹了胭脂，难以言喻的明艳美丽。

朝为红颜，暮成枯骨。

时光静止了，我看到沈岸静静地跪在这静止的时光之中。

一段烧焦的横木啪一声断开，像突然被惊醒似的，他一把搂住她，动作凶狠得指尖都发白，声音却放得轻轻的："你不是说，死也要看着我先在你面前咽气吗？你不是说，我对不起你，你要看着老天爷怎么来报应我吗？你这么恨我，我还没死，你怎么能先死了？"没有人回答他。

他紧紧抱住她，小心翼翼地，就像抱着一件稀世珍宝，惨白的脸紧贴住她森然的颅骨，像对情人低语："阿凝，你说话啊。"

黄昏下的废墟弥漫被大火烧透的焦煳气息，地面都是热的。

我看到这一切，突然感到生命的空虚，无力问他："你想让她说什么呢？她现在也说不出什么了，即便你想听，也再说不出了。倒是有一句话，她曾经同我说过，新婚那一夜，她想同你说一句甜蜜的话。她刚嫁来姜国，人生地不熟，眼里心里满满都是你。她没有父母姊妹，也没有人教导她如何博取夫君的欢心，但那一夜，她实心实意地想对你说来着，说：'夫君，我把阿凝交给你，好好地交给你，请一定要珍重啊。'只可惜，你没让她说出口。"

他猛地抬头。

我蹲下来看着他的眼睛："你说宋凝恨你，其实她从没有恨过你，天下原本没有哪个女子，会像她那样爱你的。"

他死死盯着我，像被什么东西狠狠击中，苍白的脸血色褪尽，良久，发出一声低哑的笑，一字一句，咬牙切齿."她爱我？你怎么敢这样说。她没有爱过我。她恨不得我死在战场上。"

我找出块地方坐下，将瑶琴放到膝盖上："那是她说的违心话。"

我抬头看他："沈岸，听说你两年没见到宋凝了，你可还记得她的模样？我再让你看看她当年的模样，如何？"

没有等他回答，我已在琴上拨起最后一个音符。反弹华胥调，为宋凝编织的那场幻境便能显现在尘世中。我本就不需要他回答，不管他想还是不想，有些事情，总要让他知道。

这悒悒的黄昏，废墟之上，半空闪过一幕幕过去旧事，倒映在浑浊的池水里。

是大漠里雪花飞扬，宋凝紧紧贴在马背上，越过沙石凌乱的戈壁，手臂被狂风吹起的尖利碎石划伤，她用舌头舔舔，抱着马脖子，更紧地催促已精疲力竭的战马："再跑快些，求求你再跑快些，沈岸他等不了了。"

是苍鹿野的修罗场，她下马跌跌撞撞扑进死人堆里，面容被带着血气的风吹得通红，浑身都是污浊血渍，抿着唇僵着身子在尸首堆里一具一具翻找，从黎明到深夜，终于找到要找的那个人。她用衣袖一点一点擦净他面上血污，紧紧抱住他："沈岸。我就知道，我是应该来的。"话未完，已捂住双眼，泪如雨下。

是战场之侧的雪山山洞，他身上盖着她御寒的绒袍，她辗转在他唇上为他哺水，强迫他一口一口吞下。天上没有一颗星星，洞外是呼啸的寒风，她颤抖地伏在他胸口："你什么时候醒来，你是不是再也醒不来？沈岸，我害怕。"

她抱着他，将自己缩得小小的躺在他身边："沈岸，我害怕。"

是雪山之中的那三日，她背着他不小心从雪坡上跌下，坡下有尖利木桩，她拼尽全力将他护在身前，木桩擦过她腰侧，她忍着疼长舒一口气："幸好。"她吻一吻他的眼睛，撑着自己坐起来，捧着他的脸："我会救你的，就算死，我也会救你的。"

华胥调戛然而止，我问他："你可见过，这样的宋凝？"

话未完就被一口打断："那不是真的，我不相信。"面前的沈岸一只手紧紧捂住胸口，额角渗出冷汗，身体颤得厉害，却看着我一个字一个字地说出决绝的话，"你给我看的这些，我不相信，这不是真的，我不相信。"

我觉得好笑，真的笑出来："沈岸，到底是不是真的，你心中最清楚罢。她总想说给你听，你却从不给她机会。"

我说："沈岸，你知道宋凝是怎么死的吗？一个幻境。她沉溺在幻境之中，舍弃了自己的性命。那个幻境里，你终于爱上她，你们相约白头。她沉浸在这样的幻境里，这其实没什么，得不到的便想得到，也是人之常理。可后来你战死了，即便你战死了，她也不愿离开那幻境，她想起现实中你给她的痛，比起现实中你给她的那些痛，她宁愿忍受幻境中永远失去你的痛，她命人烧了自己的遗骸，什么也不愿留给你，她原本是那样爱你。沈岸，你不知道，她爱你爱了七年。"

我说完这些，看到他颤抖的手指抚上她手腕腕骨处一只玉镯，紧紧握住，现出泛白的指节，突然身子一倾，吐出一口血，殷红的血洒在宋凝遗骸的肋骨上，现出一种异样的妖艳。他喊出那个名字，像痛苦得不能自已了，嘴唇开合几次，才能发出声音："阿凝。"可她已再不能回应。

我抱琴起来："她让我将她的骨灰送回黎国，自此以后你们再无瓜葛，沈将军，三日之后我来取宋凝的骨灰。"

他没有理我，踉跄着抱起她，一步一步踏出水阁，像随时都会倒下去似的。

伏在地上的仆从们嘤嘤哭泣。

我愣了愣，道："也好，那烦劳沈将军实现她最后一个愿望，将她装进白底蓝釉的瓷瓶，亲手交给他的哥哥。"

沉默像一把蜿蜒的白刃，他喑哑的嗓音自一片哭泣声中恍惚传来："她临死之前，可有什么话对我说？"

我看着他的背影："没有，一个字也没有，她对你，已别无所求。"

这件事过去不久，听说黎姜两国再次开战，黎国由大将军宋衍挂帅，姜国则派镇远将军沈岸出征。那时，我们正在姜国边境游山玩水。

五月初七的雨夜里，小蓝带来消息，说沈岸战死在苍鹿野，这一战他占了先机，本该大获全胜，不知为什么竟会战败身死。据说临死前他让部将将自己埋在苍鹿野的野地里，下葬时，他们发现他随身带着一只青花的小瓷瓶，瓷瓶中，装满了不知名的白色齑粉。

他家中妾室得知他战死的消息，当晚悬起一根白绫，将自己也吊死在了花厅。

小蓝问我有什么感想，我笑着对他道："倘若敬武公主宋凝还活在这世间，兴许沈岸就不会死了，世间只有一个人会不顾性命地爱他救他，只可惜死得太早了。"

他沉默半晌，道："也许正是因为宋凝死了，所以他才死了呢？"

我说："是吗？"

他不说话。

我看着窗外淅沥的夜雨，淡淡道："我不相信。"低头问小黄："你相信吗？"小黄安详地啃半只烧鸡，听到我唤它，抬头茫然看了我一会儿，垂头继续啃自己的了。

我们俩面对面沉默良久，我问他："你最近怎么都不穿蓝衣裳了？"

他笑道："为什么我一定要穿蓝衣裳？"

我说："因为你叫小蓝啊。"

他挑起好看的眉毛："我还奇怪你为什么从不问我的名字，小蓝不是你给我起的……"

他做出思考的模样，像在挑选一个合适的词语，灯花噼啪一声，他不动声色地看着我："不是你给我起的昵称吗？"

我回想事情梗概，发现果然如此，端了茶盅倒水："你原本也有自己的名字罢，呃，只是我觉得名字不过符号而已，喊你小蓝喊习惯了，就忘了问你原本叫什么名字，你原本叫什么名字？"

他轻声道："慕言，思慕的慕，无言以对的言，我的名字。"

我手一滑，茶盅啪一声落在地上。

73

第二卷 十三月

看着她的背影在月光下渐行渐远,他想唤她的名字,莺哥,这名字在心中千回百转,只是一次也没能当着她的面唤出。

「莺哥。」他低低道。可她已走出老远。

第一章

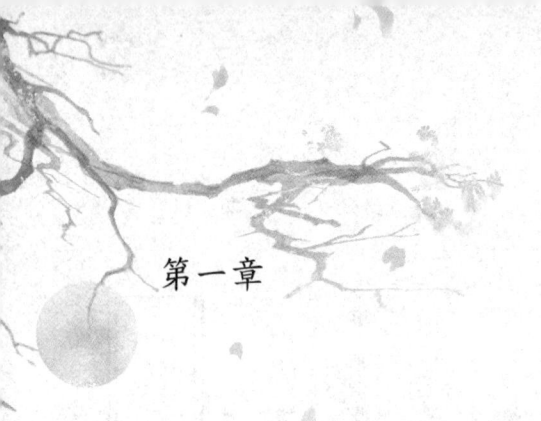

我多么想告诉他，你跟前这个面具姑娘就是当年雁回山上那个被蛇咬得差点死掉的小女孩，如今长这么大了，一直想把自己许配给你来着，天上地下地找你，找了你三年。

那一日，天色晴好，我们离开姜国，取道沧澜山入郑国国境。

慕言打算第二日离开，道家中有急事召他回去，欠我的恩望来日再还。

其实他不欠我什么，倘若他还记得，就该明白这笔账是这样算：我先欠他两条命，如今救了他一命，只是抵消曾被他救的前一条命，就是说还欠着他一条命，是我要还他，不是他还我，但明显他已不记得。其实这也没什么，女大十八变，如今的我同三年前已大不一样，脸上还随时随地戴个面具，他认不出我也在情理之中，没什么可失落的。

我想，我爱上他三年，没有想过今生还能再见，老天再一次让我们相遇，却隔着生死两端，着实缺德。但这样也好，于他而言，什么都没有发生，什么都没有结束，于我而言，一切早已发生，早已结束。如今藏在心中的这份情意不过是亡魂的执念，不是这世间应有的东西，过多纠缠着实毫无意义。

但总是无法忘怀，一闭上眼就会出现在脑海里，全是雁回山山洞里他低头抚琴的身姿，银的面具，玄青的长袍，手指拨弄蚕丝弦，月光下琴声如同悠远溪流，流水潺潺。

我想，我得让他留点儿什么给我，什么都行，算是做个念想。

夏日天长，很久才入夜。我提着一壶酒忐忑地去找他，假装自己根本没有心存杂念，有此举动完全是为了找个酒友拼酒赏月，而他得以入选，纯粹是今夜我们比较有缘。

他坐在客栈的院子里纳凉，石桌上布了两三酒具，是在自斟自饮。我蹭过去把提来的壶放在一旁，瞄他一眼：“一个人喝酒多没意思啊。”

他抬头看我："你是来陪我喝酒的？"

我盯着他手中白瓷的酒杯："慕言，走之前再给我弹个曲子吧。"

他诧异地望我一眼，却没说什么，只是放下杯子："想听什么？"

我想想说:"没什么特别想听的。"

他朝守在不远处的执夙打了个手势,转头看我道:"那就……"

我挨着坐下打断他:"那就把你会的都给我弹一遍吧。"

"……"

执夙很快将琴取来,放在客栈的凉亭中。

凉亭周围被老板娘种满了千花葵,大片大片的花沐浴在月光之下,由白渐红,一路蔓开,像云里裹了烟霞。我垂头看着慕言,他就坐在这烟霞之中,卸下面具的脸少有的好看,修长手指随意搭在琴弦之上,微抬头含笑看我:"要真把我会的每一首曲子都弹给你听一遍,今晚你可睡不了了。"

我没有说话,心里却不由自主地想,哪怕你是要弹一辈子呢。

琴声响起,仍是我从未听过的调子,我趴在一旁的三足几上,撑着头问他:"慕言,你还没有妻室吧?"

曲音毫无停顿,他微微偏头含糊了一声:"嗯?"

我说:"你愿不愿意娶一个死人做妻子?"

他停下拨弦的手指,月光映在脸庞上,光线深深浅浅,说不出的好看。

我鼓起勇气和他比画:"那姑娘长得不错,性格也可以,长辈们都喜欢她,嫁去你们家绝对不会产生婆媳问题,而且,她琴棋书画都懂一些,绝不会在外人面前丢你的脸,另外,饭虽然做得不大好,也能做一些的,就是,就是已经死了……"

我将自己大肆夸奖一番,自己都觉得汗颜,越夸越夸不下去,他托着腮帮耐心听我陈述,半晌,哭笑不得道:"你说的是冥婚?"

我不知道假使我和他成婚算不算冥婚,可也没有更好的定义,只能含糊地点点头。

他耐心看了我好一会儿,抬手重新拨琴弦,摇头道:"真搞不懂你在想什么,该不是想为已故的某位姊妹说媒吧。"

我目光炯炯地看着他,道:"嗯。"

蚕丝弦发出一阵颤音,他笑道:"确实像是你能做出来的事儿,可我们慕家不能无后,多谢你一番美意了。"

我重新趴回三足几,闭上眼睛,明明夜风温软和煦,却觉得浑身都冷。虽然明白生死殊途,但有些时候,总免不了心存侥幸,想试试看,也许会有不一样的结局,却只是让自己更加失望而已。

我多么想告诉他,你跟前这个面具姑娘就是当年雁回山上那个被蛇咬得差点死掉的小女孩,如今长这么大了,一直想把自己许配给你来着,天上地下地找你,找了你三年。可如何能说得出,这个面具姑娘其实是个死人。

这一夜,我趴在三足几上,伴着慕言的琴声,不知自己何时入睡。听君玮说,四更时慕言将我抱回房。但我醒来时，他已离开。就像三年前雁回山那一夜，总是不知不觉我们就分别。但也没有特别大的感受，只是放鲛珠的这个地方似乎空了一块。

要前往的地方是四方城，郑国的国都。

乍听这个名字，觉得城池应是按照某种精深几何学原理构建。其实一切都是误会，城名四方，只因城内民众比较喜欢打麻将。我、君玮和小黄，三人一行紧锣密鼓地奔往这座城池，因君师父飞鸽传书，说在城中帮我接了桩生意，这次的主顾身份比较特别，是个住在郑王宫里的贵妇。

郑国境内多山多水，这意味着大多时候我们只能以船代步，但小黄的存在让敢于拉我们仨过河的船家急剧减少，好不容易碰到一个要钱不要命的，又往往需要多付数倍船资才有资格踏上对方的"贼船"。考虑到不能像对付马匹那样将小黄随便烤烤吃了，除了忍受敲诈没有别的办法。

但后来盘缠日渐稀少，长此以往，必然不能顺利到达目的地，逼不得已的君玮只好去逼船家："要钱没有，要命一条，你拉不拉，不拉我放老虎咬死你。"没有料到的是，这个办法竟然分外好用。我们一路畅通无阻，只是临近目的地时终于被人举报，被当地官府罚了一大笔钱，而那是我们最后的盘缠。

其时离四方城还有五十里地，保守估计要走三天，但我们已身无分文。君玮的意思是他在路上又新近创作了一部小说，走的是时下流行的虐恋路线，应该会很有市场，可以尝试卖这个小说来赚盘缠。我和小黄都很高兴，觉得柳暗花明，兴致勃勃地在官道旁边摆了个摊，寄望颇深。

结果没卖出去。

后来分析，原因全在于书中没有配备春宫插图。但我们当时并没有此等觉悟，只是感觉走投无路。思考很久，觉得唯一可行的办法……只有让小黄违背本性表演吃草了。

就是在逼迫小黄卖艺的过程中，我们碰到了从山上采药归来的百里璠，这是个十分重要的人物，而当时乃至此后很久，我们都不知道他其实出生于药圣家族，是药圣百里越唯一的侄子。当然这也有他自己的原因，因他出场出得着实对不住他的姓，手上没握着折扇，腰间也没别着长剑，身上倒的确穿了件白袍子，却弄得灰一块黑一块的，丝毫不飘飘欲仙，背上背的破竹篓更是无论如何都无法让人产生类似于"哇，一看就是高人"或"哇，一看就是高人后人"的联想。

那个场景，正好是夕阳西下，雀鸟归巢。我们摆好卖艺摊子，将随处挖来的草根野菜放在一旁，小黄被意思意思拴住，放在野菜旁。

附近田地里劳作的农夫们扛着农具回家，路过看到这个阵势，纷纷驻足围观，很快围成一个大圈子。

万众瞩目下，小黄痛苦地将一根红萝卜啃得咔嚓咔嚓响，农夫们啧啧称奇。

这时，百里璠千辛万苦地挤进人群，蹲下来很自然地从野菜堆里捡起一只个头特别大的白萝卜，抬头问君玮："喂，这萝卜怎么卖的？"

君玮："？"

百里璠研究一阵，不知将这个表情转化成了什么信息，埋头选半天，又拿起一个红萝卜："喂，我买你两个白萝卜，能送一小根红萝卜不？"

我眼睁睁看着君玮眉毛挑了两挑，挑完后面无表情地抬手，指了指缩在一旁啃萝卜的小黄，以示我们这是在表演杂技，不是卖萝卜。

百里璠定睛一看，吓一跳："哇，买萝卜还送老虎啊？"

我眼睁睁看着君玮眉毛又挑两挑，抽着嘴角："没送老虎，老虎不送的。"

百里璠理解地举起右手里的红萝卜："哦，没事儿，不送老虎就送我一小根红萝卜。"

君玮继续抽着嘴角："萝卜也不送的。"

百里璠讶然地举起左手里的白萝卜："没让你白送啊，我付钱，我买得多不是，没让你少算钱，就让你多给包一根小萝卜……"

我猜想君玮已经有点忍无可忍，还没想完，看见一个灰扑扑的白影子呈抛物线咻的一声飞出人群，君玮手搭凉棚，远望咻一声被他扔出人群的百里璠，昏沉沉的日光下，神色严峻地拍了拍手，拍完又在我的袖子上揩了揩。

这就是我们和百里家族最年轻子侄的初会，君玮首次展现了人性中最具有男子气概的一面。

两天后，我们凑够到四方城的路费，勉强能够果腹住店。我是这样想的，此刻赚点小钱即可，不宜让小黄过度操劳，只要挨到城中，就遍地都是赚钱的机会，比如可以让君玮卖身什么的，但竟然再次被举报。

官府查证一番，因我们完全是依法所得，实在没有触犯刑律，无从下手，但他们又不好空手而归，最终以逼虎卖艺、虐待动物的罪名对我们实施了罚款，罚得还算人性，好歹留下了几个铜锱可供住宿。

君玮说："这一定是那个娘娘腔的小子干的好事。"他说的是百里璠。但我觉得这事和他殊无关系，因我着实怀疑他其实根本搞不清楚老虎到底是吃肉还是吃素的，指不定他以为老虎天生就该啃萝卜。

本以为和百里璠不过茫茫人海中擦肩的缘分，我和君玮都不甚在意，孰料第四天傍晚，大家却狭路相逢且殊途同归在四方城外有且仅有一家的小客栈里。除此之外，君玮还必须和他同床。

能有这样的缘分，也是无奈，只因客栈规模着实太小，我们到达时只剩最后一间房。可想而知，为了我的清誉，自然不能和君玮同住，但不和我同住就只有让他去柴房打地铺或在客栈门外的老柳树下打地铺，何其残忍。

考虑到毁了我的清誉注定会被君师父乱棍打死，君玮纵然心里一千个不情愿，也只能收拾寝具去柴房蹲一夜。我和小黄共同以悲悯的眼光注视他。不料草席都卷好了，路过楼梯口时，一团灰扑扑的白影子突然凑过来："唉？你不就是前几天那个卖萝卜的？你们咋啦？"我们看清，这人是百里瑶。

客栈老板缩在柜台旁，一边注意小黄的动静一边和他解释。他回头端详一阵，绕开君玮凑到我跟前："原来缺房间啊？我房间倒挺大的，要不我凑合着跟你住一间呗，房钱咱们分着付，嘿嘿嘿嘿。"我来不及答话，君玮不知采用何种身法，已默默地插入我们中间，对着嘿嘿笑的百里瑶慈祥一笑："好，咱们一间。"嘿嘿嘿的百里瑶就呜呜呜了。

大家吃了顿饭，因此熟悉。

吃完便双双回房睡觉。

临睡之前，我眼皮跳得厉害，总觉得会出点什么事。从小到大我的直觉都很灵敏，假使预感有坏事发生，那无论如何都会发生点什么来应应景。

我心中一直惴惴，不能安睡，眼睁睁等到日出东方的第二天，却一夜安静，并未发生任何特别之事，只是领着小黄下楼吃早饭时，看到坐在窗旁的君玮和百里瑶，感觉二人神态微有古怪。百里小弟喝一口稀饭抬头盯着君玮闷笑一阵，喝一口抬头再闷笑一阵，而君玮除了脸色有点阴沉，此外殊无反应。

小黄摇着尾巴盘在我脚下，盯着面前半盆稀饭发愣，半响，眨巴眨巴眼睛可怜兮兮地望向君玮。

君玮不耐烦："今天没烧鸡可吃，咱们没多少盘缠了。"

小黄不可置信地将头扭向一边。百里瑶嘿嘿嘿地凑到我跟前："你知道阿蓁是谁？"

君玮夹咸菜的筷子猛地一顿，一转指向百里瑶，对小黄抬了抬下巴："儿子，你要实在想吃肉，这儿有只现成的。"

小黄果真站起来舔了舔牙齿，百里瑶嗖的一声跳上凳子，颤抖着手指向君玮："一夜夫妻百日恩，君玮你忘恩负义。"

我噗一声将稀饭喷了一桌子，君玮手中的筷子啪地断成两截。

我说："你们俩……"

君玮收拾好断成两截的筷子，瞪了眼百里瑶，龇牙道："没什么，别听他胡说。"

百里瑶啧啧啧摇了摇头，蹲在凳子上表情暧昧地凑过来。我兴致勃勃地凑过去。

他凑到我耳边："你不知道，这个人昨天晚上做梦，在梦里……"话没说完被一口素包子狠狠塞住。

我心里一咯噔，赶紧看向君玮："你和百里小弟……你不会是看人家长得娇若春花，昨晚上月黑风高的一不小心把人家给……"话没说完同被素包子塞住。君玮气急败坏地指挥小黄:"儿子,这俩破玩意儿归你了,你的早饭。"

眼看内部矛盾就要升级,隔壁桌突然传来轻慢的一声笑,却不知是在对谁说:"你们口中品性贤德的公子,说的是灭了卫国后,以雷霆手段将卫王室仅有的几个忠良斩杀干净的陈世子苏誉,苏子恪?"

从这句话里捕捉到卫国名号,我和君玮不由得双双掉头,发现是隔壁桌起得早的几个食客凑成一团谈论国事,方才说话的是个正巧路过的中年文士。

文士还想继续,被饭桌上的白衣青年截住话头:"兄台此言差矣,斩杀卫国大臣的可不是世子誉。卫国被灭,世子受陈侯令驻守卫地监国,不幸染病,只能回昊城修养。是宰相尹词另举荐了廷尉公羊贺为刺史,代行监察之职。公羊贺为人本就狠厉,为了及早在陈侯面前立下一功,初到卫地就斩杀了卫室最后几个能反抗的旧臣,杀鸡儆猴立了个下马威,又选了邻近卫王都的沥城和燕城移民,使沥燕两城本地百姓流离失所,此后大兴土木营造刺史府,胡作非为,世子时值病中,这些事儿可全不知情。待世子病好,重执国事,不是即刻快马加鞭赶往卫国,亲自将公羊贺斩于尚未造好的刺史府前,还将他的头颅挂在卫王都的城墙上,以此向卫地百姓谢罪?如今卫地百姓视世子誉如再生父母,卫国亡国不过半年,卫地百姓皆心甘情愿归附陈国,贤德二字,世子如何当不得?"

文士哧道:"不过借刀杀人罢了。先借公羊贺的手,做尽一切自己想做却不能做之事,回头再将其杀掉,天下人还感恩戴德,好一个贤德世子。"

白衣青年同几个朋友一同拍案而起:"你……"掌柜一看情形不对,赶紧过来劝架:"莫谈国事,莫谈国事。"

君玮夹了筷子咸菜到我碗里:"说说你的想法。"

我想了想,觉得没什么想法,只是对卫王室还有所谓忠良这件事情颇为惊奇。

君玮看了眼蹲在凳子上的百里瑶,又看我一眼,张了张口,大约觉得有些事不好当着外人的面说出来,挣扎半天,最终选择了埋头喝稀饭。我猜想他是担心我还记着自己是卫国的公主,把苏誉看成敌人,为国报仇去刺杀他什么的。

但我着实没有这个想法,觉得要让他安心,将咸菜里的萝卜丝挑出来道:"要我是苏誉,估计也得这么做,乱世里的圣明君王本就要有狮子的凶狠、狐狸的狡诈,贤德是做给天下人看的,哪里要你真正的贤德,看上去贤德就很可以了。"

百里瑶不知什么时候将腿放下去,端端正正坐在椅子上插话道:"照你这么说,苏誉搞这么多出来就只是为了在外头树立一个他很贤德的形象?"

我摇头道:"要真是这样,他就不是贤德,是闲得慌了。公羊贺不是把卫室遗臣该杀的都杀完了吗?此后卫国再无复国希望,可喜可贺。公羊贺不是还把部分陈国人迁到沥燕两城了吗?这些人平时种种田,卫国闹乱子了还能组织起来帮忙镇压镇压，省了大批从陈国调过来的驻军和军费……"

百里璠出现茫然表情。我想必须得用一个例子来佐证我的阐述，方便他理解，想了半天，道："好比你们家要去外国开个青楼，带很多姑娘过去，但这个国家律法规定只有逢年过节才允许青楼营业，那你们家平时要养这些姑娘肯定特别不容易吧？要是给她们分点儿田，让她们平时务务农什么的，自给自足，压力是不是就小很多了？"

百里璠抓抓头："可如果这个国家只有逢年过节才允许青楼开门做生意的话，那我们家为什么要千里迢迢跑去那里开青楼啊？"

我觉得真是无法和他沟通。

而此时，中年文士似乎已被掌柜劝到别处，隔壁桌忽然传来一声叹息，不知道那句话从何开始，我们只听到后半句："……卫国亡得确然是个笑话，只可惜了殉国的文昌公主，听说那位公主自小从师于当世的圣人惠一先生，是惠一先生唯一关门女弟子，才貌双全，有闭月羞花的倾国之姿，又有大智慧，早在十六岁时，就有许多诸侯的公子向卫公求亲……"

又有人说："在下曾听闻世子誉二十二岁生辰时，也得到过文昌公主的一副画像，看了却说了句奇怪的话，'唔，这是叶蓁？已经出落成大姑娘了'。虽是宫廷秘闻，不知到底可不可信，不过，传说中文昌公主既是这样的品貌端然，沉鱼落雁，又琴棋书画样样精通，世子他……"

君玮问我："你抖什么？"

我端起碗打了个哆嗦："不知道为什么就觉得全身起了好多层鸡皮疙瘩……没事儿，吃饭吃饭。"

君玮做了个噤声的手势："风月这段说完了，开说诸侯纷争天下大乱了，你别出声，我再听一会儿。"

我说："？"

君玮道："那句话怎么说的来着，天下大乱，匹夫有责嘛。"

我讶然看他："又不是你让它乱的，关你什么事儿啊？乱世再乱，也只跟皇帝和诸侯有关，一个拼命不想它乱，一个拼命想它乱。啊，对了，还有个搞不清楚想干什么就是唯恐世事不乱的教宗，不过这个是宗教范畴，属于神秘意识形态了，不用管他。"

君玮默然："我就是关心一下政治……"

我拍拍他的肩膀："正直的人都搞不好政治，这条路线不适合你，你还是适合关注宇宙，写点小说。来，吃饭吃饭。"

百里璠凑过来："为什么人正直了就不能搞政治啊？"

我解释给他听："你看，这个乱世，政治本身太歪了，你要不歪，就不是搞它，而是被它搞了。"

百里瑨恍然："那就是说人要不歪就没法从政了？"

我说："也不是吧，也不能过度，得又歪又正。"想了半天，道，"比如苏誉……"

百里瑨若有所思看我好一会儿，半晌，郑重道："有没有人跟你说，你身为女孩儿可惜了？"

君玮淡淡道："没什么可惜的，不过是老师教得好。"

我指着君玮对百里瑨道："看得出来他跟我其实是一个老师教出来的吗？看不出来吧？我们俩如今这个差别，和后天努力没有半点关系，完全是先天资质原因。"

君玮看看我表情狰狞，仿佛正在暗暗地使什么大劲儿。

我奇道："你在干什么？"

他也奇道："我在桌子底下使劲儿踩你的脚啊，你没觉着吗？"

我更奇道："啊？没觉着啊。"

百里瑨突然抱脚跳起来："啊啊啊啊啊，痛痛痛痛痛……"

天下无不散之筵席，口上三竿之时，我们喝了顿早茶剔了会儿牙，收拾包裹和百里瑨话别。不远之处横亘的便是郑国国都，高耸的城墙在夏日的晨光中闪闪发亮。我想，假如这是一块金子那该多好啊，扒拉块墙砖下来我们就发财了，最主要的是就不用逼迫君玮卖身赚盘缠了。

走出客栈不过五步，君玮已频频回头，我看了眼客栈门前背了个小背篓的百里瑨，试探地问他："百里小弟长得真是不错哈？"

君玮淡然地瞟了我一眼。

我继续试探地问他："你和百里小弟昨天晚上真的……"

他没回答，再次淡然地瞟我一眼，瞟完依然回头望。

看他这个反应，我心里咯噔一声，掩着嘴角低声道："你真看上人家了？你舍不得人家？"

君玮没听清："什么？"

我稍微调高一点音量："你真看上人家了？舍不得人家？"

他继续没听清，道："风太大，你大声点。"

我只好大声点："你是不是看上人家百里小弟了……你这么频频回头看，是不是舍不得人家……"问完保持音量提醒他："你要是有断袖之癖，君师父绝对会打死你的……"

四周一时寂静，来往行人齐刷刷将我盯着，君玮脸色一阵青一阵白，半天，咬牙一字一顿道："君拂，你的皮痒了是不是？"

我反射性后跳一步。

五步开外的百里瑨乐颠乐颠地跑过来，笑眯眯地看着我和君玮："你们舍不得我啊？没关系没关系，我家就住在四方城沁水胡同最里边那个大院，你们事情办妥了来我家玩儿啊！"

我迎上去道："一定的，一定的。"

君玮抚额不语。

同我客套完，百里瑨转身忧愁地瞧着君玮，绞着衣角扭捏半天："你不是真看上我了吧？明明你在梦里边……"

君玮咬牙道："闭嘴，老子没看上你。"

百里瑨讶然道："那你还频频回头望我。"

君玮脑门上爆出青筋："老子没有回头望你，老子在望老子的儿子小黄，它去厨房偷烧鸡了一直没回来。"

百里瑨古怪地看着他："小黄不就在君姑娘脚底下吗？"

君玮回头一看，正对上小黄一双水汪汪的大眼睛。

在君玮凌厉的目光下，刚刚啃完烧鸡的小黄怯生生地把藏了鸡骨头的爪子往后挪挪，挪完怯生生瞟君玮一眼，发现他居然还在看它，再往后挪挪。

君玮看着小黄愣了半晌，问我："它什么时候回来的？"

我想原来一切都是误会，正想告诉他小黄刚刚才从路边的草丛里冒出来，身旁的百里瑨突然幽幽地说："要找借口也找个好点的借口么，不用解释了，也不用掩饰了，你果然还是看上了我……"

君玮沉默半晌，无言以对地将我望着。

我琢磨出来他这个眼神是求助，立刻插话："咳咳，百里兄，这个咱们先不讨论，问你个事儿啊。"其实我都不知道要问他什么，只是为了转移话题，想了半天，没想出生活中哪些地方与他有重合之处，只得拿出君师父给我找的四方城里的那桩生意来客套："那什么，你吧，你既是郑国人，有否听说郑平侯的那位夫人，十三月啊？"

幽幽的百里瑨猛地抬头，蹙眉想了想，道："你是说，月夫人？"再想一想，又道，"月夫人早已归天了。"

我怔道："不会吧，我有个师父，前几日还收到这位夫人的信……"

百里瑨做出思考的模样，良久，道："哦，你说的是平侯容浔的那位月夫人啊，我还以为你说的是……"话没说完又道，"可是你刚才说了十三月？"

他抬起头来望着我："你说的那位月夫人不是十三月，那女人和她夫君都是贼，真正的十三月，"他顿了顿，"早死了。"

第二章

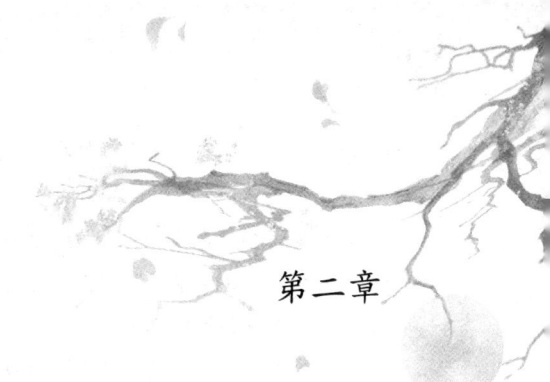

我初遇他，只有十四岁，那时娃娃脸尚未脱稚气，等到最好看的十七岁，却连最后一面也未让他见到。

七日一晃而过，五月二十五，夜，月明星稀，我、君玮、小黄两人一虎从四方城星夜出奔。

迄今为止，我做过的生意不过两桩，还没有总结的资格，但已经忍不住想总结一句，今后的贩梦生涯，估计再不能遇到比郑国这趟更加轻松的差事，只需弹个琴送个信就把一切搞定，还可以白白赚上一命。当然这是好的一面。

不好的一面是身为主顾的月夫人因信仰问题长年吃素。这也无可无不可，关键是她不仅自己吃，还喜欢发动大家一起吃，作为客人，我们尤其不能幸免，令君玮和小黄备受摧残。

他们本想溜出王宫到城中酒楼打个牙祭，但王宫这种政府机构其实和妓院、赌场没什么区别，都是进来要给钱出去要给更多的钱，我们虽然曾经是有钱人，可遭遇了几次政府罚款，已经赤贫，这也是大晃众多有钱人的共同烦恼。

出于对肉的向往，当了结了月夫人夜奔出郑王宫后，大家都很高兴。为了表达自己激动的心情，被饿得面黄肌瘦的小黄还在地上打了好几个滚，结果滚得太厉害，半天爬不起来。

我拍了拍君玮的肩膀："去把你儿子扶起来。"

君玮怒道："谁生的谁扶。"

我说："不是你和百里瑨生的吗？"

君玮转头深深地看我："你去死吧。"

月上中天，我和君玮商定兵分两路，他带着小黄向东逃，我向西逃，最后大家在北方相会。

这就是说我们必须将逃跑路线制定成一个等腰三角形，最后在它的垂直平分线上会和，君玮数学学得不好，我已经可以想象这个计划必定要以失败终结，最后他不幸迷路，然后被人贩子卖去勾栏院，终生以色侍人，运气好的话被当地县令赎回去做个妾什么的。想到这里我不禁打了个寒颤，深深感到把小黄交给他带果然是明智之举。

假设遇到危机，至少还有小黄可以奋力保护他，不然真是不能令人放心。虽然制定这个逃跑方案的初衷只是觉得小黄太引人注目，郑平侯追踪我们时必定要以它为坐标，简直是跟谁谁倒霉……

我们推断郑平侯容浔必定要来追拿我们，根据在于半个时辰前，我们结果了王宫中他最宠爱的一位夫人——传说中的十三月，月夫人。更要命的是，我们在逃跑前还顺走了这位夫人发髻上簪着的一整套黄金打的首饰。

我从前看过一本书，书中写一个女子靠算命为生，会一种奇特的幻术，世上见过她的人若干，却无一人记得她的容貌。而在郑王宫中见到的月夫人十三月，就像是从那本书中走出的女子，让人转身就遗忘。

我们曾经很专业地研究了一番，觉得她一定不会秘术，那这个特质就只能跟长相有关了。并不是说她长得不美不扎眼，只是眉眼太淡，像水墨画里寥寥勾出的几笔，没什么存在感。

十三月是个奇怪的女子，饮了我的血，让我看到她的华胥调，却并不告诉我她要什么，只将一封信放在我手中，轻声道："君师父说你能做出重现过去的幻境，圆我的梦。只是那幻境里我将再记不得现实中事，那劳烦君姑娘为我织出过往，再将此信交给过往的我。"连语声都是淡淡的。

我掂量手里轻飘飘的信封，问她："不用我再帮你做点儿旁的什么？你知道这桩生意，你须得付出什么样的代价吗？"

她抬起眼睛："那个代价，我求之不得。"

一切如她所愿，三日后，我奏起华胥调，将那封封得严严实实的书信交到幻境里的十三月手中，因不曾听过她的故事，去往她的幻境就很难搞清何夕何年，只是看幻境中的她依旧愁眉深锁，判断此时重现的这段过往，其实并不十分过往。因这桩生意里里外外都透着古怪，而且当事人好像故意把它搞得很神秘，很容易就激发起我的探索之心，信送到之后也没有立刻离开，而是趴在十三月屋中的房梁上执意等待一个结局，想看看她要圆的到底是个什么梦。这样做的好处是表明我尽管是个死人，也有一颗好奇心，并没有无欲无求，依然很有追求。不好之处是看起来很像变态分子。

在房梁上趴了两天，终于等到激动人心的一幕。

正是晨光微现，窗外雪风吹落白梨瓣，在院子里铺上薄薄的一层。黑发紫衣的男子带着一身寒意踏进十三月的寝居，男子有一副俊朗的好面孔。

我屏住呼吸，生怕被发现，屏了半天，才想起我本来就没有呼吸，又穿得一身漆黑，极易与房梁这些死物融为一体，根本不用担心。

而在我愣神的当口，男子已坐到镜前，铜镜映出他一头漆黑发丝，端整面容藏了笑意："方才不当心被院子里的梨树挂了发巾，月娘，过来重新帮我绑一绑。"

十三月缓缓踱步过去，从我的角度，能看到她手中握了把半长不短的匕首，脸上表情支离破碎，身子在微微发抖。男子并未注意，对着铜镜伸手自顾自取下了与衣袍同色的发巾。但即便男子完全没有警惕，在我想象中按照十三月这个水准，要刺杀他也是难以成功的，更有可能是在刀子出手时抖啊抖的就被他发现并握住，男子说："你想杀我？"十三月摇头不语，豆大的泪珠滑下眼角，然后他俩抱头痛哭。我正想得出神，蓦然听到男子轻哼一声，定睛一看，刀子竟然已经顺利扎了下去，从背后一穿而过，真是又准又狠。

我猜中了结果，没猜中开头。十三月果然在流泪，却边流泪边握着匕首更深地扎进男子的背心。

男子低头看穿胸而过的长匕首，缓缓抬起头，铜镜中映出他没有表情的侧脸，殷红的血丝顺着唇角淌下，他偏头问她："为什么？"

那个角度看不到她流泪的眼。

而她顺着高大的檀木椅滑下去，像那一刺用尽浑身力气。

她将头埋进手臂，哭出声来："姐姐死了，是被你害死的，不，还有我，她是被我们一起害死的，明明我该恨你，可为什么，为什么……"她握住他的袖子，就像抓住一根救命稻草："容浔，为什么你要让我爱上你呢？"

我吓得差点儿从房梁上摔下来。容浔，郑国的王，郑平侯。

这才回想起男子举手投足，果然是曾经见惯的王室中人派头。

镂花的窗棂吹入一阵冷风，掀起桌案上铺开的几张熟宣，容浔似乎支撑不住，整个身子都靠进宽大的座椅，却在闭上眼时轻唤道："锦雀。"

十三月瘦削的肩膀颤了颤，突然哇的一声大哭起来："容浔，我们对不起她，对不起十三月……"说完颤着手一把抽出刺入他心脏的匕首，反刺进自己心口，淡淡的眉眼之间满是泪痕，紧抿的嘴唇却松开来，微微叹了口气。

血色漫过重重白衣，我捂住双眼。

着实没有想到十三月所求的圆满梦境会是这样。

虽没有看过她交给我的那封信，但已可以想见信中内容，她明白一切，写下已知的一切交给幻境中不明真相的自己，这封信是她下给自己的一道暗杀令。

这说明她本来就想自杀，却又不想一了百了，死前也想拉个垫背的，但又不是真正想让他垫背，于是千里迢迢将我召过来，在想象中拉了容浔一同殉情。

她终归还是爱她，想要杀他，却不舍得杀他，只得在想象中杀他一回过把瘾。

这样的行为真是匪夷所思。

直到走出十三月的幻境，我仍在沉思她选择这样毁灭的原因。思考良久，得出三个可能，其一是她姐姐爱容浔，她也爱容浔，姐姐觉得竞争不过她，于是自杀，她觉得对不起姐姐，就"邀请"容浔一同自杀；其二是她姐姐爱的其实是她，但她却爱上容浔，姐姐觉得竞争不过容浔，于是自杀，她还是觉得对不起姐姐，结局同上；其三是小时候她娘教导她女人要对自己好一点，结果她一不小心听岔听成了女人要对自己狠一点，所以最后就对自己狠了一点。

我把这三个推断说给君玮听，他表示我的逻辑推理能力有了很大长进，只是有一点不太明白，为什么每一种推断里容浔都显得那样无辜。我都懒得回答他，宫斗文本来就是女人和女人的故事，这种背景下的男人其实就是个道具，为了节省篇幅，我们一般不多做描绘。

此后便是逃亡。

别离君玮和小黄，一个人逃起来有点寂寞。

这不是最主要的，最主要的是君玮临走时忘记把顺的那副黄金首饰分我一半，搞得我身无分文，手中唯一值钱的是慕言抵押给我的玉扳指。我将它用红线穿起来挂在最贴近胸口的地方，也许此生不能再见，而这是他唯一给我的东西，我一定要好好珍藏，就算有人打算拿刀将我分尸我也不会拿去典当。

我很想他。

可又有什么办法。

天上月亮明晃晃的，我将扳指宝贝地放进领口，用手拍一拍，想，又有什么办法呢。

按照等腰三角形的既定路线一路逃亡，十日后，来到陈国边境。其实最初并不知道这是回家路线，最后依旧回到璧山，可见冥冥之中自有注定。一个多月前，我在这里重逢慕言。

十四岁那年被蛇咬了之后，师父曾苦口婆心教导我野外生存法则，就是晚上千万不要出门……

因没钱住店，夜里出门实属不可避免，逃亡的这十天，每夜我都找一棵高大的树蹲着，好歹能躲过一些杀伤性野生动物的视线。

但今夜我想赶路，想去看看璧山上重逢慕言处的那片花海，其实这件事也可以明天再来完成，只是萌发这个念头，便一刻也等不得了，仿佛要去见的就是慕言本人。转念一想，觉得万一他真的就在那里等着呢，马上很开心，再转念一想，万一他等的是其他姑娘呢，马上很悲愤，真不知他是在那里等着好还是不等着好。

我一路纠结这个问题，一时喜一时忧，完全没有意识到此时外部环境是多么险恶，猛然听到背后"嗷"的一声，还被吓了一跳。正要转头去观察是个什么状况，却被一股力猛地一拉，身子不由自主地向后倒，我想完了，身上这套白裙子又得洗了。腰却在此时被一只手稳稳揽住。

背部撞上某种坚硬物什，不能感受它的温度，但我知道，那是一方宽阔胸膛。我愣了一下，喉咙发紧。

额头上响起熟悉的戏谑："半夜走山路，不会小心点吗？"

我张了好几次口，都说不出话来，慕言，明明这个名字在心中念了千遍万遍。我急得要哭出来，生平第一次感到不能随心所愿的悲凉。我想说出一句好听话，让他印象深刻，却连他的名字都叫不出来。

他松开揽着我的手，将我放得端正，从上到下打量我，眼底有笑意："一月未见，君姑娘竟不认得在下了？"那笑容淡淡的，要划伤我眼睛，我觉得开心，想让这开心更长久一些，却不知说什么好，憋了半天，道："二十五天。"又道："阿拂。"

月光下，他眉目依旧，一身幺青衣衫，手里握一把软剑，剑尖染了两滴嫣红，腰间佩戴的玉饰在夜色下泛出温软蓝光。

我看着他，这个风姿翩翩的俏公子，他是我的心上人。

前一刻想着要见他，后一刻就真的见到他，我很高兴，但一低头看到糊满黑泥的绣鞋和满是尘土的裙裾，立刻想装成不认识他的陌生人。

他挑起眉毛："二十五天？阿拂？"

我将脚往裙子底下缩了缩，回答他："我是说，我们这么熟了，你就不用姑娘来姑娘去了，叫我阿拂就行，还有，我们没有分开一个月，只分开了二十五天。"半响无人答话，我悄悄抬头瞟他一眼，没见他有什么特殊表情，猜测他多半是不相信，想了想，掰着手指向他细算："你是五月初十走的，今天六月初五，你看，果然是二十五天……"

他却打断我的话："阿拂。"

我说："什么？"

他笑道："你不是让我叫你这个名字？"

山间万籁俱寂，只有他说话的声音，偶尔能听到夏虫啾鸣，都被我自行忽略。我想我的脸一定红了，幸好有面具挡着。但转念一想觉得这个想法不对，倘若没有面具，说不定就能让他猜出我的心思。虽说注定不能有什么结果，可如果能有这样的机缘让他知道，说不定也好呢。

他低头看我，仿佛是等待我的回答，我咳了一声，不自在地往后瞟一眼，正想说"嗯"，但这一瞟吓得我差点瘫软在地。

一望无垠的黑色山道上，一具狼尸斜躺在我身后，绿幽幽的眼睛睁得大大的，已毫无光彩,脖颈处正汩汩冒出鲜血。

看我表情,慕言似笑非笑:"你该不会一直没发现背后跟了头狼吧?"

我点头表示确实没发现,并且腿脚打战,仅凭一人之力完全无法自行移动。他将我拉离狼尸一点:"那你也没瞧见我一剑刺过去时它在你耳边'嗷'地叫唤了一声?"

我想象有一头狼竟然流着口水跟随我许久,如果没有慕言,此时自己已入狼腹,瞬间就崩溃掉,眼圈都红了,后怕道:"那么大一声我肯定听到了啊,我就是想回头去看看是什么在叫……"

他拍拍我的背:"别怕,不是已经被我杀掉了吗,你在怕什么?"拍完皱起眉头:"说来君兄弟和你养的那头老虎呢?怎么没跟着你,叫你一个小姑娘这么晚了还在这山里晃荡?"

我抹了抹眼睛:"他们私奔了。"

慕言:"……"

我就这样和慕言相见,虽然心中充满各种浪漫感想,但其实也明白他在这个难以理解的时刻出现在这个难以理解的地点,绝不是一件可以用类似有缘千里来相会这种美好理由解释的事情。

我有许多话想问他,趁他俯身查看狼尸时在心中打好腹稿,正要开口,前方林子却突然惊起两三只夜鸟。

七名黑衣人蓦地出现在我们眼前,就像从地底钻出的一般。

我想这可真是历史重演,敢情又是来追杀慕言的,正要不动声色退后一步,再退后一步,再再退后一步。还没等我成功退到慕言身后,面前的黑衣人却齐刷刷以剑抵地,单膝跪在我们跟前:"属下来迟了……"声音整齐划一,仿佛这句台词已历经多次演练,而与此相辅相成的是,每个人脸上都露出羞愧欲死的表情。

我收起惊讶,转头看慕言,他已收好手中软剑,容色淡淡的,没理那些黑衣人,反而问我:"还走得动?"

我茫然地望着他。

他嘴角噙了笑:"你不是害怕得腿软了吗?"

我立刻反驳:"我才没有腿软。"

他摇头:"睁眼说瞎话。"

我说:"我……我才没有睁眼说瞎话。"

他好整以暇看着我:"那跑两步给我看看。"

我说:"……"

慕言说得对,我是在睁眼说瞎话。

我确实吓得腿都软了,刚才危急时刻退的那几步,只是超常发挥。人人都有自己的软肋,我的软肋就是狼和蛇。只是被慕言那样直白地说出来,有点受伤。

因这样就腿软未免显得懦弱,我不想被他看不起。如果是君玮来问我,我一定会恶狠狠回答他:"老娘就是腿软了你奈老娘何?!"

可慕言不同,我只想给他看我最好的一面。这道理就如同不想让心上人知道自己其实也要上茅厕那样简单。不过话说回来,我也确实不用上茅厕。

正沉浸在伤感中,耳边一声"冒犯了",身子忽然一轻,被慕言凌空打横抱起来。不知谁抽了一口气,四周格外静,这口气便抽得格外清晰,而我抬头,只看到天空月色皎洁。虽是打横抱起我,他走路依然闲庭信步,丝毫不见劳累模样,只是路过地上跪得整齐的黑衣人时,微微驻了驻足。

大家纷纷低下头,慕言的声音在这空旷山间轻飘飘响起:"知道什么是护卫?你们的剑要拔在我的前面,这才是我的护卫。"

嗓音淡淡的,却让跪在地上的黑衣人齐刷刷更深地埋了头颅。这是贵族门庭里久居高位者长年修养出来的威严,我之所以并不吃惊,只因在卫王宫中也有耳濡目染。就好比我的父王,虽然治国着实不力,但还是能用这种威严成功恐吓住他的如夫人们……

正想得入神,不期然抬头,发现跪在正中间的一个黑衣人突然站起来沿着鬓角扯自己的脸皮。我没反应过来,不知这是个什么事态,愣愣问慕言道:"他在做什么?"

他看我一眼:"你说呢?"

我自问自答:"看上去像是在扯人皮面具?"

就在我们说话间,黑衣人果然从脸上扯下一张薄薄的人皮面具,呼了两口气:"闷死我了。"我仔细打量她,讶然发现呆滞的一张面具底下竟藏了张姑娘的脸,眉清目秀的好看的脸。

慕言眉毛挑了挑,淡淡道:"我还想他们近日越发不成器,一路潜过来居然还惊起飞鸟,原来是被你拖累的。"

姑娘却丝毫不以为意,嬉皮笑脸地凑过来:"其实也怪不得他们,要将剑拔在哥哥你前面才有资格做你的护卫,既是这个要求,那天下没几个人能做你的护卫啦。唔,给我看看你怀里的这个,我还以为你对秦紫烟痴情得很呢,这个是我未来的嫂嫂吗?你终于放下紫烟啦?哎,嫂嫂?你是我的嫂嫂吗?我是慕仪,你叫什么名字……"

我颤了一下,抿住嘴唇,慕言低头打断她:"阿拂还是个小姑娘。"

慕仪讪讪地:"那你对紫烟……"

我听着他们的对话,一时心中发沉,可我和慕言紧紧贴在一起,并没有发现在提到紫烟时,他有什么特别反应,但也有可能是人家反应了我没感觉到。毕竟我的感觉大部分已经消失,还剩的那些也着实不够灵敏。

慕言没有回答,只淡淡扫了一眼仍跪在地上的黑衣人,道:"先回营地吧。"

他抱我走在前面,其他人尾随在后。能被他这样一路抱回去,我应该觉得赚到了,但还是抑制不住心中的难过,那个紫烟我还记得。我想,为什么我没有早一点找到他呢。

月色从林叶间洒进来,一地斑驳光晕,像被刀子仔细剪裁过。我憋了半天,觉得眼角都红了,却只憋出来蚊子似的几声哼哼,我说:"那姑娘不好,她要杀你,你不要喜欢她。"

慕言微微低了头:"什么?"

我抽了抽鼻子,却失去再说一遍的勇气,抬头看着天空:"没什么,你看,今天晚上星星好圆。"

半晌,慕言道:"你说的……可能是月亮……"

飞鸟还巢,夜凉如水,一切活物都失去踪迹,走在崎岖山间,不说话就显得十分寂寥。与慕言离别之后,这一路其实无甚可说,想了好久,只有十三月的故事比较迷离曲折,可以当成一桩新鲜事,在悠长山道上慢慢讲给他听。其实我到现在都没搞懂十三月为何自杀,并且越搞越搞不懂,讲起这个故事来,结局未免含糊仓促,但慕言的关注点显然不在结局上。

"你是说,只要选择留在你为他们编织的华胥之境里,不管那事主在幻境中是活着还是死了,现实中,她都逃不过魂归离恨天的命数?"他微微低垂着头问我,因正逆着月光,看不清面上表情,只是漆黑发丝拂过我的脸颊,想象应是惹了柳絮的微痒。

慕言口中的营地位于一处宽阔山坳,基本上我们着实走了一段路程才到此处,我却只嫌这一路太短,从而再一次验证了相对论不是胡说八道,可以想象,假使这一路是君玮同行,我一定觉得路途遥远并且半路就要睡着。

今夜我同慕仪共睡一个帐篷,可势必要等她入睡才敢安寝,只因害怕被她发现躺在身旁的是个死人。但慕仪丝毫不能领会我的苦心,执意陪我一起坐在帐篷跟前看星星。

从她口中,得知今夜能在此处巧遇慕言,果然不是有缘千里来相会,只是他处理完家中一些变故,取道璧山回离家万里的自己的府邸而已。我一想,觉得有点欣慰,看来他是和父母分开住,倘若嫁过去就不用伺候公公婆婆了。但再一想,觉得自己真是想多了。

我踌躇地望向月光下眉飞色舞的慕仪,问出一直想问但是没人解答的问题:

"你哥哥他，他今年多大？娶，娶亲了没？"

慕仪愣了一愣，端起面前茶盏凑到嘴边上，乐呵呵瞧着我："这个嘛……"

我觉得胸口的珠子都提到嗓子眼儿了。

她喝一口茶，继续乐呵呵地瞧着我："这个嘛……"

我想一把捏死她。

然后，她又喝两口茶，咂了回嘴，再喝两口茶，才缓缓道："未曾。"

我默默地控制着自己的爪子不要伸过去，可她却自己兴致勃勃地凑上来："你问这个是要做什么？"

我咳两声，往后坐一点："没什么，我有个姊妹，想说给你哥哥。"

她眼睛亮晶晶地望着我。

我掩住嘴角再咳两声："真的。"

她撑着头，笑眯眯望着我："哥哥他很欣赏你的，在我们陈国，思慕哥哥的美貌姑娘手牵着手能将臭城围一圈，他可从不正眼瞧她们一眼，今日你腿脚不好，哥哥他居然主动行你的方便，要是被陈国那些思慕他的姑娘们知道了，你会被她们打死的。"

我不甘示弱、不动声色地说："从前思慕我的人也很多的，要从我们家门口那条街的街头排到街尾的。"当然，这些人一半为钱而来，另一半为权而来，这些就不用说了。

慕仪眨了眨眼睛："哇，那你和我哥哥还蛮登对的嘛。"

听到她这样说，我心里其实有点高兴，但还是不动声色地说："不要乱讲，你哥哥不是已经有心上人了嘛，那个紫烟姑娘什么的……"

却被她挥挥手打断，摇头道："她没戏了，她既敢行刺哥哥，此生便没做我嫂子的福气了。"

我疑惑道："难道只能搞地下情了？"

慕仪扑哧笑出声来："你可真好玩儿，我和你说啊，出了这样的事儿，父亲断不能容许哥哥娶紫烟的，再说，哥哥那个人，风月这等事还……"

话没说完想起什么似的道："说起来，阿拂你要真对哥哥他上心，和紫烟相比，有一个女子你倒要记得。"

她收起笑容看着我："哥哥他此生唯一敬重的女子，想必你也听说过，前卫公那个殉国的小女儿，名动天下的文昌公主叶蓁。"

慕仪说起那桩事，只是半年之前的事，却恍如隔世，融融月色下她握着白瓷杯皱着眉头追思："我没见着那个场景，只听说卫国许久没下雨，叶蓁殉国时却天降骤雨，人人都道那是上天为文昌公主的死悲伤落泪。说是百丈的城墙，叶蓁翻身就跃下，无半点迟疑，就连陈国的将士也感佩她的决绝。哥哥称叶蓁绝代，说大晁分分合合这么多年，只出了这么一位因社稷而死的公主，若不是个女儿身，年纪又不是这样小，该是要做一番大事的。我也觉得可惜，说叶蓁长得美，又有学识，本该要以才名垂青史的，就这么早早地去了，可恨生在帝王家啊帝王家……"

我说："你说这么多，其实是想说……"

她放下杯子挠挠头："啊……对啊……我刚才是想说什么来着？"

我抚着自己的心口，感受不到心跳，半响，道："生在帝王家，本该如此，从小享那么多特权，势必有责任要担，叶蓁也是死得其所，在其位就要谋其事，行其道，担其责，天下百姓将她奉养着，拿百姓的供奉不说可恨身在帝王家，要担着身上的责任时却来说可恨身在帝王家，若是如此，就委实是可恨了。"

说完觉得我们的话题正在向一个高深的方向发展，赶紧悬崖勒马。

我说："我们说到哪儿了？"

对面慕仪呆呆看我半响："我也不知道……"

其实我也可以不睡觉，就好比我可以不吃饭，不喝水，不上茅厕，不穿衣服……衣服还是要穿的。活到我这个境界，基本上就把这些都当兴趣了，有兴趣就找点东西吃，就睡睡觉，就上上茅厕，虽然注定是上不出来……

反正只要有鲛珠在，一切都能被净化，包括此时本该萌生的睡意，包括半刻前给慕仪面子才吃下肚的一个看上去酸不溜丢的小番茄。总之没有什么不方便，一切都方便许多。

我们俩大眼瞪小眼坐了很久，终归是慕仪败下阵来，打着呵欠撩开帐篷去睡觉了。我抚着心口，仍然感觉不到有什么响动，但心里是很甜蜜的。

慕仪说他哥哥很敬仰我，类似的话我也听过许多，只是从前一直觉得敬仰我跳楼的人真是有病啊，要不就是被强迫的，因真正值得敬仰的该是乱世里横刀立马功垂千秋的英雄，成王败寇，我不过是个败寇，以死殉国，算是没出息的了，可恨不能天仙化人，力挽狂澜，终归是心有余而力不足。当然，那些没殉国现在还活得好好的兄长和姐姐们更没出息，可不过五十步笑百步，大家都没出息，也没什么好彼此取笑的。

天高地远，群山连绵，我起身活动筋骨，转头一看，却看到远处另一顶帐篷前低头摆弄着什么的慕言，面前一堆燃得小小的篝火，周围是无边夜色，他颀长身姿就倒映在微微的火光里，看来也是无心睡眠。

我想，这样适合两人独处的好时候，我是蹭过去呢，还是不蹭过去呢。

就在思考的过程中，已经三步并作两步蹭了过去。

这个行为真是太不娇羞。君玮曾和我讲过许多类似故事，故事中那些大家闺秀们遇到爱慕的男子都"窈窈不胜娇羞",那样才能惹人怜爱,但我着实不能参悟什么叫"窈窈不胜娇羞",而且只要遇到慕言,手脚总比脑子快一步。

我凑过去:"你在干什么?"

他手中的刻刀缓了缓:"雕个小玩意儿,打发时间。"说完抬头看我,皱眉道:"还不睡?这么晚了。"

我本来就不想睡,看到他更不想睡,可又不能这样明明白白地说出,支吾了两声,蹲在一旁看他修长手指执着刻刀在玉料上一笔一笔勾勒。

半晌,慕言突然道:"对了,我的玉扳指还在你那儿吧?"

我摇摇头:"当了。"

他停下刻刀:"当了?"

我垂头假装研究他刻了个什么,蚊子哼哼一声:"嗯。"

他没再说话,继续专注于手中的刻刀和已成形的玉料,不久,一只小老虎就活灵活现地落在手中。

我发自肺腑地赞叹:"真好看!"

他将小老虎握在手里随意转了转:"是吗?本来还打算用这个来换我的玉扳指的。"

我想了一会儿,默默地从领口里取出用红线串起来的扳指放到他手中,又默默地拿过刚刚出炉的玉雕小老虎。

他愣了一愣。

我说:"这个老虎明显比较贵一点,我还是要这个。"

其实才不是,我只是觉得,那扳指是死物,但这个老虎是慕言亲手雕的,虽不是特地雕给我的,但全大晁也只此一件,我就当成是他亲手雕来送给我的,以后想起,心中就会温暖许多。可是还是有点不甘心,怯怯地凑过去:"你,你能把这个小老虎重新修改一下吗?"

他端详我递过去的小老虎:"哦,要修改哪儿?眼睛还是耳朵?"

我端端正正地在他面前坐好:"你看,你能不能把它修改得像我?"

慕言:"……"

终归他有一双巧手,不仅琴弹得好,雕这些小玩意儿也不在话下,周围开满了半支莲,五颜六色的,被火光映得发红,他的目光扫过来,望着我时,让人觉得天涯静寂,漫山遍野白梅盛放,但我却再不能闻到那样的味道。

他笑了笑:"要雕得像你,那就得劳烦你把面具摘下来了,否则怎么知道我雕的这个就是你?"

我心中一颤,喉头哽咽,摇了摇头。

他轻轻道："为什么？"

我摸着脸上的面具，往后缩了缩："因为，因为我是个丑姑娘。"

我初遇他，只有十四岁，那时娃娃脸尚未脱稚气，等到最好看的十七岁，却连最后一面也未让他见到，直至今日，额头上长出这一条长长的疤痕，无论如何也不能让他知晓。我看着自己的手指，第一次因毁容而这样沮丧。我想给他看最好看的我，可最好看的我却已经死了。面具底下流出一滴泪来，我低头吸了吸鼻子，幸好他看不到。

这一夜我抱着慕言雕给我的小玉雕，睡得很好。直到半夜，却被不知道谁弄醒。睁开迷迷糊糊的眼睛，隔着面具揉一揉，再揉一揉。

花对残月，送给我玉雕的人在月下淡淡笑道："别揉了。"

他伸手要拉起我，宽大的衣袖就垂落在我身旁："来，我们抓紧时间离开。"

我眯着眼睛看他，就像看乍然出现的天神，仔仔细细地，连他一眨眼隐约的笑意都不放过，我说："去哪儿？"

他垂眼瞟了瞟躺在我身旁的慕仪，不疾不徐地："你不是说至今仍疑惑郑国月夫人那桩事吗？我们去郑国弄清楚这桩事，说不定半路上还能碰到君兄弟和小黄。"顿了顿又道："别担心，我这些护卫们一时半会儿还醒不了，他们跟着也是累赘，我们连夜赶路，甩掉他们，往后一路都轻松。"

我将手递给他，想了想道："终归还是要留个书信的，免得他们担心呀。"

他轻飘飘拉起我："不是多大的事儿，从十二岁开始我就常独自离家，他们应该习惯了。"

我理理身上的裙子，又有点担忧："但是，但是我就这么跟着你走了，算不算私奔啊？"

慕言："……"

第三章

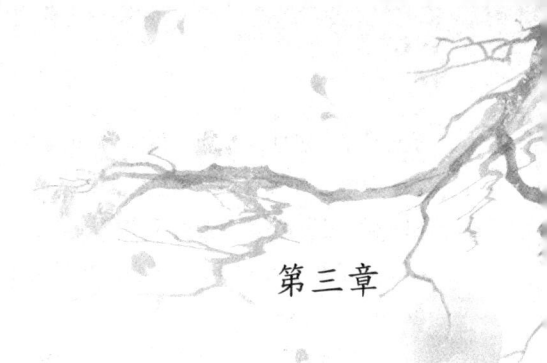

我看到莺哥在这个世界越走越远,携着她的短刀,像一朵罂粟花渐渐盛开,花瓣是冷冽的刀影,而她浓丽的眉眼在绽放的刀影中一寸一寸冷起来。

越过璧山,深入陈国腹地。

我们放弃取道姜国的打算,转而从陈国之东绕道赵国前往郑国,以方便彻底甩掉暴仪与那队黑衣护卫。最后取得了成功。

这样一路奔波,本应非常劳累,但因是同慕言一道,就完全没有觉得。我私心希望行程慢一点,再慢一点,可是没有小黄拖后腿,这个愿望变得难以实现,我已经尽量磨磨蹭蹭,但仍然很快就来到赵郑两国边境。

月上中天,流光飞舞,我们找了家客栈,各自回房安歇。我躺在床上一边计算到达郑国四方城的路程,一边默默地思念小黄,心中有点感叹,为什么好不容易需要它一次,它却偏偏不在呢,多么不招人喜欢的一头老虎啊。

第二日大早,洗漱完毕下楼用早饭,慕言已在大厅等待。他身上换了袭水蓝色织锦袍,在晨光的蓝霭中,朦胧似披了霞光雾色。我停下脚步,想,果然,这世上再没有人比他更适合穿蓝色了,谁要敢在他面前穿蓝色简直是自取其辱。

又想,下回看到君玮时一定要好好劝诫他,鼓励他还是坚持往白衣少侠这个方向发展,不要因为蓝色比较不容易脏就转而开始穿蓝衣服。观看过慕言的蓝衣风姿再来观看他,对比下来真是很难让人产生审美的愉悦感。

想完之后继续下楼,顺便还理了理裙子,抬头时看到原本侧头望着窗外的慕言不知什么时候已转过头来望着我,目光相接时冲我微微一笑,导致的直接后果是我扑通一声摔下了楼梯……

饶是慕言身手极好,这一次也没能成功接住我,因毕竟不是七楼到一楼的距离,只是第七级楼梯到地面而已,垂直距离过近,离他的水平距离又过远,更不用说中间还有桌子板凳之类障碍物。

可悲的是在背部触地这电光石火的一刹那,我想到的居然不是裙子会不会被弄脏之类的,反而福至心灵地觉得这一跤摔得真是好,这样就有理由装病在这边境小镇逗留了，就能，就能多和他待一些时候了。

　　只恨从前没有想到用这样的办法"自力更生"，一心寄希望于千里万里之外不知在做什么的小黄。但要装出一副身受重伤的模样是何其艰难，我努力回想肉体的疼痛究竟是怎么一回事，却在回想起之前就被慕言一把从地上捞起来："走个楼梯也能摔倒，你多大了？"

　　我假装咻地抽一口气，表示我很痛苦。

　　他蹙眉调整抱我的姿势："摔到哪里了？"

　　我愁眉苦脸地看着他："哪里都摔到了。"

　　他顿了顿："先带你去看大夫。"

　　我一惊，想这下玩笑开大了，赶紧从他怀里挣起来，干笑道："哪里都没摔到，我不去医馆，我跟你开玩笑的。"

　　他目不转睛地看着我。

　　我擦了把额头的汗，保持干笑："去医馆就太兴师动众了，你看，我挺好的，我就是和你开开玩笑，我小时候就常常摔跤，摔……摔习惯了。"

　　他皱眉："真的？"

　　我重重点头："嗯，真的。"

　　他依然皱着眉："小孩子正是长身体的时候，骨头若是错位了，将来麻烦就大了。"

　　我说："我十七了。"

　　他不置可否地笑笑，开口时已转移话题："既然没事儿，那先用早饭吧。"走了两步又回头问我，"阿拂，你要吃点儿什么？"

　　慕言终究没将我带去医馆，但我一直忐忑，尽量表现出生龙活虎的模样，走路都开始一蹦一跳，因为不生龙活虎就可能被送去医馆，接着被发现是个活死人，然后被送去什么不可思议事物研究机构之类。

　　估计我蹦跶得太厉害，疑似回光返照，令慕言微觉头昏，更加认为我需要好好休息一下，遂决定在这边境关市逗留一夜。

　　赵郑边境关市繁华，什么都有卖的，有羽人少女额发编成的如意结，有据说某个谢世多年的美男子戴过的头巾，还有种赵国特产的晒干的白虫子，传闻可以用来泡水治疗相思病。

　　我对这个白虫子抱有极大兴趣，觉得倘若果真具有奇效，就可以买一点碾成粉末混在慕言的饭菜里端给他吃，让他忘记秦紫烟重新开始。

　　但咨询过小二，发现这个只能泡水喝，总不能把这个白虫子泡好水之后倒进慕言的饭碗里对他说："喏，给你加个餐，你看着好像这个是虫子……其实它确实是虫子，但它不是一般的虫子……"估计我话还没说完他就会把饭全部倒掉，这就太浪费粮食了。

边地人擅酿酒，午饭用了乳糖真雪、雪泡梅花酒、酒酿圆子之类，依然是慕言付钱，然后被他领着去集市旁一座风雅茶楼听评书。我们不再继续逛街。

被我遗忘很久的君玮有一个观点，他认为只要是男人就不会热爱陪同女人逛街，因为假如女人看上什么，势必让男人付钱，男人充当的不过是个钱袋子罢了，未免有点伤人自尊，而假如女人不看上什么……这个假如不成立，这简直是不可能的一件事。当然，这个狭隘的观点不能用在我和慕言身上，我们去茶楼里听评书，只因头顶六月的太阳太滚烫罢了。

茶楼里座无虚席，只好在楼梯口与人拼桌，慕言从袖中取出一把折扇，摊开来，是把未著扇面的十二骨纸扇，扇子摇起来，有凉风拂面。讲评书的老先生正襟危坐，正讲到肃杀处："五月十五是个月夜，那二公子苏榭听内监传来密报，说'陈侯久病多日，岁时一刻咽下了最后一口气，薨逝时只得宰相尹词在榻前随侍，半刻前尹词已派心腹八百里加急前去迎世子苏誉回国承爵位，二公子若要起事，今夜是良宵，若容世子誉回国，一切便无可挽回'。苏榭苦心经营多年，等的就是这一日，这一时，老父驾鹤西归，本该承爵位的兄长此时又因情伤浪迹天涯，再没有比这更好的时机了。当夜，苏榭便起事逼宫，一路势如破竹，直杀入王宫，卫尉光禄勋临阵倒戈，七十里昊城被火光映得如同焚城，整个王都弥漫着血和松脂的气味。在这场世子缺席的宫变里，人人都以为大局已定，下一任陈侯当是苏榭无疑了。可世事难料，还不等苏榭将染血的宝剑收进鞘里，紧闭的宫门突然吱呀一声缓缓打开……"

我说："这扇宫门定是年久失修。"话说完才惊觉讲评书的老先生无力为继，正喝水换气，而茶楼里众人还沉浸在宫变的肃杀气氛中没缓过来，整个二楼一时静寂如暗夜，我这一句感叹显得格外清晰……

慕言摇着扇子，眼中有笑意，却没说什么。我吐了吐舌头，趴在桌子上接受众人鄙视。

窗外烈日当空，柳叶被晒得卷起，藏在浓密叶荫里的鸣蝉声嘶力竭。老先生喝完水继续道："传说陈世子苏誉训养了三百影卫，这些影卫分开了是三百柄利剑，合而为一便是一支锐不可当的骑兵。在这一夜之前，关于陈国影卫之事，大多都是传说而已，但在苏榭逼宫起事且大局将定之时，大开的宫门后，三百影卫骑着铁蹄骏马第一次现身开道。影卫的铁蹄在宫门后清扫出一条苍凉甬道，光线暗淡的正宫门处，缓缓踱出一匹乌蹄踏雪，本该远在千里之外的苏誉活生生坐在马背上，手中还提了卫尉长官邢无阶血淋淋的首级。事态瞬时急转直下，卫尉几个副官一半都是被世子誉或明或暗地提拔起来的，苏榭纵是添了翼的猛虎，此情此境也难以招架……"

我觉得自己快要睡着了，那评书只得一个回音在耳边缭绕，我努力撑着头，轻声道："这故事真长啊。"

慕言喝了口茶："你想听最后结果？结果挺简单，陈侯其实没死，只是昏睡了一段时日，醒来看到不肖子竟趁着自己病重逼宫，当即将其赐死。二公子苏榭被处死没几天，陈国的邻国唐国被晋国攻打，唐国前来求助，陈侯一来才受了刺激不久，二来想着唐晋之战作壁上观说不定能得渔翁之利，不愿出兵，世子苏誉力谏陈侯出兵助唐，扯了好几天，最后陈唐联军大败晋国。"说完略抬了眼皮看我："这些打来打去的故事你一个小姑娘肯定不愿意听。"

我看着他都快哭了："我只是觉得这个故事有点长，但没说不想听啊，你为什么要剧透给我，还是这么清晰的剧透，我恨死你了！"

慕言："……"

一壶茶将要饮尽，老先生的评书也讲到唐晋之战，快接近尾声，窗外仍有日影，透过老柳树的垂绦柔柔地照进来，在墙壁上晕出几块光斑。我被慕言剧透完之后就再也睡不着，趴在桌上百无聊赖观看世态人生。

片刻，慕言突然道："这里的评书讲得不错，虽然大多言过其实，当故事来听听，倒也挺有趣。"

话到此处，正有血气方刚的青年喊声道："苏誉也不过如此，若是我，唐晋两国争战，必不去蹚那浑水，待它二国两败俱伤，捡个现成便宜，岂不正好。"周围多有附和之声。

我摇了摇头，有点不以为然地伸手拿壶添茶水。

慕言漫不经心收起扇子："你有话想说？"

我飞快瞟他一眼，低头讷讷道："算了。"

他帮我添上水："怎么？"

我说："因为说来话长，然后你又要让我吃饼吃饺子什么的，吃完我就又忘了。"

他帮我加水的手抖了抖，笑出声来："这次我不让你吃东西了，你有话就说吧。"

我说："哦，也没什么，只是有点感叹，想说，其实人生就像钟摆，看似只有左右两个可能，其实确实只有左右两个可能……你可以说钟摆摆动的过程中延展了无数可能，但那不是可能，只是通往可能的路径，最终你不是摆到左，就是摆到右。一切皆有可能，但所谓一切也不过或左或右两种可能，只有居中不变万万不能，除非钟摆坏掉，而那是生命静止的模样。"说完舔舔嘴唇，问他："你听懂了吗？"

他表示没有听懂。

我想这可如何是好，想了半天，想出一个例子，来简化我的意思，道："其实就是说，好比这世间，这世间不是女人就是男人，当然人妖也不是没有，但你要是中庸地去当人妖，就一定会受到社会歧视，而且很难找对象。"再舔舔嘴唇："你听懂了吗？"

他表示还是没有听懂。

我恨铁不成钢地道："其实很简单嘛，我就是想说，这情形就像苏誉，假使他寻求中庸，作壁上观，往后必然难以在诸侯之中寻求同盟。这些人都想得太容易，殊不知乱世就如同人生，非彼即此，非此即彼，倘若国家不是足够强大，基本上没什么资格中庸，乱世里的圣明君王，理所应当立场鲜明。当然若这个圣明君王已经是一方霸主就没什么好说的了。"我咬牙切齿道："这次你听懂了吗？"

他眼里含笑，一本正经看着我："我说，要不要吃点东西，我们吃完再说？"

"……"

前后想想，这已是我第二次在公众场合听人谈起苏誉。

半年前，这个人率十万铁甲谈笑间大败卫国，用兵之从容诡谲，将帝都里喜爱联系时事的选官考试难度系数再拔新高，搞得一众落榜的考生通通仇视他，荣获年度最不讨知识分子喜欢的政治人物之首。

由此就可看出苏誉此人日后必成大器。这并不是说他年纪轻轻就位高权重或者带得一手好兵什么的，只是历史上能影响现代选官考试的人基本上都死绝了，他是有且仅有的一个活人，着实令人刮目相看。而且能同时被那样多的人仇视，也是一种证明，证明你长得特别帅，家里特别有钱，或者特别有能力什么的，就算以上都不是，至少证明你这个人很有存在感……

但无论如何，这一天过得非常充实。

天幕漆黑，夜风撩人情思，我坐在灯前写下当天心得，收拾收拾就准备睡觉了。刚熄灭烛火，两步之遥的窗户突然极短促地啪嗒一声，有人落在地上，樟木地板微微一动，我凌声道："谁？"

有冰冷物什刹那间抵住脖颈，而此时我的手正忙着掏怀里的火折子。后来有无数个时刻回忆起这一幕，都觉得自己当时处变不惊得很显英雄本色。但其实只是不清楚抵在脖子上的到底是什么。而后呼啦一声，火折子亮起，我小心翼翼低头看一眼，雪亮雪亮的，是把短刀。

朦胧火光勉强照亮屋中一角，地板上一双白边绣鞋，绣鞋之上是紫色的裙摆，暗夜里用短刀抵住我的女子轻声一笑："刀剑不长眼，姑娘再乱动，小心被割断喉咙。"

笑声近在咫尺。我斜眼瞟过去，想看看这人到底是谁，目光对上她的眼睛，却悚然一惊。我在郑王宫里见过这张脸，像水墨画里勾出来似的，一模一样的一张脸。十三月。

但华胥引绝无可能失手，不像君师父研制出来的毒药，基本上毒不死人，看着

101

好像把对方毒死了，举办丧事的时候人又诈尸了。

我清楚记得，半个月前，五月二十五的夜里，郑王宫裕锦园里一场荼蘼花事下，我一曲华胥调亲手了结了十三月的性命。此时她本应是躺在地底下一具森然的白骨，即便容浔采取什么特殊方式保存，也应如我一般面色苍白周身死气。当然死气这个东西一般人很难看得出来，就算看出来了也只会觉得那是一种与众不同的气质……但面前十三月红润的脸色且比上次所见浓丽得多的眉眼，着实无法让人将她和如我一般的死者联系起来。

我看着她："我不认识你，你是谁？"

她靠近我一些，眉心微皱，唇角却勾起来，缓缓抿出笑意："一个路人罢了，借姑娘的房躲一躲仇敌，换一换伤药。"

短刀来回抚我的脖子，估计是想起到威慑效果，但我感觉着实迟钝，也就难以配合。她眼中笑意益盛，嘴角越发地向上勾："姑娘好胆识。"就像是夜风吹过来的一声叹息。而下一刻她已猛然将我推到门板上压住，短刀擦着头发钉入木头门，眼中的笑半分未减，也不知是笑得真心还是假意，话却放得柔柔软软："在下方才所说，姑娘是依，还是不依？"

我赶紧点头："依，我依。"结果一颗小药丸在开口瞬间突地钻进喉咙，一路滚到肚子里。我闭嘴默默地思考一个问题："毒药这个东西，鲛珠是能净化呢，还是不能净化呢？"

面前紫衣女子自报家门说叫莺哥，但我显然不会相信。因名字的意义早在上一篇章我们就认真探讨过，得出的结论是，出来行走江湖的谁能没几个艺名呢。

投完毒后，莺哥坦然地坐在客栈的木板床上指挥我："伤药、绷带、清水、刀子、烛火。"边指挥边皱眉解开衣襟，露出受伤的肩膀，肩背处长年不见太阳的肌肤在烛火照耀下泛出莹莹白光，其上缠绕的厚实绷带却被血浸得殷红，像一朵富丽堂皇的牡丹，盛开在雪白肩头。

她要的东西基本上全是现成的，我将止血的伤药递过去，看到她绷带下一道见骨的刀伤，舔舔嘴唇道："挺疼的吧。"

她偏头看我，明明嘴唇都咬出红印，眼里却仍聚起半真半假的笑意："你猜猜，嫁人前，我干的什么营生？"

我摇头，表示既不知道她竟已嫁了人，也不知道她此前干的什么营生。

她将短刀放在火上烤一会儿，突然闭上眼睛，刀子刮过伤处，利索地剜下一块腐肉，房中静了半天，良久，听到像从地底冒出来的粗嘎嗓子，断续地轻声道："那时候，我是个杀手，日日刀口舔血，杀人，被杀，鬼门关前走了好几遭，什么样的痛没有受过。"她笑了两声，在暗夜里清晰得有点恐怖，"不想闲了几年，如今，连这种程度的痛，都有些受不住了。"

说完缓了会儿，又在伤口撒好药粉，额头上汗涔涔的，却勾起唇角："姑娘可是怕了？在下只叨扰这一晚，明日一早便离开，姑娘今夜的照拂，在下先谢过了。"

我心中觉得这其实没有什么可怕的，也不知道她为何有此一问。况且，要说害怕也该是她害怕，你想想大半夜和一具尸体同处一室，并且这具尸体还和你面对面交流人生感想，换位思考一下，确实有点可怕。

而我在想完上述废话之后，心中突然一动，觉得抓住了点儿什么，我问她："莺哥是你的真名？"

她歪在床头，脸色惨白，额间仍有细密汗珠渗出，却扬了扬眉毛，真不知道在这样痛苦的时刻怎么还能做出如此高难度的动作，声音仍是剧痛后的粗嘎，好在已有些力气："真名又如何，化名又如何，打十一岁开始，就没人再唤过我这个名字了。莺哥，莺哥，你说，其实这名字不是挺好听的嘛。噗，你别这么一脸好奇地看着我，也不是个多有来历的名字，我生在穷人家，生下我们两姐妹来，爹爹提着半罐子腌菜求村里的教书先生给起个好养活又文雅的名字，我比妹妹哭得响些，就叫莺，可黄莺是贵气鸟儿，又爱娇，穷人家的，又是个女孩儿，哪里当得起这个字，教书先生想了想，就在后头安了个哥字，是安给天上的神灵看的，让神灵以为我是个男孩儿，就当得起这个莺字了。"

我定定地看着她，做惊讶状道："这倒挺有趣的。"又做漫不经心状道："你说你还有个妹妹？那你妹妹叫什么名字？"

她迷蒙眼光从头到脚打量我，模糊笑了笑，道："忘了。"

这世上不可能有毫无道理就长得一模一样的两个东西，连同一只母鸡下的蛋都婀娜多姿各有千秋，何况是人。

我想过很多，比如莺哥和十三月两人其实是一人，结果被迅速否定；又比如莺哥这副模样其实是照着死去的十三月整的容，但为什么她非要整成十三月的样子又成为一个新的问题。还有一种可能，假设华胥之境中十三月口中的姐姐并没有死，这个让十三月心伤得最终以死作结的姐姐，会不会就是莺哥？

伤药中加了镇痛宁神的东西，这让莺哥在换好绷带之后很快就入睡，难能可贵的是居然没有忘记在睡前扯块布将我的手脚绑起来。

我躺在床沿看她紧紧闭上双眼，眉心微皱，想我和慕言一路奔波，要找的答案就在眼前，只是这答案是枚坚果，暂且还不知如何下手。

心中一时烦乱，难以入眠，过了约一个对时，月光入户，房中传来吱吱声，一只老鼠悄悄爬上灯台偷灯油，我睁大眼睛细细观赏，背后却突然传来细微抽噎，老鼠吓得哧溜一声溜下桌，我则直接滚下了床。

103

艰难地从地上坐起，莺哥并未醒来，青丝里一张雪白面颊遍布泪痕，仍有泪珠沿着紧闭的眼角滴落，滑到瓷枕上，盈盈的一滴，只是再无抽噎。我跪在床边将身子探过去一点，更仔细地看她，想她大约是在做梦，也不知做的是怎样的梦。

这坚冰终于露出一条缝来，想要敲开她，此刻正是良机。但这又涉及一个道德问题，就是到底该不该用鲛珠的力量去窥探别人的梦境。传说千百年来华胥引的持有者都曾面临过这种艰难抉择，这个命题曾在某个朝代与"未婚先孕的少女能不能堕胎"一并成为当世两大备受社会关注的伦理问题，最后后者的解决办法是未婚先孕的少女都浸了猪笼。

其实暴力之下，所有问题都不再是问题，因暴力本身已是最大的问题。总之，此时我正在踌躇，帮助我做出选择的是莺哥在梦中突然的一阵挣扎，那是被魇住了的表象。我给自己找了个理由，我要去往她的梦中，为的是将她带出来。

我握住莺哥的手，集中精力感受她的神思，好进入魇住她的梦境，虽是第一次用鲛珠来做这件事，倒并不觉得费力，大约因是死者，比以生者之躯修习华胥引的前辈们少了对人命的执着贪欲。

眼前凭空出现一条黑暗古道，梆子声声，三途河旁结梦梁，大约这就是通往莺哥梦境的结梦梁。我深吸一口气，正要一脚踏进去，手忽然被握住，耳畔响起低低的一声："阿拂。"我愣了愣，想松开握住我的那只手，却已来不及，声声梆子消失在暗夜尽头，转瞬已进入莺哥的梦境。

我们置身在一个完全不知名的地方，我抬头看仍握住我右手的慕言，道："你怎么跟来了？"

他微微挑眉，目光放在前方，是一处深巷，巷子两旁俱是黑墙青瓦的民宅，雀檐上积了一层薄薄的雪，天上清月泠泠，四下静寂。他收回目光："听到你房中有响动，便过来看看，没想到……"他顿了顿："这是哪里？你房中那位姑娘，是谁？"

我长话短说和慕言交代了事情经过，人已冻得瑟瑟发抖，这就是连目的地天气状况如何都没搞清楚就出公差的痛苦之处。慕言一直握着我的手没放开，良久，道："你的手怎么这么凉？"

我想他真是废话，死人的手怎么可能不凉，可还是不小心颤了一下，想要缩回来，他瞥了我一眼，我轻声道："可能因为是……传说中的冰肌玉骨……"

慕言："……"

前方巷子里传来嗒嗒马蹄声，伴随着车辘辘碾过石道的闷响，我向前走两步，再走两步，隐隐看到街面上瑟缩着一个佝偻的小乞丐，慕言拉住我，我回头和他解释："她看不到我们。"

想想又补充道："这梦境里的幻影都看不到我们。"一辆乌篷马车自巷子深处急驶而出，眼看就要从小乞丐身上碾过去，车夫急惶惶勒紧缰绳，拉车的黑马扬起前蹄狠狠嘶鸣，车中传出一个清冷嗓音："怎么了？"车夫忙着勒马后退："有个乞丐挡了路。"

车帘撩开，露出一副紫色的衣袖，车夫先行一步定住马，将小乞丐拖到一旁，车中的清冷嗓音在帘子后面发话："将她带回府。"车夫愣道："主上这是……"帘子背后冷笑了一声："说不定，她就是巫祝口中那个上天赐给我的……世上最好的杀手呢。"

马蹄声消失在巷道尽头，眼前一切瞬间化为乌有，转而是一处宽敞厢房，灯影憧憧，桌案上的石鼎中燃出袅袅的香，床榻上躺了个小姑娘，推断应是片刻前晕在街面上的小乞丐，看来已收拾妥帖，只是瞧不见脸，而榻前则立了个紫衣的少年，轻裘玉冠，长身玉立。他微垂着头："你叫什么名字？家中还有些什么人？"

小姑娘挣扎着要爬起来，被旁边的侍女止住，只在重重锦被中露出巴掌大的一张脸，煞白煞白的，却并不畏惧："莺哥，奴叫莺哥，前年家乡遭了洪灾，爹娘双双去了，家里就剩奶奶和奴的妹妹。"

我走近一些。这个小姑娘脸上果然有莺哥的影子，想不到那总是半真半假笑得柔软又刻意的紫衣女子，小时候竟是这样。而看到她浓黑的眼睛，终于有一点不是在旁观的感觉，鲛珠引领着精神游丝在刹那间与她高度重合，令人高兴的是这样便能直接读懂她的情思，令人痛苦的是读懂了其实也没什么用。

因我想客观看到事情的全貌，但人的情思却是偏见的集合体。

"莺歌？"紫衣少年笑了笑，"那你妹妹岂不是叫燕舞。"

她一双浓黑的眼睛睁得大大地看向他，不明白他在说什么。他淡淡瞥了眼她苍白的面容，转身望向窗外朦胧的月影，漫不经心道："莺歌这名太艳了些，今日正是腊月十三，天上月亮圆得正好，你就叫十三月吧，我将你捡回来，此后你便跟着我。"

顺着烛火的光线，我看清那张端整俊朗的脸庞，犹带着少年的青涩，衬着玉带紫衣，虽是在笑，表情却冷冽得如同逝雪。那是……年少的平侯容浔。

我看着自己的手，半月前被我亲手杀死的那个十三月，原是李代桃僵么。

而后厢房烛影也尽数散去，眼前情景不断变换，各种色彩如流星一般从眼前掠过，脑中产生各种想法，都不可知，唯一可知的是幸好我是个不容易晕车的人。

半响，景色定下来，眼前铺开一片安静竹林。天上遥遥挂了颗启明星，林间燃了堆不算旺的篝火，一双软牛皮的靴子踩过发黄枯叶停驻在篝火旁，顺着靴子往上看，简直没有悬念，来人是容浔。

他环顾四周，目光上瞟时，清冷眉眼攒出一丝笑，却不动声色，假意低头察看地上的篝火，就在此时，上方突然传来林叶相拂的沙沙碎响，一道紫影蓦然从高空急速坠落，他身形往右侧微微一躲，一柄锐利短刀擦着发带牢牢钉入身后碗口粗的竹子，他却没半点移开的意思，眼睁睁看着从天而降的紫影越来越近。

而后一切发生得太迅猛，两人正面相交时的几个推挪似乎只在眨眼间便完成，待我看清时，容浔已被紫衣的少女牢牢压制在地上。紫衣少女是比如今稍年轻一些的莺哥。

篝火噼啪，微弱火光映出朦胧月影，翩翩贵公子不动声色躺在枯黄落叶上，四围翠竹妖娆，紫衣少女双膝跪地骑在他胸前，漆黑长发似绢丝泼墨，左手牢牢抵住他的衣襟，右手中的雪亮长刀已有半截深埋进泥土。

她两颊微红，动作却无半点迟疑，左手越发使力，就压得更狠，他在她身下闷哼了一声，她睁着一双浓黑的大眼睛定定地瞧着他："今日我的刀，可比昨日快了些？"

他以手枕头，含笑看着她："月娘，你做得很好，你可以做得更好。"

她脸上浮现得意表情，抵住他的手略有松动，他眼中冷光一闪，以电光石火之势猛地制住她左手，一个巧力便颠倒局势将她反压在地。她全身受制，面上出现恼怒神色，他盯着她，眼中盈满笑意："同你说过多少次，要做个好杀手，从埋伏，到杀人，再到结束，哪个环节都不可掉以轻心。"

她紧紧咬住嘴唇，脸上是受辱的不甘心，双手还在不死心地挣扎。他抽出一只手抚上她嘴唇，笑出声来："咬这么紧做什么，也太沉不住气了些。"

她脸上红得厉害，却更狠地瞪住他。

身旁的慕言突然道："看这天色，要下雨了。"话刚落地天边陡然出现一道闪电，紧接着是像从地底传来的轰隆雷声。原本还不服气枉自挣扎的莺哥突然绷直了身体，下一刻已紧紧贴入容浔怀中。他轻轻拍她的背脊，像安慰小孩子："还是害怕打雷？你这样，可没法当一个好杀手。"

她搂着他的脖子咬咬牙，表情决绝，说出来的话却远不是那么回事儿："我就再怕这一回。"

他撑起身子目不转睛看她的脸，手抚过她发顶："拿你没办法。"

竹林在拂晓的暗色里摇曳不休，眼看狂风就要裹着雨云向下肆虐，在砸落的雨滴碰到我衣袖的一刹那，眼前景致却再度变换。这是件神奇的事情，我竟看清一滴雨的坠落，并且还带着这滴雨瞬间转移到下一个场景。

这梦境真是毫无道理，我一边这样想，一边遗憾刚刚从天上砸下来的为何不是金铢银票之类。而神思回归之时，发现正被慕言牵着站在一个声色场所里，四周大把大把的全是花，还有花姑娘。

我不知道我为什么知道，大约是神思相通，像是谁在脑海里一笔一笔写出来，告诉我，这是莺哥十六岁的生辰，她从半月前就施计将自己卖进来，潜伏在这些美貌姑娘之间，将在今日杀掉命中注定要死在她手里的一个人，正式成为容家的暗杀者，完成一个杀手的成人礼。

我记得我十六岁成人礼那天是绑住君玮双手双脚逼他听我弹了一天的琴，我很开心，只是对君玮有点残忍，而莺哥的成人礼真是不管对谁都残忍。

慕言从后面收起扇子敲敲我肩膀："你左顾右盼的是在看谁？"

我拨开他扇子："找容浔。"

他做出感兴趣的模样："哦？你晓得他一定来？"

我不确定道："这倒也是。"想了想问他："如果是你，你会不会来？"

他收起扇子："如果我手下的那个杀手是你，我就来。"

我一愣，呆呆地看他。

他瞟我一眼，慢悠悠道："你这么笨的一个人，我若不来，你把要杀的目标搞错怎么办？"

我气愤道："我才不会。有……有时候是会迷糊一点，可这种关键时刻，我就会很厉害的。"

他轻笑一声："关键时刻？上次夜里遇狼，若不是我及时赶到，你如何了？"

我说："……好了，我们当今天晚上这场对话未曾发生过。"

他不依不饶："上上次沈夫人宋凝的华胥之境，你从山上掉下去，若我没跟着，你又如何了？"

我从他身边挪开一点，道："过去之事之所以美好就在于它已成为过去，往事我们就让它如烟飘散，来，我们还是来研究一下更为重要的现实之事吧。"

他轻摇扇子，眼中含笑，看着我不说话。

我说："你看，十三月这桩事，郑王宫里的十三月为情而死，口口声声对不起自己的姐姐，活着的莺哥像是原本的十三月，她有个妹妹，她却告诉我她忘了妹妹的名字，容浔看着像是对郑王宫里住着的十三月很有情，可他明明晓得真正的十三月到底是谁，况且，他也不像是对莺哥无情。"

我原本只是想转移话题，可不小心被自己提出的问题搞得很感兴趣，想了一会儿却没想出结果，只是很感叹。

我把我的感叹告诉慕言："这个容浔让人捉摸不透啊，多接触接触说不定能有所领悟，呃，不过这也难说，有句话叫作当局者迷旁观者清，劝诫世人面对难以解决的问题就尽量不要涉案以保持清醒，但也有一句话叫作没有调查就没有发言权。哎，我很是迷茫。"

慕言摊了摊手："我也很是迷茫。你偏题了。我听不懂。"

"……"

花楼中，舞娘们献艺的高台上长出参天大树，叶间结了融融春意，树下清歌未止蝶舞不休，仿似天下大兴，时时都是盛世太平。

只是这一切都是错觉。可叹皇帝微服私访老是喜欢造访青楼，自以为此地三教九流齐聚更能听到民声，但归根结底只是让他的调情水平不断提升罢了。

我拉着慕言拐进高台后红纱掩映的阁楼，没有任何阻碍地晃过一扇开启的结实木门，正好看到一身清凉打扮的莺哥从对面窗户轻盈跃入屋中。守在桌边款款等待恩客的女子浑然不觉，下一刻已被手刀利落敲昏，拖到床下严严实实藏好，时辰还未到，十六岁的莺哥执起镜台上一柄绘有大簇秋牡丹的绢丝团扇，关好门窗，独自饮了盏酒。

我和莺哥神思相通，自然知道她在此处，慕言表示理解，只是对这梦境的神奇有点叹服。

未几，屋外脚步声踢踏传来，木门吱呀一声被推开，进来的男人身着黑缎长袍，长了张再普通不过的脸，似乎喝了许多酒，步履蹒跚。

懒懒靠在床沿的莺哥将团扇移开，浓黑的眸子随着眼角挑动微微上眄，仅这一个动作就流露出千般风情，一副熟谙风月的模样，仿佛天生就在花楼里打滚。

男子眯起眼睛来，保养得宜的一双手意图暧昧地抚上她细白颈项："听说你是楼国人？楼国的女子天生肤若凝脂，今日便让我看看……"他手一拂扯下她罩在裹肚外的轻纱被子，动作粗鲁地俯身咬住她雪白肩头："看看你是不是也肤若凝脂。"男子的吻沿着肩头颈项快要覆上她脸庞，却蓦然静止不动。

我赞叹地紧盯住插进男子背心的短刀，问慕言："你看清楚刚才莺哥拔刀了吗？好快的动作。"

那男子就这样死在她身上，她却并未立刻将凶器拔出，眼神茫然看着帐顶，全无杀人时的利落，良久，才突然想起什么似的慌忙收拾现场，收拾完回首打量一番，仍沿原路跳窗逃出。

慕言不容分说拉着我一路跟上，发现她并未逃离此处，只是一个翻身跃入楼下厢房罢了。

慕言在我耳边轻笑一声："你相不相信，容浔就在里头？"

我想了想，点头道："是了，谁敢怀疑陪着容公子的姑娘是杀人凶手啊，就算有人怀疑，容浔也一定帮她作证，她一直同他花前月下把酒论诗呢，哪里有时间出去行凶。"

慕言揽着我的腰一同跃入莺哥刚进的厢房，口中道："这不算什么高明的计策，却仗着容浔的身份而万无一失，莺哥姑娘第一次杀人，算是做得不错的了。"

不出慕言所料，容浔果然在房中。紫檀木镶云石的圆桌上简单摆了两盘糕点，他手中一个精巧的银杯，杯中却无半滴酒。烛火将他影子拉得颀长，投印在身后绘满月影秋荷的六扇屏风上。窗外乍起狂风，吹得烛火摇摇欲灭，风过后是慑耳雷声，轰隆似天边有神灵敲起大锣。

我觉得有点冷，朝慕言靠了靠，他看我一眼，将我拽得再靠近他一些。

一阵急似一阵的电闪雷鸣中，容浔缓缓放下手中银杯，端起烛台绕过屏风走到床前。昏黄烛火映出榻上蜷得小小的莺哥。她身子在瑟瑟发抖，眼睛却睁得大大的，眉心皱得厉害，嘴唇上咬出几个深深的红印子。

他将烛台放在一边，伸出修长手指抹她的眼角，似要抹去并不存在的泪水，她怔怔看着他："我杀掉他了。"她举起雪白的右臂，搭在他俯下的左肩上："就是用的这只手。"

一个炸雷蓦然落下来，雨点重重捶打廊檐屋顶，她蜷起来的身子颤了颤，他微微蹙了眉，握住她双手面对面躺在她身边，瓷枕不够宽敞，他几乎是贴着她，将她蜷缩的身体打开，搂进怀里。两人皆是一身紫衣，就像两只紫蝶紧紧拥抱在一起。他的唇贴住她绢丝般的黑发："你做得很好。"

她却摇摇头，抬起眼睛望着他，一瞬不瞬地："我用了短刀，一刀穿心，死的那一刻他都不相信，狠狠瞪着我，他的血几乎是喷出来，落在我胸口，我一辈子都忘不了他的表情，人命这样轻贱。我觉得害怕，我害怕当个杀手，我害怕杀人。"

她说出这些软弱的话，脸上却没有任何表情，眼睛一直睁得大大的。

蜡炬燃成一捧泪，滑下烛台，只剩最后一截烛芯还在垂死挣扎，发出极微弱的淡光。他伸手抚弄她鬓发，半响，低笑道："那年我捡到你，你还那么小，我问你想要跟着我吗，你睁着黑白分明的大眼睛看着我用力点头，模样真是可爱。我就想，你会是我最完美的作品。"

他吻她的额头，将她更紧地揽入怀中，贴着她的耳畔："月娘，为了我，成为容家最好的杀手。"

窗外冷雨潇潇，落在二月翠竹上，一点一滴敲进我心中。

此后，这梦境的变幻杂乱且迅速。

杀手的世界无半点温情，有的只是憧憧刀影，斑斑血痕，和生死一瞬间人命的死搏。我看到莺哥在这个世界越走越远，携着她的短刀，像一朵罂粟花渐渐盛开，花瓣是冷冽的刀影，而她浓丽的眉眼在绽放的刀影中一寸一寸冷起来。这些不断变换的景致像崩坏的镜面，铺在我眼前，不知从何处传来各种各样的人声："时时跟在廷尉大人身旁的那个紫衣姑娘，是个什么来历？啧，那样漂亮的一张脸。""呵，那样漂亮的一张脸，却听说杀人不眨眼，那是廷尉府一等一的高手，廷尉大人贴身的护卫。"

那些崩坏的镜面随着远去的人声渐渐消失，取而代之的是高高的戏台，打扮得妖娆的伶人将整个身体都弯成兰花的形状，眼角一点一点上挑，做出风情万种的模样，软着嗓子唱戏本里思春的唱词，神情里暗含的勾引却无一丝不是向着高台上懒懒靠着横栏听戏的容浔。两人的距离说远不远，说近就很近，目光交汇时，容浔意味不明地笑了笑。

就在那一刹那，高台上奉茶的绿衣女子突然自袖中抽出一把明晃晃的匕首。与此同时，一旁莺哥的短刀已飞快欺上绿衣女子的面门，自眉心劈头的一刀，快得像飞逝的流光。面容姣好的女子整张脸被劈成血糊糊的两半，涌出的血溅上莺哥雪白的脸颊，她却连眼也未眨一眨。戏台子里已是一片尖叫，她恍若未闻，将短刀收回来在紫色的衣袖上擦了擦，抬头望着若有所思的容浔淡淡笑道："没事吧？"

他瞥眼看倒在地上圆睁着双眼的可怖女子，皱了皱眉："这一刀，太狠辣了些。"

她认真地蹲下去仔细研究那女子的刀口："这样果真毫无美感，还有点吓人，往后我直接割断他们的脖子好啦。"

他将手递给她，拉她起来，缓缓道："我记得你第一次杀人之后，怕得躲在我怀里，躲了一宿。"

她抿起唇角："我终归要长大的。"她靠着横栏认真看他："我会成为容家最好的杀手。"话毕脸上腾起红色的霞晕，衬着雪白容颜，美得惊人。

他却没有看她，转头望向窗外，那里有高木春风，陌上花繁，一行白鹭啾鸣着飞上渺远蓝天。

莺哥无法成为最好的杀手，就好比君玮无法成为最好的小说家，因为他俩都心存杂念。最好的小说家应该一心一意只写小说，但君玮在写小说之余还要当一当剑客聊以安慰他老爹。

同理，最好的杀手应该一心一意只杀人，但莺哥在杀人之余还要分一分神来和容浔谈恋爱。杀手绝不能有情爱，假如一个杀手有了情人，就容易遭遇以下危险，比如"你，你别过来，你过来我就把他杀掉""好好，我不过来，你别杀他""你把武器放下，抱头蹲到那边去""好，我放下，啊，你怎么，你怎么能在我放下武器的时候使用飞刀……"，然后你的杀手生涯就玩儿完了。

为了容浔，莺哥将自己的心肠变得这么硬，但因是为了容浔才杀人，她的心肠永远到不了一个好杀手应该有的那么硬。

莺哥十九岁那年初夏，年迈的奶奶因病过世，她却因在外执行任务，连亲眼见她最后一面都不可得。回府时，容浔已将她孤苦无依的妹妹接进门。

那是个凉夏，廷尉府的大院里开满紫阳花，她妹妹穿着雪白的孝衣，和她一模一样的一张脸，泪盈盈站在白色的花丛中，怀中抱着一只巨大的净瓷骨灰瓶。

她匆匆赶回来，仍是翩翩的紫衣，遍布未洗的血痕，风一过，可想胭脂味犹带杀伐的血腥。妹妹抿着唇角，神情酷似她十五岁软弱又要强的模样，一头扎进她怀中，哽咽道："奶奶想看看你，说一定要见你最后一面才下葬。"她伸手握住那净瓷的白瓶，手心微微颤抖，脸上却没有任何表情，半晌，道："让奶奶一路走好。"

容浔不疾不徐缓步过来，看着抱住妹妹的莺哥，轻声道："你累了，先回房休息。"

她怔了怔，将妹妹放开，指头颤抖地仍贴住瓶身，他仔细看她："听他们说你三天没合眼了，你奶奶的后事我会处理。"

话毕漫不经心地回头看了她妹妹一眼，又转头同她道，"一直以为她叫燕舞，没想到，是叫锦雀。"脸上犹带着泪痕的锦雀抬起头来狠狠瞪了他一眼，脚下紫阳花丛间飞过两只白色的蝴蝶，他捕捉到她瞪他的视线，愣了一愣。

花丛中两只嬉戏的白蝶瞬间燃成一簇青烟，我心中一空，蓦然产生不好的预感，也许这幕场景正是魇住莺哥的心结，而于我而言，最危险的时刻终于到来。

在我织出的华胥之境里，快乐止步的地方就是悲伤，希望到无其可望就是绝望，一切仍同现实一般逻辑分明。但在活人的梦境中，大家却惯用极端方式来抵抗现实的无能为力。

就好比我看上慕言，可我又得不到他，于是我想杀掉他再分他一半鲛珠好让我们永生永世在一起，可这是不计后果的疯狂想法，只要我还有理智，就绝不会这么做。

但我天天这么想，这件事就必然将在梦里得到体现，然后在梦里我就成了一个杀人犯，这就是所谓抵抗现实的极端方式；或者我更狠一点，觉得这命运真是坎坷凄惨啊，天地山河都应该给我们陪葬，那在我的梦中，必然也会真的出现山崩地裂、海枯石摧的神奇景象，就是所谓的抵抗现实的更加极端的方式……这也是君师父教导我不要随便入他人之梦的原因，假使我入到那个人梦中，他梦里正上演山无棱天地合的八级大地震，突然有块石头从山上砸下来，一不小心砸扁我顺便砸碎胸中的鲛珠，那我就死定了。

活人的梦于他们自己而言做做就罢了，于我而言却十分要命。假使我在他们的梦中死去，那就是真正的玩儿完了。

在梦中此时想要毁灭一切的莺哥，我不知道她的想望和绝望是什么，我只知道她也选择了山崩地裂摧毁一切的方式来结束这个梦境，而我要在她爆发之前快点将她领出去。

可显然已经来不及，就在我松开慕言的手拼命跑向莺哥的刹那，天地间蓦然空无一物，巨大的空旷转瞬淹没白色的紫阳花簇，墨一般的浓云自天边滚滚而来，一寸一寸染过灰白雾霭。这就是梦，前一刻还是青天白日里滚滚红尘，后一刻便袭来伸手不见五指的黑。

莺哥的影子在这墨般的暗色里消失不见，我顿觉茫然，不知该跑向何方，脚步停下来，身子却被猛地往后一扯，一副蓝色衣袖揽住我脖子，慕言的喘息响在耳边，沉沉的带点怒意："跑这么快，不知道很危险吗？"

我握住他袖子拼命伸手指向前方："哎，好神奇，你看，那是什么？"

他顿了顿，揽住我往沉沉雾色中蓦然晕出的白光走去，一步一步。这旷野般空荡荡的暗色里，只听得见他和我的脚步声，似踩在水上，发出阵阵轻响。

周围墨黑的雾霭一寸一寸散开，天上漾出一轮银白圆月。冷月白光中，一棵巨大樱树迎风招摇，红色的樱花散落半空，似赤雪纷飞。

一身紫衣的莺哥执了壶酒懒懒靠坐在树下，微仰头，望着站在她身前面容冷峻的白衣男子。慕言已算是十分俊美，男子的俊美不下于慕言，周身披了层冷月的银辉，显得面色尤为冷淡。

凉风夹着三月樱花与莺哥的声音一同飘过来："陛下的刀若是快得过我，别说是这恼人的宫廷礼仪，就算同床共枕之事，我也无一件不听陛下的……"她话还没说完，一柄狭长刀影已在半空划过一个圆弧利落回鞘，男子连站姿也无甚改变，她头上松松挽起的发带却应声断开，泼墨般的青丝披散肩头，半空中被长刀削成两半的樱花慢悠悠飘落在她胸口。

她怔怔看他好一会儿，扑哧笑出声来："你腰间那把长刀，原来不是带着做做样子的？"

他墨色瞳仁映出她万般风情，却沉着无半点涟漪。他走近两步，微微俯身将手递给她："夫人方才与孤打的赌，孤赢了。"

她伸出手来，做出要去握他手的样子，却猛地攀住他肩膀，伸手一拂便取下他发簪发带。她淡淡一笑，拍拍手："这才算公平。"

樱花翻飞中，她提着酒壶摇摇晃晃走在前方，脸上的笑一半真心一半假意。他走在她身后，面色冷淡，看着她似倒非倒的模样，并没有伸手搀扶。浓云散开，有歌声悠悠响在云层后：往事一声叹，梦里秋芳寻不见，蓦然回首已千年……

慕言问我："还要再跟上去？"

我摇摇头。这梦境已无危险，自那白衣男子出现之后，一切似乎都在往好的方面发展。我问慕言："你晓得穿白衣裳的那个是谁？"

他顿了顿，道："郑国前一任国君，景侯容垣，平侯容浔同岁的叔叔。"

还没有将莺哥带出去，她的这个梦就已平和地自行结束，被强制从别人的梦境里丢出来着实难受，这一点从慕言紧皱双眉的模样就可以推测出，我其实没什么感觉，但为了不使他怀疑也只得做出难受模样。

将慕言送回他房中，莺哥才彻底醒过来，模糊看着我："你解绳子的手法不错。"我想的确不错,少时我常和君玮玩这样的游戏,就算五花大绑也能轻易解开,遑论只绑住手脚。

我将灯台端得近一些,问她:"你梦到了什么?"

她蹙眉做沉思模样,笑了一下:"我夫君。"良久,又道:"他们说他死了,可我不信。"

月白风清,她从床上坐起来,将头靠在屈起的右腿上,又是那样半真半假的笑意:"还梦到了从前的许多事,梦着梦着,突然就想起他们说我夫君死了,我就想啊,如果在这个梦里,我的夫君确然已离开我,那我还要这个梦做什么呢?不如毁掉算了。"

她抬头看我:"你说是不是?"

我点头道:"是。"我心里的确这样想,假如慕言有一天离我而去,又假如我有毁灭这个世界的力量,那我就一定将它毁得干干净净,但好在终归不会是他先离开我,会是我先离开他。

我第一次这样庆幸自己是个死人。

第四章

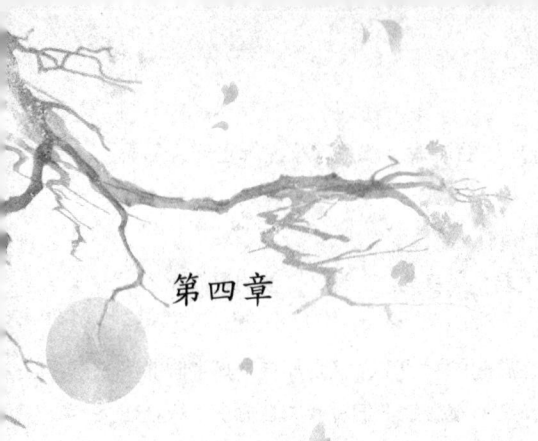

景侯七年,飞花点翠,春深。

第二日刮起南风,由赵国吹往郑国,正是预定行进路线,若是选择坐船,速度就能快一倍。我和慕言双双觉得与其按照既定路线探寻十三月之事,不如不动声色跟着早早离开的莺哥,说不定还能快点揭开谜底。

但莺哥的路线却是水路逆风由郑国前往赵国,真是乘风破浪会有时,此恨绵绵无绝期。而且更加困难的是,此时前往赵国只有一艘船,这就决定了我们的跟踪势必要被发现。

幸好慕言身手不错,一路才不至跟丢。抬眼望去,隔着半道水湾的莺哥正懒懒靠在船桅,头上戴了顶纱帽,帽檐围了层层叠叠的浅紫薄纱,直垂到膝弯,裹住曼妙身姿浓丽容颜,只露出一圈银紫裙边和一段垂至脚踝的青丝黑发。

我有点惊讶,昨夜灯台暗淡,竟没注意到她头发留得这样长。而此刻她穿得这幅雍容模样,如同家教严厉的贵族小姐郑重出游,大约是为了躲避口中仇敌。倘若不是一路跟着,真是不能确定眼前这个就是昨夜拿短刀抵住我脖子的紫衣杀手。

临上船时,慕言留我从旁看着,说是临时有什么要事。船快开了才提着只鸟笼子回来。鸟笼用乌木制成,单柱上以阳纹刻满锦绣繁花,做工精致,其间困了只黑鸟,乍看有点像乌鸦,只是双喙紫红,和乌鸦不太相同。

踏上甲板,为了不被莺哥注意,显得我们搭船刻意,两人特地找了个偏僻角落。我倍感无聊,蹲在地上研究笼子里的黑鸟,研究半天,问慕言:"你刚才就是去买这个了?你买这个做什么?"

他垂头看我,漫不经心地:"买给你玩儿的,高兴吗?"

我心里一咯噔,握紧袖子里的玉雕小老虎,想起上次他用这个老虎换我的扳指,踌躇良久,怯怯问他:"你是不是想用这只破鸟换我的小老虎?"

笼子里的破鸟睁大眼睛,嘎地叫一声。慕言愣了愣,目光对上我视线,噗地笑出声。

我瞪他一眼,蹲在地上别过头去:"这破鸟一点不值钱。"

话刚落地，破鸟头上的绒羽哗啦竖起来，再度冲我嘎地叫一声。我嫌弃地将笼子推开一点，只是拽紧手里的小老虎，不知道他什么态度。

其实这只老虎着实是我用不法手段谋得的，就算他要强行取回，我也没有办法。而这样贵重的东西，他确实有理由随时取回。但我还是睁大眼睛："我绝对不会和你换的，我一点都不喜欢这只破鸟。"

破鸟激动地从笼子底跳起来，扑棱着翅膀嘎嘎叫个不停，船上众人纷纷掉头观看，慕言将我拉起来，哭笑不得："刚觉得你有点姑娘模样了，不到半日小孩子脾气又发作。"

我想这不是小孩子脾气，这是一种执着，那些长门僧将其称为贪欲，认为是不好的东西，但我的贪欲这样渺小，除了伤害了这只黑鸟的感情以外真不知道还伤害了什么，所以绝不是什么不好的东西。

我同慕言终归会分开，对这玉雕小老虎的感情就是对慕言的感情，从文学角度来讲可称之为移情，也许这一生都没有人会理解，我自己知道就好。

我看着慕言。我不知道他喜欢怎样的姑娘，我一直只想给他看最好的模样，却时时不能如愿，让他觉得任性，觉得我只是个小孩子。明明是个没有心的死人，还是会觉得悲伤，我不知道该怎么办。

远方是碧水蓝天，他看着我，我吸吸鼻子做出高兴的模样，打算转换话题，却猛地被他一把拉入怀中。脸颊紧紧贴住他胸膛，他搂得太紧，这导致连转个头都成为颇有技术难度的事情。

我心中倏地一颤，第一感想是我的心意他也许知道，还来不及有第二感想，他声音已从头顶传来："别乱动。"接着是极低的一声笑："阿拂，你躲的人居然也搭这趟船。"

我趴在他胸口一边沮丧地觉得自己真是想太多，一边在脑海里反应半天最近是在躲谁，情不自禁问出声："你说谁？"

他慢悠悠道："平侯容浔。"

我赶紧将头更埋进他胸膛一些。

木质甲板传来平稳震动，必然是四人以上步履整齐才能达到此种效果，脚步声自身后响过，良久，慕言将我拉开，容浔一行已入船上楼阁。

我下意识看了眼不远处靠在船桅边的莺哥，以为此次故人相逢，能擦出什么不一样的火花，但她动作依然懒散，几乎没什么改变。

难得的是慕言的目光竟也投向莺哥，却只是短暂一瞥，末了回头淡淡道："别看了，容浔走的另一边，和莺哥姑娘并未碰面。"顿了顿又道："上船前听说了桩挺有意思的宫廷秘闻，想不想听？"

115

我表示很感兴趣。

河畔风凉，慕言同我说起的这桩有意思的宫廷秘闻，同所有所谓秘闻一样其实并不怎么秘，也并不怎么有意思，但胜在年时久远，情节复杂，我还是听得很开心。

说这桩秘闻一直要追溯到两代以前的郑侯，就是景侯容垣他爹，平侯容浔他爷爷。

按照大晁的规矩，郑国最初是立了长子，也就是容浔他爹做世子，但因老郑侯着实是个福厚之人，立下世子三十年都没有驾鹤西去的苗头，让容浔他爹很是心急。谋划许久，终于寻到一个月黑风高夜叛乱逼宫，结果自然是被诛杀，留下一大家子被贬谪到西北蛮荒之地，包括十四岁文武全才闻名王都的独子容浔。

老郑侯一生风流，膝下子嗣良多，可子嗣里大多是女儿，儿子只得四个，中途还夭折了两个，只留大儿子和小儿子。所幸大儿子虽然伏诛了，小儿子容垣看起来比大儿子倒更有治国经世之能。次年，老郑侯便报了王都，将小儿子容垣立为世子，待他百年之后，世袭郑侯位。

这一年，十五岁的容垣除了一向领有的大郑第一美男子之衔外，已是郑国刀术第一人。大儿子逼宫之事对老郑侯刺激颇深，成为一块大大的心病，不过两年便薨逝了，十七岁的容垣即位，是为郑景侯。

景侯即位后，因欣赏容浔的才干，值国家举贤授能之际，将他们一大家子重新迁回王都，一面压着，也一面用着。容浔着实没有辜负叔叔的期望，廷尉之职担任得很趁手，叔侄关系十分和睦，六年前，容浔还将府上一位貌美女眷送给叔叔做了如夫人。

民间传说，一向冷情的容垣对侄儿呈进宫的女子隆恩盛宠，那女子在霜华菊赏中胡乱吟了句诗，宫垣深深月溶溶，容垣便为其将所住宫室改为了溶月宫。

而郑史记载的是，溶月宫月夫人入后宫不过两年，便被擢升为正夫人，封号紫月，母仪郑国。看似又是王室一段风流佳话，可好景不长，不过一年，得景侯专宠的紫月夫人便因病过世。

紫月夫人过世后，景侯哀不能胜，年底，即抱恙禅位，因膝下无子，将世袭的爵位传给了侄子容浔，次年，病逝在休养的行宫中，年仅二十七岁。

景侯病逝的那一晚，东山行宫燃起漫天大火，不只将行宫烧得干干净净，半山红樱亦毁于一旦，更离奇的是，此后东山种下的樱树，再也开不了红樱。

我想起昨夜梦境中红着脸丽容惊人的莺哥，她对容浔说："我会成为容家最好的杀手。"

想起红樱翩飞中她跟跄的背影，我问慕言："容浔送给容垣的那位女子，后来被封为紫月夫人的，就是莺哥吗？"

他摇着扇子点了点头："显然。"

我觉得有点迷茫："那其后紫月夫人之死又是怎么回事？"

慕言顿了顿："诏告天下的说法是景侯因病主动禅位，但从前也有传闻，说景侯禅位是因平侯逼宫，逼宫的因由还是为的一个女人。"他唇角一抿，笑了笑。我真喜欢他这样的小动作。

"这女人便是紫月夫人。这是件趣闻了，也不知是真是假，说那日平侯将随身佩剑架在景侯的脖子上，问了景侯一句话：'我将她好好放在你手中，你为什么将她打碎了？'从前一直以为是个器物，今日方知是位美人。"

我唏嘘道："可终归是他将她送人的，怪得了谁呢？我真是不能理解，倘若要我将自己的心上人送人，我是打死都不会送的。"

慕言瞟了我一眼："哦？不会把谁送出去？"

"把你送出去啊"六个字生生卡在喉咙口，我嗫嚅了一会儿，在他意味不明的注视下抬不起头来，半晌，道："小黄……"

他扇子收起拍了下我的头："又在胡说八道。"

远处有山巅连绵起伏，云雾缭绕，山中林木隐约似琼花玉树。慕言淡淡道："人心便是欲望，欲望很多，能实现的却很少，所以要分出哪些是最想要的，哪些是比较想要的，哪些是可有可无的……"

我想了一会儿："你的意思是，只需得到最想要的就可以了吗？"

他笑了一声："不，最想要的和比较想要的都要得到，因为指不定有一天，比较想要的就变成最想要的了，而最想要的已变得不是那么重要了。就如平侯，当初他送走莺哥姑娘，也许只是觉得莺哥姑娘并没那么重要。"

我看着他："你是说假使你是容浔，便不会送走莺哥，但莺哥依然不是你最重要的吧？"

他摇着扇子似笑非笑看着我："谁说最重要的东西只能有一个？"

我似懂非懂，但他已不再说什么。

再看向船梢，莺哥已不知去向，驶入江心，江风渐渐大起来，我找了个无人的隔间挑出随身携带的一幅人皮面具戴好，慕言打量半天："这就是你原本的模样？"我想若是没有额头上那道疤痕，我原本的模样要比这个好看多了，但多想无益，这些美好过去还是全部忘记，免得徒增伤感。

我摇了摇头："不是，我长得不好看，不想让人家看到。"

其实我只是不想让他看到。

踏上二楼，看到一身紫袍的容浔正靠着雕花围栏自斟自饮。这是郑国的国君，此时却出现在赵郑边境一艘民船上，着实令人费解。锦雀、莺哥、容浔，这些人相继出现在我眼前，像一出安排好的折子戏，又像一穗未盛开便凋零的秋花，有什么要呼之欲出，令人欲罢不能，却理不出任何头绪。

117

眼前容浔的面容仍同莺哥梦境中一般俊朗端严，修长手指执起龙泉青瓷杯的动作，雅致如一篇辞赋华美的长短句。

还没找好位置坐下，猛然听到楼下传来打斗声，抬眼望去，甲板外江水掀起丈高的浊浪，船客惊恐四散，水浪里蓦然跃出数名黑衣蒙面的暗杀者。黑衣的刺客来势汹汹，泠泠剑光直逼甲板上一身紫衣的高挑女子。

我见过莺哥杀人，不止一次，却是第一次看她以长刀杀人。狭长刀影在空中利落收放，站姿都无甚改变，却皆是一刀毙命，那是樱花树下容垣曾使过的招式。

刀柄镶嵌的蓝色玉石在水浪绽出的白花中发出莹润绿光，衬着黑衣人脖颈间喷出的鲜血，显出妖异之美。而莺哥一身紫衣从容立在船头，似飘在船舷上一幅翩然轻纱，手中长刀刀尖点地，杀了六个人，锋利刀刃上却只一道淡淡血痕，可看出是把好刀。

遍地血腥，她全身上下未染一滴血渍。这样干净利落的杀人手法。

打到这个地步，双方都在观望，可怜楼下瑟瑟发抖的船客。风中送来几丝凉雨，天地都静寂。无边无际的悄然里，突然响起莺哥一声冷笑："外子教导在下杀人也是门艺术，要追求利落之美，今次你们主上派这许多人来杀区区一个弱女子，恕在下也不与各位讲究什么杀人之美了。"

啪一声脆响，我回头一望，看到容浔仍保持着握住酒杯的姿势，手中却空无一物，木地板上一摊青瓷碎片，他目光紧随船舷上持刀与数名黑衣人对峙的莺哥，冷淡面容上神色震惊。

莺哥已凌空跃起，凌厉刀影划破飞溅的水花，身姿翩然如同春山里一只破茧的紫蝶。我靠近慕言，担忧道："她身上有伤。"这担忧没持续多久，在容浔和身边几个便衣侍卫跃下阁楼加入战局时消逝。我注意看莺哥，即便眼见容浔加入战局，她砍向黑衣人的刀锋也未停顿半分。她是个合格的杀手。

当最后一个黑衣人于水花四溅中毙命于莺哥刀下，容浔手中的长剑却反手一扬，挑向她的纱帽，隔着半臂距离，本无可能失手，她却轻巧一个旋身，立在船沿之上，纱帽后看不清面目，但想象应是一瞬不瞬正打量眼前男人。江风浩浩，将她周身轻纱吹得飘起来，宛如日暮之时天边扯出一片紫色烟霞。

她手中长刀就搁在他颈边，他走近一步，刀锋沿着脖颈擦出一道绯色血痕。岚岚雾雨中，翩翩贵公子微微皱眉，叹息似地唤她："是你吗，月娘？"她手中长刀倏地收回，没有回应，转身扑通一声便跳进浑浊江水。他伸出手想去握住她，却只握到半幅轻纱。又是扑通一声，一旁的侍卫突然反应过来："快救爷，爷不会水！"

我在一旁呆了半晌，只能用三个字来表达此刻想法："真精彩。"完了一想不对："我们是把莺哥跟丢了吗？"

慕言正坐下来执起茶壶斟水，一本正经道："莺哥姑娘虽是顶级的杀手，但照理以我的追踪术追踪她，应该不成问题，问题是多了一个你，将追踪术平均分配下来，实力就大大降低……"

我放下杯子转身下楼："青山不改绿水长流，今日一别后会无期。"被他一把拉了回来："我本也没打算一路跟着她，这样的杀手，只要让她有一点察觉，就很容易将我们甩掉，如此岂不是前功尽弃，所以才去买了这只鸒鸦。你可听说过以西木花制成的药粉为媒介，利用鸒鸦追踪的追踪术？将那药粉施到被追踪的人身上，即使她远在天涯海角，与被施药粉相配的鸒鸦也能追踪到。"

我摇摇头："没听说过这种追踪术。"

他点点头："哦，那是自然，那是我们家祖传下来不为外人所知的追踪术。"

我："……"

船驶向目的地，也没再见到莺哥和容浔一行。

目的地是赵国边境的隋远城，我们在城中住下，等待莺哥前来，听慕言说，倘若莺哥入城，鸒鸦必然有所反应。但遇到母鸒鸦时，这只关在笼子里的公鸒鸦也表现出了反应，且反应巨大，真是让人没有想法。

我觉得既然要长久与我们同行，必须给这只鸒鸦起个名字，想了半天，问慕言："你觉得给它起个名字叫小黑怎么样？"

他的反应是："你敢。"

才想起从前我也给他起了个名字，叫作小蓝。

住下不久，竟收到君玮的飞鸽传书。慕言对我在逃亡途中还能收到飞鸽传书表示惊奇，但这只飞鸽的运作机能其实和他的鸒鸦差不多，如此，也就释然。摊开传书一看，字迹龙飞凤舞，依稀可辨是这样开头："阿拂吾妹，一别数日，兄思汝不能自抑，汝思兄否？

"午夜梦回，常忆及少时，兄至王都探汝，左牵黄，右擎苍，相顾无言，唯有泪千行。悲乎？悲哉！

"日前午时小休，兄思妹成痴，才下眉头，却上心头，山川载不动，许多愁，不察盘缠为贼人所窃……

"兄思虑良久，此事因妹而起，便当因妹而终……"

慕言问道："写了什么？"我总结了一下："他睡午觉的时候不小心让小偷把盘缠偷了，然后小黄不肯配合卖艺，他就把小黄典当给当地动物园了，让我用这个飞鸽绑张银票什么的给他。"

慕言伸手拿银票，我止住他："不用。"拿出纸笔给君玮回信："十日之内，若不将小黄赎出，吾定将汝卖去勾栏，望汝好自为之。"信纸晾干后卷入飞鸽的竹

119

筒，啪啦将其放飞，此事圆满解决。

在隋远城安顿下来，一住就是五日。第五日傍晚，笼中鹨鸦兴奋异常，兴许是附近又出现母鹨鸦，兴许是莺哥终于入城，我着实不能辨别。

慕言淡淡扫了眼四围暮色，将笼子打开，鹨鸦立刻张开翅膀冲了出去，而我们在后方紧紧跟随。我心中有隐隐的担心，忍不住问出口："你说它这么激动不会是去会情妹妹吧？"

慕言头也没回："怎么可能。"

我喘气跟上他："万一呢。"

他淡淡："那就宰了它给你炖汤喝。"

鹨鸦在半空颤抖地嘎了一声。

半个时辰后，果然在护城河畔发现莺哥，昏倒在水草间，全身湿透，也不知这五日究竟发生了什么。

我惦记她肩上的伤，解开黏糊糊的绷带，看到伤处痕迹可怖，已被污浊河水泡得发白。

这一夜是在城北的医馆度过的。

医馆的老大夫看症后取出馆中最好的药材，和着续命人参熬成药汤，以长勺一点一点喂入莺哥口中。可大半碗药汤灌下，她依然未能醒来，且高烧不退，不断说着听不清的胡话，似在昏睡中陷入某种凶恶梦魇。

老大夫的意思是，倘若黎明前这姑娘仍醒不过来，就请出后门往右拐，隔壁有个棺材铺，不仅卖棺材还提供丧事一条龙服务。

这种人性化布局固然温暖人心，但莺哥绝不能死在此处。她死了我们首先要买一副棺材，然后要勘察墓地，还要请人抬孝掘墓下葬封土……处处都要花钱，真是后患无穷。为今之计，只有故技重施以结梦梁再入莺哥梦境，黎明之前，将她成功带出来。

我心里觉得爱一个人必须珍惜他，就是说不能让慕言冒任何险，但还是情不自禁将他带进了危险重重的梦境，这让我觉得害怕，我知道自己潜意识里一直想将他弄死，只是没想到这样快理智就不敌潜意识。

或者说人的理智从来都不敌潜意识。敌过潜意识的全去当了长门僧。

梆子声声，踏过结梦梁远远观望，不同于上一次的支离破碎，这一次，莺哥的梦境很连贯也很清晰。

因必须找到症结所在，解开她心结才能将她顺利带出来，我们不得不花费一段时间看完整个故事。心中诸多疑惑，一一得到解答，但始终无法搞清魇住莺哥的到底是什么，这故事的每个结点看起来都有魇住她的可能。这就是一个杀手的命运，这样坏的命运，告诉我们杀手这个职业的确不能寄托终身。

故事开始于郑景侯即位的第七年。

景侯七年，飞花点翠，春深。

二十岁的莺哥已是廷尉府最好的杀手，从十六岁杀掉第一个人开始，四年来，以手中长短刀所造杀孽不计其数。

女子最好的年华都在鲜血里浸过，戾气晕得眉目日渐浓丽，而长年与兵刃为伍，所谓温软心肠在生死门前磨得半点不剩，一颦一笑都透出刀锋似的冷意。

容府的下人集体对她心存畏惧，等闲不敢和她说话，以至经常处于方圆百步渺无人烟、凡事只能自给自足的境地。不过这也不是全无好处，至少看小说的时候没有人敢前来打扰。

与此形成鲜明对比的是，明明一模一样的眉眼，奶奶死后被接入容府的锦雀却人见人爱，完全不像莺哥那样人气低迷。

总结原因，一来锦雀爱笑，同人说话未语先露三分笑意，像朵盛开在日光雨露下的太阳花，漂亮又干净；二来锦雀乐于助人，常帮园子里的花匠侍弄花草，帮厨房里的嬷嬷炖汤洗衣，还免费教小丫头们如何绣出最时兴的绣品。

锦雀是这样平易近人，拥有十七岁少女该有不该有的所有美好，莺哥同妹妹相比，着实没有这样多才多艺，唯一会的只是杀人，而杀人显然不能算作一门才艺。若她也是像寻常姑娘一般长大，如妹妹一样，每月有姐姐的月俸供养，熬汤绣花自不在话下。

可她不在乎，九年前容浔将她捡回来，容浔是她的救命恩人，他想要她变成什么样，她都会努力做到。好比她晕血，却成了杀手。好比她怕打雷，却能在怒雷滚滚中面不改色将目标置于死地。

四月十七，容浔二十四岁生辰。

暮春的雨无休无止。莺哥在赵国的任务中受伤，手臂被利剑划出一道可怖长痕，本应放缓行程将养，却惦记着容浔生辰，一路风餐露宿，紧赶慢赶七日，终赶在四月十六回到了四方城。

赵国盛产白瓷，她想着要亲手做一件瓷器带回郑国给容浔做生辰贺礼，遗憾的是刀虽使得利落，手工却连三岁小孩儿也及不上，跟着做陶瓷的老师傅学了好几日，才勉强弄出一个奇形怪状的杯子，喝酒嫌大，喝茶又嫌小，真不知可以用来喝什么。

但杯上的白釉却上得极好，剔透莹润，一看就价值不菲。她将杯子用丝绸一层一层包好，行路七日，带回四方城，才踏进容府大门，已迫不及待要奔去容浔房中拿给他看。

人人都说莺哥冷情，冷情的人偶尔流露这样孩子气的一面，其实是巨大的萌点……

　　落雨倾盆，院中梧桐遮天蔽日，阵阵春雷就落在浓荫之后，桐花在雨中瑟瑟发抖。应门的小厮递给她一把伞，她将蓑衣取下，抱紧怀中用丝绸裹了一层一层又用油纸仔细包好的瓷杯，嘴角浮起笑意，撑了伞径自踏入雨中。

　　免了屋外随伺小丫头的禀报，她想着要给他一个惊喜，想着他此时看到她会是怎样表情，眉会如何蹙起，又是如何松开来做出似笑非笑的模样，甚至想到他见到她会说的第一句话："怎么这样快就回来，这一趟可顺利？"

　　归途马急，溅起的泥点子悉数洒上斗篷，她将斗篷脱下，并了油纸伞一同交给屋外的小丫头，只抱着怀中瓷杯，身法利落地闪过半开的房门。天边扯出一道闪电，如同神将的银枪划破苍茫暮色。闪电带过的浓光里，容浔正立在书案后提笔写什么字。

　　除此之外，一贯闲人免进的书房中，妹妹锦雀竟也兀自撑腮坐在案旁。

　　内室寂静，能听到狼毫划过宣纸的声响，容浔埋头写了好一会儿，抬头望向锦雀时，眼里含了隐约的笑："这两个字就是锦雀，你的名字。"

　　原本坐着的锦雀好奇站起，立在书案旁，仔细端详案上宣纸："那这边这一行字又是什么……"话尾和着天边猛然响起的怒雷转成一声惊叫，同时紧紧捂住耳朵蹲在地上。

　　正执起墨石研墨的容浔愣了愣，打量她半响，伸手将她拉起来："这么大了还怕打雷？"话未落雷声接连响起，刚被拉起来的锦雀捂住耳朵朝后一退，腿被桌子绊倒，他赶紧伸手将她抱住，免了她腰骨撞在桌子角，蹙眉道："怎么这样不小心。"

　　很久，他没有放开她。她两手仍紧紧捂住耳朵。

　　有些东西越是用力越留不住，就如莺哥的爱情，就如她手中瓷杯。内室外一声闷响，锦雀眼睛蓦然睁大，视线终止在门槛一截紫色裙角上。

　　铜灯台只点了一盏烛火，映得室内一片昏黄。晦暗光线里，容浔嗓音淡淡的："谁？"

　　紫色裙角移动，锦缎摩擦的沙沙声就像晴好时院中梧桐随风起舞，一身紫衣的莺哥站在内室门口，鬓发在斗篷里裹得太久，散乱潮湿，缚在颊边额头，脸上神情冷如四月凉雨。

　　又是一声滚雷，似铁锤自高空砸落，锦雀在容浔怀中重重一抖，猛地将他推开，自己却一个趔趄差点摔倒，他一把握住她的手，昏黄烛光映出一副银紫衣袖，上有蕙林兰皋。

　　将锦雀扶着站好，容浔转头看向门口的莺哥，仿佛才发现她："怎么这样快就回来，这一趟可顺利？"连开口所言都是她此前预想，一字不差。

她看着他，冷淡神色兀然浮出一丝笑，笑意渐至眼角，过渡如枯树渐生红花。脸上骤现的风情，假如久经欢场的青楼女子看到，就要让人家饮恨自杀。

那风情万般的一笑隐在浓如蝶翼的睫毛下，未到眼底："事情办得早，便早些回来。"

室内静谧，容浔抬头扫她一眼，重执起案上笔墨："那便下去歇着吧。"眼风瞟见地上黑色的布裹："那是什么？"

她转身欲退，闻言拾起方才落在地上的包裹，顿了顿："没什么，不打紧的东西罢了。"

赵国之事处理得干净利落，容浔将清池居赏给莺哥，这赏赐着实大方，你知道古往今来一切事物虚无缥缈没有定数，唯有房子在不断增值。

清池居在容府仅逊色于容浔所住的清影居，这就是说，两个院子都这么大，那为了符合建筑学上的对称审美，就必定要设计成东成西就南辕北辙，总之是绝不可能挨在一处。莺哥搬出紧挨着容浔寝居的集音阁，搬去和容浔隔得十万八千里的清池居。

她在集音阁住了六年，自十四岁到二十岁，终于从这院子里搬出来，而下一任客居在集音阁的，是她的妹妹锦雀。

一时间，容府台面下传出各种猜测。有传说认为莺哥彻底失宠，但传说又认为若是彻底失宠容浔不可能还赏莺哥那么好一处房子，但后来传说觉得这房子可能是容浔补贴给莺哥的分手费。

有传说认为容浔爱上了锦雀，但传说又认为一个男人为了一个女人特地甩掉另一个女人只能有一个原因，就是这个女人特别有钱又长得特别美，可考虑到锦雀和莺哥长得一模一样，容浔要真是为了锦雀舍弃莺哥那纯粹就是没事儿找抽了。

但后来传说觉得感情本身就是一场找抽，男人的感情世界更是难以言说，假如你不是男人就永远无法理解。不过按照这个说法，男人和女人在一起就远不如男人和男人在一起和谐了，因为似乎只有男人之间才能比较容易互相理解。于是发展到这个地步，传说就彻底跑题了。

就在容府私底下围绕这件事闹得沸沸扬扬之时，当事的三个人当中却有两个都表现平静。

容浔身处高位，一向平静惯了。相比而言，莺哥的平静就有些令人琢磨不透。我似乎从未见过她狼狈的模样，即使那一夜闯入我房中在梦境里满面泪痕，也未像寻常人般痛哭失声。唯一不能平静的那个人是锦雀。

莺哥搬离集音阁那一日，锦雀在前往清池居的一处假山旁拦住她，神情憔悴，爱笑的一双眼没有半点神采，却定定地看着自己的姐姐："你为什么不骂我？为什么不理我？姐，你是不是，是不是讨厌、讨厌……"

话未完泪水已顺着眼角滑下，滴在衣襟上也来不及擦一擦。头上海棠花开，纷然如火。她猛地扑到莺哥怀中，死死将她抵到假山旁，搂着她的脖子，就像小时候一样，泪水揩到她脸颊上。

被她死死搂住的莺哥终于低头来看她，浓黑瞳仁里映出她的模样，同垂落到眼前的海棠花枝没有两样。锦雀哽咽气息吐在她耳旁："姐，我们离开这里，容浔不是你的良人。"

莺哥背靠着假山，紫色的锦绣长裙上织出大幅蝶恋花，春意融融的一幅好图景，穿在她身上只显得冷淡。锦雀紧紧贴在她身上哭得气息不匀。她头枕着一块凹下的山石，微微扬起下巴，看着高远蓝天，轻轻笑了两声："你可知道，家养的杀手离开自己的主人，后果是怎样？五年，我为了容家，树了太多的敌。"

死死贴住她的妹妹却蓦然抬头："借口，你不愿意离开，因为你喜欢容浔，对不对？"

她眼中骤现冷意。

锦雀抱住她，牙齿都似在打颤："我会向你证明，他绝不是你的良人。"

她放下要搭住她肩膀的手，仍是微微抬头的模样，眼中映出大片火红的海棠花，声音听不出情绪："锦雀，这么多年，我不在你身边，你是不是很寂寞？"

锦雀的证明来得十分快捷，快得就像她姐姐手中的刀，假使在其他事情上也能有如此效率，早就成为一代自强少女。

不过前提是五月十六那夜的刺客也是她所安排的。但这样我就把人心看得太险恶，也许这一切只是天意，锦雀不过借了天意的势。

天意让只开于刹那的优昙花盛开于那夜容府的剪春园，天意让容浔忽然来了兴致携着锦雀游园赏月，天意让不能安眠的莺哥深夜跑来剪春园的池子里濯磨随身短刀，天意让刺客在他们三人不期然相交的视线里蓦然出现。

要说容浔领廷尉之职，掌管大郑刑狱，府上时有刺客造访，大家都已经习惯，实在没有什么好大惊小怪的，只是这次刺客的目标乍看却并不是容浔，月色下剑光似刁钻蛇影，竟直奔跪在池边的莺哥而去。

这一击快得让人来不及反应，若莺哥不是资深杀手，说不定就此绝命，幸亏每天研究的就是如何杀人以及如何贴着敌人的刀口活命，凭着多年本能贴地一滚，险险躲过。

于刺客而言，最要紧的就是发难那一刀，既然先机已失，要再把目标弄死谈何容易。就在莺哥提刀相抗之时，却有另一道剑影直刺容浔背心。

我才反应过来是一双刺客行事，前者不过是为牵制住她，后者办的才是正经事。但他们远远不了解的是，容浔的身手其实远在莺哥之上。

黑衣的刺客不敢置信地盯着穿胸而过的长剑，似乎并不明白为什么方才还背对自己揽着那红衣少女全无防备的廷尉大人，顷刻间就要了自己的命。但眼神里忽然显出最后一丝狠辣，使力一抛，推着手中利剑朝正与另一名刺客缠斗的莺哥直直钉过去。"姐——"一声惊呼划破半个剪春园，呼声中锦雀朝着急驰的剑尖飞扑而去。利刃穿腹而过，发出极闷的一声。

与此同时，莺哥的短刀狠狠划过与之缠斗的刺客颈项，刺客的长刀亦穿过她的肩胛骨，牢牢地直钉到剑柄处。血顺着衣襟漫过胸口，幸好是紫色的长裙，也不容易看得出，她抬眼向方才响起惊叫的方向望去，正见着容浔颤抖着双手将倒在血泊里的锦雀搂在怀中。

她从未见过他如此失态的模样，其实那刀虽刺中腹部，看着严重，却并无大碍，她十八岁那年也受过这样的伤，在床上躺半个月也就过去，只是痛得有点受罪。

锦雀在容浔怀中小猫似地呻吟："……痛……我痛……"

容浔的颊紧紧靠住她额头，嗓音低沉暗哑："别怕，我在这里，我们马上去看大夫，乖，忍着点。"小心翼翼将她抱起来。

她轻轻地哭了一声："姐……姐姐……"紧蹙双眉的容浔终于回过头来看了眼莺哥。

面色苍白的莺哥勉力笑笑，撑着走近一些："我在这里。"顿了顿又道："我没事。"

锦雀终于放心地晕了过去，而容浔身子一颤，眼中蓦然出现的是仿佛就要失去什么天底下最贵重东西的惊惶。

她愣了愣，淡淡看向他："不是什么大伤，她只是晕血罢了。"他却根本没有听进她的话，看也未再看她一眼，旋身间已抱着锦雀匆匆而去。

她看着他的背影，终于力竭，扑通一声跪倒在地，而后整个人都躺倒在池塘边上，有裙裾落入池水中，似一片紫色的荷叶，刺入肩胛的利剑就这么被身下泥地生生顶出去，又在骨头里磨一次，她终于闷哼出声，睁眼望着墨色天幕里漫天繁星，想起十六岁生日时容浔的那句话："月娘，为了我，成为容家最好的杀手。"

她笑出声来："你终于还是不需要我了。"

无人应答，偶有夏虫嘶鸣。她止住笑，将手举起来，仔细看十指间沾满的血痕："我其实真的，真的很讨厌杀人……"

星空下蓦然优昙花开，衬着冷月湖光，绽出幽幽白蕊，似雪做的秋花采了月色。躺倒在优昙花中的莺哥缓缓闭上眼睛，用手盖住，半晌，十指移开处有淡淡的泪痕，眼中却黑白分明，一丝情绪也无。

这就是一个杀手的软弱，即便是软弱，也是软弱在任何人都看不到的地方，连自己都看不到的地方。

锦雀的伤的确不是什么大伤，但因身子比不得姐姐壮实，仍在床上躺了一月有余。此后，容浔少有招莺哥随侍，如同容府没有这个人。

听说有其他杀手出任务时想同莺哥搭档，主动向容浔提起，他容色淡然："容府里没有不能护主的护卫，更没有靠他人做靶子才活得下来的杀手。"他就这样舍弃她，甚至懒得通知她一声。

他是主，她是仆。自他在那个冬夜救下她开始，她就把命交给他，他也只当握在手心里的是一条命，一个属于自己的东西，想要便要，想扔便扔，没有想到那是这世间独一无二的一颗真心。

九月鹰飞，王家围猎。锦雀终于好得利索，容浔担心她在府里闷得太久，带她去散心。大约流年不利，一散就散出问题。这几乎是意料中事，只怪容浔不够小心，不知道财不露白，才女也不能露白，何况锦雀这样多才多艺。

围猎中，景侯容垣的小雪豹不慎被哪里来的流箭所伤，正好让懵懂迷路的锦雀救下，看似只是寻常好人好事，但第二日，前爪被包扎得严严实实的小雪豹便由宫中的宦臣抱着送进了容府。

景侯之父靖侯因一头雪豹与其母夏末夫人定情，是传遍整个郑王室的风月美谈，容垣身边的小雪豹正是当年那头雪豹的子孙，将其送入廷尉府，其意不言自明。简单来讲，就是景侯容垣看上了锦雀，暗示容浔可将府上的这位女眷送入王宫。

当夜，莺哥收到容浔下任务专用的秘信，这还是三月里头一回，挂在墙头的长短刀久不饮人血，都失了戾气。她脸上没有任何表情，眼睛却蓦然生动，溢出琉璃般的华彩。信封在手中颤了好一会儿才被缓缓打开。昏黄烛火映着白纸黑字，寻常难以动容的莺哥红润脸庞忽然血色尽褪，眼中的华彩也瞬间熄灭，撑着桌案几欲跌倒，良久，却轻轻笑了两声，黑白分明的眸子里清晰地映出一行字，龙飞凤舞、苍润遒劲："代锦雀入宫。"

她拿着那封信看了许久，将它靠近烛火，火苗舔上来，顷刻化为灰烬。

那一夜，浮月当空，星蒙如尘。容浔的清影居再次迎来刺客，不愧全大郑被暗杀次数最多的朝臣，也可看出廷尉这个职业着实高危。月影摇晃梧桐，沙沙声寂寥如歌。容浔静静立在书案前，手中还握着一方墨石，灯台的蜡烛被刀风所灭，烛芯慢吞吞腾起两抹青烟，莺哥的刀稳稳贴住他的脖颈。

他抬头看她："我没想过，你的刀有一天会架在我脖子上。"

她笑笑："我也没想过。"

风吹得窗棂重重一响，她微微偏了头，带了疑惑神色："你不害怕，因为你觉得我不会杀你，你不相信我会杀你，对不对？"

他却只是看着她。

她身子极近地靠过去，几乎将头放在他右肩，假如将仍未放松贴住他左侧颈项的刀刃忽略不计，那简直就是一个缠绵拥抱的姿势。她的声音轻轻响在他耳边："我也不相信。"

语声多么轻柔，语毕动作便多么凶猛，刹那间手中短刀刀柄已交付到容浔手中，她握住他持着刀柄的右手，直直向自己胸口刺下去。刀尖险险停在胸膛前一指处，鲜血沿着容浔紧握住刀锋的左手五指汇成一条红线，他蹙紧眉头，低沉嗓音隐含怒意："你疯了。"

她瞧着他，似乎不明白他为什么会说出这样的话，好一会儿，恍然大悟似的："我没疯，我很清醒。你看，我还知道哪里能一刀毙命。"

她语声既轻且柔，响在这暗淡夜色里："容浔，我杀不了你。你救了我，救了我们一家，这样的大恩，我是不敢忘的，为你做什么事都是该的，是报恩，报活命之恩、养育之恩。可你让我做这样的事，让我代替锦雀入宫，嫁给你叔叔，只因你舍不得锦雀。"

她顿了顿，唇边隐含的笑意像她十五岁那样干净无瑕，却只是一瞬，那笑绕进眸子里，绵密如万千蛛丝，不知是真心还是假意。她看着容浔，缓缓闭了双眼，握住他的手对准自己胸口："杀了我，我就自由了。"

月影被摇曳的梧桐扯得斑驳，她想自毁，他却紧紧握着刀锋不放开，五指间浸出的赤红汇成一股细流，滴答跌落地板，他的声音在她耳畔响起："我不要你的命。代锦雀入宫，再为我做这最后一件事，从此以后，你就自由了。"

她双眼蓦然睁开，正对上他眸中难辨神色，似不能置信，终于，眼泪扑簌跌落。

她性子算不上平静，忍了这么久，只因有不能伤心的理由。这样的一个人，哭也是哭得隐忍不发，只泪水珠子般从眼角滚落，无半点声息。短刀落地，哐当一声，她看着地上那摊血，困难地抬头："容浔，你是不是觉得，杀手都是没有心的？"

他没有说话。

她慢慢蹲在地上，似耗尽所有力气，昔日的威风和严厉一时荡然无存，瑟缩得就像个孩子，全身都在发抖："怎么可能没有心呢，我把它放在你那里，可容浔，你把它丢到哪里去了？"又像在问自己："丢到哪里去了？"

他身形一顿。半晌，将未受伤的那只手递给她："先起来。"

127

她怔了怔，满面泪痕望着他，却无半点哭泣神色，微皱着眉头："我一直想问一句，这么多年，我在你心里算是什么？"

良久，他缓缓道："月娘，你一直都做得很好，是容家，最好的一把刀。"

她极慢地抬头，极慢地站起来，方才的软弱已全然不见踪影，仿佛那切切悲声只是一场幻觉。紫色衣袖擦过布满泪痕的双眼，拂过处又是从前冷静的莺哥。她看着他，像是认识了一辈子，又像是从不认识，许久，眼中浮起一丝冷淡笑意："我为你办这最后一件事，我再不欠你什么。"

她大步踏出房门，门槛处顿了顿："容浔，假如有一天你不爱锦雀了，请善待她，别像对我这样，她不像我，不是个杀手。"

由此看出信任这东西弥足珍贵，不能随便施予，就如莺哥，盲目相信自己是容浔最特别的人，因她是容家最好的杀手。

是她将自己看得太高，将容浔看得太低。不幸的是从十一岁到二十岁，足足九年她才看明白这个道理。万幸的是她终于看明白了这个道理。

第五章

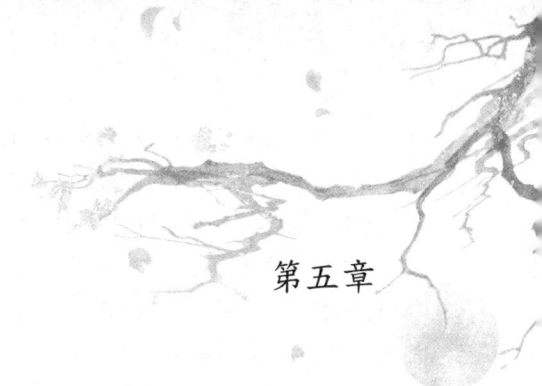

她眼中有万般光彩，像她十五六岁最好的年华，手中还未沾上人命。

此后一月，清池居秘密出入许多疡医。这些上了年纪的老医师被蒙住眼睛，一个换一个抬进莺哥的院子，不多时又被抬出去。院中流出的渠水泛出药汤的污渍，棕色的药渣一日多过一日。整个清池居在潺潺流水中静寂如死。如死静寂的一个月里，莺哥身上旧时留下的刀伤剑痕奇迹般被尽数除去，这能看出郑国的整容技术还是很可以的。

可能是容浔想要莺哥从里到外都变成锦雀。骨子里成为锦雀是不可能了，那至少身体要像锦雀的身体，就是说绝不能有半道伤痕。即使有，也不能是长剑所砍，应该是水果刀削苹果不小心削出来的，这才像个身家清白值得容垣一见钟情的好女子。

容垣治下一向太平，难以发生大事，莺哥入宫成为这年郑国最大的事，史官们很高兴，你想，假如莺哥不入宫，他们都不知道今年郑史该写些什么。

能领着慕言踏过结梦梁走入莺哥的梦境，因鲛珠令我们在某种程度上神思相通，但即便如此，也不能猜透甫入宫的这一夜，坐在昭宁西殿的莺哥到底在想些什么。

明明十月秋凉，她手中仍执了把夏日才用得着的竹骨折扇，天生带一股冷意的眉眼敛得又淡又温顺，完全看不出曾经是个杀手。当她执起折扇敲在脚边小雪豹头上，企图让它离自己远一点儿时，我们弄明白了这把折扇的具体用途，只是还来不及进一步探究，容垣已出现在寝殿门口。

其实从我和慕言站的角度，着实难以第一时间发现容垣行踪，只是感到一股逼人气势迎面扑来，抬起头，就看到郑侯顾长的身影近在咫尺，掩住殿前半轮明月。

这说明容垣注定是一国之君的命。一个人的气势强大得完全无法隐藏，那他这辈子除了当国君以外，也不能再当其他的什么。莺哥执着扇子敲打雪豹的手一顿，生生改成轻柔抚摸的动作。于她而言，这些毛茸茸的东西只分可入口和不可入口，但此时是在容垣眼皮底下，容垣眼中，她是救了小雪豹的锦雀，锦雀哪怕对地上的一只蚂蚁都亲切温柔。虽然她不是锦雀，她最讨厌这些毛茸茸的所谓宠物，但这世

129

上无人在乎，她不是锦雀，只有她自己知道。

因是逆光，虽相距不过数尺，也不能看清容垣脸上表情，只看到月白深衣洒落点点星光，如一树银白的藤蔓，每行一步，都在身周烛光里荡起一圈细密涟漪。

莺哥强抱住挣扎的小雪豹坐在床沿，微垂着头，看似一副害羞模样，也许本意就是想做出害羞的模样，但强装半天，神色间也没晕出半点嫣红来聊表羞涩，倒是流云鬟下的秀致容颜愈见苍白。容垣站在她面前，黑如深潭的眼睛扫过她怀中兀自奋力挣扎的小雪豹，再扫过垂头的她："屋里的侍婢呢？"

雪豹终于挣开来，从她膝头奋力跳下去，她愣了愣："人多觉得我眼晕，便让他们先歇着了。"

他淡淡应了一声，挥手拂过屏风前挽起的床帷，落地灯台的烛光在明黄帐幔上绣出两个靠得极近的人影，他的声音沉沉地，就响在她头顶："那今夜，便由你为孤宽衣吧。"

宫灯朦胧，莺哥细长的手指缓缓抓住容垣深衣腰带，佩玉轻响。

他突然反握住她的手，她抬头讶然看他，他的唇就擦过她脸颊。

幔帐映出床榻上交叠的人影，容垣的深衣仍妥帖穿在身上，莺哥一身长可及地的紫缎袍子却先一步滑落肩头，露出好看的锁骨和大片雪白肌肤。

明明是用力相吻，两人的眼睛却都睁得大大的，说明大家都很清醒。而且贴那么紧两人都能坐怀不乱，对彼此来说真是致命的打击。中场分开时，莺哥微微喘着气，原本苍白的嘴唇似涂了胭脂，显出浓丽的绯色，眼角也湿透了。容垣的手擦过她眼侧，低声问："哭了？"她看着他不说话。他修长手臂撑在瓷枕旁，微微皱眉："害怕？"未等她回答，已翻身平躺，枕在另一块瓷枕之上："害怕就睡觉吧。"

我暗自失望地叹了口气，还没叹完，竟见到衣衫半解的莺哥突然一个翻身跨坐在容垣腰上："陛下让我自己来，我就不害怕了。"

眼角红润，嘴唇紧抿，神色坚定……看上去不像是在开玩笑……

虽然莺哥顺着容垣的话承认确实是自己害怕，但我晓得，她并不是害怕才哭，一个人连生死都可以置之度外，也就可以把贞操什么的置之度外，何况容垣还是一个帅哥。

时而相通时而不通的神思让我明白，她只是突然想起了容浔，心中难过。但让她难过的并不是容浔移情爱上了锦雀，是他明知道今夜会发生什么、以后无数的夜晚会发生什么，他还是将她送进了容垣的王宫，她哭的就是这个。

容垣漆黑的眸子深不见底，静静地看着她。她将头埋进他肩膀，发丝挨着脊背滑落，似断崖上飞流直下的黑瀑，良久，笑了一声："总有一日要与陛下如此，那晚一日不如早一日，陛下说是不是？"话毕果断地抬头扒容垣身上无一丝褶皱的深衣，拿惯长短刀的一双手微微发着抖，却一直没有停下来。

他的神情隐没在她俯身而下的阴影里，半晌，道："你会吗？"

按照我的本意，其实还想继续看下去。修习华胥引要有所成，必须不能惧怕许多东西，比如血腥，暴力，春宫，以及血腥暴力的春宫。

你知道细节决定成败，以华胥引为他人圆梦的许多细节就隐藏在这些场景之中，必须生一双慧眼仔细分辨，假使不幸像我这样没有慧眼，就要更加仔细地分辨。但此次身边跟了慕言，他一定觉得这样有失体统，从容垣吻上莺哥的脸颊，我就在等待他将我一把拉出昭宁殿。

我连届时应付他的台词都想好了。他说："你一个小姑娘，怎么能偷看别人的闺房之乐，跟我出去。"我就说："仁者见仁，智者见智，他们今夜洞房，你看到的就是闺房之乐？抱歉，我看到的和你完全不一样，我看到的是什么困住了莺哥让她陷入昏眠不能醒来，看到她心里打了千千万万个结。"他一定自惭形秽，问我："那是什么困住了她？"我就说："哦，暂时还了解得不够全面，让我把这一段全部看完再说。"

莺哥俯身搂住容垣脖颈的一刹那，慕言终于发话，但是所说台词和我设想的完全不同。他缓缓摇着扇子，漫不经心问我："好看吗？"

我实在不好意思说好看，讷讷半天，道："不……不好看。"

他继续摇扇子："既然不好看，咱们还要继续看吗？"

我说："还是勉强……"

他说："哦？你说什么？你觉得这个很好看啊……"

我说："不……不看了，这个绝对很难看的，一点都不适合我这样的小姑娘。"

他点点头："那我们先出去吧。"

他朝昭宁殿门口移步，行过两三步，转头似笑非笑看我："怎么还不跟上来？"

我眼风扫了床前明黄的幔帐一眼，含恨小跑两步跟上他："嗯……来了。"

景侯容垣初遇莺哥这一年，虚岁二十五，后宫储了八位如夫人，年前病死了一位，还剩七位，莺哥嫁进来，正好填补两桌麻将的空缺，让郑国后宫一片欢声笑语，重回和谐……以上全是我胡说的，莺哥不打麻将，容垣的七个小老婆也不打。

可以想象，倘若君玮在二十五岁娶了八个老婆，我们都会觉得他是个人渣，但容垣二十五岁有八个老婆，全天下的人都觉得，郑国的国君真是洁身自好清心寡欲。可见天下人对国君的要求实在很低。

但话说回来，即便后宫只有八位佳丽，竞争依然是激烈的，大家都很忙，每天都要忙着梳妆、补妆、再梳妆、再补妆以及全身保养什么的，连睡觉都不放松警

131

惕。人人都想用最好的面貌恭候国君的临幸，哪怕容垣半夜三更跑来，也务必要在他面前做到花枝招展，更哪怕他是在她们上厕所的时候跑来。

久而久之，她们就成了郑国化妆和上厕所最迅猛的女子。

这种状况长此以往，一直延续到诞下曦和公主的沁柳夫人病逝。

沁柳夫人病逝，留下五岁的曦和公主，曦和公主容罩是容垣唯一的子息。

一方面是冷漠的、清心寡欲的一国之君，伴君如伴虎不说，从来难测的就是九重君心；另一方面是年幼丧母、不具任何威胁力的小公主，只要得到她的抚养权，在大郑后宫里就能永享一席之地；面对此种情况，稍微有点判断能力的都会选择后者。

这导致后宫残留的七位夫人纷纷曲线救国，抛弃从前的生活方式，集体投入到争夺小公主抚养权的斗争当中。但这注定是要一无所成的一件事。有时候，争即是不争，不争即是争。后宫里一番热斗的结果是，容垣直接将曦和公主送去了刚刚入主昭宁西殿的莺哥手中。

小公主抱了只受伤的小兔子忧心忡忡站在莺哥面前："父王说夫人你会给小兔子包伤口，这里、这里，还有这里，小兔子被坏奴才打出一、二、三，呀，有三个伤口，夫人你快给小兔子包一包。"

昭宁殿前两株老樱树落光了叶子，她抬头正对上曦和身后容垣的视线，他长身玉立，站在枯瘦的樱树下，黑如古潭的眸子平静无波，深不可测。

还没有当妈就要先当后妈是一件比较痛苦的事，就好比本以为娶的是一个年轻貌美的姑娘，结果红盖头一掀原来是年轻貌美的姑娘他娘，这种幻灭感不是一般人能够忍受的。

好在莺哥和大多数对现实认识不清的贵族小姐都不相同，对婚姻生活没抱什么匪夷所思的浪漫幻想。自从一脚踏进容垣的后宫，她就一直在等待一个时机，能让她掩耳盗铃顺利逃出去的时机。

前半生她是一个杀手，为容浔而活，但容浔将她丢弃在荒芜的大郑宫里，干干净净地，不带丝毫犹豫。

她才晓得自己活了这么多年，其实只是个工具，工具只要完成自己的使命就好，你要求主人对你一辈子负责，这显然不是个工具该有的态度，好的工具应该不求回报一心只为达成主人的心愿，临死前还要想着死后化作春泥更护花什么的。而此时，莺哥认为自己已经当够了工具，她陷入这巨大的牢笼，没有人来救她，她就自救，没有人对她好，她自己要对自己好。

她在昭宁西殿冬日的暖阳里做出这个看似不错的决定：一旦离开四方城，就去找一个山清水秀的小村庄，买两亩薄地，也去学点织布什么的寻常女子技艺，这样就不用杀人也能养活自己了。

这时机很快来临。

冬月十二,曦和的生母沁柳夫人周年祭,莺哥领着曦和前往灵山祭拜,容垣拨了直属卫队贴身跟着。车队行到半山腰,遇到不知从哪里冒出来的一堆强人行刺,尽管有禁卫的严密防护,但百密一疏,加上地势着实险要,莺哥抱着曦和双双跌落灵山山崖。

其实按照莺哥的本意,并不想带上曦和这个拖油瓶,但没有办法,一切都发生得太快,还没等她看准时机一不小心主动从山崖上跌下去,曦和已经瑟瑟发抖地抱着小兔子先行跌落下去,倘若她不救她,五岁的小公主就是个死,当了她两个月的后妈,她也有点于心不忍。

一路急坠直下,怀里抱着个半大的孩子,身手再好也不容易以刀借力缓住坠势。但好在虽是高崖,但高得并不离谱,坠落过程中又用腰带缠住树枝缓了一缓,触地时就只是摔断了右腿腿骨。小公主稳稳趴在她身上,怀里还紧紧搂着两个月前救下的那只小白兔,身上没什么伤,只是人吓昏过去了。

遇到此种情况,一般应该停留原地以待搭救,但莺哥是想借机逃走,就不能多做停留,但又不能带走曦和,假使是她一人,顶多叫行踪不明,加上曦和,就是拐带公主畏罪潜逃,势必要被千里追捕。

山中暮色渐浓,她撑着身子爬起来,将曦和拖抱到附近一处山洞,升起一堆篝火,又将怀中颓然的兔子简单料理,串在树枝上烤得流油,烤好后仔细去骨,把兔子皮兔子骨头一概毁尸灭迹,只将一堆干爽兔肉包好放在昏迷的曦和身旁。

冬日深山,昏鸦枯树,大多活物都已冬眠,遑论目前她是个瘸子,就算四肢健全,这样贫瘠的条件也难以觅食,幸好曦和坠崖还带了只兔子,这样即便她离开,容垣的卫队又一时半会儿没法赶来,小公主也不会被饿死或是被什么未冬眠的活物害死,总之人身安全算是得到了保障。

拖着伤腿离开山洞时,许久不曾真心笑过的莺哥撑着刚削好的手杖,眼底泛起一丝轻快笑意。

但没走两步,笑意倏然冻结眼底。

前方一处水雾缭绕的寒潭旁,似从天而降,白色的锦缎一闪,蓦然出现本应在王宫批阅公文的容垣的身影。几只倦鸟长鸣着归巢栖息,山月扯破云层透出半张脸,寒光泠泠,四围无一处可藏身。她握紧手杖,眼神暗了暗,一动不动地等着他披星戴月急行而来。软靴踩过碎叶枯枝,他在她面前两步停住,袖口前裾沾满草色泥灰,模样多少有些颓唐,俊朗容色里却未见半分不适,一双深潭般的眸子扫过她手中树杖,扫过她右腿:"怎么弄成这样?"

她抬头看他，目光却是向着远处的潭水："曦和没事儿，只是受了惊，还在昏睡，我出来……"她顿了顿："给她打点儿水。"

他看着她不说话。

她愣了愣，勉强一笑："腿……也没什么事……"

他漆黑眸子瞬间浮出恼怒神色，一个掣肘将她压制在左侧崖壁，断腿无征兆剧烈移动，可以想象痛到什么程度，但莺哥毕竟是莺哥，连肩胛骨被钉穿都只是闷哼一声，这种情况就只是反射性皱了皱眉。

他将她困在一臂之间："痛吗？"

她咬唇未做回答，齿间却逸出一丝凉气。他眼中神色一暗，空出的手取下头上玉簪堵住她的口，青丝滑落间，已俯身握住她的腿："痛就喊出来。"

骨头咔嚓一声，她额上沁出大滴冷汗，接骨之痛好比钢刀刮骨，她却哼都未哼一声。他眸中怒色更深，几乎是贴住她，却小心避开她刚接好的右腿："是谁教得你这样，腿断了也不吭一声，痛急也强忍着？"

她怔怔看着他。

他皱着眉任她瞧，手指却抚上她眼角，神色渐渐和缓，又是从前那个没什么表情的容垣，她眼睛一眨，眸中泛起一层水雾，赶紧抬头。

他扣住她的头，让她不能动弹，就这么直直看着她水雾弥漫的一双眼，看着泪滴自眼角滑下，额头抵住她的额头，轻声在她耳边说："锦雀，哭出来。"

哭这种事就是一发不可收拾，低低抽噎声起，顷刻间便是一场失声的痛哭，估计莺哥也不知道自己为什么哭，但这至少让我们明白，原来天下间的女子，没有谁是天生不会哭的。

他紧紧抱住她，在这寒潭边荒月下，嗓音沉沉的："好了，我在这里。"

莺哥哭得脱力，我想有一半原因是好不容易找到机会逃走，结果被容垣破坏了，需要发泄，当我把这个想法说给慕言，他对此做了如下评价："阿拂，你真是个实际的姑娘。"

终归我只是个做生意的，虽然自觉还是比较多愁善感，但当神思不在一个步调上时，基本搞不懂莺哥在想什么，这是我所见过的心防最重的姑娘。

因为她自己在昏睡中造出的梦境，不是我所编织，就只能像看连环画一般看着这些事一幕一幕发生，无半点回转之力。不好说坠崖这事之后容垣和莺哥的感情就有什么实质性的进展，这着实难以判断，看上去他们俩该进展不该进展的早进展完了。只是那一夜莺哥被抬回郑宫后，宿的不是昭宁西殿，而是容垣的寝宫清凉殿。

郑侯寝殿殿名清凉，殿内的陈设也是一派清凉简单，只灯台旁一只琉璃瓶中插的两束白樱干花，在深冬里显出几许空幽寂然。莺哥腿上的伤被宫里的医师细心包扎后基本无碍,但折腾太久,还未入更便满面倦色地挨进了床里。侍女捻直灯芯,容垣大约睡意不盛,握了卷书靠在床头。两下无言。

我一看没什么可看的,就打算拉慕言出去观赏一会儿枯木繁星,手伸出去还没握到他袖子,却见凝神看书的容垣一边翻页一边抬起眼睑,待目光重落回书上时,嗓音已淡淡然响起来:"睡过来些。"

暮言侧首看我一眼,我定住脚步。闭目的莺哥在我们无声交流时轻轻翻了个身,被子微隆,看似缩短了彼此距离,实际不过换个睡姿。容垣从书卷中抬头,蹙眉端详一阵,低头继续翻页:"我怕冷,再睡过来些。"

这一次莺哥没有再动,估摸假意睡熟。但事实证明都已经躺到了一张床上,装不装睡其实都一样。果然灭灯就寝时,侧身而卧的莺哥被容垣一把捞进怀中。她在他胸前微微挣了挣,这一点纯粹是通过衣料摩擦和后续容垣的说话内容来辨别的。

漆黑夜色如浓墨将整个梦境包围,容垣清冷嗓音沉沉地响在这无边的梦境:"怎么这样不听话,都说了我怕冷。"莺哥淡淡地;"让人去拿个汤婆。"半晌,听到冷如细雪的两个字,明明是在调笑,却严肃得像是下一道禁令:"偏不。"

男人愿意同女人睡觉是一回事,愿意同女人盖一床被子纯聊天又是一回事,从这里我们可以看出容垣是个明君,当然谁要说可以看出他人道不能那我也没有话说。但要友情提醒,你可以形容一个男人惨无人道,千万别形容人家人道不能,但凡还是个男人,但凡还有一口气,爬也要爬过去把你人道毁灭。

第二日莺哥醒来时,已是暖阳高照。窗外偶有几只耐冬的寒鸟啾鸣,日光透过镂花的窗格子投进来,映到绸被上,似抹了层淡淡的光晕。不便行动的莺哥坐在光晕里怔了许久,脸上一副毫无表情的空白。

一出宫就发生遇刺坠崖这样的大事,作为一个负责任的丈夫,近期都不该再让妻子出门。但第一名的思维不好用常理推断,哪怕是削苹果皮第一嗑瓜子第一,何况容垣这种郑国刀术第一。

半月而已,莺哥的伤已好得看不出形迹,夜里容垣临幸昭宁殿,目光停驻在她紫色笼裙下那截受过伤的小腿上,良久:"入宫三月,是不是有些闷,明日,孤陪你出去走走。"

大约以为容垣口中的出去走走也就是王宫范围内,真正被领到四方城大街上,沉稳如莺哥一时也有些反应不过来。而我和慕言只是觉得千古繁华一都,昨日繁华同今日繁华并无不同。

大街上容色淡漠的贵公子偏头问身旁过门三月的新妇:"想去什么地方?"

莺哥整个人都被塞进极厚的棉袄,外头还裹了件狐狸毛滚边的紫缎披风,兜帽下露出一双婉转浓丽的眼:"陛下既让妾拿主意⋯⋯"想了想,道:"那便去碧芙楼吧。"

容垣略抬眼帘，眸中微讶，转瞬即逝，只是伸手拂过她的兜帽，带下两片从街树上翩然而下的枯叶。

容垣诧异自有道理，因碧芙楼名字虽起得风雅，听起来有点像卖荷花的，实际上不是卖荷花的，是四方城内一座有名的大赌坊。

经常有外国人千里迢迢跑来这里聚众赌博，本来这事是违法的，但国际友人没事儿就往这跑，无意间竟带动当地旅游业迅猛发展，这是多么纠结的一件事。

祖宗之法诚可贵，挡着赚钱就该废。政府花很长时间来琢磨这个事，看怎么才能既出墙又立牌坊，最后加大改革力度，干脆把聚众赌博做成一个产业。各大中小赌坊在国家鼓励下自相残杀，三年后只剩碧芙楼一家独大，正当老板觉得可以笑傲江湖，哪晓得被强行以成本价卖给国家……

我大约明白莺哥为什么想去碧芙楼，做廷尉府杀手时，容浔主张杀手们应该修身养性，戒骄戒躁、戒痴妄、戒贪欲，赌是贪欲，加上暗杀对象没一个是好赌之人，导致莺哥在十丈红尘摸爬滚打二十年，一次也没去过集世间贪欲之大成的赌坊。

看着前方缓慢前行的雍容身影，我忍不住对慕言道："容垣他其实也晓得莺哥身体好，还给她穿那么多，裹得像个粽子，要是有刺客，怎么使刀？指望她圆滚滚地滚过去把刺客压死吗？"

慕言停下脚步，竟然难得的没有立刻反驳，反而认真想了想："男人大多如此，爱上的姑娘再要强，也不过是个姑娘，总还是希望免她受惊受苦，要亲眼看着她衣食丰足快乐无忧才能安心。"

胸膛里猛地一跳，我看向一旁："你能这么想，以后嫁你的姑娘一定有福气。"但我注定不能成为这个有福气的姑娘。

他竟然一本正经点头，目光扫过来，似笑非笑看着我："对，嫁给我有很多好处。"

心中更加沮丧，我不能成为那个嫁他的姑娘，也不希望任何人成为。甚至有一点恶毒地想，这个人不能爱我，干脆让他不要爱上任何人好了。或者干脆让他去爱男人好了。

玄武街上，碧芙楼飞檐翘角，气派非凡，一切格局都仿造政府办公楼，将左边城里最大的酒楼和右边城里最大的青楼统统比下去。

进入其中，看到斗鸡走狗、麻将围棋、六博蹴鞠，名目繁多，仿佛天下赌戏尽在此地，难怪好赌之人没事就往这儿跑。

但传说碧芙楼这个地方没有赌徒，只有赌客，因一切被称为什么徒的东西都不是好东西,比如歹徒,但歹客你就不知道是什么东西。

碧芙楼的赌客皆是富家子,一掷千金,输赢俱以千金起,想来莺哥今日要坐上赌桌是没戏了,不是特地为赌,哪个神经病会揣着千金的银票去逛街。场中数玩儿六博的桌子前围人最多,莺哥缓走两步亦围到桌前,容垣随后。

乍看莺哥身后的白衣公子一身不显山露水的富贵,小二乐颠乐颠跑来低眉顺眼地撺掇,说场子里那位锦衣公子是玩儿六博棋的高手高手高高手,在碧芙楼玩儿了三年,从没失过手,若是容垣有意,他倒可以牵线促成这一战。

说了半天看容垣没什么反应,出于一种不知道什么样的心态,小二开始大夸特夸那锦衣公子如何神秘,说谁都不知道他的名字,更不知他身份背景,只知他老家在楼国新良地区,因长年只玩儿六博,所以人们就亲切而不失礼貌地称呼他为新良博客……

小二又说了半天,容垣还是毫无动静,好在终于打动一旁的莺哥,那一双浓黑的眸子轻飘飘盹过来:"这倒挺有趣,陛……夫君的六博棋也玩儿得好,何不下场试试,兴许真能赢过他?"

容垣低头看她一眼:"兴许?"顿了顿:"没带钱。"

小二:"……"

场中新良博客的骄棋吃掉对方三枚黑子,胜负已定,围观群众发出一阵毫无悬念的唏嘘,才说了自己没钱的容垣待输掉那人起身后却不动声色地接了人家的位子。对面的新良博客愣了愣:"今日十五,十五小可只对三场,三场已满,恕不能奉陪了。"

容垣玩儿着手上的白子,容色淡然:"听说你三年没失过手。我能赢你,我夫人却不相信,今日应下这战局,你要多大的赌筹都无妨。"

被人们亲切而不失礼貌地尊称为新良博客的青年露出惊讶神色,目光落在容垣身后,哧笑道:"阁下好大的口气,既要小可破这个规矩,今日这一局,也不妨赌得大些。小可压上小可之妻来赌这一把,阁下也压上身后的这位夫人,如何?"

莺哥原本红润的脸色瞬间煞白。我知道那是为什么。

寂静从六博棋桌开始蔓延,大张大合,楼内一时无声。容垣指间的白子哒一声敲在花梨木棋桌上,声音没什么起伏:"换个赌注。"

青年露出玩味神色:"阁下方才不是斩钉截铁这一局定能赢过小可?既是如此,暂且委屈一下尊夫人有何不可?"

容垣手中的棋子无声裂成四块,他面无表情将手摊开,像刀口切过的两道断痕:"我前一刻还想好好珍惜它,后一刻却将它捏碎了,可见世上从无绝对之事。既是如此,拿所爱之人冒这样的险。"顿了顿:"就未免儿戏。"

还没恢复过来的莺哥猛然抬起头来，却正迎上容垣抬手扔过来的长刀，刀柄嵌了枚巨大的蓝色玉石，那通透的质地流转的光晕，不晓得开多少座山才能采出这么一粒。只是刹那的相对，他已转身："将这刀拿给老板，找他换十万银票。"

前两句话是对莺哥，后两句话是对对面的青年，"你若还想用妻子做赌注，随你，但也不能叫你吃亏，这一局，我便压上十万金铢。"

容垣语毕，连缓冲的时间都没有，碧芙楼已闹成一片，面对这建楼以来最豪的一场豪赌，大家都不想错失围观机遇。

隔得近的本来还打算闲庭信步地走过去，走到一半突然感到身边刮起一阵飓风，定睛一看原来是隔壁打麻将的小子狂奔而去，危机感顿生，骂了声娘也开始狂奔，六博棋局连同对棋的容垣和博客兄被里三层外三层围得严严实实，碧芙楼彻底乱成一团。

再也没有比混乱人群更好的掩护，我想，这正是逃走的好时候，也许容垣故意给莺哥一个机会容她离开。这简直是一定的。他本来可以直接拿那把刀赌博客兄的美人，却非要她去换什么银票，要不就是主动放水，要不就是脑子进水，真是想找点其他的理由来通融都找不到。

无论如何，莺哥把握住了这个机会。要在这样的乱世找到一人同行，是可遇不可求的一件事，也许容垣终于发现莺哥不是那个对的人，她已经过够了笼中鸟的生活，她一直想逃。一直。

二楼较一楼空旷许多，慕言找了个位子，正好可以俯视容垣和博客兄的赌局。未几，碧芙楼的老板捏了沓银票哆嗦着分开人墙到棋桌旁，弓着腰像捧圣物一样将换来的银票捧给容垣。

容垣握着骰子的手停在半空："我夫人呢？"老板抹着额上的冷汗说不出个所以然。半晌，容垣毫无预兆地放下骰子："我输了。"棋面上黑白两子明明战得正酣，对面博客兄不可置信地瞪大眼，许久，咬牙道："阁下这是，什么意思？"

一旁的老板惊得一跳，赶紧奔过去圆场："那位公子不想赌就不赌了，您白白赢十万银票，您也是咱们楼里的常客，都是老交情了，不要让老朽难做啊。"

我想容垣说的不只是这局棋，他给她机会离开，却也希望她不要离开，就如我明知再这样跟着慕言只会越来越舍不得他，一个亡魂，纵容自己对这世间的执念越来越深，离别时会有多痛只有自己明白，就像一场无望的赌局，就像容垣此刻心情。

围观人群作鸟兽散，看表情也不是不遗憾，但估计已猜出容垣是某个高官，只好忍了。本以为这场赌局会演出与它赌注相匹配的精彩，想不到会是这样结束。

年轻的国君沉默坐在棋桌前，一粒白子停在指间，瞬间化作雪白齑粉，顺着手指缓缓滑落，良久，站起身来，神色平静得仿佛无事发生，仿佛今日从头到尾只他一人，心血来潮来到这个地方，心血来潮赌了半局棋，心满意足地一个人回王宫去。碧芙楼前一派繁华街景，他站在台阶上呆愣许久，背影孤单，却像从来就这样孤单，衬着繁华三千也没有产生多少违和感。

一个卖糖葫芦的从眼前走过，他叫住他，金铢已经掏出来了，却突然想起什么似的又收了回去："不买了。"

背后蓦然响起女子柔柔的笑声："为什么不买了？我想吃。"

容垣身子一僵，保持着把钱往袖子里揣的姿势半天没反应。我也半天没反应。

慕言收起扇子低头看我，斟酌道："容垣他情之所至，没发现莺哥姑娘一直都站在二楼就算了，不要告诉我你也没发现。她甚至……就站在你旁边。"

我着实没有发现。

他轻笑一声，哗啦打开扇子："果然。"

我被他嘲笑的模样激怒."我 我也情之所至啊。"

慕言："……"

我是说真的，可他不相信，以为我在强辩，看着容垣，就好像看到我自己，他永远不会明白，其实也不需要他明白。我安慰自己，阿蓁，不要难过，他不明白是好事，这世间有不可废的方圆规矩，活人有活人的世界，死者有死者的，能够多看他两眼就很好了，贪求太多不是好事。

一身紫缎披风的莺哥就站在容垣身后五步，一回头就能看到的距离，他却迟迟没有回头。像蓦然从繁华街市劈出来这一方天地，来往行人皆是背景，时光都悄然停止。还是卖糖葫芦的小哥率先打破难言静寂，看看莺哥又看看容垣："公子是要啊还是不要啊？"

莺哥上前两步挑了串最大的："要，怎么不要。"小哥挠挠头："那是谁付钱啊？"

漆黑的眸子漾起一层涟漪，波光粼粼看向一旁的容垣："愣着做什么，付钱啊。"她眼中有万般光彩，像她十五六岁最好的年华，手中还未沾上人命，本就是顶尖的美人胚子，特别是那双眼睛，一颦一笑都是风情。

小哥得了赏钱蹦蹦跳跳跑出我们的视线，北风渐起，容垣终于回过头，没什么表情的英俊的脸，抬手帮她拢起耳旁两丝乱发，动作一丝不苟，半点失态都无："去哪儿了？"我想这家伙真是太能装了。

莺哥眼里噙着笑："人太多，懒得挤进去，就在楼上看。为什么半途认输，输那么多钱，还不如赏给我。"

容垣耳根处泛出一丝红意，却仍绷着脸："不想赌就不赌了，倒是你，要那么多钱是要做什么，宫里的月钱不够用吗？"

她看他一眼，往右旁无人的巷子里走去，语声里带了难得的恼意："原来陛下也知道今日所输是个大数目，寻常人家里，丈夫输了钱，妻子唠叨两句再平常不过。"回头瞪他一眼："何况你还输了这么多。"

容垣耳根处红意更盛，脸也绷得更加冷："那你是想我赢了把那人的妻子领回宫中与你姐妹相称？"

我无声地伸手抚额，这家伙还能更装一点吗，明明心情激动得耳根都红了。而且可以看出这是个一激动就乱说话的人，这句话明显说得不合时宜。

莺哥神色果然冷下来，淡淡地："陛下若有这个意思，便是她的福分……"

话未毕却被容垣逼到墙角。有日光洒下来，被风吹得破碎，他皱眉抬起她的头："那你呢，到我身边来，你可觉得是福分？"

她看着他，似想在眼角牵出一个笑，像她时常做的那样，一半真心一半假意，无懈可击。他的唇却及时吻上她欲笑的双眼："你可知道，君王之爱是什么？"

她没半分犹豫："雨露均撒，泽被苍生。"

他放开她双眼，看着她强作镇定却不能不嫣红的双颊，手抚上她鬓发："我和他们不一样。"

我不知莺哥是否爱上容垣，只知道这样大好的一个逃跑机会，容垣默许的一个逃跑机会，她自己放弃了。

冬日天高风急，四方城如一只巨大的兽，蛰伏于郑国最肥沃的一方土地。

年末正好有几天宜婚嫁的好日子，老丞相嫁女，虎贲将军续弦，少府卿纳第九房妾侍，诸多好事都撞到一起，连同廷尉大人娶妻。这件事简直没有悬念，容浔娶妻，要娶的自然是花大力气保下的锦雀。

当然，此时锦雀不是锦雀，是莺哥、十三月，本来身份够不上做容浔的正室，但政府系统的皆知十三月有个妹妹，不久前入了郑宫封了如夫人。

四方城内喜气洋洋，在这个笑贫不笑娼的年代，只要身份对等，其他所有问题好像都不是问题，至少除了我以外，还真是没看出有谁在纠结容垣和容浔是亲叔侄、莺哥和锦雀是亲姐妹、以后彼此见面大家将如何打招呼这个问题。

妹妹出嫁，虽然只是从廷尉府的清池居嫁到廷尉府的清影居，姐姐也该前去观礼。因是亲上加亲的一门亲事，不仅莺哥去，容垣也去。

厅堂高阔，处处贴了大红喜字，容浔一身喜服，修眉凤目，芝兰玉树般侍立于高位之侧，敬等容垣入座。

朝臣跪于厅道两旁，容垣一身宝蓝朝服，目光在容浔脸上顿了顿，携着莺哥坐上空待已久的尊位，落座时淡淡道："成婚后也让十三月常入宫陪锦雀说说话，她一个人在宫里，难免发闷。"

容浔抬头，目光对上莺哥端严的妆容，愣了愣。不知此刻他心中做何感想，也许根本没有感想，就像重新面对从前抛弃的一只猫狗。这是莺哥入宫后两人初次重逢，却在这样的地方，这样的时候。

她十指纤纤接过侍女递过的茶盏，微微翻开的掌心里，再看不到一个刀茧，垂头吹起浮于水上的茶末，声音放得柔柔的："曦和成天在跟前晃悠，哪里会闷。"

容垣微微侧目："口是心非。"

施了胭脂的脸颊浮上一层恼意，被杯子挡住一半，眸子眄过去，狠狠瞪他一眼。

两步开外的容浔狭长眼眸闪过难辨神色，细看时，已微微垂了头。不知那难辨的是什么，若不是我观察入微也发现不了。

在场各位没谁觉得不妥，可能都没有看到，总不能要求大家都像我一样眼睛瞪得老大一动不动研究容浔面部表情，虽然大多数姑娘都想这么做，能做得出这种事的还真没有几个。容浔似乎是天生偏爱紫色，其实他更衬像喜服这种比血还艳上几分的大红。

锦雀尚未进容家的门，这个人却已做得好似真正的一家人，再抬头时神情一如最初，看起来专注，背后暗含多少冷漠疏离。他望着她，缓缓地说："前几日月娘大病了一场，是以未去宫中探望夫人，离吉时还早，夫人若无事，可去清池居，同月娘她说些体己话。"

她从容放下茶盏，目光扫过他大红喜服，展颜一笑，已不是过去任他几句话就能伤得体无完肤："陛下今日有些伤寒，旁人拿捏不住准头，还是我在一旁随侍着才放心。过几日除夕家宴，自有说体己话的时候。"

他眼中亮起一丝寒芒，唇角却牵出诚恳的笑："也好。"

一旁的容垣微微皱眉，将茶盏推给莺哥："让他们换一杯，烫。"

做国君的不易，不易在既不能让手下没有想法，也不能让手下太有想法，前者是庸君，后者是昏君，最后都是被篡位的命。

除此之外，稍微有点智商的国君，还要忍受底下人对自己全面剖析，连今晚睡哪个女人都够手下和手下的手下们分析半天，搞不好你睡都睡完了他们还没分析完，这一点也挺讨厌。

前面特地提到容浔娶妻这一日是个大吉日，虎贲将军也娶，少府卿也娶，为了不让底下人想太多，容垣既来捧了容浔的场子，就不能不再去捧捧虎贲将军的，捧捧少府卿的。莺哥倒是不用去，被留在廷尉府主持大局，即便想早点抽身也不能，这行为已从普通的社会行为上升为政治行为，稍不留神就能捅出篓子，保守做法是忍了。

就像十六岁那年唐国二公子前来求婚，想不到是个恋童癖，看他对着我五岁的画像口水滴答的模样，虽然很想踩他两脚再使劲碾两下，考虑到邦交问题，我默默地忍了。

照锦雀不管不顾的性子，本以为婚事中途会变得难搞，比如喜堂上她突然一把扯掉盖头扑上去抱住莺哥的腿痛哭什么的，出乎意料的是，什么都没有发生。

托了吉日的福，一切都很顺利，新郎风流俊朗，新娘柔婉恬静，一对新人两只手在莺哥面前紧紧交握，一拜天地二拜高堂夫妻对拜，唢呐声声。

座上的郑侯夫人将笑意敛在眼底，在朝臣们偶尔响起的恭贺声中微微绽开，像一朵饮足阳光的冬日葵，你猜不出什么时候是真正的盛开，什么时候不是，就像她十一岁之后在刀锋血雨里渐渐学会的，一半真心一半假意。容浔的目光牢牢定在这张妆容端严的面庞上，似乎想看出点什么，我循着他的目光望过去，看到的和旁人所见也没什么不同。

只要不出廷尉府，要找到独处机会就没有难度。远方重云朵朵，化作细雪飘落大地，擦过枯木古藤，发出簌簌清响，林中白梅盛开，一团一团挤在枝头，寒风里瑟瑟发抖。

莺哥一身紫衣，婷婷立在白梅下，泼墨青丝长可及地，额间碧玉沾了细雪，微抿住唇角回头，连我这种见惯美人的都有点把持不住，急忙看向慕言，盯了他半盏茶，想看出有没有什么迷恋神色，但有点不好判断。脚步声渐行渐近，空旷梅林里莺哥的声音缓缓响起："大人邀锦雀来此，不知何故？"

脚步声停下，大红喜服的男子撑了把素色的油纸伞，定定立在簌簌飘落的细雪中："莺哥……"

紫衣女子浓丽眉目间酝出疑惑神色："大人……可是认错人了？"

唇间抿出一丝笑来，固执道："锦雀，锦绣良缘的锦，杨雀衔环的雀，郑侯的第九位如夫人。大人口中的莺哥，死在四月前，生在四月前，我不是莺哥，大人今日娶的姑娘，才叫莺哥。"

远方山岚寂静，细雪簌簌，他站在她身前五步，唇动了动，却未说话，良久，从怀中取出一只奇形怪状的瓷杯，杯上的白釉上得莹润剔透，沿着杯壁却裂开好几道纹路，看得出来是打碎后被重新修补过。

他看着她，眸色深沉，似一摊化不开的浓墨："我在清池居看到这个，听说，是你要送给我的礼物？"

她伸手取过："哦？让我看看。"手一松，杯子啪一声跌落在地，正扣在脚下一块方石上，摔得一塌糊涂。

他看着她:"你恨我。"

她不顾君王夫人的仪态,蹲下身研究这一地碎片,半晌,突兀地笑了一声:"这杯子,我从赵国百里加急带回来,想送给你,就怕赶不上你的生辰,原本手上有道伤,大夫让先好好治,治好再回去也不迟,怎么会不迟,那时可真傻,想着你一年只有这么一个生辰,没想到我回去得那么早,还是迟了。我将你看得太高,高得一定要好好珍重仔细对待,其实,你根本就不需要我珍重爱惜,在你眼中,我只是个工具啊。"

她抬手抚上湿润鬓发,笑意半真半假,"我信守承诺为你完成了这最后的一件事,让你今日能如愿娶到锦雀,我不欠你了。执念太深就易伤。你说,是不是?"

素色油纸伞微微颤抖,梅林静寂空旷,只能听到细雪敲打伞面,像谁光着脚踩在秋日的枯叶上。他伸出手想将她拉起来,她却自己站起。

他的声音在伞下低低响起:"是我负了你。"

她点头:"是你负了我。你和锦雀,你们负了我。"

油纸伞滑落在地,他没有弯腰拾起,眼底浮出柔软情愫,我想我不会看错,但愿我没有看错,那样的神色,就像她十五岁那个黎明,在那片摇曳的竹林里他陪着她练刀,那时她还是个孩子,惧怕打雷,会晕血,他常含笑看她,脸上是真心的温柔。

"我负了你,恨着我,也是好的。"

有些女人向往嫁杀手为妻,因想法浪漫不着边际,自以为杀手好酷,嫁给杀手也好酷,嫁过去才发现好残酷。

打死一个杀手容易,打动一个杀手太难。他们的人生是在悬崖上走钢丝,危机感强烈,安全感没有,对外界的态度也基本朝抗拒发展,偶尔还会反社会。

我知道怎样让一个杀手动容,就是把你的命给她。这结论绝对有强大的逻辑基础,你想,这些人看惯生死沉浮,最能了解面对死亡时人性的自私怯懦,只要有命在,什么都不重要了,哪怕是个抠门抠得不行的守财奴,你问他要钱还是要命他也是回答能不能又要钱又要命,不会说我要钱我只要钱你一刀杀了我吧。

办事情就要投其所好,倘若你能把命都给她,不要说一个杀手,一个刺客,就算是个刺猬它也能顷刻感动成绕指柔。我不知容垣是否明白,但不管明不明白,当除夕那夜王宫里一头巨大的成年雪豹发狂冲向莺哥时,他不是率先闪到一边,而是迎着雪豹将正要作出反应的莺哥一把拉过去护在了身后。

容垣的刀术大郑第一,民间形容郑侯刀法之快如风驰电掣,根本看不清招式,寒光一闪刀已回鞘,被砍的人至少要等他转身离开才反应得出自己是被砍了……按理说这样快的刀法,斩杀一两头雪豹不在话下,尴尬就尴尬在此时除夕家宴,容垣并未佩刀,身体的反应再敏捷,怀中抱了一个人,就大大降低闪躲速度。

原本雪豹捕猎的动作就很迅猛,发狂之后更是将这种迅猛发挥到极致,扬起的利爪狠狠擦过容垣毫无防备的左肩,在席的七位夫人同声尖叫,与此同时,趁着雪豹爪子往回收那微微一顿,冲上来的侍卫终于将刀子顺利刺中这畜生的后膛。雪豹痛得哀叫一声,扑上去一口咬掉那侍卫的半条胳膊。所幸其他的侍卫们反应不差,眨眼已严严实实排成一堵人墙,护在受伤的容垣身前。可哪晓得雪豹中刀后愈加狂性大发,迎上去的侍卫或死或伤,转瞬就倒下好几个。

莺哥脸色发白,劈手抢过近旁侍卫手中钢刀,容垣皱紧眉头,侧身以巧力夺过她才到手不久的长刀,反手将她一把推到赶来帮忙的容浔怀中。

宫灯十里,繁花万重,冬日里难得的佳景,却在顷刻间灯染了剑影花惹了血腥,年轻的郑侯在泠泠月色下从容持刀,身法快似陨星坠落,刀光所过处扬起喷薄血雾,奋力挣扎的雪豹轰然倒塌,头颅似一颗断离枝头的绣球花,落地时还滚了几滚。

庭中一时寂静,莺哥的唇颤了颤,一把推开容浔,拖着繁复长裙三步并做两步踉跄至提刀的容垣身侧,手伸出来要抚上他受伤的肩背,却像受了极大惊吓。乌黑血迹漫过月白常服,他神色如常,微微皱眉看着她,不悦道:"刀抢得那么快做什么。"顿了顿:"这种时候,你只需要站在我身后就可以了。"

她却不能言语,脸色愈加苍白,唇颤得厉害,紧紧抱住他的手臂,仿佛他一切坚强模样都是逞强,下一刻就要倒下离她而去。

"毒,那雪豹的爪子,有毒。"

事实证明容垣果然是逞强,且将这股意志彻头彻尾贯彻下去,直到老医正匆匆赶来才露出马脚,昏倒那一刻被莺哥紧紧抱住十指,长刀落地。她扶着他滑倒的身子跪在赤红的雪地里,神色茫然望着他肩部越染越厚的血渍,望着他紧闭的双眼和渐呈青灰的面色,紫白的嘴唇哆嗦着凑过去,贴住他一激动就泛红的耳尖,轻轻地说:"你死了,我就来陪你。"

近旁容浔猛地抬头,目光和紧紧搂住容垣的莺哥相对,顺着那个视角看过去,紫衣女子杏子般的眼睛里一片漆黑,月光照进去,一丝亮色也无。

容垣的确中了毒,虽然我相信有很多人希望他就此一死了之,但毕竟不是什么见血封喉的剧毒,尽管规格比耗子药要高出很多,在抢救及时的情况下,也不能发挥出比毒死一只耗子更大的功效。

莺哥在清凉殿不眠不休守了三夜,容垣终于醒来,尽管脸色还是虚弱的苍白,漆黑的眸子里却透出异样颜彩。他披衣靠在床沿定定看着端了药汤的莺哥:"那时候,你说的什么?"

她低头端起药碗小心抿一口，勺子送到他嘴边："先喝药，不烫了。"

他垂眼："不喝。"

她面上浮起一层恼意，勺子送也不是不送也不是，默默看他半天，慢吞吞从袖子里取出一枚骰子："喏，这个，给你。"

他看她一眼，举起骰子在灯下细细端详："玲珑骰子安红豆……"良久，收起骰子，一贯冷淡的眉眼暗含笑意："你送我骰子做什么？"

她抬头狠狠瞪他一眼，"你不知道？"

他从容摇头："我不知道。"

她扑上去捏住他的脸，鼻尖抵着鼻尖："你不知道？"

他握住她的手，抬头看她："还没人敢对我这样，这可是欺君，等我好起来……"

她偏头笑着看他，颊边泛起红云，像千万朵凋零的春花重回枝头："等你好起来，要怎么？"

他没说话，静静地看着她。

她滑下去伏在他膝头，安心似地叹息："我等你好起来，快点好起来。"

玲珑骰子安红豆，相思红豆，入骨相思君知否。

而后一切，正如慕言所说，莺哥与容垣相守三年，宠冠郑宫，更在第二年春时被封为正夫人。我不知这世间是否有真情永恒，或许正如慕言所说，一段情，只有在它最美丽时摧毁才能永恒，如那时的沈岸和宋凝。

郑史未曾记载的那一页，是大郑宫里尘封的秘密。容垣昭告天下紫月夫人病逝，从知晓莺哥身份那一刻我们就知道另有隐情，却没想到隐情只是一个国君的自尊。

景侯十年，莺哥入宫李代桃僵之事被揭穿，容垣震怒。莺哥被罚在庭华山思过十年，十年不得下山。

庭华山挨着赵郑接壤处，位于重山密林中，是郑国圣山，传说因是王室崇奉的一位女神所化，男子不得攀爬，即便是女子，也必得经王室许可，违者族诛。

这一年，莺哥二十三岁，她骗他三年，他便将她仅剩的十年青春埋葬在这座与世隔绝的深山。侍卫们将她从溶月宫中绑出来，她想再见他一面也是不能。

被困在庭华山的前两个月，她日日想的都是如何破掉山中的阵法下山，终于遍体鳞伤地闯出那片山林，日夜兼程赶赴王宫，听到的却是自己病逝的消息，以及他的第六位夫人，如夫人红珠有孕了。

她身上带伤，耽误行程，才走到一半就被赶来的侍卫拦住。街市荒凉，天上一钩新月，几点残星，本该远在千里的容垣抬手掀起轿帘，月光照下来，现出隐含风雪的一张脸。

刀尖点地，她一步一步走到他面前，像风中飘零的落花，身后一串长长血印。她抬头看他，眼中一层细密的水雾，嗓音哑哑的："那时候你告诉我，你和他们不一样，你忘记了吗？"

他将她的手拿开，她急切地握住他的袖子："还有我送给你的骰子，你不是日日带在身边么，你……"

他打断她的话，从袖子里取出一枚象牙制的骨骰，指腹微一用力，雪白粉末如沙一般滑落："你说的，是这个？"

她不可置信地望向他，眼中水雾愈盛，却在汇成珠子前硬逼回去，嘴唇动了动，良久，才发出声音："其实，你早就知道我不是锦雀了对不对？找到这样的理由囚禁我。"突兀地笑了一声，"是厌倦我了对不对？"

她抬手蒙上自己双眼，像是不在乎地懊恼，双颊却逸出泪痕："我怎么就相信你了呢，你们这样的贵族，哪里能懂得人心的可贵。"

四下无声，她慢吞吞放下手，连鼻头都泛红，眼角还是湿润，眼睛却执拗地睁得大大的："听说红珠夫人有孕了，恭喜。"骨骰毁掉的细粉被风吹得扬起来，在暗夜里织出一幅薄纱，容垣的手一顿，抬头看着她，深如古潭的一双眸子悠悠的，如暮春天际寒星。

两人情谊还在的时候，容垣常指点莺哥刀法，姐姐曾是容浔的护卫，妹妹会刀术也没什么奇怪，但指点归指点，从未真正和莺哥打一场。唯一的这一场却是决裂之后的这个夜晚。千万朵樱花散落在他凛然刀光下，随风飘飞，他将她反剪了双手推给侍卫们："未将夫人顺利送到，便提头来见孤。"

那是他们最后一次相见。

庭华山终年寂静，哪怕人间处处烽烟，唯有此处被世人遗忘，春时莺啼婉转，夏日绿树成荫，秋时红叶依依，冬日细雪不止。莺哥再未主动提及容垣，也没再尝试破阵出山。三年间郑国可谓风云变幻，却没有一丝消息传入山中。

三年后，照看莺哥的老嬷嬷病重将逝，病榻前握住莺哥的手，浑浊双眼流下两行清泪："陛下命老婢照看夫人十年，如今，老婢却是要负陛下嘱托了，夫人对陛下有怨，可两年前陛下便病逝归天，对已死之人，什么样的恨，都该化为尘土了。陛下，陛下望夫人能好好活下去，这番话本应十年后再转告夫人，老婢命薄，陪不了夫人那么久了。夫人思过三年，其实本无过错，但这三年千日，世间万般，夫人该是，都看开了罢？"

夜风过窗吹熄灯烛，半晌，莺哥的声音空荡荡响起，散在风里："你刚才，说的什么？容垣他，怎么了？"

事实证明莺哥并没有看开，若是看开就该常伴青灯终老庭华山，而不是奋力破阵誓为当年事追个结局。可见这个老嬷嬷并不了解她，她一生都活得清醒，习惯这样的活法，不知道糊涂是福，人不该和自己较劲。

　　可出山也没有盘缠，从没听说过谁思过还带着一大堆金银财宝，即便是那些锦衣华服玉饰金钗，是容垣送的，就不能随便拿出去当了，只好重操旧业，一边杀人赚盘缠一边寻找容垣。

　　这世间有多少人有杀人的心却无杀人的本事，好在有的是钱。我同莺哥第一次见面，她说她不相信容垣已经死了，看来是真的不想相信。

　　这就是她的梦，梦到此处又重头来过，将所有过往再次回放，沉在这样的虚幻中不能自拔，反反复复没有止境。我终于明白她想要什么，她想要容垣，即便他将她锁在深山，她还是想要他。

　　若他没死，于她而言不过一个负心人，三年、五年、七年，总有一天能够忘怀，可人都说他死了，留下一团又一团迷雾，而在死亡之后，最后的决裂化作梦幻泡影，连那些刻意说来让彼此难受的狠心话都失了怨毒带了哀伤，就像回忆一棵被砍伐的树，只记得它绿叶满枝的胜景，拒绝想起冬日里枯萎的颓败。

　　可越是害怕越不能害怕，因身后再没有一个人能握住自己的手。她说她不相信他死了，说得削金断玉斩钉截铁，心中却在恐惧挣扎，这就是日有所思夜有所梦。梦是人心欲望，人在脆弱时，最难敌的就是心中欲望，她迟迟不能醒过来，因敌人不是别人，是她自己。

　　慕言有一搭没一搭地敲着扇子："如何带她出去，可想出法子了？"

　　他问得正是时候，我刚要发表想法，半空突然传来滚滚惊雷，像是九天之上天河泛滥，转眼便落起倾盆大雨，雨水寻着雷声间隙劈开浓密云层倾泻直下，破天的水幕层层笼住夜幕里的四方城。

　　远方传来不知名咆哮，紧闭的城门豁然大开，比城门还高的巨浪迎着城墙径直扑进来，像一头猛兽，贪心地张开血盆大口。还以为这次这个梦会比较平和，没想到危险的一刻还是来临。洪水对我无用，我又不用呼吸，只要胸中鲛珠不受损就没问题，可慕言不一样，他是个活人。我脑中一片空白，洪水来势如此凶猛，容不得人做出反应齐头的浪花就打过来。

　　为什么要将他带入莺哥的梦境，若他果真死了……浑浊水浪瞬间淹没头顶，我想紧紧抱住他，可什么都看不到。身子被往后一拖，一口水趁机扑进喉咙，鲛珠在胸膛里怦怦直跳，就像一颗真正的心脏，活的心脏。我想，这一定是慕言，除了他再没别的可能，伸手想攀住他，手伸出去时被紧紧握住，脸颊贴到什么温软物什，伸出还空着的那只手抚摸，摸到水中他高挺鼻梁柔软嘴唇。这的确是

147

他,他在我身边。

慕言会水,即便带着我这个拖油瓶,凫水也凫得很好,可巨浪一层一层打过来,最好的水手也吃不消,何况他只是个业余的。

这无声的世界里,渐渐适应也勉强能视物,久久不能换气,想必给慕言造成巨大负担,我伸手捧住他的脸,隔着水幕也能看到他瞬间诧异的神色,这是我一直想描绘的眉眼,一直想亲上去的双唇。

嘴唇印上去时不知他表情如何,隔得那样近又怎能看清表情。我是要在水中为他渡气,却不知该如何撬开他牙关,这些事情师父没有教过我,君玮那些小说里也从没有写过,能够使用的只有舌头,但要一边贴住他嘴唇防止河水呛进去一边用舌头顶开他牙齿就有点困难。

我们保持嘴唇贴合的姿势,水浪晃得人一阵一阵恍惚,他一手揽住我的腰,身体贴得更近,微微松开齿关,这正是好机会,我紧紧抓住他肩膀,将嘴唇贴得更紧,胸中生气顺着紧贴的双唇逸到他口中,他双眼蓦然睁大,这样多的生气其实已经足够,可我舍不得离开,以后再没有这样的机会。

水里其实也有好处,大家都屏住呼吸,隔得这样近相互亲吻,他也不会发现我是个死人。虽然其实这根本就不是个吻,但我可以假装它是。

我爱上的这个人着实强大,但在这样的时刻也需要我来保护,我会将他保护得好好的,不受半点伤害,尽管他陷入此种险境也是我害的……

水势渐渐小下去时我们抓到一块浮木,慕言将我抱上去,放眼四望,真是一片梦里水乡。这样也不是办法,根本看不到莺哥在哪里,即使想出带她出梦的法子也无法实施。

但转念一想,这是她的梦,梦中一切都是她潜意识里创造的,她是这梦里的一切,就如同我所创造的华胥之境,虽然看不见,但处处都该有她的意识……我想我终于明白,垂头看向浮木下的洪水,说出早该说出的话:"容垣没有死,他在等你,我知道他在哪里,你要不要,同我一起去?"

瓢泼落雨蓦然停止,我指着前方的一团光,正是从这梦境中走出的结梦梁,缓缓道:"从那里出去,你能找到他。"

医馆中,莺哥终于模糊醒来,却神情恍惚,看了我们两眼,一句话也没说。她不会记得梦中发生了什么。因我和慕言一身湿衣,得先回房换套衣服,只得将老大夫从床上叫起来先行照看。东方熹微,隔着庭院四围的矮篱笆,可看到远方千里稻花。慕言笑了一声:"什么从那里出去你就能找到他,我还以为你从不说谎从不骗人。"

我小声争辩:"这又不是骗人,若是在梦中,穷尽一生她也不能找到他,在现实里，不管容垣是死是活，总有一天她能弄个明白。她活得清醒，不善自欺，也不愿别的什么来欺骗自己，哪怕只是个梦境。"

他打断我："那你呢？"

我摇摇头往前走："我从不做梦。"死人是不会做梦的，我连睡觉都不用，还做什么梦。

他顿了顿，没再继续那个话题，却换了个更要命的："方才在水中，你是在做什么？"

我顿时头皮发麻，转头强装镇定看着他："帮你渡气，你看，既然我会华胥引，总还是应该有这么一些别的异能……"

他含笑看我，却没再说别的什么，只是点点头："去换衣服吧。"

第六章

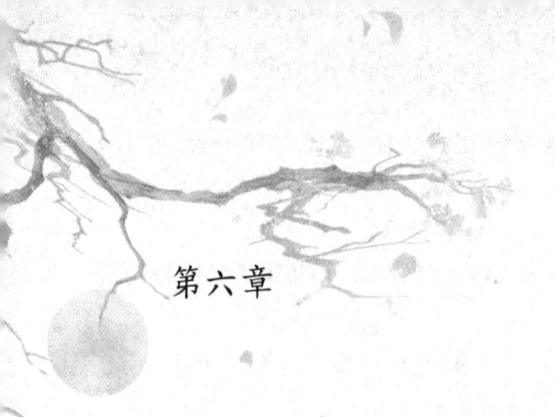

他离开她,手指却像是有意识地抚上她的眼,触到一丝水泽。她哭了。

莺哥不告而别。尽管医馆里的老大夫表现得很惊讶,但这事其实在意料之中,两天前方能下地时她便急着离开,只是身体比较虚弱,还没走到院门口就被风给吹倒了。

看着莺哥踉跄倒下时我就想,她只会休养到有足够的力气走出医馆大门,再不会多待一天。她想找到那个答案,一刻也等不得。果然,不到两天,她便留下药钱独自上路了。

我拿不准是否还要继续跟着莺哥,因真假月夫人之事已差不多解开,除了容垣到底死没死以外着实没有其他疑惑,可若是这桩事就这样结束,大约也意味着我同慕言的分别之期就快到来。

我不知道该怎样来挽回,我想同他待得更长久一些,或许他会不放心我一个小姑娘独自行路,至少会陪着我一起找到小黄和君玮?如果是这样的话,那要不要,给君玮写个信让他有多远躲多远,一辈子都不要被我们找到呢?

无论如何,还是打算先去探一下慕言的口风。

一路分花拂柳,可慕言不在房中,才想起半个时辰前看到有只通体雪白的传信鸽落在他窗前,料想应是出门会客了。我一边往外走一边忍不住琢磨,十三月这事,倘若容垣的确死了,那如传闻所说是病逝的概率会有多高?

历史上有太多这样的传说,好像花花世上只能有一种死法,但王宫这地方集结了全国最好的医师,能自然地因病而死着实难能可贵。若果真如慕言所说,平侯容浔即位是逼宫逼到手的而非景侯主动让贤,那半年后景侯的病逝说不定也大有文章。

我想起来,前朝宗室微弱,国祚不昌,诸侯并立,晋西国公子相宜木弑兄弑父而承爵位,为齐侯揭露,会盟天下诸侯共伐晋西,不出两月,晋西大败,国土四分五裂,最大的一块并入了齐国。

若我是男子,会这样能打探旁人私隐的华胥引,卫国又还没有灭亡,说不定也能在这片广袤大陆上重现晋西之祸,说不定卫国不会亡,还能福祚绵延个几年。

曾经我想力挽狂澜,没有碰到对的时间。这挥之不去的想法让我有点惶惑,终于明白为什么以生者之躯修习华胥引的前辈们没一个得到好下场,这秘术本身就是一种贪欲,最能迷惑人心,初始便埋下贪婪之花的种子,若学不会克制,终有一日会被心中开出的巨大花盏淹没。

就算我是个死人,都控制不住幻想着,拥有它,我其实可以得到什么,可归根结底,如今回头看郑国那场宫变,真相除了对还屹立在这块风雨飘摇的大陆上的诸侯国有价值,和我又有什么关系呢。

步出医馆,可见远山层叠,其实不晓得该上哪儿去找慕言,茫然片刻,决定沿街溜达。没有小黄作陪,略感寂寞,但如果有小黄作陪,那找到慕言它岂不是要妨碍我们独处,想想算了。

远方有暮云合璧,落日熔金,风里传来渔舟唱晚,小城一派宁静。走走停停,逛进一个古玩斋。我对所谓古玩其实不存在太大感情,应该说是对一切作古的东西都不存在感情,可此时眼睛瞟过一处,双腿却再不能动弹,那是一只通体莹润的、在微暗的暮色中仿佛发着光的、精致的透雕白玉簪。

站在柜台前呆看半晌,觉得这样不过瘾,摇醒一旁打瞌睡的老掌柜把簪子取出来,放在手心里又呆看半晌。

老掌柜笑眯眯地:"这簪子有两百年历史了,上好的玉,上好的雕工,昨日才收进来,姑娘一眼相中它也是缘分了,若真喜欢,三百金铢,老朽为姑娘包起来。"

我倒抽一口气,半天都没有缓过来,不要说三百金铢,就算他说只要一个铜锱我也买不起。可这簪子是这样适合慕言,让人爱不释手。

和慕言分离已经是注定的一件事,而再相逢却遥遥无期,前二十年他已经遇到许多姑娘,可我没有赶上,后二十年,再后来的二十年他还会遇到多少姑娘,光是想想都想不下去,我也不过是众多他所遇到的姑娘之一罢了,总有一天他会将我忘记,还不会主动再想起。

我将头埋在手心里,良久,抬头问一脸担忧的老掌柜:"我可以用什么东西来换你的这支簪子吗?"

他表情疑惑,答非所问道:"这簪子同姑娘有渊源?"

我摇摇头:"没渊源,只是我想得到它,把它送给,送给一个朋友,但又没钱,我想也许他也会喜欢这支簪子,会一辈子……"说到这里呆了呆,觉得慕言应该不会一辈子用同一根簪子,很不情愿地改口:"反正他戴着它的时候,应该就会记得我吧。"

老掌柜瞧了我许久:"那姑娘打算用什么来换这支簪子呢?"

我想了想:"你们这里收老虎不?四条腿,活的。"

"……"

最后我用一幅画买下了这支白玉簪,老掌柜还倒给了一百金铢,收画时笑道:"若不是知道不可能,老朽几乎要以为姑娘这画是文昌公主的真迹了。"

我愣了愣:"你真博学啊,不过,若是真迹,你看能值多少?"老掌柜摸着胡子继续笑眯眯:"不下万金。"我克制住了自己冲去对面博古架再搬几件古玩的冲动。但再想想,如今世间除了我以外,还有谁知道面前这幅隋远城的山水价值万金,而若我果真还活着,那画又怎能值得万金。叶蓁死了,叶蓁的画笔便也死了,即使我还在画,画出来的也不过赝品罢了。

走出古玩斋时,街上已是万家灯火,碰到出门买酒的医馆老大夫,从他处得知慕言进了谪仙楼。我以为是座酒楼,想正巧赶上晚饭,揣着簪子乐颠颠一路打听过去,走到门口,才发现是座青楼。

一时不知做何感想,毕竟从来没想过慕言会逛青楼,但总算比较镇定,通过贿赂来到高台上一处凉亭,看到一张七弦琴后坐着个姿容清丽的姑娘,而慕言正颇有闲情逸致地摆弄一套木鱼石的茶具。

亭子正中放了只小巧的红泥炉,炉子里炭火微蓝,想来燃的应是橄榄炭,我想到了一个名字,觉得脸色一定立刻白了下去,秦紫烟。想到这里原本兴师问罪的愤然顷刻烟消云散,若那女子果真是秦紫烟,我这时候过去能干什么呢?想象我一过去,慕言就非要跟我介绍她:"这是紫烟,来年我们便要成婚,届时请你吃酒。"我能想出的最克制的反应是冲过去掐死他和他同归于尽。抬脚准备沿路返回,抬头却发现亭中两人的目光齐齐聚在我身上,这是谪仙楼后院独出的一座高台,也就是说,四周没有任何可隐蔽之处。

我抬头瞪了慕言一眼,还是准备沿路返回,刚走出两步,听到他声音在背后慢悠悠响起:"连星姑娘烘焙的新茶,我正说煮一壶,既然来了,喝一杯再回去。"

我不晓得该不该过去,半天,还是磨磨蹭蹭走了过去,找了个离他们最远的位置坐下来,慕言看我一眼,低头继续专注于手中茶具,他摆弄什么都很有一套。

此刻暮色苍茫,凉亭的四个翘角各挂一只灯笼,前方谪仙楼里荡起轻浮歌声,有实在的金银,就能有实在的享乐,这真是世间最简单的一个地方。

但还有一个问题亟待解决,我偏头问坐在瑶琴背后的姑娘:"你真叫连星?"

姑娘没开口,接话的是慕言:"连星姑娘前日方从赵都黔城来隋远,要在这儿逗留两个月,拜在花魁梨云娘门下习舞。"

我瞪他一眼:"你们以前认识?"

他正提壶以第一泡茶水涮洗茶具，挨个儿点过盖碗、茶海、闻香杯、茶杯，手法漂亮，如行云流水："不认识，怎么？"

我绷紧脸："撒谎！"

他总算抬头："哦？我怎么撒谎了？"

我盯着他的脸，觉得这张脸着实好看，可怎么能骗人呢："你说她才来了两天，你也是第一次来隋远城，怎么就和她一起了？"

坐在近旁的连星似笑非笑开口："奴家从前确未见过慕公子，今日能同公子一叙，也不过缘分所致，和公子很有些，"说着笑睨了慕言一眼："投缘罢了。"

慕言赞同地点了点头："就是这样。"说完仍在那儿洗他的茶具，洗完突然想起似的问："吃过晚饭没有？"

有五个字可以形容此刻感觉，我要气死了。

他笑笑，转头吩咐那个连星："拿些吃的过来，看来她是肚子饿了。"

我磨磨牙齿，起身就走："你才饿了，你们全家都饿了。"

结果起得太猛，不小心踩到裙角，差点摔在泥炉子上，被他一把撑住："这又是要干什么？"

我抿住嘴唇，把眼泪逼回去："去散步！"

他将我放好："吃了晚饭再去。"

我推开他："不行，我习惯要吃晚饭前散步的。"

他皱眉："什么时候开始有这个习惯的？我怎么不知道？"

我咬咬牙："今天开始有的。"

"……"

走过老远，背后传来连星的轻笑："小姑娘好像气得不轻。"都怪我耳力太好，但同时又很想听听慕言的反应，竖起耳朵，却只听到轻飘飘一句："随她。"眼泪立刻就冒出来，我想，这个人也太讨厌了。

夜空亮起繁星，像开在漆黑天幕的花盏，我蹲在医馆后一个茅草亭中思考一些人生大事，湖风拂过，觉得有点冷，将手往袖子里缩了缩。

所谓知易行难，真是亘古不变的道理，好比我一直希望自己看开，而且不断暗示自己其实已经看开，事到临头发现看开看不开只在一念之间，而这一念实在变化多端。仰头望无边星空，仿佛能看到黑色流云，我叹了口气。

叹到一半，背后传来脚步声，不用回头也知道是慕言，我赶紧闭口，假装没有发现他，也绝不开口理他。他笑了一声，自顾自在我身旁坐下来："方才得了个有趣的消息，想不想听？"

我将头偏向一边："不想听。"

153

他把一个食盒放下来:"我还以为你会有兴趣。"顿了顿:"是关于景侯容垣的。"

我将头偏回来:"哦,那就姑且听听吧。"

我以为会听到容垣的下落,但只是有点吃惊地得知容垣抱恙禅位后,身边竟一直秘密地跟着药圣百里越,慕言握着扇子饶有兴味:"百里越是最后留在景侯身边的人,容垣是生是死,东山行宫里那场大火又是怎么回事,想必问问他就能晓得了。"

一些东西蓦然飘过脑际,我灵机一动道:"莫非莺哥来隋远城就是为了找百里越?百里越他,人在此处?"虽然知道君师父和百里越有交情,但也听说这位药圣向来行踪不定,倒是会找好地方避世隐居。

慕言含笑点头:"猜得不错,不只如此,平侯容浔之所以出现在我们坐的那艘船上,应该也是为了来隋远城寻找百里越。"

我有点惊讶:"他找百里越做什么?难道景侯果真没死,连他也不知容垣下落?"

慕言意味深长看了我一眼:"这倒没有听说,据我打探到的消息,说的是平侯宫中那位备受宠爱的月夫人莫名卒了,下葬之时平侯听信巫祝之言,说月夫人寿数未尽,还有救,于是遍天下地寻找名医,十几日前,打探到百里越隐在隋远城。"

我忍不住冷笑了一声:"他倒是有心,以王侯之尊亲自来求医,对锦雀倒是满满当当的情意。"话落地突然反应过来这个态度简直就像在心平气和同慕言谈心,赶紧抿住嘴唇,我还在生气,和他谈什么心,不管他说什么,就都没再答一句话。

他皱眉:"刚才还好好的,这是怎么了?"但我还是没有理他。

良久,他叹一口气:"肚子饿了就闹别扭?晚饭吃了吗?"结果他从始至终就觉得我是肚子饿了在闹别扭,我深吸一口气,转过头狠狠瞪他一眼:"老子不饿!不吃!"

他开食盒的手顿了一下:"什么?"

我正想气势汹汹地再重复一遍,嘴里突然被塞进一只个头顶大的饺子,他眯着眼睛看我:"刚才说什么?再说一遍。"

我被饺子呛住,心有余力不足,手忙脚乱要把嘴里的东西吐出来。他凉凉地:"敢吐出来试试。"我本来想试试就试试,结果背后突然什么鸟呱地叫了一声,惊得一下子把半口饺子全吞了下去,要张嘴说话,竹筷里又一只皮薄肉厚的饺子凑到嘴边:"街上给你买的翡翠水晶虾仁饺,喏,再吃一个。"

虽然刚才出了丑,但气势上绝不能被比下去,我恨恨将头偏向一边:"不吃,说了不吃就不吃,你烦人不烦人!"

竹筷在空中停了半晌，他收起筷子，声音漠然："好，我拿给旁人吃。"

我还在想刚才那句话是不是说得太过了，听到他的反应又觉得气得不行，本想克制住，实在克制不住，觉得眼眶都红了，想装出冷漠表情，没有那么好的演技，只能勉强压抑住哭腔："拿给旁人吃吧，拿给那个连星吃，她一定很感激你，吃完了饺子会给你弹好听的曲子，反正我什么都不会，勉强弹个琴还都会要人的命。"

我有点说不下去，袖子里就是给他买的簪子，花了那么大力气买的簪子，他却和别的姑娘花前月下眉来眼去。他还以为我生气就是肚子饿了。他不知道我这一生都不会再知道肚子饿是什么感觉。

慕言定定看着我，目光前所未有，若有所思得仿佛深潭落了月色，半晌，突然轻声道："阿拂你……"

我打断他的话："我长得不好看，又老是惹麻烦，反正十三月的事已经解决了，你明天就走，去找那个连星，别再跟着我。"

话说出来自己都吓一跳，不禁抖了抖。我怎么会想赶他走，而且他也没有惹过什么麻烦，话赶话说出这样的话，刺得自己心肝脾肺脏一阵一阵地疼，仿佛他也会跟着不好受，我本来应该什么疼都感受不到的。

他反而笑起来，不紧不慢地打开扇子："既然赶我走，那就把欠我的工钱先结清。"

我觉得糊涂："什么时候欠你工钱了？"

他撑着头："璧山重逢后我做了你十来天的护卫，不会这么快就记不住了吧？"

我恼火得不行："我又没有说要雇你，是你自己跟上来的啊！"

他没说话，摇了摇扇子。

我觉得可气，最主要的是没想到他这样可气，记起今天用画换簪子再贿赂老鸨还剩下九十多个金铢，一边从袖子里摸钱袋一边继续生气。还没等我掏出钱袋，他扇子一合，凉凉地："一天一百金铢，就算半个月吧，那就是一千五百金铢，把工钱结清了，我明天就上路，再不会烦着你。"

我掏钱袋的手停在袖笼中，不可思议地看着他："怎么这么贵？"

他闲闲地看我一眼，闲闲地重新摇扇子，闲闲开口："我这个人，和一般的护卫比起来也没有什么别的特色，就是一个字，贵。"

我觉得，我要被他气哭了。

这一晚以我把钱袋扔在慕言脑袋上告终。

但第二天早上就发现应该去找慕言道歉。回头想想，他会觉得我不讲道理也很自然，他从不知道我喜欢他，就好比官府里某某跟着头儿出公差，该走路的时候非要骑马，还非要骑同一匹马，又叽叽歪歪说不出所以然，这个头儿除了觉得他有神经病以外可能也不会产生什么别的想法。

我从前祈求不过是慕言一个回头，抱着这样微薄的希望盼得都忘了时光，终于他离我越来越近，越来越近，却丝毫不能让人满足，想要的反而更多了。

一直不愿意去想，终于能够静下心来好好想想，才发现这样太可怕。我对慕言的感情其实并不像自己想象得那样纯粹，这样下去一定会完蛋，说不定真是应该考虑一下，我仰头闭上眼睛，该考虑一下主动离开他了。

但尚未完全理清头绪，房门被人一把推开。我呆呆看着门口面无表情的慕言，条件反射道："早……"没把这个招呼打完，不知道是太紧张还是怎么，牙齿咬了舌头……

印象中慕言一直风雅又悠闲，很少见到他一脸严肃，同时还做了不经人同意就推门这种失礼的事。一幅卷轴在书桌上摊开，我探头一看，再次咬了自己的舌头，正是昨天在古玩斋画的那幅画。

抬眼望出窗外，竹篱上缠绕的槭叶茑萝开出丽色的花。慕言坐在桌案旁，手臂漫不经心搭着桌沿，目光莫测，映在我身上就有点迷惑，良久，笑了一声，低头看着书案上那幅山水图，轻声道："画得不错，不过往后，不要再画了。"

我觉得奇怪："你怎么拿到这幅画的？"

他不置可否："你倒是赚了不少钱，这隋远城能有多大，你怎么就突然这么有钱了，随便打探打探，总能打探得到。"

我没再说话，想起还在和他赌气，觉得要把表情调整一下，又想到刚刚决定和他道歉，就不知道该做什么表情了。

他却是不放心似的，手指敲着桌沿，一脸严肃地又重复一次："阿拂，记住，以后不能再画了。"

我有点懵懂："为什么？"

他没回答我，转移话题地继续瞧着手上的山水图："听老板说这个值四百金铢，那就先抵给我吧，这么算起来，你还欠我一千金铢。唔，要继续努力。"

我哑口无言："你不能这么不讲道理。"

他唇角带笑揶揄我："跟小孩子讲什么道理，你不是从来不讲道理？"不等我反应，已经拿笔蘸了墨："画是好画，可惜没什么题词，想要个什么样的题词？"

日光斜斜照进来，我看着光晕中的他，突然想起那一夜繁星漫天，我被毒蛇咬了，不知如何自救，又懵懂，他将我抱起来，衣间有清冷梅香，子夜悠长。

他低低催促我："阿拂？"

我静静看着他："对花对酒，落梅成愁，十里长亭水悠悠。"

本来以为这样就算和好了，这样和好其实也很不错，结果刚等慕言题完字老大夫就找过来，身后还跟了个小姑娘，自称是谪仙楼服侍连星姑娘的丫鬟，奉姑娘之命请他过府一叙。

慕言收起画随着小丫鬟出门，走到门口突然回头："我去去就回来。"

我本来是想忍一忍就算了，使劲儿地忍，再一次没有忍住："你去去就不要回来！"

小丫鬟在一旁捂着嘴偷乐。他却像遇到什么可笑的事情："又在闹什么脾气，我是去办正事，从前不是很——"他想了想，用了"乖巧"这个词："这两日怎么动不动就发火？"

我想原来他已经开始嫌弃我了，果然刚才想的早点离开他是对的，心里却止不住委屈，闷闷将头转向一边。

而他在门口停留了一会儿，再没说什么，果断地就跟着那小丫鬟走了。我喜欢上的这个人，他其实一点都不在乎我，我以前觉得可以一直在他身边待下去，只要能看着他就觉得很欢喜，因为他不喜欢我，也不在我面前喜欢其他人，可现在这样，现在这样，我看着自己的手，这样真是一点意思都没有。

在桌上趴了一会儿，觉得真是个伤感时刻，努力回想一些高兴的事情让自己不要那么难受，半个时辰之后总算好过一点。

慕言有慕言的生活，我有我的，他的生活在别处，而我的应该是和君玮一起，想着就觉得是不是该去找君玮他们了，一抬眼却吓了一大跳，捂着胸口很久，半天才能和来人正常打招呼："莺哥姑娘，别来无恙。"

从她走后我就没想过会再相遇这个问题，不知道她主动找上门来是为了什么，只是看着同初见的那个紫衣女子很不同，那时她眼中有光，此刻却什么都没有。

她恍若未闻地看着我，也不知过了多久，缓缓道："我听说圣人不妄言，我见到了一个圣人，他告诉我一些事，我却不能相信那些是真的。他说，你是唯一能帮我的人，用你的幻术可以看到世人不能看到的东西，我想知道的你都能帮我看到，他让我来找你。"

窗外有阳光刺进来，我想到什么，但不知她此刻所求是不是我心中所想，顿了一会儿，撑头问她："你想要知道什么呢？"

她唇动了动："我想知道我夫君。"话未完声已哽咽，只是很快压住了，"想知道他为什么放开我，如今，他又在哪里。"

除了编织幻境，华胥引是有这样的功能的，在第三人不在场的情况下看到他的某些过去。但必须要有这个人特别心爱的一个东西为媒，以我的血为引，这样做出一张专门的瑶琴，弹奏什么曲子倒是无所谓。

不过即使这么大费周折，看到的过去也不过是那个人的神思和媒介有联系时的过去罢了。就好比我想看到慕言的过去，选了他的琴来做媒，放在我的血里浸两个时辰，在一个闭合的空间里用这张琴随便弹点儿什么，这空间中就能出现当时他和这张琴相遇、相知、相伴、相随……的情景，但除了这些也不能知道得更多。

而且这样做极费精神，又不像华胥幻境能够帮助鲛珠修炼，只是单纯消耗鲛珠法力而已，做一次消耗的法力……换算成我的寿命差不多就是一年多两年。

偶尔八卦可以长精神，为了八卦连折寿都不管了是长精神病。终归我不是圣人，不能体谅她心中所苦，只觉得世人皆苦我也苦，这件事着实不好帮忙，打算用恐吓的办法劝退，组织了会儿语言，对她道："你想要我用幻术帮你，我不知道这算不算帮你，我的幻术能做到的，就是你把你的身体献祭给我，我用你的骨头打出一张古琴，以这张古琴奏出重现你夫君过去的幕景。如你所知，幕景中我能看到一切，但你却不能看到了，假如你的夫君还活在这世上，我可以把用你骨头做成的这张琴送给他，假如他不在这世上了，我就将你送去同他合葬，如果这样你也愿意，那我帮你。"

她原本就苍白的脸色更加苍白，浓黑的眸子里全无神色，有谁愿意用性命去换一个不能知道结果的结果。我起身道："就不送姑娘了，我……"

话未说完，被她轻轻打断："我愿意。"

我抬起头："你说什么？"

她手抚着额头，嗓音冷冷的，强作平静，还是听得出来有压抑的颤抖："最近，很多时候都在想，我啊，就像是一棵树，拼命把自己从土里拔出来，想去找另一棵树，又怎么也找不到，又不晓得怎么再将自己种回去，能够感觉树根已经开始枯萎，慢慢枯竭直到叶子，说不定就要死了。你不知道这种一点一点枯死的感受。我从前也不知道。"

她顿了一会儿，渐渐平静下来，"假如真能做成一张琴，那就太好了，总比就这样干枯而死要好，还能和他在一起，也不用再这样，再这样什么都不知道地到处找他。"

这还是我第一次听到莺哥说这么长一段话，比她说过的任何一句话都要轻松，都要沉重。我沉默地看着她，半晌，道："我和你开玩笑的，你的头发很长，很漂亮，我不要你的骨头，把头发给我就行了，用它来做弦，也能制一张我想要的琴。"

我不是同情她，只是想到假如有一天我同慕言走散，而临死之前我要再见他一面，今日我积下一点善德，希望来日也有人能帮帮我。想到这里的时候，完全没有记起前一刻还在为他不在乎我而伤心难过。

所需是一间密室、一张无弦琴、一只盆、一把刀。

两个时辰后，我将莺哥的头发从盛了半碗血的小盆子里捞出来，像捞一把挂面，摊开在手中又似一匹用来裁剪嫁衣的红缎子。

血珠细密地附在发丝上，任凭又捏又挠也未落下半分，很容易就搓成七股琴弦，安在枫木做的琴架子上。红色的弦丝在灯影下泛出冰冷光泽，我闻不到任何味道，但想象这四面都围上黑布的斗室中应是每一寸空气都充满血腥。

不过什么叫密室，不是把门和窗户关死再围一块黑布就可以，充其量只能说是个小黑屋。我和莺哥商量不能这么干，因要密室的主要原因在于我不能被打扰，一旦起弦，中途被打断就前功尽弃，重来谈何容易，除非把所有器具重新准备一次，而问题在于，即使我可以马上再放半碗血，也要给莺哥一点时间让她长头发。

况且这毕竟不同于华胥幻境，不能织出游离于尘世的虚空，只要进到屋子，任何人都能看到我所奏出的幕景。

你想在这样一个黄昏，城中医馆某处荒凉屋子传出诡异琴声，推门一看屋里居然在下雪，半空还或坐或站一大堆人讨论今天天气如何，年底朝廷是不是会发双薪……这也就罢了，隔壁居然还是个卖棺材的，真是好难不把人吓死。

我们正在发愁，房门却被轻轻叩了两声，从敲门风格就能判断是谁，我磨磨蹭蹭地去开门，走到一半突然想到问题其实可以解决了，加快脚步一把拉开门闩，慕言就站在门口，目光放在我身后，打量了一圈收回来看着我："这是在做什么？"我瞟了他一眼，咬着唇角别开脸："给你个机会戴罪立功要不要？"他坦然摇头："不要。"我噎了噎，急得瞪他："主动和你冰释前嫌了你还不要，必须要！"他叹口气："好吧，我要。"

有慕言守着，小黑屋就不是寻常小黑屋，升华成密室了，我很放心。

起弦之时，看到莺哥震了一下，发丝做成的琴弦寄托了容垣关于她的大部分神思，那些过往她不仅可以看到，还会知道容垣心中是如何想的，当然，奏出这幕景的我也能知道。

半空中，渐渐出现的是郑宫里昭宁西殿那一夜新婚，殿外梨花飘雪，瘦樱依约，从前我们看到故事的一面，却不知另一面，直到这一刻，它终于现出一个清晰的轮廓，露出要逐渐明朗的模样，而所能看到的容垣的故事，一切始于他第一眼见到莺哥。

第一眼见到莺哥，容垣并不知道喜床旁弯腰逗弄雪豹的紫衣女子不是他要娶的姑娘。这没什么可说，他对锦雀的印象其实寡淡，猎场上也没怎么细看，只记得她将受伤的小雪豹递给自己时手在发抖。修长细白的手，没有刀剑磨出的硬茧，不会是处心积虑的刺客。

遑论莺哥和锦雀长了一副面孔，就算样貌完全不同他也未必分辨得出。之所以要娶锦雀，不过是隐世的王太后听信巫祝的进言，认为围猎那日他会遇到一个命中注定要有所牵扯的姑娘。

而直到新婚这一夜,隔着半个昭宁西殿,他才第一次认真打量这个将要成为他如夫人的女子。她有一双细长的眉,浓黑的眸子,烛光下眼波荡漾得温软,却隐隐带着股冷意,如同晚宴上那道冰凌做的酥山,浇在外头的桂花酸梅汤让整道菜看上去热气腾腾,刨开来却是冰冻三尺。

他握住她的手,看到她眼中一闪即逝的慌乱,想她心中必然害怕,可即便害怕也一副镇定模样,身体僵硬着是抗拒的意思,手上却没有半分挣扎,强装得温柔顺从,却不知真正的温柔顺从不是镇定接受,是将所有的不安害怕都表现给眼前的人晓得。

身为一国之君,他见过的女子虽不多也不少,还从未遇到过这样由表及里产生巨大矛盾的姑娘,吻上她的唇时,也是大大地睁着双眼。那是双漂亮的眼睛,专注地看着他时尤其地黑。然后,他看见这双眼睛里慢慢浮起一层水雾。他离开她,手指却像是有意识地抚上她的眼,触到一丝水泽。她哭了。

她哭了。这很好。他有一刹那觉得自己喜欢看到她这个模样,就像失掉油彩遮掩的戏子的脸,那些悲欢离合真切地表露出来。

她眼角红得厉害,像是受了天大的委屈,神色紧绷却故作从容,模样很可怜。他打算放过她。但赦免侍寝的话刚落,她已衣衫半解地跪坐在他身上。

在这种事情上,他从没居过下风,本能想起身拿回主动权,顾及压在身上的是个手无缚鸡之力的弱女子,力气小了很多,可也足够颠倒位置将她压在身下。但事实是,他没有起得来,却能感受到紧紧贴住自己的这个身体在怎样颤抖,他想,她一定很紧张,紧张得没有发现自己一个弱质女流竟爆发出这么大的力气。

她的头发真长,手上没有刀茧,也没有其他什么茧,连他后宫里那出身正统贵族的七位夫人也比不得。可除非新生的幼儿,谁还能有这样毫无瑕疵浑然天成的一双手,何况,听说她在容泞府上时很喜欢做家务。

她的头发拂得他耳畔微痒,听到她在他耳边说:"总有一日要与陛下如此,那晚一日不如早一日,陛下说是不是?"他想,这姑娘真是脆弱又坚强,隐忍又莽撞。

密探不是白养着玩儿,这件事到底如何很快就弄明白了。结果如人所料,原来锦雀不是锦雀,是莺哥,杀手十三月。他想起自己的侄儿,做事最细致稳重,怎么会不晓得纸包不住火。

拼着欺君之罪也不愿将真正的锦雀送进来,必然是心中至爱。自古以来,圣明的君王们最忌讳和臣下抢两样东西,一样是财富,一样是女人。

如果臣下不幸有断袖之癖,还不能抢男人。他漫不经心从书卷中抬头,扫了眼跪在地上的侍卫:"今日,孤什么也没有听到。"年轻的侍卫老实地埋了头:"陛下说得是,属下今日什么也没有禀报。"他点点头,示意他下去,却在小侍卫退到门口时又叫住他:"你刚才说,容浔是怎么除掉她身上做杀手时留下的那些疤痕的?"

小侍卫顿了顿,面露不忍:"换皮。"手中的茶水不小心洒上书卷,他低头看到红色的批注被水渍润开,想,那时候,她一定很疼。

这一夜,批完案前累积的文书,已近三更。他没什么睡意,沿着裕景园散步,不知怎的逛到她住的昭宁殿。偌大一个东殿杳无人迹,显得冷清,西殿殿门前种了两株樱树,一个小内监窝在树下打盹。

殿中微有灯影,他缓缓走过去,在五步外停住,惊醒的小内监慌忙要唱喊,被他抬手止住。那个角度,已能透过未关的雕花窗看到屋中情景。紫衣的女子屈膝坐在一盏燃得小小的竹木灯下,手中半举了只孔雀毛花毽子,对着灯一边旋转一边好奇打量。

这样的毽子,哪个女孩子年少时没有过几只,即便不是用孔雀毛扎的,取乐方式总是一样,没什么可稀奇。可她握着那毽子,仿佛它是多么罕见又珍贵的东西,静静看了半晌,猛地将它抛高,衣袖将灯苗拂得一晃,毽子落下时已起身,提高了及地的裙子将腿轻轻一抬,五颜六色的孔雀毛荡起一个由低到高的弧线,稳稳地直要飞上房梁,她没什么表情的侧脸忽然扬出一抹笑,乍看竟有些天真。

半空中的孔雀毛花毽子慢悠悠落在她膝头,被柔柔一踢,又重新飞到半空,她转身欲背对着一脚后跟接住,可啪的一声,下坠的毽子竟落歪了。他看她讶然回头,睁大眼睛紧紧瞪着地上,表情严肃得让人啼笑皆非,瞪了一会儿,动唇唤了侍女。他耳力极好,隐在樱树的阴影下,听她冷声吩咐:"这个东西,扔了吧。"

侍女愣怔道:"扔了?夫人是说,不要了?"她转身迈进内室:"扔了,不喜欢我的东西,我也不喜欢它。"

殿中竹木灯很快熄灭,耳边浮现出白日里听到的莺哥的过去,她怎样被养大,怎样学会杀人,怎样踩着刀锋活到二十岁,怎样得来身上的伤,怎样被容浔放弃,又是怎样被当作妹妹的替身送进他的王宫里。

他不大能分辨女子的美貌,却觉得方才微灯下游走翩飞得似只紫蝶的莺哥,容貌丽得惊人。淡淡嘱咐小内监几句,他转身沿着原路返回,一路秋风淡漠,海棠花事了,他想,放弃掉她的容浔真傻,可他放弃掉她,将她送进王宫来,却成全了自己,这真是缘分。

他对她不是一见钟情,从怜悯到喜欢,用了三天时间爱上她,大约会有人觉得三天太短,但只有真正懂得的人才明白,对注定要爱上的那个人而言,一眼都嫌太长,何况三天,何况这么多眼。他很心疼她。

此后种种,便如早先所见莺哥的那些梦境。容垣问她可知晓什么是君王之爱,

161

她回答他君王大爱，爱在天下，雨露均撒，泽被苍生。他却不能认同，想那怎能算是爱，只不过是君王天生该对百姓尽的职责罢了。

那些只懂得所谓大爱的君主，他同他们不一样。高处不胜寒，他看到她，便想到应该要有人同他做伴，那个位置三个人太拥挤，一个人太孤单，他只想要唯一的那个人，那个人脆弱又坚强，隐忍又莽撞，曾经是个杀手，误打误撞嫁给了他。

他知道她想离开，千方百计将她留下来，除了自由，她想要的什么他都能给。他也知道，她心上结了层厚厚的冰壳，即便给她自由，她也不能快乐，那些严酷纠结的过往，让她连该怎样真心地哭出来笑出来都不晓得。

这个人，他想要好好地珍惜。她应该快乐无忧，像个天真不谙世事的小姑娘，让他放在手心里，拢起手指小心翼翼对待。

可他算好一切，唯独漏掉命运。在计划中她应与他长相守，他会保护她，就像在乱世里保护他脚下的每一寸国土，而百年之后他们要躺在同一副棺椁里，即使在漆黑的陵寝，彼此也不会寂寞。

但那一日命运降临，让他看到自己的一生其实并不如想象中那么长，说什么百年之后，全是痴妄。

容垣非是足月而生，幼时曾百病缠身，老郑侯请来当世名医，大多估言小公子若是细心调理，约莫能活到十八岁，若是想活得更长久，只有向上天请寿。

老郑侯没了办法，想着死马当活马医，干脆送他去学刀，妄图以此强身健体。也是机缘巧合，在修习刀术的师父那儿，让他遇到一向神龙见尾不见首的药圣百里越，不知用什么办法，竟治好自小纠缠他的病根。从此，整个郑王室将百里越奉为上宾。

自老郑侯薨逝，他与百里越八年未见，再见时是莺哥被封为紫月夫人这年年底。忘年至交多年重逢，面色凝重的百里越第一句话却是："陛下近一年来，可曾中过什么毒？"

到这一步，他才晓得去年除夕夜制服那只发狂的雪豹时所受的毒虽不是什么大毒，可唯独对他是致命的。百里越当年为治他的病，用了许多毒物炼药，万物相生相克，服了那些药，这一生便绝不能再碰三样东西——子葵云英、霜暮菊、冬惑草。传说九州大陆冬惑草早已绝迹，天下人不知其形为何、性为何，可那雪豹爪子上所淬的毒药里，却含了不少冬惑草。

御锦园寒意泠泠，溶月宫在枯树掩映中露出一个翘角，他望着那个方向，半响，缓缓问面前的百里越："孤还能活多久？"

"大约再过三个月，陛下会开始呕血，一年后……"

"一年后？"

"……呕血而亡。"

他脸色发白，声音却仍是平静："连先生也没有办法了吗？"

百里越是药圣，不是神。冬惑草溶进他体内近一年，要化解已无可能。他第一次自欺欺人，希望从未出过错的百里越这次能出错，他并未中什么夏惑冬惑，只是一场虚惊。

可直到三月后，在批阅文书时毫无征兆地呕出一口血，他才相信这所谓的命运。他性子偏冷，从懂事起喜怒就不形于色，这一夜却发了天大的脾气，将书房砸得一片狼藉。但事已至此，所有一切不能不从头计较。

十日后，借欺君之名，他将莺哥锁进庭华山思过，次日即拟定讣文昭告天下，称紫月夫人病逝。百里越与他对弈，执起一枚白子，道："到最后那一日，陛下想起今日，必定后悔。"

可没有比这更好的办法了，他想，待他归天后，她只有两条路可走，一条是殉葬，另一条是孤老深宫。假如让她选择，依她的性子必定一刀自刎在自己床前，她看上去那么复杂，却实在是简单，爱上一个人便是誓死相随，而假如那一夜他见她时妄心不起，她是否就能活得更好一些？

他锁她十年，庭华山与世隔绝，十年之后，她会忘了他，即便青春不在，还可以自由地过她从前想过的生活。而该将郑国交到何人手中，怎样交到那人手中，他自有斟酌。

不几日，宫中传出红珠夫人有孕的消息，说是由药圣百里越亲自诊脉，诊出是个男婴。

红珠夫人有孕是真的，却不是他的，他已两年多不曾见过红珠，那孩子是她同侍卫私通所得。由百里越诊脉是真的，他亲自带着药圣前去芳竹苑，红珠跪在地上吓得发抖，那侍卫被活生生处死在她眼前。

传闻中前两句全是真的，但诊出是个男婴却是漫天胡扯，纵然百里越医术通天，也绝无可能搞清楚一个未成形的胎儿到底是男是女，但因是神医金口玉言，大家只好深信不疑。而这就足够了。他只是要让朝野上下都晓得，他将要有一个继承人，待他身死后，即郑侯位的将不再是容浔。特别是要让容浔晓得。

百里越斟酌道："这本是你们郑国的事，同我毫不相干，但你既然早已打算要将王位传给容浔了，怎么又安排这么一出逼着他来篡位夺宫？"他端起石桌上的茶盏，容色淡淡："倘若孤能长命百岁，又倘若紫月能诞下孤的子嗣，你以为，容浔会忍到几时来反孤？容浔有治国之才，却野心勃勃，养着他，如同养一头猛虎，孤以为有足够时日磨掉他的利牙，如今……"他眉心微皱，嫌烫地轻哼了一声，将茶盏重放回石桌："孤将王位传给他，难不成，还要将紫月也送回给他？"

他耍了心机，他知道容浔对莺哥有情，十年后的事他已不能见到，可他知道，只要容浔今日反他逼宫，和莺哥便再无可能。

百里越讶然："你不想让紫月夫人殉葬，想让她活下去，就该想到终有一日她会另嫁他人。"他淡淡看着天边："谁都可以，容浔不行。"

最后一次见到莺哥，是星夜里一处荒凉街市。听到她闯下庭华山的消息，他心中担忧，不知她有没有受伤，称病取消了好几日朝会，领着护卫匆匆出宫。也不知赶了多久的路，终于见到她，这个女孩子伤痕累累站在自己面前，提着刀，脸色苍白，裙角处渗出或深或浅的血痕。

他想，他应该不顾一切将她揉进怀中，可，怎么能呢。她伤心欲绝地质问他："我怎么就相信你了呢，你们这样的贵族，哪里能懂得人心的可贵。"

他看到她微乱的鬓发，泪水从蒙着双眼的手底溢出，顺着脸颊大滴大滴落下，下唇被咬出深深齿印。他想说些什么，喉头一甜，半口血含在口中。她的伤心，就是最能对付自己的利器。可他还是将她送了回去。

看着她的背影在月光下渐行渐远，他想唤她的名字，莺哥，这名字在心中千回百转，只是一次也没能当着她的面唤出。

"莺哥。"他低低道。可她已走出老远。

不多久，容浔果然逼宫。这一场宫变发生得快速又安静，因他原本就没想过抵抗。就如传闻所言，容浔压抑着怒色将随身佩剑牢牢架在他脖子上，沙哑问他："我将她好好放在你手中，你为什么将她打碎了？"

而他微微抬头，淡淡地："即便是碎，紫月她也是碎在孤的怀中。"容浔的剑颤了颤，贴着他颈项划出一道细微血口，他却浑不在意："这许多年，你做得最令孤满意的事，一件是两年前将紫月送给孤，另一件，就是今日逼宫。"

冷清双眼浮出揶揄之色："但孤知道，你这一生，最后悔之事，便是将紫月送进了孤的王宫。"

容浔看着他，良久，整个人都像是颓败下来，半晌，苦涩道："她走时，是什么样，可受过什么苦？"

他淡淡回他："即便痛苦，她这一生，又有什么是忍不得的。"

此后，容垣禅位，容浔即位。禅位后容垣避往东山行宫修养，正是五月，樱花凋零。一切都被写入史书，属于郑景侯的时代就这样过去，徒留给世人两页薄纸。

次年，樱花开遍整个东山时，百里越口中的最后一日终于来临，我能知道，是因随着手指起伏，琴弦上的血正滴答滴答往下掉，说明奏出的这场幕景已行将结束。

眼前是冒着腾腾热气的碧色温泉，温泉后种了大片樱林。冬惑草似乎没有如何折磨容垣，至少他看上去气色不错，只是身形消瘦。但我很快就否定这种想法，这是最后一日，他面上那些不寻常的神采，想来是回光返照。

落日余光在天边扯出一块金红的绸子，笼得温泉后的樱林璀璨如同赤雪。他淡淡吩咐身后的小童子："今日好多了，去拿两本书，我想泡会儿温泉。"

小童子噔噔朝书房跑。他合衣迈进池水，靠着池壁时，从浸湿的衣袖里取出一枚小巧的骨骸。莺哥送给他的那枚骨骸，原以为被捏碎了，化在那座荒凉街市的夜风里，在这个傍晚，却静静躺在他手中。

他认真地看着它，漆黑眼眸似汤汤春水，缱绻温柔，良久，将它紧紧握住，闭上眼睛笑了笑。近旁不知什么鸟鸣地哀叫一声，温泉后的樱林里猛地撩起山火，火势如猛虎急速蔓延，顷刻漫天，林木噼啪作响，红色的樱花在火中翩翩起舞，如一只只涅槃的红蝶。火光映得容垣的脸别样俊美，可滔滔热浪里，他的眼睛却没有再睁开。

莺哥扑过去时，容垣的身体正沿着池壁一点一点滑入水中，她浑身都在发抖，要抱住他不让他掉下去，却忘了这山、这火、这樱花、这池水，包括容垣，皆是我拿七弦琴奏出的虚幻幕景。

身后火势汹涌猛烈，仿佛要将半山红樱燃成劫灰。她双手一遍遍穿过他的身体，再如何轻柔的动作，却连一个拥抱都已是不能，可还是不肯放弃，一遍又一遍地伸手去抱他，徒劳无功地眼见着他一点一点滑入池水。

如墨的眉、紧闭的眼、高挺的鼻梁、薄凉的唇，渐渐都隐在水下，池水归于静谧，只剩漫天山火，而她静静看着眼前平静的池水，半晌，颤抖着肩膀，像一头孤寂的小兽，痛苦地哭出声来。

幕景凭空消逝，容垣他确实死了。

这就是故事的全部，莺哥多多少少猜到，却一直不愿相信。

回头看这一段风月，似一场凋零繁花，容垣的一生太短，执着地用自己的方式来保护她，便是他口中的君王之爱。

在这样的乱世里，看够了庸臣昏主，东陆大地上有多少王宫，王宫里埋葬多少红颜女子的青春枯骨，却让我看到这样一段情，从黑暗的宫室里长出来，像茫茫夜色里开出唯一一朵花，纵然被命运的铁蹄狠狠践踏，也顽强地长出自己的根芽。

莺哥在幕景消逝时便昏了过去，慕言将她扶到一旁矮榻上，转身居高临下看着我。

弦上滴落的血珠将枫木琴染得通红，我翻过手来看自己的手指，才发现指尖沾了斑斑血迹。就像那一日从城墙跳下，感觉生命一寸一寸流逝，想要站起来，却没有力气。这是我第一次如此清晰地认识到，没有鲛珠给予的寿命，这只是一具残败的尸体。

慕言的声音在头顶响起，听不出什么情绪："这一大摊血，怎么弄的？"

这么仰着头看他有点吃力，我动动唇，示意他蹲下来。

他跪坐下来与我平视，手指沾了点儿琴上的血渍，放在鼻端闻了闻，脸色顿时难看到极点："是你的，还是莺哥的？"

我摇摇头，认真道："是鸡血。"看他没有反应，补充道："启动这个仪式需要祭天，所以，我们杀了一只鸡。"

他眉心皱起来："别胡闹，说实话。还是你希望我把你们两个一起送去大夫那里？"

我挣扎道："真的是鸡啊……"

他瞪着我："你们家养的鸡，血会是跟人血一个味道？"

我严肃道："因为，这是一只不同寻常的鸡……"话没说完，被他一把夺过手腕，袖子捞起来，手臂上包得严严实实的纱布暴露在天光之下，我抬头镇定看他："其实，这就是所谓的部位减肥法了，把这个纱布紧紧缠在想瘦的地方，通过刺激穴位……"他打断我的话："你再胡扯试试看。"

我低头嗫嚅："因为看你好像有点担心，想说你其实不用担心，这没什么，我血很多，而且伤口也不疼，我不想去大夫那里，我自己就包扎得很好。"

他抚着额头看我半响，叹了口气："你真是，气得我头疼。"

身体已经能移动，我调整了一下坐姿，小声反驳："哪里有那么容易就头疼，说得好像从来没生过气一样。"

他皮笑肉不笑："我确实从来没生过气，只是偶尔动怒，让我动怒的人基本都没得到好下场，你是不是也想惹我动怒看看？"

我小心地看他一眼，伸出两只手放到他额头两侧，他愣道："干什么？"

"不要气了，生气多容易老啊，来，我给你按一下，还疼不？"

"……"

不知莺哥此后何去何从，但无论她做什么样的选择，已不是我们所能左右的。想到她来找我时眼中毫无光彩的颓然和那些决绝的话，心中就有些发沉。恰在此时，一只小小的灰鸽子扑进刚推开的木窗棂，直撞进我手心。

这是君师父的传信鸽。我愣了愣。想不到这么快又有生意。

展开素笺一看，忍不住对慕言扬了扬信纸："你说容洢正遍天下寻找能救活锦雀的名医，果然不错，这次居然找到了我师父。"

他正在收拾血迹斑斑的枫木琴，闻言抬头："哦？华胥引竟还有这等功用，能生死人肉白骨？"

我踌躇道:"生死人肉白骨倒说不上,只是换换命罢了。"

想想又补充道,"其他的人可救不活,只能救活因选择华胥幻境而在现实中失掉性命的人。前提是,还得有一个同她血脉相连的至亲之人愿意以命换命。"

他若有所思:"所以,你师父来信让你用莺哥姑娘的命去换锦雀姑娘的命?"

我将信笺收好,摇摇头:"师父他压根儿不知道锦雀还有个姐姐活在世上,只是让我去走个过场,说是郑侯都找到他跟前来了,实在不好意思推托。"

说完到处找笔墨:"得给他回个信,明天就要出发去找小黄和君玮了,哪里有时间。锦雀本就一心求死,救活了又怎样,既然强求无益,何必苦苦强求,救活的那个人也未必会感激他什么。"

说到这里正找到矮榻附近,擦过莺哥身体时蓦地被一把握住手。我惊讶垂头:"你醒了?"

她闭着眼睛,没有放开我,半晌,道:"君姑娘若是能救舍妹,还请勉力一救。"

我看着她:"你发什么傻?除非用你的命去换她的命,否则根本没可能把她救活。倘若你果真想这样痛快就放弃性命,那不如把这条命给我,我来为你织一个幻境,让你和容垣在幻境中长相厮守。"

她终于睁开眼睛,眸子浓黑,却无半点神采,大约这就是所谓的哀莫大于心死,晃眼看上去倒比我更像个死人。

良久,她像是终于反应过来我的话,侧头疑惑地看着我,眼睛里一片空茫:"那又有什么用?都不是真的。"

我才想起来,她这个人一向较真,宁愿明明白白痛苦,也不愿糊里糊涂幸福,这段故事里,活得最清醒的就是她了。

而我无言以对。

她转回头看着房梁,声音毫无起伏:"今年我二十六岁,觉得这一生很好、很长,没什么可留恋了。"顿了顿,又道:"只还有一个愿望,我死后,请让我和我夫君合葬。"

七月,蓼花红,木槿朝荣。

兜兜转转回到郑国。

施术之所定在四方城城东为举行祭礼而建的土台上。我想莺哥大约不愿见到容浔,以秘术一旦施行不能有任何生人打扰为名,将方圆五里清了场,只留慕言在土台下喝茶。

锦雀的棺椁在酉时初刻被抬上祭台。已近一月,寻常应是白骨的躯体却未有半点腐坏,只是脸色有点苍白,可看出容浔确实花了心思。

167

酉时末，莺哥最后一个到场，纱帽揭开，看到及腰的发，毫无表情的一张脸。我将含了血珠的茶水递给她："现在还可以反悔的。"她却一口就喝下去。我看了眼空空如也的茶杯，还是想要说服她："这件事我真是没有把握。"

将几案上竖列的两张瑶琴指给她看："我得同时弹奏你们两人的华胥调，一个音也不能错，还得催动鲛珠牵引你的精神游丝……"她打断我的话："若失败了，会否对君姑娘造成什么反噬？"我摇摇头："那倒不会，就是你多半活不了，你妹妹也救不活。"她瞥了眼棺中的锦雀，目光淡淡的："这也没什么，君姑娘，开始罢。"

站在土台上，四方城东西南北十二条街道尽收眼底，夕阳掩映下，房屋鳞次栉比，似镀了层金光，偶有几户升起袅袅炊烟，平凡世上也有平凡幸福。

琴音泠泠，土台上骤起狂风，躺在石祭台上的莺哥缓缓闭了双眼，缀在长裙上的紫纱随风飘飞，像一棵瑰丽的树，越长越大，渐渐将她笼起来。再见了，十三月。

我闭上眼，正欲凝神催动鲛珠，破空声来，睁眼时一柄古剑堪堪定上身前七弦琴。弦丝尽断，狂风立止。我怔了怔，抬眼望向前方的石祭台，看到紫衣男子挺得笔直的背影，柳絮纷扬，慢悠悠落下来，似裁剪了鹅毛碎。我抱着断掉的琴几步急走过去。男子正俯身揭开笼在莺哥脸上的轻纱，修长手指颤抖地抚上她的眉，声音却低沉平静："她是睡着了吗？"

我施了个礼，将紫纱重新盖好，边角都扎严实，又将袖子拉下来一点，好盖住她冰凉的手："两位夫人只能活一位，陛下想救月夫人，我便为陛下找来尚在人间的紫月夫人以命换命，紫月夫人不死，月夫人不能活。两位夫人到底保哪一位，陛下不妨再想想。"

我等着他回答，却未等到任何回答，因话毕时轻纱微动，莺哥已渐渐醒转，本以为她会再昏迷一些时候，那双杏子般的眼眸却缓缓睁开了。半晌，浓黑的眸子里突然升起千般华彩，她看着面前这个端整的紫衣男子，蓦然扑进他怀中，声音里带着小女孩的天真："我们终于能在一起了。"他愣了一下，抬手将她紧紧搂住，她把自己更深地埋进他怀中："我们终于能在一起了，容垣。"他脸色瞬间煞白。

一点一点将她拉离自己的怀抱，他静静看着她："我是谁？"

她眼角渐渐有些红，眼睛里也漫出一层水雾，目不转睛盯着他的脸，半晌，伸手搂住他的脖子，头埋进他肩膀，哽咽道："他们都说你死了，我不相信，如果你死了，我该怎么办呢？"

容浔的手僵硬地垂在身体两侧，良久，沙哑道："月娘……"

我淡淡道："别在意，她这样多半是疯了。换命之术最忌中途打扰，怕正是因此……若陛下仍想救月夫人，紫月夫人她这样，也是无碍的，只是要劳烦陛下再送我一张七弦琴了。"

他却并未搭理我，半晌，苍白容色浮出一丝苦笑："即便是疯了，终归，是我得到了她。"

我看着他："若是她清醒，第一件事怕就是为景侯殉情。"

柳絮漫天，似在祭台上下一场轻软无终的雪，他将她抱在怀中，向石阶走去："那就让她永远不要清醒。"她的纱帽落在地上，风卷过来，似一只断翼的蝶。

在土台上站了好一会儿，我有点混乱，不知怎样做才算是好，现在好像也不错，大家都求仁得仁。

容垣想要的是莺哥活下去，她活下去了。容浔想要和莺哥在一起，他们在一起了。莺哥想要容垣，在她的意识里，也确实得到了。就像是一场华胥幻境，美好虚妄，各有所得。

走下土台，看到慕言正一派悠闲地煮他的工夫茶，我生气道："刚才你为什么不拦住容浔啊？"

他好整以暇地看着我："是我叫他来的，我为什么要拦住他？"

我瞪大眼睛。

他将煮好的茶递给我："每个人都应该有选择的机会，你说对吗？阿拂。"

我不知道对不对，只知道有多少人迷失在这虚妄的华胥幻境，自以为懂得爱的美好，要抓住这美好不容它错过，其实都是软弱。

人最宝贵的是什么？不是爱，是为爱活下去的勇气。可我遇到的这些人，没有一个人懂得。

不几日，我们离开四方城，听说锦雀被厚葬，这一月的良辰吉日，莺哥将同容浔大婚。得知这消息时并没有什么特别感想。而在第九日早上，却听说大婚当夜莺哥失踪，容浔将整个四方城翻过来也没找到。慕言问我："你觉得她应该去哪儿了？"

其时我正在给君玮写信，确定他所处的最终方位，争取早日顺利找到他和小黄，听到慕言提问，三心二意回答："可能是突然清醒，去完成她的最后一个愿望了吧。"

"我死后，请让我和我夫君合葬。"我记得那时她是这么说的，这是她最后一个愿望。

慕言沉默半晌，过来随手帮我磨了会儿墨。

当夜，一向风度翩翩的慕言难得模样颓唐地出现在我房中。夜风吹得窗棂哐哐作响，我一边伸手关窗户一边惊讶问他："搞成这样，你去哪儿了？"

他从袖中取出一块紫纱，笑了笑，轻描淡写道："在容垣的陵寝中捡到的。"

我顿住给他倒水的手，良久："莺哥她，是在容垣的墓中？"

他从我手中取过茶壶，自己给自己倒了一杯："更确切地说，是在容垣的棺椁中。"

我愣了愣，半响，道："怪不得他们都找不到她。"

他笑笑："没有人敢去动景侯的陵寝，他们永远都不会找到她了。"顿了顿，又轻飘飘添了句："除了我。"

我赞同地点头："对，除了你。"指着他的袖子："但你好像受了伤。"

他面不改色将手缩回去："没有的事。"

我拉过他的手把袖子挽上去给他涂药，发现他僵了一下，抬头瞟他一眼，有点讪讪地："我有时候是不是，太任性了？"

他撑着额头看我，唇角含笑："不，这样刚刚好。"

（上部）终

【番外 诀别曲】

"寻寻觅觅半生,最好的东西却在寻找中遗失,谁会像我傻到这个境地。月娘,我用半生无知,为你谱这一支诀别曲。"

他又听到她的声音，温软的、决绝的，响在耳畔："杀了我，容浔。杀了我，我就自由了。"话尾处一声叹息，像冰凌中跳动的一簇火焰，不动声色灼伤人心。

他捂住胸口，不明白为什么会这样疼。同样的梦已做了无数次，却还是不能习惯。

有秘术士告诉他逃避噩梦的方法，但他没有用过，这是他知道的唯一再见她的方式。在以为她死去的那三年，他一次也没有梦到过她，而今她带着嫁衣失踪三月，在他坚信她还活在这世上的时日，她却夜夜入梦。

他其实已想到那个可能，只是拒绝去相信。若她果真已不在人世，她的魂魄夜夜归来，就算是要折磨他，也是应让他看到她的模样，而不是只给他一个虚无缥缈的声音。

每一个关于她的梦境，都不曾真正看到她的身影，那是他用来说服自己她还活着的唯一理由。说服自己相信有这些不祥的梦只是因为太想她，而不是真正有什么不祥之事已经发生。

可今夜，却不同。

令人窒息的梦境中，他听到那个声音，本以为会像从前无数个夜晚，就那样被胸口的疼痛生生熬醒，但这一次不知为何，却并未醒来。

他看着自己的手，一条长长的刀痕，掌管命运的掌纹被拦腰斩断，姻缘线显出模糊的深痕。

一朵戒面花不知从何处飘来，落在他手心，云雾后谁唱起一支歌谣："山上雪皑皑，云间月皎洁，闻君有两意，故来相决绝……"

他愕然抬头，看到雪白的戒面花从天而降，摇曳不休，似落在野地的一场荒雨。而坠落的花雨中，那个紫色的身影正缓步行来，臂弯处搭了条曳地的朱色罗纱，细长的眉、浓黑的眸子、绯红的唇。地上的戒面花自远方的远方，一朵朵变得朱砂般艳丽，转眼她就来到身边。

他知道这是梦境，却忍不住伸手想要握住她，可她像没有看到，他的手穿过她身体，他惊愕地回头，她的背影已那么……

脚下的戒面花像是铺就一条红毯，雾色浓重的远处，她走过的地方，悬在半空的宫灯一盏一盏点亮。他终于看到行道的尽头，昭宁殿三个鎏金大字在宫灯的暗色中发出一点幽幽的光，殿前两株樱树繁花满枝，开出火一般浓烈的色彩，朱色的大门徐徐开启，显出院中高挂的大红灯笼，和无处不在的大红喜字。

他想起来这一夜，应是她嫁给容垣。那时她的重要，他并不明白，拱手将她送到另一个男人怀中，那些类似疼痛的情绪，他以为只是不习惯。

对莺哥的情感太难描述，她是他亲手打造的一把刀，是最亲近的人。再没有谁像她那样，一切都是他所教导，一步一步，按照他的意愿长成他所期望的模样。

看着她褪去女子的青涩与天真，一日日变成冷血无情的杀手，有时他会怀念她从前单纯胆小的模样，但若是非要二者选一，他宁愿看到她是容家最好的一把刀，自己最得意的作品。

她的情意他不是不明白，可他不能爱上她，枕边人可以有很多，但是容家最好的刀只有一把，这锻造来得这样不易，他不能随意将她毁掉。

他已经开始打算，下一次，若下一次她扑进他怀抱，他一定将她推开。他从未想过自己是那样意志不坚的人，当她的手臂圈住他的脖子，那甜蜜又清冷的月下香令他无从抗拒，总想着下一次，下一次一定……

锦雀就是在那样的时刻出现。和她一模一样的容貌，笑起来天真无害，就像十六岁前尚未成为杀手的她，瞪人的样子尤其像。

第一眼见到锦雀，比起惊讶来他竟是为长久挣扎的情绪松了一口气。有些人可以爱上，有些人不能爱上，他看着紫阳花丛中皱着眉头的锦雀，告诉自己，这是一个安全的、可以爱上的女子。那时他没有想过，他见过那么多所谓天真安全的女子，为什么只有锦雀让他觉得可以爱上。

莺哥不明白，以为他是真的爱上锦雀，连他自己都那样以为。这是一场世间最彻底的移情，对莺哥的所有情感都尽数移植到锦雀身上，然后一次又一次告诉自己，眼前这个笑容天真的女孩子，才是自己真心想要珍惜的。

但看到莺哥强装的半是真心半是假意的笑，他却一日比一日烦乱，他总是能准确抓住她眼中一闪即逝的悲色。将一个女人自自己的感情世界尽数剔除，这会有多难？

他从来相信自己有一副硬心肠。他爱的人、要娶的人是锦雀，那是和她全然不同的女子，她的笑太假、性子太倔、心肠太狠、手段太毒辣，强迫自己眼中一日日只看到她那些不好的、不够甜美的地方，这日复一日的心理暗示，让他果然越来越讨厌她执刀的模样。

直至那一日，他亲手将她送进郑宫，送到别的男人手中。他从前那样压抑自己的情感，是因他珍惜她作为一把刀的价值，可时移事易，在发生了那么多的事情之后，深入局中举步维艰的他已全然忘记，容家最好的一把刀并不是为了送人而生。

他以为自己更加珍惜锦雀，却已不记得最初的最初，他是为了什么而对锦雀青眼相加。

蓦然顿悟的那一日，是同锦雀大婚前。

173

那日他前去清池居探望锦雀，却见她摊开的手心中有几块白釉的碎瓷。听到他的脚步，她极慢地抬头，那张同莺哥一模一样的脸纸般雪白，眼角却像流过泪般通红。

走近才看到，她握着瓷片的手指已被割出数道口子，他皱眉正要开口，她却惨淡一笑，将一块似杯底的厚瓷放在他面前："这是姐姐送你的生辰礼物。"话罢急步推门而出。他愣了愣，微微低头，目光投向那隐有碎纹的杯底，是一个不太正常的圆，却能清楚看到正中的刻字。

他的名字和生辰。他不知道伸出的手为何颤抖，触到那刻字的杯底，竟带得瓷片移了好几寸。他的二十四岁生辰，他记得那一日她千里迢迢自赵国赶回来，书房前却看到他怀中抱着她的妹妹，那时她脚边掉下一个黑色的布裹……每一个细节，他都记得那样清楚。

从前不能想也不愿想的那些事，一幕一幕全浮上来，关于她，无论如何否认，他总是记得清楚，清楚到烦乱疼痛，所以他才那样不愿想起她。

可抬眼看这清池居，她从前居住的地方，竹木灯旁的兽腿桌是她置刀之处，书桌前的花梨木宫椅是她读书之处，屏风前的贵妃榻是她休憩之处，到处都是她的影子。

可如今，她已不在了。

他从不曾细想她之于他究竟是什么，那一刻却蓦然惶恐。也许自他捡到她，将她养到十六岁，她便成为他身体的一部分，像他的两只手，当她在他身边时，没有觉得有什么，可一旦意识到她已不在身旁，就像突然被砍掉手臂。

他紧紧握住那片瓷，锋利的缺角刺破他手掌，血迹染上白釉，似特意点上的几朵红梅。像失掉所有力气，他扶着她还在时常坐的花梨木椅背。这里再不会出现她的身影、她带着凉意的好听的笑声，还有那些停留在他身上的温软眼波。再也没有了。

而今在这荒唐的梦境里，她踏着朱红的戒面花一步一步迈进昭宁殿，吝于给他哪怕一眼。他想开口，想唤住她，甚至追到她，可就像被谁紧紧拽着扼住喉咙，无法动亦无法说话。

古雅的殿门前出现容垣月白常服的身影，他看到她提起裙子飞快向他奔去，朱红的沙罗滑落她手臂，被风吹得飘起来，昏黄的宫灯一盏一盏熄灭，他们紧紧相拥在绯色的红樱之下。大片喜色的红刺痛他眼睛，他紧紧闭住双眼。耳边忽然听到一阵轻声的呼唤："陛下，陛下？"

他自梦中醒来，殿外是荒寒月色，宦侍点起一盏灯，孤独的烛焰在床帐上投下他的影子。清凉殿中，身下是容垣曾经躺过的龙床，他靠着床头，抓住脑中一闪即逝的念头,这张龙床,他们是否也曾在其上紧紧相拥,就像他在梦中看到的那样?

熟悉的痛意和怒意袭上心头,这些东西五年来断断续续折磨自己。可一切都是他所促成的,千百次的后悔也再换不回一切从头再来,她的决绝他最明白。

已再没有什么理由能够用来自欺,三月前,当他自祭台带走发疯的莺哥,那个戴着面具的小姑娘告诉他,若是她清醒,要做的第一件事怕就是为景侯殉情。手撑住额头,他轻轻笑了一声:"月娘,你果然已经不在了吧。"锦缎的被面散开一片湿意。

四更时分,有琴音自清凉殿缓缓响起。次日,平侯将寝居移出清凉殿,一把大锁将王殿封存。平侯在世的日子,这历代为郑王所居的王殿再也不曾开启。传说是平侯为一位故人留下的居所,若她的魂魄夜里归来,不至于找不到地方栖居。

【第三卷 杯中雪】

很久很久以前,我就想着,假如我有一个心上人,我要把我的愉悦和快乐全部弹给他听,把我的悲伤和难过全部哭给他听。

我的心上人,此时,他在这里。

第一章

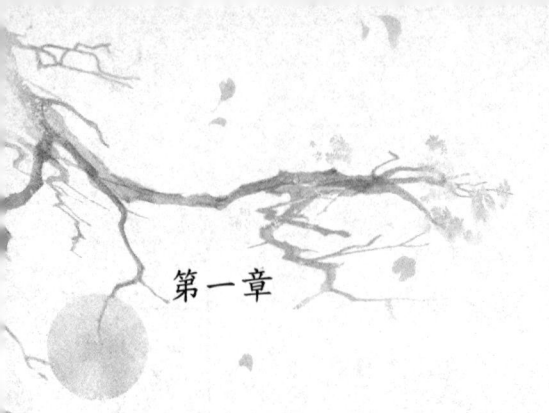

烛火映出慕言深海似的眸色，似有星光落入，而窗外风雨无声。良久，他将我揽入怀中："阿拂，以后可以尽情地哭给我听。"

一直没有收到君珲回信，令人担忧。慕言认为有小黄保护，没什么好担心的，看他这么乐观，我也不好意思提醒他，小黄早被典当进动物园了，至今不晓得赎回来没有。以我对君珲的了解，这件事是不能抱什么希望的，尔后想到世间好男风的兄弟何其多，又想到君珲这个少年何其多姿而婀娜，心情就有点复杂，看来君家十有八九是要断后了。

年前他还信誓旦旦说如果没人娶我他就娶我，命运如此安排，真是让人没有话说。但也没有其他办法，毕竟远水救不了近火，而且我们连他如今在哪里都不晓得，只能顺其自然。

慕言的意思是，既然君珲久久没有回信，便趁着他去晁都顺道将我送回君禹山。他要去中州北部的天子之都一趟，估摸一直打算做的那些事，时机终于来临。

我从来不认为慕言会没事儿陪着我一个小姑娘游山玩水考察各地风俗民情，很早以前就开始等待他说出类似离别的话，终于听到，一边觉得难过，一边却松了一口气。

路过寂寂荒山，路过莽莽平野，路过汤汤大河，路过哀岭孤村，我能看到时光流逝，就擦着指缝，在每日夕阳西坠之时，掰着指头数日子，计算着同他的分别之期，却不能像从前那样任性地一拖再拖预定行程。慕言觉得好笑："你为什么总看着我，我脸上有东西？"

我大着胆子凑过去："嗯，有东西，来，我给你瞧瞧。"

他配合地低头，目光揶揄，落在我眼睛里："那你仔细瞧瞧。"我想他是打趣，但这有什么关系，反正都要分开了，脸皮厚一点也没什么。

我点点头："那你闭上眼睛。"他果然听话地闭上眼。橄榄炭燃出微蓝的火光，窗外阵阵虫鸣，他好整以暇地坐在那里，做出一副任君采撷的模样，让人控制不住地就想伸手去摸摸这近在咫尺的脸、近在咫尺的眼，却不敢。

掌心都沁出汗，手指隔空划过他眉梢眼角，鼓起极大勇气，颤抖地落在他额际，这一刹那的触感和温度，我都会记得。终归是不能主动离开他，无论如何，都不能，而他的眉毛眼睛鼻梁嘴唇，他这张好看的脸，他脸上每一个生动的表情，这些全部刻在我心底，从此我们分离，但我要将心底的他记一辈子。

他微微偏头，额角紧贴住手指，静静睁开眼："阿拂？"

我手一颤，赶紧收回来，炭火无征兆地噼啪一声，良久，我将手伸到他面前："看，你额头上有个东西，给你拿下来了。"

他目光落在我空无一物的手掌上："哪里？"

我假装大吃一惊："咦？怎么不见了。"他似笑非笑地看着我，托腮不语。很多时候我都不知道他在想什么，让人迷茫，但这也没什么大不了，只要我知道自己在想什么就好。

君玮说喜欢一个人就会变得忧郁，因为患得患失。他说得有道理，待在慕言身边我总是患得患失，而我失去他，再也没有什么可以得到可以失去，留下的只是那些记忆中美好的他的样子，在心底开出珍贵的、最珍贵的、大朵的花。

燕子不归，紫薇浸月，北方花开，南方花谢。一路急行，来到姜陈边境。这时候发生了一件本以为在故事开头就会发生，想不到久久没有发生，最后搞得大家满心以为再也不会发生，它却莫名其妙发生了的事。

一件大事。

我被绑架了。

下山之时，君师父悉心嘱托君玮一路护着我，怕的正是这个。华胥引的玄妙世人知之者少，但也不是没有，只是传得神乎其神，说这个东西生白骨活死人，男人练了如何如何，女人练了如何如何，老人练了如何如何，小孩练了又如何如何……搞得男女老幼都很向往。

一大撮人都向往的往往就是一小撮人要消灭的，正因如此，有关华胥引的真实记载少之又少，虽已有数百年历史，却至今神秘莫测。本来以为，被扼杀到这种程度的秘术，在民间理应传不出什么令人觊觎的声威，君师父初派君玮跟着我时内心还多少有点抗拒，如今看来，君师父不愧是多吃了几十年饭的人。

天色渐渐暗下来，因是被绑架，手脚自然被缚住，但我着实是解绳子的一把好手，很快便脱困而出，看清楚身处一团锦被之中，抬头可见帐上金色流苏，视线之前，则是紧紧闭合的六扇翠屏。

床上屏风开六扇，扇面上绘的却非寻常小山水，皆是一男一女，时而秉烛夜游，时而诗画唱酬，还有两幅男子悠然煮茶闲坐抚琴的，看着很眼熟。心里冒出一个可能性，但随即将它推翻，觉得画画之人的水平不能差到这个地步。

179

我想，绑架我的人虽趁慕言外出将我掳至此处，但根据前文推论，多半不会知道所谓神乎其神的上古秘术其实被封印进一颗珠子里，埋入了我的身体，并且，他们一定不知道我是个死人，就算揭开这秘密，想必这些人也不能相信，因以死者之躯修习华胥引，自晁高帝行星瀚大典分封九州以来，我是唯一一人。

但还没等我更加清楚地分析当下形势，紧闭的屏风就嗒一声被推开了。赶紧将手脚都缩进被子里，抬头往前看，视线尽头处，一盏微灯。

推开屏风的是个侍女，此后撩起纱帐立在一旁，与夜色融为一体。比较有存在感的是坐在正对面的姑娘，不是面相问题，主要是扮相问题，宽袍广袖占那么大空间，想无视都不行。而灯火如豆，只能照亮方寸之地，着实不能看清姑娘面容，只是冰冷视线如附骨之疽。

孤烛渐盛，渐渐显出几案上一只青铜方彝，方彝中盛满碧色的酒。终于看清这个散发出冰冷视线的姑娘的模样，一半隐在明明烛光下，一半掩在梁柱阴影里，气质疏离归疏离，却是个难得一见的美人。

嘴里被塞了巾帕，说不出什么话。我做出挣扎模样，姑娘略略抬手朝侍女比了个手势，比到一半却兀然放下，自顾自冷笑了一声："真是糊涂了，解开你做什么，今日你只需带着这双耳朵就行了。"

话毕端起几案上满杯的方彝一饮而尽，跟跄几步到纱帐前，别开侍女的搀扶，一手捏住我下巴，扯掉面具后狠狠抬起，我不知做何反应，想她总不至于认为华胥引是藏在这张面具里罢。

半响，她细白手指爬上我额头处蜿蜒的伤痕，眸色冷淡，嗓音透出森寒之意："倒是个美人，只是，你难道没有听说过，别人的东西不能乱碰的道理？"

屋中静极，我仰头盯住她眸子，不知道她在说什么，但气度却不可失。对视许久，她唇角漾出一丝冰冷笑意，淡淡地："装出这么一副凛然模样，自己做的事，却这么快就不记得了？"

我仍然不知道她在说什么，还想着听这些台词不像是绑架我索要华胥引的，难不成是绑错了人？但背却挺得更直，而此时，她的头正好靠过来，青螺髻上的琉璃发簪擦过我额角，气息吐在耳畔，凉凉的，极轻："你喜欢他，乘虚而入地跟在他身旁，处心积虑曲意逢迎，渴望他对你刮目相看，就像个跳梁小丑，真是可笑，你难道不知他心中已有一位相知相许的意中人？"

我呆了一会儿，像是一道光凭空闪过，脑海里轰一声炸开，不可置信。本能地在回忆中搜索璧山上行刺慕言的女子，却只能记起一片蔷薇花海，那是四月春末。

面前的姑娘偏头看我呆愣模样，修长手指不经意抚过右侧鬓发。我才注意到，那墨如鸦羽的发鬓间簪了朵绢丝结成的……暗色蔷薇。

若她是秦紫烟，她一定从来没有忘记过慕言。

可她伤了他。

我不知该做出何等表情，也不知此刻是何等心情。只是想着，倘若我能早一日找到他，在他遇到她之前就把他从人群里找出来，今日又会是怎样。

可三年，那么多的日日夜夜，我没有找到他，临死也不能见他一面，天意使然。

她坐得靠近一些，手指移上额角，微蹙了眉，大约不胜酒力，微醺的面容映在暗淡烛火里，别有一种冷丽之美，像是看着我，又像是看向什么虚无之处，微微抿了唇："那时候，我还是赵宫里的乐师，在宫宴上遇到他，覆军杀将破城的将军，几次拓地千里，立下赫赫威名，整个赵宫，包括几位公主在内，没有哪个女孩子不仰慕他的。"

她的目光直直落在我脸上，勾起唇角："可他只带了我一人回国。"顿了顿，好笑地看着我："你只知他温文尔雅、风度卓然，可见过他耐心周旋，温存缱绻？"

我摇了摇头。她轻笑一声："我们在一起所经历的那些，不是你所能想到的。"

心绪一层一层缓缓压上来，像压了巨石，却不能做出任何退缩，就像野地里遇到狼，就算再害怕也要抬头瞪住它，先低头的那一个就输了。

这一生父王没有教导我什么有用的东西，除了这种越是心慌意乱越是镇定从容的伪装。我其实想要问问她，既然喜欢他，怎么狠得下心伤害他，而他伤得那么重，又怎么忍心一眼都不来看他。归根结底，是我想不通怎么会有人用伤害来表达爱。

人世间的事，永远是不通的比通的多，感情更是如此，我以为的一切只是靠我的经验，而明显我在这方面涉世未深。

门外响起脚步声，她神色变了变，起身嗒一声将屏风扣住，微光消失在眼前，只留那些之前不知道是什么，此刻看来是她和慕言日常相处的朦胧图案，在身侧漫成流云般的巨大阴影，连同丝帕一起扼住我的喉咙，令人不得言语。

还抱着一丝微弱希望，脊背挺得笔直，想得到什么不一样的结局，却听到房门被轻叩三声，缓缓开启。一个声音响起，如春日里一缕拂柳微风，伴着一声笑："我找了你很久，紫烟。"是慕言。女子略带哭腔地回应："我一直在等着你，一直，等着你来找我。"

肩背突然就不能承受很多东西，颓然靠住墙壁，那种临死前的寒意由脊背渐次滋长，牢牢拽住胸中的鲛珠，突然就感到一种疼。这可真是奇怪。

而恰在此时，床板忽然翻倒，反应过来时，已重重摔在一个什么地方，不知从哪里透出一丝朦胧微光，可依稀辨别这是一条长长的山洞。幸好此前已经从绳子里脱困而出，即便从很高的地方摔下，也没受什么伤。

靠着洞壁往上看，不知此刻厢房中是何种情景。

可以想象，窗外必有朗朗星空，而他踏着月色推开门扉，似他一贯的风雅悠闲，那句话怎么说的来着？"拂墙花影动，疑是玉人来"，却不是为的我。

我的逻辑很简单，觉得紫烟伤了他，便不能再是他的心上人，他不应该再喜欢她，我是个死人，其实也没有什么资格，但希望他能找到更好的人。

好吧我都是撒谎，我一点也不希望他能找到更好的姑娘。说白了我就是自私，但是，如果一定要选择，我宁愿他爱上其他的姑娘，但那个人一定不能是紫烟，就像容垣当时所想。可他们还是相遇了，看来彼此都旧情难忘。

秦紫烟说得不错，我就像个跳梁小丑，着实可笑。可若这就是所谓成人的，那些更加成熟的关于爱情的事，我不懂。看着自己的手，生命线消失的右手，想我果然还是不懂。心里觉得很难受，却不知该如何劝说自己。

我捡起地上的面具，用袖子擦干净，贴着额角戴好。还能如何呢，这就是分离了。我想着他，想着此后再也不能见到他，我的生命结束得这样早，在少年时和他相遇，却懵懂对事不知，等到明白过来，他已另有所爱。长长的山洞幽深静谧，像是没有尽头，我慢慢蹲下，将头埋进膝盖里，忍不住号啕大哭起来。

哭泣许久，也没觉得好受。事实证明，能够靠眼泪发泄出来的情绪都不是什么情绪，而无法用眼泪纾解的，也不会有其他更好的办法。

用袖子抹干泪水，我小声同自己讲，阿蓁，从此后就是一个人了，好好的别让人担心。喑哑嗓音回响在幽深洞窟，像有人在一旁耐心安慰，就有了一点勇气，也忘了是一个人。

攀着洞壁站起来，沿着山洞一瘸一拐走出去，沿途踢到许多腐骨，蓦地害怕，从前没有感知，离开后才明白慕言在身边时一直将我保护得很好，都让我以为自己就是个普通小姑娘，忘记了身为死者本不该有这样的恐惧。他们都和我一样，这些累在洞中的森森白骨。

辛苦摸出山洞，漆黑夜空里，并无想象中的朗月疏星，无根水似千军万马奔腾直下，浇在我头顶。一场滂沱大雨。

拨开雨幕夜行。秦紫烟将我困在山洞里，定料不到我会这样逃走，可慕言喜欢她，不会知道是她绑架了我，想到方才绊倒我的那些白骨，他们皆是为洞中瘴气所杀。她对我早有杀心，奈何我本就是个死人。

山峦如巨兽横亘眼前，湿淋淋张开血盆大口，参天老树似沉默的魅影，脚下凌雪花被石子般的雨点打得零落不堪。狂风从耳畔吹过，撩得雨滴倾斜，砸在身上，一层层浸入肌理落进心底，冷如寒冬里结冻的冰凌。

这场无尽的雨。远方有庭院透出微光，却是最危险的地方。我不知前往君禹山的道路，明白的只是朝着那要命的火光相反的方向，不停地往前奔跑。山路湿滑，尽管已经习惯在黑暗中视物，也会看不仔细，笨手笨脚时常栽倒，弄得满身泥泞。

觉得走了很久，再也不会被追到时才放下心，见到路旁一蓬矮灌木，缩到里边打算躲一躲这凌厉雨势。

鲛珠令我比常人更加畏寒，不再急着赶路，分散的神思集中回来，感到冷雨和着泥浆严丝合缝贴紧了身体的每一寸，冻得整个人只想缩成一团。雨过了就好了，我咬咬牙，抱着膝盖默默地安慰自己。雨过了就好了。

可深山里一场雨长得足够发生任何事，我考虑到很多危险，独独忘记雨夜里猎食的猛兽。险象环生，遍地危机，我却不自知。

等到发现的时候，那只云豹已立在我十丈之外，看体型尚未成年，荧绿的眼睛似两点森然鬼火，映着被冷雨浸透的毛皮，显出斑驳的花色。这只看似断奶不久的云豹谨慎地打量我，估计在考量面前这个镶在灌木丛里满身泥泞的家伙是个什么东西，能不能入腹。而我全身上下能拿来自卫的，唯有山洞里捡到的一只匕首。

此时什么也不能想到，也不会天真地觉得君玮或者小黄会突然从天而降，更或者，慕言会从天而降。假如有这种想法，就只有等死了。

对视许久，这只勇猛的云豹终于矫捷地扑过来，而我不知从哪里滋生出无谓勇气，竟没有躲开，反而握紧匕首对准它的脖子迎了上去。

自然是没有刺中。但无论它尖利的爪子在我身上划出多么严重的伤痕，我不怕痛，这就没有关系。不能眼睁睁看着它将我一口一口吃掉，执着地用匕首要去割断它的喉咙，全神贯注得只能听见耳畔一阵阵疼痛的怒吼，心中唯揣有一个想法，要快点杀掉它，别让它的咆哮引来其他猛兽。

匕首如愿扎进云豹喉咙时，血液喷薄而出，似一场红樱的怒雨，洒在我胸口，沿着纹路蔓开，一片刺目的殷红。高阔的天，一望无际的雨夜，匕首摇摇欲坠跌落地上，血珠浸入泥泞土壤。只能听见雨滴坠落，而我连呼吸声都不能发出，四围再没有一个活物。

恐惧终于沿着脚底缓慢爬上心头。君玮一向觉得我胆子很大，什么也不害怕，那是小时候，慢慢长大后，觉得很多东西不能失去，胆子越来越小，那些英勇无畏只是装出来在他面前逞强而已。

用手蒙住眼睛，我想起一个月前，有一个遇狼的月夜，那夜有无边星光，耀得璧山遍地银辉，有个人站在我面前似笑非笑："你该不会一直没发现背后跟了头狼吧?"拍着我的背安慰我:"别怕,不是已经被我杀掉了吗?你在怕什么?"

明知道眼泪无用,却不能克制,终于,在这寂寥雨夜里失声痛哭。泪水漫进指缝,我想着他:"慕言,你在哪里?我很害怕。"

我很害怕。

也不知过了多久,大雨却无一丝转小之势,打得密林沙沙作响。

隐约听到前方传来咆哮之声,像是一头猛虎。

费力地从泥水里爬起来,想着以卵击石会有多大胜算,结果是没有。以一己之力杀死一只未成年云豹已是老天打瞌睡,还想杀死一只成年猛虎,只能寄希望于老天长睡不起了。

显然不能抱有这种侥幸态度。不知鲛珠被老虎吞下会有什么后果。君师父说这颗封印了华胥引的珠子神秘莫测,仅以自身之力便能支撑一个死人足足活够三年。

我不晓得它能支撑一头猛兽多活多少年。最坏的境地是,今晚以后世上将产生一头长生不老的老虎,而它还不是小黄,这对于大自然食物链及生态系统的打击真是不可估量……向着虎啸声相反的方向拼命奔跑,其实,怎么样都好了,我没什么本事,可能已活不过今晚,可就算不能活着走出这片密林,也不能贻害苍生。

虽然有点怕,还是紧紧握住手中被雨水冲刷得干干净净的匕首,颤抖地对准胸口的地方比了比。如果被那头畜生发现,就将匕首狠狠扎进胸口吧,必须得毁了这颗鲛珠。

紧张地等待着,虎啸声却没有响起。雨滴砸进泥洼里,溅起朵朵散落水花,随落雨而至的凌乱脚步声定在身后。这样大的雨,却能听到急促呼吸。

"阿拂。"沙哑得都不像他的声音。我怔怔站在那里,像等待千年万年,却没有回头的勇气。眼角处看到他右手持剑,剑柄的宝石发出幽蓝光泽,映得衣袖处一抹显眼的红,似晕开一朵胭脂,风雅到极致。

这是他。能感到他的手缓缓搭在我肩上,顿了一下,越过肩膀横在胸前,一把将我揽进怀中。大雨滂沱,可我听不到任何声音,只觉得天荒地老,沧海化劫灰。他嘴唇贴在我耳畔,听见渐渐平复的呼吸,良久,极轻的一声:"你吓死我了。"

这是他。明明什么也闻不到,却感到清冷梅香牢牢裹住自己,两只手颤抖地抱住他手臂,仿似看到茫茫冰原里万梅齐放的盛景。

这是他。我听到自己颤抖的声音:"我以为,再也见不到你了。"身体被更紧地搂住,却小心避开左肩处被云豹抓出的伤痕,冰冷手指抚上我眼睛。

前一刻还觉得活不过今夜,而此时此刻,慕言他就在这里,所有令人不安的东西都羽化灰飞,可更大的悲伤却漫溢上来。本来想做出一副无谓模样,好叫他不能看到我的懦弱与悲伤。

却不能。眼泪涌上来，抽噎地哭泣着，越哭越不能自已。他静静抱住我，手指贴住面具，一点一点揩掉雨水和泪痕。可这样做根本是徒劳。半晌，他的脸颊贴住我额头，轻轻叹了口气。

很久很久以前，我就想着，假如我有一个心上人，我要把我的愉悦和快乐全部弹给他听，把我的悲伤和难过全部哭给他听。我的心上人，此时，他在这里。

看不清他的模样，只能感到身体被慢慢转过来。冰凉手指抚过鬓发，仍贴在我眼角："能自己走吗？"

我点点头，顿了一下，摇摇头。身体凌空而起，嗓音响在耳侧："不知道你哪里还有伤，痛要讲给我听。"

我摇摇头，顿了一下，点点头。他一定觉得我很可怜，那种悲悯一只被顽皮孩童射中翅膀的黄雀的感情，多么希望会是爱，如果是那样就太好了。我知道自己是妄想，可哪怕是妄想，也让我再妄想一小会儿吧。

被慕言抱回客栈，一路无话。大雨未有一刻缓势。

客栈门前，阔别已久的执夙撑着伞等候在那里。不知她为何突然出现，能想到的是，也许这一路慕言的护卫们都跟着，平时假装自己不存在，却密切关注主人的一举一动，等到主人遇险时纷纷从天而降，好似很拉风，但真是好奇这和偷窥狂有什么区别。

执夙收好伞欲将我从慕言怀里接过，正犹豫着是不是要下来，却感到搂住腰背和腿弯的手紧了紧。借着灯笼的一点暗淡光影，抬头时看清了慕言抿得紧紧的唇，被雨水淋得透湿的发，苍白的脸色。

从未见过他露出如此冰冷神情，就像严冬里一潭冻结的深水。我试着伸出手想攀住他肩膀，手指刚触到衣领，踩上楼板的脚步就停下来："伤口疼？"

雨水顺着他颊边发丝滴落，一阵狂风吹得执夙手中的灯笼摇摇欲坠，终于熄灭。我在黑暗里小心翼翼搂住他的脖子，感到没有什么反抗，轻声回答："不疼。"想了想问他："我很重吧，你是不是很辛苦？"

我已经知道他会怎样回答，一定是带着似笑非笑的神情调侃我："这时候才想起来我会辛苦？"可这一次，他却没有这样说。有东西在额头上微微停顿了一下，吐息温热。我想到那是什么，脸腾一下烧起来。

走廊上留下一串木质地板暗哑的呻吟。房门打开，看到紫鸢花的落地屏风后隐隐显出一只浴桶，有蒸腾水汽将青铜烛台上的三枝高烛笼得影影绰绰。

慕言将我放在地上，借着灯光查看我身上的伤势，发现只有肩膀上有些抓痕，唤了执夙一件一件嘱咐。而后似要离开，被我眼疾手快地一把抓住衣袖："你要去哪里？"他的脸上终于露出一丝笑容："我只是去换个衣服，等你沐浴完就来看你。"

尽管听说执夙在包扎伤口方面素质过硬，也只能对她的主动帮忙婉言相拒，随便找了个借口搪塞，她将信将疑，可考虑到我们这种一身秘术的人哪个不是一身秘密，还是退出房间容我自行处理。

幸好临走时君师父放在我身上那种治伤的膏糊还剩一小瓶，在雨地里泡过一回也只是有一点点进水。草草处理完肩上的抓伤，换上干爽衣物，慕言的敲门声已经响起，仍是那种不长不短不紧不慢的调子，三下。

门被推开，站在门口的慕言一身黑衣，领口衣袖处滚银线刺绣，手中端了碗驱寒的姜汤。我等着他来，沐浴的时候想过他会过来干什么，想了半天，后来觉得，他来干什么都不重要，一切只是和他相处，多处一刻是一刻，哪怕他只是来灌我姜汤的。

结果他果然是过来灌我姜汤的。第一反应是我真傻啊，刚才为什么不假设他是过来和我表白的呢？

咕咚咕咚喝完姜汤，他却没有离开的意思，坐在床边怔怔看我舔掉最后一滴汤汁，半晌，道："我十二岁的时候，第一次随父亲出征。"

这是个绝好的睡前故事开头，我将空碗放到床前的小几上，把被子拉上来一点，靠在床头听他讲这个故事。

"那时年少气盛，中了敌人的诱兵之计，被困在茫茫深山里。也是个雨夜，手下的一百精兵全部折损，尸体遍布在山道上，他们好不容易保下我，将我藏在一个山洞里。我在洞里听到不远的地方响起猛兽争食的怒吼声，知道它们争抢的是我部下的尸骸。那时，我身上也中了箭，就算一声不吭藏在洞里，血腥味也早晚引来这些野兽，成为他们腹中一顿美餐。可若是点燃驱兽的篝火，又势必引来追捕的敌人。两条路都是死路。"

他微微撑着额头，似在思索，认真模样和我一向所见大不相同。

看来他不常和妹妹讲故事，睡前故事哪有这样跌宕起伏的，我握住他的衣袖催促："那后来呢？"

他抬眼看我，映着烛光，眸子深海似的黑："我长到这么大，遇到的最难缠的境况不过如此，可那时，一点也没觉得害怕。"

我点点头："嗯，你很勇敢的，可，可后来呢？你是怎么逃出来的？"

他答非所问地拎起一只茶杯，放在手中把玩："本来以为，连这样的事也不觉得可怕，大约这一生都不会再有什么害怕之感。"

顿了顿，他抬眼道："包括那时我们初遇，你看到我被秦紫烟刺中。"

看到我惊诧模样，他云淡风轻地笑了笑，仍漫不经心地把玩那只粗瓷的茶杯：

"我算过，用那样的姿势，她会刺中我什么地方，我会受多重的伤，需要休养多久，有多少时间留给我弟弟让他趁机反我作乱。"瓷杯在他手中转了一圈："这件事很凶险，一分的偏差都足以致命。可直到刀子在意料之中落下去，顺着看不见的刀锋调整身形承受时，也没有感到多少害怕和恐惧。"

瓷杯移到左手，他淡淡道："仿佛生来就不懂得，天生缺少恐惧这种情绪。"

我震惊得说不出话，半天，能出口的却只有一个句子："万一被刺死了呢？"想到秦紫烟，想到他，他的那些周密算计，他和秦紫烟是真是假，好像本能地都可以不去在意，唯一担心的还是，万一呢？万一他那时被秦紫烟一刀刺死，死在我的面前，我找了他一生，看到他鲜血淋淋躺在我身边，却不知道他是谁。我吁了一口气，幸好老天爷没有让这种荒谬的事情发生。

茶杯扣在桌上，烛火晃了晃，他低低重复那两个字，万一，却轻笑了一声："不会有什么万一。就像解数术题，有一万个步骤，每个步骤都精确无误，就是一万之一万，不会产生什么万分之一的失误，若是有，那也是因为解题不够周密……"

我打断他的话："可世间的事，又不是每道都是数术题，人有情绪，会害怕，就一定会有万一。"

他手指撑着额头："哦？那你告诉我，阿拂，为什么人会害怕？"

这种问题完全不需要思考："因为有想要守护的东西啊。"

他看我良久，缓缓道："你说得对，那是今夜我害怕的原因。"

我不知道话题怎么突然就转到这里，脑袋没反应过来，半晌，愣愣地："可你说你从来不会害怕……"

他伸手过来握住我的手："今天晚上，我很害怕。"

我愣了愣，反应过来他在说什么，整个身子都僵硬了，手本能地微微挣开，又被他握回去："是我的错，不该把你一个人丢在客栈里。"

我不好意思道："也不能怪你了……"

他补充道："明知道你这么笨，身手不好，又容易相信人。"

"……你够了。"我愤怒地看着他，"其实都是你……"

却被他打断："我喜欢你。"

前后巨大的反差搞得我神智要崩溃。

手竟微微地发抖。

可这样好听的话，这样好的事情，这一定是在做梦吧。几乎是本能地闭上眼睛，四围静寂，只听到窗外雨声渐微。

果然是梦吧，不是经常听说这样的故事吗，谁谁自以为天上掉馅饼遭遇到什么好事，满心欢喜，谁知鸡啼之时才发现不过黄粱一梦，沮丧万分。

窗棂啪地响了一声，我惊得跳起来，毫无心理准备地睁开眼，看到一只浑身湿透的麻雀闯进来，胡乱在地上扑腾。紧张地将眼风一点一点扫到床前，首先入目的是一双鞋，再一点一点移上来，慕言哭笑不得地看着我："我在等你的回答，你闭上眼睛装睡是什么意思？"

竟是真的。

我咬着舌头结结巴巴地问："什……什么回答？"

他将我的手从被子上掰开，握在手里，脸上是一贯的神情，微微含着笑，看进我的眼睛："我喜欢你，阿拂，你是不是也喜欢我？"

我茫然地看着他，脑袋一下子空白，听到自己的声音镇定响起："你说的喜欢，是像喜欢你妹妹那样的喜欢吗？如果是那样的喜欢，我也像喜欢哥哥一样地喜欢你。"却完全不知道自己在说什么。

他将我拽出被子来一点，微微低了头，这样就能够目光相对了。他看着我，难得严肃地、一字一顿地："你想我对你抱有什么样的感情？我从前说过，嫁给我会有很多好处。倘若我一生只娶你一人，你愿不愿意嫁给我？"

我看见白梅的冷香渐盛，织成一幅白色的纱幔，在这冰冷雨夜里渐渐升起，朦胧了整个斗室。其实都是幻觉。但那个星光璀璨的夜晚我初次见到他，就像看到二月岭上，漫山遍野的白梅绽放。他嘴角挂着那样的笑容，安安静静看着我。冷风从被麻雀撞开的窗棂处灌进来，窗外的紫薇花树摇曳满树花枝，紫色的花瓣在夜色里发出幽暗的光。

上天能让我们再次相遇，已经是最大的福祉，我在心底幻想过他会喜欢我，但从来没有觉得这会是真的，从来也没有。他问我愿不愿意，怎么会不愿意呢？可我，可我连个人都算不上。

这样的我很想抱住他，却不敢。

活着的人和死去的人本无可能，只是我太执着。这是我在世间最喜欢的人，我在心底小心翼翼珍藏着他，想要保护他，从来不希望伤害他。

点头是最容易的事，可倘若有一天，让他明白眼前这姑娘是个死人，他该怎么办呢？我该怎么办呢？

就像过了一辈子，我鼓起勇气握住他的手指，颤抖地放到鼻端。他的神色有些莫名，我却不敢看他接下来会有的表情，忍着心中的酸楚颤声道："感觉到了……吗？慕言，我没有呼吸。"

鼻尖的手指顿了一下。而说出那句话，好像一切都能坦诚地说出来："你是不是惊讶很多时候我都不怕疼。"我咬住嘴唇，费力压下就要破喉而出的哽咽："因为我根本感觉不到疼,也闻不到所谓馥郁花香,也尝不到酒楼里被人称赞的那些珍馐美味。我表现得好像很喜欢吃翡翠水晶虾仁饺,其实吃起来如同嚼蜡,只是从前,从前喜欢吃罢了。"

抬头用双手蒙住眼睛,眼泪又开始往下掉,一切都完了。牢牢靠着床头,就像一望无垠的大海里靠住唯一的一根浮木:"你说你想娶我,我愿意得不得了,可这样的我,你敢娶吗?"一切都完了。

许久,他冰凉手指停顿在我耳郭处,贴着银箔的面具缓缓攀上额头。我用一种破罐子破摔的心情等待他将掩着我眉目的银箔揭下。

面具揭下之时,却不敢睁开眼睛。他一定看到我死气沉沉的苍白容颜,一定看到我额头上那道长长的疤痕。这个难看的,游离于生者死者边缘的姑娘,他会怎么想我?

曾经听说过一个故事,讲一只木偶爱上了自己的主人,因缘巧合之下被秘术士施术变成人类女子的模样,嫁给了自己的心上人,可秘术终有失效的一日,魔法消失后主人被木偶的原型吓得昏死过去,而这只残存着意识的木偶,在昏倒的主人身边,用一把锋利的刀子肢解了自己。

此时的我就像那只肢解掉自己的木偶,她的主人看到她感到害怕,却不知她比他害怕一万倍。

抚上眉间的手缓慢绕过额头,行至左耳,正是那道疤痕生长的地方。我最不想他注意到的地方。可他的手堪堪停在那里,阻挡了我最后一点破釜沉舟的勇气,说不出"你我缘尽于此今生再不相见"之类在君玮小说里常见的狠话。

鬓发被拨开。窗棂的噼啪声中,他轻声道:"阿拂,睁开眼睛,看着我。"

我紧张地握住衣袖,一边觉得不能拒绝他这个提议,一边又害怕睁开眼会看到不想看到的东西。终究情感战胜理智,惶然睁眼,晃眼过去,慕言脸上的神色前所未见,却并不像是什么厌恶恐惧,更像是面临一场没有把握的战争,肃然得近乎严谨。

我呆呆地望着他。

他微皱的眉舒展开,将我拉得更近一些:"这些事情,你能自己告诉我,我很高兴。"

我抬起左手捂住额上的疤痕:"你,你不害怕?"

他摇摇头,像是听到什么好笑的事:"为什么要害怕?"

怎么可能不害怕,有时午夜梦回,想到活死人一样的自己,常常忍不住感觉恐怖,连我自己都如此,他竟然就这样平静地接受。

对面铜镜里映出小姑娘捂住额头的滑稽模样,我将身体往阴影处藏了藏,苦涩道:"我同真正活着的人完全不一样,而且,你看到了,我是个丑八怪。"

他将我从阴影里拉出来,果然认真地打量我,目光所过之处,像被火焰灼烧之后又浸入寒潭冷冻。我在冰火两重天里将头扭向一边,他侧过身子,拿下我捂住额头的胳膊握在手中:"为什么觉得自己是个丑八怪?若是连名动天下的……"

说到此处,他低头轻笑了一声,似在自言自语:"我原本想过会是……却没想到果真如此。"抬头时右手抚上额头处丑陋的疤痕,"若那时我能预知我们此时……"却终归没有将这些话讲出来。我不知他想要说什么,只隐约地明白,那是我不能也不需要去了解的东西。

他的手停在我脸颊上:"开心一点,这道小小的伤疤无损你的美貌,你是我见到过的最好看的姑娘。"拇指扫过眼下泪渍,认真地看着我,"那些事有我在,你只需要在我找到办法之前努力活着就好了,能办到吗?"除了点头,都不能做出多余的动作。如果这是个梦,那最好一辈子不要醒来。

就在我一个劲儿点头的时候,一只勾云纹的玉佩被系在颈上。羊脂白玉在胸前发出莹润饱满的光,他端详我胸前的杰作,嘴角勾起好看的笑:"这是聘礼,我给了你我母亲留给我的最重要的东西,你要给我什么?"

我不知道该给他什么,找遍全身,将所有东西全部翻出来,有还剩的半瓶治伤膏药,有从他那里要来的那只玉雕小老虎,有背地里偷偷画的他的半幅小像,还有那只专门买给他却一直没能送出去的透雕白玉簪。

他好奇地看着我:"这是……"

我将这些东西往他面前推一点:"你……你随便选。"我没有钱,买不起什么贵重的好东西,只希望拿得出来的这些小玩意里,哪怕有一样是他会喜欢的。

他看了我好一会儿,捡起那只白玉簪:"你画那幅画,就是为买这支簪子给我?"

我不好意思地点了点头,有点尴尬地和他解释:"听说这个玉是古玉来着,做出来的簪子有两百年的历史了,雕工也好,说是一个什么什么名匠做的,老板一定要三百金铢……"

话还没说完,看到烛火微暗,他倾身而来,毫无征兆地吻住我的嘴唇。能感到颊边温热的吐息。我呆呆地看着他,不知道像这样的时刻所有女孩子都会闭上眼睛。近在咫尺的这个人,他有长长的睫毛,眼角暗含笑意。我这么没用,连接吻也不会,他却耐心周旋,诱导着我微微张开嘴唇,容他温柔吮吸。想到这一路的峰回路转,眼角一酸,眼泪又忍不住下掉。

他抵着我的额头,伸手抹干不断涌出的眼泪,轻声地笑:"爱哭鬼。"

我跪在他身前,搂住他的脖子抽泣着辩驳:"我才不是爱哭鬼。"

他的手揉乱我头发:"哦?又有什么大道理,说来听听?"

我离开他一点:"好吧,我是爱哭鬼。可是,爱哭不是什么羞耻的事。我觉得泪水是世间最不需要强忍的东西,有时候我也想忍住,让别人觉得我很坚强,但忍不住的时候我就不会忍,因为后来我明白坚强只是一种内心,爱哭不是不坚强,哭过之后还能站起来,能清醒地明白该走什么样的路,做什么样的事,我要做的是这样的人。你想,要是连哭都不能哭,我的那些恐惧和担忧要用什么来证明呢?我还活着这件事,又该怎么来证明呢?"

烛火映出慕言深海似的眸色,似有星光落入,而窗外风雨无声。

良久,他将我揽入怀中:"阿拂,以后可以尽情地哭给我听。"

我趴在他的肩头,像步入一个巨大幻梦,那是我心之向往,是我的华胥之境。他漆黑的发丝拂过我脸颊,有一棵小树从心底长起来,开出一树闪闪发光的花,相拥的阴影投上素色床幔,盈满我眼帘。

第二章

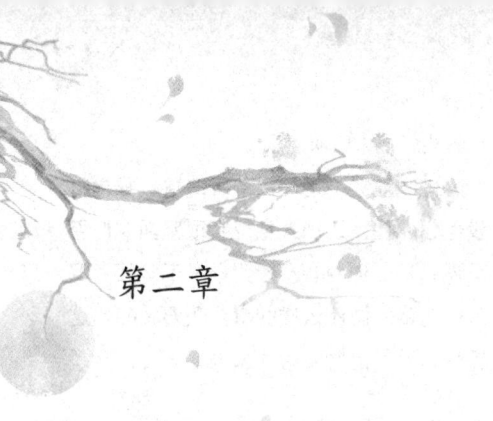

他似乎毫不在意，也许已经忘记少年时代曾在这里邂逅一名女子，那女子黑发白衣，撑着孟宗竹的油纸伞，不知在何时死于何地。

这天早上，我们终于收到君玮来信，得知他和百里瑨在一起。信中写到，他们此时正在杞中着手一项有关幻术的研究，这研究是，如何利用药物精确控制凶兽在人形和兽形之间的无差别转换。

秘术之流君玮完全搞不懂，跑腿什么的他倒是很在行，估计是在不知道怎么偶遇之后被百里瑨拉去做免费苦力了。字里行间透露出此时这研究正处于初级阶段，要转换成功，首先，需要找出一个让人吃了可以变凶兽的东西，问我有没有好提议。

我认为，想要变凶兽的就没有，想要变禽兽倒是可以去买点春药，但春药这东西，人吃了可以变禽兽，禽兽吃再多……只能变得更禽兽，从而生出一堆小禽兽……

慕言听闻此事，沉思片刻，改变主意决定将我直接送去杞中。这感觉有点像家长要出去做什么大事而必须把孩子送往某个地方集中托管，结果这些做大事的家长往往不会再回来或者再也回不来，徒留下孩子们分别长成不良少女和少年……我本能地觉得应该跟着慕言，但他认为我应该待在安全的地方，杞中即是万无一失的安全之地。

虽然马上表示可以和他同甘共苦，却被四两拨千斤地驳回："有些地方对女人来说很危险，对男人来说只是微妙罢了，你跟着才让我担心。"

我觉得应该相信他，但还是要通过一些手段打消他把我送走的想法："你不知道吧，君玮以前一直说想要娶我来着，你怎么这么傻，非要把我送去他身边，这多不安全。"说出这番话，却忽视了面前这个人一向喜欢挑战极限，立刻被拎起来扔进马车里："他试试看。"

星夜赶路，直往杞中。

卫国与陈国一衣带水，水是端河，而端河的发源地就是陈国的杞中。但杞中却不因端河出名，令杞中出名的，是铸剑世家公仪家族。

传说公仪家家史悠远，祖上曾参与过人类与夸父在巨石盆地的决战，尔后弃武从商在枑中立业，累世铸剑，因曾立下军功颇能享受一些特权，直至陈国分封，已富可敌国。每一代陈王均会将最宠爱的女儿下嫁，导致本家这一支血脉与陈王室纠缠不清。

世人都觉得陈王下这一手棋为的是公仪家的财富，我有时候会有不同看法，但无论如何，历七百年传承二十五代的公仪家在七年前已被一场大火烧干净了。

想来七年前真是发生了不少的事，那时我年少无知，生活在清言宗，听到一个遥远且素未谋面的家族毁于一场大火的消息从国宗的高墙外传进来，觉得这着实和我没什么关系。

师父说："你是卫国公主，天下大势总该懂得几分，公仪家如何富有，被毁掉等于断了陈王一截胳膊，无论如何，对卫国都是件好事。"

我的感想是："焉知不是陈王所为。"

师父沉吟半晌，而后，第一次从他口中听到了凶兽千河的传说。凶兽千河，千劫之后，血流成河，这是公仪家的守护神，沉睡于太灏河之下，累世守护公仪家太平。我其实有过疑问，觉得所谓凶兽怎么能叫千河这种连最文艺的文艺青年都不好意思叫的名字，假如一定要有千劫之后血流成河的寓意，叫后河也比千河好啊。

但这不是主要问题，主要的问题是，如此强大的一个家族，又有守护神的庇护，为何会一夕之间毁灭殆尽？陈王是办不到的，只能有一个解释，就是公仪家正是被他们的守护神所毁。

我从这故事里得出的教训是养守护神果然是一件很高危的事情，而师父看得更远："很多事情，有因才有果，有果必有因，公仪家遭此灭顶之灾，必有前因，就如倘有一天卫国被毁，也会有前因，你可以不懂因果，但你要看到后果，做事之前，多想后果。"

我对公仪家印象深刻，正因师父说的这一番话，这些话我至今记得，除此之外也觉得那么多钱被一把火烧干净真是有点可惜。当然这个古老家族是不是真如我们推测那样灭亡至今仍是个谜，但有所听闻的是，两年之后，公仪家第二十五代家主公仪斐在一片废墟里重建了门庭，实乃青年俊杰，只是重建后的公仪家再也不沾铸剑这门生意，倒是经营起钱庄玉楼之类。这些都是后话了。

突然想起这些传说与旧事，无外乎是此次慕言要送我去的地方，正是枑中的公仪家。在他回来之前，我会在那里等待。细想也没有什么，人生不就是等和被等这两种状态么，用来丈量两者之间距离的，不过人心。从前咫尺天涯，希望而后能天涯咫尺，但最好的状态还是只要咫尺不要天涯，就好了。

不日便来到孤竹山下，已是枑中境内。

慕言说孤竹山半山建了公仪家的别居佛桑苑，翌日会有人来接我们上山。想象君玮和小黄此时就在不远的地方，不管是在哪个地方，没有疑问的是，分别多日之后大家即将见面，更加没有疑问的是，见面君玮一定会打破砂锅问到底，追问我们离别境况，这一身伤真是无法和他解释。

我躺在床上，想着一路分别，还是有点想念，尽管这个人有时候神经会搭错线，但是不搭错线的时候，也是个不错的有前途的青年，尽管这样，不想被他念叨就只有隔个几天再让这次会面发生。想着想着就有点迷糊，是快要入睡的征兆。

所谓死亡，只是黑暗罢了，天地万物归于黑暗，而你在黑暗之中寸步难移，这也是死者的睡眠。可当身体似躺进棺材沉入地底，熟悉的黑暗沿着脚背攀爬而来时，眼前却陡然撕开一片亮光。我很确信，此时并没有睁开眼睛，也睁不开眼睛，却清晰地看到亮光蓦地爆开，将天地都铺满，尔后似一场浓雾渐渐消散，百步高的青石台阶，台阶之上，一座辉煌山门。

烟雨霏霏，半山紫红色的重瓣佛桑花隐在霏霏烟雨后。巍峨山门绮柱重楼，楼门上悬了副巨大的五色珠帘，风拂过，吹得五色帘微微掀起来，叮当、叮当，丁零作响。

珠帘旁静静立着的女子撑了把孟宗竹的油纸伞，手柄处竹色一看便知，伞面未有任何点缀，像是送葬用的，纯白的伞，伞柄微微抬起来，露出女子佩了黑玉额环的白皙额头，细长的眉，清冷的眼，高挺的鼻梁，微抿的淡色的唇。

白衣白裙上唯一的别样色彩是未挽的发，似笼在烟雨里泼墨写意的一方瀑布，齐齐垂在身后，直至脚踝。冰雕似的一个美人。

不过三步台阶，微有裂痕的青石板上，白衣男子弯腰拾起地上一只打磨光滑的黑玉手镯，抬头时，竟与女子有着五分相似的眉眼，只是眉不似那般细长如新月，眼不似那般清冷如寒泉。

虽同女子一样白衣白服，袖口处却以紫线绣出重瓣的佛桑花，修长手指从袖子里伸出来，握着那只黑玉镯。"这镯子，可是姑娘的？"眼里含着似有若无的笑意，"在下与姑娘，似乎在哪里见过。"

纷纷雨下，青石板上的石苔被雨水淋湿，草色渐深，重楼上白玉钩带，悬空的巨大铜镜里映出漫山红花。

风流蕴藉的翩翩少年微仰头看着台阶之上倚着五色帘的女子，雾雨岚岚，她撑着孟宗竹的油纸伞一步一步走近，软丝的白绣鞋被雨水打湿，露出鹅黄色的鞋边。

隔着一层台阶，她自他手中接过被雨水洗得莹润的黑玉镯，泛着冷光的白皙手指擦过他指尖，他握住她手指，她垂眼看他微怔神情："多谢。"

她等着他放开她，不远处有孤笛渐响，他却没有放开："在下，杯中公仪斐，敢问姑娘芳名?"

她微微抬高油纸伞,垂眼定定看着他,良久,声音似泠泠珠玉,似乍然盛开的一朵冰冷佛桑花:"永安,卿酒酒。"

蓦地睁开眼睛,假如我能呼吸,一定要大大喘一口气,窗外圆月高悬,月色悄然穿过窗棂,在床前投下或明或暗几道影子。

那不是梦,是封印在鲛珠中的华胥引捕捉到的意识,这意识孤零零盘旋在孤竹山中,裹着岚岚雾雨,冰冷却又备受珍重的样子,像空自繁华的一场镜花水月,又像寂寞着等待谁来添写最后一笔的水墨丹青。

天地间游荡的能被华胥引所感知的意识,只能是死者遗留在世间的执念,还得是特别执的执念。

一座山门、一幅五色帘、一方落雨、一柄油纸伞,佛桑花的花季里,一对少年男女如此相识,这件事一定对死去的那个人意义重大。回忆方才山门前所见情形,想死掉的可能是那个握着别人手不肯放开的白衣少年,不禁觉得有点可惜。

直到想起他们的名字,才觉得有点不对,枢中公仪斐,若非重名,明天一大早从山上下来接我们的公仪家第二十五代家主也是叫这个名字。这么说来……我所看到的,是那位白衣女子的意识?

原来她才是死去的那个人,永安,卿酒酒。

一夜不能安睡,总觉得眼前有些袅袅的影子,却看不真切。

第二日在泠泠琴音中醒来,天光大开,几只不知名小鸟立在窗格子上欢快啾鸣,正是夏日晨景。

爬下床边边揉眼睛边推开窗户,翅膀扑腾声响在耳侧,抬头望向院子深处,正看到合欢树下慕言盘膝而坐的身影。

似乎每次离别都是他在抚琴。执夙立在一旁,不远处站了个白衣青年,逆光而立,看不清脸,估摸就是来接我的人,多半是公仪斐的随从之类,想到此处,隐有抗拒。

巨大的合欢树开出绒球似的花,金色晨光自叶间滑落,洋洋洒洒落在蚕丝拧成的七根弦上,随着慕言手指拨弄,隐隐绽出光点来。

琴端流淌出柔软悠长的调子,似飓风一夕之间吹绿大漠戈壁。只有他才能弹出这样的琴音。温暖细流缓缓淌过心底,我打开门噔噔跑出去。

琴音戛然而止,与此同时感到脚下被什么东西一绊,正要控制不住一头栽下去,被疾步而来的慕言一把搂住:"一大早就投怀送抱的,真叫我受宠若惊。"我想,明明是我比较受惊,本着抱一次少一次的想法,趁机往他怀里缩了缩,斜眼瞟到脚下,原来是一篷凌乱草藤。

背后隐约响起抽气声，估计看我半天没说话，头顶传来慕言清沉的嗓音："怎么了？"

我揉揉鼻子，双手紧紧搂住他的腰，闷闷应了一声："没什么，多给你抱一会儿，开不开心？"

"……"

我记得君玮小说里那些古人离别，总是发生在细雨蒙蒙时，至交好友执手相看泪眼，饮尽浊酒，折柳相赠。但此时晨曦曜曜，露出即将艳阳高照的模样，举目不见半棵垂柳，着实没有办法营造出悲愁气氛。

我舍不得慕言，按理说离开他是件伤感的事，但自从晓得他也喜欢我欣赏我什么的，那些难过和舍不得全都变成甜蜜，妥帖地安置在心底，他总会来找我，总会相见的，这么想着，我简直勇气百倍，更不要说有什么悲愁情绪。

但所谓离别，终归要有所表示，没有柳枝就只能就近拿个什么别的枝来代替了。我使劲掰了半天掰下一根合欢树的小枝丫郑重放在慕言手心。

刚要说出嘱咐他的话，却听到扑哧一声笑，抬头发现声音来自不远处的白衣男子。这人站的角度着实刁钻，隔这么近仍看不清面容，只能大致地瞧见右手里暗自把玩着一只黑色类似圆环的什么东西。我狠狠朝那个方向瞪了一眼，打算继续嘱咐慕言，一转头却瞧见他高深莫测地盯着手中的合欢树枝。

我莫名其妙看着他，不知道一根破树枝有什么好看的。

半晌，他忍着笑意抬眼："别人离别时以柳枝相赠，取的是挽留之意，今日我们分别阿拂你以合欢枝相赠，该不会是……"

我更加莫名其妙地看着他："是什么？"

他收起树枝，一本正经言简意赅吐出两个字："合欢。"

"……合你妹！"

对话过程中，立在琴旁的执夙表现平静，那个白衣的神经病却一直闷笑，此时终于止不住大笑出声："世……公子，你是从哪里捡到这么个宝的？"

声音有点熟悉，慕言颔首帮我理了理衣领，没说什么，而我暗自回想在哪里听到过这样的音色。还没想出所以然来，嘴欠的白衣青年已从竹舍铜镜反射的那团光晕里徐徐迈步出来。

曜曜晨光下，我目瞪口呆地看着面前逐渐清晰的脸，鬓若刀裁，眉如墨画，眼似秋水桃花，行止风流从容，除了比昨夜所见的少年多了些岁月刻印外，竟看不出有什么不同。杯中，公仪斐。除此之外，一直被他握在右手里摩挲把玩的东西也笼着树荫分明映入眼底，我眼皮一跳，不知道怎么就问出那样的话："你手里那只镯子，是谁的？"

他愣了愣，将黑玉的镯子举起来迎着晨光观视了一番："你也觉得它漂亮？"眼角仍盈满笑意，是钟爱的模样，说出的话却冷淡得听不出半丝钟爱情绪："不知道，好像生来就带着了。"一个字也没有提到镯子原来的主人。

慕言将我托付给公仪斐，纵然我对这个白衣青年此时表现满腹疑惑，但想想师父在世时传授给我的乱世处世哲学，诸如"人生在世，少管闲事啦""路见不平，绕道而行啦"什么的，就默默打消了搞清楚这件事情的念头，一心一意等着慕言嘱咐完公仪斐回来。

不知两人说了什么，隐约听到公仪斐低笑着揶揄："说出去只怕没人相信，传说中狡兔十窟、凡事都留足后路的慕公子竟然会有软肋，且还是这么一个天真娇弱的小姑娘，唐国和楼国那两位公主倘若知道了得吐血而亡吧。"

我耳朵一动，伸长脖子观察慕言反应，看到他摇着扇子略瞟了我一眼，很快转回去，侧脸可见嘴角挂着漫不经心的笑意，声音虽压得低，还是被我听到了："这种事，你不是一向最有研究吗？所谓软肋，要么亲手毁掉，要么妥帖收藏。虽然自古以来成大事者多半选的是前者，不过我这个人，一向觉得人生浮世短短百年，能有一个软肋在身上，也是件不错的事。"

公仪斐惊讶地抬头看了他一眼，说实话我也挺惊讶的，忍不住愣愣看着他，大约是察觉到我灼灼的目光，他目光微微扫过来，我赶紧正襟危坐，假装什么也没有听到地把头扭向一边，但心里却暗暗地想，这个人，我要对他很好很好。

未几，两人谈话结束，公仪斐尾随在慕言身后，一前一后徐徐踱步过来。日头上中天，差不多该是出发的时辰了。看慕言的模样像是还有什么话要对我说，但我没给他这机会，抢在前头，生怕没有时间，拽着他袖子急切地讲出一直想嘱咐给他听的那些事情。

"晚上要早点睡觉，不能熬夜。"

可能会让他觉得幼稚。

"睡觉要盖严实，不能踢被子。"

那些更加成熟的姑娘们，面对这样的分别时刻，一定会有更加成熟的方式。

"天冷要记得加衣服，不要因为觉得身体好就不管它。"

但那些事情我不了解。

"不能挑食，青菜和肉什么的，每样都要吃一点。"

假如我跟在他身边，就会慢慢地学着像这样照顾好他。

整个竹舍一时寂静，也没有听到谁的嘲笑声，还有最重要的没有说完，我舔了舔嘴唇，得一鼓作气说下去，喉咙有点干，正当要再开口，却突然被慕言闷笑着打断："这些，明明是我要对你说的吧……"

我瞪着他:"我是认真的。"

他研究我神情半晌,收起玩笑神色,顺便收起扇子,点点头:"好,我记住了,还有呢?"

好不容易鼓起的勇气被打断,就有点难以为继的感觉,我抬头飞快瞄他一眼,咳了一声,瞪着地面:"还……还有就是……"调整出恶狠狠的语气,"不准看什么别的美人,有美人跟你搭讪也不准理她们!"

他闷笑出声,手搭在我肩膀上:"嗯,还有呢?"

突然就有点伤感了,我垂头丧气地看着鞋尖:"要早点回来接我。"

头被抬起来,他定定地看了我一会儿,额头被蜻蜓点水般触了下:"等山上的佛桑花谢了,我就来接你。"

在这个艳阳如炙的盛夏晨日,我们一个向着山外,一个向着山里,南辕北辙的两条路各自延伸千里,仿佛无终的命运。

我不能预知,却隐约感到不安,自古以来,那些惜别以花期为诺的男女,似乎都是错过,因过而错,因错而过。

繁华景物都在身边过去,一路燕啭莺啼,不久,眼前出现一段长而斑驳的青石阶,浓荫掩映,台阶角落长满碧色苔藓,像一幅锦缎暗绣了同色的边纹。停下脚步抬头望上去,绮柱重楼,白玉钩带,五色帘有耀目光彩,眼前的巍峨山门同昨夜所见毫无二致。

公仪斐转身看我:"君姑娘可是累了?"

其实只是脑中顿然浮现那个撑着孟宗竹油纸伞的顾长身影罢了。我摇摇头,跟着他一路踏上这段年代久远的青石阶,临近山门,到底还是没有管住自己的嘴巴:"这孤竹山,是公仪家的产业?"

引路的公仪斐顿了顿,重楼正中悬挂的巨大铜镜映出他白色身影:"从前不是,孤竹山是佛桑花的圣境,每到佛桑花期,赏花之人多得要将山路踏平,所以五年前我将它买回来了,这么个清幽之地,还是安静点好。"

我紧随上两步,来到山门正下方,及手触到阳光下斑斓的琉璃珠帘:"山门看上去有些年头了,这副五色帘倒还是崭新。"

公仪斐似笑非笑摩挲着手中玉镯:"一月换一副,五年来光这一项就不知烧了我多少钱,能不新吗?"话罢打起帘子:"君姑娘,请罢。"珠子乍然撞击,发出叮当脆响。

我伸手稳住撞击的珠串:"其实撤掉这副帘子也不碍事吧,这样常换常新,着实浪费了些。"

他低头做出考虑的模样:"也不是不可,但总觉得,撤掉它,就少了些什么。"

我看着他："少了些什么？"

他顿了顿，若有所思拂起一串珠帘："大概是，烧钱的快感吧。"

"……"

我不知这座山门对公仪斐意味着什么，他似乎毫不在意，也许已经忘记少年时代曾在这里邂逅一名女子，那女子黑发白衣，撑着孟宗竹的油纸伞，不知在何时死于何地。山门旁古树参天，迈步而过的那一刻，感到那些细密叶缝里藏了无数双眼睛，正冷冷地看着我。这巍峨山门是那死去女子不能消散的执念。可我不做死人的生意。

山门后又是百步石阶，石阶之上，丛林掩映一处深宅大院，规模堪比王室行宫。想来公仪家果然十分有钱，慕言竟与这样的家族有所结交，真是让人担心。

一路无话，临近宅邸，看到宅门紧闭，门前空无一人，正觉奇怪，一个小厮打扮的少年骑着匹瘦马跌跌撞撞不知从哪里跑出来，几乎是摔下马地哭着跪倒在公仪斐面前："大人您可算回来了，大人和大小姐又打起来了，宵风快死了，翠儿姐姐让我赶紧来找您……"

少年话还没说完，眼前白影一闪，公仪斐已将我一把带上那匹喘气的瘦马，箭一般绕着院邸高耸的围墙疾奔而去。我在马上只来得及问上一句话："那什么，夫人？大小姐？"

头上传来公仪斐模棱两可的回答："家姊与拙荆不睦日久，偶尔会小起争执，让君姑娘见笑了，真是惭愧。"倒是一点儿听不出什么惭愧之意。

风在耳边呼啸，我鬼使神差道："你姐姐同你，是一胞所生？"

身后一片沉静，半晌，听不出情绪的一声笑，隐隐含了四个字，定定地："一胞所生。"

手里握着的马鬃一滑，我差点儿没控制自己跌下马，怎么可能，四个字含在舌尖转了三遍，终归没说出来，和着呼呼冷风惊讶地吞进肚里。

说真的，公仪斐竟有一个胞姐活在世间，这件事比说君玮从小到大暗恋我还不可置信。传说中，杯中公仪家本家这支血脉绝不允许双胞胎存在，假如生出双胞胎，一定是留一个杀一个。

这件事主要归功于守护公仪家的凶兽千河太废柴。一向来说，公仪家家主确立自己权威的最主要方式就是召唤凶兽，但这只废柴凶兽无论如何也分不出双胞胎血统的区别，可以假设，如果公仪家生出一对双胞胎，哥哥有一天继承家主之位，与千河定下血盟获得召唤它的能力，那拥有相似血统的弟弟要冒充哥哥来召唤出千河造个反什么的简直轻而易举。

就像一个举世的英雄，世间没有任何人能够打倒他，一旦患了毒瘤这样的绝症他也活不成。所谓双胞胎正是公仪家可能滋生出毒瘤的引线，这毒瘤是指内乱。再强大的家族也架不住内乱，这是经验之谈，睿智的长老们早早看出这一点。公仪家历世七百年，有不少倒霉的家主生出双胞胎乃至龙凤胎，基本上都是这么处理的，被选上的那一个是天之骄子，从此众星拱月，未被选上的那一个则贱若草根，即刻就地绝命。

有意思的是，历代公仪家家主，最有成就的那几个全是双胞胎出身。来到世间背负的第一桩债就是同胞骨肉的鲜血，大约这样的遭遇能让人变得无情。

七年前公仪家被毁时，我似乎听说这一代的家主有个同胞姐姐的传闻，当时还小有叹息。如今得知这胞姐竟在人世，真是叫人诧异，她不是应该一出生就被投进太灏河喂他们的守护神了吗？

后来证明我完全是大惊小怪，事情的奇妙远远不止于此。正如不知哪位哲人说的，生活永远有惊吓，你不是即将被惊吓，就是正在被惊吓。

载着我们的瘦马喘着粗气驰进一片开阔绿地，小片黄土里，一匹皮毛油亮的黑色骏马嘶鸣着轰然倒地，溅起茫茫烟尘。

公仪斐拎着我飞身下马，脚落地立定之时，才看到倒地的黑马旁还跪了个执剑的红衣女子，扶着右臂，仿似受了什么伤，蔷薇花一样的脸上满是不甘表情，显出那种鲜艳、饱满、重重叠叠的美丽。惊慌失措的仆人们齐齐让开一条路，公仪斐疾步过去扶起她，大约触到伤口，女子闷哼了声，长剑支地，未受伤的那只手反过来紧紧抱住公仪斐的胳膊，声音倔强，带着哭腔："先看看宵风，看是不是被那个疯女人打死了！"

自认识以来就没什么时候不嬉皮笑脸的公仪斐眉头紧蹙，耐心搂着红衣女子容她检视倒地的骏马。而我的眼睛定在不远处拴马桩旁的白衣女子身上，久久不能移开。流瀑一样漆黑的发，寒潭深泉般一双眼，额间一只压着发髻的黑玉额环，手中一柄银色的九节鞭。

永安，卿酒酒。这个本该死去的女子似一座冰雕立在曦光之下，脚下扯出长长的影子，一个大活人。我定定地看她好一会儿，忍不住想要走过去，蓦然听到公仪斐沉声质问："蕙姐，怎么回事？"

他抬头望着我的方向，怀里红衣女子双手颤抖，眼里含着愤恨的泪，身旁叫作宵风的黑马在长长几个鼻息后彻底没了动静。

蕙姐？

入水珠玉般的嗓音淡淡然响起："弟妹剑术太差，一不小心手滑，伤了她。至于那匹马，昨日不是摔了你，连主人都认不出的劣马，要它何用。"

我紧盯着回话的这个白衣女子，而她目光扫过来，似冰山上千年不化的积雪，顿了顿，扬手收了鞭子，毫不犹豫地转身离开。

红衣女子大声哭起来："她把宵风打死了，她还打伤了我，你就这么让她走了……"

公仪斐冷冷打断她："你是太任性了，她脑子有毛病，让你离她远一点，你还偏要去招惹她。"

红衣女子狠狠瞪了他一眼："你到底是不是我夫君？"

公仪斐搀着她未受伤的胳膊扶她起来："好问题，除了我，你看看天底下还有谁能够这么纵容你。"

红衣女子甩开他的手独自站起来，眼里还残留着泪水，却咬着嘴唇恨恨道："天下最疼我的人永远是我爹，可他，可他……"话未完又蹲下大哭起来。

公仪斐也蹲下来，从衣袖里掏出一张绢帕递过去："别哭了，看看你还有没有个夫人的样子。"

语声虽严厉，却是温柔的台词。

我抬头望卿酒酒离开的方向，流云在草场上投出不知为何物的影子，微风吹送，蒲公英贴着草叶飞舞，漫山遍野的炫金佛桑花迎风盛开，而那白色的身影越走越远，渐渐消失在佛桑花丛里。

此后五天，我没有见过卿酒酒，宅邸的仆人告诉我，说那不是什么卿酒酒，是公仪薰，公仪斐的胞姐，自小流落在外，身世可怜，两年前一个月夜被送来公仪家，分别多年，终于同胞弟相聚。

听说那夜公仪斐的夫人公仪珊大不以为然，认为来者必是假冒，怒气冲冲赶来花厅，却在见到公仪薰面容时愣怔当场。我欲探听后事，说得兴高采烈的仆人却猛然顿住，此后无论如何不愿再开口。大约能够明白，一个脑子有问题的大小姐，向外人提太多着实不是好事。

我不知公仪薰脑子是不是有问题，看着不像，但公仪斐说她有问题，她就是有问题，好比那时父王觉得我无血无泪，哪怕我热血澎湃也毫无意义，这就是权威的力量。

通过多次不经意的听墙角，得知公仪斐似乎对胞姐有些漠视。据说公仪薰刚回公仪家时，姐弟感情虽寡淡，也没什么大问题，毕竟不在一处长大，有隔阂很正常。

但这种看似的融洽只是初时那两个月罢了，渐渐大家便发现，有时候公仪薰做的事，真是不能用常理推断。当然大部分时候她都不做事，但一旦做点事，基本上要出事。

公仪薰初回公仪家的第三个月，有友人来找公仪斐斗鹰，半空中两只苍鹰以厉喙相迎，彼此攻势凌厉，一只鹰负伤甚重欲求庇护，后面那只鹰一心求胜紧追不舍，两只鹰直直冲向看台上的公仪斐，被坐在一旁的公仪薰以九节鞭瞬间击杀……最后赔了友人不少钱。

这是第一次，公仪薰对公仪斐表现出极端的保护欲。尔后两年，类似事件不知几多，公仪家因此赔掉的钱也不知几多。同时，因谋划伤害或即将伤害公仪斐而死在公仪薰九节鞭下的刺客也不知几多。简称三多。

我兄姐虽不少，但全是同父异母，且同他们素无往来，不能确切理解所谓姐弟兄妹之情，自小最亲厚的怕是君珥，但想象中，假如有一天，爱好写小说的君珥希望得到某位名家的传世孤本，而名家的儿子表示只有我嫁过去才能给君珥这孤本，我想了一下，有没有可能自己主动嫁过去，最后觉得就算君珥用棍子把我敲昏强制嫁过去，等我醒了也要自己跑回来……但是，面对类似的事情，公仪薰却主动点了头，仅为一本棋谱，为帮胞弟拿到最中意的生辰礼物。

传说中，对方已将彩礼送上门，公仪斐才知晓此事，几乎是用扔的，把一堆彩礼外带管家小仆丢出公仪家大门，素来泰山崩于四面八方都能面不改色保持微笑的他，却在这一次动了真怒。

尔后，原本就算不上亲厚的姐弟关系日渐疏远，直至今日，按照仆人们的说法，公仪斐似乎已当自己根本就没这么个姐姐。

公仪斐说公仪薰脑子有问题，我想他不是随便说说，大约经历了那些事，他是真的觉得她的脑子有问题。但他不了解的我明白。无论他们如何认为，我知道，公仪薰就是卿酒酒。

诚然，那个山门前撑着油纸伞的卿酒酒已经死掉了，但这世间有一种生物，以意识游丝和精神残余凝聚出新的形体，凝聚后生前身后事通通忘记，恍若新生地来到人世，这生物的名字，叫作魅。

我不相信卿酒酒是公仪斐的胞姐，公仪家历来对双胞胎的处置从不拖泥带水留下空子。倘若卿酒酒不是，那以卿酒酒的精神残余凝聚出的公仪薰自然也不会是。

可归根结底，只是我的直觉罢了。

君师父希望我出门在外少惹事端。我小时候认为知之才幸福，不知不幸福，长大了被逼无奈地觉得很多时候无知是福，对这世间了解越少，越容易快乐满足。自此，好歹克制住了接近公仪薰的冲动。

但我没有去找她，她却来找了我。

这一日冷风乍起，客居小院里紫薇花随风飘摇，艳紫深蓝，起伏成静海里一片粼粼波浪。公仪薰分花拂柳而来，悠然白衣若隐若现，似一朵浪花及至眼前，隔着一扇轩窗同我对望："天下之大，真是无奇不有，我是只魅，而你是个被烙印了华胥引的死人。"

尽管对她来找我干什么已有所猜测，但这真是一个让人无法预知的开场。我打开门，请她进来："传说形魅由精神力凝聚而成，最易感，看来果然如此，一般人可看不出我的精神游丝和活人有什么不同，更不用提封印在我身上的上古秘术华胥引。"

她微垂了眼睑，没有情绪的一双眼，眸色带一点蓝，似有万水绕了千山映了蓝天，天上天下一派细雪。

我撑了腮帮看她："你是为的什么来找我？是想要我帮你织一个梦？既然你听闻过华胥引，那么想必也知道，让我织梦需要付出什么样的代价。"我盯着她的眼睛："这代价你付不起，一只魅的生命，对我毫无意义。"

她抬起眼睛，目光扫过窗外起伏的紫薇花："织梦？助我凝聚的秘术士倒是曾提起过华胥引这种功用，可我并不想从你那儿得到什么虚幻梦境。我不知华胥引织梦需要什么代价，天下怕也没几个人知道。我想要的比那真实得多。"她看着我："你一定可以看到，封印在我身体里的，关于前世的那部分记忆。"

腮帮擦过手掌撞到桌子，砰的一声，可见这件事多么令人震惊，倘若有转生之说，形魅差不多就相当于人的转世，就像我们出生都不会带着从前的记忆，魅亦如是，怎么可能有所谓关于前世的记忆。

大约看出我心中疑虑，她雪白手指置于眼睑之下，正是泛蓝的一双瞳仁："这里，封印着我作为人类的记忆。据说我死在七年前，而后秘术士用五年时间助我凝聚，提取了死前残存的关于过往的意识，封进两颗珠子，放进了这个新凝聚出来的身体里。但现在的我不是过去的我，没有那些记忆，我什么都不是。"

我奇怪地看着她："那你为什么来找我？让那个秘术士解开封印就好了，这样，你就是完整的你了。"

风拂过窗棂，她眼中闪过一些东西，来不及捕捉便归于静谧："子恪说得对，那样年轻就死去，不会是什么好的人生，那些记忆不要也罢。他请人助我凝聚，据说我前世欠阿斐良多，唯一心愿便是能有所偿还，借此机缘重新活过来，就当是一个全新人生。可我近来却想，再怎么不好的人生，也有一些可称之为美好的回忆，子恪送我回公仪家时说，阿斐一直很挂念我。可如今，却让我怀疑他说的那些话是不是真的。封印在我身体里的这段记忆，秘术士是没有办法看到的，如你所说，他们只能解开封印，但那些令人痛苦的不好的回忆，我并不想知道，只需要那些美好的东西，就足够了。华胥引应当可以做到这一点，若你愿意帮我，你想要什么，我都可以尽力帮你拿到。而我的记忆，你看到之后，请把那些好的事情讲给我听。"

她说得不错，华胥引的确可以看到封印的记忆，这道理如同窥探他人的梦境，

203

只是陷入她的记忆时需注意自身安危，除此外也不会有什么别的耗费。

良久，我轻声道："子恪？陈世子苏誉的……表字？"

她看了我一眼，略点头道："是，苏誉，苏子恪。"

我笑起来："我可以帮你，我什么都不要。"

君师父救活我，为的是让我刺陈，转眼已出门许多时间，却一点也没为这件事做准备，此番，正好可以借她的记忆打探打探虚实。差点忘了，公仪家七年前，还是陈国的一条臂膀。

第三章

曼妙的姿态在卿酒酒纤长的身段间蔓开，似三千烦恼丝缠在足踝，被十丈红尘软软地困住，指间却开出一朵端庄的青花。

公仪薰说她只想知道记忆中那些好的事情，看来，这是个不容易想太多的人，真是恨不能将她引荐给君玮。

有些人想得太多，做得就少，而一心做事的人，想法往往比较单纯。仆人们暗地里讲这两年公仪薰在公仪家的所作所为，不管是什么事总归是干了不少事，可见着实是想得比较少。其实人生在世，不管做多做少，乐在其中就可以，当你快乐，你的世界也会快乐，在你世界里的人也会快乐。每个人都有自己的世界，有缘分的人，他们的世界才会有重合的部分。我想，公仪薰找我帮这样的忙，是要找到自己同公仪斐重合的那部分世界。

月圆之夜，白衣的公仪薰再次来到我客居的院子，据说今夜外厅正举行怀月明节的宴饮，想来无人会打扰我们。小仆将碧纱橱安置在院中葡萄架旁，累累葡萄垂枝，似一块块碧色翡翠，凉月悠悠，照进橱中一张轻榻、一床软褥、一只绘了折枝花的枕前小屏。

刚安置好，公仪斐白衣翩翩的身影就出现在院门口。十来步外看着碧纱橱前的公仪薰，没什么表情："找了半日，你竟在这里。"

公仪薰向前走了几步，又顿住，月光投下一个颀长的影子。

公仪斐淡淡瞟她一眼，目光移向我，秋水桃花似的一双眼攒出笑意："既然家姊亲近君姑娘，便请君姑娘今夜代为照看家姊了，切勿让她走出这院子。"

我懵懂看着他，不知何意，而他已转身离开，迈步前顿了顿："一年前那样的事，我不希望再发生。"

半晌无声的公仪薰旋身捞开纱帘，我终归好奇："一年前，发生了什么事？"

她合衣躺在榻上，淡淡道："无事，世家大族关于怀月明节的宴请，大约你也有过耳闻。"

我确实有所听闻，公卿世家常在月圆夜筹办这样的宴请，说得风雅正直，"感明月入怀，邀君歌饮以纪流光"什么的，实则不过以淫乐为手段的社交罢了，宴上歌姬舞姬任人挑选做乐，可想糜烂成什么样。晁朝至此七百年，留下众多纸醉金迷的风俗，怀月明节便是其一。

我坐得靠近床榻一些，她闭上眼睛，淡淡续道："去年公仪家的怀月明节，各方家主赴会，那夜我在外游逛，碰到两个喝醉的客人，被误以为宴饮上献舞的舞姬。"

我移了移枕屏，帮她挡住侧旁的夜风："然后呢？"

她的手抚上额角，依稀疲惫模样，嗓音却漠然至极："然后？我卸了他们的胳膊，一人一只。"

我说："这……"

她淡淡道："阿斐很生气，我似乎总是惹他生气，或许，我由着那两个家伙轻薄，他就不生气了？"

我想了想，道："也许，他是气他们竟敢轻薄于你。"

她的手从额角放下，睁开眼睛，冷冷看着我："那种话，我不会再相信。"

浮云掩月，落花缤纷，泠泠琴音里，软榻上公仪薰呼吸渐匀，大约已入睡。这琴音并非华胥调，只是有助眠功能。

魅这种生物游走于星辰法则的边缘，其实是没有所谓以命为谱的华胥调的。我说不需要一只魅的生命，她付不出那样昂贵的代价，其实我也织不出她的华胥之境。但好在有幻之瞳这种东西存在，又幸而她的愿望只是让我帮她看看被封印的记忆。对于形魅而言，精神先于肉体产生，精神和肉体相对于人类的紧密结合，更像是两个随意凑在一起的东西，极易被分开，这样不被肉体过多束缚的精神也极易被窥视。

鲛珠之主以华胥引催动自身意识窥视这类精神的能力被称为幻之瞳。在对方精神极平稳的情况下，不要说只是被封印，就算是被加密的记忆，幻之瞳也能清晰解读出来。

当然这种事其实是不太道德的，一般我不会轻易去解读一只魅的记忆。主要是长这么大我也没见过魅。假如慕言是只魅，我天天没事儿就解读他的记忆玩儿。

闭上眼睛，眼前一派光怪陆离。乱石白沙，古树枯藤，凄凉风景快速穿过身体。寒泉里荒鸦扑腾，刹那间一团白光爆裂开来，似坠落的点点晨星。耳边冷雨淅沥，陡然大开的视野，可见辉煌山门前，一副五色帘，几块青石板，白衣少女接过白衣少年手中的黑玉镯，微微抬高的油纸伞下，一张冰雪般的脸毫无表情。

那是卿酒酒，也是公仪薰。原来，这果然是他们初识情景。

那夜所见一一掠过眼前，想了一会儿，觉得要节约时间，拍干身上零落的冷雨,果断地跳过此节再去捕捉下一段意识。闭眼睁眼之间,恍若迈到天的尽头,眼前一片浓黑。

我有点害怕,拽紧了衣袖,慕言不在,终归没有那么得心应手。

待眼睛能在黑暗中视物,也没那么紧张了。极细的一声灯花爆裂后,终于看到光明从地底漫起,沿着衣裙爬上来,一点一点盈满眼睫。耳边响起轻浮歌声,虚无景物贴着光亮显现,似一幅晕开的水墨图。

极目四望,人影憧憧。抬头往上看,吊顶上悬了盏巨大的枝形灯,青铜灯柱似九层宝塔,十七个灯碗里黄焰灼灼,照得整个大厅有如白昼。

天井围栏式的高阔主堂,正中一处以云石砌成高台,三个身着大红嫁衣的姑娘俏生生立在台上,左侧女子正怀抱琵琶垂首弹唱。四围两丈远的地方摆满客椅,落座皆是男子,从十三四少年到七八十老翁,要是招募兵役也能如此齐心,这个国家就太有前途了。

二楼俱是雅间,雕刻精巧的围栏后悬了好几层帘子,招待的想必是贵客。我想了半天,搞清楚身在何方,捂着眼睛暗叹一声,觉得怎么能和青楼这么有缘分呢。尽管有时也想表现得潇洒不羁,但着实没有执念觉得这辈子一定要逛一次窑子才显得不虚此行。

命运却善解人意过了头,在十三月的生意里逼我逛一回,今次又莫名其妙逼我再逛一回。且看阵势,这回还正撞上人家青楼遴选新花魁暨新花魁开苞的竞价大会。心情真是难以言表。

台上红衣女子一曲乍停,楼上楼下竞价四起,扬起的价牌一路飙升,可见一世风流不如一夜下流。

但花魁的初夜,负担得起的毕竟是少数,大浪淘沙后,独留下二楼两个雅间的客人争拨头筹。真是搞不懂,这些人拿这么多钱买一个姑娘,只能睡一夜,为什么不拿这些钱去娶一个姑娘,可以睡一辈子。

垂地的珠帘将出价人挡得严严实实,被唤作隐莲的红衣女子身价已抬至三千零五金。之所以有个零头,在于无论左雅间的客人怎么出价,对面雅间总会不紧不慢不多不少加上五金。

大约是感到不同寻常,莺歌燕舞的大厅一时寂静无声。正待两人继续开价,大门口蓦然传来一阵骚动。遥遥望去白衣翻飞间银光闪过,几个类似打手的角色被一柄银鞭抽得直摔进正厅。仅看到那身白衣就让人感到无穷冷意,这人只能是卿酒酒。云石台上待选花魁的几位美人吓得花容失色,而客人们的自我保护意识也着实强烈,还没等正主的脚踏进门槛,原本拥挤的大门口呼啦一声连个鬼影子都没了。手持银鞭的白衣女子垂眼迈入正厅,几个侍从模样的黑衣人两列而入。果然是卿酒酒。老鸨一看就是个见过大场面的人，堆笑几步迎上来："小姐可是进错地方了，我们这儿不做姑娘的生意……"话未说完，被冷冷打断："你们这儿，做的不就是姑娘的生意？"右方雅间的珠帘陡然一串轻响，寂然里格外清晰，而后帘子整个撩起来，显出男子颀长身影。真是假设一百次也没有想到，这人会是公仪斐。

一身锦衣的公仪斐居高临下直视卿酒酒，讶然后神色带了丝似有若无的笑意，单手将珠帘挂上一旁金钩。

楼下一个妖冶歌姬掩口窃声："啊……应梅轩的，竟是公仪公子……"另一个朴素点的接话："谁？"歌姬怅然："杯中公仪家的家主，世有'风姿倾众目，文采动诸公'之称的公仪斐。"顿了顿，"隐莲真是好福气呢！"

两个歌姬对话近在咫尺，连我都真切听见，更不用提卿酒酒。但她目光只在二楼所谓应梅轩淡淡一瞥，收起鞭子，垂眼踏上铺了红毯的木楼梯。

老鸨在身后跺脚："姑娘即便是来逛青楼，也好歹扮个男装，别坏了我们这行的规矩啊……"被尾随在后的黑衣侍从利落地用金叶子堵了嘴。

整个大厅的目光全集中在半路杀出的卿酒酒身上，她本人却浑然不觉，径自迈入先前与应梅轩叫板的雅间。

未几，帘子打起来，看到一个锦衣玉带的清秀少年局促立在落座的卿酒酒身前："阿宁不该来这种地方惹姐姐生气，阿宁……"

卿酒酒漫不经心打断他的话，以手支颐，低头看楼下云石台上待价而沽的姑娘："你喜欢哪一个？"

少年讷讷抬头："什么？"

对面一直默然不动声色的公仪斐遥遥举起酒杯："方才在下已出到三千零五金，看兄台之意，是打算……"话到此处含笑顿了顿，却是定定看着珠帘旁的卿酒酒："要成全在下的好事了吗？"

少年垂着头不敢答话，卿酒酒抬起眼来，不经意一瞥，目光仍聚在楼下云石台上，手指在檀木桌上微微一顿："两万金，这三个姑娘，我全要了。"

楼上楼下众人目瞪口呆，我也目瞪口呆。极目四望，只有公仪斐一人从容地斟酒自饮，唇角还带着微微笑意。从未见过哪个女子在青楼叫姑娘叫得如此理所当然气势逼人，真是让人不服不行。

老鸨张大嘴说不出话，不知是惊的还是喜的，毕竟两万金叫三个姑娘，全大晁最败家的败家子都干不出来这种事。

叫阿宁的少年神色半红半白已近错乱："姐你不是来……来捉我回家的么，这是……"

卿酒酒从上到下打量他一番，端起桌上茶烟袅袅的瓷杯："既然跑来和人抢姑娘，就要抢赢，我平日……"眸光从朦胧水雾后淡淡瞟过来："是怎么训导你的？"

少年愣了愣，头垂得更低，她抿了两口茶起身离开，帘子放下来时，随意扫了楼下一眼："这三个姿色尚可，选一个最中意的，今夜不用回家了。"

没有人会看到我，这就是说，自卿酒酒出现，我可以随意调整角度观察她脸上每一个表情。这着实是个美人，却好似冰雕，不见半点笑意，哪怕是冷笑，仿佛对世间诸事没有半点兴趣。

可在这记忆中，她的弟弟却是一个名叫卿宁的少年。而与公仪斐第二次见面，他们俩在青楼里一起抢女人。幻之瞳只能看到记忆，无法解读她的神思，越发令人不解。

尾随卿酒酒一路步出青楼，才发现此楼临湖，湖岸杨柳依依，湖中有疏淡月影。黑衣侍从轻易与夜色融为一体，被她留在原地，手里提了盏风灯，独自一人沿着湖堤散步。

我紧紧跟上，几乎绕湖一圈。越过一处低矮湖堤，看到月夜下靠岸处泊了艘敞篷的乌木船，船头立着的却是方才还在青楼里饮酒的公仪斐。

风流倜傥的公仪公子手里斜执了只青瓷的酒盏，正垂头以杯中酒祭湖，听到响动，略抬了眼睛，看到来人是卿酒酒，露出略显惊讶的笑意来："卿小姐。"

卿酒酒步履不疾不徐，行至乌木船前，停了脚步垂眼看他："白月碧水，公仪公子与湖同饮，倒是风雅。"

他收起瓷杯，明眸含笑，语声却万分委屈："中意的花娘们悉数被小姐买了去，饮酒填词无人陪伴，只能独自出来寻点乐子了。"顿了顿，叹道："不巧船划得不好，才想贿赂湖君两杯薄酒，叫它不要与我为难。"

目光对上卿酒酒的眼睛，微仰头伸手向她，"不过，此番同小姐偶遇，看来是上天垂帘，不知能否给斐这个荣幸，邀得小姐一同游湖呢？"

话虽说得可怜兮兮，脸上表情却过于欢欣鼓舞，我在心里默默地想，演戏演得这样，完全不似慕言的浑然天成，照卿酒酒的性情，吃错药了才会答应他呢。

但真是不知道卿酒酒怎么想的。

湖风吹得杨柳微动，戴着黑玉镯的莹白手腕从长袖里露出，搭上公仪斐衣袖，一个倾身借力上船。

乌木船晃了晃，两人隔得极近，她将手中风灯递给他："公仪公子划船，可要当心。"

我趁机也踏上船，立在角落，因仅是一抹意识，也没有重量，不会给划船的增加什么负担。

公仪斐眸中微光闪过，只是一瞬，待船划过湖岸老远，才低低笑道："小姐就这么上了船，真让斐吃惊，难道不怕斐别有用心，唐突小姐了吗？"

船中小几上摆了个莹润明澈的水晶枕，卿酒酒垂眼观赏，漫不经心地："那便要看公仪公子打不打得过酒酒了。"

乌木船渐渐停在湖中，公仪斐微微撑了头，装出一副懊恼模样："早知不该贿赂湖君那两盏酒，该叫它打个浪头来将我们都掀翻了才好。"

她撑着腮，目光投到他的脸上："怎么？"

他弃桨坐在她对面，仅隔着一张小几，手里握着重新斟满酒的瓷杯："你真想知道？"

她似乎真是想了想，抬头看他，重复道："怎么？"

他目光自淡青的杯盏移向她雪白脸庞，收起唇边那一抹笑，沉静看着她："小姐身手高强，想必此时，也只有这样才能近得了小姐的身吧。斐所愿甚微，自孤竹山一别，长久以来，不过是希望，能靠近小姐一些罢了。"

突如其来又恰到好处的表白，多一分就是调戏，少一分对方就听不懂说的是什么意思，我在心里暗叹一声，公仪斐真是此道天才。

想象中一向面瘫的卿酒酒应是装没听到，那公仪斐这个表白就真是白表了。但幸好这种违背言情小说规律的事情没有发生。

一直撑腮赏玩水晶枕的卿酒酒手中动作稍停，缓缓坐直身子，目光带一丝讶异，沉静地看着公仪斐。远处传来隐约的洞箫声，她撑着小几倾身靠近他，两人相距极近，呼吸可闻，是暧昧的姿势，语声却极冷："你想救我一回？这就是，你心中所想？"他秋水似的眼中眸光微动。

她靠得更近一些，唇几乎贴上他耳畔："如果我跳下去，你真会救我？"微偏了头，离开一点，没什么情绪的声音，极淡，极轻："我不会凫水，你不救我，我就死了。"

滑落在几上的一缕发丝被公仪斐握住，他低了眼，看不清表情，语声却温软："言谈间如此戏弄于斐，小姐是觉得，斐的心意……太可笑？还是觉得斐，太不自量力……"

话还没说完，那缕发丝已从他手中急速溜出去，哗啦一声，船边溅起一朵巨大水花，透过漾起的薄薄水浪，看到白色身影似莲花沉在深水之下。哗啦，又是一片水花。公仪斐将呛水呛得直咳嗽的卿酒酒抱上船，两人衣衫尽湿，公仪斐脸色发白："你这是……"

在拍抚下咳嗽渐止的卿酒酒伸手握住公仪斐的衣襟，冰冷眼睛里映出月亮的影子："我从不戏弄人。"又咳了一声："你也没有骗我。"脸靠他近一些，吐息近在咫尺："既然如此，十天之后，来卿家娶我。"

这真是让人吃惊，注意公仪斐神色，欣慰地发现我不是一个人。但月光下浑身湿透的卿酒酒只是定定看着他："你愿不愿意？"

他黑色的眼睛里有秋水涌动，没有立刻回答。她脸色一冷，一把推开他，语声凉进骨子："不愿意？你说的那些所谓思慕，果然是没意义的废话。永安卿酒酒不是你想惹就惹得起的人，公仪公子。"

他愣怔神色终于恢复过来，碧湖冷月下，笑意渐渐盈满眼睫："怎么会？十日之后，我来娶你。"

他握住她的手，唇角勾起来："我没有喜欢过谁，可酒酒，我一看到你，就觉得你该是我的。"

她别过头去，望着不远处一座湖岛："你看到那些青楼女子，也觉得她们该是你的罢。"

他哧地笑出声："她们不是我的，你看你喜欢，我也没同你抢。"

她若有所思回头，良久，取下手上的黑玉镯："届时，父亲要我以舞招亲。来看我跳舞，谱一支更好的曲子给父亲，这样，你就能娶到我。父亲曾赞叹过你的文采，可惜此次招亲不是填词作诗。乐理上，曾经得他称过一声'好'字的，当今天下只有陈世子苏誉。"

他笑盈盈地重新握住她的手："你的意思是，让我去请我表弟帮忙？"假装叹息："我平生最不愿同他一起，万一届时你看上他，你父亲看上他，那怎么办？我又不愿意同他动粗。"

她将摘下的玉镯放到他手心："记得你说过什么，你说我是你的，那就要把我抢到手，不要让我失望。"

风吹来，小船轻轻摇晃，他抱住她："跳舞的时候多穿点，别让人在眼睛上占了便宜。"她垂在身侧的手缓缓抬起，搂住他修长的腰背，他似乎僵了一下，更紧地搂住她。她下巴搁在他湿透的肩上，眼睛睁得大大的，遥遥地望着天上的月影。

这是我见过的全大晃在初遇后关系发展最为迅猛并确定走入婚姻的一对男女，真是很难理解一见钟情是怎么回事，你怎么就知道你要的是此人而不是彼人，是不是有了另一个人，此时承诺就能全部忘记？我有这种想法，主要是记起八年后公仪斐正经的妻子是他二叔的女儿公仪珊。可以想象，既是这样的结果，此次求亲，又怎么可能顺利安稳？

但无论如何，十日很快过去。

那日清晨，永安卿家为祭神而建的朝阳台上聚满了世家公子，卿酒酒一身肃穆白衣，面无表情立在原本放置祭鼎的高台上。

211

这下面的人，多的是为卿家的财而来，为她的貌而来，唯有那么一个人是为她这个人而来。但她在人群中找到他时，却没有露出高兴的表情，反而以手支额，绯色的唇微微动了动，乏力似地闭了眼睛。一旁的琴师开始调音。我看得真切，她说的是："还是来了。"

而我此时终于记起若干年前的一则传闻，说陈国卿氏女一舞动天下，想必就是卿酒酒。只因此后再没有关于她跳舞的传闻，所以天下还没有被动得太厉害，只是和舞的那支名为《青花悬想》的曲子一时风头无两，竟然连雁回山这种偏僻的小山村都能时不时听到两句哼哼，可见是多么流行。

出乎我意料的是，这被传得神乎其神的一支舞却并不如何，似乎只是在技巧上比所谓大晁第一舞姬的舞好一点点，但仅凭此就名动天下，可见天下真是太容易激动了。

更出乎我意料的是，两人亲事竟然完全没什么阻碍，省掉纳彩问名纳吉纳征这一系列繁琐过程，当下直接请期，将结亲的日子拍板定钉，着实顺利得让人没有话说。但我知道这故事的结果，结果是卿酒酒死了。

回头来仔细理一遍，似乎闻到什么阴谋的气息，但毕竟生性比较纯洁，想了半天觉得应该是自己想多了。

尽管成亲的日子就在一月后，那一夜，公仪斐却没有立刻回杯中准备。我读过君玮一本小说，讲一位风雅公子趁夜翻墙到意中人后院，就为摘一段白梅送到她的窗前。偷得白梅一段香，伴卿入得千夜眠什么的。

而看到公仪斐一身白衣翩然落在卿家后花园的高墙上，伸手攀过墙垣上一束紫色的风铃草，我觉得，今天可能是遇到君玮的读者了。

可惜公仪公子的心上人并不如故事里那姑娘那么病弱，一贯早早入睡。园中一株高大桐树下，卿家大小姐正兀自练习什么舞步，偏冷的嗓音哼出的是《青花悬想》的调子，却又有所不同。

约莫察觉墙上有人窥视，转身时一柄小刀于两指间急速飞出，待看清是公仪斐，刀子已离他面门不过三寸。一个漂亮的闪身，刀刃擦着发丝飞过，她脸色发白，仰头望着他："你在做什么？"

他风度翩翩立在墙垣上，手中一串刚采下来的风铃草，浑身所伤不过几根头发："你又在做什么？"微微垂眼看着她，"你哼的，似乎是今日我呈给岳父的那支曲子。"顿了顿，补充道，"别告诉我，你不知道那曲子是谁做的。"

说话间已从墙上飞身而下，指间风铃草小心别在她发间，衬得一头长发愈加乌黑动人。她抬头看他，眸子里有隐隐的光，却只是一瞬，他的手顺势搁在她肩上，她微微偏头看园中景色："即便是你作的，那又如何？父亲恰选中这支曲子，是他

212

的鉴赏水平降低了。"

他唇畔笑意渐盛，俯身到她耳畔："那更深夜重的，你哼着我作得不怎么样的曲子，和着专为这曲子排的舞步，是在等着谁？"

她微微皱眉："我谁也没等。"

他自言自语："原来果真是为这曲子专门排的舞步啊……"

她怔了怔，冷淡神情浮出恼意，转身欲走，却被他一把拉住，逆着月光看过去，光影模糊之间，是一张柔软深情的面孔："我想要看你跳舞，酒酒。今晨是跳给他们看的，今夜，我想你只跳给我一个人看。"

这样直白的情话真是让一般的姑娘无从招架，但卿酒酒不是一般二般的姑娘，脸上连一丝害羞之意也无，反而镇定地瞧着他，冷淡嗓音自喉间响起："你说得没错，我一个人练了这么久，是想要跳给你看，我的确是在等着你来。"

我觉得公仪斐每次调戏卿酒酒的目的都是在等着她来反调戏。这姑娘是这样，气势上绝不能矮人半头，就连调戏人也是，真是容易了解。

但那些坦白的话用那样冷冽的声音说出，就像冰凌化成春水，淙淙自山涧流出，真是听得人神清气爽。

公仪斐眼底有温度渐渐烧起来，她却浑然不觉，泰然自若地看着他："今夜之后，我再也不会跳这支舞。"像是要看进他眼底深处："我其实一点也不喜欢跳舞。这些舞步，你代我记着吧。"

熟悉的乐音响起，很多地方不同，更加饱满充盈，基调倒仍是《青花悬想》。可此时所见，却是与白日里完全不同的一支舞。

曼妙的姿态在卿酒酒纤长的身段间蔓开，似三千烦恼丝缠在足踝，被十丈红尘软软地困住，指间却开出一朵端庄的青花来，这才是当得起"名动天下"四个字的一支舞。公仪斐抚琴的指尖未有任何停顿，神情却飘渺怔忪。最后一个音止在弦端，她在他面前停下舞步，额角沁出薄汗，一贯雪白的脸色渗出微红来。她微微垂头看着他："这是我最开心的一夜，以后回想起来，也会很快乐。"

他笑着起身，轻抚她发丝，鼻端触到她头上紫色的风铃花："最开心的一夜，应是你嫁给我。"

我久久沉浸于那支《青花悬想》不能自拔，觉得这是我看过的唯一一支有灵魂的舞。小时候师父教导我每一门艺术都有灵魂，艺没有灵魂，艺术却有灵魂。

问我从这句话里参透了什么，我想半天，觉得触类旁通，那就是美没有灵魂，美术才有灵魂，决定以后要往美术老师这条路上发展，并且坚持到底百折不回。师父送给我八个字："学海无涯，回头是岸。"

婚前一月，公仪斐时时相陪。此时坊间大为流行一首《青花令》，据说就是公仪斐酒后之作，送给即将过门的未婚妻。"流月盈双袖，清风拂莲手，罗衣翩动自风流。应是玉人天上舞，清曲休，青花瘦。小院灯影稠，铃花入鬓头，清池烟柳景依旧。并倚双肩窃窃语，风丝柔，画帘收。"被青年男女们争相传诵。

其实我一直在等待，等待这故事如同马车突然失控，直冲悬崖，因结果是已知的惨烈，过程越顺利，只会越令人胆战心惊。

所幸一个月说短不短，说长不长，我看着这段记忆，更是如同面对一段急速奔走的流光。

失控的马车终于停在成亲这一夜，那些不该来却注定来的东西悄然而至。

当一身大红喜服的公仪斐唇角含笑风姿翩翩挑开新嫁娘的红盖头时，一直在打瞌睡的命运之神终于在此时睁开眼睛。

金光闪闪的凤冠之下，卿酒酒脸色雪白，发未挽妆未理，微微偏着头不知在想什么。烛光突如其来，她抬手挡了挡，似乎是下意识闭上眼睛。公仪斐扑哧一笑，将合卺酒的银杯递到她面前："虽然我一向爱你的素雅清淡，你也不用为了照顾我的偏好，连成亲也打扮得如此素净。"

她怔怔看着眼前的杯子，眼中一瞬的恍惚渐渐清明，半响，却答非所问地唤出他的名字："阿斐。"

她微仰着头，冷冰冰望进他含笑的眼睛，"你是打算，和自己的亲姐姐喝这合卺酒？"

高高燃起的龙凤烛适时爆出一团火星，公仪斐递出的银杯顿在半空，天空陡然落下一声惊雷，时光在轰隆的雷声里定格，唯有烛火烧得灼灼。仍握着银杯的公仪斐侧身将杯子放到茶案上，欲扬手放下身前白纱的床帷。

她紧逼的声音却牢牢扼住他扬起的手："你不会不记得自己有个一胞所出的姐姐，我也未曾忘记世间有个血脉相连的弟弟。阿斐，其实你也奇怪，为什么比起卿宁来，反而是你和我长得像，对吧？"她等着他缓缓转过身来："因为卿宁不是我弟弟，你才是。我们流着一样的血，是世上最亲的人。"

熠熠烛光里，公仪斐的脸色一点一点白下去，唇角却仍攒着温柔的笑意："酒酒，你累了。"

她深深看他一眼，仿佛疲倦地闭上眼睛："你为什么不相信呢？"

他没有说话。

她起身离开喜床，红丝软鞋踏上床阶处浮凸的阳纹雕刻："公仪家的家主之位容不下双生子，十八年前，我是被放弃的那一个，九死一生地活下来，就是为了今天来拿回我应得的东西。所谓初见，所谓招亲，从头到尾，不过一个计策罢了。"

两人距离不足三步，她停下来，直直看着他："公仪家代表家族权力的赤蛇佛桑权杖做成两瓣咬合的形状,夫妻各执一瓣。你看,除了嫁给你,真是想不出更好的办法让我光明正大地回到公仪家,光明正大地拿回我的东西。"

时光被利刃从中间斩成两段,一段和缓流淌,一段却迅速冻结。在这段迅速冻结的时光中,公仪斐的脸色愈加苍白,几乎连那装出来的一抹笑都挂不住。

那些话就像刀子,且每一枚都命中目标,带出森然的血,但她看着他失血过多似的灰白神色,声音却依然平静:"我早知道你,远在你见到我之前,那一日,我特地在孤竹山等你,特地落下那只镯子,你以为一切都是天意,天意却只是让我们刚出生就背负这种不堪的命运罢了。"

公仪斐怔怔望着她,时时笑意盈然似秋水桃花的一双眼,如今桃花不在,秋水亦不在。俊美的五官如同素来风流模样,只是白得厉害,却仍是笑了一下,看着不知道什么地方:"我记得,那时候你同我说,你不会凫水,若我不救你,你就死了。"

她神色淡然:"那是骗你的。"

他顿了顿,继续道:"那支《青花悬想》,你说你练了很久,是在等着我来,想要跳给我看。"

她仍是淡淡:"那也是骗你的。"

他却像没有听到:"那天晚上,你说那是你最开心的一夜,以后回想起来都会……"

她打断他的话:"都是骗你的。"顿了一会儿,若有所思看着他:"你这个模样,是恨我骗了你?我给过你机会,你没有逃开。"

这样面对面站到一起,他比她高出一个头来,看上去就像一对璧人。他微微垂眼,眉间轻蹙,却没再说话。她正色打量他好一会儿,突然皱了眉头:"容我想想,你该不是,真的喜欢上我了吧?"

他猛地抬眼。

她目光对上他:"我说对了?"

他扯了扯嘴角:"你说呢?"

她冷冷看着他:"真恶心。"

这句话一定伤到公仪斐,悠悠烛光下,他眸色深沉似海,嘴唇却血色尽失,良久,突兀地笑了一声,一把握住她的手顺势带倒在大红的锦被中。

又是一声惊雷,震得床前珠帘轻晃,是同孤竹山山门前挂的那幅一样的琉璃色。他的手撑在她散开的鬓发旁,俯身看着她,毫无血色的双唇勾出一贯的弧度,紧贴着她嘴角:"春宵一刻值千金,从前我总觉得这句话太俗,想在新婚夜说给你更好听的话,今夜,却突然觉得那些想法真是可笑,酒酒,你说的这些,以为我会相信吗？"

　　我想她是没料到他会突然推倒她，以至于半响无法反应也无法反抗。想来卿酒酒身手高强，一把推开压在身上的公仪斐同时打他一顿也是很有可能的，从这个角度看，这个洞房花烛之夜其实将要很精彩。

　　但等了许久，她竟然没有下手，只是平静地看着头顶的床帐。他的唇紧贴着她脸颊，也没有进一步动作。说不相信是一回事，但我想，他终归还是将她说的那些话放在了心上，否则不会被伤得这样，否则就要一路亲下去排除万难地当场把洞房花烛这事给办了。而所谓万难，显然不能包括两人是亲姐弟。这是命运，若未知未闻未有反抗之力，那命运终归会是命运。

　　帘影微动，还是她出声打破寂静，神色姿态无不镇定从容，就像他此刻并没有与她交颈相缠，做出亲密无间的模样，就像是两人泡了壶凉茶在郑重谈心："我懂事以来，是在妓院里长大，从两岁开始习舞。妓院不比别的地方，跳得好才有饭吃，跳不好就得挨饿。两三岁还好，除了学跳舞，也干不了什么别的事，等到四五岁，就得帮丫头们做些杂事，跳得不好，不仅吃不了饭，身上的活还要加重。那时经常饿着肚子洒扫、打杂、洗衣服。我一直很恨跳舞。可除了跳，跳得很好，更好，没有别的出头之路。我六岁的时候，想的是如何才能做一个艺伎，而不用一生靠着贱卖自己过活。你六岁的时候，想的是什么呢，阿斐？"她的声音一直很平静。这是我见到她话最多的一夜。

　　公仪斐没有回答，她似乎也并不在意他是否回答："八岁的时候，养父将我买了回去，我才晓得原来我也是有父母的，父亲他好好活在这世上，他养得起我，却为了一些不该我承担的罪名放弃掉我。养父说，我是公仪家的大小姐，在族老们决定将我投进太灏河时，母亲背着他们救下了我，却因为这个原因被父亲冷落，尔后郁郁而死。她将我藏在自以为安全的地方，没想到最终我会沦落到妓院。唯一希望我活在这世间的人早早离开，我们的母亲，我这一生都无法见她一面。"她顿了顿："可雍瑾公主的女儿怎能成为一个艺伎，听来是不是不可思议？但差一点，若是养父没有找到我，这样的事就发生了。你或许是在某家妓院里遇到我，像买那些花娘一样，花三千零五金买下我的第一夜，陪你作乐……"

　　"别说了。"公仪斐从她肩颈处抬起头来，单手抚额，闭眼轻笑了一声，"要么就让人单纯地爱你，要么就让人单纯地恨你，酒酒，你这样，真是好没意思。"

　　她的衣领有些松垮，淡淡看着他。我不知她这样到底应该算是胸有成竹还是破釜沉舟，与其说这是个情绪不外露的姑娘，不如说这是个压根没有情绪的姑娘。良久，她轻声道："你还是不相信我是你的姐姐。要怎么样你才肯相信呢？"

　　话毕她突然从头上拔下一枚发簪。他慌忙伸手制止，尖锐的簪柄在他手上划出一道极细的口子，他将她的手按在锦被里："滴血认亲？你想得对，血液是不会骗人的。"他的唇靠近她耳侧："可万一是真的怎么办？酒酒，我不会相信你是我的姐姐。你累了，好好睡吧。"

烛光将他离开的身影拉得颀长，她躺在锦被里，手里的金簪衬着大红床褥，显出一派喜色，但喜房里已无半点人声。她眨了眨眼睛，将沾着一点血色的金簪举起来，紧紧握在手中。

卿酒酒说她为着权力而来，她在说谎。若仅仅是为权力，可以有其他方式，无须拿一生幸福相赔。可她选择嫁来公仪家，这真是疯狂，假如有一种感情能让人如此疯狂，那是毁灭和仇恨。大恨和大爱在某种程度都一样，久而久之会变成信仰，若是那样，爱和恨其实都失去本身意义。

我第一次觉得，也许他们真的是姐弟。倘若不是，她这样欺骗他，又是为了什么呢？

接下来的一段记忆走马观花，却让我看到公仪家败落的先兆。先代家主过早辞世，将偌大家业留给时年十二岁的公仪斐，由两位叔叔辅佐。

两位叔叔各执一派势力，要不是惮于公仪斐继位时已与守护神千河定下血盟，得到召唤它的能力，否则，早就将这没爹没娘的侄子轰下了家主之位。好在这一代的陈王子息薄弱，仅有两个儿子一个女儿，且这唯一的一个女儿和公仪斐年岁相差还颇大，是以，原本必得迎娶王室公主的公仪斐好歹得到婚姻自由，可以随意结亲。

公仪家一向神秘行事，世人看来大不伦的同宗结亲在他们而言也是寻常，且能够族内通婚大多族内通婚。两位叔叔各有一个闺女，本来打着一套如意算盘，欲将女儿嫁给身为家主的侄儿做正妻，借此巩固自己的权利。

岂料人算不如天算，他们忘了天下之大，姑娘之多，这不是一道二选一的单选题，这是一道……海选题。于是，当两位叔叔为了将各自的闺女嫁给侄儿争得头破血流之时，他们的侄儿云淡风轻地将永安卿氏的大小姐卿酒酒娶进了公仪家大门。

这冰雕似的白衣女子为着复仇而来。他们争夺的那些权力建立在公仪家的累世基业之上，但倘若公仪家毁了，该当如何，那时的他们大约并没有如此深想过。

除了新婚那夜公仪斐睡在书房，翌日便令侍女在新房中另置一张软榻，就像彻底忘记曾经发生什么事，夜夜留宿在这张软榻之上。

她当他是弟弟，他却从未叫她一声姐姐，仿若她真是他的妻子，要让他珍惜讨好，看在眼里，拢在手上，放在心间。

尽管日日见面，也时时差小厮送来东西，芦苇做的蚱蜢、金纸裁的燕子，这些小小的却耗费心思的小玩意，她从来不置一词，他却送得乐此不疲。坊间传闻公仪公子收了性子，花街柳巷再也寻不着他的身影，青楼姑娘们大多叹息。

卿酒酒皱着眉头看他："你从前如何，今后便如何，喜欢哪家的歌姬，也可请回来让她陪你几日，不必委屈自己。"他笑容冷在嘴角，复又低头笑开："你可真是大方。"

卿酒酒想要做什么，多多少少让人猜到。而这故事令我在意的除了她和公仪斐以外，还有他们二叔的女儿公仪珊。

印象中那女子惯穿红衣，有一张蔷薇花一样的脸，像夏日正午的大太阳一样火热艳丽。我看到的过去是这般模样，可七年后的现实却是卿酒酒死了，公仪珊做了公仪斐的正妻。

本想着既有这样的因果，大约是她自幼爱慕公仪斐。但看完这段记忆，才晓得事实这样地出人意表，此时公仪珊所爱之人竟是三叔手下的一个幕仲，两人暗地里私情，海誓山盟，甚至相约私奔。一切都计划得很好，可这人却在唐国的一次任务中，因三叔之女公仪晗的疏漏遇刺身亡，徒留下已有两个月身孕的公仪珊。

两日后，从卿家带过来的侍女画未将这事完完整整禀报给卿酒酒时，她正闲闲坐在水塘的凉亭里喂鱼，闻言淡淡抬头："知道那幕仲与珊小姐这事的人，嘴巴不牢的，你晓得该怎么处置了？"

画未报着笑点头："珊小姐冲动狠辣，遇到这样的事，依她的性子，晗小姐怕是要倒霉了，二老爷和三老爷长年争来争去，却没什么大的仇怨，小打小闹总也成不了气候，今次，正是个让他们结下血海深仇的好时机呢。此时发生这样的事，真是天意，倒是无须小姐亲自布这起始的一局棋了，也省了很多心力。"顿了顿又道："可小姐您这样，未免费的心思太多，花的代价太大，不若您平日凌厉果决的行事风格。"

她挥手将一把鱼食尽数抛下，修长手指抚上一旁的亭柱，轻飘飘道："世有能人，能挽狂澜于既倒，扶大厦之将倾。可若是这大厦已被白蚁从内里一点一点蛀空，你说，还有谁能阻止它轰然倒塌的宿命？"

她看着牢固的亭柱，另一只手慢慢附上去，视线定在雕工精致的亭檐上，缓缓道："届时，只要这样轻轻一推，便能让它万劫不复。"

十日后，分家传来消息，三叔的女儿公仪晗坠马而死。

这一夜，公仪斐未回本家，大行丧礼的分家也不见人影。月色幽凉，卿酒酒在城里最大的青楼找到他。前院浮声切切，唱尽人世繁华，后院莲叶田田，荼蘼一塘荷香。独门独院的花魁居前，小丫鬟拦住她的去路："公仪公子和我们家小姐已歇下了，姑娘即便有什么事，也请明日再来罢。"

她脸上不动声色，身后的画未报着笑上前："烦请姑娘通报一声，就说公仪夫人已等在门外,今夜无论如何须见上一面。"

小丫鬟诧异看她一眼,不耐道:"公仪公子吩咐过了,谁也不见,夫人请回吧。"

画未一张娃娃脸上仍是带笑,手上的蝉金丝却已比上小丫鬟喉间,未见过世面的小姑娘吓得尖叫一声,身后的胡桃木门应声而开。

一身白衣的清冷美人立在半开的门扉后,面上有些不胜酒意的嫣红,却静静瞧着她:"公仪公子好不容易睡下,月凉夜深,姑娘何苦来扰人清梦呢。"

卿酒酒连看她一眼都懒得,抬步跨进院门,白衣女子愣了愣,就要跟上去相拦,被一旁的画未挡住。院中一声轻笑,垂花门前,那位主仆口中已然睡下的公仪斐立在一棵高大桐树下,从梧桐挡住的半幅阴影下走出,像是满腹疑惑:"你来做什么?"

她停住脚步,从上到下打量他一番:"晗妹大丧,身为兄长,守灵夜不去灵堂陪她最后一程,却在这里风流快活,成什么体统,若是被三叔知晓,他会如何想?"

他仍是笑着:"你专程跑来这里找我,就是为了这个?"不等她回答已转身步入垂花门,漫不经心吩咐:"笙笙,送客。"

被唤作笙笙的白衣女子眼角浮起一抹冷淡笑意,正欲上前,再次被画未挡住。

她转头略瞟她一眼,目光从她素色白衣及地黑发上掠过,淡淡道:"远看这身形打扮倒是同我有几分相似,阿斐,你喜欢我,已经喜欢到如此地步了?"

白衣女子神色一顿,脸色瞬间惨白。

公仪斐从垂花门内踱出,神色冷淡看着她。月影浮动,流光徘徊,她一步一步走近,隔着三步远的距离微微皱眉:"喝了很多酒?今夜你太任性了。从前你不是这么没分寸的人。今夜是什么时候,由得你这样胡来?"

他一把握住她的手,将她拉得贴近,眼角眉梢又是那种秋水桃花似的笑:"你不是正希望我如此么?"

她微微抬了眼眸,默不作声瞧着他。

他右手抬起来,半响,落在她腰间,克制不住似地紧紧搂住他。她由他抱着,由他将头埋进她肩窝。

他在她耳边轻笑,嗓音却被冻住似森寒:"很多时候,看到你这无动于衷的模样,都想一把掐死你算了。你说得没错,我喜欢你喜欢到这个地步,是不是怪恶心的?世上没有无缘无故的爱恨,也许你说的才是对的,是血缘将我们绑到一起,让我自苦又自拔不能,你看到我这样,是不是挺开心的?"

他左手与她五指相扣,越扣越紧,她却没有挣扎,空着的那只手微微抬起来,终于还是放下去。可能她自己都不晓得该去握住些什么。嘴唇动了动,也没有说出任何话来。

他的唇贴住她耳畔，像是习惯她的沉默，轻声道："你想要公仪家乱起来，越乱越好，我不去晗妹的葬礼，就让三叔对我心存芥蒂，这不是正好吗？晗妹是怎么死的？接下来，你又想做什么？没关系，酒酒，就算你惹得我这样不快活，可你想要做什么，我都会陪着你。你是来报仇的，倘若你说的是真的，我欠了你这么多。"那些语声就像是情人呢喃。

她僵了僵，却只是垂下眼，由着他的唇印上她耳廓："你醉了，阿斐。"

他慢慢放开她，漆黑天幕里挂了轮皎皎的孤月，他看着她，点头笑道："你说得没错，我醉了。"

三日后，公仪晗下葬。这女孩子才十七岁，便被迫结束自己短暂的一生，是公仪珊杀了她。真是问世间情为何物，直教人杀人放火。

半月后，杯中进入八月酷暑。公仪斐向来风雅，后花园比起一般大贵人家添置了不少河滩野趣，其中有一项便是园东的自雨亭，以水车将塘中池水引入凉亭檐顶，池水从檐顶喷泄而下，沿着四角滴沥飘洒，即便是酷暑夏日，殿中也是凛若高秋。

君玮曾经以一个小说家的立场谆谆教导我，认为风雅之处必当发生什么风雅之事，不然就对不起设计师。这真是童言无忌一语成谶。我不知那些事是否风雅，看似只是平常幸福，却珍稀得就像是虚幻梦境。

卿酒酒似乎尤其怕热，大约是囿于年幼在妓院长大的心理阴影，从不着轻纱被子之类凉薄衣物，天气热得厉害，便带着画未端了棋盘去自雨亭避暑，时时能碰到搬了藤床躺在此看书的公仪斐。

但我私心里觉得，第一次是偶遇，尔后次次相遇，多半是公仪斐在这里等着她。

因在此处两人才有些一般夫妻的模样，能心平气和地说说话，偶尔还能聊聊年少趣事，讨论两句棋谱。她神情终是冷淡，他也浑不在意，仿佛那时说的想要掐死她的那些狠话，只是醉后戏言罢了。

但听着水车轧轧运转，檐头水声淅沥，偶尔也能看到他垂眸时的黯然，但这池水隔断的一方凉亭，着实能令人忘掉许多忧虑，就像是另一世。她偶尔会怔怔看着他，当他将眼眸从书上抬起时，会装作不经意瞥过远处的高墙绿荫。

但公仪斐终归不能打动她。我曾经觉得莺哥心冷，只是我没有见识，比起卿酒酒来，说莺哥富有一颗广博的爱心都有点对不起她，必须是大爱无疆。

这是个执着的姑娘，没有谁能阻挡她的决定。我早说过，爱恨若成信仰，便失去本身意义。信仰令人入魔，当心中开出黑色的花，那些纠结的花盏遮挡住一切光明，那便是末日，这样的人会毁掉自己。最后的最后，她终归是毁掉了自己。

当瞄到画未按照卿酒酒的吩咐私下准备的迷药时,我觉得有点不忍心看下去,想了半天,觉得自己应该坚强。

上一刻公仪斐还对着她温柔地笑,下一刻她便能将掺了迷药的酒杯端给他,哄着他一杯又一杯地喝下去。大约那些真心的温柔笑意对她来说全无意义,只是复仇的工具,但我知道她会失去什么。

日渐黄昏,夕光回照,四角水雾飘零。公仪斐已伏在藤床上睡熟,脸旁摊了本手抄的《云州八记》。亭外水车上刮板一拍一合,消失半天的画未绕过假山急步行来,径自得亭中,看了眼熟睡的公仪斐,抵着卿酒酒耳边低声道:"已模仿那幕仲的字迹在珊小姐房中留了条子,估摸再过半炷香,她便会来。"

她点了点头,伸手捡起那本《云州八记》,手指不经意触到他淡色的唇,书啪一声掉在地上。

画未轻轻叫了声:"小姐?"

她愣愣看着自己的手,沉默着起身走出凉亭,半晌,淡淡道:"二老爷与三老爷家的两位婶婶,邀的是她们几时来此处饮茶赏月?"

画未抿了抿唇,轻声道:"一切都按的小姐的意思。两位夫人都接了帖子,小姐戌时初刻去垂月门等着她们便是。"

檐上跌落的水星浇湿她半幅衣袖,她回头隔着水幕望向藤床上一身白衣的公仪斐,终是闭了眼,良久,抛下一句话转身而去:"这件事,一定要办好。"

画未没有辜负她的期望,把这件事办得很好,很漂亮。

当卿酒酒以饮茶赏月之名领着两位婶婶踏进自雨亭时,四角垂下的帷帐里,隐约可见一对男女交颈相卧。

画未演技如得慕言亲传,七分疑惑三分惊讶地揭开帷帐,啊地惊叫一声,像是真正发自肺腑。卿酒酒未挪动半寸,两位婶婶已激动地小跑两步上前观瞻。

撩起来的轻纱幔帐后,床上情景惨不忍睹,薄被下公仪珊鬓发散乱,半身赤裸,牢牢贴在衣衫凌乱的公仪斐胸前,姿态暧昧如同刚刚经历一场欢好,两人都紧紧闭着眼睛,看起来正在熟睡中。

我觉得这应当只是做戏,看起来却如此真实,可见画未此前做了不少功课,否则一个黄花闺女,怎么就知道两人欢好是要脱衣服而不是穿更多的衣服?我死前就不知道这些,真是辛苦了这个女子。

受到这样的刺激,两位老夫人站着已是困难,眼看马上就要昏过去的那位应该是公仪珊的娘亲。可能是看到斗室狭小,着实没有多余的丫鬟来扶自己才勉强坚持着没有昏过去。

公仪珊在这样严峻的形势下悠悠醒转,在我捂住耳朵之前毫无悬念地一声尖叫，揽着薄被紧紧缩到床角，眼中俱是迷茫惊慌。

公仪斐在这声中气十足的尖叫中微皱了眉头，缓缓睁眼，捂着额角坐起身来。最后一丝夕光也从天边敛去，他微微抬头，目光掠过床角衣衫不整抱着被子发抖的公仪珊，掠过床前脸色铁青的两位婶婶，掠过居高临下看着他的卿酒酒，曲膝做出思考的模样，半晌，突兀一声轻笑："两位婶婶先带珊妹离开吧，今日之事，阿斐自会给你们一个交代。"话毕笑意冷在嘴角，漆黑眼睛定定望住一言不发的妻子："让我和酒酒，单独说说话。"

画未在石桌上点起一支高烛，公仪珊胡乱裹衣，由三婶搀着，抽抽噎噎离开了自雨亭。她娘亲脸色一直很难看，其实他们做梦都想女儿爬上公仪斐的床，这样的手段也不是没有考虑过，如今终于梦想成真，本来是件要载歌载舞的喜事，只是被这么多人撞见，要多么厚的脸皮才能觉得不丢脸啊？可见世人不是没有廉耻心，只是发挥不稳定。

烛光将这一方小亭晕成佛桑花的淡金色，公仪斐仍保持着曲膝闲坐的模样，本是他将所有人都赶走，独将她留下，却托腮望着跳动的烛火，一副无话可说的模样。

亭外水车声慢，檐顶细流淙淙，夜风拂过，吹开四角薄雾，卿酒酒在被吹开的薄雾里坐下来，抬手给自己斟了杯冷茶。

沉默半响的公仪斐突兀开口，目光甚至没有转到她脸上，像是懒得多看一眼："我以为事到如今，你总不至于再算计我。我对你的那些好，你终归是看到了的。"不等她答话，若有所思一笑，眼里却无一丝笑模样，冷冷看着她："可对于那些不在意的人，谁会去担心他们究竟会怎么样呢。你从不害怕伤害我，对吧酒酒？"

水车吱呀叫了一声，她执杯的动作顿住，良久，缓步到藤床前，微微俯身看着他，语声清冷至极："你恨我伤了你的心？"

细瓷般的右手从衣袖浅浅露出，抚上散开的衣襟，径自贴住他赤裸胸膛："没有人告诉你么，阿斐，每个人的心，都要靠自己来保护。"

他不置可否，微微偏头，两人静静对视，谁也没有退让，就保持着那样呼吸可闻的距离。他唇角浮出一抹自嘲的笑："你说得对，酒酒。"目光移到她双眸，移到她贴在他胸前的手："那么这一次，你安排这样的事，是想要我怎么样呢？"

她松手垂眸："我们不可能有子嗣，族老迟早要逼你纳妾，你需要一个孩子。"

他了然点头："若我只有你一个妻子，一年之后你无所出，说不定族老们会逼我休了你，世人皆知公仪家对子嗣的看重，即便是卿家，你若是因这个原因而被休归家，他们也无话可说。你是这么想的，对吧？"

他好笑似地叹口气："到底是我需要一个孩子，还是你需要我有一个孩子？"

她转眼看向亭外，就像一座凝望湖堤的雕塑："那又有什么区别，要么一开始就阻止我，要么就离我远远的，事到如今，一切都晚了。准备准备将公仪珊纳入房中吧，即便她第一胎不是你的骨血，你若想要，自然会有自己的子嗣。"

他唇边那丝嘲讽笑意似潮水退去，神情冷得骇人，定定看她好一会儿："你从来未曾明白过，你想要什么，我总会答应你，不是你说服了我，只是我想让你心满意足。"

他低头整理衣冠，拾起掉落在地上的那本《云州八记》："纵然你的心是石头做的，无论我做什么都改变不了你的决定，可是爱这东西，不是说给就给得出、说收就收得回的。你想要什么，我还是会答应你，但从此以后，酒酒，不要再出现在我面前了。"

端坐一旁的卿酒酒垂眸执杯，看上去一副镇定模样，水到唇边时，却不稳地洒下两滴，茶渍浸在衣襟上，似模糊泪痕，但终究还是将一杯冷茶饮尽。走到这一步，两个人终归是完了。

纳妾真是男人永恒的问题，君玮曾经做过一个假设，觉得很难想象后世若有一个朝代以律法禁止纳妾会出现什么后果。我觉得这实在没什么好说的，后果必然是大家没事儿都去逛青楼了。这其实是件好事，搞不好社会因此更加美好和谐，至少正房偏房争家产或正房毒死偏房的儿子或偏房挤掉正房扶正这种事就会少有发生。但公仪斐这个妾纳得确实比较冤，可能他也是全大晁唯一一个被正房逼着纳妾的人，一边觉得应该同情他一下，一边不知道怎么回事又有点羡慕。

公仪珊毕竟是分家的小姐，即便是嫁人做妾也很有排场。新入府的姬妾按规矩需向主母敬茶，一身红衣的公仪珊仰着蔷薇花一般明丽的脸庞，微翘着嘴角看向花梨木椅上的卿酒酒："姐姐，喝茶。"

茶盏递上去时不知怎地蓦然打翻，啪一声碎在地上，卿酒酒伸出的手停在半空中，从未在人前有过半分失态，此时却愣愣看着自己的手指，什么从容应对似乎全抛诸脑际，一旁的公仪斐冷眼扫过碎了一地的白瓷，伸手将公仪珊扶起。

我想象卿酒酒可否后悔，但这想法却无法验证，当我的意识循着她被封印的记忆越走越远，眼看就要到公仪斐人生的第二次洞房，院子里却突兀地传来一阵哈哈大笑。

以幻之瞳窥视魅的记忆，需要双方都处在一个极平稳的精神状态，也就是说不能受任何打扰，这哈哈的一阵笑却把我们两个都吓了一跳，喜堂上龙凤高烛瞬间破碎，似投入水中的影像被一粒石子打乱，徒留粼粼波纹。眼前景色散落成点点光斑，看来公仪薰是要醒了，那些记忆也再不能被窥见。

我睁开眼，看到平躺在软榻上尚未醒来的白衣女子，气急败坏撩开碧纱橱。不远处哈哈笑着跑在前面的少年堪堪顿住脚步，而我看到立在院门口的顾长身影，已冲到喉咙口的骂人话哧溜一声滑下肚。

月光下白袍的青年身姿俊挺，就站在进门的紫薇花树下，借着朦胧光晕，能看到脸上怔忪表情。一株一株花树虬枝盘旋，盛开在他头顶，他唇角蔓开笑意，看着我伸出手："阿拂。"

许久不见，我张开手臂飞快地跑过去，跑过这一条长长的青石小径，就像跑过这一段分别的漫长时光，好不容易跑到目的地，眼里含泪地紧紧抱住他脚下的老虎。小黄将头埋在我肩窝里蹭了蹭，蹭得我不由得抬高脖子，看到表情复杂的君玮，奇怪问他："你张开手臂是要做什么？"

他顿了顿，嘴角有点抽搐："没什么，酒席上空气太闷，我出来拥抱一下大自然。"

我想了想，指给他看一处绿色植物特别多的地方："那你不如去那里拥抱，那里空气比较好。"

君玮淡然地看我一眼，捂着胸口，默默地，慢慢地，转身走出了院门……

第四章

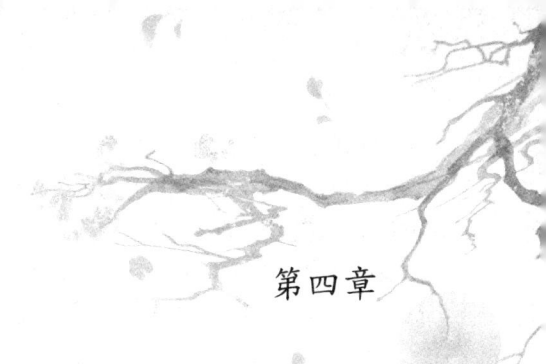

　　临别时他对我说，等山上的佛桑花谢了，我就来接你。此后每夜入睡前我都将这句话仔细想一遍，牢牢贴在心口，真心祈祷第二日让我找到哪怕一朵凋零的花盏。

　　君玮从前并不这样别扭，一般我建议他往东他不会往西，此次不见两月余，才碰面就给我脸色看，真不知道这一路分别是受到什么刺激了。
　　这真是一个脆弱的少年。但他终归是没有走出院门，刚刚迈出去两三步就被方才哈哈笑着跑在前面的白衣少年给拖了回来，眼看君玮半边衣领都要被扯下来，我赶紧迎上去，示意已经是谈话距离就不用再拖了，这才看清，白衣少年原来是百里璕。
　　比起此时两人为何会出现在此地，另一个问题更令人重视，我深吸了口气……吸到一半发现做不出这高难度动作，揉了揉鼻子，有点尴尬地问："你们俩方才你追我赶的，是在干什么？"
　　君玮居高临下地瞄我一眼，根本不打算搭理我，把头扭向一边。还是百里璕比较诚恳，掏出根木簪来，不好意思道："我拿玮玮送我的簪子去送宴会上的歌女，惹他不高兴了，来追我要回簪子。"说完谨慎地退后一步飞快瞄了君玮一眼。
　　我先是被玮玮这个称呼震住，等到反应过来时君玮正脸色铁青地要去抓百里璕："你要送人的根本不是我给你的这根簪子吧！打算送那歌女的是我的青玉簪吧！藏哪里去了？快还我！"
　　一口口水猛呛在喉咙里，我止住咳嗽抓住君玮的手臂："你你你你送了百里小弟一根簪子？"
　　百里璕在一边扭捏地点头，君玮没看见，闷声道："是给了一支，不过……"
　　我捂着额头问他："因为他把簪子送给其他姑娘就很生气？"
　　百里璕继续扭捏地点头，君玮还是没看见，闷声道："我是很生气，但是……"
　　我颤抖着手拧着他一点衣袖，感觉高空接二连三好几把锤子砸在头顶："真……真断了？"
　　君玮没再说话，抬头做一个询问表情，百里璕呆了呆，不好意思地低头绞着衣角，脸红道："嗯，断了。"

眼前似乎已经出现君玮被君师父几棍子打死的前景，我后退一步，一手扶树强撑着没有倒下去，良久挣扎着振作起来，黯然地拍了拍君玮的肩膀："算了，早知道搞小说创作的男的十个有九个都免不了要走上这条路的，也不怪你，这是行业病，青梅一场，到时候你要被君师父打死了，大不了我分你一半鲛珠……"

君玮磨牙打断我的话："你想到哪里去了？"

我咦了一声："你不是有断袖之癖吗？"

百里瑨凑过来："断袖？"右手里举着一根断掉的青玉簪子看向君玮："这根簪子断了，你的袖子也断了？真是大吉大利啊大吉大利，无巧不成书无断不成双啊，哈哈哈哈。"

我觉得这根簪子满眼熟，仔细一看才发现是小时候我送君玮的。百里瑨还在一边干干地打着哈哈："我真没把这根簪子送给那歌女，既然我答应要帮你把它粘好就一定会粘好，你别这么不相信人嘛，刚我送那歌女的是你街边随便买了一打送亲戚顺便给了我一根的木头簪子。"

我才明白过来，原来是误会了。君玮铁青的脸色渐渐发红，目光不经意扫过来看到我，又赶紧转到一边去。我凑过去端详百里瑨手里的青玉簪，端详了一会儿嘿嘿向他道："不用粘了，这个其实是石头来的，仿的青玉，小时候我买了好多拿来送人，宗里上上下下都送遍了，连扫地看门的都有，一个铜锱可以买五根。"转向君玮道："你要喜欢我回头再买一根送给你。"说完又有点踌躇："但是不晓得现在涨价没有啊……"

君玮身形一僵，握着百里瑨的肩膀："你扶一扶我……"

我赶紧凑过去搭一把手，不知道什么时候他变得这样虚弱，担忧道："这是不是就是人家说的肾亏啊？"

百里瑨挠了挠头，苦恼道："不知道啊，我也没有亏过，对这方面没有什么研究啊。"

君玮勉强扶着树，抽搐着嘴角艰难转身，一只手还捂着胸口："我先走了，你们慢聊。"

君玮此前来信只道明两人是在桄中，以我对他的了解，应该是忘了写地址，又一直没有发现这个问题，还等着我去投奔他。但桄中何其广大，这样也能相遇，究竟是一种什么样的运气。

经过和百里瑨一番长谈，才搞清楚两人是在陈姜边境碰到的，他受公仪斐之邀来桄中炼药，君玮正好也回陈国，两人遂结伴而行，直至前一天晚上，他们还住在山下公仪家的本家苦苦等着我前去投奔，没想到怀月明节上山来宴饮，在这里不期而遇。冥冥中自有定数，这次的定数是我可以节约两张信纸了。

谈话过程中小黄一直咬我的衣袖企图引起注意，等我们终于停止交谈，齐齐望向它时，它立刻脚一歪，侧趴在地上，露出条纹相间的肚子来，还费力地要抬起左边的腿将肚子亮得更出来些。

百里璠好奇地伸手过去，被它瞪眼一掌打开，趴在地上朝我挪挪，我伸手抚上它肚子："长肉了嘛，看来你爹把你照顾得很好啊。"

小黄不可置信地使劲低头去瞅自己肚子，半响，干脆费力地仰躺在地，四只爪子都摊开，示意我再摸一下，百里璠在一旁撇嘴："这个姿势就算是个大胖子摸上去肚子也是扁扁的啊。"

小黄没有理他，就着这个动作做出哭泣的表情，表示自己很受伤很受伤，我手再次覆上它肚子，假装惊叹："呀，真的瘦了，回头就让厨房给你拿烧鸡，你爹是怎么照顾你的啊，真是个不称职的爹爹，明天我们去打他。"

小黄满意地滚了两滚从地上爬起来，跑过来亲昵地蹭我的腿，但猛然发现这样就太活力四射，不像长期饿肚子的样子，立刻顺着我的脚趴下去，闭眼假装柔弱无力地躺在我腿边睡着了。

我正愁怎么把这样的小黄给搬回去，抬头看到百里璠可以塞下一个鸡蛋的嘴，顺着他的目光回头，一眼望见公仪薰正白衣飘飘地站在我身后。她醒了。

百里璠愣了半天，我心中一咯噔，觉得以他药圣之后神医之名，一定看出这是个魅，还没等出口解释，百里璠已经红着脸揉着衣角怯怯开口："漂亮姐姐，你叫什么名字？"

"……"

好歹打发百里璠领着小黄去睡觉，月夜之下，连片紫薇花丛只剩我们两人。公仪薰撩开衣裙，在一张石凳上静静坐下，无悲无喜的一双眼睛微微抬起来："君姑娘在那段记忆里，看到了什么？"

"我的记忆，你看到之后，请把那些好的事情讲给我听。"这是她对我说过的话。我想半天，不知从何说起，好像一切都是好的，一切又都是不好的，人为什么要执着于过去记忆，此前不是你，此后不是你，此时才是你，每个人都只是活在当下罢了，若被过去和未来束缚，只是徒增不必要的烦恼痛苦。

我低着头坐在公仪薰对面，良久，舔了舔嘴角，缓缓道："他很喜欢你，想方设法逗你开心，还曾为你做了支曲子，叫《青花悬想》，你为这曲子特地排了支舞，只跳给他一个人看，那时候，你们感情很好。"

那夜她立在他面前垂头看他，说那是她最开心的一夜，以后想起来也会很快乐。可终究她还是把这一切都忘了，就像满园的春草付之一炬，根仍扎在地里，今春却再开不出美丽的花朵。我告诉她这些事,想这应该就是她所谓好的事情。

公仪薰脸上出现追忆神色,半晌,皱眉低声道:"青花悬想?我忘了。原来我是会跳舞的吗?"

她微蓝的眼瞳里静水无波,淡淡看过来,我点头道:"你跳得很好,那是你自己编的舞,你把它忘了。如今你还想学吗?"我握住她的手:"你若想学,我可以教你。"

那一夜的舞步我全记得,那是担得起名动天下的一支舞,我想象着如今的公仪薰在公仪斐面前跳出这支舞。

此后究竟发生了什么会到今天这个地步我是不晓得,但倘若《青花悬想》再现于世,还是现于公仪斐面前,他会如何?想象会出现两种结局,一是公仪斐良心发现,打算要对公仪薰好点,二是公仪斐良心还是没有发现,那……就只有多跳几遍了。

第二日,天光明媚,早早要去公仪薰的院子教她跳舞,其实我不怎么会跳,师父没有教过。他收我入门已是六十五岁高龄,怎么忍心让一个年届七十的老人家载歌载舞教导礼乐之道,是会扭到腰的,这就是我琴棋书画样样懂一点唯独不会唱歌跳舞的原因。

天色着实很早,山上微凉,踏着习习凉风拐至一处小亭,见君玮就在亭中,像昨天晚上什么事都没有发生过地同我招手,小黄正伏在他脚下打瞌睡。我左右看看,没看到百里璠,觉得时辰还早,磨蹭着走过去。

桌上摆了把佛桑花,用墨绿的丝绦扎成一束。君玮掩着嘴角咳了一声:"清晨无事摘的,你要喜欢的话,送给你。"

我提心吊胆地接过花,觉得他突然对我这么好,要不是路上做了什么对不起我的事,就是即将做什么对不起我的事。

彼此沉默了一会儿,接下来他居然又掏出个红润的苹果给我,我惊讶地张大嘴巴,一心心惊胆颤地想即将要听到的得是多么对不起我的一件事啊,一边接过苹果下意识地咬一口竖起耳朵听他说话。

他神色看上去比我还惊讶,愣了一会儿开口:"算了,先说正事吧。最近陈国和赵国出了大动静,你可晓得?"

我再咬一口苹果,摇摇头。他单手扣着石桌桌沿,低声道:"大约三个多月前,陈世子苏誉被正宠着的乐师刺杀一事,你大约有所听闻。说起这乐师,倒还有几分来历,赵太后与苏誉生母乃是同胞的姐妹,算起来是苏誉姨母。

今年二月,赵太后四十寿辰,苏誉前去祝寿,在赵宫里同这乐师一见钟情,带回陈国,宠爱有加,却不想两月后差点被这乐师刺死。尔后苏誉为情所伤,远走天涯,而陈国乃至诸侯国间也渐起一种传闻,说那乐师是赵国豢养的,入宫前还被赵王特别训练……"

我举手插话进去:"所谓特别训练,是指教她礼乐之事,再给她安排个宫廷乐师的身份,借此迷惑苏誉?"

苏誉好乐天下皆知,这人在乐理上造诣也极高,传闻他早年所著的一本琴谱流落民间,不知怎的被拆分成上下两册,由唐国和楼国的两位公主收藏,两位公主都想集齐这琴谱,彼此欲以高价收买,当我还是卫国公主时,叫价已达一座城池。

但我真是搞不懂这两位公主怎么想的,既然能开出一座城池的高价,不如私下找苏誉再给写一本,我敢打赌,苏世子为了维持自己贤德的形象,不要说一座城池,哪怕只是一块城砖他也不会要,归根结底还是这两位公主的脸皮不够厚。

君玮点头同意我的说法,想了想补充道:"一切都是传闻,正所谓投其所好,苏誉喜欢什么样的人,身为他表弟的赵王怕是最清楚不过,所以天下看来,这传闻也是有几分根基。这桩事传开之后,诸侯国间另一种传闻又接踵而至,说陈国得知赵王派刺客刺杀他们世子的消息十分震惊,已备粮千斛,打算同赵国即日开战。赵王毕竟年轻,朝堂上的臣子也是血气方刚,视战争如史诗浪漫,还准备借此机会建功立业,朝会之上大多主战。自四月以来,赵陈两国关系一直挺紧张的,尤其是六月陈国二公子苏榭因宫变伏诛后,苏誉独揽大权,诸侯国间更是渐起一种声音,认为苏誉走的是攘外必先安内这路子,此后必然借被刺之名踏平赵国,陈国已隐隐有称霸一方的迹象,不少诸侯国私下里走动,看样子是打算结成联盟,倘若陈国有什么风吹草动,诸侯国联合抗陈也不是不可能。"

手里苹果只剩下核,小黄已经醒来,眨巴眼睛望着我手里的苹果核发呆,我推了推君玮:"还有没有?给小黄拿一个。"

君玮皱眉:"没了,刚给你那个本来就是想让你拿给它的,结果你自己吃了。"说完抬头:"你怎么看?"

我望望苹果核,望望扒拉着我裙角的小黄,哭丧脸道:"怎么看,再给它买一个呗。"

君玮嘴角抽了抽:"我问你关于陈国和赵国的事,你怎么看?"

所谓国事于我而言不过生前事,但那个叶蓁已经死了,在其位谋其职,如今我已不是卫国公主,也就很少关心政治。好在曾经当公主时密切关注过一段时间,底子还是不错,听君玮这么一说,觉得目前状况真是一塌糊涂。

仔细想了想,从他送的那束佛桑花里抽出一支来,拔掉花冠用花茎在地上比划半天,画出赵陈关系图以及相关地图以供参考。

君玮在我拔掉花冠的时候想说什么,忍住了。捣鼓半天,我把结论说给君玮听:"赵国像是被人陷害的,以它的国力,没理由主动去挑衅陈国啊,况且两国之间还有这种姻亲关系。就像小黄再饿，它能把你我给吃了吗？这顿是饱了，以后再饿谁赚钱给它买烧鸡啊？"

想想看好像君玮从前也没赚钱给小黄买过烧鸡吃，改口道："不对，可以把你给吃了。"被君玮狠狠瞪了一眼。

我蹲在地上继续研究面前的关系图，君玮也凑过来，我用佛桑花枝指给他看："这必定是赵陈之外另一个国家的计谋，将刺客放在赵宫借刀杀人，倘若杀死苏誉那真是皆大欢喜，陈国数十年内都不会出现像苏誉这样年轻有为的继承者，再不足为惧；若苏誉侥幸没死，按照他的性格，即便知道此举非赵国而为，搞不好会假装不晓得借着这个契机吞并赵国。

"布下此局的那个人这两点都考虑得清楚，你所说自四月以来各国关于赵陈两国的谣言，照我看正是布局者有意散播的，一切都照着他所想发展，他就等着赵陈两国大战，诸侯联盟抗陈，他好捡个大便宜。

"就算苏誉看穿这计策拒不出兵，可现在不是陈国出兵不出兵的问题，照你的形容，赵国一批莽夫，搞不好信了那些谣言，再被煽动一下，倒会主动出兵。这事可真是险象环生，不管是谁先出兵吧，只要赵陈一拉开战局，苏誉就已经输了一半，这可真是个哑巴亏。"

君玮手指轻点地上标出来的陈国国都昊城，若有所思道："依你看，这个背后布局的国家会是哪个？"

我继续指给他看："与陈国相邻只有卫姜郑赵四国，治国之道讲究远交近攻，最害怕陈国强大的必定是与之相邻的四国，卫国已亡，赵国是陈国姻亲，一向唯陈国马首是瞻，国力也弱，照此而言，谁是布局者闭上眼睛也猜得出，不是郑国，便是姜国。"

我想了想，把手里的枝条插在昊城的那个小点上："可倘若一开始苏誉便看穿这计策，将计就计才带了那乐师回国，不管是郑国还是姜国，他们所谓严密的局，便只是苏誉的局中局而已。苏誉借他们布下的局稍加动作便除了自己的弟弟，倘若你是苏誉，处在这样一个处处是机锋的局里，会怎么做？"

半晌没有得到回答，我才想起对面坐的是一个言情小说家而不是一个军事小说家。虽然是在问君玮，但其实自己也有点跃跃欲试，倘若我是苏誉，此时前有豺狼后有虎豹，陈国四维诸侯环伺，估计是从来没有过的万众齐心团结一致，而赵国一帮鲁莽小儿又摩拳擦掌，我该怎么做？

小亭外佛桑花盏随风飘舞，似金色浪涛连绵起伏，君玮起身坐在石凳上："你推测的那些，全是对的。和你分开之后，我和父亲一直探查此事，布局的是姜国，主使是姜国的丞相裴懿，倒是个能臣，这样的一个局布得狠辣又精妙，想必苏誉也知道,却一直忍而不发,所有人都以为此次苏世子是被逼到尽头了,却没想到……"

他回头看向我:"两国内外让陈国与赵国一战的呼声空前高涨,苏誉却在这个时候挑了批贡礼施施然去了晁都,拿此事上书给久不闻政事的天子。那折表书被封在红木匣子里,我偷偷看到过,说的是他曾如何对赵王像亲兄弟,赵王却始终把他视作眼中钉,几次加害,月前被刺虽不能确定是赵王指使,但也绝非不可能。只不过他看姨母年纪大了,赵国和陈国在上一辈是友好邻邦,再加上大家都是天子之臣,除非失道,否则不宜互相攻伐。这次这事就算了,看是不是把行刺的女刺客说成是个罪臣之女,为报私仇,希望天子能大事化小。"

我由衷赞叹:"这着棋可走得妙,王室式微已久,天子很久没被人尊敬过了,此次苏誉拿这么一件大事来征求他的意见,他一定很感动吧,多半全部照着苏誉说的做了,想必那些等着捡便宜的诸侯都傻眼了。赵王但凡还有几分脑子,理当会顺着这个台阶爬下去,此前欲先行开战也是担心陈国来攻打自己,日日都忐忑。"

君玮点头:"不只如此,天子感佩苏誉德行高尚,即便差点被刺身死,也是以德报怨,又这样尊王崇礼,特赐苏誉显卿之名,是比公爵还高的爵位,待他即位后,地位当高于天下诸侯。姜国那位能臣快气死了,却没别的办法,其实算起来他也没什么损失。"

我站起来扔掉手里的佛桑花枝,想了想道:"即便卫国当日不亡,还能勉力支撑,倘若有一日被陈国看上,也难逃覆亡的命运。"

君玮轻声道:"陈国有苏誉,卫国亦有叶蓁。"

他第一次这么称赞我,吓了我一跳,不好意思道:"不成啊,我不是他的对手,父王不让我插手朝政的,我都只是纸上谈兵罢了。"

君玮仔细看了我一会儿,头偏向一边:"若他看到你,一定会喜欢上你。"

我说:"啊?"

他还在继续:"他一定将你囚在陈宫之中,花开花落,岁月匆匆,彼此爱恨交织,纠缠折磨,你一定会过得很惨。"

我说:"啊?"

他瞥了我一眼:"这有什么好奇怪,古往今来这类故事大多是这样,最后要不是你把他折磨死,就是他把你折磨死,死后才知道彼此的重要,总之不会是什么好结果。"他叹了口气,转头认真看着我:"我从前总是害怕你去找苏誉报仇,觉得是他灭了卫国,你很恨他的,但其实阿蓁,你很欣赏苏誉,对吧?"

我完全没搞懂君玮今天是要干什么,后退一步谨慎道:"你不要乱说啊,我对慕言很坚贞的。"

他神色黯了黯:"因你最终是要刺陈,我才对陈国的事……如若我告诉你,慕言他……"

我紧张道:"慕言他怎么了?"

他牢牢看着我,记忆中君玮真是很难得有这种严肃模样,半响,他摇了摇头:"没什么,他很好,你从小就喜欢他,到死都喜欢他。"

我坐在他对面,他干脆转身背对着我,中间隔着一张冰冷石桌,他的声音模模糊糊传来:"可若有一天你发现没有办法和他在一起,也不要难过,阿蓁,我,我总是在这里的。"

我呆了呆:"你想说什么呀?"

君玮肩膀颤了颤,我等得要打瞌睡他也没再说话,脚边小黄不停拽我裙角,不远处佛桑花丛里有彩蝶飞舞,看出它是想邀我过去扑蝴蝶。

想想君玮大概是灵感突然来了,需要一个安静的环境创作,也就没有打扰他,拖着小黄蹑手蹑脚地离开了凉亭。

慕言说,等山上的佛桑花谢了,我就来接你。身畔浮云扰扰,看着道旁花开正盛的佛桑,我沮丧万分地蹲在地上想,这些花已经持续姹紫嫣红了二十多天,花期如此漫长而坚强,几时才谢得了啊?

小黄围着我边转圈边扑蝴蝶,连续转了几百个圈子,自己把自己给绕晕了,好半天才歪歪扭扭地从地上爬起来。看它玩得已经很尽兴,我才想起今天的主要任务是去教公仪薰跳舞,赶紧拖着它去亭子里找君玮。

离小亭十来步远,看到君玮依然保持着方才的坐姿,而他身后方才我坐的地方正坐着白衣少年百里璹。正打算上前打个招呼,看到百里璹脸色很是尴尬,君玮的声音清澈,略有些隐忍:"那些话你总当我是信口开河,可我说的那些,没有一句不是真的,我喜欢你这么久了,你是真的不知道,还是装作不知道?"

百里璹呆呆坐在那里,茫然道:"我是真的不知道啊。"

君玮闻声猛地回头,估计回得太急,不小心手肘撞到石桌桌沿,痛得话都说不出来。百里璹赶紧上前一步:"你……你别激动啊,我……我回去好好考虑一下成不成?"

君玮忍痛道:"你……"

百里璹含恨地看向他:"你长得这么好看,可为什么不是女孩子啊!"说完一溜烟跑了。君玮在背后茫然地伸长手臂,还保持着要抓住他的姿势。

我镇定地伏在花丛里拍拍小黄的脑袋:"你爹爹果然有断袖之癖了,还一直试图瞒着娘亲,不过我们不能歧视他,他既然这样了,就不太好做你的爹爹了,但是没有关系,娘亲已经帮你找了一个新爹爹,新爹爹长得很好看,剑也使得好,还很会赚钱哦,你高兴吧?"

小黄伤感地将头埋在我怀中。

我补充道:"赚钱就可以给你买好多好多烧鸡吃。"

小黄撒着欢儿继续跑去扑蝴蝶了。

我把那些舞步都教给公仪薰,意识是多么神奇的东西,即便重生了身体,忘却了从前记忆,更即便我跳得这样惨不忍睹,连路过送点心的小厮都不忍心再看第二遍,公仪薰竟不动声色地将每个被我跳得大为走形的动作次第复原,身姿曼妙如同泥地里新生的小树,渐渐长大,枝条刺破苍穹,开出无与伦比的美丽青花。

我惊叹道:"你九节鞭使得这样好,舞也跳得这样好,虽然没有过去的记忆,但你不觉得,这样的你就是那时的你吗?人不是因记忆而存在的。"

她停下舞步,手指微高过额际,是一朵花蕾的模样,也没有收回,只是淡淡看着做出那样柔软姿态的右手,轻声道:"子恪也说过这样的话,人不是因记忆而存在,是因他人需要而存在的。"话毕收起手指像握住什么东西:"我不知道谁需要我,这世间似乎没有谁真的需要我。"

我趴在琴案上:"公仪斐是需要你的,你是他的姐姐。"

她似乎愣了愣,微垂了眼睫,语声极平淡:"他不需要我,所有人都当我不知道,但我其实是晓得的,阿斐他,他和他妻子都很讨厌我。于他而言,我不过是个累赘。许多事他不同我计较,因为他觉得我脑子有毛病。"

她顿了顿,续道:"所以我想,如果生前的记忆里有谁曾真正需要我,那也是好的。"她平静地说出这些话,听得人心里难受,自己却没什么表情。

七日后是夏狩。据说公仪家自立门便将这习俗延续下来,为的是让后世子孙不忘立门艰辛,以免日日泡在脂粉堆里忘了曾在马背上建立的功勋。

我觉得这事做得很没道理,归根结底要铭记祖先的光荣也不能靠欺负几只低等动物,动物又没得罪你,动物也是有娘的。

幸好公仪斐散漫惯了,公仪家的优秀传统能废的被他废完了,唯一保留的这项夏狩也失了庄严隆重,变成狩猎这日大家出来烤烤肉喝喝酒,顺便分享一下近日新学的才艺,没想到很受欢迎,尤其是受到渴望在男门客面前展现才华的女门客的欢迎。

一切只因爱情是人类永恒的主题,相亲是永恒的主题的辅题。

可想这场合是多么合适。八年前卿酒酒在卿家的朝阳台上一舞动天下,今日将会是一个轮回,天下无须再记起那跳着《青花悬想》的白衣女子的窈窕丽影,但公仪斐要再记起。

世外夏日炎炎,山中晨日已染凉薄秋意。野宴就设在后山一个小湖旁,空地里支起一条大案,案侧置了长凳,四围有脉脉竹色。

我差不多已和君玮对好台词,无论如何需要一个契机,总不能宴正酣时公仪薰腾地站起来莫名其妙就手舞足蹈，得要多么强大的想象力才能领悟你是兴之所至歌舞助兴而不是醉酒发神经啊……

我们设想的场景是这样的，届时酒至半酣，看起来老实的君玮借着微醺酒意大着胆子拱手向公仪斐："听闻公仪氏长女舞技卓绝，玮孺慕久矣，今日有幸得晤薰小姐，实玮之幸，盼小姐赐玮一曲，若得小姐一舞慰玮所思，玮感激涕零。"

话说得这样谦卑，公仪斐一定不好意思不答应，压抑着不快点头："君公子哪里话，薰姐便去准备准备吧。"当然我们已经万事俱备，不用准备就可以登场，但还是矜持地再下去准备一回。

排练台词的时候君玮发表意见："为什么要说这么多书面语啊？"我耐心教导他："有时候，我们需要用一些文雅的语言来掩饰一些禽兽的想法，好叫他人不能拒绝。"君玮不解："我有什么禽兽想法啊？"

我觉得很愤怒："我怎么知道你有什么禽兽想法啊！"

一切就如我们所想，只是原定在一旁和曲的本该是我，事到临头变成了公仪斐。试调时他不咸不淡问了句："什么曲子？"

我抬头答《青花悬想》。他愣了愣，随即展颜，轻声一笑："这曲子斐倒会呢，不若让斐代劳吧。"那样的笑意融融，眼里却无半点笑意。

乐声似泉水淌过林间晨风，公仪薰涂了墨绿脂蔻的指尖自浅色的水袖中露出，白丝软鞋踩着琴音，就像那一枝青花要攀着身体长出，却被扬起的纱衣轻而易举绑缚，那些动作有着禅意的美，比那一夜她跳给公仪斐的还要令人惊叹佩服。

光线问题，看不清高位上和曲的公仪斐神色如何，难得的是没错了曲音，而沿席落坐的门客无不屏气凝神，偶有两声情不自禁的轻叹，都被琴音掩过。看来在座的不愧是知识分子，艺术鉴赏水平普遍不低，全场只有小黄在打瞌睡。

一曲舞罢，四下静寂无声。公仪薰雪白脸庞染出绯色，似冰天雪地间胭脂化水，那高高在上注视公仪斐的模样，像是没什么可在乎，手指却在身后紧紧捏住袖角。她想要他一个称赞，是在等着他的称赞，这心情我能理解。

他抬头对上她目光，不动声色淡淡一笑："这舞倒很别致，从前没见薰姐跳过呢。"

我正觉奇怪，一向不多话的公仪薰已清清冷冷地问出口："怎么会没见过，他们说这是从前你做给我的曲子，我给你编的舞。"

本来就静寂的林地更加静寂，若真是姐弟，两人如此对话着实不妥，公仪斐敛了笑意微皱眉头，一旁的公仪珊腾地站起身来："你！"

公仪薰微微偏头，声音不缓不急："难道不是吗？"

眼看两人又要吵起来，一个童声自席间糯糯响起："才不是姑姑编的舞，是娘亲教爹爹弹的曲子，是娘亲为爹爹跳的这个舞，昨儿娘亲还跳给我们看过，姑姑胡说。"

说话的小男孩是公仪珊的儿子，因过去的事我只了解一半，也不晓得这是不是公仪斐的亲骨肉。

公仪薰怔在原地，我也怔在原地，不懂明明只有我们两人知道的舞，为什么公仪珊也会跳。

愣神之间看到公仪斐抱着那张琴离席过来，那是我带来的琴，他大约是来还给我。

回过神来的公仪薰蹙紧眉头："怎么是我胡说，那是我……"

话未完被公仪斐皱眉打断，声音压得极低："够了，你是我姐姐，珊妹既是我妻子，便是你弟妹，有什么可同她争的，你事事比她强又能如何，也该差不多收敛点了，拿出做姐姐的样子来，成天同自己弟妹吵闹有什么意思。"

公仪薰脸上的那点绯色瞬间褪至雪白，神色仍是镇定，握着袖角的手却倏然拽紧。他同她擦肩而过，她一把拽住他衣袖，他却未有半点停顿，月白的锦缎自她手中滑落，她其实并未用力。

杯盘狼藉的条案之间响起极轻蔑的一声笑，公仪珊揽过身旁的锦衣小童，眼光冷冷投向公仪薰顿在半空中的那只手。公仪斐似乎对一切暗藏的机锋都浑然不觉，含笑递琴给我："这琴倒是把好琴，君姑娘可要收好了。"

事情到这一步真是未曾料到。这一支青花悬想，公仪薰跳得很好，从来没有过的好。可公仪斐对她说，够了。

他一定不知道她是怎样来练的这支舞。魅的精神先于身体出现，两者磨合寡淡，精神无法精确控制身体，协调能力天生欠缺，为了让那些意到形却未十足到的舞步臻于完美，她常一个对时一个对时地练习同一个舞步。

世人是因曾经而执着，可一个连曾经也没有的魅，她是为何而执着？我不晓得她对公仪斐是什么情感，姐弟之情或是其他，她只想给他最好的东西，假如她可以做到，无论如何都要做到。他却觉得她只是争强好胜。我想，也许我们一开始就错了。

席间又是茫茫的笙歌，公仪薰仍是立在原地，像是株亭亭的树，同那些浮华格格不入。山光影入湖色，一条小鱼从湖里蹦起来，直直坠入水中，咚的一声，手中执了扇青瓷酒盏的公仪斐漫不经心瞟过来一眼，公仪薰从我怀里接过琴："回去吧，近来不知为何，突然有些累了。"

昨夜未曾看到的那段记忆定格在公仪斐纳妾的喜堂上。世事有因有果，今日他对她冷漠至此必有前因，虽然晓得这其实不关我什么事，但就像一只老虎爪子挠在心底，我想知道卿酒酒的那一世他们究竟是何种结局。

可整整三日，公仪薰没有走出她的院子。

第四日清晨，君玮看我闷闷不乐，极力邀请我出门和他们一起蹴鞠。其实我的球技着实高超，因孩提时代，君玮和我都很不喜欢洗碗，就经常靠蹴鞠一决胜负。一般都是他洗，假如我输了就去找师父哭诉，最后还是他洗。能够重温儿时旧梦，我开开心心地踏出院门，突然记起慕言临别时再三嘱咐我务必照顾好自己，有点踌躇对抗性这么强的活动万一受伤被他发现怎么办呢，抱着脑袋想了半天，茅塞顿开地觉得可以说是梦游的时候不小心撞到的，立刻振作起精神意气风发地对君玮挥一挥手："走，去鞠场。"

公仪家别院着实大，绕了许久才到目的地。同卫宫不同，山野里的鞠场未有短墙相围，只画出场地来，树起两支碧竹，中结细网，做了个风流眼，对抗的两队哪队能将球踢过风流眼，且不被对方接住就算赢得一筹，最后以筹数多少定胜负。场上两队皆是公仪家门客，看来夏狩之后大家都没下山。

刚开始对方很怕伤害我，只要我站在风流眼附近，就不敢贸然将球踢过来，担心球不长眼将这个弱女子砸晕。

此后每当对方要踢球了我就自觉跑到风流眼底下站着，一次次取得防守上的重大胜利，简直就是我方的吉祥物。小时候为了逃避洗碗琢磨出来的解数也在君玮的配合下得到稳定发挥，拐蹉搭蹬之间，扬脚险险踢进三筹。

真搞不懂师门考试时我在底下翻书，君玮怎么就不配合一下，不仅不配合还要告状，从前他真是太不懂事了。

踢完半场，大家三五成群分坐小休，君玮拉我到场边一棵大树下歇着，候在一旁的小厮赶紧递来凉茶汗巾。分在敌队的百里璕颠颠跑过来要和我们坐一起，君玮拿脚尖沿着树冠影下来的树荫边缘画一圈，朝他努努嘴："站外边去，不准踏进来。"

百里璕抬起袖子挡住毒辣日头，缩着肩膀委屈道："为什么啊？"

君玮扬了扬眉："你说呢？"

百里璕认真想了想，脸慢慢红了："是不是我不小心被我们球头摸了一下腿啊，那是意外是意外，蹴鞠嘛，难免……"

我噗一口水喷出来，君玮咬牙："老子管你被谁摸啊，老子问你为什么踢两个球两个球都砸在阿拂身上？！"

百里璕呆了一下，低头嗫嚅："运……运气不好。"

君玮一个爆栗敲过去："砸了人还敢说别人运气不好？！"

百里璕委屈地揉额头："我是说我运气不好啊，我怎么知道球踢过去会那么准砸到君姑娘啊？我明明没有照着她踢……"

君玮挑眉打断他的话："讲重点！"

百里瑢小心翼翼看君玮一眼，再看我一眼："所以一休场就赶紧过来想道歉啊……"

君玮不置可否哼了一声。我把百里瑢拉进树荫里："那你快道吧。"

百里瑢红着脸挠挠头："那，那……"

我想想："唉，道歉之前你先讲讲你怎么就被你们球头摸腿了啊？"

百里瑢："……"

君玮："……"

比赛没完，众目睽睽下，分属敌对阵营的三名选手已勾肩搭背和乐融融，可想下半场我们仨都将没有上场机会。

幸好上半场已玩得尽兴，多日搞得自己闷闷不乐的东西也一扫而空，抬头看天高云淡，不远处水蓝风轻。我喝一杯凉茶，再喝一杯凉茶，想起孩提时代也有这样的时候，常常同君玮抱着水壶去宗外的小亭纳凉，那时天真不解世事，君玮也是，本来以为他会长成一个才子，结果长成一个浪子。

正有点筋疲力尽恹恹欲睡，身旁一直有一搭没一搭和君玮争论上半场攻防问题的百里瑢突然瞪大眼睛："咦你们看，那个黄衣小姑娘长得好可爱！"

我被他振奋的语气吓一跳，手里的茶水洒出来一半，一边想什么样可爱的姑娘我没见过，一边顺着他灼灼的目光望过去，顿时觉得头嗡了一下。视线尽头处那风雅到极致的蓝，绚金的佛桑花海里，我一眼就看到他。

慕言。临别时他对我说，等山上的佛桑花谢了，我就来接你。此后每夜入睡前我都将这句话仔细想一遍，牢牢贴在心口，真心祈祷第二日让我找到哪怕一朵凋零的花盏，因这样就能快些看到他。

我揉揉眼睛，再揉揉眼睛，确定不是幻觉，而他分花而来，渐行渐近，闲庭信步就这样走过那些从我心上流转的思念等待。

我觉得自己简直就要控制不住跑过去扑到他怀里，脚已经不由自主踏出去一步，电光石火间突然想起，没听他的话保护好自己一定会被打的，犹豫了一下觉得相见不在此时，再想起此刻灰头土脸的造型，顿时觉得相见绝对不能在此时，赶紧朝君玮背后缩了缩，企图让他整个挡住我。

不知为什么他的步伐会这样快，刚踱到君玮背后已听到渐近的脚步声。我其实很想这么近地看他一眼，但又害怕被发现，想着每次重逢总是让他看到我狼狈的一面，这次绝对不能这么衰下去了，一定要制造一次别开生面的相逢，要跑回去换上最好看的衣裳，打扮得漂漂亮亮坐在凉亭里风雅地喂个鱼抚个琴什么的，总之要让他大吃一惊。

　　脚步声从面前经过，未有分毫停顿，我一边松了口气一边不晓得为什么又有点失望，耷拉着脑袋从君玮背后出来，百里璿还在小声感叹："啧啧，长得真是好看，其实黄裙子很挑人的，穿黄色也能好看到这个地步，真是天姿国色……"

　　君玮冷冷扫了他一眼，百里小弟立刻改口："再天姿国色我对她也是没有一点想法的。"摸了摸鼻子又补充道："一看就知道她和身边的蓝衣公子是一对啊，我就算有什么想法也没用……"

　　捕捉到蓝衣公子这四个字，我想起方才看慕言，他身边好像的确是跟着一个穿黄裙子的姑娘……立刻瞪了百里璿一眼，不高兴道："你有没有长眼睛啊？"

　　他茫然道："啊？"

　　我忍了忍，没忍住："他们哪里很配了，明明一点都不配。"

　　百里璿面带迷茫，做出个询问表情。

　　我捏紧拳头想揍他："快点说他们一点都不配，你当着我的面说慕言和另外一个姑娘相配是想挨揍哦！"

　　百里璿愣了愣："慕言？谁啊？"

　　我瞪着他："你刚才说的蓝衣公子啊，他是我……"突然觉得有点不好意思，可是一想慕言都跟我求亲了，我都答应他了，就还是勇气十足地瞪着他说出来："是我未婚夫婿。"

　　"啪"，君玮不知道为什么一个失手把水壶给掉在地上，飞溅的茶水溅了我一身。他手还停在半空中，神色震惊，张了张口像是要说什么话，被凑过来的百里璿惊讶打断："是你未婚夫婿？那怎么不上去打个招呼？"

　　我看着鞋尖："……会被揍的。"

　　百里璿突然噤声不语，他一定是不相信，我急急跟他解释："他要是晓得我不听话跑出来蹴鞠还被撞翻一次、压在地上两次、被球砸到三次，一定会揍我的……"

　　身后慢悠悠响起一个声音："哦？那是挺该揍的。"

　　我面不改色地继续和百里璿说："不知道为什么突然觉得太阳好大头有点晕唉……"说完很自然地就要往地上倒，一双手从背后稳稳接住我，耳畔响起熟悉的低笑声："你再演啊。"

　　我睁开一只眼睛瞄瞄，一下撞上慕言噙着笑的目光，条件反射地也笑一笑，看着他唇畔笑意加深，蓦然想起目前状况着实不是笑的时候，立刻老老实实从他怀里站起来，老老实实耷拉着头："我错了。"

　　慕言骨节修长的手指缓缓敲着折扇，声音响在我头顶："哦？认错认得倒快，跟我说说，错在哪里了？"

我头垂得更低:"演技没有你好……"

慕言沉默半晌:"……认识得还挺深刻。"

我干笑两声磨蹭过去,小心翼翼看他一眼,试探着握住他袖子:"我刚是乱讲的,别生气啊,我不该跑出来蹴鞠,都是君玮的错啦,我本来今天要在院子里喂鱼抚琴的,他非要把我拉过来。"说完威胁地看了眼君玮,他了解地笑了笑,点头道:"对,是我把阿拂拉出来的。"

我偏偏头,发现果然不是光线作用,奇怪地问君玮:"你脸色怎么那么白?"边说边要走近点过去看看他,却被慕言一把握住手。

君玮还没开口,站在一边那个被百里璔称赞天姿国色的黄衣小姑娘却天真道:"不管怎么说,女孩子怎么能和男人一起蹴鞠呀,在我们国家,这样的女孩子以后是没有男人肯娶的。"

说完自觉失言地吐了吐舌头,看着我却又笃定地补充了句:"反正女孩子不要随便和男人一起,虽我从小在市井长大,也从来不会和男孩子扎堆玩儿的。"

我紧张道:"你和慕言是一个国家的吗?"

黄衣女子愣愣摇头:"不是啊,我是唐国人。"

我安心地拍拍胸口,拍完还是有点不放心,抬头问慕言:"你们国家不会也有这样的风俗吧?那我经常和君玮他们一起玩,是不是很不好啊?可君玮是我的哥哥呀……"

话没说完被慕言笑笑打断:"慕仪也喜欢蹴鞠,看不起其他女孩子那种玩法,常常找我的护卫陪她玩玩的这个。我们陈国没有唐国那样的风俗。"

我顿时松一口气,前后想想:"既然这样的话,那我没错啊!为什么要认错?"

慕言不紧不慢摇着扇子赞许地看着我:"你不妨再得寸进尺点。"

说话间蹴鞠的下半场已经开始,我们仨果然被淘汰出局,趁着众人目光都集中在鞠场上,我忍笑将身子挨着慕言靠得更近些:"再得寸进尺点,是不是像这样?"

他怔了一下,随即微微一笑,一把将我拉过去贴在他身上,从容得就像摘一束花倒一杯茶,垂眸笑道:"对,就是这个意思。"

黄衣小姑娘正好偏头回来兴高采烈道:"慕哥哥……"愣愣看着我们,后面的话半响没说出来,大概是她们唐国民风着实闭塞不开放,我朝她比了个鬼脸。她咬了咬嘴唇,哼了一声又别过头。

一看就知道是要问慕言关于蹴鞠的问题,百里璔觉得她和慕言很般配,让我很没有好感,握着慕言的手悄悄问他:"连蹴鞠是什么都不晓得的姑娘很没文化对不对?"慕言揉了揉我头发,摇头笑道:"你说什么就是什么吧。"

同慕言一起的这个黄衣小姑娘据说叫尹棠,是慕家世交好友之女,在孤竹山下碰到,因她想来山上看佛桑花,便让她跟着上山。

原本以为佛桑花事了才能见到慕言,虽然提前见面,他却不是来接我的,只是去赵国途中略逗留几日,我觉得有点沮丧,但一想到连这一次见面都是额外赚来的,就觉得还是很值得。

他是要赶赴赵国,其实途中无须专门绕道来杯中一趟,即便是要找公仪斐商议要事,但又不是世上送信的鸽子都死绝了。想到这些,就觉得胸口满满的,很开心又很甜蜜。

慕言明显比往常忙碌许多,早上陪我看了场蹴鞠,用过午饭后便同公仪斐闭门密谈,直到晚饭也不见人影,我想着入睡前要去看看他,掐准时间差不多他该回来了,正要出门却想起一个十分紧要的问题……他是住哪个院子的来着?都这个时辰了再让丫鬟去打听就太不人道,我想了想,闷闷不乐地关了窗户准备睡觉。

嗒,嗒,嗒,正要熄灯,窗户却被轻叩三声,胸口的鲛珠筒直要从喉咙冒出来。我赶紧去开窗,未栓紧的窗扇却吱呀一声自己打开了,慕言手中抱了几卷书帛翻窗进来,随意将书册扔到桌案上,坐到案前花梨木的椅子上冲我招招手:"过来。"

我目瞪口呆走过去坐到他对面,转头去看看窗户,又看看他:"为什么有门不走,走窗户啊?"

他拿了根细长的银针挑案上的灯芯,烛光里似笑非笑瞟我一眼:"幽会这种事,你见过有谁走正门的?"

我咬着舌头:"你是来同……同我幽会的?可……可我不晓得该怎么幽会,我娘都没有教过我。"

他肩膀微微颤抖,我着急道:"你是不是觉得我很土?早晓得就该去跟君玮打听一下,那些姐姐们同喜欢的人幽会是怎样我虽然不知道,但……但是我可以学的。"

烛火亮了些,他起身放了银针,我才看清这人是在笑,我手脚都不知道该往哪里放,他却还在笑,我一边恼火地瞪着他一边想,这就是我的心上人,可他笑起来真好看。等他笑够了,却抬手抚上我眉梢,还当作什么事都没发生地问我:"皱着眉头做什么?看见我不开心吗?"

我把头转向一边:"可你笑话我。"

他好笑地坐回去,微微撑着头:"我怎么会笑话你,这些事情若是你样样都懂,我才要生气。"

我有点怀疑："真的？那你今天来是来教我的吗？"

他摇头笑笑："长这么大，我还是头一回听教人幽会这个说法。"话罢执起桌上的茶壶给自己倒茶："除了这个，我记得早上你要同我认错来着，后来被打断了，怎么，现在想起来自己错在哪儿了吗？"

我起身离开凳子："我去洗洗睡了……"被他一把抓住："还没想起来？"

其实蹴鞠刚完我就反应过来，那时躲到君玮身后，觉得立刻从面前走过未有丝毫停顿的那个人定然不是慕言，他不可能那么快，而且他和尹棠一起，怎么也该是两个人的脚步声。若是那样，我一看到他就躲起来一定被他亲眼目睹，他生气的一定是这件事，但要怎么解释？怎么解释都让人很不好意思……

他果然道："看见我为什么要躲起来？"

因正站在他椅子跟前，习惯性地垂头，一垂头却正好碰上他微微仰起的漆黑眼眸，我垂死挣扎道："才没有……"

他左手扣着椅子扶手轻轻敲了两下，含笑道："那我来猜猜看。"做出沉思的样子来，眼睛却望着我："是因为和我重逢竟然没有戴着最好看的首饰，穿着最好看的衣裳，好叫我眼前一亮？"

我震惊道："你怎么……"话到一半反应过来就这么承认太丢脸了，赶紧道："才没有！"

他眼睛里却仿似落下万千的星光，良久，将我拉进怀里："没有打扮得漂漂亮亮也不要紧，还有很多时间，你可以慢慢打扮给我看。"

我趴在他肩膀上，抽了抽鼻子摇头："你没有见过我最好看的模样，我十七岁那时候，脸上没有这道疤，连父亲都说我是他最好看的一个女儿，你要是那时候见到我多好，你要是……"可再也不可能了。

这些事情总是让人一想起来就伤心，我抹着眼角紧紧搂住他脖子，说出一见面就想说给他听的话："我很想你。"

他没有说话，却更紧地抱住我，呼吸就在耳畔，这是我盼望了多久的时刻。抬眼看到昏黄的烛火，就像茫茫孤夜里摇曳的唯一一点希望，墙壁上投下融为一体的两个影子，时光仿若在这一刻停止，再也不会有离别和悲伤。

后半夜山中下了场大雨，早上起来空气格外清新，慕言特地过来陪我用早饭，顺便带了只烧鸡给小黄，小黄高兴得直摇尾巴，对这个新爹爹的喜爱之情溢于言表，看来短期内是不会出现什么亲子问题。

拾掇完毕，两人刚出院门，看到黄衣小姑娘尹棠两腿生风急步而来，跑到我们跟前扶着腰喘了两口气，弯起眼睛天真地看着慕言："慕哥哥，今天你陪小棠赏会儿花可好？孤竹山山路崎岖，小棠一个人出去，找不着回来的路可怎么办呢？"

我奇道:"怎可能找不着回来的路,为赏佛桑花公仪斐特地修了条青石小径,你沿着那条路走到尽头再返回来就可以了。"

尹棠咬了咬嘴唇,看上去还想说什么,却一时无话可说。

我一边推着慕言让他该干什么干什么去,一边亲切地自告奋勇:"你慕哥哥他早上有正事的,你君姐姐我正好没事,要是尹姑娘不嫌弃,就由君姐姐来带你赏花吧。"

眼看着慕言点个头就要离开,尹棠着急地瞪我一眼:"那我嫌弃你行不行,那我不想走那条路行不行?"

说话间慕言已被我推出老远,慢悠悠打量我一遍,不置可否笑笑顺势走了。我转过身来认真地看着尹棠,点头道:"可以啊,反正我就是随便一说。"话罢也准备抬脚开溜。

尹棠踌躇一下狠狠跺脚:"你,你回来!"

我脚步没停了挥手:"你跟上来。"

我的确是想散个步,我也的确不喜欢这个叫尹棠的小姑娘,她成天用异样目光注视慕言,我没揍她一顿就已经很可以了,此时此刻还能保持涵养,因为不晓得真揍上去是不是打得赢。此时是个好时机,我准备还是采取文明人的做法,边赏赏花边和她讲道理。

一路繁花古木,夜雨后花木娇艳的更娇艳,挺拔的更挺拔,笼在浓浓晨雾里,似身处仙境。我还在酝酿第一句话该怎么说,跟在身后的尹棠却已开口,手指从黄衣里微微露出,撷着一朵刚摘落枝头的重瓣佛桑:"你听说过佛桑花的故事没有?"

我抬头道:"嗯?"她微垂了眼眸,盯着指间花:"说的是一个世家少爷与奉墨的丫鬟相爱,却被他父亲发现了,少爷被支出家门办事,少爷走的晚上,小丫鬟被投进后院一口枯井里,他们骗少爷小丫鬟病死了。没几年,少爷娶了交情深厚的世家小姐为妻,新婚的那夜,后院被填平的古井却长出巨大花树,开出妖异的花朵来,这花就是佛桑。你有没有听过风拂花树的声音,就像是女孩子在哭。"

我停下脚步:"你想说什么?"

她看我一眼,别过头去,嗓音竭力镇定,还暗含着一种与生俱来的天真:"你一定会觉得我很讨厌,但不管你讨不讨厌我都要说,就像佛桑花的故事一样,门不当户不对的爱情是不能见容于世的,一定会有各种各样的悲剧发生。"她抿了抿唇,抬眼看着我:"自古以来都是如此,你和慕哥哥也是不会例外的。你配不上慕哥哥。"

石径旁有溪流淙淙,盘旋的虬枝将头顶一方天幕遮起来,晨光零散而入。我其实也晓得自己配不上慕言。不是身份的差距，是生死的差距。说到底我只是一具依靠鲛珠生存的行尸，违背星辰法则的存在，而他还好好活着。

可心里知道是一回事，被人当面指摘就分外难忍，但越是这样的时候，越要不动声色。我镇定地看回去，淡淡道："他说他喜欢我，只要他喜欢我，我们就是相配的。"

尹棠有点激动："那是因为你不知道他有多么出色。"她脸色涨得通红："那样出色的慕哥哥，一定要有一位同样出色的公主才能配得上他。那样的公主全天下只有一位，该是我的姐姐琼嬅。"

我吃惊地望着她："你的姐姐是……唐国的琼嬅公主？那你是……"

她也吃了一惊，像是才反应过来不小心暴露了身份，咬着嘴唇半晌，突然把头一扬："想必你也猜出来了，我是唐国最小的公主毓棠。"

她停了停道："这也没什么大不了的，我并不想用身份压着你。王姐从小就喜欢慕哥哥，我是市井长大的公主，从前并不知慕哥哥如何，还很不以为然，觉得她的思慕可笑，但月前唐国有难时慕哥哥他……"

话说到此处突然脸一红，她恼火地看着我："同你说这些干什么？你只要知道，为了慕哥哥好，他应该选择同谁成亲，你和我们不同，不知道身处高位，所谓婚姻代表着什么，你什么都帮不到他，他们家也不会答应他娶你的，你这样的姑娘全天下有多少呢，可唐国的琼嬅公主，天下只有一位。无论如何都是要分开的结局，为什么还要继续下去？你也想要得到佛桑花的下场吗？"

听完她这一番话，其实说得很有道理，我本来是想趁着鸟语花香大家心情不错将她说通，没想到最后是她妄图将我说通。

做久了君拂，都快忘记东陆王室普遍扭曲的婚姻观，大家一直觉得若一场婚姻不能换取什么，那这样的婚姻算是什么。

我虽然不反对为了国家利益而进行的王室联姻，就如当年沈岸同宋凝，但却私心里觉得，一个负责任的国君，是不需要依靠牺牲谁的婚姻来换取国家利益的，所谓和亲，真是最要不得的政治手段。

公主王子们生出来的价值难道仅仅是让他们在这个方面有所成就？显然，国家对他们的要求比这要高得多，大家着实可以换个方向努力。

但这些话即使说出来也没法说服眼前这位毓棠公主，我想，她其实不是要和我讲什么大道理，她只是喜欢慕言罢了，又不好意思说出口，非要借着门户登对的名义，非要借着她姐姐的名义。

她瞪着我："为什么不回答？你在想什么？"

我笑了笑："我在想，我这样的姑娘着实很多，没什么特别，唐国的琼嬅公主着实也只有一位。可东陆,却不是只有一位公主。"

我早知道这样一说必然将她惹火,她果然发火,牙齿咬得嘎嘣响,半天,冷笑道:"除了年前殉国的文昌公主叶蓁,东陆这许多公主,还有谁比得上王姐的足智多谋?你若是听说过琼嬅公主的名号,就该知道整个唐国都将王姐视为明珠,若是因你而令王姐受到屈辱,便是令唐国的国体受辱,唐国绝不会善罢甘休,届时唐陈两国交恶,一场恶战避无可避。而你不但不能帮到慕哥哥,反而使他陷入此等窘境,就不会心怀愧疚吗?"

我觉得不可思议,眼前的姑娘一袭黄衣黄裙,的确天姿国色,即便发火声音里也带着不可矫饰的天真,说出的话却不像是一国公主,不知道一天到晚在想什么。

我转身站得直直地看着她:"你姐姐贵为公主,可知道什么才是公主?生我者父母宗亲,养我者天下万民。以天下万民性命为代价的战争,岂是可以说发动就发动的?子民为之献出生命也要保护的应是脚下的寸寸国土,而不是一个愚蠢公主的爱情。我还从未见过这样幼稚的战争,也从未见过这样令母国蒙羞的公主。"

她愣愣看着我,半天,几乎都要哭了:"你有什么资格这样说我,我要去找慕哥哥,看看他是不是真的愿意为了你和我们唐国交恶,他其实怎么可能喜欢你,他连自己真正的身份都没有告诉过你吧,我都知道!"

突然觉得喉咙里有什么东西涌出来,随着说出"住口"两个字,那些东西一下子涌出口腔,我看着喷在地上的血痕有点发愣,却止不住喉咙里那些东西翻腾得越来越剧烈,张口又是一大摊血。对面的毓棠惊恐地睁大了眼睛,我抹了抹嘴唇,狠狠道:"没见过吐血啊?不准告诉慕言。"话刚说完,突然没了意识。

对我而言,一切只是睁眼闭眼之间,失去意识的那一刻我就搞清楚发生了什么事。临下山时君师父告诉过我,续命的鲛珠每过十个月会有三日蛰伏,三日里所有法力都收束起来,届时我和真正的死人没两样,要当心不注意被人给埋了。

算起来自这颗鲛珠缝入胸中正好十个月,我却忘记这件事,意识刚恢复过来时万分惊恐地想,要真被埋了该怎么办,他们可千万别把棺材给钉死啊。

我做了最坏的打算,却没想到战战兢兢睁眼一看,竟是躺在慕言怀中。我都要被吓傻了,看到他紧闭的眼、微蹙的眉、冰冷的侧脸、苍白的唇,这模样倒像他也是个死人。

好半天,我颤抖着手去推他,听到自己的嗓子哑得要说不出话,高风掠过枯叶似的抖:"慕言,你怎么了?"

话刚落地手便被握住,我懵懂抬头,正看到他缓缓睁眼,昏黄烛光下,那总是含笑的眸子静水无波:"你是终于醒了?还是……"他顿了顿:"我又在做梦?"

我有半刻搞不清状况,但看着他一向清明此刻却困惑的眼,突然就明白那些话是什么意思,我费力想朝他笑一笑,却笑不出来。

我是个死人,死人无所谓死别的痛苦,但活着的人不同。都是我忘记这件重要的事,没有提前告诉他好让他安心,这样猝不及防,他一定以为我死了。

胸口一窒,我呆呆地看着他,近在咫尺的脸却越来越模糊越来越模糊,我伸手抹眼泪,手还没够上去,泪水已经啪嗒掉下来,正落在他唇边。

他愣了一下,眼神逐渐深邃,手指抚上我泪水婆娑的眼,良久,久得像一颗种子生根发芽:"阿拂,你醒了。"嗓音是我从未听过的低沉暗哑。

我抱住他试图给我擦眼泪的手,咬着唇问他:"我吓到你了,对不对?"

他任我趴在胸口,抬起另一只手继续给我擦眼泪,严实的床帏里一握幽暗烛光,他修长手指一点一点抚过我眼角,指间似有白梅低回的冷香。

明明停在我眼角的手指都在发抖,语声却镇定又从容:"我知道,你会醒过来,你舍不得我。"话罢却怔了怔,状似无意地收回发抖的手,状似无意地将它们隐入衣袖。

我假装没有看到,趴到他胸口,就像所有听到这些话的矜持小姐一样小声反驳:"你乱讲。"但心里却暗暗赞同,他说得对,我舍不得他。他顿了顿,轻声道:"是吗?我去问了君玮,问他你有什么愿望,他说你想嫁给我,你从小就想嫁给我。"

我顿时一阵紧张,全身都僵掉了,像一块笔直的长木头。半晌,僵硬的下巴被抬起来,对上他隐约含笑的眸子:"你是从什么时候开始喜欢我的,嗯?"

虽然不好意思,但不好意思也只是一阵,而后便是浓浓的委屈,那些久远的至死不渝的思慕,他终于问起我,本来已经止住眼泪,又再一次红了眼眶。我咬着嘴唇,哽咽道:"你还记不记得三年前,雁回山上,你救了个被蛇咬伤的小姑娘,她送了幅画给你,用木棒画在地上。"我指了指自己:"那个小姑娘,是我。"

刚说出这几个字,就感觉眼眶一热,我赶紧抬手盖住眼睛,吸了好一会儿气才将眼泪憋回去,费力地想把这句话说完整:"从那时候我就喜欢你,找了你三年,一直一直,一直一直都在找你,可我找不到你。"

大片水泽从指间溢出,是那些尘封的悲伤破土而出,再也无法抑制。从雁回山的初见到临死的最后一刻,三年漫长寻找,回忆里全是美好的模样,可求而不得的委屈和绝望只有自己晓得,明明我是那么用心、那么认真地在找他。

我捂着眼睛将头埋进他胸口:"那些来求亲的人,父亲想把我嫁给他们,我没有答应,我要找到你啊。送给你的那幅画,我请人将它刻在了洞里的石床上,我想,如果你哪一天重新回到那个山洞,看到那幅画,就会知道那个小姑娘在等你。"

眼泪穿过指缝，一定将他的衣襟打湿了，我吸了吸鼻子从他胸膛上爬起来，收拾好那些被回忆触及的伤感情绪，用袖子抹干眼睛，努力咧出一个笑来："还好，最后我还是找到你了。"

他止住了笑容，静静看了我许久，看得我都开始紧张，却只是沉默着抬手取掉了我挽发的丝带。头发就这样散下来。我忐忑地回想刚才是不是有哪句话说得不对，还没想明白，已经被拉下来变成侧躺在瓷枕上和他面面相对的姿势，身后被垫了厚厚的锦被，我身上的确凉，其实倒并不觉得冷。

他左手撑着头，右手放在我耳后，像是很感兴趣地玩弄那一处头发，半响，才轻轻道："你说的那些，我都记得，那时候我看着你，觉得你还是个孩子。转眼你就长得这么大，可以同我成亲了。"

我枕在瓷枕上紧紧抓住他胸前的衣襟，想他还记得，他竟然还记得，克制不住地就攀上去亲了亲他的下巴。亲完才反应过来做了什么，但更震惊的是突然想起他刚才那句话。他说的是，我可以同他成亲了。

我呆了会儿，立刻爬起来四下张望，才发现不大对头，此时所躺的绝不是我房中那张床，伸手挑开雪芙蓉勾勒的床帷，入眼是金丝楠木的宽踏板，踏板外竟还垂了一重帷帐。

烛火终于有些明亮，看出朦胧的两段龙凤喜烛，耸在高高的灯台里，在床帷上投下细长的影子。

我艰难地回过头来，慕言正枕着手臂看着我，此时才注意到他竟穿了一身大红喜服，漆黑的头发顺着泛冷光的瓷枕铺下来，鸳鸯戏水的鸾被被压在身下，衣襟处的颜色明显比别处深许多，是被我的眼泪打湿了。

芙蓉帐合起来的这一方狭小空间，铺天盖地的红。我指尖发抖，手指抚上胸口，感觉那里在剧烈跳动，一定是幻觉，我紧紧闭上眼睛，想怎么可能。朦胧中却被拉下来够着他胸口，清冷语声响在耳侧，暗含了熟悉的戏谑："要害羞也晚了点儿，我抱着你走过礼孝忠恕四座牌坊，拜了天地行了大礼，待百年后，你必然是要葬在我慕家的祖坟了。"

我还是闭上眼睛，脸却紧挨住他胸膛，听到自己颤抖的声音："可是，可是……"

他重复道："可是？"

我伸手抱住他，缓了好久："为什么？"

他沉默一阵，低声道："我一点办法也没有。"

我不太明白，抬头问他："什么？"

他皱了皱眉，淡淡道："一个男人，即使再无能，起码要会保护两样东西，脚下的土地、怀里的女人。"顿了顿，缓声道，"那时你无声无息躺在我面前，我却一点办法也没有。"

我想了想,将身子撑起来一点,很认真地看着他眼睛:"你是无所不能的。"

他和我对视一会儿,眼里浮起一丝笑意:"哦,我确实是无所不能的。"

我愣了:"你都不谦虚的,这种时候,一般大家都会谦虚一下啊,说我其实没有那么万能,很多事情我都无法控制什么的……"

他了然道:"你又想做什么?"

我泄气地趴在他胸膛上:"然后我就可以温柔地安慰你啊……"

他低笑道:"和初见时一样,长得这么大了,却还像个孩子。"

我绷紧脸:"你是不是嫌弃我了?"

他毫无愧色,云淡风轻地看我一眼:"还好。"

我严肃道:"你敢嫌弃我的话,我也会嫌弃你的。"

他饶有兴味:"说说看,你会怎么嫌弃我?"

我想半天,确实不知道该怎么嫌弃他,瞪了他一眼,却没有任何威慑力,想想不要和他计较,正要建议大家先睡觉,正事搁到明天再说,他的手却揽过来,闲闲停在我腰际,轻松一搂我便贴近他。

那种风拂柳絮般的低柔嗓音缓缓响在耳侧:"那时候我告诉你,那些事有我在,你只要在我找到办法之前努力活着就好了,这句话,你还记不记得?"

我不知他问这个干什么,却还是嗯道:"那时候我答应你了。"

他笑了笑,一只手贴上我胸口:"要记在这个地方,在我找到办法之前,好好活着,你是我妻子,这是妻子的责任和义务,绝不能再像从前,只是嘴上说说。"

我趴在他胸口,用力地点点头,可想想觉得不对,我一直都言出必行,什么时候只是嘴上说说了?但是活着这件事,我不知道他是怎样理解,他大概一直以为我没有呼吸没有知觉,和活着的人的所有不同都只是修习华胥引所致。

我无法告诉他,其实我已经死了,就算在他面前这样活蹦乱跳,不过是托鲛珠的福而已。有时候我希望他知道,可有时候,我又希望他永远不知道。

就这样躺了一会儿,我都要睡着,他伸手将我垂落到额前的发丝挽到耳后,手指就停在耳畔的发梢,轻声道:"有些事情,我一直没有问过你,并不是我不想知道。"

一听这话题,我瞌睡都醒了一半,顿时感到紧张。真是瞒了他太多事情,可瞒着他的这些事,没有一件是可以若无其事讲给他听的。我小声道:"都这么晚了,我要睡着了……"

假如我这样说,他一般都会顺着我,可这次却像完全没听到我微弱的抗拒,反而抬起我的下巴,让我能清清楚楚看到他。良久,他低声道:"我是陈国人,你是

247

卫国人，陈国灭了卫国，阿拂，你会不会恨我？"

我顿时松一口气，原来是这件事，还好。

从前君玮也这样担心我，但这实在没什么好担心的，假如我未曾以身殉国，还是一位亡国公主，要对得起为家国战死的卫国的好儿郎，于情于理都不该再和陈国人交好。

可卫公主叶蓁已死。

我从未后悔那日从城墙之上飞身而下，也不觉得这有多么崇高，叶家统治卫国八十六载，亡在父王这一代，社稷死得这样平静，而王室积攒了八十六年的威严顷刻崩塌，叶家人本不该再有脸面活在世上。

虽然不知道为什么除了我大家好似都还活得很安好。后来也想明白了，我认为理所应当的事，别人不一定看得重要，不一定就是我对他们错，只是每个人活在世上，心中有自己的原则。

君师父将我救活，给我起了君拂的名字，希望我将前尘往事一并忘掉。那些不好的事情、不用再背负的责任自然应该忘掉，但那些美好的回忆、那些执着的感情为什么要忘掉呢？

假如成为君拂就要忘掉慕言，像一张白纸一样地活过来，就像重新凝聚的一只魅，那就算再活过来，又有什么意义呢？想到这里突然有些明白公仪薰的感受，那些好的事情，是应该一辈子铭记的。

慕言问我会不会恨他，表情还那样严肃，想想还是觉得惊讶，我往他怀里挨挨："你很在意陈国灭掉卫国这件事吗？"

他没说话。

我沉思了会儿，说："其实假如卫国足够强大，而陈国积弱积贫，那卫国也一定会找准时间吞并陈国的，我虽然没什么见识，也晓得国与国的博弈不像世人所想那样简单，卫国不能存活，不是因苍天无道，而是卫王室不仁，不是陈国，也会是其他国家来吞并它。所有的毁灭都是从内因而起，外因说到底也只是推力罢了。虽然亡国令人心酸，可也没什么好怪陈国的。这样狼奔豸突的乱世，不能成为狼豸，毁灭便是注定的，是卫王没有看清。在其位，谋其事，当其责，你是陈国的将军，全力一战是为家为国，卫国那些身死的好男儿，拼死一战是保家卫国，每个人都有每个人的职责，不是说谁做了什么谁就对了，谁做了什么谁就错了。"

说完这些话觉得那个姿势躺着不舒服，刚想抱着他爬上去一点，抬头正撞上他望住我的目光："你刚才说，我是谁？"

我还是爬上去一点，偷眼看他的神色，斟酌道："秦紫烟说你是覆敌杀将破城的将军，我知道陈国有一位赫赫有名的将军，也姓慕，是叫慕绥风，那是你吗？"

我大胆地搂住他的脖子："可我还是喜欢你叫慕言,这是你告诉我的名字。"

他的手指掠过我肩头发梢:"那陈国的世子苏誉呢,你不恨他手下的将军,也不恨他手下的士卒,那你恨发动那场战争的他吗?"

我沉默了一会儿:"卫国百姓本就过得不好,却宁愿以身为盾阻挡陈国进犯的铁骑,是因他们晓得最凄惨的莫过于亡国奴。虽然最后是苏誉胜了,他要怎么来处置卫国都是他的自由,但我私心里却希望卫国百姓能在他的统治下过得好一些。但多半是痴心妄想吧,历史上还未曾有过这种先例,亡国的从来都是受尽欺压凌辱,要比对方的国民矮人一等的。"我说完觉得心里有点闷,想想道:"为什么我们要在新婚之夜讨论国事啊?我虽然没有成过亲,但是也没有听说洞房花烛夜得做这样的事呀,你不要因为我什么都不懂就来糊弄我。"又想起好不容易成一次亲,走那些仪式的时候竟然毫无意识,苦着脸道:"而且那些盛大隆重的仪式我都没有看到,醒来就躺在床上了,一点新嫁娘的瘾都没过到。"

他竟然难得地没有反驳我,还一反常态地亲了亲我的额头,答非所问道:"找一天,我一并补给你。"

我搂着他,安心地点了点头:"嗯,你先欠着。"

烛火越发暗淡,想是喜烛将要燃尽,朦胧中听见他低声道:"我听说,成亲这一夜,若是龙凤喜烛顺利燃到头,这对夫妻便能平平安安白头到老。"

我愣了一下,立刻要爬起来。

他一把捉住我:"好好的又怎么了?"

我还是拼命爬起来去挑开床帷,百忙里回头瞪了他一眼:"去守着烛火呀,你怎么不早点说,万一不小心灭了怎么办呀?你放开我。"

但他牢牢把我固定住:"已经快要燃完了,顶多不过十声它就会熄掉,不信你数数。"

果然不过十声,室内一片漆黑,我并不相信这些所谓的传说,却还是安心地想,龙凤烛顺利燃到尽头,将来无论多么困难,这会是一个好兆头,会在那些不好的时候给人勇气和安慰。

我搂住慕言的脖子,一下子又觉得很开心,问他:"喂,坦白地讲,你是从什么时候开始喜欢我的?"

他顿了一会儿:"坦白地讲,我不想说。"

我起身要下床:"一点都不坦白,不想成这个亲了。"

他完全没有挽留,慢悠悠道:"亲已经成了,这会儿是洞房花烛,你回去睡也好,省得今晚我睡不安稳。"

我一头扎回来扑到他身上,还使劲蹭了蹭:"那我就不走了,就让你睡不安稳。"

他竟然没有回答，我好奇地继续蹭两下，听到他压抑的声音从头顶传来："下来。"

　　我想了半天，一下子想到什么，觉得脸上腾地一红，轻手轻脚从他身上下来。天人交战了一会儿，又凑过去在他眼睛上亲了亲，还试着舔了舔，表示不成敬意的安慰。

　　本来打算亲完就去墙角睡觉的，被他一把抓住，眼睁睁看着那凉薄的唇抿起一个似笑非笑的弧度，那样慢悠悠地贴过来，却力度十足将我狠狠折腾了一回，折腾完了还凉悠悠道："你倒是敢。"

　　我才醒过来，身体不好，他一定不会怎么样，我觉得此时不敢更待何时，但看看他凉悠悠的眼神，捂着嘴唇委委屈屈滚到了墙角。

第五章

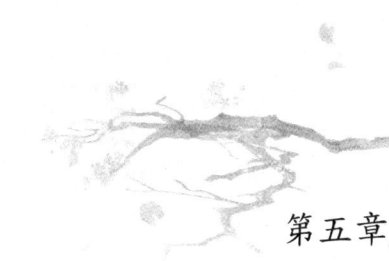

冷风将正房大门吹开，重重纱幔飘舞纷飞，隐约可见帐幔后揽镜梳妆的美人，像裹着一层朦胧的雾色，寒涔涔透出几分妖异。

据说我醒过来这件事震惊了很多人。但诈尸而已，大家也不是没见识，不到两天就平静下来，还纷纷以各种名目送来贺礼。大家的心理素质真是很强大。

百里璕跑来探视我，说了一大通不着边际的好话，末了想起什么似的挠着头道："本来厨房已经开始办丧宴了，请的还是杯中丧宴做得最好的厨子，哪晓得你又醒了，只好把厨子送回老家。"

话里大有惋惜之意，像恨不得我立刻再死一次。听他不胜唏嘘感叹一番，我和气地转身倒杯茶递给他。他"哦"了一声搓着手接过，半空中蓦然僵住，颤巍巍将杯子搁在桌沿上，边赔笑边一步一步后退着贴住门缝，一眨眼人就溜出去不见踪影。

坐在一旁看书的慕言淡淡瞟过来："杯子里的毒，下得好像有点多。"

我瞄了眼仍保持本色的茶水，惊讶道："君玮明明跟我说这无色无味的，你怎么知道我下了整整一包？"

他沉默了一会儿："……茶水太饱和了，析出了晶体。"

我懊恼地撑住头。

大概看出我的沮丧，他放下书装作很感兴趣地问我："这什么毒？"

我一下子提起兴致和他讲解："是泻药来的。"

"……"

房中休养三日，三日后，看我已恢复精神，慕言点了个头，勉强同意我下床。有时候小黄会过来找我嬉戏，通常是被他不留情面地赶出去，搞得小黄这阵子很仇视他，一看到他就将头扭向一边，只有用烧鸡才能勉强收买。

没有烧鸡可啃的时候，小黄显得很寂寞，本来以前我不在还有君玮陪它玩，现在连万年闲人的君玮都在补眠，没时间理它了。

关于君玮补眠这件事，有点说来话长，鲛珠需蛰伏修养的秘密，从前我一直以

251

为他是晓得的，最近才搞清楚他不晓得。

百里璂言语寥寥，说君玮在我昏睡的三天里很伤心，每夜都枯坐到天明，候到我醒过来的消息时，两眼一闭直挺挺就倒在了床上。问我对这件事有什么看法。我能有什么看法，觉得君玮很不错，很有义气。

有义气的君玮一补眠就补了三天，但一口气睡三天也没睡出精神来，第四天一大早出现在我们院子里时，一副被人践蹦了好几百遍的颓唐模样，脸色青灰，唇色紫白，眼睛也没什么神采。

我惊悚地看他半晌："你这是……"

他上上下下打量我许久，垂眼道："阿拂，嫁给他，你开不开心？"声音飘忽得像马上就要立地飞升。

我拿不准他是不是在梦游，联想到那些关于梦游的可怕传说，打了个哆嗦没敢回话，尽量轻缓地点了下头。

他静静看我好一会儿，抬手撑住额头："恭喜了。"

我还是没敢回话。

他的手伸过来，眼看就要碰到我头发，又一下子缩回去，像被明火烫到。我疑惑地看向那束头发，再抬头，却只看到他踉跄远去的一个背影。

这家伙，果然是还没睡醒嘛。

君玮离开不久，又迎来毓棠公主。

想象很多她跑来找我的理由，都是与慕言相关，结果她是跑来辞行的，真让人喜出望外。我不喜欢她，却也不是讨厌她到不能见她，虽然她气过我几回，反正我全部气回来了，况且她都要走了。

两人大眼瞪小眼半天，我清了清嗓子，心里十分开心，但还是假装没那么开心地叹息道："孤竹山是处避暑的圣地，公主这么早离开，未免有点可惜。"

她点了点头，很赞同似的："我也这么觉得……"

我心里一紧，赶紧道："不过也不能沉溺享乐，凡事以大局为重是对的，就不挽留公主了，您一路保重。"

她噎了半天，瞪我一眼："我能有什么大事。我只是……"她咬了咬嘴唇，"我放弃了。"

我端着茶杯没说话。

她眼眶蓦然发红："我认识的慕哥哥，多从容镇定的一个人，月前陈国助唐抗晋，临丘那一战，唐陈联军以十万之寡破敌三十万之众，捷报传回昊城，慕哥哥当庭煮茶，听了只是淡淡一笑，令报捷的兵士小声些，莫将他正煮着的茶给闹醒了。"她恨恨地看着我："可这次，明明连有小医圣之称的百里璂都确诊你没救了，他却执意和你拜天地，抱着你过礼孝忠恕的牌坊，你晓得吧，在他们陈国，只有明媒正娶的夫人才有资格由夫君抱着过牌坊的。"

有眼泪从她通红的眼睛里流下来："本来我上来孤竹山，也不是来看什么佛桑花的，只是好不容易碰到他，想要跟在他身边罢了，可亲眼看到他抱着死掉的你过牌坊。"

她顿了顿，满不在乎地用袖子擦擦眼睛："真不知道他在想什么，他本来可以得到更好的。"但眼泪还是继续滴下来："可我晓得，我是该放弃了，王姐不行，我也不行。我只是不甘心，你真的喜欢慕哥哥吗？为了他好，你不应该和他在一起的。"

我静静看着她，这个姑娘可能还没有我大，她哭得这样伤心，那些泪水在阳光下闪闪发光，就像曾经无数个夜晚，我因找不到慕言，独自坐在窗前蒙着绢帕流下眼泪。

屋子里只剩下毓棠的抽噎声，我看着手里的茶杯："你先时给我讲了个佛桑花的故事，我也给你讲一个故事。"

她不置可否。

我顿了一会儿，轻声道："从前有一位公主，她和喜欢的人分开了，找那个人找了很久，但上天对她不太好，直到死，她也没有找到喜欢的那个人。她死的时候，天上下了很大的雨，雨水打在她身上，她想，这可真疼啊，如果死前能再见他一面就好了，哪怕是远远见上一面呢。公主就这样怀着微不足道的心愿寂寞地死去了。"

毓棠止住眼泪，愣愣望着我。

我继续道："我听过很多那样的话，为了他好你应该如何如何，不然就不是真正喜欢他。可喜欢不是一个人的事，为什么要是为了一个人好而不是为了两个人一起好呢？"我抬头看着她："你有没有到死都无法释怀的事？不是想象中的临死，是真正濒临死亡时，那些盘旋在你脑海中的、让你无法舍弃无法忘怀的事？"

她没有说话。

我笑笑："假如有的话，你就该晓得那些是不管付出什么代价，都要达成的东西。"那些临死前盘旋在我脑海里的事，是执念所化的幻觉，玄青衣袍的男子撑着六十四骨的油纸伞缓步而来，而血污染红的视野里，岭上盛开了不谢的白梅。

我抚着自己的胸口："我很喜欢他，正因如此，才更要和他在一起。"

"嗒"地一声，茶杯倾倒在案几上，她怔了一下，赶紧手忙脚乱地收拾，却在刚触到翻到的瓷杯时僵下来，手紧紧握着袖角，半垂了眼睛，脸上不再有那种天真的神气，愣愣地像是在思考什么东西。

253

我等着她出言反驳,料想也不会这么容易将她说通,可她只是坐了一会儿,没说什么就走了,临走时深深看了我一眼,眼神令人捉摸不透。

毓棠离开后,我将两个茶杯收好。默默发了会儿呆,想起慕言去公仪斐那边了,一时半会儿不会回来。半刻思索,果断地拿出鞋子来穿好,做贼似地推开房门,试着往大太阳底下走了几步。居然没有人出来阻拦,看来慕言那些护卫也没有暗中监视,一时放下心来。空地上拉出长长的一道影子,记起幼时常同君玮玩踩影子的游戏,提脚一个人在院子里踩得不亦乐乎。

猛然院门口传来声音:"你在干什么?"

我抬头,斟酌地喊了一声:"慕哥哥。"

慕言一脚没踩稳,我赶紧做出要起身相扶的姿势,幸好他没跌倒,边过来带我回屋边问:"谁教你的?"

我揉了揉鼻子:"毓棠不就是这么叫你的吗?"偏头没看他:"还叫得挺亲热。"

他笑了笑:"君妹妹。"

我手一抖:"阿……阿拂就好……"

一切安好,唯一令人担忧的是公仪薰,掐指一算已是半月不见,我醒来后她差人送来两支老参,自己却没过来。

我向仆从打听她近况如何,但听说同往日并无什么不同,只是不怎么出门了。后来想想公仪薰那种千年冰山万年雪的模样,要让人通过面部表情来辨别她伤情与否真是太难为人家,不过不出门已经能够说明很多问题。可这不是我该主动去管的事。

我等着她来找我,可心底明白,倘若半月她都不来,便不会再来了。毕竟好奇心这东西,都是一鼓作气再而衰三而竭。

可正当我以为她已经释然,不再执着前世纠葛,觉得怎么人家就这么看得开我就这么看不开呢?当天傍晚,这个看得开的人就来找了我。那句话一定在她心底盘旋许久,半月前她说不想知道那些不好的事,半月后,她站在月亮的阴影下静静看着我:"我想知道,那时候,我到底是怎么死的。"

这件事要瞒着慕言是不可能的,不瞒着他却是做不成的。我其实已经活蹦乱跳,但仍被约束不能这样不能那样,要是敢提出这时候施行华胥引帮人,多半要挨打。思索良久,只能找来君玮,让他届时拖着慕言,帮我和公仪薰制造一点时间。

公仪薰说她想知道自己是怎么死的,我也很想知道,有什么事是比一桩家族秘辛更让人牵肠挂肚的?是只解开一半的家族秘辛。

很快时机就来临,次日傍晚有使者从赵国来,慕言要与人议事。他前脚刚走,后脚我就将进来服侍的小丫鬟一榔头敲晕,换上她的衣服一路低着头偷偷出了院门。

公仪薰已在院中备好所需之物。时间一刻也浪费不得,像背后有十几匹饿狼追赶,抹了把额头的冷汗,我赶紧催动鲛珠进入已熟睡的她的意识。

刚把自己挪进去,手却一紧。我僵着身子回头堆起笑脸:"呵呵,慕言你也过来这边散步呀,好巧。"说完才发现眼前已是公仪薰那些被封印的记忆幕景,他是要怎么散步才能散到这里来……顿时想抽自己一个嘴巴。

慕言凉凉看我一眼,声音冷得人直打哆嗦:"怎么出去?"

我想多半是他在鲛珠被催动时拉住我的手,否则绝无可能跟着进来,一边想君玮真是靠不住,一边垂头低声道:"待公仪薰醒了,就能出去了。"

他抬手揉了揉额头:"你真是,半点不让人省心。"

我悄悄瞟一眼,察言观色地觉得他好像也不是特别生气,立刻蹭过去道:"让人省心才不是什么好事。"

他不为所动:"那是什么歪理?"

我气馁道:"才不是歪理,我母亲就是太让人省心了,所以父亲才又娶了那么多的美人。"想想补充道:"反正我是个不省心的人,要是你以后也娶很多美人,我一定会天天在你耳边吵,吵得你脑袋冒金星。"

他摆出那副似笑非笑的神色,做出个不相信的表情:"你打算怎么来吵我?"

我噎了一下,想半天,沮丧地把头转向一边:"好吧,我确实不会吵架,如果真有那么一天。"我将头转回来:"真有那么一天,我会离开你的。"

他带笑的神色一僵,眉头微微皱起来:"谁教你说这样的话?"

我瞄他一眼,揉了揉鼻子道:"没有人教我,可我今天做这件事,你觉得我很不省心,你都开始讨厌我了。"

说着又要把头扭向一边,却被他紧合的扇子挡住,下巴还被扇柄抬起来,就像那些不学无术的富家少爷轻薄良家女子,还做出一副很感兴趣的模样上上下下将我打量一番。

良久,他施施然放下扇子摇头笑道:"又在发什么小孩子脾气,嘴都抿成一条线了,我什么时候讨厌你了?"

我嘟着嘴道:"那你说你很支持我今天跑出来做这件事。"不等他回答又立刻补充道:"不说就是讨厌我。"

他看着我不说话,半天,淡淡道:"你倒晓得该怎么来对付我。只此一次,下不为例。"

我低头看自己鞋尖:"骗人,你都没有说那句很支持我的话,你是不是生气了?"

他凉凉道:"你说呢?"

我吸了两下鼻子,伸手就要抹眼睛,手刚放到眼角却被他握住:"算了,我没生气。"

我悄悄瞄他一眼,看他目光要移下来赶紧低头:"那……那你叫一声宝贝来听听。"

话才说完下巴又被抬起,这回倒没有用扇柄了,他眼里一派似笑非笑的神情:"你这是在调戏我吗?"

"……被你看出来了。"

因顾着和慕言讨价还价,不敢分心去关注眼前情景,等放下心来仔细研究公仪薰的这一段记忆,才发现已到了公仪斐与公仪珊婚后半年。上次在公仪薰的意识里,最后的场景是看到他二人喜结连理。

慕言端详了一会儿我懵懂神情,一旁解惑道:"也没有发生什么,只是公仪斐自纳妾后便从妻子的房中搬了出去,两人此后也没有再相见过。还有,公仪珊产下一子。"

我想他大约还不晓得这是怎么回事,踌躇了一下将公仪薰和卿酒酒的因缘说给他听。

他一向沉得住气,听到这样离奇的事居然一点也不惊讶:"他们是亲姐弟,能够及早抽身,这样也好。"

我不赞同道:"也不一定是真正的姐弟吧,我倒觉得这事蹊跷。"顿了顿问他:"你看到那些芦苇做的蚱蜢和金纸裁的燕子没有?"两只手比划了一下那些小玩意的大小:"是从前公仪斐送给卿酒酒的。"

他目光投向前方:"你说的,是那些东西?"

顺着他的目光看过去,眼前一派烟笼寒水月笼沙的风景,一切都似罩在一层薄雾之后,那些被封印的记忆正显出卿酒酒探公仪珊月子的一段来,而我问起的蚱蜢和燕子正摆在公仪珊床畔的小几上。

公仪斐端坐在一旁,漫不经心地用盖子浮着茶水。画未手中捧了只打磨精致的玉锁,卿酒酒探身看了眼睡得沉沉的孩子,接过画未递过来的玉锁放到熟睡的婴孩身旁:"也没什么好送的,打了只玉锁给小公子保平安,公仪家的这一脉骨血,可要好好照顾。"眼角瞟了眼小几上的一堆玩意,淡淡道:"前些时日画未整理屋子收拾出来这些东西,正好带过来给小公子玩儿,让下人好生收起来罢。"

公仪珊眼中既惊且惧,也怪不得她会惊惧,卿酒酒说这一番话,好像她什么都知道,又好像她什么都不知道,着实磨人。

公仪斐浮茶的手却在她话落之际顿了很久,屋中一时静极,他低笑一声:"大夫人都这么说了，你们还愣着做什么，还不赶紧替二夫人将东西收起来。"

所谓三妻四妾，发妻平妻偏妾，公仪珊既是作为偏妾纳进来，本是没有称夫人的资格，此时公仪斐却称她二夫人，屋子里愈加寂静，唯有肇事的那个仍不紧不慢喝茶。卿酒酒脸色雪白，但也有可能是我看错了，她本身就长得白，况且还隔得有距离。

接下来的半年时光，那些记忆迅速掠过，像阵雨前天边疾驰的飞鸟。但公仪家一步一步走过的路，似乎一切都在卿酒酒计划之中，人终归要有所选择。是我小看了她，她从未忘记自己要做什么。

九月秋凉，卿酒酒已嫁入公仪家一年有余，毫无疑问一无所出，而公仪珊母凭子贵，在主家混得如鱼得水，虽然当事的几个都晓得那孩子到底是怎么来的。

渐渐便有传言，说公仪珊的父亲暗地里联合族老们劝说公仪斐休掉发妻，理由是家族的一半权势不能旁落给一个不能生出子嗣的女人。一时间整个主宅里，大家看卿酒酒的眼光全都充满了悲悯，但尤人知晓，那些传言正是她自己放出去的。

纵然看上去公仪家这个二叔的确一直想站上高位，也的确是想把卿酒酒赶出公仪家，将自己的女儿扶正，但这件事里他着实挺无辜的。

可三人成虎，流言惑人，出于与其坐着挨打不如站起来打人的原则，原本没什么动作的二叔，被这流言逼着不得不将计划提前一步。公仪家一派山雨欲来风满楼的架势，而九月末的一夜，一身白斗篷的卿酒酒踏入了还挂着孝的三叔家的大门。

这一场密谋极短暂。

她想做的那些事，她做的所有事，我终于明白，虽然从前也有所猜测，但此刻才能相信，她果然是为着毁灭公仪家而来。从利用公仪晗的死，令两位叔叔结下血海深仇；到强纳公仪珊入府，一步一步捧着她到今日这个地位，无一不是周密算计。

人所共知的是卿酒酒不能生，而公仪斐对公仪珊宠爱有加，到底这宠爱有几分真假，群众是不晓得的，大家都觉得下一任家主必是公仪珊的儿子。

从前两位叔叔暗地里较劲，却从不会大争，是因晓得鹬蚌相争渔翁得利的道理，但今日的局势，在卿酒酒的缜密谋划下，公仪家明显成两立之势，当家的两个渔翁都已被拉下水。一个被鹬抢了去，另一个，来寻找蚌做自己的后盾。

三叔愿意帮卿酒酒，在人意料之中，世间万物都是此消彼长的道理，二叔得势，他这一脉必然败落，况且他和二叔还隔着一个丧女的大仇。

但我想，他们是被卿酒酒利用了，可能他们觉得干掉对方自己就是老大，而且欣喜于时机终于来临，却忘了螳螂捕蝉黄雀在后的道理，又没有谁规定说一个人做了渔夫就不能做黄雀。

而届时两派相争,若我是卿酒酒,怀着这样巨大的仇恨来到这个地方,目的只是毁灭……联想到七年前毁掉公仪家的那一场大火,心里咯噔一声。也许,她最后是唤出了那只叫千河的守护神……

身上不由得僵了僵,慕言在一旁握住我的手,轻声道:"已经发生的事,还去担心只是徒增烦恼,不如当看一个故事。"

我靠着他:"公仪斐一定也料到了,她是要毁掉他的家族,他为什么不阻止她呢?"

他不置可否笑了笑:"大约不毁灭,就无法新生吧。"

枯叶飘零,日渐隆冬。疾驰的光阴寸寸迫近,转眼腊月初四,公仪家的家祭,亦是卿酒酒起事之日。

初三夜,冬月皎洁,自纳妾后再未踏入主院半步的公仪斐,破天荒踩着月色踏进了这座荒凉院门。冷风将正房大门吹开,重重纱幔飘舞纷飞,隐约可见帐幔后揽镜梳妆的美人,像裹着一层朦胧的雾色,寒涔涔透出几分妖异。而花影投在窗棂上,就像新春贴上的什么新巧剪纸。

风将帷幔吹得飘起来,现出一身红衣的卿酒酒,以石黛描出的细长的眉,唇上匀开朱红的胭脂,眉心一朵紫金花钿,就是新婚那一夜,也未见她打扮得如此艳丽。

叮当,叮当,帷幔后的五色帘被晚风撞得摇摆不定,飘摇的烛火里,她缓缓抬手,盈盈然伸向门口处面无表情的公仪斐,眼帘微微抬起来,眼中那些粼粼的波光,竟像是满怀柔情。

公仪斐愣了愣,却没有上前握住那只手,目光停留在她难得一见的柔软神色里:"已是二更,夫人还不安睡,急急地让画未将我找来,是有急事?"

她上前几步,曳地的裙裾行止间一阵窸窣,微微偏头看着他:"我以为你不会来,可你来了,既然来了,却连握住我的手都不敢。"她低头握住他右手,拉到自己胸前,一点一点向上,是要抚上脸颊的姿势,却在靠近耳郭时停住不动。她定定看着他:"你在发抖。"眼睛里什么东西一闪而过:"我有这么可怕?"

他一根一根掰开她手指,不动声色收回手:"你喝多了。"

她打量他许久,抬手揉了揉额角,像是满腹疑惑:"喝醉了不好吗?小时候我在青楼,看到那些买欢的客人,若是哪个姑娘被灌醉了,他们可是相当开心呢。"她停下手中动作,抬眼看着他,微微偏头:"你呢,阿斐,我喝醉了,你觉得好不好?"

房中一时静极,他低笑一声:"你这样,是想要挽回我的意思吗?"

她朱色的唇微微抿起来。

"我猜错了?"他笑着点点头,"是了,你怎么可能想要挽回我,过去我喜欢你,你恶心还来不及,今日做到这个程度,是我又碍了你的路吧?"话罢缓步到珠帘后的妆台前,执起漆奁上一只玉制的酒壶:"今次准备哄我喝下的东西有什么功用?是让我昏睡不醒还是动弹不得?"仔细端详了会儿,脸上浮起古怪笑意,回头看着她道:"总不至于是要杀了我罢。"

她神色一顿,脸上血色尽褪,唯有嘴唇饱满浓丽,像冰天雪地里一朵垂挂枝头的红樱,明明是那样明艳的妆容,却蔓开一寸一寸的冷意:"原来,你是这么看我的。"

他挑了挑眉,唇边勾起温柔笑意,出口的话却似冰冷刀子,生怕刺得不够狠不够准:"我有时候会想你到底有什么好,想了半年。"

他抬起她下巴,像是打量珠宝店里一件待价而沽的首饰:"那时候,我怎么就会喜欢上你呢?"

他靠近她:"我告诉过你,不论你做什么,我都不会阻拦你。"怒色从眼眸深处泛上来,只是一瞬,又是那种漫不经心的口气:"可你怎么老是想着要算计我呢?"

她顿了一顿:"若我说这次没有,你相信吗?"

他放开她,摇头笑笑:"你一贯觉得我好骗,你说什么我都会相信。可现在,不是一年前了。"

他毫无留恋迈出院子,背影消失在院门之后。天空落下小雪,像桂花从月亮上飘下来。狂风将几盏烛火吹熄,在一点火烬里,她执起妆台上的玉壶,就着壶嘴将壶中酒一口一口饮尽。

这是两人最后一次独处。

腊月初四,天降大雪。枯树被新雪压弯,寨窑间偶有落雪垂枝。

公仪家宗祠前,仆人们匆忙来去,净水净巾香烛齐列于祭台,铜鼓敲过三巡,祭祖的大典就要开启。

公仪家代代于腊月初四行祭礼,传说是七百年前一位术师推算出的吉日。可这一日,从晦暗的天色到宗祠前栖息的成群寒鸦,处处透着一股不祥之意。

吉时已到,这一年一度的大祭,二叔却未出现,三叔亦未出现。公仪珊明显一幅知道什么的样子,紧紧抱住怀中的儿子,神情紧绷,手越勒越紧,越勒越紧。

祭师点燃明烛高香,襁褓中的小公子突然哇一声大哭出来,主持祭祀的族老皱了皱眉头,正待出言喝止,公仪斐已伸手将儿子自公仪珊怀中接过。卿酒酒微微抬头扫了一眼,就近在净盆里净了手,若无其事地挑出三根香,不紧不慢就着明火点燃，尽管台前设了香炉，却将三根香都端正地插在先代主母雍瑾公主的灵位前。

香灰落下来，大约烫了她手指，半边身子极轻地一颤。公仪斐冷眼看着她一举一动，待她的目光移过来时，不动声色地偏开了头。

祭师歌喉肃穆，七百年的幽远颂歌里，每一句都是追思先祖的功德。这看似平和的一刻，宗祠大门却突然砰一声被推开，跌跌撞撞闯进来的灰衣人顾不上礼节，急行两步神色惊惶地朝公仪斐道："大事不妙，二老爷同三老爷打起来了，两人各带了门人仆从，不死不休的样子，大人您……"

还没禀完，一旁的公仪珊提起裙子就往门口冲，公仪斐一把拉住她："你要去哪里？"

公仪珊一双眼绯红，空出的那只手捂住嘴，带着哭腔狠命挣扎："别拦着我，我要去找我爹！"他沉声压制住她："我同你一起去。"小公子被递交给族老，公仪斐越过卿酒酒，半步也未停留，握住公仪珊的手，匆匆踏出宗祠大门。

片刻，卿酒酒也借故离开。门前的寒鸦已消弭踪迹，这不祥的鸟逐腐肉而生，想必是闻到了那些因屠杀而起的血腥。

公仪家有一处高台，叫浮云台，沿三千石阶拾级而上，台上以白玉筑起一座浮云亭，自亭上极目远望，可俯瞰方圆十里之地。

万籁俱寂，鹅毛大雪簌簌而下，卿酒酒立在浮云亭中，黑发素衣，似一张雪白宣纸题下诗意一笔。

这样高的地方，竟还能听到厮杀之声，她垂眼看台下亲手筹谋的一切，漆黑眸子里无悲无喜。画未在一旁轻声道："公仪家到这个地步，气数已差不多了，小姐何必如此耗费心力，一定要将凶兽千河唤出来，与斐少爷弄得这样僵，着实没有必要……"

她伸出手来，雪花穿过手指飘零而下："你可听说过一句话，百足之虫，死而不僵。要彻底摧毁公仪家，非此不可。"

她这样说，其实我能理解，据说公仪家家主一生只能召唤千河一次，即便成功，也只能让它在人世待半个时辰。若是公仪家气数还好，即便她召出千河，也拿他们无可奈何。要的就是他们气数将尽未尽，利用千河来给出这致命的一击。

画未急道："可真做到这一步，斐少爷他不会原谅小姐你的。"

说完自知失言，却还是忍不住道："从前小姐除了复仇，眼中再无其他，可如今，小姐不是也将斐少爷……看得很重吗？"自知失言还要继续失言，勇气着实可嘉。

卿酒酒停在半空的手顿了顿，缓缓收回来："你们是不是觉得，我这个弟弟很没用？"垂下的衣袖被风吹得鼓起，似铺展的一对蝶翼："这虚浮人世，人人都在争,争虚名,争虚利,赢的人那么少,输的人那么多,知道为什么吗?"

她敛好衣袖,缓缓道:"因为大多数人习惯轻敌。"

半晌,她抬头凝望被雪花点缀得旖旎的天空:"他不阻止我,不是他阻止不了,只是我要做的事,他也要做。我是为复仇,他是要金蝉脱壳,令家族脱离陈王掌控重获新生。这些年公仪家能移的财富都被他不动声色移完了,那些必不可少的异士能人,也被他一步一步隐在了诸国的大市中。如今的公仪家不过是个空架子。我不是不晓得,只是……"她顿了顿:"我可以装作不晓得。"

画未紧紧握住衣角,一脸震惊。

她仍是背对着她,手指轻扣在白玉桅杆上,淡淡道:"我一向觉得,没有什么基于血缘的背叛可以原谅,也没有什么基于情爱的背叛值得计较,你觉得,阿斐他是哪一种?"

画未喃喃:"斐少爷对小姐的那些好,看着不像是假的。"

良久,她轻声道:"我们靠得最近的时候,是在母亲的肚子里,彼此依偎,我不知道我是谁,他不知道他是谁。别人的出生,是为了相聚,我们的出生,是为了分离。"

浮云亭下厮杀不息,她微微仰头看着亭外飞雪:"这一切,早就已经注定。"

远山沉沉,太灏河似一条白色巨蟒,横亘在飘雪的杯中。

最后的时刻终于来临。

我才看清,今日卿酒酒所穿的一身白裳竟格外隆重。风在头顶打着旋儿,发出野兽般的怒吼。她兀自闭眼,双手在胸前结出一个复杂印伽,唇角微动,古老的咒语极悠扬散落在半空。

不知从何处传来阵阵钟声,我紧紧握住慕言的手,想着当沉睡多年的千河被唤醒时,太灏河会出现怎样的奇景。

但令人吃惊的是,咒语已快要吟诵完毕,传说中的守护神千河,却并没有从太灏河破水而出。卿酒酒睁开眼睛,眸色动了几动,紧紧抿住唇,最后一句咒语也消失在风中。

我愣了愣,她同公仪斐一胞双生,按理说,千河一定会听从她的呼唤,可竟然没有呼唤成功,真是想几百次也想不到,难不成那只分不出双胞胎血统的废柴凶兽这几年突然进步了?

把这个想法说给慕言听,他神色凝重,半晌,低声道:"也许,卿酒酒并不是公仪斐的姐姐。"我啊了一声,不可置信地转回头去。却在刹那间明白,这其实才是最有可能的答案。

我没有想到这一点,因她一直那样笃定,况且,她将所有事都做得那样极端,不就是因为公仪斐是她的亲弟弟吗？

落雪将浮云台上铺得厚厚一层，卿酒酒脸色惨白，无意识缓行两步，像是突然支撑不住，身子狠狠一晃，画未急忙上前搀扶，颤声道："小姐您再试一试，那样长的咒语，记错也……"

被她冷声打断："没有错。一个字也没错。"站也站不稳的模样，却一把将画未推开，目光看向浮云台的尽头，猛然一顿。顺着她的视线望过去，竟看到临风而立的公仪斐，也不知他是何时站在那里，黑发白衣被狂风吹得扬起来。

两人在高台两侧遥遥对望，中间隔着一场纷扬大雪。良久，还是公仪斐一步一步走近，在她身前两步停下来，手指抚上她脸颊，扫过她冻得发紫的嘴唇，唇边浮出一个讥诮的笑，冷冷道："你觉得自己是我姐姐，因你父亲告诉你，因你这张脸和我五分相似，天下相似的人何其多，可如今，酒酒，你还敢笃定自己是我姐姐吗？"

她退后一步，和他的手指拉开距离，方才那些惶惑无依顷刻不见踪影。她一贯擅长掩藏情绪。再抬头时，漆黑的眸子冻结了寒冰，仿佛又回到那个尚未嫁到公仪家，即便同他擦肩也不会停留的卿氏长女。

她冷冷看着他："我不是你的姐姐，你不是应该高兴吗？告诉我何为爱恨，说着爱这种东西不是说给就给得出，说收就收得回的人，难道不是你吗？"

他一把将她拉近，眸子里燃起怒色："事到如今，你要对我说的只有这些？你一点也不在乎？"

她任他握住她衣襟："你为什么这么生气？"双手都握住他的，放在自己胸前，眼睛直直看着他："因为我不是你的姐姐，无法唤出千河，你也想要毁掉这个家吧，却不忍心自己动手……"

我想这话真是太伤人，搞不好公仪斐下一刻就会挣开揍她一顿。但结果着实令人失望，原本怒色冲冲的公仪斐眼中竟一派迷茫，双手在卿酒酒的摆弄下，已结成那种复杂的召唤印伽。

心一下子沉到底，没猜错的话，公仪斐如此反应，多半是中了离魂。传说中，离魂这秘术对施术者消耗非常大，但一旦成功，便能控制他人的行为乃至神思，要他做什么他便做什么。

卿酒酒竟然会此等秘术，她这样，该不会是要让公仪斐亲自召唤出千河吧。还没等我想完，那古老的咒语已再度吟响。就像封印已久的蛮荒大地突然被开启，一切文明都不复存在，天边翻滚的云层疯狂挣扎，似要从星辰法则中解脱，将整个杯中都染成一片浓黑。

三颗星子从漆黑的云层中探身而出，明明是清晨，天空却只见星子的光亮。咆哮声由远及近，大地一阵战栗的鼓动，突然，一声长啸自太灏河方向破空而来，炽烈的白光染亮半边天际。我大大地睁眼，定定地注视从白光中飞奔而出的东西，金的角、银的鳞，像马却有巨鳞，像龙却有四蹄，这是……神兽千河。

鼓动太剧烈，一时没听清公仪斐下了什么命令，只看到千河扬起四蹄，半空立刻有雷霆万钧，它身后的白光竟是焚风，雪花被炙烤成落雨，片刻倾盆。

那不是公仪斐所想，他被困在离魂中挣扎不得，那是卿酒酒所想。我不知她是为了什么，她不是雍槿公主的女儿，那些所谓报复再无意义，公仪家半点不欠她什么，她已经晓得，可还是如此执着地要毁掉公仪家，她到底是怎么想的？

大簇光矢自千河口中喷出，钉入人的身体，就像真正的利箭，凿出一个个致密血洞。人声哀嚎，势同鬼哭。如此残忍的屠戮，即便我是个见过世面的人，也忍不住有点发抖。

慕言将我牢牢护在怀中，只留出两只眼睛来继续关注事态发展。浮云台下一座人间地狱，浮云台上，却仍有纷扬的大雪。

终于自离魂中挣扎而出的公仪斐一把推开卿酒酒，目光自台下遍地的横尸收回来："我气你唤不出千河？我不忍心自己动手？你倒是为自己找的好借口！"

他站起来，居高临下俯视着她："就算你不杀他们，这些人今日也难逃一死，可你一个外人，如今有什么资格杀公仪家的人？我总以为你是天性凉薄，是我小看了你，什么复仇不复仇，你根本是心性狠毒，杀戮成性。"

画未含着眼泪扶起倒在地上的卿酒酒，晓得她的脾气，待她站稳便要退开，却被她拦住。离魂这种秘术，用一次自伤八分，看来她是连站的力气都没有了。

攀着画未的手臂重重咳嗽几声，掩唇的袖子被不动声色收到身后，脸色仍是惨白，低声道："我对不起你，这件事了结后，给我一纸休书吧。"

他冷笑一声，像要捏碎她似的："你以为，这就算偿还了我？除了逃，你还会做什么？"

她未答话，我想她不是不想答，是根本没力气答。不远处陡然传来破空之声，抬眼一看，千河喷出的光矢不知怎么回事竟射向了浮云台。

我迅速判断一下，觉得方向好像有点偏，正要长舒一口气，眼前陡生的变故却令人心口一窒。一切都发生在瞬息之间，只见抱着孩子的公仪珊蓦然从阶梯上冒出头来，而那射偏的光矢正朝她稳稳钉过去。

大家都还没反应过来，公仪斐修长身形已猛扑过去挡在公仪珊面前。可一阵白光之后，那箭头，最终刺穿的却是卿酒酒的胸膛。

原因无他，公仪斐闪身救人的那一瞬，是她紧紧护在了他身前。公仪珊尖叫一声昏厥过去，怀中的孩子却不知为什么没有哭泣。公仪斐几乎是下意识抱住卿酒酒，一簇簇光矢从高空急射而来，这美丽凶器如同一场盛大烟花，却在即将触到他时化作斑斑光点。他紧紧握住她的手，凉薄的唇方才还吐露恶毒言语，像不能将她伤得体无完肤就不能解心头之恨，此时却颤抖得一句话也说不出。

画未亦受了伤，冒着被光矢扎成肉盾的危险爬过来，却连洒洒的衣角也无法触摸。

他将她紧紧搂在怀中，是完全占有的姿势，她一身白衣被血染得绯红，白色竟成了点缀，似一片胭脂地里绽开几段白梅，丽到极致，也冷到极致。

她在他怀中长长地喘出一口气，几声剧烈咳嗽之后，嫣红的血抑制不住从唇边溢出，却还固执地要说话："不顾自己性命也要救她，你真喜欢她。"

他嗓音喑哑，带着颤抖，不住地用衣袖揩拭她唇边血迹："别说话，我带你找大夫。"

可那些血不断涌出，湿透她的衣襟，湿透他的衣袖。她还挣扎着要说话，句句成章，就像受了那么重的伤都是假的一样。

大约这也是她一生唯一一次示弱。可终归是有些神志不清了，否则绝无可能问他那样的话："你为什么不喜欢我了？你知不知道那些话，我听了很难过？"

脸上并没有多么难过的表情，瞳孔却已涣散，映不出漫天大雪，映不出他苍白的脸和暗淡痛苦的眸色，但她还是吃力地开口："你说我心肠狠毒，可注定要造一场杀孽，由我来动手不是更好吗，坏人只需要一个。"

一滴泪从她眼角滑落："我不知道原来我这么不好。不过，也没什么了。我从来就没有想过，过了今日，我还能活着。"声音那么柔软平静，却像利刃，一句一句，一刀一刀割在人心头。

他的手抚上她脸颊，原本就抖得厉害，沾到她眼角湿意，抖得更厉害，像是被烈火炙烤，可即便那样，也没有收回来。

他抱着她，不顾那些血渍，脸紧紧贴在她额头："你没什么不好，我说你不好的那些话，都是被你气急了随口胡说。你嫁到公仪家来，什么都很好，唯一的不好，只是不愿意为我生个孩子。"

他像是笑了一声，握住她的手："但那些，我不在乎。"

她靠着他咳嗽许久，还有泪珠挂在睫毛上，却突然笑了："我这一生，真是个笑话，被父母抛弃，被养父欺骗，又去骗别人，把自己也……这场雪下得真好啊，所有的污秽都被掩埋掉，一切都在今日终结……"

她看着他，眼神里有一瞬的光彩，声音极轻："事到如今，你还肯这样哄我，我很开心。"手伸出来，似要抹平他眉间的褶痕，终归是无力地垂下，极轻的几个字飘散在风雪里。

"阿斐，好好活下去。"

大雪扑簌不止，积雪被那些光矢融化，显出浮云台玉石铺就的地面，遍布血痕的泠泠水光里，映出毫无生气的两个影子。

他想要抱起她，却重重跌倒在地，泪水滑下来，落在她脸上，可她已不能感知。他极力控制着声音的平稳，要让她听得清楚："我没有骗你，我喜欢的那个人，一直是你，我会救公仪珊，因为千河的光矢伤不了召唤它的主人，你不是我的姐姐，我很高兴，说出那些让你难过的话，那些不是真的。"

可她已不能回应。他的唇靠近她耳畔，声音极轻，像是她还活着，他怕吵到她，却忍不住要把心中的委屈说给她听："你究竟是怎样看我的？你的弟弟，还是，一个男人？"可她再不能回答他。

浓云渐渐散开，千河再度沉睡。

卿酒酒是这样死去的，这便是公仪薰被封印的最后的记忆，再次陷入黑暗之时，我们看到的最后一幕，是枉中无休无止的大雪，一身白衣的公仪斐拥着卿酒酒坐在苍茫雪地里，像天地间只剩他们二人。

第六章

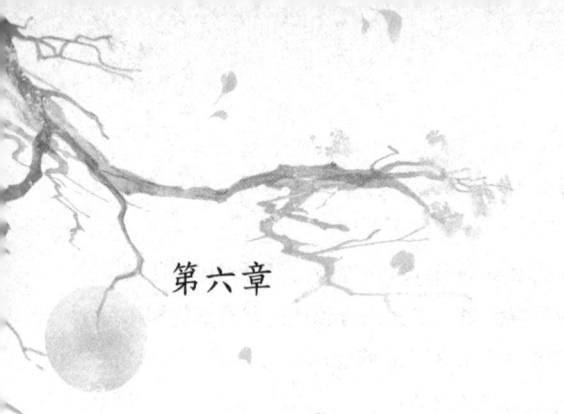

纱帐围出的这一方天地，雪芙蓉大朵大朵开在帐顶，眼前的这个人，有好看的容颜，笑意含在眼帘，是我留在人世的执念。

从公仪薰意识里抽身而出，她竟然还在沉睡。藤床一侧的安神香燃了一半，虽然不能闻到味道，但看公仪薰形容，可以推测这香质量很好。

我很踌躇该怎样来告诉她这结局。其实她的目的一开始就不是让人为她解惑，说想知道自己是怎么死的，不过是因经历了那么多，终于对活着这件事产生怀疑罢了。

她一向认为自己是为了还债才凝聚成魅，让我看她的记忆，也只是想得到确认，倘若什么恩怨情仇都在前世便了结，今世她的存在便毫无意义，她希望我说出口的话，是她从头到尾都对不起公仪斐，她还欠着公仪斐。

这是在潜入那段记忆时，有一瞬无意与她神思相和，所读到的她的思绪。

可事实并非如此，辜负公仪斐的那些，卿酒酒最终以死偿还。死后留在这世间的执念，也不是因对他有所亏欠。

所幸五年之后，她回来了。可真是很难解释为什么她回来了，公仪斐却是那样的态度。他不是到她死都还深爱着她吗？难道说终归是时间强悍，再如何深厚的情感也敌不过光阴摧残？

沉思半天，我跑去屋里给公仪薰留了张字条，告诉她在这段记忆里看到七年前公仪家被她所毁，而她死于家变那日的流箭之中。

很多事我都不明白，以我此时水平，贸然和她解释只是鼓励她自毁。一只为还债而生的魅，她不需要太清醒，可也不能太糊涂，即便本不该以献祭的姿态为偿债而活，先暂且这么以为也好，至少给我时间把这些事搞清楚。

我一边思考着这些严肃的问题一边往院外走，想着要回去画幅鱼骨图来全面分析一下，完全忘记身边还跟着慕言。一不留意撞到他身上，我揉揉额头，他抄着手居高临下冷冷打量我："不是说等公仪薰醒过来我们才能出来吗？"

我愣了愣，顿时想起半个时辰前是怎么骗他的，铁的事实面前，任何辩驳都显得苍白无力，这个时候除了以不变应万变没别的办法了。

我镇定道："你听错了。"

他挑了挑眉："哦？"

我点点头道："嗯，你肯定听错了。"

他不动声色笑了笑："连耍赖都学会了，很好。"

我挺起胸膛，凛然无畏道："说我耍赖，那你拿出证据来啊。"

他从袖子里取出一个好看的玉雕娃娃，乍看有点像我，云淡风轻道："昨日得了块好玉料，雕了这个本来打算送你的。"

我默默地把挺起的胸膛缩下去，抱住他胳膊："我再也不和你耍赖了，都是我不好，我真是太坏了。"承认完错误立刻伸手去抢那个玉雕娃娃。

他手一抬，轻飘飘躲过，似笑非笑道："求我啊。"

我飞快道："求你！"看他没有反应，握住他的袖子："求求你！"

他愣了半晌，一边扶着跐起脚抱住他袖子的我站好，一边把娃娃放进我摊开的掌心里："……你要不要这么没骨气？"

我认真观看手心里的玉雕娃娃，发现果然长得很像我，心里很开心，听清楚他的话，想了想，说："那就有骨气一点吧，那你今天晚上不要睡床了，睡地上吧。"

"……"

我觉得我本质上应该是个贩梦的，这职业一听就很神秘高雅，但最近办的事没一件同贩梦有关系，所作所为只是朝仵作或细作无限靠近。

几日前巧遇君玮，他觉得长此以往总有一天我会发展成一个百晓生，开一座堂口专门做帮人探案的生意，还站在文学家的高度高屋建瓴地为这座堂口取了名字，叫作"拂尔摩丝情报堂"什么的，认为这很时髦地含有一点羽族风采，又不失华族风范，是一个一旦用了就会红遍九州的好名字。

我想，将来怎么样着实很难说，关键是现在，我要怎样才能搞清楚公仪斐到底在想些什么呢？让君玮去色诱是不成的，公仪斐好似并没有那方面的兴趣……不，也许可以，要不然让他去色诱公仪斐的夫人？

我躺在床上辗转反侧，思考如何同君玮提议才能让他不忍拒绝，灵光一闪突然想到两句鬼斧神工的妙词，赶紧爬起来想要下床将它记在纸上。

慕言正半靠在床头看书，散了头发，身上仅着丝制中衣，一条腿微屈着挡住床沿。我风风火火地就要从他腿上爬过去，被他一把拎回床里，目光从书卷上抬起来："这么坐立难安的，身子已经大好了？"

我脸红了一会儿，假装很痛苦地咳了两声，病弱道："没，没有……"但还是不死心地想下床。我着实是个没什么记性的人，此时不记下来，明早起床八成就忘光了。趁他好像没注意，一点一点往床尾挪。

他没有理我的小动作，抬手翻了一页书，突然道："公仪薰的事，你是无论如何都要管了？"

我愣了一下："你怎么知道我想管？"

他好笑地看了我一眼："你有什么我是不知道的？"

我撇撇嘴："我小时候的事你就不知道。"

他合上书，屈腿撑着腮："那你说给我听听。"

若是往常，我一定兴高采烈地自己就把话题转到另一个方向了，可这次不一样。

看到公仪薰就像看到我自己，无法想象，若是没有胸中这颗鲛珠，即使我得以重生，也是凝聚成一只不知前尘的魅，再也记不得慕言，就如同她不记得公仪斐……

我跪坐着趴在慕言膝上，轻声道："我想帮公仪薰，搞不好我是这世上唯一可以帮她的人了，你想，如果就连我也不愿帮她，要是有一天我需要谁来帮我，可世上唯一帮得上忙的那个人却不愿意，那可怎么办呢？"

灯火微漾，带得屏风上烛影摇晃不休，良久的沉默，我都觉得是不是无论如何都说服不了他了，头顶却响起他沉稳嗓音："既然如此，与其让你没头苍蝇一样乱撞，不如我来告诉你。"

我惊讶抬头，正见他探身吹灭床头的竹灯，床前唯剩几握月光，他回身摊开薄被，将我拉进被子里盖好，差不多入睡的准备都做足了，才缓缓道："公仪薰两年前凝聚成魅，是陈世子苏誉相助，这桩事，你大约知道。"

我枕着他手臂点点头表示知道。

他问我："你觉得苏誉为什么要帮她？"

我想了想："听说公仪斐的母亲雍瑾公主是陈王的妹妹，公仪斐夫妻算来该是苏誉的表兄表嫂。"又想了想："可这也说不通啊，帝王家又不比寻常人家，哪有什么简单的亲戚帮衬。"

他表示赞同："你说得对，帝王家没有什么简单的亲戚帮衬。苏誉肯帮公仪薰，是因在公仪家被毁的前几日收到她的信，信中附了公仪家世代相传的铸剑图，她以此为酬，请苏誉想办法助她凝聚成魅，硬求一个来世偿还公仪斐。公仪家的铸剑图价值连城，苏誉答应了这桩买卖，以一座城池的财富请来秘术士，用了五年时间使她成功凝聚，将她送到了公仪斐身边。"

一直困扰在眼前的迷雾似乎终于拨开了一点，可回头一想又觉得不对劲，我狐疑地瞟他一眼："按理说这该是秘辛吧，你怎么知道得这么清楚？"

他停了一会儿："这件事，当年是我去办的。"看我没有搭话的意思，缓声道："魅这种生物，凝聚成功很不容易，连请来的秘术士都没有十分的把握，所以这事一直瞒着公仪斐。本以为到时候将人送到他面前，对他是桩惊喜，没想到五年后这一日来临，他已不认得她。"

我吃惊道："怎么会，不过五年，她的模样也没有变化。"

他似乎陷入某段沉思，许久才回过神来，低声道："他喝了千日忘。"

我不太明白："千日忘？"

他可能被我的无知打败，不得不耐心解释："那是种用秘术炼成的奇药，喝了会忘记很多事。公仪斐喝下那药，把卿酒酒忘了。"

我一阵愣神，慕言已侧过身来。我还枕着他手臂，一下子变成躺进他怀里的姿势，心口紧紧贴住他胸膛，脸颊还埋进他肩臂。我往后退了退，被他捞回来，取笑道："躲什么躲。"

却没有如往常那样继续开我玩笑，只是调整了睡姿，开口时已是一副讲故事的口吻："那其实也是传言。据说两百多年前，苏家曾对公仪家有恩，为了报恩，公仪家同苏家定了契约，发誓世代侍奉苏家。后来天下大封，苏氏被分封至陈地为王，陈王要一批文臣武将做明棋，还要一粒隐于市野的暗子，公仪家便充当了这枚暗子。"他顿了顿："杯中公仪家是陈王暗地里一支绝密的军队，用在最棘手、最需要摧毁的地方。这个家族的人，暗地里杀人，暗地里被杀，历任家主没有一个活过了四十岁。到公仪斐这一代，他大约是急于让家族摆脱这种宿命，才有了你在公仪薰记忆中看到的那些。"

我沉默一会儿，闷闷道："可这代价也太大了。"

他微垂着头，吐息就落在我耳畔，我手脚都不知该往哪里放，他的声音倒是很正常："这代价其实并不大，只是考量的角度不同罢了。公仪斐大约没想过卿酒酒会死，归根结底是两人了解不深。公仪家转移的那些家业不靠公仪斐就无法维系，可卿酒酒的死差不多整个毁了他。听说自那日后，公仪斐闭门拒客，终日以酒浇愁，族中事务一概不理，公仪珊没有办法，才去药圣百里越处求来千日忘，强迫他忘记了卿酒酒。"

我觉得奇怪，干脆从被子里爬出来，居高临下指控他："可你们明明收集了卿酒酒的记忆，为什么要将它封起来？她后来也回到公仪斐身边了啊，你们也没有让公仪斐想起来那些事！"

他抬手将我拽下，右手搂住我的腰："再乱动就起来抄三字经。"

看我被威吓住，很配合地确实没有再动，才低声道："帮卿酒酒提取出那些回忆，是因苏誉不知他们是姐弟，后来得知他们一胞双生，料想那些记忆太过痛苦，才将它们封印成珠子放进公仪薰的眼睛。公仪斐喝下千日忘什么都忘了，真的以为凝聚后的公仪薰是公仪家失散在外的骨血。他一心把她当作姐姐，她也以为他只是

269

弟弟，这种单纯的姐弟关系不是很好？"不等我回答，轻叹了一声："至少那个时候，看上去没什么不好。倒真是令人想不到，他们俩其实并不是姐弟。"

我想了半天，竟然觉得他说得很对，一时无话。

床外两重帷幔，只放下内层纱帐，淡淡的月色幽幽踱进来，柔柔铺在藕合色的锦被上。慕言垂眼看我："公仪斐的事就算完了，倒是你，这么费力地偏着头，像是不想看到我似的……怎么回事？"

我稍稍把头偏回来一点，踌躇道："你不要在我耳边说话，我……我会紧张。"说完小心翼翼地掀起一点眼皮去看他。

他怔了一下，唇边竟浮出一点笑意，手指拨开我的额发，我正觉得纳闷，反应过来已被他压在被子里。

想要往后退，根本连动一动都困难，心里茫然地想难道今晚是要圆房吗，却听到他带笑的嗓音："看来的确很紧张。"

我恼火得很，这明明是在耍人吧，正要去推他，他的手却落下来，抚上我额间的那道疤，柔声道："明日，我要启程去赵国了，不能带着你去。"

推他的手抵在他胸口，这柔和的月色，甚至能看清他漆黑瞳仁里我的倒影。又是分离。虽然说小别胜新婚，但新婚就要小别，着实没有人性。

纱帐围出的这一方天地，雪芙蓉大朵大朵开在帐顶，眼前的这个人，有好看的容颜，笑意含在眼帘，是我留在人世的执念。

我轻声道："以后我们的新房，一定要一张很大的床，要很多很厚的帷帐，就像是从尘世隔开一个谁也不知道的地方，只有我们两个人。"他嗯了一声，唇贴过来落在我嘴角，我闭上眼睛，紧紧搂住他脖子。

临别时，慕言将执凤留给我，听说是昨日刚到孤竹山，除此外，还有好几个身手高强的影卫。莫名其妙身边就多出这么多人，我觉得烦恼重重，在公仪家还好，一旦出了公仪家，这堆人的一日三餐该怎么解决呢？

考虑半天，让他们自生自灭好了，我完全可以假装不晓得身边跟了影卫。

慕言说不希望我再继续插手公仪斐这件事，却留下这么多人保护我，看来他也不相信我会乖乖待在孤竹山等他。

我的确没想过还要继续留下，他说公仪斐的事就算完了，我却不认为这该是结局，早在昨夜入睡时就想过，等他一走，要立刻挟持百里璠溜出公仪家，去找他叔叔百里越求到千日忘的解药。

其实是我多管闲事，明显违背师父教导的乱世处世哲学，并不是心肠好，只是在下决定时突然想起公仪薰。

她说："人不是因记忆而存在，是因他人需要而存在……如果生前的记忆里有谁曾真正需要我,那也是好的。"

不知当初卿酒酒是以怎样的心情写出那封信,请苏誉在她死后助她凝聚成魅,而时光荏苒,一晃七年,好不容易凝聚成魅的公仪薰,她一直在寻找自己存活于世的意义,如果没有人需要她,她会毫不犹豫地自毁。

这不是一桩划算的买卖,算起来我大费周折,什么好处也不会得到,但倘若这样能帮到公仪薰,偶尔,我也想要做这么一件好事。

慕言离开的第二日,我打点行装同公仪斐告辞,顺便带走君玮、小黄和百里瑙。

公仪斐并未多做挽留,我看着他好几次欲言又止,终归是没有开口,那些事就算说给他听,现在的他也不会相信,那么,也没有必要让公仪薰知道了,待取回千日忘的解药,一切都会好的。那时,我乐观地这么想着。

一路快马加鞭,七日后便到隋远城,找到一个山谷,正是百里越隐居之处。传说中高人的地盘都是机关重重,往往竖着进去横着出来,我还在想象小黄这等本来就是横着进去的有没有可能竖着出来,但竟然什么都没有遇到,一路畅通无阻,很平安地就到了百里越面前。

求取解药的过程也分外轻松,完全没有遭遇传说中那些作为高人必然会提的变态要求,比如"我救一个人就要杀一个人不然不给救",再比如"要让我给解药就留一个人下来服侍我十六年"什么的。

看来这世道还不是那么令人绝望,后来经君玮提醒这完全是因为我有先见之明抓了百里瑙和我们同行,顿时觉得这世道果然还是那么令人绝望。

拿到解药,几乎是不眠不休赶回杯中,来不及梳洗,立刻去见公仪斐。

仆人将我带到一处凉亭,烈日下蒙蒙雨雾顺着亭檐徐徐而下,原来此处也建了自雨亭。拨开雨雾,公仪斐正独自在亭中饮酒作画,抬头看了我一眼,却没有打招呼。

我隐约觉得哪里不对,但按捺不住好事终于要做成功的喜悦,迫不及待地将装了药水的小瓷瓶放到石桌上:"给你带回一个好东西。"

他仍旧自顾自地作画,我将瓷瓶推到他面前:"你不是一直想知道公仪薰是怎么看你的吗?喝了这个,你自己去问她。"

良久,他抬起头来:"你是要找薰姐?"一贯带笑的脸上没有半分表情:"她过世了。"

我张了张口,只觉得似在做梦:"什么?"

他停下笔,却没有看我:"她死了,在九日前。"

我咬着唇:"怎么会?"

他低声重复:"怎么会?"突然笑了一声:"我拿到一桩生意,要杀掉姜国的丞相裴懿，任务重大，必须一击得手，公仪家除了我，没谁有这个能力。她担心我，代替我去了，就是这样。"

他垂眸看着眼前的画："她做得太好，自毁了容貌，抱着必死之心刺杀了裴懿，没有留下半点线索。他们将她的尸首挂在城门上，风吹日晒，三日后挫骨扬灰，洒在裴懿坟前，我什么都不能做，为了陈国，甚至无法保全她的尸骨，连葬礼，也无法给她一个。"

我觉得腿有点发软，扶住石桌，好久才能开口："你是在……愧疚？她死了，死得如此凄惨，你却只有愧疚？"

他神色冰冷："要是我知道她是要去姜国，我会阻止她的。"

我摇摇头："你当然不会知道，你不关心她很久了。"

本以为这话会将他激怒，他却像没有听见似的，阳光透过雨雾，照见他雪白的脸色，许久，他轻声道："你说得对，我不关心她很久了。最后那一日，她来找我，说她曾经让我代她记住一支舞，我是不是已经忘了。她有时会任性，却从没有像那日那样，我应该发现的，可我却责骂了她，她走的时候很伤心。我不知道她说的是什么，夏狩那日她跳的那支舞，我怎会不记得呢，她的每一个表情动作，我都记得。第一眼见到她，我就知道她是个美人。"

他微微抬眼，眼神里空无一物，"有时候，我会很恨她是我的姐姐。"

我有些震惊，公仪薰那些话分明是想起往事的形容，我不确定最后一次使用幻之瞳时，是否不小心解开了她的封印。

但她已经死了。

我看着他："你哪怕对她稍微温柔一点点。你一定不知道她心中是怎么想的，她对我说，你很讨厌她，嫌她是累赘，很多事你不同她计较，是觉得她脑子有毛病，被你这么说，她自己都开始觉得自己是不是真的有毛病了。她不知道活着是为了什么，她累了。"

他怔怔看着我，血色一点一点从唇角褪去："她是，这样说的？"

我将瓷瓶再推过去一点，淡淡道："从前我遇到一个姑娘，她的丈夫辜负了她，我很为她不平，很讨厌她的丈夫。"

想起这一切，突然感到命运的可怕，不管如何努力，逃不过的终究逃不过。我站起身来，垂眸看了他一会儿："可我不讨厌你，归根结底，大家都是被命运愚弄了，你和卿酒酒，你们都是可怜人。"

在公仪家休整三日，君玮带来君师父的飞鸽传书，说陈王室有了新的动向，差不多该是启程之日。

我答应慕言等他来接我，却也不能违背对君师父的誓言。考虑良久，留了一封信给慕言，打算请公仪斐代为转交。可没有一个仆人知道他人在何处，最后还是莫名出现的公仪珊主动领我去见他。

越走这条路越觉得熟悉，青石道两旁的佛桑花常开不败，花径尽头，立着一座青青的院落，那是公仪薰的院子。

我记得院子里种满了紫薇花树，夜色里就像紫色的浪涛。推开院门，果然看见满院的紫薇花在和风下懒懒招摇，不久前公仪薰还在花树下熟睡，如今却是夏花依旧，物是人休。

拂开丛丛花树，看到正房门窗紧闭，公仪珊抬了抬下巴，我狐疑地去推门，吱呀一声，日光照进漆黑的屋子，竟像推开一段古老时光，才看清屋子四周都蒙上黑布，尽头处，却点着一盏油灯。

我站在门口怔怔看着油灯旁一身白衣的公仪斐，他的手中躺了把刻刀，有血迹顺着刀柄一点一点滴落。他的面前立着的是……我几乎要捂着嘴叫出声来，定了定神，才发现那只是卿酒酒的木雕。栩栩如生的一座木雕，垂至脚踝的发，手指从衣袖里微微露出，握着一把孟宗竹的油纸伞。

良久，公仪斐想起什么似的从袖中取出一只黑玉镯，放到那木雕面前，轻声道："这镯子，可是姑娘的？"

声音空落落响在昏黄的厢房中，却没有人回答他。他却不以为意，眼中竟含了一丝笑，声音仍是轻轻地："在下与姑娘，似乎在哪里见过。"

听到此处，我已知道他下句会说什么。

那是他们初见情景，他还是喝了千日忘的解药。果然，他握住她的手低声开口："在下，杯中公仪斐，敢问姑娘芳名。"

耳边似乎响起那个清冷嗓音："永安，卿酒酒。"可谁都知道，这一切，再也无法重来了。

清晰看到公仪斐的眼中淌下一滴泪，身旁的公仪珊捂住嘴，无法承受似的提着裙子跑了出去。我慢慢关上门。

一阵狂风吹来，紫薇花随风而下，像下起一场鹅毛大雪。

九月的杯中，这场紫色的雪。抬头看碧蓝天空，白色的云层间，似乎看到那个冷淡的背影。我想了想，对着天空轻轻道："你到底是怎样地爱着他呢？酒酒？"

有眼泪流出，我想，这会是我唯一一次为主顾流下眼泪吧。

【第四卷 一世安】

被他一剑刺穿胸膛的一瞬间,我这样想,想我面前的这个人,是我的**夫君**,我只想和他一世长安。

第一章

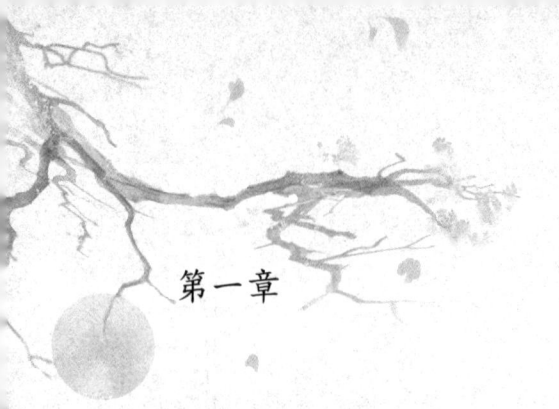

满弧的月下,少年漆黑的眸子里映出那个绝色的红影,秀致的眉,杏子般的眼,额间绘一只展翅的红蝶,未挽的发飘散在夜风中,红裙下露出一双雪白的赤足,纤细的脚踝处拴了晃眼的银铃。

我们是在第二日离开枙中的,执夙一路跟着也就罢了,百里瑨也执意跟随就比较耐人寻味。

我和君玮的考虑是,半路一定要将执夙和那些影卫甩掉,最后想出的办法是,给百里瑨戴上人皮面具扮做我的样子,而我扮做他的样子,两队人马出了枙中便分道扬镳,他带着执夙、小黄和一众影卫找个理由一路向北向北再向北,而我和君玮快马加鞭赶去陈都昊城同君师父汇合。

起初百里瑨很是不愿意,但除此外就只有让小黄扮成我了,这显然是一件太有难度的事情。

关于去陈宫行刺,我想了很久。做人需言而有信,我是因君师父才重生到这世间,能在死后圆了生前所愿一世无憾,既然如此,无论如何也不该食言,所以陈王,必定是要刺的。

可慕言是陈国将军。我知道自古良将忠臣,有忠于社稷有忠于君王,可着实不敢断言慕言是哪一种,不敢去想若他晓得我杀了他的君主会如何。

天底下的事,越是简单越是千回百转。而无论如何考量,可以肯定的是,坦白只有死路一条,若要两全其美,这件事就要瞒着慕言。我想,只要完成了这最后的一个任务,在这世上我便无亏无欠,从此天涯海角,可以一辈子跟随他。

路上再次听到姜国丞相裴懿被杀的消息,流言纷扰,几乎众口一词地认为这是赵国所为。如何议论的都有,说赵王为人阴毒、行事苛酷,前刺苏誉,后杀裴懿,虎狼之心,路人皆知。

这些流言从何而来,大约能够明白,裴懿其实是公仪薰所杀,公仪斐说那原本是他的生意,一切皆是为了陈国,看来,是苏誉开始报复了。

姜国此前嫁祸赵国刺杀苏誉,此时陈国刺杀姜相,又放出此等流言,必然会使姜国自乱心神，很容易想到这是赵国的报复，哪里会想到幕后推手竟是刚被天子封赏的陈国。

而慕言此次前去赵国，多半是奉苏誉之命秘密会盟赵王，将此前姜国嫁祸之事说给赵王听，以此挑起赵国一战的怒火……估计不久之后，赵姜二国便会开战了。

依我看，惹上不好惹的人比爱上不该爱的人还要命，果然就要了裴懿的命。

陈世子苏誉，这个人将天下哄得团团转，仁厚贤德之名背后隐了多少雷霆手段，偏偏上至天子下涵黎民，大家都还觉得他特别清廉正直笃守信义，演技这么好，真是天生就要当国君的人，卫国灭在他手里我心服口服。

但话说回来，那时卫国腐败到那个程度，灭在谁的手里我大概都会心服口服。

行路两日，沿途经过许多风景，终于抵达昊城。外城有护城河，宽十余丈，两岸遍植杨柳，烈日下树荫投在河中，叶中偶有蝉鸣。这样风雅的一座城，处处透着悠闲，随时能看到不知从哪里冒出来的纨绔子弟手提鸟笼领两三个狗奴才在大街上调戏良家妇男妇女。

君玮很不能接受，觉得我们一定是搞错方向了，哪有王城是这样旷达放纵的，其实是他没见识。陈都昊城，东陆最富庶的王都之一，说白了人家是低调，力量一寸一寸隐在万丈浮华中，越是看上去风流倜傥，骨子里越是坚不可摧。

君玮开玩笑道："那这么说全大晁最坚不可摧的地方就应该是妓院了。"我觉得万一呢，他怎么知道不是？

君师父在昊城最大的客栈四海楼等待我们，龙蛇混杂之地，才好掩人耳目。

我们得知原来陈王室的新动向是指陈王寿辰，届时百官入宫朝贺，比较容易混进去，但到底君师父是何安排，我和君玮心中也没什么底，料想这也正是他千里迢迢从君禹山亲自赶来的原因。

当夜，君师父将我和君玮叫到房中，本以为是有什么周密部署，出乎意料地，他却用刀子割开我手指，还就着手中冷茶不动声色饮下我几滴血，就如当初宋凝所为。

不知他要做什么，我和君玮很是茫然，正面面相觑，突然听到他问："华胥引的来历，你们可曾听说？"看我和君玮纷纷摇头，他略顿了顿，放下杯子缓缓同我们解释："封印了华胥引的鲛珠，世间只此一颗，不是什么君禹教的圣物，是我师父留给我的遗物。我的师父，也许你们听说过，复姓慕容，单名一个安字。"

我愣在当场。慕容安。早知道名师出高徒，君师父这种高人，虽然曾经想过将他教出来的师父也必定是个高人，但想一百遍也想不到，竟会是慕容安。

这个已经成为传奇的名字，凡是对秘术有所涉猎的，没有人会不晓得。东陆最强大的秘术士之一，有着远胜于世间一切的姿容，我的师父惠一先生曾有幸得以一见，赞誉她貌当绝世。

许久才能找到自己的声音，我震惊道："传说慕容安死于二十年前陈姜两国沥丘之战，莫非当年，慕容安是为陈侯所害？"

他闭了闭眼，良久，不置可否地低声道："陈侯苏珩，他是我的师弟。"而我已来不及震惊。

在这个月色皎皎的秋夜里，君师父让我看到他的华胥调，说起那桩埋葬了二十多年的旧事，那是他想要我刺陈的原因。

没什么起伏的声音空落落响在幽微的烛光中："当年之事，师父从未当着我的面有过什么说法，知晓这事的人只觉苏珩年少，错处都在师父，可他们独独忘了，师父是魅，哪管什么道德人伦，而苏珩，那时他虽年轻，冷漠不喜言语，心里未尝不是明白清醒，我不信命，可许多年后回想，也不得不觉得，遇到苏珩，大抵是师父的命劫……"

透过跳动的音符，君师父口中一幕一幕皆浮现在我眼前，故事缘起于二十五年前一个仲夏夜。

我看见一片颓败的枫林，明月高悬天边，光辉缭乱。而月光映照下的枫林怪异至极，六月天里本应枝繁叶茂的老枫树，全是一副枯死模样，那些褐色的枫叶摇摇欲坠地悬挂在枝头，明明有风吹过，却是纹丝不动。

整座林子静得可怕，没有鸟啼，没有虫鸣，没有一丝活的气息。

我都要怀疑眼前到底只是一幅画还是一幅活的幕景，视野里却突然闯入一个跨马的玄衣少年，黑色的骏马疾驰在枯死的枫林间，马蹄踏碎一沓沓堆积的落叶，夜鸦不知从何处扑棱着翅膀哀哀降临。

更多的马蹄声自少年身后传来，虽杂乱无章却是步步紧逼，数枚冷箭穿过夜风钉入枫树，少年座下的骏马忽然扬起前蹄狠狠嘶叫一声，想必是中箭了。我看得汗毛直竖，觉得这被追杀的少年多半要就此玩完，林间却突然响起一阵铃铛声。

疾驰的骏马、呼啸的冷箭、不紧不慢的铃铛声，这情景已经不能用诡异来形容。更诡异的是，随着那铃铛声渐行渐近，林子里死气沉沉的枫木竟在一瞬间焕发生机，像水墨画一般，从最腐朽的叶根开始慢慢浸染，刹那便让整座枫林都活了过来。

白茫茫的雾瘴自地底悠悠升起，半空传来极轻的一声笑，红影自雾障中一掠而过，快得人看不清，只是铃铛的一次回响，雾瘴彼端已是马嘶人嚎，片刻后悄然无声。白雾渐渐散开，盛装的红衣女子持剑立在一株老枫的虬枝上，周围赤蝶纷飞。

玄衣少年静静坐在马上，微仰头看着眼前的救命恩人，满弧的月下，漆黑的眸子里映出那个绝色的红影，秀致的眉，杏子般的眼，额间绘一只展翅的红蝶，未挽的发飘散在夜风中，红裙下露出一双雪白的赤足，纤细的脚踝处拴了晃眼的银铃。

女子手中的剑还在滴血，却浑不在意地偏了偏头，扫过树下累累尸骨，目光停留在静静看着她的少年漂亮的眉眼上："你是谁？为什么要到这里来？"

眼角微微挑起，似有笑意，说出的话却冰冷无情："你难道不知道，擅自闯入方山红叶林的人，都要死吗？"

少年催马上前两步，目光扫过她赤裸脚踝，神色仍是冷峻，却说出不相关的话："虽是夏夜，山中悠寒，姑娘赤足而行，当心着凉。"

女子身周红蝶瞬间消失，那滴血的长剑也不知隐于何处，铃铛在空中轻响，赤足就落在马头上，但少年胯下的骏马却一丝反应也无。

她微微躬下身，右手抬起少年下颌："你一点也不害怕？"

他微仰着头，没什么情绪地看向她："我为何要害怕？"

她愣怔片刻，突然轻声一笑："真是个有意思的孩子，你这么说，我一点也不想杀你了。"

听到自己的人生安全得到保障他也没有多开心似的，目光再次扫过她的赤足："你没有穿鞋。"

她偏了偏头："那又如何？"

月光照在少年冷峻的脸庞上，回雪流风般的嗓音低低响起，他看着她："这个模样，你要如何回去？"顿了顿："我送你回家。"

少年驾马朝着女子指点之处调转方向，身后枫林在一瞬间归于沉寂，又是那副枯死神态，黑色的骏马扬蹄而去，一个青衣少年自方才女子所立的枫树后转身出来，手中捧了双白缎红边的绣鞋，低低叹了口气，眉眼间却正是年轻二十岁的君师父。

瞬间恍然，原来那红衣的女子是慕容安，而那黑衣少年，想必便是年少时的陈王苏珩了。认真算一算，二十四年前苏珩十六岁，是了，那时候他还不是陈王，是陈国的公子珩。

我听说古往今来，凡是绝色女子，情路必定坎坷，可史书中所记载的慕容安，似乎并没有碰到此等烦恼，反而是遇到她的男人们，个个情路都变得很坎坷。

其中最看不开的当属当时夏国的四公子庄蓟。记不清是哪部野史记载，说庄蓟欲聘慕容安为妻，聘而不得含恨身死，其母欲求慕容安一缕耳发陪葬，她却连这为他身死的男人到底是谁都不晓得。

史书的记载到此为止，本以为乡间野闻不可尽信，此时透过君师父的华胥调，却看到这桩事竟是真的。

在公子蓟死后三个月，慕容安出现在昊城最大的青楼中，每日都会邀见两位客

279

人，客人上楼饮酒无须千金万金，但必须为她讲述一段关乎风月的故事……自然凝聚的魅，天生便不懂得人类的世情风俗，这说明公子蓟的一条命还是对慕容安有所触动，至少让她愿意开始了解情爱到底是什么。

不过慕容安和苏珩，只能说缘分来了真是挡都挡不住，谁能想到冷淡如苏珩也会上青楼，不光如此，还点了慕容安的牌子，纵使老鸨说得清清楚楚，这个姑娘有点特殊，不卖身也不卖艺，来这里挂牌纯粹是为了体察民生疾苦……

慕容安记性不好。依我看由婢子引着掀帘而入的苏珩同他们初见时没什么不同，除了没骑着一匹黑马，甚至连衣服的款式都和那夜一模一样，但她愣是没将他认出来，还兀自屈膝卧在贵妃榻上，一副漫不经心的神态，连多看客人一两眼都懒得："今夜是你来为我讲故事？你带来个什么样的故事？"

苏珩就坐在她对面："你想要我讲个什么样的故事？"

她目光仍放在别处："我知道一个男子，他爱上一个姑娘，害了相思病，后来死掉了。你的故事有这个离奇吗？"

他放下手中瓷杯："那有什么离奇，不过是一个懦弱之辈，因无法满足的贪欲死于非命罢了。"

她愣了愣，终于将目光移过来："你不是来给我讲故事的吧？"

他却转眼望向窗外，极俊的一个侧面，淡淡道："你说得对，我从来不会讲什么故事。两个月前，我不小心闯入一片枫林，被一个红衣姑娘所救，后来我们分开了，我没能再找到她。我来是想，或许你知道我要找的姑娘她在哪里。"

她眼中出现一丝茫然神色，定定看他好一会儿，嘴角突然浮出笑容："竟是你。"

他不答话。

她微微偏了头，有些疑惑似的，也不知是如何动作，定睛时已见她赤足立在他面前，就像他们初见时，她居高临下看着他，开口前却状似认真地想了想："你找我……你找她是要做什么？"

他面色平静地抬起头："你说呢？"

看她好像真的很困惑，缓缓道："一个男人，千方百计要找到一个女人，除了想要得到她，还有可能是什么？"

她像是被吓了一跳："得到她？你要如何得到她？"

憧憧烛火落在他眼中："所以我来请教你，要如何才能得到她。"

她着实怔了一会儿，良久，终于反应过来他是在说什么，眼中渐渐透出笑意："真是有趣。"

竹灯之下，眉间的赤蝶妖冶冷酷，她的目光停在他修长的手指上："你若打败她,自然能够得到她。若不能打败她,又凭什么得到她?"

我心里想,得,又是一个钟情于比武招亲的。但所谓比武,也不过是征服与被征服。其实你想为什么非得嫁一个征服了你的人,嫁一个你把他征服的也很不错嘛,至少有家庭矛盾的时候不会落于下风。

可显然慕容安并不这样想,也许这只是一套推脱之词,她本来就不想嫁人,不能否认的是,这套说辞却正是如公子蓟般若干好男儿求她不得的原因——没有人能赢得了她。

这一夜苏珩没说什么便离开,连拔剑同她过两招意思意思都没有。望着他离去的背影,慕容安抬起手指淡淡扫了扫额头,唇角绽出一抹毫无意义的笑容,冷冷的,大约觉得陈国的公子珩其实也不过如此。

慕容安是怎样的女子,举目东陆也没有人说得清,过去我所知晓,只是她留下许多传说,供后世男男女女传诵。卫道士们觉得幸好这些传说的可模仿度普遍偏低,才没有让崇拜她的少男少女误入歧途。

如今看到她的作为,只觉得卫道士们真是闲得慌了没事儿瞎操心。

君师父说遇到苏珩,是慕容安的命劫,可看到此处,只觉得一切都是反着来的。

潇洒恣意的那个是慕容安,执迷不悟的那个反而是苏珩。原本以为两人是因师徒之故朝夕相处暗生情愫,现实却将这些设想一概推翻。

苏珩成为慕容安的徒弟,竟是在这件事的半年之后。慕容安欠人一个人情,那人将苏珩带上方山红叶林拜师,指明要学慕容安的一身剑术。

我不知这一切到底是苏珩有意为之,或者只是缘分,君师父亦未明说,但再次在红叶林见到苏珩,慕容安明显怔了怔,半晌,笑了:"又是你。"

她是由古战场的杀伐意识凝聚而生的魅,多少年人事如浮云过眼,能让她记住的人着实稀少,但她记住了苏珩,不仅记得他,看样子还记得他那夜同她说的那些话。

满弧的月下,她身姿亭亭立在一棵枯死的枫树下,饶有兴致地看向面前刚收进门的徒弟:"虽说冰取之于水而寒于水,青出之于蓝而胜于蓝,可你不会真的以为只要拜我为师,有朝一日就能胜得了我吧?"

玄衣的少年与她擦身而过,自顾自走向枫林深处,月色拉出一道颀长的影子,冷淡嗓音飘散在夜风中:"师父多虑了。"严敬得就像他从来只当她是师父,半年前那个点了她牌子执着逼问要如何才能得到她的人,自始至终都不存在这世间一样。

方山上,那片诡异的红叶林后别有洞天,也有长青的山水,也有成荫的碧树,林木掩映中露出半座竹楼的模糊轮廓，正是慕容安的住所。

自拜师以来，苏珩举止正常，行为得体，对慕容安晨昏定省，除了吃饭睡觉基本是在练剑，就像一个单纯尊师重道、醉心剑术、资质高后天又努力的好徒弟。

我疑心有时候慕容安是在试探苏珩，也许她也搞不懂这少年在想什么，或者一个人的态度为何前后会有这样大的差别。以前听君玮讲过一个故事，也是两师徒，说有天晚上师徒练剑时，师父累了躺在树下休息，一不小心被徒弟给轻薄了，此后万般纠缠不可尽说。

但明显苏珩就比那个徒弟有自制力得多，有段时间慕容安天天在他练剑的林子里睡午觉，还专拣他累极休息之处安置藤床，他也只是修养良好地换了个地方，没有对这个师父表现出半分不敬。

但越是这样，慕容安却仿佛越是好奇。刚开始苏珩从师于她，她还只是偶尔出现，多半是在苏珩遇到疑难之时，漫不经心指点两句诸如"要让招式快过眼睛，就不要用眼睛去看东西"这样一般人完全听不懂或者听懂了也不晓得怎么办的鬼话。

后来却几乎日日同苏珩在一起，指点剑法也比过去认真许多，偶尔兴致上来，还会拎起剑同苏珩对拆几招，但仅止于教导徒弟如何更好地用她的剑法拆招罢了，算起来两人硬碰硬的较量，倒还一次都没有过。

但那一日过招却似乎有些不同。

正是十一月大雪封山，练剑的林子被积雪裹透，呼气成冰的苦寒天气，针叶松被冻成冰柱子，一株株散乱杵在雪地中。

头顶的太阳只是一个极淡的白影，吐出看上去就没什么温度的冷光。两人手中剑似流芒，全没了往日对招的点到即止，来往皆是刁钻路数。一模一样的剑法，轻守重攻，没什么花架子，一招一式只是讲究谁快，谁比谁更快，针叶松上一滴水珠的一次坠地，就已完成三次面对面的短兵相接。

林中只闻簌簌雪下，和着剑身相撞的清脆之声，寂寂雪光中，竟透出一丝幽禅之意。

而一次剑光之后，慕容安身旁的冰柱轰然倒塌，她身子本能向右后方躲开，只在一刹，苏珩黑色的身影似游龙急掠过去，没看清他是如何出招的，她手中长剑却已被重重格开，脱手时在他身上划出一串血珠，剑尖尤有血痕，半空中打了个转稳稳扎进雪地里，入土处渗出一缕红丝，而他的剑稳稳比在她的喉间。

又是一树冰凌倒塌，雪渣飞溅，两人微微地喘着气，他的剑并没有收回去，定定地看着她："还记得你那时说过什么吗，师父？"

她伸手将搁在脖子边的剑推开一点，偏头道："我还困惑了许久，看你此前一心沉醉剑术的模样，以为那个一本正经地说着喜欢我，想要得到我的人被我记错了。"

他收剑回鞘,血顺着右手掌心滴下,却毫不在意似的:"若不使出秘术魂堕,单比剑术,如今你已无法胜我,但倘若你要对我使出魂堕,穷尽此生我也无法打败你,我的想法从未变过,一切只在你的选择。"

他逼近她一步,脚下积雪咯吱,他的嗓音暗哑:"你要对我用魂堕吗?"

她却没有回答他的问题,反而点头赞同起他的前半句话:"你说得对,如果有一天,剑还在我却输了,那是因为我想输。"

微微抬眼,她漆黑的眸子里含了悠悠笑意,身子前行一步,进一步缩短了两人的距离,微微踮起脚,唇几乎是贴着他耳畔:"今次,我输了。"

他半天没反应。而她已经施施然退开,手搭在眉骨处抬眼看了看天色,语重心长地抱怨了一句:"没吃饭就开打,有点饿了。"

说完就要去捡自己的剑。可刚刚转身,一步都没迈出去就被身后的人握住右手。我吁了一口自他们对招以来一直憋在嘴里的空气,看来经过长时间的缓慢反应,苏珩终于弄明白她刚才说的是什么意思了。她转过身笑盈盈看着他:"喂,你握痛我了。"他握着她的手却并未因此放开,右手也抬起来,未沾染上血痕的手指似抚摸朝圣宝物般抚上她额间情致风雅的赤蝶,微微低了头,淡色的唇贴在那一对翩翩的蝶翼之上。

她低笑一声:"你的胆子就只到这个程度?"不等他反应,已踮起脚搂住他的脖子,殷红的唇咬上他嘴角。他大约只愣怔了一瞬,便伸手揽住她的腰一把就抵在背后的针叶松上,脸上仍没有什么表情,望着她的眼睛却深沉似水,流淌出柔软的意味来:"你也不是不喜欢我,对不对?"

又一年春花馥郁,夏木萋萋,自苏珩上方山拜师,山上草木已是两度枯荣。师徒之间产生这样的感情,从卫道的角度讲着实违背人伦,若放到花花世上,定是天理难容。

但这是慕容安的世界,同大千人世完全隔开,绝不会有人说三道四,唯一觉得不妥的那个人只有君师父,但君师父此时真是个没什么发言权的存在。

一年多时光两人相濡以沫,像世上所有平凡夫妻,这一年除夕夜里,慕容安在门楣上贴了横批为"一世长安"的对联。

一世长安,简简单单四个字,多好的兆头,可哪有那么容易?苏珩毕竟是陈国的公子。不知谁说的,幸福要走那么多路,用那么漫长的时间,做出那么多努力,毁坏它却只要迈出一步,一瞬之间,不费吹灰。这句话真是有道理。

陈文侯二十三年春,陈国二公子苏珩大婚,聘大将军慕行之女慕芷为妻,慕容安离开红叶林不知去向。

事情发展到这一步其实很简单，不过是文侯威逼，慕容安和王位之间，苏珩只能选一个，最后苏珩选择了王位。

九月，陈文侯报晃天子立公子珩为世子，加封苏慕氏为世子妃。当夜，君师父抱了个刚足月的婴孩出现在苏珩的书房中，言说慕容安已死，留下两人骨血，愿他看在往日师徒情分上，善待这个孩子。

孩子被裹在襁褓里啼哭不止，苏珩抱着孩子在房中坐了一夜。离开红叶林时，他并不知慕容安已有身孕。

但我总觉得慕容安并没有死。虽说魅这种生物的确不适合孕育后代，常因精神力疲弱而死在怀孕和生育的过程中，但慕容安何等强大，如果这样强大的魅最后还是逃不过死于难产的命运，那这命运就太让人没有想法了。当然最重要的一个论点还是，野史留下的传言一向是说慕容安死于陈姜两国的沥丘之战来着……

君师父说苏珩是慕容安的劫，我到现在才相信。慕容安这样的性子，大约只是不易动情，一旦动情却是一生一世，而苏珩，这个人真是让人琢磨不透，他对慕容安的执着不像是装出来的，可也能说放弃就放弃。

我想他心中最爱的姑娘始终会是慕容安，只是她无论如何也敌不过江山社稷，敌不过那座一人之下万人之上的王位。可拥无边江山享万里孤单的日子就是他心中所想？

我仔细思考了一会儿，觉得自己真是幼稚，能够拥万里江山，就是能拥天下美人，虽然说也许他只是得不到最想要的那一个，可也能从数量上弥补了，哪里还会孤单呢？

我等着慕容安再度出现，其间所发生之事多琐碎不可赘述，比较大的两件是第一年陈文侯驾崩苏珩即位，第二年陈姜两国因边地纠纷挑起一场大战。

陈姜之战，陈王苏珩亲自出征。我在史书中看到过苏珩的一些事，说陈国尚武，历代陈王皆是在马背上成长起来，苏珩也不例外，自小跟随文侯厮杀疆场，偏好的作战方式极为轻灵快捷，多是由自己充当前锋，率少量精锐的骁骑，或深入敌军或旁敲侧击，帮助主力大军掌握战局。

本来想着也许他当上陈王会惜命一点，可沥丘这一役，完全可以看出这个人就算即位为王也没有改变半点作战风格，大战即起的前一夜，还带着二十轻骑前去姜国军中冲阵，提剑一路杀进敌军阵营又调转马头杀回来，用自己的性命去感受敌人兵力的强弱。

这种侦察敌情的方式对他来说不算什么，少年时代就经常这样干，听说好几次陷入险境之后都靠着天生的冷静全身而退，是个奇才。

可这一夜，他领着这二十轻骑深入敌营，杀回来时却在半路遭遇对方事先安排的数千伏兵。在深入敌营刺探敌情时，二十轻骑已有所损伤，即便人未伤，胯下战马也遭了好些流箭，不找到最薄弱那一环，基本上很难有希望突围。

那些史书从未记载过他在做公子时有遇到这样的情况，前有堵截，后有追兵，如此凶险。

漆黑的山林里，包围圈越缩越小，火把突然亮起来，战鼓擂得山响。这本来是为了鼓舞士气，但在这样的境况下，却是带有调笑意味了。

山坡上一匹枣红马背上，姜国领头的将军得意地说："想不到以骁勇著称的陈王今日却要命丧于此，看来你这骁勇之名也不过尔尔嘛，依我看只是有几分匹夫之勇罢了，兄弟们，你们说是不是啊？"

话音刚刚落下，项上的头颅竟也咔嚓一声落地。一柄剑带着一串飞洒的血珠定在附近一块山石壁上，那将军的头颅湿漉漉血淋淋地在地上滚了几滚，狰狞笑意竟还僵在脸上。

那是怎样的场景，真是难以形容，我看着都替他疼得慌，伸手摸了摸自己的脖子，幸好脑袋还安安稳稳地长在颈项上。

但那一剑并不是苏珩或者苏珩部下的手笔，他们的武器都还好端端拿在手里，我瞪大眼睛观察想看出什么端倪，同时在脑海里急速思考会不会是姜国伏兵团里苏珩的崇拜者干的……也不知道怎么回事，脑子一转却突然想到慕容安。

而当这名字以不可思议的速度划过脑海时，半空中竟真的响起一阵铃铛声。我看到苏珩的眼睛瞬间睁大，方才被姜国的将军那样折辱还是一派沉静，须臾间竟凌乱得毫无章法，一瞬不瞬地直直望向铃铛声传来的方向，手紧紧勒住马缰。

对方也好像终于明白发生了什么事，副将在马上仓皇下令围攻。而就在士卒手持长矛步步逼近时，松脂火把映出的红光中，却不知从何处飞来大片大片的赤蝶。

那一刹那，周围生机勃勃的参天古树突然从叶尖开始寸寸枯萎，转眼便腐朽成一簇簇死物，狂风猛地吹，半山的火把瞬间熄灭，风将黑夜割裂成无数道碎片，天上却静静显出一轮满弧的月。

赤蝶半点不受狂风影响，在半空中欢快地翩飞，周身发出莹润的红光，而铃铛声渐渐清晰，夜色里终于显出红衣女子华服的身姿，青丝如瀑及至脚踝，额间的红蝶简直展翅欲飞，美貌冰冷的模样，唇角却挑起一个要弯不弯的弧度。

我没想到苏珩会不顾形势地纵马过去，你想这样的场景，牵一发动全场，一个微小动作就预示着下一场厮杀的开始，还抬出这么大的动静，明摆着就是请对方的箭簇往自己身上招呼了。但我知道，他只是想抓住她，他以为她已死去，她却出现在他的面前。

他似乎已恢复镇定，沉静的目光一瞬也不愿从她身上错过，箭矢如同潮水一般向他涌去，他却并不害怕似的，只是举了剑在身前浅浅格挡。她低低垂眸，冷冷看了他一眼，双袖振起，呼啸的狂风中，所有的一切突然都静止，包括骚动的姜国阵列，包括急飞的箭簇，包括纵马而来的苏珩和他身下奋蹄飞奔的骏马，甚至包括那些冒着烟的松脂。

铃铛轻声一响，她立在高高仰起的马头上，垂头看着他静止黑眸中无法掩藏的渴求，低低笑了一声：" 你终究是爱我的，我没有输给别人，只是输给了你的王座。"清冷的嗓音在这完全静止的空间里低低响起，就像是在平静的湖面投下一块小石子，激起的涟漪维持不了一瞬，便悄然隐去。

足间的银铃再一次回响，她已踏着夜风回到半空，极淡地扫了一眼脚下定格的战场，缓缓抬起右手。狂风扬起她黑色的长发，纤细五指结成半朵红莲的形状。

一滴血自莲心坠落，夜色里翩飞的红蝶蓦然化作细长金针。根本看不清那些金针是如何飞出的，只觉得夜空里突然就爆出一团巨大烟火，幽幽红光中，姜国的士卒像被蛀空的木头桩子，瞬间化作累累白骨。

白骨之上，新生出许多赤色的幼蝶。想起古书上的记载，愣了好久我才反应过来，慕容安这是在大规模地施用上古秘术——魂堕。

这传说中华美又残酷的秘术，以地域为界，施行之时将时间和空间重叠封印，寄生在秘术中的红蝶化作金针吸食活人血肉，那朱色的蝶翼皆是被鲜血染红。魂堕之下，越是赤蝶翩飞，越是白骨累累。

很多变态人士在有幸欣赏该秘术之后，都认为这体现了一种极致的杀戮美学，可我想到的却是，慕容安此前生子对自身精神力耗损极大，如此大规模地释放魂堕，她还能撑得下去吗？

事实证明我的担心的确不是多余的。

满弧的月渐渐显出妖异的红色，狂风鼓起袍袖，紧闭双眼的慕容安唇角不断溢出血痕，狠狠皱起的眉间，那妖冶的赤蝶忽然振翼而出，她口中重重喷出一口鲜血，封印的空间刹那开启，红色的身影后仰，眼看就要跌落在战场上幼蝶纷飞的枯尸堆中。不远处静止的战马突然纵鬣长嘶，苏珩黑色的身影离开马背像箭一样急扑过去。

她跌下来正撞入他的胸膛，他闷哼一声，躺在白骨堆里紧紧抱住她。死亡的赤蝶旋绕在她身周，她脸色苍白，嘴唇却是嫣红。他手指颤抖地抚上她染血的唇："为什么要来救我？你应该瞒着我，平安活在我不知道的地方。"

她微微皱眉："你是我的徒弟，手把手教出来的徒弟，虽然你做错了事，让我非常生气，我可以恼你，教训你，给你苦头吃，可这些人，他们算什么东西，我亲手教导出来的弟子，是专门送到战场上给他们欺负的不成？"

他抱着她的手臂顿了一下，按着她的腰肢，一寸一寸，让她紧紧贴住他，深沉的眼眸里浮出许多不能细辨的情绪，良久，声音沙哑道："师父，回到我身边。"

她抬起手来，指间仍有鲜血，一只蝶逐血而来，停留在指端，她看着那只赤碟，唇角抿起一个要弯不弯的弧度："回去？"却漫不经心地摇摇头："回不去了，我快死了。"

他宽阔的肩狠狠一颤，极度震惊地望着她，语声却很是茫然："怎么会，我做错了事，你还要回来教训我，给我苦头吃。"

她抬眸看了他一会儿，突然笑起来："你们陈王室的人怎么说我，我其实并不在乎，你怎么想我，我也不在乎，在这世上我活了太久，久得自己都觉得有点无聊了。你让我晓得情是什么，尝到它的快乐，也尝到它的痛苦，如此圆满的一场体验，对于一只魅来说，不是很难得的一件事吗？就像一桌盛宴，天南海北的菜式什么都有了，痛快地吃完这桌筵席，人生就该散场了。"她说得毫不费力，一副精神还好的样子，脸色却渐渐透明，越来越多的红蝶栖在她身周，像是等着那最后一刻的送别。

他用力握住她衣袖，嗓音低低响起，像受伤的困兽："就算不想再要我，可还有我们的孩子，苏誉他很聪明，你还要看着他长大，看着他继承大陈的帝祚。"

印象之中他一向不怎么多话，此时却哽咽着不能停息，仿佛不给她说话的机会，她就不能拒绝，只要她不拒绝，就还会留下来。

她只是笑着看他，那笑里究竟含着怎样的意味，没有人晓得。

一阵狂风拂过，他搂着她的身影蓦然一僵，良久，跌跌撞撞站起来，手中只留一套红色的华服。

华胥调戛然而止，我却良久不能回神。慕容安果然是死于沥丘之战，史书并未详载，原来她是这样死去的。

这个人，生得雍容无双，死得风姿绝代，这是慕容安，东陆曾经最强大的一位秘术士。这竟是……苏誉的娘亲。原来他的娘亲并不是慕芷。

将这段故事讲完，君师父皱眉陷入沉默，想来这对他而言不是什么美好回忆，我和君玮则望着灯花发呆不知该说什么。

完完整整看到这段过往，说实话，我觉得这事儿和君师父没半毛钱关系，搞不懂他为什么那样仇视陈侯，恨不得杀了他。但在君师父眼皮子底下也不太敢和君玮交换意见，仅靠眼神的交流又实在碰撞不出什么思维火花，独立思考了半天觉得能想到的最合理的解释是君师父也对慕容安有意，才会对不小心害死她的苏珩抱有那么大的敌意……但转念又觉得慕容安不能倒霉到这个地步，一辈子就收了两个弟子，怎么可能两个弟子都对自己抱有不可告人的暧昧感情。

还没等我想出个所以然来，君师父已经开口："看完这段华胥调，你应该知道我想让你怎么做了吧？"

我抓了抓头，福至心灵地试探道："您是要让我为陈侯织一个梦，将他困在梦中？"

君师父笑了笑，笑意却未达眼底："不错，苏珩当年放弃师父选择王位，此事虽然师父不说，但那一年她的痛苦我却是看在眼中。她本可以站得更高，却被苏珩阻断她的路。可恨她为他放弃一切，他却不知珍惜，如若一切重来一次，我倒要看看这么多年后，苏珩会如何选择。若他对师父的情经年不变，愿意留在华胥之境中陪伴她，我便放过他，也算是了结了师父在尘世的最后一个遗憾；如若他仍留恋王座上的荣华，事到如今也还要辜负她，那么，我定要让他死无葬身之所。"

我心情复杂地看着这样的君师父，感到压力很大。听他这么说，他是要我为苏珩织出一个重现往事的华胥幻境，让他自己选择到底要不要继续留在梦中。

但这和宋凝的情况大不相同，届时不管他怎么选择都会是一个死，区别只是主动死和被动死罢了。我咬着唇想了想，轻声道："明明可以有更多的复仇手段，您却偏偏选择让我对苏珩施用华胥引，您其实只是想知道，当年慕容安拼死救他一命到底值不值得，对吗？"

他没有回答我的话，目光中那些沉甸甸的东西，不是我所能懂的。

我想，这一段被史书矫饰的禁忌，二十五年里由着时光摧毁，什么都不剩，只将仇恨刻在还活着的人心中，挣扎着要在忘记之前求一个结果，可多少年人事成沙，所谓值不值得，即便得出一个答案也不会再有什么用。我不知君师父如此执着向陈王报一个不属于自己的仇是为了什么，但看到他的眼神，却突然觉得，大约他只是想要我用华胥引再拷问一次人心罢了。

第二章

当年长门僧断言我是个命薄之人，他所言非虚，今日不过死于宿命罢了。但慕言，我想，他一定会自责难过，有什么方法可以让他不要那么难过就好了，如果我能不死，就好了。

九月十二，苏珩的寿辰。传闻陈侯久病不愈，八月初便移居茶山安乐宫静养，朝上由世子苏誉监国。由此，是日百官皆赴安乐宫祝寿。

自十日起，上至公卿下至宫奴，贺礼就一沓沓送上茶山，山道上被车轮压出两道深深的辙痕，也不知道里边装的什么。

其实给上级送礼也是一门学问，要送得有新意，才看得出你花了心思，但又不能太有新意，才看得出你谨守本分。君玮在机缘之下弄到了一份礼单，结果我们失望地发现那上面基本上是各地的土特产，只是不那么容易弄到的土特产，果然是既有新意又不是太有新意。

只有祁安郡的郡守没怎么走寻常路，送了个乐姬给陈侯。君玮感叹地摇摇头："这个祁安郡郡守也太急功近利了些，这么出风头不是明摆着招人恨吗？"

我想了半天："祁安郡历来以曲艺艺术享誉于诸侯国间，该不会乐姬就是他们那边的土特产吧哈哈哈。"结果还没笑完君师父就跨进房门，带来三张人皮面具，据他解释，一张是祁安郡郡守，一张是郡守的小厮，还有一张正是我口中的"土特产"乐姬……

我们将要这样混进茶山安乐宫，可当我试探地戴上那张人皮面具时，赫然发现菱花镜中映出的竟是慕容安的样子。

君师父良久地注视镜子里我的脸，淡淡道："筵席上你用这张脸出现，苏珩一定单独留你问话，届时机灵些，找到时机让他饮下你的血，看到他的华胥调。"

我低头看着自己的鞋子，挣扎道："一定要用这个模样吗，一定会悲剧的啊，戏里都这么演，翩翩公子年少时邂逅曼妙少女，在少女死后五湖四海地收集替身。苏珩他看到我一定以为我是慕容安再生，到时候我就会被他当成替身收进后宫，搞不好还会当庭封个如夫人……"

君师父抚着额头打断我的话，转头对君玮道："你同阿拂说说，一个正常男人，在自己的女人死了二十多年后，看到另一个和自己的女人长得很像的年轻姑娘，他会首先想到什么？"

君玮抓了抓头，以一个小说家的思维试探道："上天怜悯自己对她多年的思念，让她重生来和自己再续前缘？"

君师父不可思议地看向我们俩，嘴角颤抖着道："我以为首先想到的应该是这个姑娘会不会是自己的女儿……"

按照计划混入安乐宫。君师父在扮演祁安郡守这件事上真是天赋异禀，纵使在本尊的老熟人面前也是如鱼得水，极大地增强了我和君玮的安全感。

未几，挨到午时，陈侯于子花楼下大宴群臣，百官次第入席，按官职品阶一一进万寿酒。

宫女领着我侯在几株桂花树后，是一个完全不能偷窥的位置。不远处传来觥筹交错之声，良久，宦侍终于唱响我的名字。我听到那一声尖细的嗓子："宣，祁安慕容蝶。"

众目睽睽之下抱着琴走上那条青石铺成的翠色长道，想到除了殉国那一回，这辈子还没有得到过这么多人的关注。各种意味的目光交织成一张密实的网横亘在我面前，这些人一定觉得慕容安很漂亮，就像我第一眼看到她时心中所想。

蓦然有一种自己不是自己的错觉，而脚下一步一步，都像是牵动着什么并不存在的铃铛声。靠近琴台时，终于看清那个撑腮倚在王座上的男人，这是二十三年后的苏珩。陈国尚水德而崇黑，他仍是一袭玄袍，粗略一算已是四十多岁的年纪，面容却显得极为年轻，脸上略有病容，仍掩不住一派国君的威仪，多年沉淀后气质更加冷漠沉静，与年少时不可同日而语。

我能这样细节地描述他的外貌，因那个角度刚刚好，他的目光就放在我脸上，明显已经研究了好长时间了。从未看到过如此含意丰富的目光，忧郁得似凄凄红叶，迷茫得似沉沉月色，跃动得似灿灿星子，却却归于一派沉寂的浓黑。我在那样的目光之中弹完整支曲子，一个音也没有错，觉得自己真是仗义，虽然假扮这个乐姬不太好意思，却帮助他们再一次将祁安的曲艺艺术发扬光大了……

一切如君师父所说，群臣一通恭贺之后，陈侯很早便离席，而不久之后，我被一个宦侍带到长安楼上，正是苏珩一贯休憩之地。已近未时，秋阳泛白，这个将我召来的人背对着我，正擦拭一把锋利的长剑。宦侍拉好背后的门，"吱呀"一声，他终于转过身来，剑就抵在我的脖子上："你是谁？"

按照君师父的意思，我越是像慕容安苏珩越是会觉得我是他女儿，而且因鲛珠的缘故，我的血本来就能和其他各种血液相融，这也很方便滴血认亲，若我能以这种方式取得苏珩的信任,那要让他饮下我的血看到他的华胥调就简直易如反掌。

虽然觉得这件事有几分冒险,但泠泠剑光之下似乎也没有其他更好的办法。我伸手将剑推开一点点,偏头看着他,那是慕容安常做的动作,而她上挑的眉眼一向在此时最蛊惑人心:"照顾我的师父去世了,临死前告诉我,我有个同胞的哥哥,他叫苏誉,我的母亲是方山红叶林的慕容安,我的父亲,是陈国的苏珩。"

肩上的长剑一顿。所有的一切都能对上号,这件事,他没有理由不相信。若是慕容安当年果然是生下一对双胞胎,按照她的性格,完全有可能将女儿留下独自抚养。在他怔忪得几乎震惊的神情里,我走近一步,轻声道:"你想不想再见母亲一面,父亲?"

长剑"铛"一声落地,他一瞬不瞬地看着我,苍白面容里浮出一丝痛色,哑声道:"你们长得很像。"

华胥调在长安楼上袅袅响起,这含着幽禅之意的调子,沉寂得听不出任何情绪。我只是没想到将苏珩入华胥幻境如此容易,自己都要被自己的机智和镇定征服,慕言说自从嫁给他我就变得一天比一天聪明,姑且当作他是对的吧。

其实这二十三年,看得出苏珩没有忘记过慕容安,可若一切再回到当初,回到文侯威逼他的那个时刻,他真的就会吸取教训做出不同于从前的选择?老实说,我没有什么把握。

人的一生,有些痛是不能,有些痛却是不能不。我不知在苏珩心中如何定义失去慕容安,这感情沉淀了二十三年,到底是愧疚多一点还是爱多一点?或者他毫无犹疑地让我为他织出这梦境只是想再见她一面做一个了断?

通往幻境的模糊光晕出现在眼前,我抱着琴正要移步进去,君师父不知在何时出现,待反应过来时两人已落在一片焚火般的茂林,打量一圈,没记错的话,这正是方山的红叶林,白日生机勃勃,夜里枯死无声。

我欲开口询问,君师父却先一步出声:"真是巧,正赶上文侯派人接苏珩回昊城那日。"顿了顿,又道:"师父被抛弃的那一日。"顺着他的目光,果然看到远处的水潭旁立了两个武将打扮的男子。我回头道:"您跟着我做什么呀?"

问出这问题时已经猜到答案,但听他回答还是感到心惊,因在我心中君师父一向不是个好杀之人,他这辈子研究出的最毒的毒药,仇家吃了看上去好像已被顺利毒死但后来还是诈尸了……就是这样的君师父,此时却表情狠厉:"我说过,若是他今次仍是选择王位,我会让他死无葬身之所。"

华胥之境只能用虚妄困住逃不出心魔的人,此次却只是将过去重现,令苏珩再做一次选择,无所谓虚妄的美好幻境,若是苏珩选择王位,一切便与现实没什么不同,即便不带他离开,他也迟早会醒来,若想让他醒不来,只有在幻境中杀了他。

我想，君师父潜意识里可能还是觉得苏珩会选择王座。这就像我当初殉国，纵然如今这一具已死之身产生种种不便，可若时光重来一次，我还是会从卫国的高墙上跳下去。

坐在出红叶林必经的一株老枫上等着苏珩，为了让他一眼看到，瑶琴就放在膝盖上，拨出叮叮咚咚的调子。马蹄声疾驰而至，到树前十丈远时倏然停下。俊挺的少年微微仰头看着我："师父守在这里，是还有什么吩咐？"

我仔细打量他，从眼前的这张脸上，完全看不出日后的悲痛，大约人都是这样，放弃图一时痛快，失去后始知珍惜。我抱着瑶琴撑着腮，看够了之后摇摇头："我不是慕容安，不过苏珩，你想不想听我讲个故事？"

现实中反弹华胥调，幻境中事便能显现在尘世中，反之亦然，幻境中反弹华胥调，尘世中事亦能在梦中展现。拨起最后一个音，被虬枝割碎的阳光里，今日后发生的事一件件铺开在半空中。

龙凤喜烛燃出的明明烛光里，他新娶的夫人静静倚在床沿，而他眉头深锁坐在轩窗下，执起酒壶一盏接一盏地豪饮。

被加封为世子的那一夜，夜空中烟花散尽，君师父抱着刚足月的苏訾出现在他面前："她是魅，你也知道一只魅生育子嗣多么困难。她死了，这是你们的孩子，你好好照顾他吧。"还有被困在沥丘那一夜，妖冶的红蝶自她额间振翼而出，在他的怀中，她不在意地笑："回去？回不去了。"

一曲华胥调幽然而止，停在慕容安死去的那一刻，马上的苏珩紧紧锁着眉，眸子漆黑得可怕："这是……什么？"握着马缰的手在轻微地发抖。

我收起瑶琴来："你觉得，这应该是什么？"

他抿着嘴唇牢牢盯住我。

我居高临下看他半晌，不晓得为什么就叹出一口气来："你也猜到了对不对？这是真的，这些事已经发生了二十三年，你以为现在的所有真实，不过是我受人所托为你编织的幻梦，虽然慕容安已死去二十多年，你到底如何对她已毫无意义，可那个托我的人想要知道，如果一切重来一次你会选择什么……"

他额上浸出冷汗："这太荒唐……"

我想了想，轻声道："现在我告诉你，你可以重新选一次，若选择王座，就回到现实中继续做你高高在上的孤寡陈王，若选择慕容安……"

我顿了顿："你再也回不了现实，但慕容安，她会在你们共同生活了两年的那座竹楼里等你，等着你和她一世长安。"

我骗了他，他若选择王座，藏在枫树后的君师父铁定一剑要了他的命。但选择不就是这样吗，越是落差巨大才越能看出真心的可贵。

二月春风扰人视线，眨眼的瞬间，那匹黑色骏马已嘶鸣一声朝着林子深处扬蹄而去，露出新芽的浅草被远远抛在身后。

我回头朝树后的君师父露出一个笑脸："您猜猜看，他是去哪里了？"边说边挑起手指拨了两声琴弦，眨眼间已在慕容安的竹楼外。

作为一个没有呼吸的死人，最没有压力的就是做偷窥这件事，基本上不太可能被人发现，相比而言君师父就费力多了，但总的来说还是很快隐蔽起来。

房中并未看到苏珩，透过启开的轩窗，发现慕容安静立在一座屏风前。本以为她是在研究屏上的山水，可等待许久，未见她移动哪怕一分。

我拿不准方才拨出的两个音是让我们快进到了什么时候，按理说应该是一盏茶之后，若苏珩是回来找慕容安，人也差不多该出现了，难道，他纵马飞奔却不是回来找她的？

我探寻地看向君师父，他根本无暇理我，目光全数定在慕容安身上。房门嘎一声被推开，少年修长的手指搭在门扣上，我抚着胸口觉得一块大石头倏然落地，慕容安身形动了动，却没有回头："我是怎么说的？若是离开就不要再回来，不过半日你就忘了？"

房中一时无声，苏珩发抖的手指在看到她的那一刻终于镇定下来，五步的距离，他要握住她却被她不动声色躲过，可终究是他的动作更快，就像是他们比剑，自第一次胜过她，他从来是不紧不慢地比她快半招。

她终于还是被他握住右手，用力狠狠扯入怀中，就像他从来知道什么时候用什么方式能让她屈服。求她原谅是没用的，只能令她屈服。

他闭了闭眼睛，更紧地搂住她："我不会再离开。我错了一次，不会再错第二次。"

她的左手牢牢捂住眼睛，微微仰着头，大片的水泽滑过指缝，滑过脸颊，一滴一滴，静静落在他肩头。

同君师父一起步出苏珩的华胥之境，他一直没有说话。其实这件事着实要算圆满结局，搞不懂他还在不满什么。

也许是为慕容安不值，兜兜转转，苏珩终于明白最想要的是什么，可她却再不能看到。但哪能事事尽善尽美，十全十美是要遭天妒的，十全九美就很可以了。比如慕言，我从前一直很担心他这么万能会不会"蓝颜薄命"，幸亏他娶了我，所娶的妻子是个死人，这不完美的姻缘大约能让神明放他一马吧，我想。

君师父来也无踪去也无影，不愧是慕容安的徒弟。

榻上苏珩面容平静犹如熟睡，我知道他已薨了。如今要做的只是快速离开长安楼混出安乐宫，因最迟明日宫人一定发现陈侯薨逝，他这年龄明显不到寿终正寝，不管怎么说我都是嫌疑最大的一个。

苏珩诚然是死在华胥引之下，我却并不觉得自己是个刺客，倒像是又做成一桩生意，只是满足人心欲望罢了。

历经浮世繁华，他最想要的还是和她一世长安，既然芳魂已逝，他便用自己的命来交换一个她还活着的梦境，公道得很。

推开外间大门，侯在门外的小宦侍殷勤施了个礼，我比出一个噤声的手势，悄悄道："陛下好不容易睡着，公公多操心，切勿让旁人扰了陛下清静，奴婢的琴弦断了，不知何处能够修理，好赶在陛下醒来之前为他弹奏方才那支曲子的第二段。"

小宦侍不疑有他，赶紧着了个宫女领我去修琴，自己则兢兢业业地守在苏珩寝居外。

回头再望一眼长安楼，雀檐在秋阳下泛出金光，八十丈高楼在地上投出一片巨大黑影。苏珩找到了他的长安，而刺陈的任务已完成，得赶紧找到百里瑶把我的身份换回来，回去杯中等着慕言，我也就找到了我的长安。

想到这里由衷地愉快起来。头顶是秋阳和煦，耳边是秋虫唧唧，眼前是秋木葳蕤，脚下是秋草郁郁，长安长安，多美好的两个字。

耳边响起剑击之声时，我正在考虑如何甩掉跟在身边执意要领我去修琴的小宫女，吓了一跳本能回头，却看到离面门不足两寸远的一柄剑锋被另一把剑险险隔开。

一瞬的愣怔里，发现眼前不知什么时候出现许多持械攻来的黑衣侍卫，而本以为不知去向的君师父却牢牢护在我身前挥剑抵挡。

第一反应是一手刀将身边同样愣怔的宫女劈晕，第二反应是看来事情没有我想的那么容易，陈侯之死多半败露了。

君师父的剑术师承慕容安，虽不如苏珩快速，但胜在灵动轻盈，舍劈砍而精练点刺，有生以来曾见他对敌一次，差不多是出一回招就倒一个人，可今次看上去竟有些费力，这些黑衣侍从配合得太完美。

剑花缭乱，君师父仅能护着我步步防守，不多时便退到一处峭壁边缘。我晓得不知多少代以前的陈侯将安乐宫修在荼山之巅，为的是将堪称奇景的断石峭崖收入宫中后花园，而此时君师父带我主动退至此处，一旦走投无路就从这里跳下去的可能性不是没有，但考虑到他的出招风格，觉得更多是为我们寻找一个易守难攻的屏障。

果然，我被甩在突出的扇形崖壁之上，三面都放空，能容那些黑衣人挥剑向我的那面被君师父严防死守，而且，没有我紧紧跟在他身边，他明显比较能放得开手脚了。

情势几乎已经开始向我们扭转，好几个黑衣侍卫均命丧君师父剑下，却突然从右前方闪过一道皓皓的剑光。

我不懂剑，那一瞬之间竟也能感到它的快速，携着疾风之力狠狠劈开君师父设置的屏障，顺势擦过他肩臂带起一道血痕，又在顷刻间变幻招式直直向我而来，那百步之外穿透飞花落叶的优雅剑式，含了无穷力量快似闪电的果断剑招，我看清这个人，甚至看清剑柄处微光轻点势如流星的湛蓝宝石。

慕言。长剑一瞬间没入我胸膛，刹那里听到鲛珠碎裂的微响，就像无声的暗夜里一朵花骤然开放。

我一把握住似乎还要继续深入的利剑，血顺着指缝滑落，想要出声阻止，可生命流逝得那样快速，让我几乎没有张口之力。秋阳白得惨淡，荒草在风中摇曳，他冷冷看着我，漆黑的眼睛锐利无情："竟敢扮成我母亲的模样行刺我父王，果真以为陈国无人，能够任你们来去自如为所欲为？"

我觉得自己像一片枯死的叶子，被串在剑鞘上摇摇欲坠，想不明白他说的话，怀疑自己产生了幻听。被困在侍卫之间的君师父看到我，大喝一声："阿拂。"

混乱的视线里，看到慕言冰冷的脸色瞬间煞白，整个人都僵在那里，持剑的手停在半空，剑锋仍没在我胸口。"慕……言……"

我咳出一口血来，往事如一盏旋转不休的走马灯，恍惚半天，在刹那里似醍醐灌顶。

他是陈国的世子，我怎么会没有发现。

苏誉，取母姓为慕，去兴字为言，那些贵族门庭里长年训练的优雅，那些久居高位者含而不露的威仪，那个以十万铁骑踏平卫国，将天下耍得团团转，天生就该成为一国之君的传说中的苏誉。

他是我面前的这个人，是我的夫君。

怪不得成亲那夜他问我陈国灭了卫国，我会不会恨他，还任我将他误认做陈国的将军。怪不得他从不过问我家里的事，得知我身体的种种异常也没有表现出震惊。因他知道，他什么都知道。

可为什么要瞒着我呢。我早说过，卫国灭亡是王室无道，公主殉国是在其位当其责，死过一次的君拂已不是从前的叶蓁，之所以这样努力，只是想要为自己而活罢了。

归根到底他是不相信我真的这样看得开，若能早日明白我的心意，坦白告诉我他是苏誉，又怎么会这样呢？天意如刀。天意果真如刀。

费力地抬手想擦一擦嘴角，看到他修长手指伸过来，贴上我脸颊，手指竟是在剧烈颤抖，摩挲着要撕掉我脸上的人皮面具。

这样简单的一件事，做了许久才做成功。面具被撕下来的那一刻，他身子晃了晃，苍白的脸色更见苍白。

我终于攒出一口气来，却无法抑制生命从破碎的鲛珠里一寸寸流失。本就是天人两隔，不止一次设想过和他永别时会是如何情景，没想到会是这样。

鲛珠完全碎裂，这具身体便会顷刻灰飞，我想这大约是不消片刻的事，却奇怪地没有半点恐惧，其实我这么胆小。

只是不能让他亲眼看着我在他面前消失，一定不能。我还是想挤出一个笑容，至少让他记得最后一面我是这样笑着，不知道该说什么，有太多话想说，可，我摇头笑了笑："我不知道他是你的父亲，不要恨我。"

旋身翻下山崖时听到背后他失声叫我的名字，声音被耳边风声割裂，想着一切竟然这么快就结束，终于忍不住流下泪来。

眼泪还没有落进鬓发，腰间蓦然被搂住，岩壁上划过撕心的刺鸣，我艰难地张了张口："为什么要追上来……"

他哑声道："你说你会在杯中等我。"

不知是不是回光返照，说话终于没有那么吃力，我闭上眼睛，不敢看他的表情："我不是要为自己开脱，你父亲去得很安详，他是自愿让我拿走他的性命的，他一直很想念你母亲，去到了一个有你母亲在的世界，也许你会认为我是想用谎言来挽救，可……"

他打断我的话："我相信。我都相信。乖一点，别说话，我们先上去。"

苏誉是何等聪明的人，在我跳下山崖时他就应该明白，我不是任性要让他着急，是再没有办法了，可还是执意跟着我跳下来要将我救上去，什么时候看到过他这样自欺欺人。

我搂住他的脖子，埋进他肩窝："假如我死了，你是不是也会活不下去，要和我殉情？"

他手臂一颤，声音不稳："若是喜欢我，就活下来，陪我一生一世。"

我笑了笑，尽量打起精神："先不要上去，你这么抱我一会儿就好，我的家乡有一个传说，说人死了是会有灵魂的，有一个地方叫作奈何桥，灵魂就在那里等着排队过桥，桥的对面是一番新的人世，他们把过桥称作轮回。"

他搂着我吊在半空中，紧得就像要将我揉进骨血，我离开他一点，看着他的眼睛："假如真有这样一个地方，我会在桥下等你的。你生来就该称王于陈，建功于天下。不会为情所困，这样最好了。我们约定三十年吧，三十年后你来找我，那个时候，我们一起过奈何桥，入轮回道，这样，说不定在另一世里也还能做夫妻呢。"

他眼里浮起痛色，我想伸手去散开，他的唇贴在我额头上："但是我不在的话，你害怕怎么办？若你不愿意在尘世陪着我，那由我陪着你，你说好不好？"

他从容说出这样可怕的话，我怔了许久，心里一时酸涩难当："其实你不在我身边我也不会害怕的,我已经长大了呀,只是经常会在你面前假装害怕来撒娇,让你觉得不能丢开我罢了,你看我是不是很有心计,我……"

"我会害怕。"他低声打断我的话,"你不在的话,我会很害怕。"

我伸手去抚摸他的发鬓:"那么我就不在那里等着你了,我死后也陪在你身边,等到三十年之约一到,我们一起去奈何桥好了。不过,说好的三十年之约,提前赴约的话,你可就找不到我了,你要立下累世的功业,要成为世人称颂的圣明君主,我想你带着一身荣光来见我。你我今生……今生是不能了,来生我一定……"

但看到他的面色时不禁停了声,试着探手在他眼帘划出一个笑来:"生什么气呀,笑一个给我看看啊。"

软剑在崖壁上划出极深的口子,几乎迸出火光,他抱着我往崖上腾挪,嗓音低哑得厉害:"不用许我什么来生来世,我只要你此生此世。"

喉头一哽,此生此世着实是不能了。我握紧袖中的匕首,趁他借力腾起之时颤抖地扎进抱住我的那只手臂,紧搂住我的桎梏毫无防备地一松。

身体急速坠落之时,我听到自己轻声道:"记住我,不能忘了我,假如今后喜欢上别的女子,一定不要让我知道。"也不晓得他有没有听到。

最后所见是他面上不可置信的惊痛,蓝色的身影模糊在我夺眶而出的眼泪中。漫天秋意,风中传来他的声音,我一个字也没有听清楚。

这样死去,其实也没什么不好。只是若早知这样快就是诀别,我一定会时时跟着他,不会让最后这段日子聚少离多。

但老天爷对我还是不错了。去年深冬直至今年暮秋,就像做了一场梦,在这个梦中,我得到了我的宝物,他从来就是我的宝物。

人生无所谓长短,有时一瞬便是长长一世,有时一世也只是短短一瞬。一切都是宿命。当年长门僧断言我是个命薄之人,他所言非虚,今日不过死于宿命罢了。

但慕言,我想,他一定会自责难过,有什么方法可以让他不要那么难过就好了,如果我能不死,就好了。

第三章

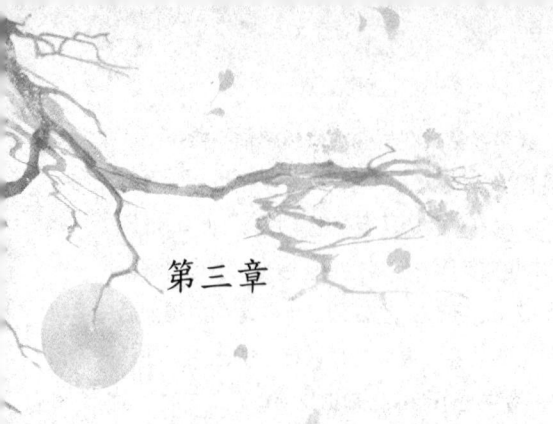

火把燃尽，晨曦微现，日升日落，夕阳映余晖。他果真把所有会的曲子都弹给我听，整整一夜又整整一日，琴音一直未停。

十月获稻，为此春酒。放眼一望，雁回山下稻田茫茫，看来慕言将卫国治理得不错。

着实要感激君师父教给我一手做人皮面具的好手艺，自陈至卫，一路回到雁回山，二十日走走停停，除了偶尔身体感到不适，一路都很顺利。

二十日前，我在曲叶河畔醒来，大约是自茶山崖壁坠入崖下的江流，顺着江水漂流至曲叶河。那时和慕言诀别，我以为鲛珠顷刻便要碎裂，可醒来时莫名自迷蒙里看到胸中那颗珠子的影像，冰魄般的明珠，有一半完全碎裂，另一半则布满裂纹。

我想，这就是我还活着的原因，可见上天也有好生之德，只是好生得不够彻底，那些裂纹每日加深一点，每加深一点就带走我一分性命。

照这个速度，最多还能撑个三四月吧。我想过是不是要回去找慕言，这世上唯有他令我放心不下，觉得哪怕再看一眼也好。

可想到终归逃不过命归虚无，给了他希望却又让他绝望，这太残忍，而且，倘若再见到他，我一定接受不了还有三个月自己就不在人世了，想来想去，决定剩下的这三个月回到最初见他的地方，有他的那些回忆便足够陪伴我愉悦度过最后这段时光。

回雁回山的途中，处处听人议论，说老陈王薨，世子誉即位，即位之日封后，可陈王后的宝座上却没有什么端庄夫人，仅放置着一尊玉制的灵位。

我想到在那个开满千花葵的院子里，他曾哭笑不得地对我道："姑娘说的是冥婚？可我们慕家不能无后，多谢你一番美意了。"

慕言，我虽然会不甘，临死前提出那样的要求，即使死后也想独占你，可……可都是一时任性随便说说的，并没有要你真的做到这样。

一时不忍，潸然泪下。

雁回山仍是从前模样，算起来我离开的时光着实不长，但两年来真是发生了太多事。清言宗在高木修竹环绕之下露出宗门一角，那已是我不能回去的地方。

后山的山洞保存得很完好，连同那幅刻在石床上的画也没有半分模糊迹象。我在山洞里暂居下来。

这里的风景已看过十六年，春风吹过，夏日照来，秋云掩映，冬雪纷飞，虽是熟悉得不得了的景致，心中还是觉得有些留恋，想要时时都能看到，但一日日体力不济，总是提醒我时日无多。

深秋夜凉，偶有夜风自洞口刮进来，不太适合睡石床，幸而发现洞壁有一处掩在青藤后的穴窟，可供挡风御寒。

我是真的做好准备此生就这样结束了，想着若是能灰飞在此处也算是有始有终。可第七日的夜里，刚即位为王的慕言竟找来这个地方，这真是始料未及的一件事。

整好是月沉时分，我躺在青藤后的穴窟里，听着洞口传来熟悉的脚步声。微微火光照来，他怀中抱着一张七弦琴，随意将火把插入一处洞壁，垂眸打量洞中许久，旋身在石案上放下随身的瑶琴。

火把将洞穴照得通明，他穿着初见时的玄青衣衫，仍是那么身姿翩翩，就像回到三年前那个星光璀璨的仲夏夜，可终归是眉眼中添了愁绪，唇边笑意不在，只显苍白病容。

我心中一痛。他停在一处空地之上，微微皱眉垂头打量，那正是当初我用棍子作画的地方，如今什么都没有了。

良久，他像想起什么，几步到石床前。我看着他微微俯身，修长手指一寸一寸抚上那幅刻在石床上的画作，许久，缓声道："画得很好，看得出是有长进了，我还记得当初你画在地上送给我的那幅，也没有那么糟糕。其实我看出你是想画什么给我了，只是想要逗逗你罢了。"

如果是寻常时候，我一定瞪着他喊出来："你太过分了。"

可如今只有紧紧抵住唇，克制自己不能发出一点声音。这个人真的很过分，老是喜欢捉弄人，偏偏我每次都会当真，若是还有将来我一定要数倍地还回去，可转念想想，哪还有什么将来，只有便宜他了。

不过，如今我还活在世上，却要躲着他装作人世间已再没有君拂这个人，这也算是对他的捉弄吧？不知他晓得了会怎样生气。但愿他永远也不要晓得。

洞中响起袅袅琴音，已沉的月色似乎也浮上来，探出天际云头，将一片白光洒在洞口。

我喜欢听他弹出的调子，更喜欢看他弹琴的样子，那种风雅从容的姿态，旁人如何效仿也效仿不来。

其实他若非生来便是陈国的世子，也许有一日会成为天下第一的琴师，看来人生真是有所得有所失。

明明火光中，不知从何处飞来一只红蝶，震动着朱色的翅膀，徜徉翩跹在他身旁，就像懂得那些自琴间汩汩流出的幽远曲调。琴声戛然而止，他淡无表情的神色蓦然松动，眉间隐隐流露出我见惯的温柔。

红蝶静静停在他指上，他嗓音有一丝轻颤："阿拂，是你吗？"

我伸手捂住嘴，想要抵挡住自喉间涌起的哽咽。那怎可能是我？慕言，你一向何等的聪明理智，这一刻怎会异想天开至此。

那红蝶栖息了一会儿，振动着薄薄的翅膀打算飞离，他似要起身阻拦，不经意间右手碰到琴弦，叮咚一声似泉水敲响，展翼的红蝶盘旋一阵复停在弦柱之上。

这可真是只奇怪的蝴蝶，也许是慕言血统中也遗传了慕容安招蜂引蝶的本事。他的手指按上蚕丝弦，神色间有了然亦有沉痛，轻声道："你是想听我弹琴？那你想听什么曲子？"

蝴蝶没有作答，我想回答，却不能。他忽然笑了笑，那带着愁绪的笑意比任何时候都动人、都伤人："那么，我把会的曲子都弹给你听一遍，好不好？"

火把燃尽，晨曦微现，日升日落，夕阳映余晖。他果真把所有会的曲子都弹给我听，整整一夜又整整一日，琴音一直未停。我躲在青藤后的穴窟里，看着他指头被琴弦磨出血泡，十分心疼，却只能用力捂住嘴，害怕一松开就会哽咽出声。

长痛不如短痛，今日这样淋漓尽致大痛一场，总好过三个月钝刀割肉。真是忍不住想骂老天爷，为什么要让我看到他这些伤痛呢？还有三个月了，就不能让我省省心吗？可看到这样的他，一边心里很难过，一边又止不住感到一种哀伤的幸福。

若不是苏仪前来阻止，不知他会这样执着地弹到什么时候，虽然我从前有那样的愿望，希望他能将他所会的曲子都弹给我听，但当夜幕再次降临，听到那无休的琴音，看到蚕丝弦上染出的点点血痕，却在心中暗恨他会的曲子是不是太多了点。

琴音一住，那只像雕塑般停在弦柱上整一日夜的蝴蝶像是忽然受惊，拍着翅膀翩跹着就往洞外飞去，即便弦音又响，也未做片刻停留。慕言匆忙起身去追，被苏仪狠命拦住，洞里响起她轻哑的哽咽之声："它若真是嫂嫂，岂会舍得扔下你独自飞走？退一万步说，就算她是嫂嫂，难道你要同一只蝴蝶过一辈子吗？"

红蝶越飞越远，消失在白色的月光中，慕言背对着我，看不清脸上是什么表情，没有再抬步去追，却也没有说话。大约他终于清醒，那不是我。苏仪说得对，若那是我，怎么舍得丢下他？舍不得的。

火把重新燃起，他颀长的身影投在青藤上，伸手就能触到，试着想要接近，最终还是作罢。长长的沉默里，苏仪轻声道："哥哥，嫂嫂她，是怎么样的？"

洞中只闻松脂燃烧时微弱的噼啪声。他的声音低低响起："很会跟我撒娇，偶尔耍耍小脾气，经常哭鼻子。"

苏仪顿了顿："若是这样的小姐，天下到处都是，哥哥你何苦……"

他转过身来："那是我在的时候。"没什么表情地俯身收拾石案上的琴具："我不在的时候，她比谁都坚强。"

泪水模糊双眼，滑下脸颊，竟忘了抬手去擦。一阵风吹来，微微撩起青藤，我吓得赶紧止住眼泪，只是虚惊一场，抬眼看到他们一前一后缓缓踱步出洞的背影，洞中洒下一大片松脂的火光。

我以为那是句点，未曾料到，句点并不在此处。慕言没有发现我，因洞中没有活人生存的痕迹。我是死人，无须什么用餐的杯盏，亦无须什么驱兽的火堆，加之身上乏力，在他之前，已有两日未曾踏出挡身的穴窟。

想到也许他们会去而复返，慕言走后一日，我仍静静躲在青藤之后，第二日估摸不会再出什么纰漏，才跌跌撞撞出洞去附近的溪潭。披着湿透的长发重回洞中之时，却愣愣看到青衣女子正立在石床旁垂头以纸拓画。

要躲避已来不及，她抬起头来，一双杏仁般的眼睛瞬间瞪得老大。日光懒洋洋铺在洞口，我缓缓走近两步，轻声道："三月不见，别来无恙否，苏仪。"

她手中画纸一抖，牢牢盯着我，半响，眼中竟滚出泪珠："我不知你是人是鬼，还是你一直就在这个山洞里？可你为什么现在才出现呢？嫂嫂，你该来见的不是我，是哥哥啊。"

和她打招呼完全是迫不得已，却没料到她会这样哭出来，虽然我也经常掉眼泪，但最怕别人在我面前哭，简直不知如何是好，转身便要走，身后传来她蓦然抬高的哭腔："你如何忍心，嫂嫂。"

洞口刮起一阵小风，几片秋叶随风落地，不管不顾地想走，已走了好几步，双腿却自己缓下来，还是停住了脚步。

背后一阵窸窣，苏仪的抽噎声近在咫尺："你坠下山崖那日，哥哥他也陪你一同坠下去了，他想要追你，山崖下江流滚滚，历尽艰辛，可最后寻到的却只是你的一套紫衣，你不知影卫找到他时他是何种模样，几乎半条命都让江水冲走了。可回到行宫，他绝口未提起你，休息半日便着手父王出殡之事。他遇事向来沉着以对，我们都以为他是一时执迷，看样子已经想通了，却没想到父王出殡之后，他摒除一切外事，将自己关在房中整整三日。即位那一天，他手中端着你的灵位，亲自将它放在了身旁的后座之上，你一定不晓得，那灵位是他三日里不眠不休一点一点亲手雕刻出来的。"

我抬头望着天，看到蓝天上白云高远。是我的错，都是我的执念，他不应该爱上我。一个活人，爱上一个已死之人，这注定是一件没有未来的事。

那时候我只想着靠近他，再靠近他，想着要让自己此生没有遗憾，压根就没有去想倘若终有一日我离开他，他会如何。是我错了。

身后苏仪上前两步，听到她带着哭腔哑得厉害的颤抖嗓音："你为什么连头都不愿回？是觉得这些都还不够？那么如果我告诉你，他因为你，连剑也不会用了呢，你会不会稍微有一点动容？"

我猛地回头，艰难道："什么意思？"

她抬起袖子抹了抹眼泪，努力扯出一个比哭还难看的笑："哥哥他剑术高超，遇事出剑一向快速，常令他的那些影卫们无地自容。可即位那日，夜宴上有刺客行刺，明明是能极易挡回去的剑锋，哥哥却……我去探慰他的伤势，问了许久，他只淡淡告诉我，他已不能用剑了。后来我才知道，他是因那日误刺了你，所以再不能用剑。今次也是，赶着你的生日，其实身体还没有完全将养好，也不远千里来雁回山。他虽什么也没说，可我也想得到，这全是为了你。可你如何忍心，如何忍心明明还在人世却瞒着他，他就来到你面前你也不肯见他，如何忍心让他……"

山洞很高，第一次发现，原来洞顶许多地方都被溶蚀。是啊，我如何忍心，我不忍心的，可，一种痛缓慢地自心底滋长，良久，我听到自己的声音轻轻响起："苏仪，帮我一个忙好不好？"

前往昊城的路上，听说赵姜两国开战。这事既在人意料之中，又在人意料之外。八月底慕言便同赵王会盟，我以为依赵王的急脾气，最多不过半月便要同姜国宣战，却不想今次竟沉住了气，一直拖到了十月初。

听说宣战之日，赵王亲临阵前历数了姜国的七大罪状，压轴的那一条十分精彩，人证物证确凿地直指四月时姜国为除苏誉嫁祸赵国借刀杀人之事。

赵王声声控诉，说姜国实乃虎狼之心，欲一方坐大，不惜设此毒计以使赵陈两国相互攻伐而得渔翁之利，幸好两国长年睦邻友好，兼有姻亲之信，才免了国主兄弟阋墙，不想姜王却贼心不死，为了掩此前设计赵国和陈国的不义之举，竟然不惜自断右臂，使出苦肉计来，自己杀了主事的丞相且诬赖到赵国头上，姜王此举，着实有违于王之道，上对天子不忠，下对臣子不义，令天下人心寒，如何如何的。

我觉得这条罪状前半段还挺有谱，后半段可真是冤枉死了姜王。能想得到月前慕言是怎么编排好这一番说辞去蒙骗赵王的，也能想得到赵王为什么就死心塌地相信了他一番鬼话并果然出兵，没有其他原因，一切只是靠天生的演技。

以其人之道还治其人之身，这一着棋，慕言走得极妙，当初姜国撒网布局之时又岂能料到今日是这个结果，又岂能料到最后有资格收网的竟不是自己而是自己欲设计的那条网中鱼？

但我想，以赵国的国力，敢向姜国宣战，又不是一时冲动，必定是会盟之时慕言许诺了两国一旦开战，赵国为前锋，陈国便为后盾什么的。但直至苏仪将我秘密带回昊城，却并未听到赵国在这场战事里讨得什么便宜。

反而听说姜王被那七条罪状激得恼羞成怒，调兵遣将前来拒敌，全国上下同仇敌忾，连续七日，赵国大军不仅未能在两国边界线上前进分毫，反而节节败退。看来慕言并没有兑现当初同赵王的诺言。

苏仪用一个不解世事的公主眼光来看待这场战事，觉得赵国和姜国两败俱伤最好了，如此，与两国相邻的陈国数十年都能高枕无忧。

连她都看出此事的门道，相信深陷困境的赵王也反应过来，但此时此刻，除了大张旗鼓向陈国求救，他已别无他法。而不到两国两败俱伤之时，我敢打赌，慕言他决然不会出兵。我喜欢的这个人，我着实很了解他，只要我想的话。

十月二十五，天有阴风，自璧山一别，我与慕言已整整十五日未见，对他来说，与我分别的时光还要更长一些。

战线拉得太长，赵王终是支撑不住，急惶惶遣使来昊城求援。听苏仪说慕言借口身体有恙，辰时并未上朝，将赵国的使臣彻底晾了一顿，卜午才又传了旨，说身体稍好一些，晚间将在珍珑园大宴友国来使。

苏仪在一旁安慰我："哥哥这一向的状况虽然都有些不好，但身上的伤势已经没大碍了，料想只是夜里忙于政务太甚，无妨的。再说，今日夜宴，晚些时候你便也能看到……"

话没说完却红了眼眶。我笑着同她做了个鬼脸："若今夜你仍是这样，那我们铁定要穿帮了，被他知道你说该怎么办，挨打的话你可要站在我前面。"

她愣了愣，抹着眼角道："明明都这么糟糕了，还有心情开玩笑，你果然像哥哥说的那样，他不在的时候……"脑中蓦然闪过慕言那时所说的话，"我不在的时候，她比谁都坚强"。

我打起精神来，撑着头道："你看，都是他说了那样的话，害我本来想哭都不敢哭了，要给你做好表率嘛。"

她看了我好一会儿，轻声道："除了让哥哥他忘记，再没有别的办法了吗，嫂嫂？"我抬头看了会儿房梁，收敛起脸上的笑容："是的，没有别的办法了。"

我终于做出这个决定，要为慕言弹一支华胥调，子午华胥调，拿走他的记忆。

其实子午华胥调获得曲谱的方式同我往常弹奏的华胥调并没什么不同，只是须在子夜奏响，以鲛珠为契约，以咒语及念力拨动琴弦而非手指。

弹奏出的曲子能为对方编织一个特别的幻境，这幻境虽也是过去重现，吸食的却并非对方的性命，而是那个人心中最深的感情。

所谓子午，指的是子夜到正午，陷入幻境的人不能看透心魔自幻境中走出，正午后待他醒来之时，被幻境所吸食的那部分感情便会缺失掉。但子午华胥调所编织的幻境和寻常幻境不同之处在于，即便被织梦的人走不出梦境，也不会失掉自己的性命，午时一到仍会醒来，而他醒来之后，梦境仍在另一处空间里延续。

这大约是华胥引最大的秘密，可能连君师父都不晓得，是禁术，逆天之行。因世上本不该有谁有权力剥夺他人的情绪，也不该自神赐的时空中圈出连神都看不到的一隅，所以法术一旦施行成功，对施术者的反噬相当巨大，届时华胥引寄宿的鲛珠会粉碎殆尽，法术的力量也会随之消散于荒墟。一切都归零。

此前，我想要慕言记得我，记我一辈子。可倘若记住我只是让他痛苦，不如忘记，不如，一切都归零。

是夜，苏仪领着我前去珍珑园赴宴。在卫国，公主未嫁之时绝不能抛头露面，陈国虽与卫国仅一水之隔，这方面的民风却是大不相同。

我扮做苏仪的侍女，紧紧跟在她身旁，一路走过珍珑园重重宫灯楚楚秋色，看到天竺葵在眼前铺开，直铺到玉制的王座下，仿若这场盛宴是在一片花海之上举办的。

如此美妙的景致，悠然风雅得像是一幅新鲜的泼墨图，一看就晓得是谁的风格。不远处传来宦侍的唱喏，眼角处瞟到侍女随夜风轻拂的纱罗衣带，苏仪拽我一把，才发现王座下群臣都压低了脊背，谦卑地等待他们的王驾临。

我随大流地跪在地上，想着别后多日再见，此时慕言他又会是如何模样。忍不住微微抬头，檀木宫灯的映照下，终于看到他缓步而来的身影，却不是惯常的锦衣蓝裳，而是一身玄色冕服，漆黑的发丝束在纯色的冕冠之中，额前垂下九旒的冕帘，投下的阴影微微挡住脸上逆光的表情。我还是第一次看到他这样打扮，这样高高在上不近人情，他这样也很好看。

此后一切就像是在梦中，总觉得不真实，听着他用寡淡嗓音两三句便将舌灿莲花的赵国来使逼得无话可说，一边想他平日不就是这样的吗，一边想他平日真的是这样的吗？

我的记忆中似乎有两个人，一个是苏誉，一个是慕言。一个是天生的政治家，一个只是我的夫君。

一个像这样从容不迫对天下大势指挥若定，一个却会抛开繁忙政务为我整夜整夜弹那些伤感的曲子。

虽然心底里知道这两人其实是一人，可看到这样的慕言，有一瞬间，竟无法将心中的两个人合二为一。

我不知道，我到底是想要看到他忘了我好好活着，还是想看他记着我一辈子痛不欲生，有时候自己都觉得这样的想法太变态要不得，却抑制不住那样迷茫又矛盾的情绪，任它像野草一样越长越疯狂越长越茂盛。

席上百官推杯换盏，苏仪忽然"呀"了一声，远去的思绪陡然被她这一声轻呼牵回来，才发现案上前一刻还推换的杯盏全停了下来，席间供歌姬献舞的低矮云台上不知何时立了个红衣翩翩的少女，赵国那位不太存在感的来使正躬着腰眉飞色舞地面朝王座说些什么。

我竖了耳朵去听，正听到他一番赞叹，夸奖身旁的红衣女子多么貌美，舞跳得多么好，人多么知礼，虽然说了半天也没说到正事，不过这种场合专程带个美貌舞姬，是人都知道他想干什么了。

不知苏仪为什么那样大惊小怪，我虽然一向独占欲比较强，但这种场面上的事也不是看不开，国君之间互相送送美人就像我和君玮之间互相送送地瓜一样寻常，也不是收到的每个地瓜我都会烤来吃的，大部分都是转送给当天考勤的师兄了。

天上星子隐隐，照慕言的性格应是不动声色，可赵国使者一席话毕，却见他垂头对着云台上的红衣女子，良久，沉声道："抬起头来。"

我茫然看向云台，视线正撞上那女子缓缓抬起的脸庞。轻烟似的两道眉，眉下一双杏子般的眼，小巧的鼻子，淡如春色微微抿起的唇。

我惊得后退一步。

怪不得苏仪有那一声惊呼。那一张和我六分相似的脸，一年前我还在卫宫里时常得见。这红衣女子，竟是我的十二姐叶萌。

我有十四个姐姐，就数她和我长得最像，可她怎么会变成赵国上贡的美人？卫国亡国之后，她不是同父王母妃一起被送至昊城软禁起来了吗？

尚在震惊之中没回过神来，耳边又传来赵国那位使者的絮叨，差不多是把方才夸奖叶萌的那些话打乱语序重新再说了一遍。

苏仪扯了扯我的裙子，用手指蘸酒悄悄在桌上写字："即便哥哥收下她，也是因为像你，是哥哥思念你……"

后面的字我没有看完，心底似蓦然注入一泓冷泉，冰凉到底。我其实并没有想到那一点，此时被这样一提，顿然回想起这种事好像的确有先例。

可怎么能这样荒唐，怎么能够一边思念一个人，一边却又去收藏另外一个人。容垣那样爱着莺哥，也没有说爱屋及乌就爱上同莺哥长得一模一样的锦雀。

赵国的来使正好夸到一个段落，我抬头望着座上的慕言，大约是高台上宫灯的角度有所偏移，竟能看清九旒冕帘后他脸上淡淡的表情，微微偏头朝着左席上的宰相尹词："孤一向无意歌舞之事，倒是记得尹卿颇好此道，那便将孟叶姑娘赐给尹卿吧。"

我松了一口气。

赵国使臣的脸色在慕言话毕之际乍红乍白，却一时做不得声，倒是身旁的叶萌冷冷接话："孟叶的双脚站在哪一片国土之上，便只服侍这片国土上最强大的那个人，陛下若不愿让孟叶服侍而将孟叶赐给他人，不如一剑杀了孟叶。"

叶萌，孟叶。说真的我对这个姐姐基本上不存在什么感情，但若说十四个姐姐中有谁能叫我多少欣赏一些，那人只能是离经叛道的叶萌。

听说我未回到卫宫之前，父王最喜欢的是她。卫国十二公主叶萌的狂妄高傲是卫宫里无人能描摹的长刺的风景。可我真是搞不懂，我的十二姐叶萌，纵然是亡了国的公主，曾经的辉煌和尊严又怎能让她容忍自己变成别人手中的一件礼物？

我看到慕言笑了一下，心中正胆战心惊他是否也被叶萌的这种魅力吸引，却听到冷淡嗓音："孤的王后善妒，收下你很容易，王后却会不高兴，你说孤是该让你不高兴呢，还是该让孤的王后不高兴呢？"

我紧了紧拳头，苏仪"扑哧"笑出声来，席上本就静得很，衬得那声笑格外突兀，慕言的视线蓦地扫过来，我赶紧低头。只听到叶萌毫无畏惧的嗓音："无论是王后不高兴还是孟叶不高兴，都无关紧要，重要的是陛下顺从自己的心意。"

慕言以手支腮搁在扶臂上，像是座下并没有坐着他的臣子："顺从孤自己的心意？"

他漫不经心地笑了笑："王后的心意便是孤的心意。"

紧握着袖子的双手轻轻一颤。那些座下的臣子们一定很欣慰他们的王后已经是一座灵位了吧，否则这得是多么昏庸的一个王啊。

最终叶萌还是选择了前往宰相府服侍尹词，不能说这结局是好是坏是对是错，有那么多条路，是她自己选择这一条，就像有那么多条路，是我自己选择殉国，这些都是不能后悔的事。

筵席快结束时，慕言赐了叶萌一杯酒，他那杯则是苏仪倒的。

我手心捏了把汗，觉得应该不会有什么问题，盛在瓷瓶中交付给苏仪的那些血加了苦艾草，况且滴入杯中只是三两滴，即便他舌头再灵也不应尝出什么血腥味才是。

斟酒之时，慕言似乎对苏仪说了什么，只看到她倒酒的手顿了顿，一旁自侍女手中取过酒盏的叶萌却瞬间煞白了脸色，手颤抖得几乎接不住酒杯。

那一杯酒饮尽，台下歌休舞歇，玄色的高台上，慕言撑腮独自坐在王座上，半身都淹没在孔雀翎长扇挡出的阴影里，也不知在想些什么。

许久，独属于他的曲谱慢悠悠呈现在檀木宫灯映出的那一小片光亮里，那些跃动的音符就像在跳一曲极古雅的舞，一步一步，直跳进我的心中。

所有的一切都在按照计划进行，顺利得让人不知所措，幸好此前计划万全，才没有被阶段性的胜利冲昏头脑，还记得接下来是要找到一处无人叨扰之所，于子夜之时以咒语及念力拨响慕言的子午华胥调。

看着宴罢慕言离开的身影，我忍不住上前两步。我能在这世上看到他，只是最后这一眼，而这一眼却是一片蒙蒙的黑夜，天上依稀两点残星，只见他一个黑色的背影。天竺葵开了一地，似从他脚下长出，衣袍带过花盏，花叶舞动似夜风过。

慕言，那些美好的时光我从未忘记，可今生，今生已再不能见你。

苏仪问我："你知道方才哥哥同我说什么吗？"我摇摇头。

她起身轻轻道："他说，'我到今日才觉得阿拂真是去了，看到和她长得像的女子，常会忍不住想，为什么死的不是她们，却是阿拂。她一个人会寂寞，我却不能陪着她，若是将这些女子送去给她，也不知她会不会高兴。'"

"啪"，我失手打碎一个正在收拾的杯子，她叹了口气："走吧，我带你去那个没人打扰的地方，你说不能再让哥哥记住你了。"她回过头来："我终于觉得，你说的是对的了。"

第四章

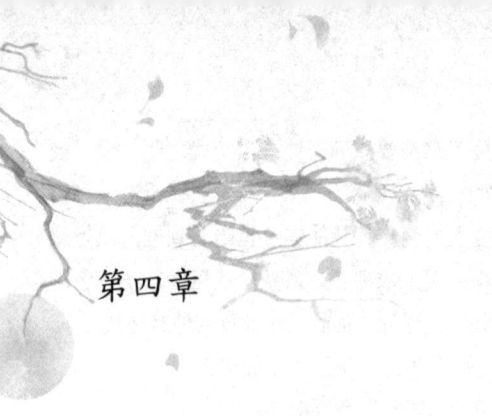

银的月，寂寥的夜，雪白的梨花，微微摇曳的烛火，冰冷的石浮屠透着禅意的幽冷。

陈宫的子夜伴随更声而来，这将是我在人世度过的最后一个月夜。

冰窖中放置的桐木琴琴面已凝出霜，我坐在琴台前，身上裹了苏仪带给我的白狐裘，趁着随子夜到来而灭掉的第一盏烛光，轻声吟响那则自鲛珠缝入便缠绕于意识的咒语。

我总以为自己不至于要用到它，那些修习华胥引而又没有好下场的前辈们，我知道他们的最后一曲都是为自己而奏的，且大多弹奏的正是这首子午华胥调。

编织了太多美梦，终有一日会忍不住将自己困于其中，这是人之贪欲，我虽不是为自己，却也有不可言说的祈望，执着存在于心。

幽幽琴音随着咒语停歇缓缓响起，漆黑的冰窖中陡然光芒大盛，天旋地转中一道白影蓦然出现在眼前，手在刹那间被握住，耳畔响起一声清越的虎啸，我一瞬便猜到这个人是谁，待整个人都被卷入子午华胥调织出的幻境，双脚着地时，抬头果然见君玮凝重皱眉的脸，低头则是半趴在脚边埋着脑袋发晕的小黄。

我有一瞬间不知该说什么。他将头偏向一边："你想要做什么，我都听苏仪说了。你不要怪她，是我逼她的。"顿了一会儿，微微垂头看着我："父亲和我一直在找你，若是你开心，当然不必来找我，可你不开心的时候，阿拂，为什么也不来找我呢？"

我蹲下来拍拍小黄的头："君师父还好吧？听说慕言并没有为难他。"想了想，尽量用轻松的语气讲给他听："大约你也晓得的，这是我最后的时日了，其实你们应该当作我已经死掉了，自我重生的那一天开始，大家就知道，这一天总会到来的不是吗？但我想用这所剩无几的性命最后干一件有意义的事，你是来阻止我的吗？"

小黄终于晕得差不多，缩着头蹭了蹭我的手，它还不知道发生了什么事。头上传来君玮沙哑的嗓音："不，我是来帮你的。"

我震惊得瞪大眼睛,却不是因为他的话,良久,听到自己颤抖道:"君玮你扶一扶我,我脚麻,站不起来了。"

鼻尖传来淡淡的月下香,那是他衣服熏染的香气,许久不曾闻到过的馨香。我居然,恢复知觉了?

呼出的气息散到空气中,凝成淡淡的白雾,小黄的牙齿在我手指上嗑出一个出血的牙印,疼得人眉毛眼睛都拧成一堆。我终于敢相信,自己是真的恢复了知觉。

君玮递给我一面镜子,铜镜中映出光滑的额头,额上那道令人烦恼的伤疤竟然也不见了,就像是回到十七岁时最好的年华,那是我最好看的时候。

这是,我最好看的时候。

一直以来,我都想让慕言看看这样的我。果然是以性命为代价奏出的子午华胥调,竟然还有令人在不属于自己的梦境中一偿夙愿的功用,这性命,真是交换得一点都不冤。

君玮看我吃惊又开心的模样,觉得既然这样,那么我们首先应该去酒楼吃顿好吃的庆祝一下。虽然是个令人不忍心拒绝的提议,况且小黄一听说要去酒楼立刻兴奋得原地转圈圈,但我还是挣扎着拒绝了:"时间不多,还是先去找慕言吧。"

他皱眉看了我一眼,用一句话就将我说服:"在这个幻境里,你已经是个大活人,不像从前吃不吃东西都无所谓。事到如今,你这样不吃点东西怎么有力气去找他?"

幸好所处之地不是什么荒郊野岭,跟着君玮,不久便到一处酒楼。能够再次像个活人行走世间,虽然只是幻境,总比从前半死不活的好。

头上微有落雨,滴滴打进河心,漾开圈圈涟漪,冬日蒙蒙的天空就倒映在清清河水里。河边即是酒楼。腹中一阵饥饿,两步迈入大门,正打算挑个好位置,视线扫到临窗的一桌,蓦然无法移动。

轩窗开得老大,挡光的竹帘收上去,一束白梅颤巍巍探进窗内,斜斜开在四方桌上。白梅旁一个青瓷酒壶,梅色映衬下瓷釉青翠欲滴,手执瓷壶正欲倒酒的男子一袭玄青的锦袍,鼻梁上方是一张银色面具。

慕言,想不到我们竟会在此相见。

他并未抬头,似乎正侧耳倾听正对面的白衣男子说什么,因为背对,只能看到那人手中摩挲的一只黑玉手镯。

我愣了愣,看来与他同行这人是公仪斐。君玮大约也看到此等场景,但他怎么能知道那人是慕言,只是推着我往里间走。小二迎上来,殷勤笑道:"下面已没什么位子了,二位客官楼上请。"

我却迈不动脚步。窗旁的慕言微微偏了头,视线终于转过来,却没有在我身上停顿。我抓住小二急急问:"小二哥可知今年是什么年号?"已到二楼转角处,小二挠头道:"庄公二十三年呀。"

庄公。没记错的话,此时天下应只有一位庄公,便是黎庄公。黎庄公二十三年,这是我十六岁,正是和慕言在雁回山相遇两年后。那方才的淡淡一瞥,他到底是认出我来但觉得没必要打招呼,还是压根就没有认出我来呢?

二楼坐定,本以为搞清楚所处何时何地,会至少留点缓冲时间供我从长计议,没想到相遇如此突然。

我低着头默默思考一会儿,觉得为避免重蹈覆辙,要做的事只有一件,就是让慕言快点爱上我。这梦境可以永存,我却不能永存,事实上现实中还有几月可活,梦境里我仍只有那几月寿命。若是这几个月里慕言无法爱上我,终于卫国还是灭国,终于我还是殉国,这梦境丝毫不能改变,那我又何必以三月寿命换给他一个子午华胥境呢?

其实,梦境从这里开始最好了,只要他能爱上我,我的任务便完成了,届时留封信给他,让他去卫国提亲,那个正四处寻找他的、我的幻影一定会对他很好,让他很幸福,他不会想要走出这华胥之境。这样,我就放心了。

打定主意,我招招手让君玮凑过来,同他商量:"你下趟楼好不好?帮我守着临窗戴面具的那个客人,看他什么时候走,他走时你给我个暗号。"

君玮边倒茶边皱眉:"你想干什么?"

其实我是想要制造一次别开生面的相会,参看诗里咏的戏里演的,打算等慕言刚刚出门就从二楼窗户上跳下去,力求一举落到他怀里,给他留下一个不能磨灭的深刻印象。

当然这件事不能告诉君玮,考虑到很有可能是我直接摔到地上,他不大可能让我冒这个险,但舍不得孩子套不着狼,君玮这个人有时候就是太保守了。我想了想,老实告诉他:"那个人,是慕言。"

他手一抖,似乎是专注地凝视着手中的茶具,我以为他还要继续说什么,没料到等半天,只听他轻声道:"好。"

君玮在楼下守候多时,我喝完一盏茶,又喝完一盏茶,再喝完一盏茶,听到一声虎啸,正端着茶杯想这是谁招惹小黄了,蓦然反应过来,难不成是所谓的暗号?

急惶惶赶到窗边,探头一看果然瞧见梅树旁欲撑开油纸伞的慕言,一个着急,还没想好该从哪个角度跳,身子已经不听使唤地离开窗沿直直坠了下去,而正下方慕言竟然毫无反应,我想过很多种落地的方式和姿势,着实没想到有可能是砸到他,一声小心刚喊出口,身体蓦然撞进一个胸膛。白梅的冷香萦于鼻端,头上响起含笑的声音:"姑娘才是,要多加小心。"

我手一抖，紧紧握住他的衣襟，身旁有男子可惜道："做工如此精妙的一把伞，就这么毁了，小姑娘，你可要赔给我们呀。"

　　停了停又道："看来这雨一时半会儿停不了，不如再回去坐坐。"听这声调，果然是公仪斐。

　　我无暇理会，只是拼命回想刚才边喝茶边打了无数遍腹稿的台词。那句我想了半天才想出来的既雅致又不失弱智的开场白，它是怎么说的来着？可还没等想好，抱着我的这个人已经像要把我放到地上。我脱口而出："你是不想负责任吗？"

　　一阵沉默，慕言还是放下我，慢悠悠道："敢问姑娘，在下是怎么不想负责任了？"

　　其实我也不知道为什么脱口而出的是这句话，但这也不失一个契机，只能硬着头皮继续胡编乱造："在我的家乡，未嫁的姑娘若是不小心被男子碰到，就一定要嫁给这个男子为妻的，不然就只有去自杀了。你刚刚抱了我，就要对我负责到底啊。"说完偷偷拍眼看了看他脸色。

　　慕言没说话，公仪斐呵呵笑了两声："这习俗还挺特别的，不过雨越来越大，你们是就打算站在这里淋雨？"

　　当然谁也不想淋雨，还是转回去在方才那张桌子旁坐下，小二暖了酒送上来，我一直等着慕言有所反应，直等到他握着酒壶将三只酒杯都斟满，才听到一个轻飘飘的嗓音："君姑娘是卫国人吧，我怎么从没听说过卫国有这样的规矩？"

　　我吃了一惊，赶紧抬头："你……你记得我？"

　　面具遮住他的表情，却能看到唇角微微上翘，似想起什么："要想不记得，也不太容易……"顺道将一盏暖过的酒递到我手上，"应该有人跟着你吧？人呢？"

　　我用眼角余光示意不远处时不时瞟过来的君玮：从现在开始我俩就不认识了。示意完面对慕言问心无愧地摇摇头："我没有同伴，我是一个人来的。"

　　想了想，大着胆子又加上一句："是专门来找你的。"

　　他愕然抬头："找我？"

　　大力地点点头，一时也顾不得什么害羞，从头到尾其实就没有多少时间，管它优不优雅矜不矜持，不如就这样速战速决，还有三个月，仅有三个月，这样短的时光，着实经不得什么细水长流了。

　　我紧张地握紧手中的杯子："这两年来，你不知道，我一直在找你，刚才跌下来也是因为看到你太过激动才……"

　　公仪斐在一旁插嘴："你这么着急地找他，是有什么急事？"

　　慕言不声不响，只是把玩着手中瓷杯。我顿了一会儿，微微抬头，勇敢地看着他："假如我想把自己许配给你，你要不要呢？"

311

公仪斐噗一声喷出一口酒,一半都洒在我的衣袖上。

慕言放下杯子,默默无语地看了会儿桌子正中央的那簇梅花。虽晓得不该期待,这事九成九没什么可能,却还是忍不住期待。

好一会儿,他终于发话,却是完全风马牛不相及的方向:"你父母知道吗?"

我反应片刻,郑重地点点头。

他笑起来:"知道你想要嫁给一个杂货铺老板?"

我愣了愣:"啊?"

公仪斐又是一口酒喷出来,慕言云淡风轻地扫了他一眼,回头对我道:"嫁给我会吃很多苦,这样你也愿意?"

我想了想,终于弄明白他的意思,他大约还是觉得不可思议,不想要我,但又怕伤害我,才编出这么一个借口,想让我知难而退,可他不知道,若他真的只是一个杂货铺老板,若……

我想,我的脸上一定绽出一个特别大的笑容:"如果是杂货铺老板那就太好了。"情不自禁地握住他的手:"我可以养着你的。"

第一次感到这种手指肌肤相触的细腻和温柔,以前就算是紧紧交握,更多的也只是内心的感动。白梅上一滴晶莹水珠滑落到手背,脸好像也有些湿意,我抬手抹了抹脸,这屋子,不会是在漏雨吧?

终于,慕言还是点头同意我一路跟着,看得出来他其实更想把我送回卫国,但影卫不在,没法送我,又不好不管,因不管的话最后我还是会想方设法跟着,又不好对我动粗,真是拿我毫无办法。

随行好几日,才搞懂他们此行是专程赶赴颖川。据说颖川铸剑世家的家主荆老爷子以半生心力铸成一口好剑,广邀天下英雄,欲为此剑寻一位主人,他们正是为此而去。要说当世最有名的铸剑世家,应是杯中的公仪家。

虽此时公仪家已被毁六年之久,但慕言早就从卿酒酒手中得到了他们家世代相传的铸剑图,搞不懂怎么还会对荆家铸的这把剑感兴趣。

我拐弯抹角朝公仪斐打听,原来荆老爷子铸成的这把铸缕剑,自玄铁投炉之时即伴以人血生祭,初成便具凶狠之相,是难得一见的神兵利器,照他的说法只要是个剑客就没法不感兴趣。

我想了一下,觉得也是这个道理。这方面剑客和嫖客的思维可能都差不多,只是一个渴望收藏名剑,一个渴望收藏美女,收不到至少要摸上一把,摸不到至少要看上一眼,如果连看都看不到,就不是一个合格的剑客或者嫖客。

不久,来到一座依山小镇,据说山的另一面便是颖川。可能缠得慕言太紧了点,恨不得睡觉都跟着他,让他觉得很烦,虽然没有刻意躲我,却也不复雁回山初见时的温和。

我认识到问题所在，却不知该如何解决，已经要没有时间，我只是想快点和他培养起感情。傍晚趁着慕言同公仪斐出门办事，一直遥遥跟在我们后面的君玮终于逮到机会现身，牵着小黄恨铁不成钢地教训我："像你这样成天跟在他身后说喜欢啊爱啊的，能顶个什么用，光说说谁不会？爱这种东西，不是靠说出来的，是靠做出来的啊！"

我愣了半天："做……做出来的？你是让我今天晚上……"

他也愣了半天，脸刷地红了："……我说的是单纯的字面意思，你别想太多……"

君玮的提议不失为一个好主意，不愧是写小说的，从前真是小看了他。该怎么来打动慕言，我绞尽脑汁想半天，最后决定给他做一顿饭。本来只是灵光乍现，但打定主意之后突然感到振奋。

我从来没有为慕言做过饭，就算后来嫁给他，也是聚少离多，为了各自的事汲汲营营，不曾有这样的机会。

书中描写妻子为丈夫洗手做羹汤的句子，那是世间难求的平凡幸福，从前看它淡如日暮时西山烟云，如今却觉得珍贵。虽然我的菜一向做得不好，好在有君玮帮忙，而且这大约是唯一一件他可以有自信不会越帮越忙的事。

想好菜谱，同掌柜借来客栈的厨房，却发现缺少两味卫地菜色特需的作料。在掌柜指点下一路奔去可能还没打烊的杂货铺，君玮不放心，仍牵了小黄在我身后不紧不慢跟着。

这么一座民风淳朴的小镇，真不知道他不放心什么。虽然天色已渐黑，心中却是一派明媚，途经镇上唯一的那座青楼时还哼着小曲，却在不经意仰头时蓦然止住脚步。

我揉了揉眼睛，那侧靠着半开的轩窗执扇而立的男子……是慕言？

君玮不知什么时候已到我身边，拉着我只管埋头朝前走，嘴里还嘟囔："那不是慕言，你看错了。"我觉得这家伙真是个笨蛋，我还没说那人长得像谁呢，他这不是此地无银三百两嘛。

随他拉着走了半天，我问他："你是不是怕我难过？"没等到回答，我想了想："难过是有点儿难过，但这也是没有办法的事啊，虽然这梦境是过去重现，但那时我还没有找到他嘛。"

君玮顿了顿："可现在，你找到他了。"

前方已有朦胧的雾色，我呵气暖了暖冻得发僵的手指，笑道："那他还没有喜欢上我嘛。"

他回头看着我，神色前所未有的严肃："阿拂，就算你喜欢他，也不用让自己这样卑微的，你从前不是这样的。"

我怔了怔，收起手指看着他，半晌，轻声道："这是个梦境，要么现实中从未发生，要么早已成为过去。假如一个人如我这样，仅还有两三月性命，就不该也不能将这些宝贵时光用在纠结往事上，哪怕只是一分，何况，还不是我和他共同的往事。我们有时候坚定不移地想要去做一件事，最后却常常失败，不是因为心灵不够强大，只是太容易被突发之事左右，迷失掉初衷所愿的方向。我从未忘记过我来这里是为了什么，可是你呢，你还记得吗，君玮？"

他紧紧皱着眉头："我没有问过你，你这样为他，他值得吗？"

我抬头笑了笑："值得的。"

就算在这个梦境里，有时候闭上眼睛，也会听到那时慕言低沉的嗓音，仿佛就响在耳畔："若你不愿意在尘世陪着我，那由我陪着你，你说好不好？"

我的夫君，他是陈国年轻的王，冷静地说出这一席话的他让我害怕，也让我开心。他是我在这世上最喜欢的人，最舍不得的人。

在君玮帮助下做完一桌丰盛大餐，其实他只是从旁指点顺便烧火，从切菜下锅到装盘，全是我亲力亲为，只是刀法不好，切肉的时候不小心割到两根手指，翻炒的时候又被迸出的滚油在手背上烫出一个水泡。

虽然有点痛，但那自指尖清清楚楚传递到脑海里的感觉却让人怀念，实在是太久没有痛过了。君玮离开很久，慕言仍没有回客栈，厨房还有柴火，够得着将冷掉的饭菜热一热，我趴在桌子上等他回来，等着等着，恍惚入睡。朦胧中闻到清冷梅香，似皎皎月色下一树孤梅绽放，我脑子反应半天，陡然一惊，睁眼正看到慕言微微俯身。

自从离开梦中初遇他的那座小镇，他便摘下面具，大约那里有他不想见的人，就像现实中除了雁回山初遇，他也基本不戴什么面具。只是见我醒来，微微退开，黑色的眸子沉静如水："这么晚了，怎么不回房睡觉，还待在这里做什么？"

如果是从前，我一定会毫不客气地瞪着他："你也知道这么晚了！"

可现在我知道其实那也是一种撒娇，并不是每个人都可以和他说那样的话，踌躇了一会儿，打起精神来露给他一个大大的笑："我在等着你一起吃晚饭啊。"

他垂头看了眼桌上的饭菜："我……"

我心里一跳，打断他的话："就算在外面吃过了也要吃一点，就吃一点点，我做了很久……"还没说完想起这些菜十成是凉完了，正巧伙计打着呵欠穿过大堂，赶紧手忙脚乱地端起做得最久的那一大碗汤，"喂小二哥……"

不等我盼咐完，慕言已坐下来执起筷子，手中的竹筷正伸向中间那屉翡翠水晶虾仁饺，抬头道："我还没吃，一起吃吧。"

我愣了愣："你喜欢吃那个？"

他仔细端详竹筷中的饺子，似乎在想什么，好一会儿才回答我："有点朦胧印象，记不清了，这是你自己包的？"

我使劲地点了头，满怀期待地想看到他吃下去会露出什么表情，心里有点在意那个所谓的朦胧印象，但不消一瞬就打消疑虑，就算是有什么印象，也不该是关于我，子午华胥调若是如此容易看透，也就不配被称为人生最终曲了。

吃完一只饺子，他放下竹筷喝了口茶，唇角含笑："味道不错，看不出来，你倒是很会做菜。"

隔着烛火的微光，我撑着腮帮轻声对他道："嗯，我很会做菜的。那你……有没有变得喜欢我一点呢？"

他喝茶的动作停下来，笑容渐渐散去，眼角余光扫在我包扎得像棵小人参似的手指上，答非所问道："你的手指怎么了？切伤了？"

我镇定地藏到背后："没有。"半刻前他要是问我这句话，我不仅会实话实说还要添油加醋，说不定能让他觉得我特别惹人怜爱什么的，可刚刚才大言不惭地表示自己很会做菜，要是还承认手是被切伤的就太没智慧了，只能暗叹一声，鱼和熊掌终究是不能兼得。

他从头到脚打量我，明显不信："那怎么包成那样？"

我张了张嘴，一时想不到什么更加有用的借口，半天，道："……包来玩儿的。"

他不动声色地拉过我的手，轻轻松松就拆掉包在最外面的那层纱布，等伤口现出来才轻飘飘道："还有什么话想说，说吧。"

伤处被碰到还是有点痛，可我确实还有话说，凑过去低声问他："慕言，青楼里的姑娘漂不漂亮？"

托着我左手的那只手微微一顿，我觉得他可能不会理我，不多时，却听到淡淡的回答："没太注意。"停了一会儿，又道："我是去谈事情。"

我觉得自己应该是笑了一下，凑得更近："是我漂亮，还是她们漂亮？"

他在重新帮我包扎手上的纱布，闻言不轻不重勒了一下，我痛得一抽，将脑袋埋进手臂叹了口气："你为什么不能快点喜欢上我呢，我也是会觉得辛苦的呀。"

只能听到纱布摩擦的碎响，他的手法熟练，比君玮或者我都要包得好很多，只是一直没有回答我。

但就算这样，此时这一刻，我也觉得很开心满足。人生若不往前看也不往后看，只是活在当下，就什么烦恼也没有，有时候我们觉得活得太累，只是因为想得太多。

君玮觉得自从我给慕言做过一顿饭，他待我已明显不同，说实话我是没有看

315

出来。

一日一日，时光流逝，多逝一日，便向死亡多迈近一步。慕言不是容易被漂亮姑娘打动的人，他爱上我……对了他是怎么会爱上我的来着？

我竟从未想过这个问题，明白的只是在一起经历了许多事情，那一日大雨滂沱，他在雨中找到我，对我说："阿拂，我喜欢你。"

那些美好的回忆，我无数次想起，在这梦中的一个又一个雪夜。虽然知道细水长流才是永恒，可我已没有那么多时间。

若是在他贵为世子的过去，已有无数姑娘变着花样来讨他欢心，让他觉得此时我的好皆是寻常，那，有没有一个女子，曾经愿意为他失去自己的双手呢？

若是我那样做，是否他就会动容，是否一切就会如我所想，是否最终他就可以忘掉我呢？我想了又想，最后觉得，其实可以试试。

慕言他纯粹是为了铸缕剑才要赶去颖川荆家。但我所知道的，荆家的铸缕剑最后却并非归于陈国世子。

这件事在当时非常有名，荆家家主邀了天下英雄前去试剑，原定的规则是谁能破掉铸剑庐的七星剑阵便可以带走铸缕。

可最想要铸缕的那人却是个丝毫不会剑术的妇人，她已故的丈夫还活着时被称为剑痴。荆家最受宠的小少爷是举世闻名的雕刻师，最擅女子人像，雕出的作品栩栩如生，可唯独人像的手指总是掩在流云袖中，传说是因未曾觅得一双灵活的巧手，将它剖开来辨明骨骼肌理，才一直无法雕刻出女子素手的神韵，就干脆弃而不刻。

想要铸缕的那位妇人不会使剑却会使针，刺绣之艺天下一绝。于是，妇人将自己的一双妙手砍下来送给了荆家的小少爷，在试剑会的前夜带走了铸缕。天下英雄齐集颖川，千里迢迢而来却不见想象中的神兵，虽然懊恼倒也无话可说，毕竟只是一把剑，再如何罕见也抵不过自己的一双手。

我不敢说我这一双手会比那个使针的妇人更灵巧，但它能画出令当世名家也欣赏的画作，会弹出连慕言也没什么话好说的琴音，我想，它大约也够格来交换铸缕。

颖川并不如想象中繁华，只是人多，但一半都是外来人口，目的是七日后荆家的试剑会。

我不明白为什么慕言要来得这样早，过两天发现后来的只有在客栈院子里打地铺了，才恍然他的社会经验真是丰富。

虽然说是一路同行，但慕言和公仪斐并不怎么管我，所以这孤月皎皎的一夜，我才能顺利抱着琴溜出客栈大门，前去荆家的别馆赴荆小少爷的约。

其实是我约他，甫到颖川便托君玮送了信过去，原本没想到会这样顺利，岂料两日后便收到他的回帖。

看来,他对我的这双手很感兴趣。君玮虽不知我在信中写了什么,赴约之事却执意陪同,好在找到时间给他饭菜里下了足量蒙汗药。

有君玮在这件事就办不成,到这梦境中,他说他是来帮我,他以为帮我就是要好好保护我,却不知道这最后的时间,我再不需要谁的保护。

但这么直白地说出来一定会伤他的心,况且我也怀疑以他的智慧这么曲折的感情问题他究竟能不能理解……

踏过白玉做的牌坊,荆家的别馆外遍地梨花,像一场夜雪铺就,而梨花道旁两列幢幢的石浮屠,仿佛生就坐落在莲花之上,内里着了幽幽烛火,夜风拂过,火光忽明忽暗。

间或有长衣侍女提了半人高的灯笼踩着梨花匆匆而过,被不知是月色还是明火扯出长长的影子。荆小少爷荆楚已侯在馆外的廊檐下,外间茶室的纸门被拉开,室内灯火通明,正中已摆好一张桐木的瑶琴,茶室上座则是一张兽腿桌,桌上搁着一把长刀。

两件东西都是为我准备的。一身月白裘衣的荆楚手中怕冷地捧了个紫金暖炉,不过和君玮一般的年纪。看到走到近前的我,不知为什么显出愣怔神色,不确定道:"君姑娘?"

我笑了笑:"君拂为何而来,想必信中所述,荆公子已十分明白。公子想要得到一双巧手,而君拂想要得到一把好剑。"我微微仰头看着他:"不知公子可否愿同君拂,以物易物呢?"

他摩挲着手中的暖炉,目光落在我抱琴的双手上,唇角掀起一个笑:"在下听闻,当今天下于乐理上造诣最高的是陈国的世子苏誉,琴技最好的却是卫国的公主叶蓁。文昌公主能在一曲之间变换十二套指法而不错一个音,在在下看来,那才当得起一双巧手,今次君姑娘想同在下以物易物,却不知君姑娘的这双手,配不配易家父所铸的这把剑呢?"

他说的应是我十五岁时的事。楼国一个乐师不知从哪里得知惠一师父是个礼乐高人,执意要同他一较高下,师父一向觉得自己不是红尘中人,基本上从不接这种帖子。

但这个人很执着,即便被师父再三拒绝也不放弃,在宗里白吃白喝了很多天,搞得师父很烦,却怕开了先例之后找他比试的人源源不断,想来想去把我推出去应战。但老实说虽然我自小学琴,但开始认真只是在同慕言相遇之后,还不到一年,着实只能算个一般的高人,为了让我一开场就唬住对方,师父才临时教了我一堆花架子。

一曲之间变换十二套指法只是雕虫小技,到十七岁我辞世之时,已能在极短的一曲间变换二十四套指法而仍行云流水、弹奏自如。

但这些都是师父不提倡的,他认为大音而希声,大形而无形,礼乐之事,最高明的并非变换多少套繁复指法,而是靠最简单的一套指法能奏得百花盛开、百鸟朝凤、百川归海。虽然这种境界他一辈子也没有达到,我也是。

荆楚一瞬不瞬盯着我,似乎在等着我知难而退。我环视了下四周,银的月、寂寥的夜、雪白的梨花、微微摇曳的烛火,冰冷的石浮屠透着禅意的幽冷。

这氛围真是太适合弹琴,摘掉布帛,抱琴席地而座,低头可见白色的衣裙同地上的梨花融为一体,最后一曲能在这么一个美丽的地方弹奏起来,换个角度讲,也是一种运气。

荆楚从木廊上下来,缓缓走近我:"君姑娘对自己这双手,倒是很有自信呢。若真是一双敌得过文昌公主的妙手,在下自当把铸缕剑双手奉上,但倘若不是,君姑娘又将如何呢?"

我低着头试音:"怕不是我将如何,而是荆公子将如何吧?"

他笑了一声:"君姑娘若是愿意留下来做在下一年的乐婢,那……"

还是头一回听到有人想要我做他的侍婢,感觉挺新鲜,我低着头继续试音:"荆公子觉得,一个国家,只要城池繁华便是富强了?一个客栈,只要装饰豪华便是一流了?一个女子,只要生得一副好皮囊便是美丽了?倘若点头,你也觉得很可笑吧?那为什么会以为,一个琴师,只要懂得变换繁复指法便是琴技高超了?"

拨起第一个琴音,抬头正对上他不知何意的眼神,我补充道:"这么说并非为自己找台阶下,只是觉得,应当矫正一下荆公子的观点罢了。"

手指贴着琴弦游走,蚕丝弦似是主动贴上来缠绕手指,那是师父曾经教过我的指法,许久未曾用过,但正如师父所说,虽然学的时候痛苦了点儿,却是件像骑马一样一旦会了就永远不会再忘记的事。

琴音似水流淌,与月色混为一体。师父曾说,真正奏得一首好曲子,并不是耳中听到多么美妙的乐声,而应是眼前出现多么美妙的图景。

我的眼前本就是一幅好图景,自以为没什么空间再来锦上添花了,恍一抬头,却瞧见视野中出现绝不可能出现之人……再抬眼,却不见他身影。

真是傻,本来就是没什么可想的一件事,除了幻觉,还能是什么呢?

一曲毕,几瓣梨花随风飘落,三步开外的荆楚一脸复杂地看着我。视线相接之时,抬手鼓起掌来。梨花落在我裙面上,他缓声道:"请容在下冒昧一问,君姑娘既是有这样的一双手,为何不好好珍惜,反而用它来换一柄无用的黑铁?"

若是寻常时候,我也没可能只因慕言喜欢铸缕便用双手去交换,可我,不是快死了嘛……这是特殊时期。

为何不好好珍惜这双手，不是不珍惜，是不得已而为之，为了不让最初的计划功亏一篑，但没有向他解释的必要。

我边将桐木琴重新笼进布帛，边轻声道："那不是什么无用的黑铁，我喜欢的那个人，他很想得到那柄剑。偶尔，我也想让他开心。"

收好琴具，我站起来看着他："颖川荆家一向重诺，想必荆公子已将铸绫准备好了吧？"

但他却没有回答，只是望着我的身后。我好奇地随着他的视线回头，差点将桐木琴一把摔在地上。

慕言就站在离我不到三尺的地方，身旁的梨树似积了层层细雪，饱满得一碰就会掉下来。

而他一袭水蓝锦衣，立在梨树之下，像清月夜里来赴某位佳人的幽约，脸上却毫无表情，冷冷地看着我："你觉得，那样我会开心？"

他踏过遍地梨花，走到我面前，居高临下望着我，漆黑的眼睛里没有半点温度，平静地重复道："你觉得，用你的双手换来铸绫剑，我会开心？"

他是在生气，他一定是在生气。我不知道他会来，或者他会来得这么早，在最初的计划里，他是会被我感动，可现在这样说早不早说晚不晚……看清他眼中的嘲讽轻视，突然觉得长久以来支撑自己的东西一一迅速流失，无力地退后一步靠在石浮屠上："我幻想能够养着你，能够保护你，可你太强大了，这些地方一点也用不着我。我只是想让你开心，这是我唯一能做到的事，可让你开心也这么不容易。或许我逼得你太急，让你无论如何都只是讨厌我。你以前……"我捂住眼睛，"你以前明明不是这样的啊。"

他将我捂着眼睛的手拿开，皱眉看着我："我认识的那个小姑娘，也不是你今日这样，君拂，身体发肤，受之父母，若你这样不自爱，又怎能要求别人来喜欢你？"

我觉得自己笑了一下，又觉得是要哭出来，最后只能抬头深呼吸："你什么都不知道。"

是的，他什么都不知道。

勉强挣开，却被荆楚缓步挡住："君姑娘留步，书信之中我们契约已定，铸绫剑也已备好，却不知姑娘打算何时履约呢？"

事实上方才能挣开慕言，因他根本没怎么认真。而此时，被他握住手臂带到身后，那样大的力气，半点动弹不得。

听到他同荆楚说话，仍是淡淡的没什么情绪的调子："倒不知荆公子是凭什么觉得，令尊所铸的这把剑，够资格换君姑娘的一双手。"

荆楚咳嗽道："不管有没有资格，契约便是契约，难不成公子想做毁约之事？"

他笑了一声:"要么由在下赢回那纸契约,要么由在下抢回那纸契约,荆公子随便选一个吧。"

从前我就晓得他有时候会比较无赖,比如欺负我的时候,却没想到这种时候也能耍无赖。

荆楚大约是为了给自己找台阶下,选了前者,琴棋书画样样皆比,结果输得无比凄惨。我觉得大约只有比女红他会比慕言略胜一筹。

但今晚的坏心情并没有因为荆楚比我更加倒霉而好上一些。我终究还是个有底线的人。

心中暗暗决定不再搭理慕言,不是意气用事,只是暂时不想理他,他说的那些话就像刀子,就算皮糙肉厚也会受伤,何况我还属于天生比较细嫩点的。

可一同回客栈,他却主动来找我说话:"想让我开心,不需要做那么疯狂的事情,你可以像今天晚上弹琴给荆楚那样弹给我听。"

我顿了顿:"你听到了?"

他走在前面,月光拉出一道颀长的影子,地上的影子停了一会儿:"我看到了。一曲变换二十四套指法而不错一个音,暂不论琴音,只是欣赏指法,也很难得。"

我咬了咬嘴唇:"可是你也会。你是不是觉得今天晚上和我讲的话太过分,所以想起来觉得应该哄一下我?"

他摇了摇头,似乎看着别处:"你弹给我看和我弹给自己看,那不一样,阿拂。"

我看着天上的月亮:"可是,要我弹给你多少次,你才会喜欢我呢?我想让你立刻觉得感动,立刻喜欢上我,即便是因愧疚而喜欢,我也不在乎。"

他停下脚步,回过头来,目光复杂地看了我一眼,良久,缓声道:"你还是太小了。"

这个夜晚就在这样语焉不详的一句话中结束。第二天我跑去问君玮,一个男人对一个女人说你还是太小了是什么意思,结果他看我半天:"其实我说,你还不算是个女人吧,顶多是个女孩,不,女孩都说不上,前面还要加个小字才符合实际情况。"

他被我握紧拳头揍了一顿。但是我想,慕言那句话的确是那个意思,他觉得我太小了,是觉得我不够妩媚成熟。

怎样才算是妩媚成熟,我不是不懂。假如他更喜欢那样的姑娘,我会努力变得那样。为爱失去自我要不得,我不是不明白,譬如莺哥,不会有什么好下场。但他们有足够的时间,我是没有时间了。

只要能够达到预定的目的,无论什么样的方法都可以一试。只是这一次,让慕言喜欢上我真是太难。这也怪不得他,他本来就是个慢热的人。

虽然被我那么一闹,害得慕言和荆家结下不小的梁子,可两天后的试剑会也没见他有不去参加的迹象。

才反应过来,他其实不一定是为了那把剑,不该公仪斐说什么我就信什么。人比剑重要,试剑会需破铸剑庐的七星剑阵,正是剑客们各展所能之时,说不定他的主要目的只是去看看有没有什么可网罗之人。这才符合他一贯作风。

白天慕言和公仪斐基本不在客栈,君玮帮我去颖川最大的一座青楼找来最红的清倌,说是让她教导我所谓妩媚女子的风情,真是亏他想得出来,但这却不失为一个速成的好办法。

从小我就很会模仿,战果可见宋凝,可见慕容安。因要去代替一个人,不仅需用人皮面具做出那人的模样,更要自眉眼间生出那人的情态,行止间描绘那人的风姿。君玮请来的这个女子,她的一颦一笑我都记在心间。

如何将万千言语凝于淡淡一瞥,如何用兰花指且轻且缓托起茶盏,又如何将团扇扇面似掩非掩挡在唇前。学了一天,几乎将她的每个姿态都成功复制下来,令君玮赞不绝口,我却始终觉得不大对劲。

直到这位花魁帮我画完一个精致又浓重的妆容,才猛然发现问题所在,待君玮将她送走,我捂着头道:"今天一天白学了,你也勉强算个男人,有没发现那些姿态固然妩媚,风尘味却十足,慕言他一定一眼看出来我是打哪里学来,到时候八成要挨打……"

君玮愤怒道:"什么叫我也勉强算个男人啊?"吼完看我半天,他也有点泄气:"你这么一说,倒的确是,可既要妩媚又要端庄,这太有难度了……"突然眼睛一亮:"你母亲当年不是被称为整个卫宫最有仪态风姿的夫人吗?她的一举一动,你应该还记得吧?"

我呆了呆:"哈?"

君玮继续道:"你母亲如何对你父亲,你便如何对慕言,这其实再简单不过了啊,真是可惜了,今天花这么多钱……"

我想了想:"那你要负责帮我看模仿得像不像。"

君玮不知道的是,我对母亲的印象其实十分浅。王族亲情本就漠然,况且我自小不长在她身边。

自从十六岁回到卫宫,与她见面的次数也是屈指可数。印象中,母亲永远妆容精致。父王的夫人们能歌善舞者众,母亲却很不同,尤擅鉴酒。

有一次父亲带来一坛臣子上供的好酒令母亲品鉴,我见过她执杯的模样,十分迷人。

杯子和酒都是现成的,窗外月色朦胧,我握着白瓷杯比了半天,君玮拿了根针在一旁兴致勃勃地挑灯芯。

侧头正看到右手举起投在墙上的影子，就像僧侣供奉的净瓶。想起小时候师父不许我们下山看皮影戏，我和君玮干脆自己找了蜡烛和幕布，用手指比作鸟兽的模样投在幕布上自娱自乐。用手肘推了推他，仰头示意他看墙壁上那个像净瓶一样的影子。他看了半响，忽然从我手中将原本握住的杯子抽走，自己也伸出一只手来，比出一只小耗子的模样，十分勇猛地扑进我比出的大肚缸中。我手一松，耗子立刻栽了个跟头。

君玮气恼道："好歹让我把耗子偷油演完。"

我扬了扬手指："我明明比大肚缸比了那么久了，是你自己没有抓住时机啊，该我了，该我了，快比个兔子出来，这下是要演兔子打架。"

君玮皱眉："那个太难了，我从小就不会比兔子，孔雀也很好啊，一只雄孔雀一只雌孔雀……"

我点点头："好吧那就两只雄孔雀抢地盘，你先保持不动，等我过去啄你。"

孔雀喙刚挨下去，君玮厉声："……喂，你指甲那么长还那么用力，我是和你有仇啊！"

我吓了一跳："你也可以啄回来啊！那么大声做什么？"

三声敲门声响，还来不及反应，房门已被推开。慕言抱着手，面无表情靠在门旁看着我们。君玮的手僵在半空中，还保持着那个可笑的姿势，我也是。灯花毫无征兆地毕剥一声，君玮收回手理了理袖子，低声道："你们慢聊。"起身时用唇语示意我：有事大声点，我就在隔壁。

君玮前脚刚走，慕言后脚便将门锁上，慢悠悠踱步过来，坐到我身旁，随手翻开一只茶杯，瞟了眼方才小二拿进来的酒杯和酒壶，却什么话也没说。

可越是这样沉默越是令人忐忑，我觉得必须解释一下，斟酌开口道："君玮是我哥哥，我们小时候就经常一起这样玩儿的。"

他倒茶的动作停下来："你有三个哥哥，叶霁、叶祺、叶熙，我却不知你还有个哥哥叫君玮。"

心底猛地一惊，但只是瞬间，想来也是，他怎么会让来历不明的女子跟在身边。但看着他的神情，却不是要和我闲话家常，我咽了口唾沫："是从小陪我一起长大的玩伴，就像哥哥一样的。"

他手中转着瓷杯："哦？原来是青梅竹马的玩伴。"

我顿时紧张，头摇得像拨浪鼓："我们没有什么的。"

他竟是笑了一下，淡淡道："冷月，醇酒，两小无猜，烛下对饮。"随意扫了我一眼，"今日这一番盛妆……"

背后的冷汗已将内衫打湿，戏文中多少不可解的误会都是由此而始，我急急打断他的话："你是不是觉得不好看，那我马上去洗掉。"

话罢找来铜盆，蘸了水的毛巾正要往脸上揩拭，却听到他在身后冷冷道："其实也没什么分别。"

心底一凉，我勉强笑了笑，转身问他："那我到底是洗掉还是不洗掉啊？"

他仍是端详着手中的瓷杯："和我又有什么关系？"

看到铜镜里自己的脸，我轻声问他："慕言，你到底喜欢什么样子的？"

话刚出口，眼泪止不住地就往下掉。我在他面前哭过那么多次，已经无所谓丢不丢脸，只是那时我知道他会心疼，有时候其实是故意哭给他看，今次却是不能。

拿袖子揩了揩眼睛，我抬手去拨门闩，抑住哭腔平静道："不是什么好茶，慕公子慢用，我还有事，先出去一趟……"

话未完握着门闩的手却被另一只手覆住，他的声音从头顶传来，像是压抑着极大的怒气："这么晚了，你还有什么事需要出去？"

既不给我好脸色看，又不准我出门透气，我觉得有点要崩溃了，回身使出吃奶的力气挣扎．"你喜欢什么样子的？你到底喜欢什么样子的？"

可能被我的样子吓到，他一向沉着的脸色竟现出惊慌，使劲抓住我奋力挣扎的手，但手被禁锢住还可以用脚踢，这一刻我的灵敏让他很是挫败，干脆一把搂住我将我紧紧抵在门背后："你怎么了，冷静点。"

怎么冷静，我已经冷静太久，连君玮都觉得我有时候太过，太没有自尊。他不是说我像个小孩子？

反正我就是个小孩子，像小孩子一样闹脾气也没什么。这一刻和他搂在一起让我如此难受，可他还敢在我耳边让我不要胡闹。

从来不知道自己有这么大的力气，他有这么大的力气，我更用力地挣扎抵抗："反正我做什么你都生气，看到我你就觉得很心烦是不是，不如眼不见为净，我已经很累了啊，你让我离开静一下也不行吗？你怎么这么惹人厌啊，说不定我想通了就不会缠着你了，我，我……"

突然地，整个屋子就安静下来，唇上柔软的触感让人一时间放弃所有反抗，而那触感还在不断加深，竟让人有温柔缠绵的错觉。良久，我听到自己的声音："你在，做什么？"

他的唇就贴在我耳郭："在嫉妒。"

我止住呜咽，愣道："什么？"

他离开我一些，抬手帮我擦眼泪："不闹了？"

我躲开他："刚刚那句话，你再说一遍。"

他静静看着我："我在嫉妒。"

我睁大眼睛盯着他，搞不懂情势怎么突然就这样急转，只觉得天底下再没有比这更离奇的事了："你说……你说你在嫉妒？可怎么会？你……你不是不喜欢我，觉得我很烦吗？况且都说了我只是在和君玮闹着玩儿啊。"

他抚着额角叹了口气："我什么时候说过不喜欢你，觉得你很烦？"

我想了想，他好像的确是没有这么直白地说出来过，但还是立刻找到反驳的话："可你也没有说过喜欢我。"

他看起来像是要把我一把捏死："你的神经到底是有多粗，我喜不喜欢你，你感觉不到吗？"

我往后退了一步："感……感觉不太到……"

他揉了揉额角："算了。"手放下来时语声却变得严厉："可这么大的人了，专门跑去找别人闹着玩儿这种事，你觉得合适吗？要闹着玩儿怎么不来找我？"

我委屈道："才没有专门跑去找君玮玩儿，今天本来是请了人来教我成年女子的风姿礼仪，但是她没有教好，我就和君玮商量要模仿练习我母亲平素的仪态。你不是就喜欢那样的女孩子吗？"

毛巾放在一旁，帮我擦脸的手顿了一下："……谁说我喜欢那样的女孩子？"

我瞪着他："你说的啊，你说我还是太小了！"

他的手指再次抚上额角："那句话不是那样理解的。"

我斜眼看他："那是怎么理解的？"

他沉默了一会儿，突然一把将我抱起来："好了，今天折腾了一天，你也哭得很累了，早点睡觉。"话罢将我放在床上，还掖好被角。被这么一通抢白，我也忘了自己刚才是在说什么。

看他起身就要走，赶紧拉住他衣襟："那你要留下来陪着我，不然我睡不着。"

他居高临下看着我："你不是说我很惹人厌吗？"

"谁说……"我将头偏向一边，"也不是说不惹人厌，那你走吧。"

他笑了一声，却躺下来隔着被子抱住我："口是心非。"

我转头看着他近在咫尺的眉眼，认真道："我睡着了你就可以走了，我想和你多待一会儿啊。"

窗外的月光照进来，心里像是一块大石头落了地。终于，终于还是做到了。他的侧影笼在月光中，原来倘若在殉国之前遇到，我们俩会是这样。

察觉到我的视线，他笑了笑，手指抚上我眼睑，帮我合上眼睛，温热的唇在我额头上轻轻一点，似春风呢喃："睡吧。"

最后一句话，我想要他这么对我说，在我耳边轻轻一声，阿拂，睡吧，我就可以满足地睡过去再不醒来。

第二天一大早睁开眼睛，看到慕言仍在我床前，微微撑着额头。我有点分不清这到底是现实还是梦境，有微光照进来，却不像是日光，恍惚半天，才看到那是一支红烛，这么说还没到第二天。

　　本能地动了动手，抬眼时看到慕言冷静的眸子，我揉揉眼睛："这是几时了？为什么不回去睡觉？我睡着你就可以离开了呀。"又握了握他的手："还是你一直都睡不着？"

　　他却没有回握，看着我的目光复杂难解。

　　我愣了愣："怎么了？"

　　他伸手拨开我额前乱发，就那么一瞬不瞬地望着我："你还要骗我多久呢，阿拂？"

　　我握紧指下被褥："什么？"

　　他缓缓道："这只是一个梦境罢？你为我织出这样一个梦，跑到我的梦里来，是想将我关在这里？这就是你想要我立刻爱上你的原因？用一个虚假的你，将我永远束缚在这个地方？是吗？"

　　胸口顿时一阵狂跳，一定是还没睡醒，快点醒来，要快点醒来。闭上眼睛又睁开，不行，再闭上再睁开，还是不行。他却握住我的手，强迫我面对："阿拂，是这样的吗？"

　　我拼命摇头，气喘吁吁地反驳："不对，不对。这不是什么梦境，我在这里，我真真切切地在这里，慕言，看着我，我是真实的呀。"

　　他看着我："在你睡着以后，我想到很多，而那些不明白的，我去问了君珏。你说得对，你是真的。"他顿了顿："我却是假的。"

　　冷汗渐渐渗出额头，我磕磕巴巴道："这……这不可能的，没有人可以，从来没有过，你……你怎么会看穿，不，你是骗我的……"

　　他打断我的话，眸色里俱是沉痛："从前你对我说，心魔的名字叫求而不得，每个人都有自己的心魔。我看着你，那些不该属于此时的我的记忆像锥子刺进颅骨。你想用虚假将我束缚住，你以为世间无人可看透华胥幻境，阿拂，那只是你以为罢了。"

　　我抬头看他，终是平静下来："你究竟，知道了多少？"

　　烛火微暗，他轻声道："全部。足以让我走出你为我编织的这个梦境。"

　　室内陡起狂风，红烛在风中敛去最后一个火星，远方似有马蹄踏碎枯叶之声，但我知道不是，那是梦境在崩溃。

　　看不到慕言在哪里，手中握住的锦被在指间消融，脑中一片眩晕，忽然感到一阵极刺目的光线。费力睁开眼睛，随呼吸和嗅觉消失而看到的，却是不知多少列银白的冰凌，这是陈宫的冰窖。苏仪瞪大眼睛看着从天而降的我和君玮，外带还在打瞌睡的小黄，吃惊得说不出话来，好半响才道："才五更天，这些蜡烛也只燃了一半，难道……"

伸出指尖，触到琴面上齐齐断掉的琴弦，我点头道："你猜得没错，失败了。"

可胸中的鲛珠居然没有如我想象那样粉碎殆尽，这却是始料未及，大约是从来没有人走出过子午华胥调织出的幻境，所以没有人知道走出来后意味着什么。也许我还能在现实中继续活上两个多月？

苏仪轻"啊"了一声，又赶紧捂住嘴："那么哥哥他……"

寒意顺着指尖一点一点深入肌理，我紧了紧身上的狐裘："他会醒来，梦中的那些事，他应该不会记得，算了，就当我没有为他织过那样的一个梦，该如何还是如何吧。"

一直未曾开口的君玮哑声道："我并不想告诉他，可他，已猜得差不了多少。"

我摇摇头："不是你的错。"

他收起断弦的桐木琴："还有两个月，你不愿同他一起？"

我蹲下来将小黄摇醒，沉默许久，还是道："他不知道我还活在这世上，与其给他失而复得的希望再让他绝望，不如这样就好……"

不知什么东西坠下来，背后一声轻响。熟悉的脚步声响起，全身蓦然僵硬，想着怎会如此，可眼前光滑如同镜子一般的冰面上，却清晰地映出慕言的影子。未束的发、雪白的丝袍、随意披在肩上的外裳："你说，不如怎样？"

苏仪比了个手势和君玮默然离开，小黄像是不想走，被君玮拖了出去。而我愣愣看着慕言，他浓黑的眉、挺拔的鼻梁、凉薄的唇，这难得好看的一张脸，映在光裸的冰面上却像是陡生了一层冷意。

我以为晚宴上那一眼会是尘世中我最后一次见他，没想到还有机会，本来应该高兴的，可更浓重哀伤的情绪漫过头顶……单手捂住眼睛，不如怎样？慕言，如果你是我，你当知我此刻心情。

听到冰碴的碎响。

他从身后抱住我。极用力的一个拥抱，整个身体都被他双手锁住，越拥越紧，像是要融入骨血。松开捂住眼睛的右手，平滑的冰面上，看到他闭了双眼，发丝随着丝袍倾下，彼此脸颊相贴，脸上毫无表情，眼下却渗出……一滴泪。我不能言语，感到身体的轻颤，许久，哑声道："那个梦，你还记得？你怎么知道我在这里？"

他将我转过来，握住我冻得发白的手指："在梦里，你的手一直很凉，醒来时我想你会在这里……"

我急急打断他的话："你都记得？"

他看着我："只是一些。"将我搂进怀里："君玮对我说，你想用那个梦让我忘记你。这真的是你心中所想？"

我张了张口，却不能发出声音，将头更深地埋进他胸膛，终于哽咽出声："不想的，我一点也不想。可你那么难过，子午华胥调不是什么好办法，但它能让你忘记我，以后你就会幸福得多，我也可以很安心。"

他的手放在我头顶："忘记你的话，那个人会只是苏誉，不再是慕言。如果我已经不再是我，你觉得我要如何才是幸福，你又要如何才是安心？"

我怎么知道，那时候我已经不在人世了，他总是喜欢出这些难题，可没有一个我能够解答。我抽了抽鼻子："可是，你知道吧，我们只有两个月了。你为什么不能当只是做了一个梦，为什么还要过来找我呢？"

他的身子顿然一僵，抚弄我头发的手也停下来。我不知道他会有这样大的反应，我以为他来找我，他什么都想开了。

半天，我轻声道："可这就是现实，你还是没有办法接受吗？"

像是等待一树花开那么久，他沙哑道："有时候我会分不清现实，到底是不是用这一只手，握着剑刺中了你。是我杀了你。两次，一次逼你跳下卫国的城墙，一次……"

我用力抱住他："不是你的错。有时候我会很恨命运，是它让我们阴差阳错，有时候又很感激它，没有它法外开恩我就遇不到你。所以最后也分不清是恨它多还是感激它多。我本来觉得将错就错让你忘掉我会好一些，可是，你觉得我做错了。那么我想和你在一起，我们可以留下一些好的回忆，就算两个月后……"

身子一轻，已被他打横抱起，是那样沉着的让人一听就会安心的嗓音："不会只有两个月。我会找到办法。"不知道是在安慰我，还是在安慰他自己。顿了顿，却又补充道："你把回忆看得太重要。可对于我来说，现在的事和未来的事远比过去重要。现在你还活着，没有比这更好、更要紧的事。我会找到办法，虽然你总是不肯信我。"

我本能反驳："我没有不相信你。"只是话刚出口就觉得虚伪。

我的确不相信他，若是相信，就不会在半刻前还一心想着躲开他，还觉得那是为他好。因我从未想过他能找到什么办法，我只是很认命。其实就连现在我也不信他会找到办法，但是他走出了华胥幻境，找到了我。他不喜欢我为他做出的选择，于是重新为自己做了一个选择。

我打起精神来，伸手搂住他的脖子："你要带我去哪里？"

他柔声道："回去睡觉，你不累吗？"

我摇摇头："还好了，那个梦你到底还记得多少？有没有记得我给你做饭，还有我们去荆家求剑。对了，你还吃醋来着，记不记得？"

"……不记得。"

我认真提醒他："你吃君玮的醋，明明我化了那么好看的妆，你以为是画给君玮看的，就暗示我说那个妆一点也不好看。"

"……不记得。"

我更加认真地提醒他："你还嫉妒我和君玮玩皮影戏，说我要闹着玩儿也不该去找君玮，应该……"

他无奈打断我的话："好了我记得了，你不用再说了……"

但我的兴致已经被彻底勾上来："而且你对我一点也不好，那时候好冷酷，说什么身体发肤受之父母，还说我不自爱也不会有别人来喜欢我，真是太过分了。"

"……好吧，我真是太过分了。"

天边下弦月弯弯，这是破晓前的残夜，风中传来最后几只秋虫的啾鸣，庭院里一些花开、一些花谢。这长长的一段路，回想起那些似乎很遥远的岁月，还有那些美好的旧时节。身后月光遍地，不知道多年以后，我和他的故事史书将会如何书写。而这样无忧无虑彼此开心斗嘴的日子，又还能有多久呢？

尾声

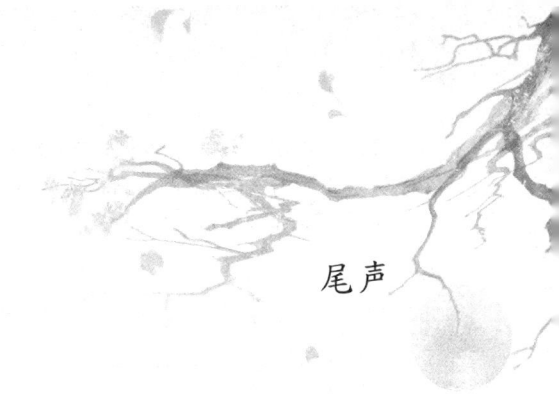

这样窝在他怀里，同他家长里短一般谈论这些天下大事，倘若我能同他白头到老，我们一辈子都该是如此，我可以这样做好他的妻子。

一日一日，感到身体疲惫乏力，随着另一半鲛珠的裂纹加深，生命的流逝也变得快速起来。过去只是没有呼吸、嗅觉、味觉和痛感，但近来连触感都不太灵敏。

我没有寄望会有奇迹发生，可每日醒来，首先浮入脑海的画面就是胸中残破的珠子，几乎可以辨别哪些是新增的裂纹，这真是一种折磨。

这些事我没有告诉慕言，但我想他其实很清楚，只是在我面前装作就算天塌下来也不会如何，仿佛只要有他在，一切都可以安心。

"若你要做一件事，自己都不相信自己会做到，又如何能做到？"这是很久以前他说过的话。和他在一起，我学到了许多，这是其中之一，可有些事，不是我们相信便能做到的。

但我宁愿他看到我是全心全意信任着他的，看到我安心得没有丝毫犹豫。

自慕言找到我那一日，陈宫里开始出入许多秘术士，我知道他们受邀前来是为了什么。苏仪兴奋地告诉我，说这些术师中不乏凝聚精神游丝的高手，我晓得她的潜台词，但被华胥引禁锢过的精神游丝是无法凝聚成魅的，这一点慕言他也清楚。

从前他切切嘱咐我，让我在他找到办法之前努力活着，现在想来，其实说出那些话时，他便已知道我是个死人，所谓找到办法，是想尽量恢复我那些或失掉或衰退的感官吧。

回想那时，能够有那样的愿望真是奢侈，如今，连保持这个活死人的模样继续存在于世间，都变成一件困难无望的事了。

不多的时光里，我们像双生的影子。但有时他会去找那些秘术士议事，这种时刻就不会带着我，可能因为唯一要议的事是我的生死。

但我没有他想象中那样循规蹈矩，曾经偷偷去书房的外室听过一次。和别的议事也没有什么不同，都是先由与会者挨个发言，汇报近期研究成果，然后自由议论，说白了就是彼此揭彼此的短，论证那些方法毫无实施的可能性。

但我听壁角的这一次，发展到最后却大吵起来，这一点倒是出人意料。而所有争吵最终归结于一声杯子碎响，配合着杯子落地响起的是慕言淡淡嗓音："手滑了。"

内室噤若寒蝉，他问得认真："若是将孤的寿命分给王后呢？诸位可有谁能做到？"

那次后，我再也不愿去听他们议事。世人所谓一句一伤，有时候我们伤心并不是因为那些话不好，而是不能承受。

从前我并不需要睡眠，想睡的时候就睡睡，一直不睡也可以，因鲛珠能将睡意都净化。但近来睡意越来越浓，看来鲛珠已逐渐失去某些方面的功能。

而慕言也开始有个毛病，半夜时总要将我叫醒，让我说几句话给他听，才会继续放我睡。有几次被叫醒时脑袋不算迷糊，听到他唤我的声音不稳，而明明两人相拥还盖了很厚的被子，抱着我的手却是冰冷的。

刚开始不知道为什么，后来才明白，他是在害怕，害怕我睡着睡着，就永远地睡下去了。每日每夜，他都在担惊受怕，白日里却半点也没让我看出来。

时入冬月，听说赵姜两国战事愈演愈烈。赵国此次引火烧身，战火一路烧进自家大门，军士们虽上下一心奋勇顽抗，但终究和姜国国力悬殊，败退得很是凄惨。可姜国明显不懂见好就收，大有一路攻入赵都之势。而事情进展到这一步，慕言也差不多打算要出手了。

这果然是他的一张网。天子赐他显卿之名，令他为己分忧。这次的出兵连名目都是现成的——"诸侯失和，代天子调停"。插手这场战事，按道理来说大晁除了天子外也就他最合适，天子没有那个能力插手，在天下人看来，他便是最该出手之人。陈国虽民风开放，却同卫国一样，一向有女子不言政的朝俗。

但床笫之间，慕言一般是把这些事当睡前故事讲给我听，以此哄我入睡。他喜欢把我当小孩子，从前我不懂，那是他爱一个人的方式。而所有的一切行将结束，我唯一好奇的只是这场局最初的那个棋子——秦紫烟的去向，因这件事着实难以推测，即便听了那么多睡前故事，仍是无解。打了许久腹稿向慕言问起，他却不当一回事似的："若是还活着的话，应是在赵国罢。"

我觉得犯糊涂，他耐心解释："私下会盟赵国那次，你觉得如何才能让赵王完全信服姜国的嫁祸之举？"

我不假思索："靠你的演技！"

他露出不想继续将这个话题进行下去的表情："……我们还是早点睡吧。"被纠缠许久，才咎啬地吐出两个字："人证。"秦紫烟是人证，这就是那时他一直寻找她的原因，也是为什么最后她会留在赵国的原因。

这样窝在他怀里，同他家长里短一般谈论这些天下大事，倘若我能同他白头到老,我们一辈子都该如此,我可以这样做好他的妻子。

从前我就一直幻想着有一天能够成为他的支撑,当他要做出一个英明决断,我会陪着他打开一个足够宽广的视野。如果能活得足够久,再努力一点的话,我想我也可以做到。但每次一想到这些,心底就有个声音安静提醒我,你可看到背后笼罩着的那层阴影?那层分别和死亡的阴影?

十一月,几场霜降之后,城外白梅盛放。我希望时光能流逝得像日影一样缓慢,关于分别之事已不做多想,慕言眼中的疲惫也是日日愈盛,他以为瞒得我很好,我也就假装不晓得。

但真不知道是不是绝处更易逢生,就在我已经打心底里放弃那些不切实际的期望时,新请来的秘术士却带来祈盼多时的好消息:世间也许还存有另一颗封印了华胥引的鲛珠。

照他的理论,人世无独物,万事万物都讲究相生,这是造物法则。上古最初,不管华胥引是被自然之力封入还是被人为封入,都不会违背造物法则,那么九州之上,必定还存在着另外一颗沧海遗珠。

但世人多半不知它所蕴含的强大力量,可能让它蒙尘已久,或者只是当作可供玩赏之物。

无意说那是上天垂怜,因不知这是不是命运开的另一个玩笑。负责任地讲,它实在太喜欢和我开玩笑。但不管怎样,慕言开始在整个九州大陆寻找那颗传说中的珠子的下落,尽管没有人知道它是否真的存在。

我这一生,似乎好运气还没有用尽。

七日之后,君师父来陈宫探视我,竟真的带来消息,说姜国的宗祠里正供奉着一颗明珠,传说是上古遗留之物,而那珠子,也确然是一颗鲛珠。

冬月十二,陈国遣兵围姜救赵,慕言亲征姜国。这一次亲自出征,我知他意在何处。

出征的前夜,红烛之下,他在我额际伤处画下一枝白梅。铜镜中,那浅浅花痕贴着鬓角长出,端丽又明艳,很是好看。我不知他用意为何,良久听到他道:"原本是想给你画眉,但你的眉本就长得漂亮,不用我画已经很好。"

原来是这样,他虽不喜欢我将回忆看得太重,但这些寻常夫妻常做的闺阁之事,他也想给我留下一些回忆。

他以手支颐,含笑端详我:"画得好不好?"

我点头煞有介事地点评:"嗯,一枝白梅出墙来,从此君王不早朝。"看到他抬起眼帘,微微眯了眼,赶紧退到床角:"我说着玩儿的,你你你,你先不要过来。"

他靠近一步:"过来会怎样?"

我继续往后退:"那你要答应我不会做什么过分的事。"

他笑笑:"你觉得可能吗?"

"……"

翌日慕言出征,正是冷风干裂,我站在宫城上看着他,却没有送他出城门。他答应我会很快回来,那么这就不是一场分别。

或者即便在他未归之时我先一步离世,也会努力让自己去往他的身边。书信每一日如鸿雁飞来,皆是他的字迹,那么他就还是平安。我的体力却渐渐不支,近日发现,连听觉都不甚灵敏。捷报传来那一日,昊城下了入冬的第一场雪。飞扬的初雪似朵朵白梅,盛开在王城的半空,落到指尖,微有冷意。

冬月二十七,大雪纷飞,我盛装立在昊城的城墙之上,等待慕言凯旋。额际如他出征前夜,绘了白梅做饰,柔软狐裘之下,水蓝长裙迤逦曳地七尺。

高高的城墙之下,看到臣子们分作两列,立在石道之侧,而城外白梅似有凌云之意,雪中开得更盛,光是想象,已能闻到弥漫的冷香。

执夙在一旁扶着我,一直试图哄我回去:"陛下的圣驾要未时才能到城郊,此时方过巳时,又下了这样大的雪……"

我摇摇头:"他会提早回来的。"

执夙不相信,却拿我没有办法。

巳时末刻,像是从极遥远的地方传来,凯旋之音落入耳际,伴着严整的行军之声,我轻声问执夙:"你听到了吗?"

未等到她的回答,却看到石道尽头一匹奔马急速而来。天地间似乎再没有其他声音,唯有渐近的马蹄声敲在心口,熟悉的身影出现在眼底,我一把推开扶我的执夙,提着裙子冲下城楼。曳地的裙裾舞在风中,我看到他翻身下马,遥遥向我张开手臂。那一刹那,似乎有一线光透过灰色的云层,连那些厚重的鹅毛雪也变成六棱的冰花,轻盈透明起来。我扑进他的怀中,冰冷的铠甲掠过手指,禁不住让人打一个寒战,但看着他,那微微瘦削的好看眉眼却含着安心的笑,眼睛里倒映出我的影子。

我想用手去触摸他的脸,最后只是停在眉间:"我会煲燕窝粥了,回家做给你吃。"

他的唇缓缓勾起,握着我的手轻轻贴在他脸上:"真的能吃吗?"

(全文终)

【番外 棋子戏】

直到顺利混入陈宫，我也不知道这一趟犯险究竟值不值得。

自由就在身后，退一步便海阔天空。可出逃赵国的途中，偶然听到苏誉的事，自以为死水一片微澜不起的心间，再一次不得安宁。

自尊令我不能承认千里迢迢赶来昊城是想再见他一面，但藏在假山一隅，眼底终于出现他自纷扰落花间缓步行来的身影时，一颗心却极不争气地狠狠跳动。

暖日融融，我看到他玄色常服的身影微微错开，露出一段水红色衣袖，女孩子稚气未脱的嗓音响起："这些花落在地上多可惜啊，不然收拾一下我给你做个干花枕头吧。"

他偏头看她："哦？你居然还会绣枕头？"

女孩子不服气地仰头："我会的东西很多啊！小仪都说我能干得不得了！只有你才会觉得我什么都不会！"

他笑道："那能干的苏夫人，你说说看，干花枕头该怎么做？"

水红长裙的女孩子却有些气短地低了头："就……就执夙把枕头准备好，我把干花塞进去就行了啊……"

他笑出声来："哦，那还真是能干呢。"

女孩子气恼地别开头，恨恨道："等会儿给你的莲子羹里加砒霜。"

他抬手将她鬓边的一朵珠花簪好："你舍得？"

能清楚感到心底隐约的痛，一点一点放大，像被猛兽咬了一口。我喜欢苏誉，这件事早在刺他那一刀之前我便晓得。

时至今日我也不明白当初如何就真的下得了手，或许那时手起刀落那么利索，只是想证明自己是个不会被感情左右的、完美的刺客。

而我真的刺中他，全在他意料之中。苏誉这样的人，英俊、聪明、风雅，令人难以抗拒，而假如他有心想要骗你，便真的能做到你想要的那么无懈可击，骗得你失魂落魄就此万劫不复，那样可怕，却也让人沉迷。

我记得他在璧山附近的小镇上养伤时，半梦半醒中的一声"紫烟"。很多时候甚至觉得就是那一声"紫烟"，让我此生再无从这段孽缘中抽身的可能。

可后来才明白，那是因发现我在窗外偷看，就连那一声，也是算计。在刺伤他之后的很长一段时间，我都以为他是真的钟情于我，否则一国世子被刺，怎会如此无声无息，那应是对我的纵容。

可直到将他身边的那个叫君拂的姑娘绑了来，才终于晓得，他对我没有任何动作,只是还不到他认为合适的时机。这一局棋,他下得比所有人想象的都大,从前我们不明白,等到明白过来时已无半分反抗之力。而我之于他,从头至尾不过一颗棋子的意义。

我知道自古以来许多君王,都有成事不得已的苦衷,高处不胜寒的王座之上,他们其实也有厌烦这孤寂人生的时刻,自嘲地称自己寡人,也是一种自伤。但这些认知只在我遇到苏誉之前,若这世间有天生便适合那个位置的人,那人合该是他,足够铁血,足够冷酷,也足够有耐心。

我不相信苏誉这样的人,会真心地爱上什么人。那一日他无丝毫犹疑撇下我跳入山洞去救掉下去的君拂,我在心底告诉自己,他不过是演戏。无意间得知君拂身怀华胥引的秘术,我松了一口气,自得地想他果然是演戏。甚至恶意揣测,他一路跟着她其实也只是为了东陆消失多年的华胥引罢?

可倘若一切果真如我所愿,于我又有什么意义?他终归是没有在乎过我的,即便同样不在乎其他人,我和他之间,也无从找到什么契机改变,那么我究竟是在自得什么,是在高兴什么呢?

我知道自己该怎么做,但令人痛苦的是,这一段无望的孽想,无论如何克制,也不能拔除。

在逃出赵国的那一夜,我曾发誓此生再不会和苏誉有所牵扯。这个男人只当我是枚趁手的棋子,若仍是他说什么便是什么,那我到底算是什么。

况且,自重逢之后,他似乎也没有再对我说过什么。我不能因他毁掉自己。谁想到如此努力地下定这样的决心,却脆弱到可笑的境地,那样不堪一击。

自赵国出逃的途中,听到他为给新后祈福,一月之间竟连发三道大赦赦令,被强压下去的心绪像一头饿极了的猛虎,在不知如何是好的时刻疯狂反扑。所谓感情是世间最可怕的妖魔,你以为已经彻底将它杀死,其实只是短暂蛰伏。我再一次没有管住自己的脚步,兜兜转转来到昊城。

我到底想要什么?是想要见到他?想要见到他的新后?归根到底,我只是不甘心罢?

他选中的女人会是怎样?是不是芳华绝代?是不是风情万种?

我想过一百遍。

可这一百遍里竟一次也没有出现那个正确的可能。也许是我从来就不敢相信那个正确的人该是正确的,君拂,他娶为王后的那个女子,竟是君拂。

怒意在看见她眼睛的一刹那油然升起。明明,明明我们身上同有他要利用的东西,为什么最后被利用得彻底的只有我一个?如果他可以选择她,为什么不能选择我?

她的确是有倾城的容色，可除了容貌以外，那个娇滴滴的小姑娘，她还有什么！指甲将手心抵得生疼，我藏在暗处，一种恨意自心底肆无忌惮满溢，浸入喉头，浸入眼中。

我想杀了她。

虽只是一瞬起意，却像被谁使了巫术，一点一点扎进脑中无法驱除。如同一场熊熊燃起的大火，将整个人炙烤得理智全无。

君拂身旁，苏誉并没有作陪多久。我认得其后尾随一位白衣男子前来陪伴她的侍女，那是苏誉最信任的影卫四使之一——执凤。三百影卫立了四使，只有这一个是女使，也只有这一个活在明处。

即便我想要杀她，此刻也当慎重了。君拂叫那白衣男子君玮。除非家属亲眷，后宫重地本不应有陌生男子出入，苏誉的后宫只有君拂一人，如此看来，那人大约是她的哥哥。

我靠得更近一些，没有被他们发现。

君拂手中握了包鱼食，面色苍白，如传闻中气色不好的模样，眉眼却弯弯。不知他们此前是在谈论什么，到我能听清时，她正倚着美人靠得意道："我从前也很奇怪，那些戏台上的伶人怎么说哭就能一下子哭出来，最近慕言请了很会演戏的伶人来给我解闷，就努力跟他们学习了一下那种方法啊，发现一点都不难嘛。"

叫作君玮的白衣男子从她手中接过鱼食："你又不唱戏，学那个有什么用？"

她看起来却更得意，话尾的语调都上挑："只要我哭的话，慕言就会没办法，之后不管我说什么他都会听我的，你也知道他平时都是怎么欺负我的吧，这下终于……"

指尖无意识紧了紧，掌心传来一阵疼。以为用眼泪就能将男人拴住，令人看不起的小女人的可怜心机。

君玮皱眉打断她的话："因为担心你吧，他不是拿你没办法，是担心你罢了，你不是喜欢他吗，喜欢一个人，应该是想方设法让他安心而不是让他担心吧。"

良久，没有听到任何说话声，执凤开口道："君公子你……"

未完的话中断于君拂柔柔抬起的手腕。

虽是被指责，脸上却露出我从未见过的璀璨笑容，带着一点未经世事的天真，漂亮得都不像真的。

她静静开口，说出令人难以理解的话："他每次都知道我是在装哭，乐得陪我一起装罢了，对他来讲，我还晓得惹他生气才代表我有活力，他才能够放心，要是哪一天我连惹他生气都没兴致了，那才让他担心。不过，看到他什么事情都依着我，我还真是挺开心的。"

有那么几个瞬刻，我愣在原地，耳边反复萦绕的是她最后两句话："我能惹他生气，他才放心。"那些事似乎并非如我所想，所谓小女人的心机，竟是如此吗？可这样绕圈子的逻辑，苏誉他是的这样想？她说的，难道都是真的？可若是真的，她又是如何知道的？

君拂寥寥几句话里勾勒出的人，是完完全全的陌生人，让人止不住怀疑，我那些心心念念藏在心底的关于苏誉的种种，是不是都是假的。

君玮坐了一会儿便离开，苏誉去而又返则是在半个时辰后。我不知道再这样藏下去有什么意义，来时我有一个心结，事到如今仍是未解。

宦侍将朝臣奏事的折本搬到亭中，苏誉陪着君拂喂了会儿鱼，就着宦侍研好的墨执了笔摊开折本。执凤提了药壶端来一碗药汤，同置在石桌之上。君拂磨磨蹭蹭端起药。

心中万千情绪翻涌，似烈马奔腾在戈壁，激起漫天风沙。若是明智，我该立刻离开，那时刺伤苏誉多么利落，而今不能得到他，即便是一个人的放手，至少也要放得痛快潇洒，拖拖拉拉只会令人生厌。

这些我都明白。

可没有办法，忍不住地就想知道，他和她是如何相处的，她有什么好，值得他另眼相看，而倘若她对他做出妩媚的风姿，一贯进退得宜的他是否终会乱了阵脚，就像其他所有被爱情所惑的男子？我还想知道，他会为她做到哪一步。

但亭中却是一派宁寂，若是靠得足够近，一定能听到毛笔划过折纸的微响。君拂皱眉盯着手中瓷碗，好一会儿，端着药挪到亭边，将碗小心放在临水的木栏之上。

苏誉低着头边批阅折本边出声道："你在做什么？"

她肩膀抖了一下："……太烫了啊，让它先凉一会儿。"

他不置可否，继续批阅案上的折本。执凤端茶进来，被他叫住吩咐如何将批注好的本子归类整理。木栏旁，君拂目不转睛盯着碗里褐色的药汤，许久，忽然伸手极快地端碗，小心地尽数将汤药倒进水中。

轻微的交谈声蓦然停止，他沉声："药呢？"

她捧着碗回头："……喝完了。"

他放下笔："那刚才是什么声音？"

慌乱一闪即逝，她别开脸："撒鱼食的声音啊，我把鱼食全部撒下去了。"

他站起来，不动声色望了眼湖水："……水被药染黑了。"

把戏被拆穿，她不情不愿地嗫嚅："……为什么一定要逼我喝药？虽然是秘术士熬出来的，可你也知道我的身体不可能靠这些东西调理好的，它……好不了了啊。"

他皱眉:"你也不是怕苦,怎么每次……"

却被她打断:"可是我想象力很丰富嘛,就算喝下去也不会觉得苦,但感觉很不好的,就像你知道大青虫不会咬人,吃下去也不会怎样,但如果我给你做一盘,你也不会吃对不对?"

执夙已经就着石案上的药壶另倒了一碗,他抬手接过。她拧紧眉头别开脸,头更加往后仰,他却端起碗一口喝下大半。

将剩下的药送到她唇边时,她愣愣张口,眼睛睁得大大地将半碗药都喝完,但看得出神色很是茫然。他伸手帮她擦干净唇边的药渍:"有人陪你喝,感觉会不会好点?"

她终于反应过来似的,飞快地瞟他一眼,咳了一声低下头:"稍……稍微好一点点吧。"

他气定神闲地看着她:"下次还敢出乱子,我就亲自喂给你喝。"

她的脸微微发红,听不清在说什么,嘴唇做出的形状是:"有什么了不起,下次就再出个乱子给你看看。"

他却笑了:"那再加一条青虫做药引,你说好不好?"

我以为那些绵软情意,早在知晓自己不过是他手中一枚棋子时冻成冰絮,段段碎裂。但看着他对君拂那样微笑,他的手放在她额头,那种真心的温柔,却令人感到一种巨大的悲哀。

这是我不知道的苏誉。

心中珍之重之的那个苏誉,素来无心,从来无情,看似对你青眼有加,却从来都把握着恰到好处的距离,那时以为是高位者的威仪使然,如今想来,只因是演戏罢?演戏当然要若即若离,每一步都是算计,其实全无什么真心。

原来他也可以那样笑,连眼底都是愉悦的样子;也可以那么用心,仿佛天下的诸多大事,只有她是最大的那一件事。

我在一丛不知名的巨大花树后独自待了许久,似乎想了很多东西,又似乎什么都没想,脑海混乱又空白,浑浑噩噩得连有人接近都没有发现。

听到明显响动本能躲开直刺而来的冰冷剑锋时,抬头正看到执夙的脸,剑尖错开两寸,她停下来淡淡道:"若非陛下为给夫人祈福,这些时日戒杀生,秦姑娘可想知道自己已经死了几次?"

我疲惫地摇头:"这么说,他早发现了我?"

她却并未回答,只上下打量了我一眼:"姑娘当日刺伤陛下,陛下仁慈,不再追究,可陈宫已不是姑娘能闯的地方,还是请回吧。"

我倒真是希望苏誉放了我是因他仁慈,因这样我还能祈望他对我有过不舍,哪怕只是半分。可我和他两清，只因陈国会盟赵国之时，我做了姜国是一切主谋的人证。

其实事到如今，再不死心，再不甘心，又有什么用呢？

这一生，我没有想到两件事，两件都是关于苏誉。

我没有想到，在一个男人身边那样久，竟连他真正的模样也未曾看到半分。我也没有想到，本要去骗一个男人，最终却是被他骗得彻底。

可能有一天，我终会忘掉他，不管是爱还是恨，到那时，也许就可以找到一个将我放在心底珍之重之的人。我想要找到那样的人。那样的话，一定就可以过上单纯的、幸福的人生。

最后看一眼这巍峨的陈宫，在夕阳映照下流光溢彩，别是一番胜景。别了，昊城。别了，苏誉。

【番外 长安调】

七年弹指一挥，依然是曲叶水秀，茶山山清，水与山却笼了层霏霏的烟雨，显得幽且冷。

这是陈国的圣山，世代王陵所在之地。

他撑着一把青竹伞，定定立于王陵前，修长的手指紧贴住高高的石碑，衣袖被雨水淋湿，显出一段模糊的水痕。

陵前石狮威严，还是按她当年亲手画的样子令匠师打造的。茔前的香桃木已长得葱茏，正逢花期，开出绒球似的花盏来。

这是他与她共同的陵寝，她却已独自在棺木中长眠七年。

她已离开他七年。

二十二年前他亲征姜国，其实并未寻得传说中封有华胥引的另一颗鲛珠，假装诸事妥善地诓骗她，只是为了让她安心。虽未寻到鲛珠，但那一次御驾亲征，他却带回一位归隐已久的秘术师。是他母亲生前的至交，懂得许多失传已久的禁术。

白发苍苍的秘术师看着他欲言又止，道："因你有慕容安的血统，本就是奇诡的命途，才可施此予命之术，可至多也只能分十五年予旁人，要舍弃多少寿数，你是谋大业之人，需想清楚。"

他想得很清楚，他要她活着，生要同衾，死亦同陵。

他一生算计人心，自觉浮世不过棋局，而人心尤为可笑。人说当局者迷旁观者清，那些想方设法接近他的人，他们心里打着什么样的主意，没有谁比他更明白清楚，因势利导为己所用，是他从七岁开始就掌握的学问。

这一生，他遇到过那么多的人，唯有她一人是特别的。聪明、善良、纯真、美丽，豆蔻年华便对他一见钟情深种了情根，踏遍千山万水只为追寻他的足迹，一心一意想要嫁给他，那么单薄的身躯，却小心翼翼恨不得将他呵护在手心，珍惜地将他看作是她世界里的唯一。她毫无保留交给他的心意，是这世上最干净的感情。

他其实也有过犹豫，是否要将她带回陈宫，在他看来，她应该像一只活泼的小雪鹉，翩舞在蓝天碧海之间，每一次挥动翅膀都只是为了追逐欢笑与快乐，但王宫却是巨大的鸟笼，最擅长是抹杀人的灵性，他甚至想过也许不该招惹她。但她被秦紫烟绑架的那一日，他冒着瓢泼的夜雨寻到她，却看到藏在暗处的猛虎已做好猎食的姿态，鬼火般的萤萤绿瞳紧紧盯住她，而她握着把锋利的短匕首颤抖地比在自己胸前。脑中那根弦立刻绷得要断裂一般的紧，碎石般的落雨似直直砸进心中，一阵无法言说的疼痛。那一刻他才终于晓得，这已是一件无法选择的事，他放不下她，想要得到她，将她放在身旁好好地珍重守护。若从前王宫只是一只冰冷的鸟笼，他可以将它变作她可以遨游的碧海和天空。从前他的一切所为，只是觉得所谓形形色色的世人，归根结底不过两种人，要么成王，要么败寇，而所谓恒河沙数的命途，归根结底也不过两条路，要么展翼飞入九重天，要么俯首与人做鹰犬，所谓的铁血强势，不过是他习惯掌握主动权罢了。可茫茫雨夜里，从背后单手搂住她的那一刻，他第一次意识到强大已成为一件有因有果的事情。他怀中的这个人，他选中了她，为了好好保护她，让她健康平安长乐无忧，他必须足够强大。

　　可一切不过是他心中祈愿，当命运携着洪流汹涌而来，有谁能够抵挡？十五年，他只能给她十五年的寿命，多一年都不行，编出一堆谎话来诓骗她，其实并没有什么把握，幸好她真的相信了。明明是那么聪明的人，一直以来，只要是他告诉她的话，她却都愿意去相信。相信她是真的运气好，相信所有的阴霾都已过去，相信自己能长命百岁，相信他们能一世长安。还用红笺写下婚书，对着明晃晃的日光孩子气地弯起眼角同他开玩笑："往后若是你对我不好，我就把你休掉哦。"看到他愣怔的神色，又甜蜜地搂住他的脖子，轻轻地："你一定要一辈子对我好，这样我们就能一直在一起，一世、两世、三世。"掰着指头算得热闹："生生世世都要在一起。"一言一语，历历在目，像细长的绣花针，不动声色刺进他心底，每每想起，都是缓慢又绵密的疼。

　　雨过云开，天边聚起火红的烟霞，投下淡淡夕影。石桌上已集了好几只白瓷酒壶，王陵不远处的千层塔上传来微弱的铃铛声，叮当，叮当，响在渐渐苍茫的暮色里，像她有时开心地笑起来。桌上的几束白梅是去年隆冬时摘下，幽香里带了一丝酒意。他抬手揉了揉额头，看着凝露垂头的冷梅，突然想起那一日。

　　那一日，他枕在她床沿小憩，候着她自予命之术中醒来，忐忑地等待她的新生。估摸她大约该醒来了，正要起身来看看她。

　　不及睁眼，却感到唇畔一阵痒。目光所及，就见她靠近的脸，手指还抚在他的嘴角，眼睛阖着，长睫毛轻轻地颤抖，粉色的唇一点一点贴过来。从前的许多次亲吻，从未感到她的呼吸，那一刻却是呼吸可闻。他想着，秘术师没有骗她，她是真的活过来了。

　　他等着她偷偷地亲上来。

　　温暖的唇瓣蜻蜓点水似地在他唇上啄了啄，在她睁眼的一刹他适时闭眼，感到她的目光灼灼落在他脸上，似乎在很认真地端详，以为他没有发现，又偷偷地啄了一下、两下、三下、四下。

　　最后一次要离开时，被他猛地拉住，她吓了一跳，双颊一下子通红，尴尬地左顾右盼，又想起什么似的抚着鼻子愤怒道："你居然装睡！"

他将她的手拿开，笑着看她："那你趁我睡着，在做什么？"

她目光左右游移了好一会儿，自作聪明地咳了一声，抚着胸口转移话题："我跟你讲啊，这颗鲛珠真的很厉害，我居然能呼吸了。"深深地吸了一口气："还能闻到今晨点了什么香。"又握住他的手："还有知觉，握着你手的时候，能清楚地感到是这样的一只手呢。"特别感叹地道："这真是因祸得福啊，对不对？"

他看了她一眼，就着被握的姿势将两人十指交缠，嘴里戏谑："我觉得你转移话题的功力还需要再提升一下，对不对？"

她噎了一噎，有点羞愧地低下头，嗫嚅道："你不就是想要我承认刚才亲你了……"又强撑着气势理直气壮地抬头，"那亲了就亲了，偷偷亲亲你怎么了，我就是想试试亲你是什么感觉，不行啊！"

他看着她佯装镇定却越来越红的脸，收起笑意，故作深沉地道："你刚刚亲了我，大概有五次吧。"

她拥着被子不动声色地往后缩，戒备道："你要做什么？"

他牢牢握住她的手，毫无征兆地就探头过去吻她，刁钻霸道的吻法，看着她像只无助的小动物，在他怀里气喘吁吁，又像一株美丽的丝萝，紧紧攀住他的肩膀，手指那么用力，抓得他都有些疼。放开她时她脸上浮出有点羞愧的恼意，但自以为不动声色地往后缩一点，再缩一点，瞪他一眼恨恨指控："我才没有亲那么久，你占我便宜！"

他含笑看着她，慢条斯理："占都占了能怎么办，要不你再占回来？"

就看见她嘴巴张得老大，又闭上，一张月令花似的脸红得更加艳丽，看着他的嘴唇好半响，把脸转向一边吞吞吐吐地道："算……算了，不用那么客气了。"

他一向知道怎么来对付她，看着她的不安、扭捏、无措、羞惭，就忍不住想逗逗她，再逗逗她。人人都说她是大智若愚，他却好笑地觉得这些地方她是真的愚，要不然怎么总是上当。但时不时她的那些奇思妙想，偶尔也会让他不知该如何作答，只觉哭笑不得。

那一年隆冬瑞雪，他连着几夜忙于政务，不幸染了风寒，担心将病过给她，独自宿在议事的太和殿。可还未入梦便听到一阵轻微的窸窣声，下一刻已有温软之物自动滚到他的怀里。宦侍留在帐外的半截红烛已被吹灭，他强撑着困意睁开眼，看到帷帐被床栏上的银钩挑起来，冷月照进半床幽光。她侧身抵着他的额头，喃喃自语："咦，没有发热了。"看到他醒过来，手指还放在他额头上，轻柔地安慰他："别担心啊，我来照顾你了。"

他轻声逗她："你连自己都照顾不好，还来照顾我。"

她也不和他计较，紧紧依偎住他，像模像样地拿被子将两人都裹住："医正说你半夜很容易发寒的，本来他们准备了好几床被子，可想到万一你踢被子怎么办，我就来做你的暖炉啊。"还将热乎乎的一双手伸进他中衣里抚着胸膛试探一下，煞有介事地下结论："现在这个热度还是很正常的，半夜觉得冷就叫醒我，知道吗？"

他握住她作怪的手："叫不醒怎么办？"

她想想回答："那就多叫几次嘛。"

他怀疑："多叫几次也不行呢？"

她埋头思索好一阵，脸上交替出现愁闷、决然、沉痛的表情，有些肉疼地说："那你就一脚把我踢下去吧，摔一摔我肯定就摔醒了。"又身临其境地赶紧补上一句："不过你、你要轻点儿啊，我最近有点娇柔，不太禁踢。"

"……"

她其实是那么认真又努力地在学习怎么做一个好妻子，尽心尽力地照顾他。他不在的时候，还会偷偷地和小黄讲心事，捂着脸十足地担心："这颗鲛珠和我以前的那颗真的很不一样，也许它能让我长生不死也不一定，可如果这样的话，待慕言他百年之后我该怎么办？我听到的那个关于黄泉海奈何桥的传说，自杀的人是不能到那个地方寻找自己重要的人的，喂，小黄，你说我要怎么办呢？"

天光渐灭，风从林间吹过，千层塔上的佛铃响声不绝。不知谁燃起一盏风灯，如豆的火光中，坟前香桃木的长枝丫遮了石碑。他用了十五年的时光来说服自己接受她的离开是不得已的事，可时光每逝去一日，却只是增添一分恐惧。这世上最残忍的事是什么？是知道她会在何时死去，却无能为力。长长的十五年相守，却只像是一瞬，那一年也终于来临。看着她的精神如一颗失去水源的小树一日一日地枯萎，她似乎也有所察觉。不能回忆的是最后那一夜。

最后那一夜，七十里昊城初夏飞雪，陈宫内狂风大作，漫天的异象似一道道催命的符咒，冷冰冰昭告宫中有贵人命数当尽。那一年，他一直在她身旁寸步未离，不知为何一场昏睡，醒来发现自己竟身在议事殿，心急如焚地赶去她的寝殿，翻飞的白纱间却立起一架巨大的屏风，将他隔在她床外。

听到他踉跄的脚步声，屏风内她微弱道："你别过来。"

他的手已搭在鸳鸯戏水的锦屏上，却真的停下脚步，怕惊扰她似地轻声："是担心自己病了不好看，怕被我看到？"忍着痛意柔声道："把我弄昏就是为了这个？"

窗外风愈大，摇得雕花窗棂哗啦作响，宫灯摇晃的烛火在屏风上投下他的影子，咫尺之遥是帷幔垂地的一张床。帷幔后她短暂地顿了一顿，语声缓慢，努力地装作平静："看不到的话，虽然我……离开了你，你也可以当作我只是去了某个地方游历。"终于还是带上了哭腔，有他在，她永远也不能做到想要的那么坚强，哭着道:"我也希望我能记着的都是你开心的脸,是那些笑容,我也想过也许我会孤单,但想着你的话,我就会……"话未完已泣不成声,却还是挣扎着说完:"我不想看到你最后难过痛苦的样子,你不要过来。"

他缓声道:"别胡说,你会好起来,你只是在生病。"手指用力地将金丝楠木的屏风框都握出深深的指印,脚下却的确没有再进一步,他一生很少有这样软弱的时刻。

她收起哭腔,像是想他不要那么担心,声音越来越轻,近似叹息地:"无论我去到哪里,慕言,我总是在你的身边。"

他低声应她:"嗯。"泪水滑落脸颊,声音还是稳的,柔声提醒她:"记得,要等我。"

一句话亘古一般绵长,像说了一辈子,窗外风渐止,屏风后已无人声。

万寿无疆是自古帝王祈盼的,他却只是感到岁月的绵长。也许时光逐日苍老,便能模糊生死的距离,每一日逝去,都觉得好像又离她更近一些。倘若世上还有华胥引,他也希望谁能为他弹奏一曲,她还在等着他,他想早些见到她,看到她绯红着脸重新扑进他的怀中,说:"慕言,你终于来见我了。"

后记

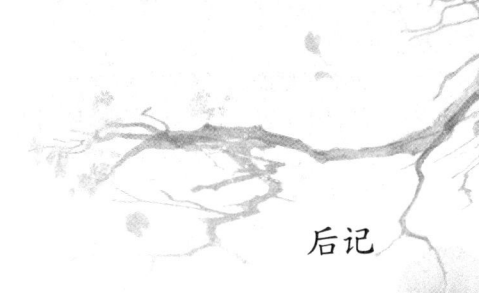

　　宣侯二十三年七月初四，一代圣善明君苏誉薨逝，陈国历代习俗，皆是王陵与后陵建为鸳鸯双陵。宣侯逝后，却是与卒殁七年的君后合葬一陵。宣侯苏誉一生传奇，在位之时抚定四方，恩泽万民，开拓大陈盛世，这一段历史是陈国历史上最鼎盛时期。苏誉在位之时开创诸多盛举，载入陈史。但最引人遐思之事却是终其一生只迎娶了一位夫人，史称文德后君拂。君后一生无所出，后收养永泰公主苏仪之子苏宸为养子，承大陈帝祚。君后卒殁于宣侯十六年四月十二，逝后，陈王空置后宫，七年后，郁郁而终。掩藏于禁宫中的这一段深情，多年后终成传说。

图书在版编目（CIP）数据

华胥引 / 唐七著 . -- 成都：四川人民出版社，2025.7. -- ISBN 978-7-220-14160-7

Ⅰ . I247.5

中国国家版本馆 CIP 数据核字第 2025H1X068 号

HUAXUYIN
华胥引
唐七 著

出 版 人	黄立新
总 监 制	柯 伟
选题策划	乐 乐
责任编辑	罗骞昀 郭 健
特约校对	李永杰
封面设计	@Recns
版式设计	芳华思源

出版发行	四川人民出版社（成都三色路 238 号）
网 址	http://www.scpph.com
E-mail	scrmcbs@sina.com
新浪微博	@ 四川人民出版社
微信公众号	四川人民出版社
发行部业务电话	（028）86361653　86361656
防盗版举报电话	（028）86361653
照 排	天津星文文化传播有限公司
印 刷	北京盛通印刷股份有限公司
成品尺寸	155mm×225mm
印 张	22
字 数	430 千
版 次	2025 年 7 月第 1 版
印 次	2025 年 7 月第 1 次印刷
书 号	ISBN 978-7-220-14160-7
定 价	49.80 元

■版权所有·侵权必究

本书若出现印装质量问题，请与我社发行部联系调换

电话：（028）86361656